Tess Schirmer

Hinter den Augen der Welt

Historischer Roman

Querverlag

für Helmut J. Freier,
der mich stets ermutigte weiterzuschreiben

Umschlag und grafische Realisierung von Sergio Vitale unter Verwendung eines Fotos der ©Springfield Gallery/fotolia.

Druck und Weiterverarbeitung: Finidr
ISBN 978-3-89656-252-4
Printed in the Czech Republic

Bitte fordern Sie unser Gesamtverzeichnis an:
Querverlag GmbH
Akazienstraße 25, 10823 Berlin
www.querverlag.de

Wer glaubt,
sich denjenigen aussuchen zu können,
dem er seine Liebe schenkt,
der hat noch nie wahrhaftig geliebt.

Sie sah die Rauchschwaden in der Luft, die sich wie dunkle Geister über den Himmel ergossen, um auch sein letztes frisches Blau zu ertränken. Sie trugen den Tod mit sich. Er spiegelte sich in ihnen und sie glaubte, sein hämisches Grinsen in den Wolken zu erkennen. Du kannst nicht gewinnen, schien er sie zu verspotten. Du bist verdammt bis in alle Ewigkeit.

Es war nicht gerecht. Für welche Strafe musste sie büßen, dass ihr alles verwehrt blieb, wovon sie jemals geträumt hatte? Sie hatte nicht einmal die Zeit gehabt, sich zu verabschieden. Nur gähnende Leere in ihrem Inneren und das sichere Wissen darum, dass ihre Existenz ebenfalls auf dem Spiel stand. Die Flucht ermöglichte ihr das Leben und tötete sie dennoch zugleich.

Ihr Atem ging stoßweise. Sie wusste, dass sie nicht bleiben konnte. Die Stiche in ihrer Brust erinnerten sie an all den Schmerz, den sie am liebsten in die Welt hinausgeschrien hätte. Sie wollte zurück und die Welt für diese Ungerechtigkeit zur Rechenschaft ziehen.

Das entfernte Gebell der Hunde durchbrach ihre Gedanken. Sie würden kommen und sie jagen. Er hatte ihr gesagt, dass er nichts mehr für sie tun könnte, sobald sie das Anwesen verließe. Sie sollte laufen, laufen, so weit ihre Füße sie tragen würden. Immer weiter fort, immer weiterlaufen, immer weiteratmen und nicht mehr an das denken, was geschehen war. Ganz gleich, wie sehr es schmerzte.

Sie spürte eine einzelne Träne ihre Wange herunterrinnen. Sie wollte den Blick nicht abwenden von dem, was noch vor Kurzem ihr Leben gewesen war. Dennoch wandte sie sich um, ließ all das hinter sich zurück. Das Stechen in ihrer Brust fraß sich durch ihre Seele.

Doch was vergangen war, konnte niemand zurückholen.

1 la fille du baronnet

England 1629

*„Mademoiselle est-elle satisfaite?“**

„Oui, merci bien. Vous pouvez disposer.“

Mary blickte sich nicht um, als die Zofe ihr Gemach verließ. Schon seit Langem bevorzugte sie es, sogar mit den Dienstboten und Zofen nur in der französischen Sprache zu sprechen. Sie liebte die Vorstellung, sich im herrschaftlichen Paris zu befinden, in dem jede Straße, jedes Anwesen, ja, jede Gasse in ihrem eigenen prunkvollen Charme erstrahlen musste, und nicht im regnerischen Cheshire auf Eaton Hall, dem Anwesen ihres Vaters, welches sie in seiner eintönigen Tristesse jeden Tag aufs Neue langweilte.

Dieser Tag jedoch war besonders. Sie betrachtete ihr Spiegelbild so eindringlich, dass es wohl vor ihrem strengen, prüfenden Blick geflohen wäre, hätte es die Möglichkeit dazu besessen. Sie erhaschte eine kleine Strähne ihres glutroten Haares, die vorwitzig hinter ihren Ohren hervorsprang, und versuchte sie in ihrer kunstvoll hochgesteckten Haartracht zu befestigen.

„Nur ruhig Blut. Ich bin eine Grosvenor. Meine Familie hat es weit gebracht – und genauso werde ich ihnen heute beweisen, dass *auch ich* Außergewöhnliches zu vollbringen vermag.“

In letzter Zeit war sie selten zufrieden gewesen mit dem, was ihre Zofen leisteten, seit sie begonnen hatte, den Empfang vorzubereiten. Wie lange hatte sie sich mit ihrem Vater darüber auseinandersetzen müssen, bis er ihr diese Aufgabe übertragen hatte! Seit König Charles I. ohne Parlament regierte, schien er ihr noch angespannter und in seinen Gedanken stets Welten entfernt. Sie wusste, wie wichtig diese Zusammenkunft für ihn war, nicht nur, weil er die Politik des Königs mit hochgezogenen Augenbrauen verfolgte, sondern ebenfalls, weil ihr Onkel Peter Daniell anwesend sein würde.

* *Übersetzung des Französischen im Glossar auf Seite 477*

Sie musterte ihre streng festgesteckten Haare, die ihre Zofe zu einem Knoten an ihrem Hinterkopf geformt hatte, und die in die roten Flammen eingeflochtenen Perlen aus Spanien. Bisher hatte sie sie nie getragen, doch der heutige Tag verlangte nach etwas Besonderem, das spürte sie.

Wie sie so vor dem riesigen gold-gerahmten Spiegel saß und auf der großen Tischplatte nach dem geeigneten Puder für ihre empfindliche Haut suchte, wirkte sie im Vergleich zu dem groben Prunk noch zierlicher. Das Miederoberteil ihres samtenen Gewandes lag eng an ihrem Körper. Zufrieden schaute sie in den Spiegel und lächelte. Einen Moment länger verweilte ihr Blick auf ihrem makellosen Abbild. Ihre Augen ruhten kurz auf der Palatine, dem Spitzentuch, das ihren Ausschnitt bedeckte. Dann raffte sie ihre Röcke, um sich zu erheben. Bei der Bewegung raschelten die Unterröcke und die silberfarbenen Spitzen traten unter dem blassgrünen Gewand zum Vorschein.

Vollkommen, dachte sie, als sie über den weichen Stoff strich, um die Falten zu glätten. Übermütig wirbelte sie herum und ein Kichern entwich ihrer Kehle.

„Wenn ich dann mit Vater die Treppe im Saal hinunterschreiten werde, wird jedes Augenpaar auf mich gerichtet sein und sie werden sich sagen: *Das ist sie also! Die Tochter des ersten Baronets of Eaton, die uns dieses unvergessliche Willkommen auf Eaton Hall beschert hat. Tatsächlich ist sie noch schöner, als die Kunde es verbreitet!* Und dann werden sie meinen feierlichen Worten lauschen, mit denen ich sie alle begrüße und bekannt gebe, wie viel Mühe und Liebe meinerseits in die Vorbereitungen eingeflossen sind. Sie werden erstaunt sein und denken: *Und so tüchtig ist sie auch noch!* Die hohen Herrschaften werden darum buhlen, das Wort an mich richten zu dürfen!"

Lächelnd schritt sie an die Balkontür, um sie zu schließen. Nur kurz schaffte es eine frische Brise, ihre Wangen zu streicheln, ehe sie sich im Nichts verlor. Mary hingegen blickte auf das Glas, als könnte sie darin mehr erkennen als nur ein schwaches Bild ihrer Selbst. Sie seufzte. Plötzlich stahlen sich wieder diese Sorgen in ihre Gedanken, die Angst, dass etwas

Unvorhergesehenes passieren und diesen Tag verderben würde.

Aber welchen Gedanken gewährte sie Einlass? Sie duldete es nicht, dass auch nur eine Kleinigkeit dem Zufall überlassen werden würde. Wie konnte dann etwas *nicht* Erfolg versprechend verlaufen?

Es klopfte.

Mary wandte ihren Blick nicht vom Glas.

„*Entrez.*"

Ihre Stimme war stark. Stark wie die einer würdigen Grosvenor.

„Mary, meine Liebe …"

Beim Klang seiner Stimme fuhr sie herum. Weshalb war ihr Vater bereits hier?

Verwirrt betrachtete sie ihn. Gab es etwas, das ihr in ihrem Eifer doch entfallen war? Probleme mit den Dienstboten oder den Unterkünften? Ihr kamen zahlreiche Ereignisse in den Sinn, die unerwartet eingetreten sein könnten, doch bereits wenige Augenblicke später hatte sie ihre Gedanken geordnet. Es war das Erscheinen ihres Vaters, das sie beunruhigte. Er verirrte sich nur äußerst selten in ihre Gemächer und tat er es dennoch, so konnte sie sicher sein, dass er zumeist keine überaus erfreulichen Nachrichten mit sich brachte. Schlimmer noch, er war der einzige Mensch – oder gar das einzige Wesen auf Erden –, dessen Willen sie sich bedingungslos zu beugen hatte.

Sie sah gleich, dass er für den heutigen Anlass ein kostbares Wams gewählt hatte. Seine kantigen Gesichtszüge wurden von dem großen Spitzenkragen umrahmt und auf seinem dunkelbraunen Haar saß ein dunkler Kavaliershut mit einer weichen Krempe. Doch auch dieser konnte die silbernen Strähnen nicht verdecken, die verrieten, dass der Baronet nicht mehr so jung war, wie er vorzugeben schien. Spitzenmanschetten zierten seine Ärmel, sodass Mary nicht umhin konnte, sich einzugestehen, dass er dennoch eine eindrucksvolle Erscheinung bot. Sie spürte die Macht, die er in seiner stolzen Haltung ausstrahlte, als würde sie den ganzen Raum für sich beanspruchen. Marys Aufmerksamkeit wandte sich wieder seinen dunklen Augen zu, in der Hoffnung, in deren Spiegelungen eine Erklärung für sein Erscheinen finden zu können. Doch da lag nichts, das ihn verraten hätte.

„Meine Liebe …“, setzte er an und sein Blick fand den Marys kalter blauer Augen, „… ich wollte dich bitten, doch heute Lord Henry, den Earl of Marlborough, auf seinem Ausritt zu begleiten.“

Hätte sie keinen Puder getragen, hätte er sehen können, wie alle Farbe aus ihrem Gesicht wich. Doch so schnell sie seine Worte erschreckten, so schnell wusste sie ihm etwas entgegenzusetzen.

„Zu meinem Bedauern wird das nicht möglich sein, Vater. Ihr wisst, dass ich für den Empfang zuständig bin.“

Das wagt er nicht! Ich habe so viel Zeit mit den Vorbereitungen verbracht, es ist alles vollkommen. Er kann mich jetzt nicht wegschicken und die ganze Anerkennung für sich beanspruchen!

Ihre Gedanken überschlugen sich und sie musste sich bemühen, ruhig zu sprechen. Ihre Stimme zitterte leicht vor Wut, doch sie wollte nicht, dass er dessen gewahr wurde.

Der Empfang hatte sie viel Mühe und Zeit gekostet. Nach wochenlangem Verfassen der Einladungen an einige ehemalige Mitglieder des Parlaments hatte sie unermüdlich alle Servietten der Tischgedecke mit goldenen Monogrammen bestickt. Damit jene Monogramme auch wie von ihr gewünscht auf den Servietten erschienen, hatte sie keine Hilfe angenommen. Jeder Stich musste sitzen. Unzählige Male hatte sie die lange Tafel im Festsaal mit unterschiedlichen Gedecken und verschiedenem Tischschmuck auf- und abdecken lassen, bis das, was sie sah, ihrer Zufriedenheit entsprach.

Sie hatte sich sogar um die Unterkunft der Pferde und Kutschen der Anreisenden im Voraus gekümmert, was ihr keineswegs leicht gefallen war. Immerhin hatte es bis zu diesem Zeitpunkt nie ihr Interesse geweckt, wie und wo man Gäste und deren Habseligkeiten unterbrachte. Noch am vorigen Abend hatte sie die vorbereiteten Zimmer besehen und letzte Verbesserungen vorgenommen.

„Vergiss den Empfang, Tochter." Seine Worte trafen sie wie ein Schlag ins Gesicht. Er sprach sie aus, als handelte es sich dabei um etwas Belangloses, das man beim Abendmahl zur Unterhaltung der Gäste erwähnte. „Es ist in meinen Augen wichtiger, dass du den Earl bei seinem Ausritt begleitest. Wir dürfen uns geehrt schätzen, dass er der Einladung nachgekommen ist. Die Lords sehen selten die Notwendigkeit, mit dem House of Commons zusammenzuarbeiten. Ich möchte ihm nur ungern einen Anlass geben, seine Entscheidung noch einmal zu überdenken, wenn du verstehst."

Natürlich verstand sie. Weil der Earl sich zu fein dafür war, unter all den gewöhnlichen Unterhausmitgliedern einem Empfang beizuwohnen, fiel es der Tochter des Gastgebers zu, ihn bei Laune zu halten. Vielleicht erhoffte ihr Vater sich gar eine Vereinigung mit der Grafschaft, immerhin war dies eine leichte Möglichkeit, gesellschaftlich aufzusteigen, nachdem der Baronet bereits mehrere Jahre für Cheshire im Parlament gesessen hatte.

Mary war stets stolz darauf gewesen, die Aufmerksamkeit der hohen Herren ganz auf sich gerichtet zu wissen. Als Tochter eines Baronets war dies ein entscheidender Vorzug, gehörte ihre Familie doch nur der Gentry, dem niederen Adel, an. Ihr Vater sah es nur zu gern, was sie mit ihrem Erscheinungsbild unter den Herren der Peers, des höheren Adels, zu bewirken vermochte. Er selbst war erst vor sieben Jahren zum ersten Baronet of Eaton ernannt worden. Sie zweifelte nicht, dass Sir Richard Grosvenor darauf hoffte, dass einer der Herren des hohen Adels eines Tages um die Hand seiner Tochter anhalten würde. Mary hatte ebenfalls den Wunsch gehegt, wenigstens eine Baronesse werden zu können. Doch heute war es das Letzte, woran sie denken wollte. Noch dazu in Gesellschaft des Earls of Marlborough!

„Ihr wisst, dass ich sehr viel Mühe in diesen Empfang habe fließen lassen."

Und außerdem ist Lord Henry Ley bereits verheiratet, sein Sohn hingegen zählt lediglich elf Winter, dachte sie angewidert, wagte es jedoch nicht, diesen Gedanken auszusprechen.

Tief in sich wusste sie dennoch, dass sie verloren hatte. Was er sich einmal in den Kopf setzte, davon ließ er nicht wieder ab, sonst wäre er nicht ihr Vater und Sir Richard gewesen. So hatte er es geschafft, 1617 zum Ritter geschlagen und schließlich zum Baronet erhoben zu werden.

„Ich weiß, wie wichtig dir dieser Empfang ist, und es schmerzt mich, dich anderweitig beschäftigen zu müssen. Doch du weißt, dass es zum Besten unserer Familie geschieht."

Die Worte schwappten leer zu ihr herüber, glanzlos und bar jeden Mitgefühls. Sein Blick schien sie zu durchdringen und sie musste sich abwenden. Widerwillig blickte sie aus dem Fenster und schwieg.

„Ich erwarte deine Anwesenheit heute Abend zum Festmahl, meine Tochter."

Mit diesen Worten schritt er durch die riesige Flügeltür, ohne ihr einen letzten Blick zukommen zu lassen. Doch es störte sie nicht im Geringsten. Heiß rann ihr die Wut durch die Adern und kaum, dass die Tür ins Schloss gefallen war, ließ sie ihr freien Lauf.

„Wie kann er nur!" Sie schlug mit der Hand gegen das Fensterglas.

„Er weiß, was das für mich bedeutet! Er weiß es!"

Sie raffte ihre Röcke und lief wutentbrannt in Richtung Tür.

„Aber ihm ist es ja wichtig, dass er den Ruhm dieses gelungenen Empfangs erhält, natürlich! Wie könnte er auch einer Frau all dies zugestehen und sei es seine eigene Tochter! Aber nein, das sagt er mir jetzt! Jetzt, da ich bereits für den Empfang gekleidet bin!"

Sie griff nach dem Knauf und zog zornig an der Tür.

„Nein, stattdessen darf ich mich erneut umkleiden! Ausritt oder Empfang, für ihn ist das ja kein Unterschied!" Zähneknirschend verließ sie den Raum und fauchte den erstbesten Jungen an, den sie im Flur erblickte. „Schick mir Camillia!"

Sie schloss ihre Tür erneut – am liebsten hätte sie sie krachend ins Schloss geworfen, aber dazu war die Tür zu schwer – und schritt wieder auf den Spiegel zu. In ihrer blinden Wut stieß sie einige der kostbaren Tiegel vom Tisch, die klirrend zu Boden fielen.

„Er kann es einfach nicht dulden, wenn seine Tochter etwas besser und geschickter erledigt als er selbst!“ Schwer atmend blickte sie erneut in den Spiegel. Erbost funkelte ihr Spiegelbild zurück und sie wandte sich ab. Wieso hatte sie nicht geahnt, dass ihr Vater es wieder einmal fertigbringen würde, dass sich ihre Träume in Rauch auflösten? Er hatte es bisher doch jedes Mal geschafft.

„Lady Mary?“ Sie hatte nicht bemerkt, dass sich die Tür geöffnet hatte. Ihre Zofe war eingetreten und musterte sie eindringlich. Camillia hatte es schon immer verstanden, die Züge ihrer Herrin und ihres Schützlings zu lesen wie ein offenes Buch. „Ihr ließet nach mir rufen?“

„Ja. Mein Vater hat soeben entschieden, dass ich dem Earl of Marlborough“, sie zischte seinen Namen, „der bei uns für einige Zeit verweilen wird, auf einem Ausritt Gesellschaft leisten soll. Kleide mich also in mein bestes Reitgewand und beeil dich!“

Camillia nickte stumm. Sie begann, die Schnüre des kostbaren Kleides mit flinker Hand zu lösen, und brachte das für bedeutsame Ausritte angefertigte Reitgewand herbei, während Mary noch immer ihr Spiegelbild anfunkelte. Doch jetzt umspielte ein höhnisches Lächeln ihre Mundwinkel.

„Das wird ein Ausritt, der Euch noch lange in Erinnerung bleiben wird, mein verehrter Earl.“

2 le palefrenier

„*Ma chère, bonjour*!“

Elizabeth stürmte auf Mary zu, wobei sie weder auf ihre langen Röcke noch auf ihre kunstvoll hochgesteckte Haarpracht achtete. Man mochte kaum glauben, dass sie gesellschaftlich einen höheren Rang einnahm als die Tochter des Baronets. Sie war die einzige Tochter des Earls of Marlborough, zwei Jahre älter als ihr Bruder James, und kannte Mary von einigen festlichen Veranstaltungen. Trotz ihrer Redseligkeit und ihres Dranges zu ständiger Bewegung hatten die beiden sich stets gut verstanden. Dabei war Elizabeth drei Jahre jünger als Mary. Doch sie hatte auf ihre eigene Art und Weise ein Wesen, das sie jeden für sich einnehmen ließ, wenn sie es darauf anlegte.

An jenem Morgen jedoch war Mary noch aufgebracht. Bitter erinnerte sie sich an das Gespräch mit ihrem Vater und seine Stimme hallte in ihrem Kopf nach.

Vergiss den Empfang, Tochter, wiederholte sie grollend in Gedanken. *Ich sollte ihn einmal in dieser Art zurechtweisen: Vergesst das neue Zuchtpferd, Vater!*

„*Tu m'as manqué!*" Doch Elizabeth ließ ihr keine Zeit für die trüben Gedanken, als sie strahlend vor Mary zum Stehen kam. „Willkommen in Cheshire, *Mademoiselle.*"

Mary senkte die Lider und begrüßte das junge Mädchen mit einem leichten Knicks, als diese ihr bereits um den Hals fiel.

„*Mais ma chère*!", lachte sie, als sie wieder von Mary abließ. „Wie oft muss ich dich erinnern, dass diese dumme Etikette unter Freundinnen nicht geläufig sein sollte?"

„Und dennoch ist sie geläufig und so lange werde ich vor dir knicksen, meine Liebe, vor allem, da dein Vater nun den Titel des Earls of Marlborough trägt." Ein Lächeln stahl sich auf Marys Gesicht, als Elizabeth den Kopf schüttelte. In ihren Augen stand ein Feuer geschrieben, das ihren kindlichen Übermut untermalte. Wie gern hätte auch Mary ein wenig dieser Unbeschwertheit gehabt.

„*Ma chère,* du hast mir auch gefehlt." Doch obgleich die Worte freundlich waren, ließen sie die sonst herzliche Wärme in ihnen vermissen. Beinahe hätte Mary beim Klang ihrer Stimme selbst gefröstelt, doch Elizabeth ließ ihr nicht die Zeit, erneut in Gedanken zu verfallen. Wie von selbst flossen die Worte, mit denen Elizabeth ihr von der Reise berichtete. Mehrere Tage waren sie von Wiltshire unterwegs gewesen, eine Reise gen Norden nach Cheshire. Die junge Tochter des Earls wurde nicht müde, jede Kleinigkeit penibel zu schildern. Doch sosehr Mary sich mühte, diesen Schilderungen zu lauschen, so blieb ihr die Bedeutung der Worte doch verwehrt.

Unter anderen Umständen hätte auch sie dem Ausritt entgegengefiebert, denn sie liebte das Reiten wie keine andere Beschäftigung. Wenn sie Elizabeth so erblickte, wanderten ihre Gedanken zu dem prunkvollen Ball, den die Eltern Elizabeths und ihr Vater für die beiden Mädchen auszurichten gedachten. Beide Familien besaßen Stadthäuser in Chester, das nur unweit vom Anwesen der Grosvenors lag. Obgleich Mary die Stadt einst besucht hatte, glichen ihre Erinnerungen nur nebligen Schleiern, verschwommen und trübe. Damals war sie noch jung an Jahren und hatte dem Treiben um sich herum kaum Bedeutung beigemessen. Elizabeth hingegen begleitete ihren Vater des Öfteren und wusste Dinge zu berichten, von denen Mary nur zu träumen vermochte.

Dennoch erschien es ihr ungerecht, dass dieser Ball – der eigentlich nur ihr zu Ehren von ihrem Vater gegeben werden sollte – nun Hand in Hand mit Elizabeth vollzogen wurde. Sie hatte versucht, mit ihrem Vater darüber zu sprechen, doch er war hartnäckig geblieben und hatte ihren Klagen kein Gehör geschenkt. Lord Henry Ley, der zweite Earl of Marlborough, war in seinen Augen ein bedeutungsvoller Mann und er verstand den gemeinsam ausgerichteten Ball als eine Ehre. Gerade aufgrund der höheren Stellung Lord Henrys würden zahlreiche Adelige anwesend sein, die viel Macht in England ausübten.

„Mary, *ma chère*, so viel Zeit ist verstrichen, ohne dass wir einander gesehen haben! Ich bin unendlich erfreut, dass mein Vater mir gestattete, ihn auf seiner Reise zu begleiten! Nicht, dass mein Herz für die Politik schlüge, doch wie hätte ich mir eine solche Gelegenheit entgehen lassen können!"

Die muntere Elizabeth holte Marys Gedanken in die Gegenwart zurück, während die beiden zu ihrem Vater schritten. Sie plauderte von ihrem neuen Reitpferd, einem Schimmel, von Tinkturen und Mitteln, die ihr Vater ihr geschenkt und anderen Dingen, die sich auf ihrem Anwesen ereignet hatten. Als die beiden Elizabeths Vater erreichten, begrüßte Mary den Earl mit einem Knicks und hieß ihn sowie seinen engen Freund und Vertrauten Sir Thomas in Cheshire willkommen.

„Es ist uns immer wieder eine Freude, meine Gute", erwiderte der Earl, als sie sich wieder aufgerichtet hatte. „Auch Ihr werdet immer bezaubernder. Euer Vater kann mit Stolz von Euch sprechen."

Bei dem Gedanken an ihren Vater durchfuhr Mary wieder der Groll gegen seine eigenmächtige Entscheidung, sie auf diesen Ausritt zu schicken. Doch ihre Lippen formten ein geschmeicheltes Lächeln.

„Ich bemühe mich, ihm alle Ehre zu machen."

„Ich bin so aufgeregt, *ma chère*!" Elizabeth lächelte sie heiter an und Mary zwang sich, auch sie ihren Unmut nicht spüren zu lassen. „Sollten wir unsere Pferde denn nicht bereits gesattelt auf dem Hof vorfinden können? Zumindest sprach dein Vater davon, dass alles nach unserem Umkleiden hier bereitgestellt sei."

Kurz ließ Mary den Blick schweifen und erst in diesem Moment merkte sie, dass die Freundin die Wahrheit gesprochen hatte. Verwundert stellte sie fest, dass sich bisher nur zwei Pferde auf dem kleinen Platz vor dem Herrenhaus befanden. Da erst erblickte sie die zwei Stallburschen, die von den Stallungen herüberkamen. Jeder der beiden führte zwei Pferde mit sich und sie erkannte ihr eigenes, die fuchsbraune Old Cleveland Bay Stute Mylène, unter ihnen.

„Verzeiht", entschuldigte Mary das verspätete Erscheinen der Pferde. „Ich werde die beiden zurechtweisen." Erhobenen Hauptes schritt sie auf die Knechte zu. *„Pourquoi avez-vous mis si longtemps à aller chercher les chevaux? Nos invités attendent la promenade à cheval. Votre comportement est inacceptable.*"

Die Schärfe ihrer Stimme und die Kälte ihrer blauen Augen ließen den größeren der beiden zusammenzucken und betroffen den Blick senken. Kaum hörbar murmelte er: *„Nous demandons votre pardon, Mademoiselle.*"

Mit einer Handbewegung entließ sie ihn und wandte sich dem zweiten Knecht zu, dessen Haupt von einem großen, schwarzen Hut mit weiter Krempe bedeckt wurde.

„Regardez-moi", forderte sie ihn auf, verärgert über seine Unverfrorenheit, ihr nicht ins Gesicht zu blicken. Der blon-

de Stallknecht, der bereits ihre erste Frage beantwortet hatte, räusperte sich verlegen.

„Il ne parle pas français.“

„*Pardon*?“ Er sprach kein Französisch? Was erlaubte ihr Vater sich? Er wusste genau, welchen Wert sie darauf legte, dass sie mit französischsprachigen Bediensteten bedacht wurde, nicht mit englischem Gesindel! Sie schluckte ihre Wut herunter und bedeutete dem blonden Jungen, die beiden Pferde zu Elizabeth zu führen. Das zweite würde seines sein. Sie erkannte ihn und wusste, dass er sie auf dem Ausritt als Geleitschutz begleiten würde. Aber jener Knecht mit dem schwarzen Filzhut hatte in ihrer vornehmen Gesellschaft nichts verloren.

„Warum wird mein Pferd von einem Knecht gebracht, der der französischen Sprache nicht mächtig ist?“, herrschte sie ihn an. Doch er hob lediglich flüchtig den Kopf. Der Moment war zu kurz, um sich sein Gesicht einprägen zu können, doch deutlich erkannte sie den verständnislosen Blick in seinen Augen. Nicht verwirrt und beschämt verständnislos, sondern trotzig, als ob er ihr zeigen wollte, dass es ihn nicht kümmerte, was sie ihm befahl. Zu rasch war der Augenblick verflogen und er senkte den Kopf, ohne dass sie noch zu sagen vermochte, was sie soeben gesehen hatte. Für einen Moment wusste sie nicht, was sie auf sein Schweigen erwidern sollte, doch dann gewann die Wut auf ihren Vater wieder die Oberhand.

„Ich verbitte mir einen Geleitschutz, der meiner Sprache nicht mächtig ist.“ Es ärgerte sie maßlos, dass dieser Knecht nicht einmal die Ehre zu schätzen wusste, die ihm zuteil wurde. Er sprach mit der Tochter des Baronets und zeigte nicht den geringsten Funken Respekt. Sie wollte erneut ansetzen und ihn fortschicken, als seine dunkle, volle Stimme erklang.

„Euer Vater schickt mich.“ Es lag keine Demut in diesen Worten. Er wusste, dass sie ihn nicht fortschicken konnte, wenn ihr Vater ihn gesandt hatte.

„Mein verehrter Herr Vater weiß wohl, wie viel Wert ich auf die Verwendung der *französischen* Sprache lege“, betonte sie noch einmal, als der Bursche den Kopf hob und sie den harten Blick seiner Augen auffing. Augen, die durch die ihren hindurch bis zum Grund ihrer Seele zu blicken schienen. Sie senkte die Lider, noch bevor sie wusste, was sie tat.

„Verzeiht, aber ich bin der Entscheidung Eures Vaters unterworfen und nicht berechtigt, mich ihr zu widersetzen."

Sie schaffte es nicht, seinem Blick standzuhalten, und starrte stattdessen auf das beschmutzte Leinenhemd, das ihr für seinen Körper viel zu groß erschien. Er hingegen zog den Filzhut wieder tiefer ins Gesicht, sodass die Krempe einen Teil dessen verdeckte. Erst jetzt schaffte sie es, ihm wieder ins Gesicht zu blicken. Doch die Worte, die sie eben noch zu sprechen gedachte, wollten ihr nicht über die Lippen kommen. Dass ihre Antwort ausblieb, fasste der Knecht als Bestätigung ihres Unmutes auf. Er wandte sich ab und griff nach den Zügeln ihres Pferdes.

„Es ist eine Anordnung Eures Vaters, m'Lady. Auch ich hätte Besseres zu erledigen."

Sprachlos wandte sie sich ihm zu, doch ohne ihn für seine Respektlosigkeit zurechtzuweisen, ließ sie sich beim Aufsitzen helfen und fragte sich, weshalb ihr Vater ausgerechnet diesen Burschen zu schicken gedachte. Selbst als sie den Hof verließen, waren ihre Gedanken noch in diesen sonderbaren Augen gefangen.

Marys Groll wollte nicht verfliegen. Anders als sonst konnte sie sich nicht dazu durchringen, ausgelassen mit den hohen Herrschaften zu spaßen und sich im Mittelpunkt der Aufmerksamkeit zu sonnen. Ihre Erwiderungen blieben einsilbig, sobald sie sich dazu zwang, am Gespräch teilzunehmen. Gar ihr Lachen, sonst so unbeschwert und frei, schien ihr fremd, als gehörte es jemand anderem. Zu sehr hatten sich die Augen des Stallknechtes in ihre Erinnerung gegraben.

Jener Junge war ihr noch nie auf dem Anwesen begegnet. Doch sie musste sich eingestehen, dass sie kaum Bedienstete kannte, die der französischen Sprache nicht mächtig waren. Gaben Lord Henry, sein Vertrauter Sir Thomas oder Elizabeth einen Befehl, so ließ sie ihre Stute ein kleines Stück hinter den anderen zurückfallen, um dem Stallburschen das Verlangte zu übersetzen. Freilich hatte ihre Stimme noch immer einen scharfen Ton und sie gab sich alle Mühe, gereizt zu klingen, doch es war mehr, als sie jemals für einen anderen Bediensteten getan hatte. Die verstörten Blicke des anderen Knechts ließen sie dabei kalt. Dem Stallburschen hingegen schien ihre Mühe gleichgültig zu sein.

„*Pourquoi le lui traduis-tu? Le connais-tu?*“ Es war Elizabeth, die des ungewöhnlichen Gebarens der Freundin als Erste gewahr wurde.

„*Non, quelle pensée*!“, verneinte Mary etwas zu hastig. Mit einem Mal war sie erleichtert, dass der seltsame junge Mann nicht verstand, worüber sie sprachen. Elizabeth hingegen beäugte sie misstrauisch.

„Stalljunge!“ Beim Klang von Elizabeths Stimme zuckte Mary unwillkürlich zusammen, als diese ihr Pferd wendete, um neben dem Burschen zu reiten. Es war eines der seltenen Male, dass Elizabeth sich der englischen Sprache bediente. Marys Korsett schien ihr plötzlich die Luft abzuschnüren.

„Ich war schon viele Male auf dem Anwesen der Grosvenors, aber dich habe ich noch nie erblickt. Weshalb geleitest ausgerechnet *du* uns auf unserem Ausritt, wenn du nicht einmal unsere wahre Sprache verstehen kannst?“, spottete sie und Mary glaubte, das selbstgefällige Lächeln Elizabeths vor sich zu sehen, während diese das Wort an den Burschen richtete. Sie musste sich zwingen, sich nicht zu den beiden umzuwenden. Doch es fiel keine Erwiderung.

„Ich spreche mit dir!“ Elizabeths erregter Ausbruch durchzuckte das Schweigen einem Peitschenschlag gleich. „Ungehobeltes Dienstbotenpack! Glaube mir, es ist nicht schwer, deinen Namen in Erfahrung zu bringen. *Alors*, wer bist du?“

Marys Hände verkrampften sich um die Zügel. Wieso antwortete er nicht? Ob er Elizabeth auch mit seinen undurchdringlichen Augen fesselte?

„Sag, Mary, Liebes, sind alle eure Dienstboten so respektlos?“, hörte sie Elizabeth rufen. Da erst bemerkte sie, dass sie die Luft angehalten hatte. Nach einem tiefen Atemzug ließ sie ihr Pferd ebenfalls zurückfallen. Warum konnte er ihr nicht einfach seinen Namen nennen? Nur durch sein Schweigen hielt er ihr Interesse wach. „Ach, lass mich raten, dein wahrer Name ist auch dir verborgen! Wahrscheinlich war deine Mutter eine dieser Straßenhuren, die nicht wusste, wie sie diese ganzen Mäuler noch stopfen sollte. Also hat Marys gutmütiger Vater sich deiner angenommen, damit du nicht auf der Straße verhungern musst. So muss es ja gewesen sein, wenn du deinen Namen nicht kennst? Oder ist er dir jetzt wieder in den Sinn gekommen?"

Einige Herzschläge lang war nichts zu vernehmen, außer dem dumpfen Hufgetrappel der Pferde und den gedämpften Stimmen des Earls und Sir Thomas'. Doch gerade, als Elizabeth zu einer weiteren Erwiderung ansetzte, ertönte die volle und tiefe Stimme des Jungen.

„Fynn."

Es war nur ein einziges Wort und dennoch vermochte er es so zu sprechen, dass es keineswegs klang, als hätte er sich der Laune Elizabeths unterworfen, sondern vielmehr, als wäre er es leid, ihren Reden Gehör schenken zu müssen.

Mary hingegen nahm dies nicht zur Kenntnis. Nur kurz hatten seine Augen die ihren gestreift, als er seinen Namen nannte, und wieder schien er sehen zu können, was sie vor allen verborgen hielt: ihre Angst, ihre Wut, ihren Zorn.

„*Ma chère*, hast du das gehört? Welch äußerst amüsanter Name!", lachte Elizabeth, doch Mary blieb stumm. Seine Stimme hallte noch leise in ihrem Kopf. Fynn. So tief und voll, gleichzeitig so unbeschwert, als könnte ihm die adelige Gesellschaft nicht das Wasser reichen. Warum versuchte sie, den Klang einer solchen Stimme in sich festzuhalten?

„Und weshalb arbeitest du auf dem Gut?" Elizabeth verfolgte weiterhin ihr Fragespiel. Fynn hingegen schien ihre Frage gleichgültig zu sein. Eine Frage, deren ungesprochene Antwort auch Marys Interesse weckte. Sie glaubte nicht, dass er auf dem Anwesen oder in dessen Nähe aufgewachsen war. Es musste mehr dahinter stecken als das.

Doch er schwieg.

„Bist du taubstumm od…?", fauchte Elizabeth und hätte den Satz wohl mit einer schlimmeren Anschuldigung beendet, wäre nicht ihr Vater auf die Unterhaltung seiner Tochter aufmerksam geworden.

„*Ma fille, pas dans ce langage vulgaire*!", rief er zurechtweisend. Er begrüßte es nicht, dass seine Tochter mit Menschen sprach, die sich „unter ihrer Würde" befanden, noch dazu in einer Sprache, die ebenso wenig seinen Ansprüchen Genüge tat. Der Bursche hingegen ließ sich nicht beirren. Elizabeth ritt wieder zu Mary herüber und rümpfte die Nase.

„Was für ein Hanswurst! Solche Leute verrichten auf eurem Anwesen ihren Dienst?", beschwerte sie sich. „Sieh ihn dir doch nur einmal an! Dieser Hut! *Absolument hideux*. Wohl, um seine von Läusen bevölkerten, verfilzten Haare zu verbergen."

Mary warf einen leichten Blick über die Schulter. Der Bursche trug die Krempe seines Hutes noch immer so tief ins Gesicht gezogen, dass sie sich fragte, ob er überhaupt darunter hervorzusehen vermochte. Wieso verbarg er sein Gesicht vor der Welt? Oder war es die Welt, die er vor seinem Blick zu verbergen suchte? Als er den Kopf hob, wandte sie ihren Blick rasch wieder Elizabeth zu. Verstört spürte sie das laute Pochen ihres Herzens in ihrer Brust. Hatte er bemerkt, dass sie ihn betrachtet hatte?

Schweigend setzte die kleine Gruppe ihren Weg durch das angrenzende Waldstück fort, nur Elizabeth schimpfte noch leise über den Ungehorsam der Dienstboten. Mary schenkte ihr jedoch kaum Gehör. Stattdessen widmete sie ihre Aufmerksamkeit dem Earl und Sir Thomas.

„Ich hoffe, Eure Reise war angenehm, My Lord."

Sie war näher an ihn herangeritten und schenkte ihm ein gekonntes Lächeln.

„Henry, meine Gute, nennt mich Henry." Er fuhr sich kurz durch das dunkle Haar und zwinkerte ihr aufmunternd zu, ehe er erwiderte: „Äußerst beschwerlich. Allein die Gedanken an den törichten Akt des Königs wiegen schwer. Als hätte Gott allein ihn zum Herrscher erkoren, dass er glaubt, die Geschicke des Landes ohne das Parlament leiten zu können!" Er schüttelte den Kopf, während Mary sich die größte Mühe gab, wissbegierig zu erscheinen. „So vermag doch zumindest Eure Gesellschaft mich diese Torheiten für einige Zeit vergessen lassen." Er musterte die junge Frau, während er sprach, und machte sich nicht die Mühe, dies zu verbergen. Mary hingegen empfand einen seltsamen Abscheu gegen seinen unverhohlenen Gefallen.

„Ich hoffe, dass Ihr angemessen empfangen wurdet", sprach sie, als sein Blick wieder ihre Augen traf.

„Aber gewiss doch, meine Gute. Allerdings war mir der prunkvolle Empfang ein wenig zu aufreibend. So viele Gäste, wie Ihr geladen habt! Mein Gemüt ist noch betrübt nach dem Dahinscheiden meines hoch verehrten Vaters und des Königs Handlungen tun ihr Übriges. Was könnte jene leidvollen Gedanken besser zu vertreiben wissen als ein gepflegter Ritt, um auch die Anstrengungen der langen Reise zu vergessen? Die nächsten Tage werden mir noch genügend Möglichkeiten zum mühevollen Debattieren bieten."

Mary nickte stumm und unterdrückte den aufkeimenden Zorn. Weshalb musste seine Erholung in einem Ausritt enden, bei dem er auf ihre Begleitung angewiesen war? Es hätte andere Möglichkeiten gegeben, die Strapazen der Reise ausklingen zu lassen. Sie wusste, dass sein Vater, der erste Earl of Marlborough, dessen Titel er geerbt hatte, erst vor wenigen Monaten dahingeschieden war, doch ebenso war sie sich im Klaren darüber, dass er es gewiss kaum hatte erwarten können, den Titel eines Earls zu tragen.

„Zwar bin ich nur selten gereist, doch ich verstehe, wovon Ihr sprecht."

Selten war kein Ausdruck. Bis auf jene eine Reise nach Chester, als ihre Mutter noch im Diesseits verweilte, hatte sie das väterliche Anwesen nie verlassen. Sicherlich hatte selbst der Stallbursche Fynn mehr von der Welt gesehen als sie, fuhr es ihr durch den Kopf. Wenn sie nur wüsste, woher er gekommen war! Vielleicht herrschten dort gänzlich andere Sitten als hier in Cheshire und er hatte sich ihnen gegenüber nach seinen Bräuchen unterwürfig verhalten? Sie begann, sich die kühnsten Gedanken auszumalen, und merkte nicht einmal, dass sie ein ums andere Mal erneut einen Blick auf jenen Burschen warf. Aus welchem Land konnte er nur stammen?

„… wie Ihr wohl selbst wisst“, riss Lord Henry sie in eben dem Moment aus ihren Gedanken, als ihr bewusst wurde, dass sie keines der Worte seiner Schilderungen wahrgenommen hatte.

„Selbstverständlich, keine Frage.“ Sie ließ sich nicht anmerken, dass sie dem Gespräch nicht gefolgt war.

„Ich vermag mich nicht zu erinnern, Lady Mary“, richtete nun Sir Thomas das Wort an sie, sodass ihre Gedanken nicht versucht waren, weiterhin über die Herkunft Fynns zu rätseln, „dass Ihr schon immer so zuvorkommend den Dienstboten gegenüber gehandelt hättet. Bei meinem letzten Aufenthalt habt Ihr Euch strikt geweigert, jemanden als Geleitschutz zu akzeptieren, wenn er des Französischen nicht mächtig war.“

„Wohl wahr, doch im Moment wird der größte Teil unserer Dienerschaft auf dem Empfang benötigt. Ich selbst kenne jenen englischen Burschen nicht, aber wir könnten es nicht verantworten, sollte auf einem Ritt ohne angemessenen Geleitschutz etwas geschehen“, konterte sie geschickt.

„Ganz aufrichtig, My Lady“, wandte sich der Earl an sie. „Dennoch verwundert mich Eure Art, gewisse Bedienstete vornehm anzureden, so etwas ziemt sich nicht für die heutige Zeit.“ Sie spürte die Genugtuung in seiner Stimme, als er diese versteckte Zurechtweisung aussprach, doch ließ sie sich nicht davon verunsichern.

„Ich bin der Auffassung, My Lord“, sie verzichtete bewusst auf seinen Vornamen, „dass man jene Menschen, die sich trotz ihres niederen Standes ein wenig Bildung anzueignen vermochten, dafür entlohnen sollte. So besitze ich beispielsweise Achtung vor meiner Zofe, muss ich Euch gestehen, denn nach dem Tod meiner Mutter fiel ihr die Aufgabe zu, mich großzuziehen. Ich lehne es ab, jemanden anzunehmen, dem es nicht möglich ist, die Aufgaben zu verrichten, die ich von ihm erwarte. Ich bin nicht bereit, mich von primitivem Gesindel bedienen zu lassen.“

Dessen ungeachtet hatte der Earl of Marlborough bemerkt, dass sie an ihrer förmlichen Anrede festhielt, obwohl jener Stallknecht das Französische nicht beherrschte oder gar in

Ansätzen verstand. Doch er schwieg und nickte kaum merklich.

Sie folgten einem breiten Waldweg, den Mary bereits des Öfteren geritten war, wenn es sie danach verlangte, für sich zu sein. Der Tag war wie für einen Ausritt geschaffen und nach und nach verrauchte der Zorn auf ihren Vater, auch wenn dies nicht daran lag, dass sie sich in Begleitung des Earls wie auf dem Empfang amüsiert hätte. Allerdings fiel es ihr schwer, all ihre Gedanken dem Gespräch mit dem Earl of Marlborough hinzugeben. Obgleich sie sich konzentriert gab, war ihr, als hätte sich Fynns Blick in ihr Innerstes gebrannt. Sie wollte, dass er ihr so begegnete, wie andere Bedienstete es taten: mit Gehorsam, Demut und Ehrfurcht. Doch nichts von alledem spiegelte sich in seinem Blick und seiner Stimme.

Es war ihr kaum bewusst, dass sie versuchte, ihre rote Mähne zu zähmen, die durch den Ritt aus der gewohnten, strengen Ordnung gebracht wurde. Wäre es denkbar, dass er nicht von ihr verzaubert war?

Sie bemerkte nicht, dass sie darauf achtete, stets in seiner Sichtweite zu reiten, selbst dann, wenn sie ins Gespräch mit Lord Henry und Sir Thomas vertieft war. Zeigte er doch Interesse und verbarg es nur zu geschickt? War es seine Absicht, ihre Neugier zu entflammen?

Natürlich wird er mich ansehen, dachte sie sich nach einem weiteren raschen Blick über die Schulter. *Ich bemerke es lediglich nicht. Er weiß, dass er bei mir nie eine Aussicht auf etwas anderes als das Erhalten eines Befehls haben wird.*

Noch glaubte sie wirklich daran.

Die letzten Strahlen der abendlichen Sonne schienen den Himmel in Flammen zu hüllen. Camillia musste einen Moment innehalten, als ihr Blick auf den glühenden Wolken verharrte. Mit jedem Tag, der verstrich, fiel ihr der Gang in Lady Marys Gemächer schwerer. Sie konnte es sich nicht erklären, doch wann immer ihr Blick die junge Lady streifte, wollte sich ihr Herz zusammenziehen. So viele Jahre waren vergangen, in denen sie Mary stets eine treue Weggefährtin gewesen war.

Sie erinnerte sich an den Tag ihrer Geburt, als läge dieser kaum wenige Stunden zurück. Eine Erinnerung, so kostbar wie das Leben selbst. Doch Mary war nicht mehr das kleine Mädchen, an dessen Bett sie gewacht hatte, wenn dunkle Träume ihren Schlaf hatten trüben wollen. Das Lächeln, das sie Camillia zu schenken wusste, war kalt und ihre Augen blickten durch sie hindurch. Camillia hatte geahnt, dass es eines Tages dazu kommen würde. Was hatte sie anderes erwartet? Doch nun zu merken, wie dieses einst so lebensfrohe Kind ihr entglitt, ließ alte Schmerzen aufflammen, die sie längst vergessen geglaubt hatte.

Sie musste sich zwingen, den Gang zu Marys Gemächern entlangzuschreiten und die Erinnerung ruhen zu lassen. Nichts Gutes würde daraus erwachsen, wenn sie sich blinden Hoffnungen hingäbe. Manche Entscheidungen konnte man nicht widerrufen.

Lady Mary erwartete sie bereits in ihren Gemächern.

„Camillia."

Die Zofe knickste leicht und schloss die Tür hinter sich, bevor sie an die Lady heranschritt, deren Blick im Spiegel auf ihrem eigenen Antlitz verharrte. Es stimmte Camillia auf sonderbare Weise traurig, sie so zu sehen, den verträumten Blick auf das eigene Abbild gerichtet, und sie konnte nicht umhin, sich zu fragen, was Mary täte, wenn sie wüsste, was vor so langer Zeit geschehen war. Würde sie noch immer so verträumt in den Spiegel schauen oder würde ihr Blick weiter reichen?

„Sagt, Camillia, was wisst Ihr von einem Stallburschen namens Fynn zu berichten?"

Camillia, die bereits damit begonnen hatte, die Spangen aus Marys Haaren zu lösen, schaute überrascht von ihrer Arbeit auf.

„Fynn?" Weshalb begehrte die Lady etwas über einen der Stalljungen zu erfahren? Sie runzelte die Stirn, doch in Marys blauen Spiegelaugen vermochte sie nichts zu lesen. „Sein Name fällt von Zeit zu Zeit unter den Dienstmägden. Doch er hält sich wohl im Schatten und gibt sich wortkarg. Ihr wisst wohl, wie solch Haltung Gerüchte zu schüren vermag."

Mary schüttelte lachend den Kopf und nur für einige Sekunden lang glaubte Camillia, das Mädchen in ihr zu sehen, das sie früher einmal gewesen war.

„Was sagte ich Euch über den Klatsch unter den Mägden und Knechten? Es ziemt sich nicht für Euch, sich unter dieses Gesinde zu mischen." Der Augenblick verflog schneller, als es Camillia lieb war, obwohl sie am schelmischen Unterton in Marys Stimme hörte, dass ihre Herrin diese Zurechtweisung nicht in voller Überzeugung ausgesprochen hatte.

„Nun, daher weiß ich Euch zu berichten, dass jener Fynn die unterschiedlichsten Arbeiten verrichtet, je nachdem, wo Bedarf an starken Helfern ist", erwiderte sie, als sie mit dem Kamm durch Marys wilde Flammen fuhr. Manchmal vermisste sie es, das Leben in den Weilern, den ungezwungenen Umgang mit ihresgleichen, wenn sie nicht auf jedes Wort bedacht sein musste. Dann erfüllte sie eine Sehnsucht, die stärker war, als sie es je zu glauben gewagt hätte. In früheren Zeiten hatte sie zuweilen in ihren Erinnerungen Trost gefunden, doch nun brachten sie nur noch Traurigkeit.

„Des Weiteren entsprach der Ausritt Euren Ansprüchen?", fragte die Zofe, um ihre eigenen Gedanken zu zerstreuen, während sie noch versuchte, Marys wilde Locken zu zähmen.

Mary setzte zu einer Antwort an, schwieg dann jedoch. Camillia sah einen Ausdruck über das Gesicht ihres Zöglings huschen, den sie nicht zu deuten wusste, bevor Mary letztendlich entgegnete: „Anregend. Ich habe mich hervorragend amüsiert."

Da war es wieder, das dumpfe Stechen in ihrer Brust, wenn Mary ihr eine nichts sagende Antwort gab, von der sie wusste, dass sie gelogen war.

3 lac d'éclosion

Die Kleidung, die er trug, schien an ihm zu groß und die weite Krempe seines Hutes verdeckte einen Teil seines Gesichtes sowie sein Haar. Dennoch konnte Mary an einer vereinzelten dünnen Strähne erkennen, dass es haselnussbraun sein musste. Ihr Puls raste, als ihr Blick auf sein verschmutztes Leinenhemd fiel, die dunkle, an den Knöcheln eng geschnürte Leinenhose und seine wendigen Bewegungen, während er arbeitete. Warum war sie nur hergekommen? Sie sollte nicht wie versteinert in den Stallungen stehen und einen Stallburschen bei seiner Arbeit beobachten.

Einige andere Burschen hatten sich vor einer Box versammelt, tuschelten und betrachteten verwundert die Tochter des Baronets, die dort so unentschlossen verharrte. Sie fing den Blick eines Jungen auf und rasch wandte dieser sich ab, um sich wieder seiner Arbeit zu widmen. Als auch die anderen merkten, dass sie zu ihnen herübersah, löste sich die Traube. Doch ihr entging nicht, dass sie verstohlen zu ihr herüberschauten.

Fynn hingegen schien Mary noch immer nicht bemerkt zu haben. Allein der Gedanke daran, ihn ansprechen zu müssen, ließ ihr Herz so laut schlagen, dass sie befürchtete, es müsste bis nach Eccleston zu hören sein.

Wenn ich noch länger hier herumstehe, mache ich mich lediglich zum Gespött, fuhr es ihr durch den Kopf. Sie seufzte und fasste sich schließlich ein Herz. Er war der Stallknecht, nicht sie!

Sie spürte, wie sich die Augen der anderen Knechte in ihren Rücken bohrten, als sie auf die Box zuschritt, in der Fynn arbeitete. Sonst hatten ihr die Blicke der Bediensteten nie Unbehagen beschert. Weshalb fühlten sie sich heute wie messerscharfe Klingen an, die durch sie hindurchfuhren?

Als sie an der Box angelangt war, nahm er ihre Anwesenheit nicht einmal wahr, so tief schien er im Striegeln des Pferdes versunken zu sein. Was hätte sie nicht darum gegeben, gar nicht erst hergekommen zu sein. Doch jetzt gab es keinen Weg zurück.

„Mich verlangt es nach einem Ausritt."

Ihre Kehle schien wie ausgedörrt. Hatte sie die Worte gesprochen oder gekrächzt?

Fynn hingegen schenkte ihr nicht einen einzigen Blick. Im Gegensatz zu den anderen Stallknechten, die die Unterhaltung erstaunt verfolgten, fuhr er ungerührt damit fort, das Pferd ihres Vaters zu striegeln, als er ihr antwortete: „Euer Pferd ist zum Ausritt bereit. Ich habe mich bereits darum gekümmert. Es sollte nichts geben, was Ihr zu beanstanden hättet."

Er schleuderte ihr die Antwort ins Gesicht, sodass sie sich fühlte, als hätte er ihr eine Ohrfeige verpasst. Glaubte er wirklich, sie würde sich dazu herablassen, mit ihm zu reden – noch dazu auf Englisch –, wenn sie lediglich wissen wollte, ob Mylène zum Ausritt bereit war? Da hätte sie ebenso gut zu Mylènes Box gehen können, um zu überprüfen, ob sie alles hergerichtet vorfinden würde.

„Es gibt nichts, was ich an Mylène auszusetzen hätte. Trotzdem pflege ich nicht allein zu reiten und mein Vater legt großen Wert auf sichere Begleitung."

„Ich würde Euch gern begleiten, aber wie Ihr seht …", er hielt inne in seiner Arbeit, doch er stand noch von ihr abgewandt, „… habe ich noch viel zu tun."

„Trent!" Ein etwas älterer Knecht kam auf Mary zu. *„Faites le travail de Fynn, je voudrais me promener à cheval avec lui"*, wies sie ihn an, Fynns Arbeiten zu übernehmen. Ein Gefühl der Erleichterung durchflutete sie. Warum hatte sie daran nicht gleich gedacht?

Der Knecht nickte nur und verneigte sich leicht vor ihr. Fynn hatte sich den beiden zugewandt, die Bürste noch in der Hand, doch er hatte in seiner Arbeit innegehalten. Mary dankte Gott, dass er des Französischen nicht mächtig war. Es war um so vieles angenehmer auszudrücken, dass sie mit Fynn ausreiten wollte, wenn er es nicht verstand. Er hätte noch geglaubt, sie würde sich für ihn interessieren.

Fynn schwieg.

War es denn so schwer, einige wenige Worte über die Lippen zu bringen, um der Tochter des Baronets eine gute Unterhaltung zu sein? Er hatte sie nicht begleiten wollen und das wusste sie.

Sie trug ihre beste Reitkleidung, ein jadegrünes Kleid, welches ihre schmale Figur betonte. Das dunkel schimmernde rote Haar hatte sie mit Spangen hochstecken lassen, nur einzelne, vorwitzige Strähnen lösten sich durch den Ritt und umtanzten ihr schmales Gesicht. Sie hatte alles, jede noch so kleine Einzelheit, bedacht – jedoch nicht, dass Fynn all das gleichgültig sein würde.

Die Sonne thronte noch nicht lange am zartblauen Himmel und Mary fragte sich, welche Farbe Fynns Augen wohl hatten. Er hatte ihr noch nicht einmal direkt ins Gesicht gesehen und trug stets jenen großen schwarzen Hut, der sein Antlitz in Schatten tauchte. Wie gern hätte sie einmal in diese Augen geblickt. Eine Unterhaltung würde sie sicher davon abbringen, ständig über etwas nachzusinnen, auf das sie keine Antwort wusste.

„Seit wann verweilt Ihr auf unseren Ländereien?“

Sie biss sich so sehr auf die Zunge, dass es schmerzte. Mit Unterhaltung meinte sie eine Unterhaltung, die *er* beginnen sollte. Ihr Herz pochte noch lauter, sofern das überhaupt möglich war. Welcher Dämon war nur in sie gefahren?

Doch Fynn blieb stumm. Nur das Zwitschern der Vögel schien ihre Frage beantworten zu wollen.

Mary wurde ärgerlich. Was fiel ihm ein, sie zu behandeln, als wäre sie nichts mehr als die ihn umgebende Luft? Sie hatte *ihn* angesprochen! Sie konnte jeden haben, wenn sie wollte, also warum nicht auch ihn?

Sie wollte zu einer bissigen Erwiderung auf sein Schweigen ansetzen, doch genau in diesem Augenblick ertönte ein Schuss. Ein verängstigtes Reh sprang aus dem Gebüsch, genau vor Mylène. Das Pferd scheute, bäumte sich auf und die fassungslose Mary verlor die Zügel. Noch bevor Mylène davongaloppieren konnte, war Fynn bereits abgesprungen, hatte die Zügel ergriffen und redete dem Pferd beruhigend zu.

Für Mary hingegen ging alles viel zu schnell, als dass sie verstanden hatte, was geschehen war. Sie lag auf dem Boden, ihre Spangen hatten sich gelöst und das Haar hing ihr wirr ins Gesicht. Der Schreck saß ihr noch in allen Gliedern und sie bemerkte, dass sie zitterte. Sie hatte Glück gehabt und sich nicht verletzt, doch sie erhob sich nicht. Ihr Blick war starr auf Fynn gerichtet, der Mylène beruhigte. Ihm war ein Pferd wichtiger als eine Lady? Ihre Fassungslosigkeit wandelte sich in Wut. Zum Teufel mit diesem Stallknecht! Das bewies einmal wieder, dass sie sich vom englischsprachigen Pöbel fernhalten sollte.

„Ich sehe, Ihr scheint nicht das geringste Interesse an den Frauen zu besitzen, sonst würdet Ihr mir aufhelfen!", giftete sie und war umso verwunderter, als sie glaubte, ein leichtes Lächeln auf seinem Gesicht zu erspähen. Was bildete sich dieser Knecht ein, wer er war?

„Ich interessiere mich nur nicht für Frauen, die nicht wissen, was wahre Schönheit ist."

Sie rappelte sich auf und war sich durchaus bewusst, dass sie dabei keinesfalls elegant wirkte. Nach einem erfolglosen Versuch, ihre Locken glatt zu streichen, schritt sie auf ihn zu, doch er wandte sein Gesicht ab.

„Ihr vermögt nicht einmal, mir in die Augen zu schauen! Wie wollt Ihr da *wahre Schönheit* erkennen?"

Es klang beinah höhnisch.

„Schaut euch um, m'Lady. Ihr seid davon umgeben." Er sah sie noch immer nicht an. Doch seine Stimme war so samtenruhig wie zu Beginn ihrer Unterhaltung. War es möglich, dass es eine Frau auf dieser Welt gab, die ihm mehr Worte zu entlocken vermochte? Die er in diesem Samt zur Nacht bettete, um sie des Morgens darin erwachen zu lassen?

Nein, so etwas durfte sie nicht denken. Sie musste ihn hassen, hassen dafür, dass er sie nicht anerkannte, dafür, dass er nicht sah, wie schön sie war, und dafür, dass er mit ihr spielte, als wäre sie eine gewöhnliche Bauernmagd.

Doch es wollte ihr nicht gelingen. Stattdessen wandte sie sich von ihm ab und blickte sich um. Bäume, Sträucher, Pflanzen, deren Namen sie nicht kannte. Grün in grün, gepaart mit dem blauen Himmel über ihnen. Was sollte daran ergreifend sein?

„Ihr meint den Wald? Welche wahre Schönheit tragen diese alten Bäume in sich?" Sie klang wie ein kleines Kind. Sie merkte es selber und hätte die Worte am liebsten zurückgenommen. Ein fremdes Unbehagen kroch ihren Rücken empor.

„Ihr seid blind dafür, m'Lady." Seine Stimme war von einer sonderbaren Traurigkeit gefärbt. Als wüsste er etwas, das die Menschheit schon längst vergessen hatte. Mary blickte sich noch einmal um, doch das Bild hatte sich nicht verändert. Es waren dieselben Pflanzen, dieselben Bäume, dieselben Sträucher und sie alle standen unter demselben Himmel, wurden von derselben Sonne mit ihren Strahlen bedacht. Was hatte sie übersehen?

„Zeigt sie mir!" Sie wollte fordernd klingen, sie hatte es im Befehlston sagen wollen. Doch es klang wie eine verzweifelte Bitte.

Er seufzte. Nur der Gesang vereinzelter Vögel war zu vernehmen und das Farbenspiel des Lichtes durchdrang die Blätter der Bäume. Das Mädchen neben ihm hatte keine Ahnung von all den Dingen, die das Leben lebenswert machten, von all dem, was er verloren hatte.

„Wir sollten zurückreiten", sagte er. „Euer Vater wird besorgt sein, sollten wir zu lange fortbleiben, und ich will nicht derjenige sein, den er verdächtigt, Euch etwas zuleide getan zu haben. Euer Kleid und Eure Haare sprechen für sich."

„Zeigt mir, was Ihr unter *wahrer Schönheit* versteht, oder ich ...", sie rang nach Worten. Er spürte, wie aufgebracht sie war. „Ich werde ihm berichten, Ihr hättet mir dies angetan!"

Sie deutete auf ihr Kleid mit einer Geste, die wohl vorwurfsvoll wirken sollte und ihn an ein zeterndes Kind erinnerte.

Er schloss kurz die Augen. Was hatte er zu verlieren? Die Arbeit auf dem Gut war ihm wichtig. Er traute ihr zu, dass sie ihrem Vater von diesem Ausritt berichten würde, denn er hatte gehört, wie gefährlich es war, sich gegen den Willen der Baronetstochter zu stellen. Leichtmachen würde er es ihr jedoch nicht.

Er schwang sich auf sein Pferd.

„Folgt mir."

Das Wasser war kristallklar und kalt. Fynn berührte die Oberfläche und kleine Kreise entwichen der Stelle, an der noch eben seine Hand gewesen war. Sie wurden immer größer, um sich über den ganzen See auszubreiten, der so ruhig dalag, als wäre er bereits gefroren.

Mary kniete sich neben ihn. Noch vor ein paar Tagen hätte sie dies nicht getan. Sie liebte dieses Kleid und selbst, wenn es nur eines derer gewesen wäre, die ihr nicht viel bedeuteten, hätte sie sich gehütet, es zu beschmutzen. Doch das Wasser faszinierte sie. Klar und deutlich schauten sie zwei strahlend blaue Augen aus den Tiefen an. Obgleich sie diese Augen kannte, kamen sie ihr auf dem Wasser so fremd vor. War sie die Frau im Wasser, die da so Hilfe suchend heraufblickte?

Und neben dieser Frau sah sie ihn. Sie sah seine Augen. Sie wirkten grau und aus ihnen sprach eine ungekannte Traurigkeit. All ihre Wut und Enttäuschung waren vergessen. Dieser Ort zog sie vollends in seinen Bann. Noch mehr tat dies sein Spiegelbild mit den sturmgrauen Augen. Zum ersten Mal nahm sie die weichen Züge wahr. Ihre Hände begannen zu kribbeln. Sie fühlte sich, als könnte sie seine Haut berühren, wenn sie nur sein Abbild auf dem Wasser berührte.

Als er bemerkte, worauf sie blickte, wandte er sich ab und erhob sich, ging jedoch nicht.

Mary verharrte am Ufer im Moos. Weich umschmiegte es sie, dass sie sich beinahe fühlte, als wäre sie ein Teil dieser Lichtung. Die Stille jedoch war ihr unheimlich. Es lag kein Vogelgesang in der Luft und das Wasser ruhte vor ihr wie Glas. Sie blickte über den See hinaus und mit einem Mal überkam sie eine ungekannte Sehnsucht. Ein leichter Wind kam auf und als sich die Zweige der Bäume an den Ufern des Sees in seinem Takt wiegten, war es, als wäre ihr plötzlich bewusst geworden, dass sie ihr Leben bisher sinnlos verlebt hatte.

„Es ist wunderschön."

Die Worte kamen ohne ihr Zutun über ihre Lippen, glichen einem Flüstern, als wäre die Stille an diesem Ort heilig und dürfte nicht gestört werden. Fynn schwieg. Sie hob den Kopf, um zu ihm emporzublicken, doch er regte sich nicht.

„Ich kannte diesen See gar nicht", murmelte sie. Erneut hörte sie ihr Herz schlagen. Doch dieses Mal wollte es nicht davonlaufen, dieses Mal fühlte es sich an, als gehörte es genau an diesen Ort.

„Ihr habt ihn sicher nur nie wahrgenommen."

Während das Moos Mary sanft bettete, umfingen sie die warmen Sonnenstrahlen auf ihrer Haut und ließen den See zum funkelnden Sternenmeer am helllichten Tage werden. Die Zeit verstrich, ohne dass sie sich dessen bewusst war. Hier schien sie stillzustehen. Je tiefer die Sonne sank, desto wärmer wurden die Farben, die das Blätterwerk der Bäume am Ufer durchbrachen und ihr Spiel auf dem klaren Wasser fortsetzten.

„Wir sollten zurück."

Seine Stimme schien die Stille nicht zu stören, sondern sich auf wundersame Weise mit ihr zu vereinen, als gehörte auch sie an diesen Ort.

Sie wollte nicht, dass er aufhörte zu sprechen, und blieb stumm. Sie wünschte, dass er den Satz wiederholen würde, doch es blieb nur die Stille, in der nicht einmal die Vögel sangen. Fynn hatte sich an einen nahe stehenden Baum gelehnt und den See betrachtet. Nicht ein einziges Mal war sein Blick auf Mary gefallen. Beinahe glaubte Mary, eine gewisse Überlegenheit in seiner Haltung zu spüren. Aus den Augenwinkeln nahm sie seine Bewegungen wahr. Er erhob sich ohne jegliche Plumpheit, die sie von anderen Knechten gewohnt war, und ging zu den friedlich grasenden Pferden hinüber. Sie hätte sich gewünscht, dass er noch einmal das Wort an sie richten würde, doch er schwieg.

Langsam erhob sie sich. Wehmütig ließ sie den Blick erneut über den See und die letzten dunklen Farben streifen, die sein kaltes Wasser zu erwärmen schienen. An Fynn vorbei schritt sie zu Mylène, vermied es jedoch, ihm ins Gesicht zu sehen. Er half ihr aufzusitzen und schweigend ritten sie zum Anwesen zurück. Erst kurz bevor sie das große Tor erreichten, das zum Herrenhaus führte, brachte Mary die Worte über die Lippen: „*Merci bien.*"

Einige Tage zogen ins Land und Mary konnte nicht umhin, an die Zeit am See zu denken. Selbst der versäumte Empfang war gänzlich aus ihren Gedanken verschwunden. Sie hätte sich nie träumen lassen, dass die Natur Schönheiten zu bieten hatte, die sie mehr in ihren Bann zogen als von Menschenhand Erschaffenes.

Der frühmorgendliche Ritt mit ihrem Vater hatte sie erschöpft, obgleich die beiden nicht viel miteinander gesprochen hatten. Mary vermochte sich kaum an die gewechselten Worte zu erinnern, als sie mit ihrem Vater die weite Eingangshalle des großen Hauses betrat. Insgeheim hatte sie gehofft, Fynn würde kommen und Mylène versorgen, doch einer der älteren Stallknechte hatte sich ihrer Pferde angenommen.

„Wir haben uns etwas verspätet", bemerkte Sir Richard Grosvenor ungerührt, während seine Tochter ihren Gedanken nachhing und gleich einer Schlafwandlerin ihrem Vater die große Treppe hinauffolgte, die in den ersten Stock führte. Er schritt voraus und war ihrem Blick schnell entschwunden, doch sie eilte sich nicht. Als sie die letzten Stufen genommen hatte, hielt sie kurz inne und blickte hinunter in die Halle, in der bereits einige Zofen und Mägde geschäftig ein und aus liefen. Trotz des hellen Sonnenscheins war es in der Halle dunkel, sie wurde nur durch die Kerzen der beiden großen bronzenen Kronleuchter erhellt, die durch das Licht von innen heraus zu strahlen schienen. Bestickte Wandteppiche zierten die hohen Wände und empfingen Besucher mit dem Stolz, der auch Marys Familie eigen war. Dennoch fühlte sie sich an diesem Morgen seltsam verloren inmitten der kostbaren bunten Stoffe.

Den ganzen Morgen hatte sie versucht, sich mit ihren Gedanken auf das zu konzentrieren, was vor ihr lag, doch es wollte ihr nicht gelingen. Stattdessen sah sie wieder das glitzernde Wasser in der Sonne, die Spiegelungen, die durch sanfte Wellen verzerrt wurden, und sein Spiegelbild neben sich in den unergründlichen Tiefen. Ganz gleich, was sie tat, es war, als würde Fynn alle Gegenstände beseelen, mit denen sie in Berührung kam.

Als sie den Speisesaal erreicht hatte, öffnete sie behutsam die Tür. Wie sie es erwartet hatte, traf sie ihre Tante Christian, ihren Bruder, der nach seinem Vater den Namen Richard trug, und dessen Frau Sydney beim Frühstück an. Nur ihr anderthalbjähriger Sprössling Roger fehlte an der Tafel und ärgerte gewiss bereits seine Amme.

„Guten Morgen."

„Du bist reichlich spät." Beinahe etwas verächtlich verzog Richard den Mund und fuhr sich durch seine dunklen braunen Haare. Seit er sich einen Knebelbart hatte wachsen lassen, schien er sie noch strenger zu mustern und jedes noch so kleine Vergehen mit Missbilligung zu strafen. Ihr Bruder schätzte Disziplin und Pünktlichkeit über alle Maßen. Mary bemerkte, dass die drei ihr Mahl bereits beendet hatten.

„Ich dachte, du seiest darüber in Kenntnis gesetzt, dass Vater und ich ausgeritten sind", erwiderte sie knapp. Zielsicheren Schrittes betrat sie die Halle und nahm an der langen Tafel an Sydneys Seite Platz. Schüchtern blickte diese kurz auf, um Marys Begrüßung zu erwidern. Sie war von fast ebenso zierlicher Gestalt wie Mary, jedoch von geringerer Größe, obgleich sie vier Jahre mehr als diese zählte. Richard und Sydney waren vor beinahe zwei Jahren in den Bund der Ehe getreten.

„Es ist nicht zu übersehen, dass du vom Ausritt kommst, Schwester. Ich spreche dabei nicht nur von deinem Kleid. Man sieht dich selten so derangiert", unterbrach Richard ihren Gedankenfluss, als sie sich gerade von einer Magd gebackene Bohnen reichen ließ. Unwillkürlich fuhr sie sich über die Stirn und erwischte eine einzelne Haarsträhne, die sich aus ihren Spangen gelöst hatte. Sie warf ihm einen finsteren Blick zu.

Ihr großer Bruder liebte es, sie auf diese Weise zu necken, da er wusste, wie viel Wert sie auf ihr Äußeres legte. Er behandelte sie noch immer wie ein kleines Kind. Die acht Jahre zwischen ihnen waren für Mary nicht zu überbrücken.

„Du erinnerst mich an euren Vater, Richard", lachte Christian und ihre grünen Augen sprühten Funken. Sie war Sir Richards Schwester und seit neun Jahren mit Peter Daniell verheiratet, welcher sich nicht an der Tafel eingefunden hatte. Mary nahm an, dass ihr Vater aus diesem Grund so schnellen Schrittes in Richtung seiner Gemächer geeilt war; sicher erwartete ihr Onkel ihn bereits.

Ihr Bruder erwiderte das Lächeln der Tante. Er war von stattlicher Statur und jedes Mal, wenn sie ihn betrachtete, konnte sie nicht umhin, sich an ihre gemeinsame Kindheit zu erinnern. Camillia hatte ihr vor einiger Zeit berichtet, wie sehr ihr Vater sich über die Geburt eines Sohnes gefreut hatte. Doch nicht lange nach der Geburt war die freudige Stimmung des Vaters in Besorgnis und nicht zuletzt in Trauer umgeschlagen, da Richards Mutter Lady Lettice schwer erkrankte. Langsam raffte die Krankheit sie dahin. Ihr Vater hatte ein weiteres Mal geheiratet. Lady Elizabeth Wilbraham war nicht nur Richard eine sehr liebevolle Mutter gewesen, sie hatte dem Baronet auch eine Tochter geschenkt.

Eine Tochter.

Kaum jemand hatte davon erfahren, dass Lady Elizabeth Zwillinge gebar, denn nur eines der Kinder war gesund zur Welt gekommen.

„Nun gut, Sydney." Richard erhob sich vom Tisch und reichte seiner Gattin die Hand. Ihre blassen Wangen nahmen ein zartes Rot an, als er sie aus dem Raum geleitete, ohne dass die beiden ein letztes Wort an Mary richteten. Doch ihr war es recht. Lustlos betrachtete Mary ihre Bohnen. Ohne Sydney und Richard wirkte der Saal so riesig auf sie, dass sie sich bedeutungslos vorkam. Hatte sie sich sonst in diesen steinernen Wänden stets geborgen und sicher gefühlt, so war ihr nun, als befände sie sich in einem Verlies.

„Du darfst es ihm nicht nachtragen", sprach Christian und Mary zuckte zusammen, weil ihre Gedanken sie schon wieder an andere Orte getragen hatten. „Auf ihm lastet eine große Verantwortung, wenn er deinem Vater eines Tages als zweiter Baronet of Eaton folgen wird. Es sind schwere Zeiten, in denen wir leben."

Mary nickte bedächtig, als Christian sich erhob und ebenfalls die Halle verließ. Ihr Vater hatte auf dem morgendlichen Ritt seltsam besorgt geklungen, als sie auf ihren Onkel zu sprechen kamen. Während sie sich das Gespräch in Erinnerung rief, trugen zwei Mägde die Speisereste von Richard, Sydney und Christian ab; eine dritte brachte bereits neue Speisen für

Mary. Nur flüchtig streifte deren Blick das Weißbrot, die Orangenmarmelade, das Schmalz, die Erbsenbrühe und den Wein. Mit einem Mal wurde ihr bewusst, wie üppig ihr Morgenmahl doch ausfiel. Auch wenn sie selten viel aß, so wurden doch stets weitere Speisen aufgetragen. Wie mochte Fynn wohl die erste Mahlzeit des Tages zu sich nehmen? Noch während sie in Gedanken vertieft die Speisen vor sich betrachtete, klopfte es an der Tür. Der Widerhall im leeren Saal wirkte seltsam bedrohlich und ein Schauer lief ihren Rücken herunter. Wo war sie nur in ihren Gedanken?

Sofort eilte eine Magd herbei.

„Lady Mary, die Tochter des Earls of Marlborough, Lady Elizabeth Ley, wünscht Euch zu sprechen."

Obwohl sie Elizabeth auf eine sonderbare Art und Weise in ihr Herz geschlossen hatte, war sie an diesem Morgen die letzte Person, die Mary zu sehen wünschte.

„Lasst sie eintreten." Kaum, dass die Worte über ihre Lippen gekommen und die Tür von der Magd geöffnet worden war, stürmte Elizabeth aufgeregt in den Saal.

„Mary, *ma chère*, schau hier!"

Sie ließ sich auf dem zuvor von Sydney besetzten Stuhl nieder und breitete einige kunstvolle Zeichnungen und Stoffe auf dem Tisch aus.

Umsichtig schob Mary ihren Teller zur Seite, sie hatte an diesem Morgen keinen rechten Appetit.

„Dich zu finden ist in letzter Zeit schwieriger denn je." Elizabeth zwinkerte verstohlen und Mary stocherte erneut in den Bohnen herum. „Ich kenne deine Leidenschaft, *ma chère*, aber so häufig bist du selten geritten. Aber wie dem auch sei, sieh doch!"

Sie blätterte wild durch die Zeichnungen, bis sie jene fand, die sie Mary zeigen wollte.

„Dies wird mein Kleid für unseren Ball diesen Dezember in Chester werden! Ist es nicht bezaubernd?" Ihre Augen strahlten vor Freude. Mary richtete ihren Blick auf die schwarz-weiße Zeichnung. „Mein Vater hat mehrere Variationen zeichnen lassen. Er lässt sich den Ball wirklich etwas kosten, ich kenne kein anderes Mädchen, für das jemals Zeichnungen eines Ballgewandes angefertigt wurden!"

Mary nickte geistesabwesend und knabberte an einer inzwischen kalt gewordenen Bohne. Ob Fynn sie wohl interessanter fände, wenn sie prunkvollere Kleider trüge? Vielleicht hätte sie ihr blaues Samtgewand mit den eingewebten silbernen Stickereien zu dem Ritt tragen sollen, um seine Aufmerksamkeit auf sich zu lenken.

„Schau dir nur diese feine Verarbeitung an und die Spitzen!", unterbrach Elizabeth ihre Gedanken. „Man mag es hier nicht genau erkennen, aber mein Vater will sie aus Venedig kommen lassen und du kennst doch die italienischen Spitzen, *n'est-ce pas? Magnifiques*!"

In Mary erhärtete sich die Annahme, dass sie sicher nicht die richtige Kleidung getragen hatte, als sie mit Fynn ausgeritten war. Beiläufig schob sie die Bohnen beiseite.

„Ich hoffe, es nimmt nicht gar allzu viel Zeit in Anspruch, du weißt schon, ich möchte alles recht frühzeitig in meinem Besitz wissen. Nun gut, was ich dir zeigen wollte: Schau dir das Dekolleté an. Genau hier werden die Spitzen angebracht." Elizabeth deutete auf den weiten Ausschnitt des Kleides. „Das ist die neuste Mode aus Frankreich, habe ich meinen Vater sagen hören. Die Spanier sollen ja noch an diesen schrecklichen Kragen festhalten. Stell dir nur mal vor, welch kostbarer Schmuck mich dann zieren wird! Vater meinte, ich werde auf diesem Ball strahlen wie ein Diamant zwischen Glasperlen."

Mary überhörte die letzte Äußerung und mühte sich nicht, sie darauf hinzuweisen, dass es auch *ihr* Ball sein würde. Sie war nicht nur eine gläserne Perle, um neben Elizabeth zu verblassen. Doch es wäre wohl nicht möglich gewesen, Elizabeth in ihrem Redefluss zu unterbrechen.

„Kannst du es glauben, mein Vater meinte außerdem, ich solle mir wünschen, was immer mein Herz begehre, er werde für alles aufkommen. Aber ich kann mich zwischen den Stoffen einfach nicht entscheiden und deswegen musste ich heute unbedingt mit dir sprechen. Was die Farbe anbelangt, ich denke, ein helles, zartes Blau würde mir stehen, nicht wahr?

Das dürfte meine Augen betonen, obwohl ein dunkles meinen hellen Teint gut zur Geltung brächte."

Sie griff nach zwei Stoffen, einem dunklen Indigo und einem blassen Eisblau, und hielt beide neben ihre Wangen, sodass sie von ihren goldenen Haaren umrahmt wurden.

„Was meinst du, *ma chère*?" Erwartungsvoll blickte sie Mary an, die sich in die Betrachtung der Farben vertiefte. Hatte sie auf der Oberfläche des Sees wahrlich in Fynns Augen geblickt oder hatte das Wasser die Farben verzerrt? Ob seine Augen nicht doch von einem ebenso strahlenden Blau waren? Oder vielleicht dunkler als dieses Indigo? „Ich weiß, es ist schwer! Ich kann mich auch nicht entscheiden. Oder vielleicht doch lieber Lavendel?" Elizabeth legte das Indigo beiseite und nahm stattdessen ein lavendelfarbenes Stück Stoff.

Mary fühlte sich ertappt und errötete leicht. „Ich muss gestehen, dass mir das Blau doch wesentlich besser an dir gefällt. Du hast recht, es betont deine Augen."

„Eisblau? Ich habe aber auch noch eine schöne Probe von minzefarbener chinesischer Seide! Sie ist sogar bestickt, hier." Elizabeth reichte Mary eine Stoffprobe der Seide, auf der silbrig schimmernde Muster zu erkennen waren. Vorsichtig fuhr Mary mit ihrem Finger über die Ornamente und Stickereien. „Chinesische oder indische Seide? Ich glaube, die chinesische lässt sich leichter tragen. In Indien muss es sicher kühl sein, wenn die hohen Damen in dieser schwereren Seide promenieren."

„Ich bin eigentlich der Ansicht, dass es warm in Indien ist", warf Mary ein. Ihr fiel auf, wie wenig sie über andere Länder wusste, wenn es nicht darum ging, welche Kostbarkeiten und Schätze sie beherbergten.

„Die Damen würden doch schwitzen mit dieser Seide, es kann dort unmöglich warm sein. Dennoch sind sie wunderschön, nicht wahr? Obwohl … wenn ich darüber nachdenke, so ein blasses Kirschrot ist auch nicht zu verachten."

Elizabeth war so aufgeregt und in ihrem Wortschwall kaum aufzuhalten, dass sie Marys Teilnahmslosigkeit gar nicht gewahr wurde. Ob Fynn schon eines dieser fernen Länder bereist hatte? Ob er wusste, wie sich die Damen in Indien kleideten, welches Geschmeide sie in China trugen, wie grazil sie sich bewegten? Vielleicht musste er an jene jungen Frauen denken, wenn er Mary begegnete, weil eben diese um so vieles schöner und anmutiger waren als sie selbst?

„Chinesische Seide, aber smaragdgrün oder minzefarben?" Wieder schaute Elizabeth Mary fragend an und hielt die beiden Stoffe neben ihre blassen Wangen.

„Minze", entschied Mary nach kurzem Zögern und Elizabeth lächelte. Rasch legte sie die Stoffe ab und Mary besann sich wieder aufs Essen. Mittlerweile war die Erbsenbrühe jedoch kalt geworden, daher nahm sie etwas Brot.

„Dieses hier finde ich aber auch *très jolie*. Die Perlen sind allerdings auch aus Indien, von den Spitzen habe ich dir ja schon berichtet. Schau sie dir an und sage mir, welches mir am besten stehen würde, ich bin doch stets so wählerisch."

Ohne von ihrem Brot abbeißen zu können, nahm Mary die Zeichnungen entgegen, während Elizabeth munter weiterplauderte, wie sie sich den passenden Schmuck vorstellte. Mary jedoch hielt die Blätter in Händen, ohne ihr Augenmerk wirklich auf die Namen der kostbaren Stoffe und des Geschmeides zu lenken, von dem Elizabeth sprach.

„Welche Farbe wirst du tragen? Ein Bordeaux? Ich muss dir sagen, ich fände, dass dir ein Bordeaux ganz vorzüglich stehen würde."

Mary wusste, dass dies gelogen war. Sie liebte diese Farbe, doch zu ihren roten Haaren wussten andere Farben ihre Anmut und Eleganz besser hervorzuheben als ein dunkles Weinrot. Sie reichte Elizabeth die Zeichnungen zurück. „Findest du nicht, dass ich an einem Tag wie diesem lieber fröhliche und helle Farben tragen sollte anstelle eines der tiefdunklen Bordeauxtöne, deren Herstellung wir hier beherrschen? Ich möchte nicht wirken, als würde ich an jenem Tag trauern."

„Wohl wahr, meine Liebe, wohl wahr. *Alors*, welches Kleid, denkst du, würde mir am besten stehen?"

Wahllos ergriff Mary eine Zeichnung, auf der eben jenes Kleid zu sehen war, welches Elizabeth ihr zu Beginn ihrer Unterredung gezeigt hatte.

„Ich bin der Ansicht, dass dieses dir wirklich vorzüglich stehen würde, wie du selbst schon sagtest."

Misstrauisch verengte Elizabeth die Augen, jedoch nur, um anschließend sofort wieder triumphierend zu lächeln.

„Nun, mein Vater wünscht mich zu sehen, um noch einige Angelegenheiten zu besprechen. Ich gehe recht in der Annahme, dass auch du schon dein Kleid für unseren großen Tag gewählt hast?" Sie erhob sich von der Tafel, während sie Mary prüfend musterte und zu überlegen schien, welche Farbe Mary gewählt haben könnte, noch ehe diese zu einer Antwort imstande war.

„Ich muss dich leider enttäuschen." Mary lächelte matt, während sie sprach. „Ich hatte so viel mit den Vorbereitungen des Empfanges zu tun, dass ich mir noch keine ernsthafteren Gedanken habe machen können."

„Lass dir nicht zu lange Zeit", mahnte Elizabeth, als sie in Richtung Tür ging, noch immer mit einem triumphierenden Lächeln auf ihren Lippen. Was den Ball betraf, war sie Mary einige Schritte voraus, hatte sie selbstzufrieden festgestellt. „Für einen solchen Tag sollte alles genau aufeinander abgestimmt sein und wir gehen auf den Herbst zu. Bis zum Winter bleibt dir also nicht mehr viel Zeit."

Damit verabschiedete sie sich und ließ Mary, die schon wieder über ganz andere Dinge nachsann, an ihrem Weinglas nippend zurück.

4 la promesse

Viel Zeit war verstrichen, seit Camillia das Anwesen zum letzten Mal verlassen hatte. Damals hatte sie noch an eine bessere Zukunft geglaubt. Vielleicht auch an eine bessere Vergangenheit, an ein Märchen, das nur zum Teil Wahrheit geworden war. Doch die Jahre zogen an ihr vorüber, hatten an ihrer Überzeugung gerüttelt und je mehr sie sich von ihrem alten Leben entfernte, desto mehr schien ihr neues sie zu ersticken. Manchmal wusste sie nicht mehr, wer sie war und weshalb sie sich damals für das Leben auf dem Anwesen entschieden hatte.

Sie hatte sich unter dem Vorwand zurückgezogen, noch einige Näharbeiten zu erledigen, doch ihr Geist war rastlos, sodass es sie nicht lange in den Mauern des Anwesens hielt. Sie würde mit Sir Richard sprechen müssen. Allein bei dem Gedanken daran, das Wort an ihn zu richten, wollte sich ihr Magen umdrehen. Sosehr sie sich beschwor, ihn nicht zu hassen für das, was geschehen war, so wollte es ihr nicht vollends gelingen. Stets war da eine Stimme in ihrem Kopf, die ihr zuflüsterte, dass es nicht nur seine Schuld gewesen war. Hätte sie es nicht verhindern können? Ein halbes Leben war vergangen und sie konnte noch immer nicht sagen, ob sie sich richtig entschieden hatte.

Sie hatte das Anwesen in Richtung Eccleston verlassen. Der Himmel war trüb und der Herbstwind rauschte in den Bäumen. Oft schon hatte sie sich in Gedanken dabei ertappt, dass sie selbst zu Mary sprechen würde, und bis zum heutigen Tag konnte sie nicht genau sagen, weshalb sie es nie getan hatte. Sie fürchtete Sir Richards Zorn nicht; seit jenem Herbst vor so vielen Jahren schien es ihr, als fürchtete sie sich vor niemandem mehr.

Ohne genau sagen zu können, wohin ihre Schritte sie trugen, dauerte es nicht lange, bis Camillia die vertrauten Umrisse einiger kleiner Häuser und Hütten Morris Oaks zwischen den Bäumen erkennen konnte. Ihr Herz machte einen Sprung. Wie seltsam, dass es nach all den Jahren noch immer nicht von diesem Ort lassen konnte. Sie hielt inne und beobachtete das rege Treiben der Menschen, die geschäftig ein und aus liefen. Eine unsichtbare Kraft schien sie zu ihnen ziehen zu wollen, fort vom Adel und der Etikette, zurück in das Leben einfacher Leute. Aber sie wusste, dass es mehr war als das. Sie vermisste nicht nur ihr altes Leben in den Weilern. Auch dieses Mal ertappte sie sich dabei, wie sie nach einer vertrauten Gestalt Ausschau hielt, den breiten Schultern und dem dunklen Haar. Dabei wusste sie, dass er nicht mit ihr reden würde, und sie schlang die Arme noch enger um den eigenen Körper, als könnte sie damit diese eine Erinnerung aussperren. Doch es nützte nichts. Sie hatte es gewagt, damals, vor einigen Jahren, und ihn aufgesucht. Doch er hatte ihr nur die Tür ins Gesicht geschlagen. An jenem Tag war sie noch lange durch den Wald gelaufen und hatte bald nicht mehr sagen können, ob die Tropfen auf ihrem Gesicht ihren Tränen oder dem Regen geschuldet waren. Seit damals hatte sie auch keine Tränen mehr.

Zu häufig ertappte Mary sich dabei, wie sie sich nach jenem Tag zurücksehnte, als sie dem sonderbaren Stallburschen so nah gewesen war. Schließlich war sie zu dem Entschluss gekommen, dass es nur ein Heilmittel für diese Gedanken zu geben schien. Sie musste diesen See erneut sehen und dieses Gefühl zurückholen, welches sie dort in der Stille verspürt hatte. Insgeheim hoffte sie, dass es Fynn ähnlich ergangen war. Aus diesem Grund legte sie nun besonderen Wert auf ihr Erscheinungsbild.

Das Kleid war für ihren Geschmack sehr schlicht gehalten – nur wenige Spitzen verzierten das Dekolleté –, umspielte jedoch ihre Taille und betonte somit ihre Zierlichkeit. Ihre Haare trug sie hochgesteckt und mit Perlen verziert.

Doch als sie Fynn aufsuchen wollte, fand sie ihn nicht in den Stallungen. Enttäuscht ließ sie die Schultern sinken. Für einen Augenblick zog sie es in Erwägung, allein zum See zu reiten, verwarf den Gedanken jedoch zugleich wieder. Ihr Vater wäre keineswegs erfreut, sollte er erfahren, dass sie ohne Geleitschutz ausgeritten wäre.

Sie seufzte und sah sich um. Die Stallungen waren wie ein Viereck aus Gebäuden angeordnet, mit einem Zugang zum Innenhof, über den man die einzelnen Ställe erreichen konnte. Gerade als sie darüber nachsann, nach ihrem Pferd Mylène zu sehen, erblickte sie den Knecht, der sie gemeinsam mit Fynn auf dem Ausritt mit dem Earl of Marlborough begleitet hatte. Er lief gerade über den Innenhof. Ohne auch nur einen Moment zu zögern, ließ sie alle Sitten fahren und eilte ihm nach.

„*Attendez*!“

Erschrocken fuhr er herum. Als er Mary erblickte, senkte er rasch die Lider.

„*Où puis-je trouver le jeune homme qui nous a accompagnés?*"

Kurz glaubte sie, Unverständnis und Verwirrung in seinen Augen aufflackern zu sehen, doch dieser Moment war so schnell verflogen, wie er gekommen war.

„*Il travaille sur le pont en ce moment, Mademoiselle*", war die einzige stockende Auskunft, die er ihr geben konnte. Sie unterdrückte einen Seufzer und bedeutete ihm mit einer Handbewegung, ihr Mylène und ein weiteres Pferd zu satteln, sodass sie zur Brücke reiten könnte. Zielstrebig und entschlossen lenkte sie ihre Schritte auf die Stallungen zu. Sie wollte endlich in Erfahrung bringen, was es mit diesem Jungen auf sich hatte.

Er konnte ihr Schweigen nicht deuten.

Er hatte gesehen, wie sie über den Hof stolzierte, als wäre sie ein Pfau, der seine Federn zur Schau stellte. Ihr ging es darum, was die hohen Herrschaften in ihr sahen, nicht um das, was sie eigentlich war.

Fynn schnaubte. Was hätte er dafür gegeben, er selbst sein zu dürfen. Fernab von jeglichen Zwängen hatte er nach dem Glück gesucht und alles, was er zu finden imstande gewesen war, bestand aus nur noch mehr Genusssucht, noch mehr Hochmut, noch mehr Heuchelei.

Mary war einer dieser Menschen. Er hatte es nicht nur dem Getuschel der Diener entnommen, er hatte es mit eigenen Augen gesehen. Weshalb bestand sie auf seinen Geleitschutz, obwohl er ihr deutlich zu verstehen gab, dass er mit anderer Arbeit glücklicher gewesen wäre? Er hatte bereits andere von ihrer Schönheit reden, gar schwärmen hören, doch er fand in diesem Mädchen nicht den Funken, der sie zu etwas Besonderem gemacht hätte. Sie war eine leere Hülle, der es lediglich wichtig war zu gefallen.

Dennoch fürchtete er sie. Für ihn war das Leben auf dem Anwesen schon anstrengend genug, ohne dass er ein verzogenes Mädchen von Adel an seiner Seite hatte, dessen Vater vermutlich denken würde, er hätte Interesse an seiner aufdringlich überpuderten Tochter. Doch er zwang sich, die unangenehmen Gedanken aus seinem Kopf zu verjagen. Er war zu weit geflohen, als dass sie hier wissen könnten, wer er wirklich war. Niemand wusste, wer er geworden war, nachdem …

Er zwang sich, diesen Satz nicht zu vollenden. Die alten Wunden wieder aufzureißen, war nichts, was ihm jemals geholfen hatte weiterzuleben.

Er warf Mary einen kurzen Blick zu. Sie hatte die Augen geschlossen und sog die frische Waldluft begierig in ihre Lungen. Er erinnerte sich wieder daran, wie gebannt sie auf das klare Wasser geblickt hatte, als wäre ihr das Mädchen auf der Oberfläche noch nie begegnet. Ihre Augen waren über den See gewandert und hatten die seinen gesucht. Welche Ängste er ausgestanden hatte, als sie sein Spiegelbild anstarrte! Aber weshalb hatte sie es getan? Schlichte Neugier?

Er hatte geglaubt, sie hätte sein Geheimnis erkannt. Es war sein Glück, dass sie das Offensichtliche nicht bemerkte, wenn sie es sah. Marys Dank am Ende des Ausrittes hatte er nicht erwartet. Für einen Moment hatte er sogar an seiner Überzeugung gerüttelt.

Er hatte nicht auf den Wald geachtet und war erstaunt, als sie bereits die Lichtung erreicht hatten. Das Sonnenlicht brach durch die Kronen der Bäume und brachte den See zum Funkeln. Die Bäume hatten ihr schönstes buntes Gewand angelegt, um den Herbst willkommen zu heißen. Ein Gefühl von Frieden überkam ihn und verdrängte seine Beklommenheit. Er wusste nicht, wieso, aber er fühlte sich an diesem Ort so sicher wie nirgends sonst.

Mary saß alleine ab. Langsam schritt sie auf das klare Wasser zu, ohne ihm einen Blick zuzuwerfen. Sie wirkte so fremd in dieser Umgebung. Am Ufer raffte sie ihre Röcke und ließ sich nieder. Verwundert betrachtete er ihren schmalen Rücken, die feurige Locke, die der Strenge ihrer Frisur entwichen war, und konnte nicht umhin, sich zu fragen, was er von ihr gehalten hätte, wäre sie ein Bauernmädchen. Was lag unter ihrem Puder, unter dem Korsett, unter den unzähligen Schichten Stoff? Regungslos beobachtete er sie, entfernte sich jedoch nicht von den Pferden. Er wollte ihr nicht noch einmal die Möglichkeit bieten, sein Spiegelbild zu betrachten.

„Warum leistet Ihr mir nicht Gesellschaft?"

Ihre helle Stimme ließ die Stille zerbrechen. Sie sprach englisch mit ihm. Er wusste, dass sie sich auf dem Gut erzählten, dass sich die Lady *nie* der englischen Sprache bediente, wenn sie es vermeiden konnte. Sie behauptete immerhin von sich, dass Französisch ihre Muttersprache sei. Fynn brachte dieser Sprache nur Verachtung entgegen, weil sie für die Reichen nur eine weitere Gelegenheit darstellte, sich vom einfachen Volk abzugrenzen. Als wären ihr Reichtum und ihre Arroganz nicht bereits Unterschied genug.

„Kommt doch zu mir."

Sie hatte sich ihm zugewandt und auf einmal wirkte sie trotz ihrer strengen Frisur und des vielen Puders nicht mehr wie die hochnäsige *Mademoiselle*, die er zum Ausritt mit dem Earl hatte begleiten müssen. Ihre Stimme war warm und er hörte, dass sie ihn *bat*, zu ihr zu kommen. Er verengte die Augen. Was hatte diesen Sinneswandel seit ihrer ersten Begegnung bewirkt?

„Fürchtet Ihr meine Nähe?" Ihre Stimme war so schwach, dass er sie beinahe nicht vernommen hätte. Eine zarte Röte schaffte es, unter dem Puder ihrer Wangen hervorzuleuchten, und ließ sie für einen Augenblick menschlicher wirken.

Wenn dies ein Spiel war, warum sollte er nur nach ihren Regeln spielen?

„Ich bin nur verwundert." Er konnte sich kein Bild von ihr machen. Sie wirkte so naiv, so kindlich.

„Aus welchem Grund?"

„Weil ich nicht annahm, dass Euch der See gefiele."

Mary schwieg einen Moment. Er konnte sehen, wie sie sich auf die Lippen biss und den Blick schweifen ließ. Ein Ausdruck trat in ihre Augen, den er unter anderen Umständen wohl für Sehnsucht gehalten hätte.

„Ich habe nachgedacht", setzte sie an, doch ihre Stimme brach. Diese Verzweiflung, die ihr ins Gesicht geschrieben stand, erinnerte ihn an Dinge, die er glaubte, vergessen zu haben. Sie hatte seine Neugier geweckt. „Ich glaube, dass Ihr recht hattet … dass ich die wahre Schönheit nicht sehen konnte."

Sie schaute ihn dabei noch immer nicht an, weil es sie Kraft kostete, jenen Worten Ausdruck zu verleihen. Am liebsten hätte er sie gefragt, ob sie glaubte, dass sie bereits in der Lage war, sie zu erkennen, doch sie sprach mit stockender Stimme weiter. „Und … ich würde mich freuen, wenn Ihr mir mehr zeigen könntet."

Es fiel ihm schwer, sein Mienenspiel zu beherrschen, obwohl er wusste, dass sie ihn nicht ansah. Wollte sie ihn in Sicherheit wiegen oder hatte sie ihn wirklich *gebeten*, öfter mit ihr auszureiten?

Er schwieg.

Die idyllische Stille schien ihm auf einmal eine Last zu sein. Ihr Blick war noch auf das Wasser gerichtet. Weshalb suchte sie seine Nähe? Selbst wenn sie versuchen sollte herauszufinden, wer er war und was ihn nach Cheshire geführt hatte, würde sie es wirklich geschickt genug anstellen?

„Einverstanden."

Er rührte sich dennoch nicht von der Stelle. Er konnte den Anflug eines Lächelns auf ihrem Gesicht ausmachen, doch er blieb stumm. Vielleicht würde er den Grund für ihr Verhalten schneller erfahren, als ihm lieb war.

5 *l'autre côté du monde*

Mary fröstelte leicht, als sie die Wendeltreppe hinaufstieg, die immer weiter in die Dunkelheit zu führen schien. Obgleich das ganze Anwesen vor Prunk nur so strotzte, seit ihr Vater es geschafft hatte, seinen Reichtum mit Hilfe des Kohlebergbaus und Verpachtungen ihres Landes zu mehren, waren die Wände umso spärlicher geschmückt, je näher sie der Kammer im Nordflügel kam. Hier zierten keine bunten Teppiche oder Gemälde die Wände, nur kalter Stein umhüllte sie, während sie eine Stufe nach der anderen erklomm. Sie konnte es sich nicht erklären, aber mit jedem Schritt, den sie tat, schien es kälter zu werden, obwohl sie wusste, dass sich nichts verändert hatte.

„Das ist Grace' Welt", sagte sie sich, während sie die Arme Wärme spendend um ihren Körper schlang und die Stufen emporschritt. In dieser Welt gab es keine Wärme. Ein vertrautes Gefühl der Hilflosigkeit breitete sich in ihr aus.

Grace' Gemächer befanden sich im äußersten nördlichen Flügel des Hauses, wie auch das Arbeitszimmer ihres Vaters, seine Schlafstatt und Gemächer sowie die Räumlichkeiten ihrer Mutter. Sie lagen noch unberührt seit deren Tod. Ein jedes Mal, wenn sie sich im nördlichen Flügel befand, um Grace zu besuchen, war ihr, als spürte sie ihre Mutter noch immer bei sich. Es war ein vertrauter Schmerz, der immer mehr von ihr Besitz ergriff, und es war ihr, als ließe sie bei jedem Besuch ein Stück ihrer Seele in diesem Jenseits zurück.

Die Tür der Kammer war schmucklos, niedrig und schmal. Wer nicht wusste, wo er sie suchen musste, konnte sie leicht verfehlen. Aber das war Mary nie geschehen. Sie wusste genau, wo sich diese Tür befand.

Sie klopfte zaghaft, als wäre das Holz in der Lage, ihre Hand zu umschließen und sie nicht wieder freizugeben. Ihr Hals war trocken, ihre Kehle wie ausgedörrt. Doch nichts regte sich.

Behutsam drehte sie den Knauf – ein einfacher, schmuckloser Knauf, von der Zeit geschwärzt. Mit einem leisen Knarren öffnete sie sich und Mary schlüpfte in den Raum, den die Tür hinter sich verborgen hielt.

Ihre Augen benötigten einige Sekunden, bis sie sich an das spärliche Licht gewöhnt hatten. Die Kammer wurde auch zu anderen Tageszeiten von der Sonne kaum erhellt, doch von den letzten Sonnenstrahlen des Abends erreichten nur wenige das schmale Fenster, vor dem eine Gestalt kauerte.

Marys Herz zog sich zusammen. Sie hatte gehofft, dass es sich eines Tages bessern würde, dass sie die Kammer betreten und ohne dieses Gefühl der Beklommenheit zu jener jungen Frau hinüberblickten konnte.

Mary entzündete eine der Kerzen, die sie bereits bei früheren Besuchen mit sich gebracht hatte. Warmes Licht flutete den kleinen Raum, fiel auf die spärliche Schlafstatt, die hölzerne Kommode und schließlich die junge Frau am Fenster. Wie jedes Mal durchfuhr ein stechender Schmerz Marys Brust, als sie den Blick zu ihrer Schwester wandte.

Es war, als säße dort ihr Spiegelbild.

Das wallende, rote Haar fiel in wilden Locken über ihre schmalen Schultern, die dünnen Arme fest um den Körper geschlungen. Sie rührte sich nicht. Auch nicht, als Mary die Kerze auf die kleine Kommode stellte und auf die junge Frau zuschritt. Sie blickte nur wie gebannt weiterhin aus dem höchsten Fenster des Hauses über die Stallungen, die Behausungen der Bediensteten und die fernen Wälder, die sich wie ein dunkles Meer über den Horizont erstreckten.

„*Bonsoir*, Grace."

Die Worte schmeckten bitter, mehr herb und falsch als wärmend. Mary stockte der Atem. Seit wann hinterließen sie einen solchen Beigeschmack auf ihrer Zunge? Doch sie wusste ebenso nicht, ob Grace sie in einer anderen Sprache verstanden hätte. Schmerzlich wurde ihr bewusst, wie lange sie nicht hier gewesen war. Die Vorbereitungen für den Empfang hatten sie so sehr in Anspruch genommen, dass sie selbst ihre Schwester aus ihren Gedanken gedrängt hatte. Dabei hätte doch gerade sie stets der erste Mensch sein müssen, auf den Mary sich besann.

„Wie geht es dir heute?"

Sie schritt nah ans Fenster und folgte dem Blick ihrer Schwester über das Land. Tiefe Schatten erstreckten sich über den Hof und tauchten ihn in Dunkelheit. Bedrohlich ragten die Bäume hinter den Mauern des Anwesens empor, als sehnten auch sie sich danach, ihre Schatten über die Häuser zu werfen.

Betrübt wollte Mary den Blick abwenden, als Grace sich plötzlich regte. Sie erschrak fast, als Grace ihre Hände aus dem Schoß hob und auf den kalten Stein vor dem Fenster legte, als beobachtete sie gebannt, was dort draußen vor sich ging.

Mary warf einen erneuten Blick aus dem Fenster, doch es war ruhig und still auf dem Hof und auch die letzten wenigen

Strahlen des Tages würden bald verloschen sein. Sie konnte bereits die ersten Sterne am Himmel ausmachen.

„Ich hätte dich schon früher aufsuchen sollen."

Doch Grace starrte nur weiter aus dem Fenster, hinein in die aufziehende Dunkelheit.

„Ich bin in letzter Zeit oft geritten, wie du dir sicher denken kannst."

Ein kleines Lächeln klang in ihren Worten an, doch auch dieses wurde von den Wänden verschluckt und verhallte ungehört. Für einen Moment stockte Mary, als ihre Gedanken zu Fynn wanderten. Wieso fürchtete sie, Grace von ihm zu berichten?

Hastig sprach sie weiter, um jene unangenehmen Gedanken zu verdrängen.

„Es ist bedauernswert, dass du unsere Pferde nur von hier hast beobachten können, Grace. Ich bin sicher, dass auch du das Reiten lieben würdest. Immerhin fließt in unseren Adern das Blut der Grosvenors. Selbst Mutter sprach immer davon, dass du auch einmal die Sonne auf deiner Haut spüren solltest, erinnerst du dich? Aber du weißt ja, wie Vater und Richard dazu stehen …"

Sie hielt kurz inne, in der Angst, etwas gesagt zu haben, das ihre Schwester verletzen könnte, doch diese rührte sich nicht.

„Sie denken, es wäre nicht gut für unser Ansehen in den hohen Kreisen, wenn die Herrschaften dich sähen …"

Ihre Stimme brach, doch in Grace' Augen regte sich kein Funke, kein Licht, das ihr zeigte, dass die Schwester ihre Worte vernommen hatte. Sie starrten dunkel und leer aus dem Fenster. Die letzten Sonnenstrahlen des Tages und das warme Licht der Kerze brachten auch ihre roten Haare zum Aufflammen, als würde dieses Feuer versuchen, sie dem Leben außerhalb der Kammer ein wenig näherzubringen.

Sie hatte in ihrem ganzen Leben nicht ein Wort gesprochen und durch keine Geste zu verstehen gegeben, dass sie die Geschehnisse um sich herum wahrnahm. Bis auf ihr teilnahmsloses Schweigen und ihre tiefblauen Augen glich sie Mary wie ein Ei dem anderen. Man könnte meinen, all das Leiden, das sie erlebte, spiegelte sich in ihnen wider.

„Vielleicht werde ich Vater doch noch davon überzeugen können, dich eines Tages zu uns zu holen."

Mary hatte freudig klingen wollen, doch die Worte waren ihr nur schwer über die Lippen gekommen und die Fröhlichkeit in ihnen brach alsbald. Sie wusste, dass das ein unmögliches Vorhaben war. Nie würde ihr Vater für etwas seine Zustimmung erteilen, das seinem Ansehen in den Kreisen hoher Adliger schaden könnte, und sei es nur eine Tochter, deren Lebensfunke nicht erwachte.

Seufzend wandte Mary sich ab und schritt zu der kleinen Kommode. Nur die Kerze stand auf der rauen Oberfläche, splittrig von zu vielen Jahren Einsamkeit. Schmerzlich wurde ihr wieder bewusst, wie wenig Grace besaß, wenn sie es mit ihren eigenen Räumlichkeiten verglich. Mehr noch als das: Sie besaß eine Freiheit, die Grace in ihrem ganzen Leben nie besitzen würde.

Die stickige Luft schien Mary den Atem zu rauben. Die Kommode roch nach altem, modrigem Holz. Sie öffnete die oberste Schublade, in der sich nur ein kleiner Kamm befand. Er hatte ihrer Mutter gehört. Eine Rose war hineingeschnitzt und oft schon hatte Mary sich gefragt, ob ihr Vater seiner Braut jenen Kamm einst schenkte. Nur noch schwach war ihre Erinnerung aus den Kindertagen, aber deutlicher als alles wusste sie, dass ihre Mutter viel Zeit damit verbrachte, sich um Grace zu kümmern. Sie hatte nie die Hoffnung verloren, dass Grace eines Tages den Schleier durchbrechen würde. Lady Elizabeth hatte sich nichts sehnlicher gewünscht, als auch Grace noch einmal vor ihrem Tod lachen zu hören. Doch dieser Wunsch war ihr verwehrt geblieben.

Langsam schritt Mary an die regungslose Frau heran, die noch immer auf dem kalten Sims am Fenster saß und unverwandt hinausblickte in eine Welt, die sie wohl niemals kennenlernen würde. Schweigend trat sie hinter ihre Schwester und begann, ihr Haar zu kämmen.

Schon damals, nachdem Grace nach dem Tod ihrer Mutter in diese Kammer verwiesen wurde, hatte Mary ihr vereinzelt Besuche abgestattet. Trotz der stickigen Luft in der kleinen

Kammer hatte Grace damals nach frischem Lavendel geduftet, als Mary sie hier das erste Mal aufgesucht hatte. Es war seltsam, wieso ihr ausgerechnet dies in Gedanken geblieben war.

Mittlerweile brachte auch Mary manches Mal einige Kräuter mit, um den abgestandenen Geruch zu vertreiben und die Kammer einladender wirken zu lassen. Doch auch all dies vermochte ihre Schwester dem Leben nicht näherzubringen.

Vorsichtig flocht Mary Grace' Haar. Glatt und geschmeidig floss es durch ihre Hände. Kein Stoff schien eine solche Leuchtkraft zu besitzen, wie sie Grace' Haaren im letzten Licht der Sonne innewohnte, und das, obgleich Mary wohl der einzige Mensch im Herrenhaus war, der sie kämmte und bürstete. Ihr Vater hatte einer Magd aufgetragen, Grace Speisen und Trank zu bringen, doch Mary wusste, dass die Schwester kaum etwas zu sich nahm. Die wenigen Menschen, die von Grace' Existenz wussten, schienen sich vor ihr zu fürchten und verharrten nie lange in der kleinen Kammer. Es hatte Mary schon so manches Mal das Herz brechen wollen.

Behutsam, als handelte es sich um das kostbarste Geschmeide, legte sie den Kamm zurück in die Kommode und entnahm ihr ein schlichtes Nachtgewand. Ein Gefühl der Schuld wallte in Mary auf. Sie sollte öfter kommen, um sich um Grace zu kümmern, so wie ihre Mutter es früher getan hatte, als sie noch Kinder gewesen waren. Doch so schnell der Gedanke gekommen war, so schnell verblasste er wieder. Sie konnte nicht ihr Leben lang für ihre Schwester sorgen. Bitter erinnerte sie sich an die Zeit, als sie noch klein gewesen waren, als ihre Mutter versuchte, zu ihrer Schwester zu dringen. Mary hatte sich so einsam gefühlt und die Schwester insgeheim ihres Schweigens wegen beneidet. Wie reute sie doch dieses Verhalten!

Grace weigerte sich nicht, als Mary begann, ihr Leinenkleid aufzuschnüren. Sie war wie eine große Puppe in ihren Armen. Willenlos ließ sie es geschehen, ohne dabei jedoch ihren Blick vom Fenster abzuwenden. In diesen Momenten hätte Mary gern gewusst, was Grace dort hinter dem Horizont wirklich sah. Ihr Blick wirkte so sehr in die Ferne gerichtet, dass sie sich fragte, ob sie nicht schon bei ihrer Geburt gestorben war.

Vielleicht war dies hier nur ihre Hülle, die darauf wartete, der Seele in den Himmel folgen zu dürfen.

Behutsam streifte sie Grace das Nachtgewand über und gab ihr einen leichten Kuss auf die Stirn. Ihre Augen starrten durch Mary hindurch, als diese ihr sanft mit einem Finger über die Wange fuhr.

„Wo auch immer du bist, Schwester, sag Mutter, dass ich sie sehr vermisse."

Mit einem letzten bekümmerten Blick auf ihre Schwester verließ Mary die kleine Kammer.

6 beauté véritable

„Nich' dein Ernst!"

Wie zur Salzsäule erstarrt stand der hochgewachsene, schlaksige Junge vor Fynn und blickte ihn aus seinen großen, dunklen Augen an. Noch bevor Fynn etwas erwidern, geschweige denn mit den Augen rollen konnte, löste er sich aus der Erstarrung und begann aufgeregt darafloszuplappern.

„Sie wollte *mit dir* ausreiten? Nein, nein, schlimmer, ihr *seid* ausgeritten und *du* hast mir *nichts* erzählt", jammerte er und schlug gespielt die Hände vor die Augen. „Wie kannst du mir das antun!"

„Aus eben jenem Grund, dass es bald alle Stallknechte und Mägde aus deinem Mund hören würden, Jacob", erwiderte Fynn ruhig und griff nach einer Heugabel. „Und nun halt nicht Maulaffen feil, die Stallungen werden sich sicherlich nicht von selbst säubern."

Es war noch kühl und Fynn zitterte leicht. Die Tochter des Baronets war jetzt das Letzte, an das er denken wollte.

„Meinst du? Einen Versuch wäre es wert. Wir könnten es drauf ankommen lassen", entgegnete Jacob verschmitzt, doch Fynn musste ihm nur einmal fest in die Augen sehen und auch er griff seufzend nach einer Heugabel.

„Was machst du überhaupt hier, wenn du doch nich' mit mir reden willst?", schmollte Jacob, während er sich die Hände an seinem hellen Leinenhemd sauber strich. Obgleich man ihm an seiner Größe nicht anzusehen vermochte, dass er vier Jahre jünger war als Fynn, so verriet sein Verhalten ihn doch nur zu deutlich. Sein braunes, leicht gelocktes Haar stand ihm wie gewöhnlich wild vom Kopf und wie er Fynn noch immer einen vorwurfsvollen Blick schenkte, konnte dieser nicht anders, als zu lächeln.

Verwirrt legte Jacob den Kopf schief. Er war der Einzige auf dem Hof, der jemals so direkt in Fynns Antlitz geschaut hatte. Fynn wusste, dass er nichts bemerken würde. Jeder hätte es gesehen. Es stand ihm ins Gesicht geschrieben. Nur nicht der unbeschwerte Jacob. Dazu war er zu verträumt und mit seinen Gedanken bei anderen Dingen. Dennoch hatte er sonderbarerweise ein Gespür dafür, was in Fynn vorging, und es bisher stets geschafft, ihn von seinen trübseligen Gedanken abzubringen, selbst wenn auch nur für kurze Zeit.

„Ich helfe dir. Sieh es als leicht verdienten Lohn."

Damit wollte er die Heugabel erneut ansetzen, doch Jacob ließ so schnell nicht locker: „Leicht verdienten Lohn? Da muss was anderes hinter stecken, wenn du freiwillig in den Stallungen arbeitest und trotzdem nich' mit mir reden willst! Außerdem bin ich nich' der einzige Stallknecht, der hier zu säubern hat."

„Reden und Tratschen sind zwei unterschiedliche Dinge, Jacob", erwiderte Fynn, jedoch nicht ohne ein kleines Lächeln. Schmollend schürzte Jacob die Lippen.

„Du bist so dumm, Fynn."

Er hielt in seiner Arbeit inne und schenkte Jacob einen verständnislosen Blick. Wie er so vor ihm stand und ihn durchdringend musterte, wirkte er nicht wie der lustige, unbeschwerte Junge, den Fynn so zu schätzen wusste. Warum störte es den Jungen, dass er ihm helfen wollte? Er wusste, dass dessen Schwester wieder kränkelte. Wer konnte es ihr auch verdenken, jetzt Anfang Oktober, da die ersten Stürme zwar bereits nachgelassen, der Regen jedoch eingesetzt hatte. Jacobs Schwester war häufig krank. Es war ihm unangenehm, darüber zu sprechen, dass er seit dem Tod seiner Mutter nur auf dem

Gut der Grosvenors arbeitete, um seinen Vater zu unterstützen, so gut er es eben vermochte. Wieso konnte er nicht einfach Fynns Hilfe annehmen und sie nicht als Almosen abtun?

„Du solltest mit ihr ausreiten."

Fast hätte Fynn laut gelacht.

„Mit der Baronetstochter? Und wie hast du dir das vorgestellt? Ich schreite in ihre Gemächer und bitte sie um einen Ausritt?"

Jacob zuckte mit den Schultern. „Warum nich'? Klingt doch gut."

Fynn war zu verblüfft, um darauf etwas zu erwidern, und schüttelte stattdessen nur verständnislos den Kopf. Er konnte unmöglich das Herrenhaus betreten – geschweige denn die Gemächer der Baronetstochter!

„Du bist doch schon mit ihr ausgeritten. Warum nich' auch jetzt? Ich würde einiges geben, um vor diesen stinkenden Pferdeboxen Reißaus nehmen zu können …" Jacob seufzte übertrieben. „So tu es doch mir zuliebe! Ich verrat's auch keinem, Ehrenwort!"

Fynn zog eine Augenbraue in die Höhe.

„Ich wüsste nicht einmal, wohin ich mit ihr ausreiten sollte. Darum lass uns bitte diese Angelegenheit vergessen und uns auf unsere Arbeit …"

„Reite doch mit ihr zur Trauerweide!", fuhr Jacob dazwischen. „Ihr wart am See und der einzige Ort, der noch schöner ist, ist die Weide nahe Morris Oak."

Fynn musste schmunzeln. Jacob war es gewesen, der ihm die Lichtung mit der großen, alten Weide gezeigt hatte. Alte Legenden rankten sich um diesen Ort und begeistert hatte Jacob sie ihm erzählt, als sie auf der Lichtung gestanden hatten. Morris Oak lag unweit des Anwesens in nördlicher Richtung und es würde wohl kein allzu langer Ritt werden.

„Mein Gott, Fynn." Jacob schien in seinen Augen zu lesen, was in ihm vorging. „Sie *wollte* mit dir ausreiten. Zeig ihr die wundervollen Dinge des Lebens, die keinerlei Reichtum bedürfen. Was würde ich nich' drum geben, hätte ich dazu Gelegenheit."

In solchen Momenten fragte sich Fynn, ob der Junge nicht mehr als seine dreizehn Winter zählte. Jacob musterte ihn mit seinen durchdringenden dunklen Kinderaugen, sodass Fynn sich eines Schmunzelns nicht erwehren konnte.

„Du schickst mich in die Höhle des Löwen?", neckte er ihn und zwinkerte.

Plötzlich begannen Jacobs Augen zu leuchten. „Heißt das, du gehst? Du musst mir alles berichten, wenn du zurück bist, hörst du?"

„Du bist unverbesserlich!", lachte Fynn und fuhr ihm durch die zerzausten Haare.

„Nein", wandte Jacob ein und grinste. „Ich bin außergewöhnlich."

Es war eindeutig die falsche Entscheidung gewesen.

Bereits als Fynn die wenigen Stufen zum Herrenhaus erklommen hatte, legte sich das Schmunzeln und eine seltsame Beengtheit nahm von ihm Besitz. Eigentlich hatte er nicht die Absicht, mit der Tochter des Baronets auszureiten und ebenso wenig das Haus zu betreten.

Doch als er in der Eingangshalle stand, waren diese Gefühle nichts gegen das, was er nun empfand. Er fühlte sich, als hätte er soeben die Pforte in eine andere Welt aufgestoßen. Selbst die bunt bestickten Wandteppiche schafften es nicht, das Gefühl der Enge und Unbedeutsamkeit zu verdrängen. Hatte er geglaubt, er könnte in das Herrenhaus spazieren, würde Mary über den Weg laufen und anschließend mit ihr ausreiten? Was wusste Jacob vom Leben, von den Reichen und ihren Interessen? Er gehörte nicht hierher. Was hatte er sich dabei gedacht?

„Fynn?"

Er zuckte zusammen. Noch bevor er sich umblicken konnte, war eine junge Magd an ihn herangetreten und musterte ihn mit neugierigen, kindlichen Augen. Sie mochte kaum mehr als dreizehn Jahre alt sein, den kindlichen Rundungen ihres Gesichtes nach zu urteilen. Ihre Kleidung war sauber, ihre Erscheinung gepflegt, lediglich ihre Haare hatte sie in einem unordentlichen Knoten am Hinterkopf zusammengebunden.

„Wurde ja auch Zeit. Jacob wollte dich schon vor einer Weile schicken und ich steh mir hier die Beine in den Bauch. Wenn Garrick merkt, dass ich weg bin, muss ich wieder diese ach so großartigen Kartoffeln schälen – und dann bekommt Jacob eine Abreibung, die sich gewaschen hat." Sie blies sich eine Haarsträhne aus dem Gesicht und Fynn wusste, dass er mehr als nur verdutzt dreinschauen musste.

„Nun komm schon, ich hab nicht den ganzen Morgen." Als sie mit den Augen rollte und versuchte, seine Hand zu ergreifen, entzog er ihr diese und trat intuitiv einen Schritt zurück. Sie zog eine ihrer schmalen Augenbrauen in die Höhe und öffnete den Mund, um etwas zu erwidern, überlegte es sich dann aber anders und schüttelte den Kopf. „Wie auch immer."

Für einen Moment wusste Fynn nicht, was er ihr antworten sollte, konnte der Versuchung jedoch nicht widerstehen, seinen Hut tiefer ins Gesicht zu ziehen.

„Das hab ich davon, dass ich mich nicht raushalten konnte." Sie lief einige Schritte und warf ihm einen Blick über die Schulter zu. „Kommst du? Ich sag dir, wenn uns jemand fragt, was wir hier treiben, stecken wir beide in Schwierigkeiten und ich kann Kartoffeln *wirklich* nicht leiden."

Was hatte Jacob ihm schon wieder eingebrockt? Was hätte er nicht darum gegeben, die Halle nie betreten zu haben. Das würde er Jacob wohl noch einige Zeit nachtragen.

Das junge Dienstmädchen sprang die Treppe hinauf und schien mehr zu sich selbst als zu ihm zu sprechen. „Und ich sag noch: Jacob, was willst du bei den Gemächern der Lady? Und er sagt nur, dass es ja gar nicht um ihn geht, sondern um seinen geheimnisvollen Freund. Sagt, dass die Lady völlig in dich vernarrt ist. Die Lady!" Sie lachte. „Als ob die Lady je einen von uns mit mehr als auch nur einem Blick bedacht hätte. Also frag ich, wie das denn sein kann, und er will nur, dass ich dich zu ihren Gemächern bringe, ist es denn zu glauben?"

Fynn konnte kaum fassen, dass sie von ihm sprach. Er würde in jedem Fall ein paar ernste Worte an Jacob richten müssen. Wie konnte er auf dem Anwesen erzählen, dass Lady Mary in ihn vernarrt wäre? Konnte der Junge nicht absehen, was das für Folgen mit sich bringen würde? Er erwog, wieder hinauszuschlüpfen und zu verschwinden. Bisher war noch kein Schaden angerichtet; niemand hatte ihm oder der Magd Bedeutung beigemessen. Doch seine Füße gehorchten ihm nicht. Anstatt ihn zurück und durch die rettende Tür unter den freien Himmel zu tragen, folgten sie der jungen Magd die Treppe hinauf.

Sie passierten einen langen Korridor, an dessen Wänden Kerzenhalter angebracht waren. Das erste Licht des Tages flutete durch die Fenster, doch es ließ alles um ihn herum nur kalt und tot erscheinen. Wie konnte man aus freien Stücken in einem solchen Gefängnis leben?

Schließlich blieb das Mädchen stehen – vor einer gewaltigen Tür, in die ebenfalls Muster eingearbeitet waren. Der Knauf glänzte, doch auch er schien ihm zuzurufen, dass hier kein Platz für jemanden wie ihn war.

„Ich weiß, dass ihre Zofe sich zu dieser Tageszeit zurückzieht, um Näharbeiten vorzunehmen und die Garderobe der Lady zu richten. Diese ganzen tollen Sachen, die Zofen so machen dürfen." Sie seufzte und murmelte so leise, dass Fynn es kaum vernommen hatte: „Zofen müssen nämlich keine dummen Kartoffeln schälen." Lauter fügte sie hinzu: „Sei's drum, ihre Zofe ist also nicht da und wenn du Glück hast, lässt die Lady dich eintreten. Aber ich warne dich, sie kann des Morgens sehr unpässlich sein, wenn sie sich gestört fühlt." In der Stimme des Mädchens schwang ungespieltes Mitleid mit. „Klopf einfach und warte, bis sie dich hereinruft. Du findest selbst wieder hinaus?"

Er nickte knapp. Sie erwiderte es mit einem Blick, der ihm Mut zusprechen sollte, und wollte sich entfernten, als sie kurz innehielt und sich zu ihm umwandte.

„Oh, ich bin übrigens Cathy. Sag Jacob, dass er mir was schuldet, und wehe ihm, wenn Garrick was mitbekommen hat, dann sollte dieser Stallbengel sich vor mir besser in Acht nehmen."

Ihre Schritte hallten leise auf dem steinernen Boden wider und für einen Moment war Fynn noch zu verwirrt, um vollends zu verstehen, was soeben geschehen war. Wann hatte Jacob diesen Plan ausgeheckt? Es war schwer zu glauben, dass der junge Stallbursche sich den Kopf über Fynns Ausritte mit der Baronetstochter zerbrochen hatte. Doch nun stand er hier. Er hob die Faust, doch sie verharrte in der Luft. Noch konnte er gehen. Aber wollte er für immer davonlaufen, um der Wahrheit nicht ins Gesicht blicken zu müssen?

Eine letzte Frage brannte ihm in Gedanken, doch er weigerte sich, sich ihr zu stellen. Er wollte die Antwort darauf nicht wissen und er wollte nie wieder daran denken.

Mit drei kraftvollen Schlägen pochte er an ihre Tür. Für einen Moment war alles still. Er hätte das Fiepen einer Maus vernommen.

„*Entrez.*“

Ihre Stimme drang nur gedämpft durch die Tür. Er ergriff den Knauf, der sich seltsam kühl und fremd anfühlte, und drehte ihn.

Was er sah, war nicht, was er jemals zu sehen gedacht hätte.

Sie saß auf einem Stuhl vor einem großen Tisch mit einem Spiegel, bekleidet nur mit einem durchscheinenden Unterkleid. Das lange, rote Haar war nicht in Perlen und Spangen gefesselt, sondern floss frei über ihre Schultern hinab. Es glühte im Licht der ersten Tagesstunden. Ihre Haut war rosig, ganz ohne Puder. Als ihre hellen Augen die seinen trafen, glaubte er, in ihnen lesen zu können. Sie war wie ein offenes Buch, wenn man wusste, wie man die Zeichen zu deuten hatte.

Als sie sich zu ihm umwandte, sah er so vieles in ihren Augen, doch all dies verschwamm im Bruchteil einer Sekunde und schien nur von einem Gefühl verdeckt zu werden: Erstaunen, welches sich in Bestürzung wandelte.

„Fynn!“ Fast panisch wandte sie sich ab. Er glaubte, sehen zu können, wie sie mit sich rang, und er wusste, dass er ihre Gemächer auf der Stelle verlassen musste. Warum trugen seine Füße ihn nicht wieder zur Tür hinaus? Er schien im Türrahmen gefangen und konnte nicht anders, als auf ihren Rücken zu starren, den das durchscheinende Gewand preisgab. Ihm fielen die vier Muttermale unter dem leichten Stoff ins Auge, drei davon auf dem rechten Schulterblatt und ein weiteres in der Mitte des Rückens. Nur diese vier dunklen Makel auf der reinen Haut, durch ihr Gewand wie in einen Schleier gehüllt.

Mit einem Mal schien ihm Mary ein Stück menschlicher und greifbarer geworden zu sein. Zum ersten Mal, seit er sie gesehen hatte, bemerkte er, dass sie wahrhaftig Schönheit in sich trug. Sie gab sich nur die größte Mühe, sie zu verbergen.

Sie sprang auf, die Hände um den Körper geschlungen. Er erwachte aus seiner Trance wie aus einem Traum.

„*Quoi*? Was führt Euch hierher? Ich dachte, Ihr wäret meine Zofe! Ich bin noch nicht gekleidet, habe meinen Puder noch nicht aufgetragen …"

Ihre Stimme brach, sie wandte sich ab und fuhr sich mit den Händen durch die dicken Locken, versuchte sie zu bändigen, was ihr misslang.

„Ich wollte Euch fragen, ob Euch nicht der Sinn nach einem morgendlichen Ausritt stünde. Verzeiht mein frühes Eindringen in Eure Gemächer, ich nahm an, Ihr wäret bereits gekleidet."

Das Mädchen, das da am Fenster stand, war nicht die vornehme und verzogene Tochter des Baronets. Er konnte allerdings nicht sagen, wer sie *wirklich* war.

Ihre Stimme zitterte, als sie sprach. „Sehr gern. Ich … ich werde in einer Stunde auf dem Hof sein, ich muss nur standesgemäß gekleidet werden …"

Er konnte ihr Gesicht noch immer nicht erblicken, aber er spürte ihr Unbehagen und musste schmunzeln. Sie schämte sich, ihm so gegenüberzutreten. Sie schämte sich für ihre Schönheit.

„Erspart Euch das." Seine Stimme klang weicher als sonst, was ihn selbst überraschte. „Kleidet Euch selbst und erspart Euch den überflüssigen Prunk. Ihr lasst Eure Zofe Eure Schönheit viel zu oft verstecken."

Ohne noch ein weiteres Wort zu verlieren, trat er aus dem Zimmer und schloss behutsam die Tür hinter sich.

Mary hingegen stand wie versteinert am Fenster.

Eure Schönheit viel zu oft verstecken?

Es hatte sie nicht einmal eine Stunde gekostet, sich anzukleiden. Die meiste Zeit hatte sie wohl damit verbracht, unsicher in den Spiegel zu starren und sich zu fragen, welche fremde Frau ihr daraus entgegenblickte. Waren es wahrhaftig nur die seidenen Stoffe, Spitzen und das kostbare Geschmeide gewesen, in denen sie sich als Tochter ihres Vaters gefühlt hatte?

Das leinene Gewand war dunkel und schmucklos. Lediglich die Schärpe gürtete es um die Taille und ein hellerer Überzug durchbrach die Eintönigkeit. Keine kunstvollen Muster, kein glänzendes Geschmeide. Ihr Haar verbarg sie unter einer Kapuze, als sie auf den Gang hinausschritt.

Einige Bedienstete eilten bereits geschäftig über die Flure, doch ansonsten war es erstaunlich still im Haus sowie auf dem Hof. Begegnete sie dennoch einigen Menschen, so wandte sie ihr Gesicht ab. Allein das Wissen darum, dass sie keinen Puder trug, ließ sie sich fühlen, als hätte sie ihre Gemächer unbekleidet verlassen.

Fynn wartete bei den Pferden.

Er bemerkte sie nicht sofort. Für einen Moment konnte sie unter die Krempe seines Hutes blicken und ihr war, als sähe sie Verblüffung in seinen Augen aufblitzen.

Er hatte beide Pferde bereits gesattelt und half ihr beim Aufsitzen. Erleichtert stellte sie fest, dass niemand sie beobachtete. Es wäre wohl verwunderlich, weshalb eine Magd auf dem Pferd der Tochter des Hauses auszureiten gedachte.

Wirklich befreit fühlte sie sich erst, als sie das Anwesen verlassen hatten und über die Allee, deren Bäume den Weg zum Anwesen säumten, ihre Pferde gen Westen traben ließen. Nach einiger Zeit verließen sie den Weg und folgten einem kleinen Pfad in Richtung Norden.

Noch war es kühl und sie konnte die Nebelschwaden über den Feldern erblicken, die sich wie Geister über das Land zu legen schienen. Doch ihre Gedanken wollten nicht zur Ruhe kommen. Fynn hatte noch nicht zu ihr gesprochen, auch mit keinem Wort verlauten lassen, aus welchem Grund er sich zu einem Ausritt erboten hatte.

„Ich fühle mich scheußlich.“ Sie sah nicht zu ihm herüber, den Blick starr auf den vor ihr liegenden Weg gerichtet. Ihre Hände verkrampften sich um die Zügel. Wie konnte das hier ihre *wahre* Schönheit sein?

„Weshalb?“

Was würde sie nicht dafür geben, wenn er doch mehr sprechen würde, mehr als nur vereinzelte Worte, damit sie seiner samtartigen Stimme nur ein einziges Mal länger lauschen konnte als nur einen Herzschlag lang.

„Ohne Puder und jegliche Zierde sehe ich …“ Sie stockte.

„… anmutig aus.“

Es klang nicht wie eine Schmeichelei. Vielmehr sprach er es wie etwas, das den Menschen so klar sein müsste wie die Gegebenheit, dass die Sonne jeden Abend unterging, um des Morgens erneut aufzusteigen.

Sie war verlegen und wusste nicht, was sie ihm erwidern sollte. Ihre Kapuze war hinabgeglitten und ließ ihre Haare wild und ungestüm über ihre Schultern fließen. Es war ein zu merkwürdiges Gefühl gewesen, sie ungeflochten und ohne jegliche Spangen zu tragen, und auch jetzt, da sie sich im Wind wiegten, fühlte sie sich unbehaglich.

„Ihr solltet des Öfteren so reiten“, sagte er beiläufig.

Sie trug die schlichteste Kleidung, die sie besaß. Einst hatte sie sie unbemerkt einer der Mägde entwenden können, um unerkannt auf dem Anwesen zu spazieren. Sie erinnerte sich, wie sehr ihr die strenge Etikette verhasst gewesen war, aber sie konnte sich nicht entsinnen, seit wann sie einen Teil ihrer selbst ausmachte.

Diese Sehnsucht, aus ihrem Leben auszubrechen, ergriff wieder von ihr Besitz und dieses Mal mit einer ihr ungekannten Heftigkeit, dass sie Fynn am liebsten davon berichtet hätte. Doch sie zwang sich, den Blick von ihm zu wenden, denn sie wusste, dass sie darauf keine Antwort erhalten würde.

Je weiter sie gen Norden ritten, desto mehr verwunderte sein Verhalten Mary. Der See lag südlich vom Anwesen, nordwestlich befanden sich nur die beiden kleinen Dörfer Morris Oak und Eccleston, die viele ihrer Bediensteten und Bauern beherbergten.

Die Nebelschwaden lichteten sich nur langsam. Glitzernd wurden sie von den ersten Sonnenstrahlen durchbrochen, die auch die letzten Blätter der Bäume golden funkeln ließen. Es verschlug ihr den Atem. Sie war diesen Weg noch nie geritten und hätte nie zu glauben gewagt, dass Bäume es verstanden, noch schöner und heller zu funkeln als die goldgelben Topazsteine, die ihr Vater ihr im letzten November zu ihrem Geburtstag als Kette geschenkt hatte.

Sie wagte ihren Augen kaum zu trauen, als die Bäume zur Seite wichen und den Blick auf eine Lichtung freigaben, auf der eine riesige und betagte Trauerweide stand.

Mary wartete nicht darauf, bis Fynn ihr beim Absitzen behilflich war. Ehrfürchtig blickte sie am Stamm des Baumes empor. Zart streichelte der Wind die Zweige, als wollte er sie wegen eines längst vergessenen Unglücks trösten. Wie verzaubert schritt sie unter den Zweigen hindurch. Das leise Rascheln erklang ihr wie ein Flüstern. Es war erstaunlich, dass selbst nun, wo sich das Jahr dem Ende zuneigte, die Blätter noch kräftig wirkten, als hätten sie dem natürlichen Verlauf der Dinge den Kampf angesagt.

Sie streifte einige Äste mit ihren Fingern. Die Berührung war sanft und plötzlich fragte sie sich, weshalb sie dem Anwesen nicht früher schon entflohen war. Hatte sie Grace nicht vor Kurzem noch bedauert, die Freiheit nicht zu kennen? Doch als sie durch die säuselnden Zweige zum Himmel blickte, wurde ihr auf einmal bewusst, dass auch sie kaum mehr Freiheit als Grace besaß.

„Fynn?"

Ihre Stimme vermischte sich mit dem Geflüster der Blätter.

Er schwieg, doch sie bemerkte, wie er den Kopf hob, um nach ihr zu sehen. Er stand noch bei den Pferden, den Hut tief ins Gesicht gezogen. Ein Zweig strich sanft über ihre Wange und brachte sie zum Lächeln. Sie konnte erkennen, dass Fynn sie betrachtete, doch er rührte sich nicht.

„Wie viele Sommer erlebtet Ihr bereits?“ Sie sah ihm an, dass ihn diese Frage verwirrte. Kurz fing sie seinen verwunderten Blick auf, ein Atemzug nur, in dem sich ihre Blicke trafen.

„Siebzehn.“ Seine Stimme umschmeichelte das leise Rauschen des Windes, als wäre sie ein Teil des Zaubers dieser Weide.

„Siebzehn?“, wiederholte sie ungläubig. Sie hätte geglaubt, er bringe es auf mehr Jahre.

Langsam schritt sie auf ihn zu. Er hatte den Blick erneut gesenkt, als würde er hoffen, dass sie ihn nicht sehen konnte, wenn er sie nicht sah. Es zauberte ein Lächeln auf ihre Lippen.

Sie hielt nicht inne, bis sie ganz nah vor ihm stand. Sein Duft verdrängte den des Waldes. Er schien sie plötzlich zu umschlingen, sodass die Sprache ihr versagte. Es war etwas, das sie nicht mit Worten zu beschreiben vermocht hätte, weil es keine passenden Worte dafür gab. Süß und herb zugleich, ein Hauch des Sommerwindes gepaart mit den goldenen Strahlen der Sonne.

Als sie versuchte, in sein Gesicht zu blicken, spürte sie wieder dieses Gefühl, wie sie es bereits am See das erste Mal empfunden hatte. Eine unbekannte Wärme schien durch ihre Adern zu strömen und am liebsten hätte sie seine Hände ergriffen. Sie senkte den Kopf, doch da war noch immer sein Geruch, der sie so fest umschlungen hielt.

Er wollte ihr ausweichen und sich zum Gehen wenden, als sie ihn ergriff und ihre Lippen die seinen in einem flüchtigen Kuss berührten.

Seine kräftigen Hände drückten sie fort, sodass sie beinahe den Halt verlor.

Verwirrt starrte sie ihn an. Sie wollte etwas sagen, doch die Worte wollten nicht fließen. Warum hatte er sie fortgestoßen? Sie war noch nie zurückgewiesen worden.

Sie konnte sein Gesicht nicht sehen, als er seinen Hut zurechtrückte. Er zitterte leicht, sie sah es an seinen Händen. Wo eben noch Wärme gewesen war, schien es ihr, als gefriere ihr Blut zu Eis. Am liebsten hätte sie sich auf der Stelle in Rauch aufgelöst.

Er wandte sich ab.

„Lasst uns zurückreiten."

Er bot ihr keine Hilfe beim Aufsitzen an. Sein Blick war auf etwas in der Ferne gerichtet, das sie nicht sehen konnte.

Von diesem Moment an sprach er nicht ein einziges Wort mehr zu ihr.

7 entêtement froid

„Sie hat hohes Fieber, Sir."

Des Doktors Gesichtszüge waren ernst, als er Marys Gemächer verließ. Tiefe Sorgenfalten hatten sich in seine Stirn gegraben und bedrückt blickte er zum Baronet, der sich nervös die schweißnassen Hände rieb.

„Zu einem ausgesprochen ungünstigen Zeitpunkt." Sir Richard fuhr sich mit einer Hand über das Gesicht. „Wie kann das sein? Vor zwei Tagen ist sie noch ausgeritten und erfreute sich bester Gesundheit. In kaum vier Wochen jährt sich der Tag ihrer Geburt bereits zum siebzehnten Male. Der Ball soll nahezu einen Monat später in der letzten Woche des Jahres stattfinden! Ich hoffe doch, dass sie bis zu diesem bedeutsamen Ereignis wieder genesen sein wird."

„Ich kann Euch nichts Genaues sagen, so leid es mir tut." Doktor Withers Stimme war ruhig und gefasst, wenngleich auch ihn der Zustand der Baronetstochter beunruhigte. Selten hatte er eine derart blasse und glühende Gestalt vor sich in den Kissen gesehen. „Das Fieber bereitet mir Sorgen."

Marys Vater musterte die gebeugte Erscheinung Doktor Withers, der ihm bereits sehr gute Dienste erwiesen hatte und in den er vollstes Vertrauen legte.

„Unmöglich kann ich länger warten, sie auf den Ball zu schicken." Sir Richards Stimme hatte den Hauch von Kummer und Sorge, der ihr zuvor beigewohnt hatte, schlagartig verloren. „Sie wird siebzehn Jahre alt, in Gottes Namen! Jedes andere Mädchen in ihrem Alter zieht längst die eigenen Kinder groß."

„Sie wartet seit nunmehr sechzehn Wintern und sollte sich die Krankheit ihrer weiter bemächtigen, so wird sie wohl noch einige Wochen warten *müssen.*“ Doktor Withers Stimme klang bestimmt, als er die Worte dem Baronet entgegensetzte. Dieser hingegen stöhnte voller Missfallen und ballte die Hände zu Fäusten. Ihm war anzusehen, dass er diesen Anlass um nichts in der Welt zu verschieben gedachte. Es wäre nahezu unmöglich, das Mädchen ohne diesen Ball zu verheiraten. Ihrem jetzigen Befinden entsprechend jedoch setzte der Baronet seine Tochter nur einer unnötigen Gefahr aus, wenn er sie nach Chester reisen ließe.

„Natürlich ist der Zeitpunkt ungünstig gelegen, keine Frage, Sir. Aber sollte sie sich nicht baldigst erholen, so empfehle ich nur zu ihrem Besten, dass der Ball um einige Wochen aufgeschoben wird, selbst, wenn sie sich dann nicht mit der Tochter des Earls of Marlborough zu zeigen vermag. Wenn sie einer solchen Belastung ausgesetzt wäre, könnte dies abträglich für ihr Wohlbefinden sein. Im Augenblick wäre es zweifelsohne nicht sehr förderlich, wenn Ihr Eure Tochter mit diesen Gedanken belasten würdet.“

Er schenkte ihm ein warmes Lächeln, jedoch übte es keine tröstende Wirkung auf den Baronet aus, in dem die Anspannung mit jeder Sekunde weiter anzuwachsen schien. Er schätzte es nicht, im Ungewissen zu verbleiben. Doch Doktor Wither wusste, dass Sir Richard nicht mehr tun konnte, als ihm zu vertrauen.

„Ich empfehle mich, Sir.“ Der Doktor setzte seinen dunklen Hut unter einer leichten Verbeugung wieder auf die bereits ergrauten Haare. „Ich werde in nächster Zeit häufiger nach Eurer Tochter sehen. Guten Tag.“

„Wie bitte? Sagtest du *Schweißfieber*?“

Tiefe Zornesfalten hatten sich in Richards Stirn gegraben. Zu leicht erkannte sein Vater die Wut, die in den dunklen Augen tanzte, und er ahnte, dass es dem Sohn schwerfiel, diese im Zaum zu halten. Seine Hände zuckten, als hätte er Mühe, nicht gegen den Tisch zu schlagen, über den er gebeugt stand.

„Richard, beruhige dich."

Missbilligend betrachtete Sir Richard seinen Sohn, der seinem Blick auswich. Der Baronet sah es als ein Zeichen von Schwäche, wenn sein Sohn die Beherrschung verlor.

Beiläufig schweifte sein Blick über die Dokumente, die auf dem Schreibtisch verstreut lagen. Zerknirscht musste er sich eingestehen, dass Marys Zustand auch ihn nicht so kalt ließ, wie er vorzugeben suchte. Üblicherweise herrschte strengste Ordnung auf seinem Bureau plat. Alle Dokumente lagen an ihnen zugewiesenen Plätzen und Gott gnade dem, der sich anmaßte, auch nur ein einziges dieser wertvollen Papiere zu entfernen. Doch die Entwicklung der Dinge hatte den Baronet mehr mitgenommen, als er sich eingestehen wollte. Die gewohnte Ordnung hatte sich aufgelöst, jedoch war er nicht versucht, sie wieder herzustellen. Stattdessen beobachtete er seinen Sohn, der ihn aus feurigen Augen anfunkelte.

„Schweißfieber ist bereits seit 1529 nicht mehr ausgebrochen! Seitdem sind hundert Jahre vergangen. Es kann sich bei ihrer Krankheit unmöglich um Schweißfieber handeln!"

„Doktor Wither war sich selbst nicht sicher, ob es sich hierbei wahrlich um Schweißfieber handelt. Er führte lediglich an, dass sie die gleichen Symptome aufweise. Hast du deine Schwester denn bereits mit eigenen Augen gesehen? Sie gleicht dem lebendigen Tod."

Er hielt kurz inne, um die Regungen in Richards Gesicht zu verfolgen. Das linke Lid zuckte leicht und die Finger hielten die Tischkante fest umklammert. Doch der Sohn erwiderte nichts bis auf den harten, prüfenden Blick des Vaters.

„Jetzt liegt ihr Leben in den Händen Gottes und daran kannst auch du nichts ändern." Richards Stimme senkte sich bedrohlich, sodass die letzten Worte beinahe einem Zischen glichen. „Sie liegt seit zwei Wochen in ihren Gemächern. Zwei Wochen! Sie schwitzt, sie klagt über ständigen Durst sowie ein Drücken im Kopf und redet wirr. Doktor Wither sprach davon, dass die meisten Patienten damals innerhalb von vierundzwanzig Stunden verstarben. Viele der Kranken, die die ersten vierundzwanzig Stunden überlebten, hatten gute Aussichten, am Leben zu bleiben."

Richard schnaufte verächtlich und wandte sich wieder seinem Vater zu. Für den Bruchteil einer Sekunde konnte der Baronet nicht anders, als seinen Sohn zu bewundern. Er strahlte eine Autorität aus, die ihm unmissverständlich zu zeigen schien, dass er sich mit keinem Kompromiss zufriedengeben würde. Eine gute Eigenschaft für einen späteren Baronet. Eine, die ihm behilflich sein konnte, noch höher in den Rängen der Gentry aufzusteigen, vielleicht gar in den Reihen der Peers aufgenommen zu werden.

Doch diese Bewunderung war innerhalb eines Wimpernschlages verflogen. Für einen Baronet wahrlich eine gute Eigenschaft – doch keine Zierde für den eigenen Sohn.

„*Viele* der Kranken, Vater, *viele*! Wer sagt, dass deine Tochter zu den *vielen* zählt? Zählte Mutter zu den *vielen*? Zählte Lady Elizabeth zu den *vielen*? Zählte …"

Richard stockte. Für einen Moment hatte der Baronet alles um sich herum vergessen, starrte nur in die grauen Augen seines Sohnes. Er konnte den Namen förmlich schmecken, der ihm auf der Zunge brennen musste. Ein heißer Schmerz durchfuhr ihn. Er konnte doch nicht – er würde nicht …

„Das ist nicht wichtig." Richard schluckte. „Wichtig ist, dass sie leben wird. Was, wenn es sich doch nicht um Schweißfieder handelt? Vor vier Jahren brach die Pest erneut in London aus, entsinnst du dich?"

„Wie ich dir bereits sagte …", Sir Richards Ton wurde schärfer und seine Stimme lauter, doch noch bändigte er den Zorn. Er wollte sich nicht vor seinem Sohn die Blöße geben, selbst die Beherrschung zu verlieren, doch dieser musste spüren, dass er eine Grenze überschritten hatte. „Die ersten vierundzwanzig Stunden hat sie überlebt."

Er schritt zu seinem von feinstem Leder überzogenen Sessel und setzte sich. Für ihn war das Gespräch beendet. Seine Augen ruhten bereits wieder auf den wertvollen Dokumenten und er bedeutete Richard mit einer knappen Handbewegung, das Arbeitszimmer zu verlassen.

Doch sein Sohn rührte sich nicht, sondern blieb wie versteinert vor dem Tisch stehen, die Hände noch darauf gestützt. Der Vater hob nicht einmal den Blick, als Richard zu ihm sprach: „Es muss Mittel und Wege geben, ihr zu helfen. Wenn Doktor Wither dazu nicht imstande ist, so lass einen anderen Arzt kommen. Ich weigere mich zu glauben, dass wir hierbei nur auf Gott vertrauen können."

Der Baronet nickte abwesend und unterzeichnete eines der Dokumente. Sein Sohn jedoch hatte sich noch immer nicht gerührt und Sir Richard spürte dessen stechenden Blick auf seinem Haupt.

„Wenn es dich beruhigt, mein Sohn, so werde ich mich darum kümmern."

„So schnell wie möglich."

Die Schärfe in der Stimme seines Sprösslings entrüstete den Baronet, doch bevor er ihn zurechtweisen konnte, hatte Richard sich abgewandt und stürmte mit großen Schritten aus dem Zimmer. Seufzend lehnte Sir Richard sich zurück und betrachtete das noch eben unterzeichnete Dokument, ohne genau zu erkennen, worum es sich dabei handelte. Auch seine Gedanken kreisten unablässig um die kranke Tochter. Sie schafften es gar, die anderen quälenden Sorgen in den Hintergrund rücken zu lassen, die ihn jedes Mal aufs Neue befielen, wenn er einen Brief seines Schwagers Daniell empfing, dessen finanzielle Lage immer unerfreulicher zu werden schien. Doch wie sollte er seine Ländereien, sein Shire, vergrößern können, wenn diejenige stürbe, um deren Hand bereits viele angehalten hatten? Sein Traum von einer Vereinigung mit einem der Söhne aus den Häusern der Peers wäre dann nichts weiter als ein Schatten, der sich im Morgenlicht der Sonne bereits verflüchtigt hätte.

„Sir! Sir, wartet!"

Richard hielt in der Bewegung inne. Seine Hand ruhte noch auf dem Türknauf zu Marys Gemächern, doch er öffnete die Tür nicht. Hinter ihm eilten Schritte den Gang entlang und hallten dumpf an den Wänden des Korridors wider. Es war sonderbar, dass es plötzlich um Marys Gemächer so still geworden war, als wäre sie bereits verstorben.

„Sir, Ihr dürft dort nicht eintreten!"

Er hielt die Hand noch um den Türknauf geschlossen, als er sich der Zofe zuwandte, die auf ihn zugeeilt war. Camillia wirkte, als wäre sie über Nacht um Jahre gealtert, und ihre Augen lagen hinter einem Schleier der Besorgnis und Angst um ihren Schützling. Einige Strähnen ihres dunkelblonden Haares hatten sich der Frisur entwunden und kräuselten sich nun in ihrem Nacken.

Richard hatte die sonst strenge Zofe noch nie in einer solchen Verfassung gesehen und es ließ ihm einen Schauer den Rücken hinunterlaufen. Er wusste nur zu gut, welche Verbindung zwischen Camillia und ihrem Zögling bestand, eine Bindung, von deren Existenz Mary niemals erfahren durfte. Hätte er nicht gewusst, dass Mary noch lebte, so hätte er bei dieser Erscheinung geglaubt, sie wäre bereits letzte Nacht dahingeschieden.

Als fürchtete sie, dass er trotz ihrer Warnung eintreten würde, ergriff Camillia seine Arme. Sofort zog er seine Hand zurück, als wäre sie es, die das Schweißfieber in sich trüge.

„Der Doktor beharrt auf vollkommene Ruhe, damit ihrer Genesung nichts im Wege steht."

Richard blickte sie kalt an. Zwar kannte er Camillia bereits seit wenigen Tagen nach Marys Geburt. Trotzdem vermochte er sich nie recht für sie zu erwärmen. Die Vergangenheit und ihre Herkunft verbaten ihm solche Empfindungen.

„Ich muss wissen, wie es um sie steht. Es ist wichtig."

Er konnte ihr die Anspannung ansehen und spürte, wie sehr sie sich um Mary sorgte. Sie war ihre einzige Verbindung zur Vergangenheit – und wohl auch zu ihrer Zukunft.

„Es ist nicht gut um sie bestellt, Sir, ich bitte Euch, betretet nicht ihre Gemächer. Ich selbst wage es ebenfalls nicht, der Doktor hat es untersagt. Aber wenn er kommt, um nach ihr zu sehen, kann ich einen Blick auf sie werfen, wenn ich in der Tür stehe. Ich kann Euch berichten, dass Eure Schwester leidet."

Richard wandte den Blick ab. Camillia rührte sich nicht von der Stelle, als befürchtete sie noch immer, dass er die Tür öffnen und hineinstürmen würde. Unwillkürlich ballte er die Hände zu Fäusten.

„Handelte sie in letzter Zeit entgegen ihren Gewohnheiten? Trug sie ein trübes Gemüt? Hat ihr jemand ein Leid getan?“

Camillia blickte ihn verwundert an. Für einen Moment schwiegen sie beide, bis die Zofe ihre Sprache wiedergefunden zu haben schien.

„Nun … Sir … Sie ritt in letzter Zeit doch recht häufig aus. Allerdings weiß jeder hier auf dem Gut, dass Lady Mary das Reiten so sehr liebt wie das Leben. Ich muss Euch gestehen, dass mir keinerlei Veränderungen in ihrer Lebensweise aufgefallen sind.“

Ein weiterer Moment verstrich, ohne dass ein Laut im Gang widerhallte. Die Ruhe war beinahe gespenstisch.

„Mit wem ritt sie? Wer gewährte ihr Geleitschutz? Kannst du dich der Namen entsinnen?“ Was, wenn sich jemand an ihr vergangen hatte? Es war eine unmögliche Vorstellung, doch wie konnte er sicher sein, dass ihr Geist sich nicht einer abscheulichen Erfahrung zu entziehen versuchte?

„Ich sah nicht oft, mit wem sie zu reiten pflegte. Doch fragte sie erst kürzlich nach einem der Knechte, Fynn mit Namen. Ich sah die beiden einmal ausreiten und war mir nicht sicher, welche Gründe sie dazu bewogen haben könnten. Immerhin ist er des Französischen nicht mächtig.“

„Einer der Knechte? Aus dem Dorf?“ Sofort war Richard hellhörig geworden.

„Er trug einen großen, schwarzen Hut, sodass ich sein Gesicht nicht erkannte“, gab Camillia zögernd zu und Richard merkte sogleich, dass sie sich Vorwürfe machte, weil sie Mary ohne Bedenken mit jemandem aus dem Gesinde hatte reiten lassen. Zu gern hätte er ihr genau diesen Vorwurf gemacht, doch im Moment brannte er darauf zu erfahren, wer dieser Bursche war.

„Zu welcher Zeit ritten die beiden gemeinsam aus?“, hakte er nach und bemerkte, wie Camillia seinem Blick erneut auswich.

„Er begleitete sie auf ihrem letzten Ritt …“, sprach sie und nestelte wieder nervös an der hellen Spitze ihres Kleides. Richard ließ sie nicht aus den Augen. „… bevor die Schwindelanfälle und ihr schlechtes Befinden einsetzten."

„Wo finde ich den Burschen?"

„Ich weiß, dass er oft in den Stallungen tätig ist, doch mehr vermag ich Euch nicht zu sagen."

„Fynn." Richard wiederholte den Namen, als wollte er damit bewirken, dass der Bursche plötzlich vor ihm erscheinen und das Rätsel um Marys Krankheit lösen würde.

Dann wandte er sich abrupt um und ließ die Zofe ohne ein weiteres Wort zurück. Er würde herausfinden, wer dieser Junge war.

Koste es, was es wolle.

8 accusation

Die Kälte hatte Fynns Leinenkleidung schon lange durchdrungen und seine Bewegungen schwerfälliger wirken lassen. Er wusste, wenn er auch nur kurz in der Arbeit innehalten würde, wäre der Schmerz in seinen Armen zu spüren. Zusammen mit drei anderen Knechten war er zum Holzhacken ausgesandt worden, damit es die hohen Herrschaften in ihren großen Hallen nicht frieren würde.

Widerwillig ließ er die Axt dennoch für einige Atemzüge sinken. Sein Blick fiel auf seine Hände, die schon ganz rau geworden waren. Seine Arme fühlten sich taub an und neben der Kälte machten sich die ersten Anzeichen von Müdigkeit bemerkbar.

Er musste an das Mädchen denken. Er dachte für seinen Geschmack in letzter Zeit viel zu oft an sie. Er sah sie noch immer vor sich sitzen, das Gesicht zum Fenster gewandt, ihre roten Haare, die wie Flammen über ihre Schultern züngelten und sich über ihren Rücken ergossen hatten. Er hätte genau sagen können, wo ein jedes Muttermal auf ihrem Rücken unter dem zarten Gewand hervorgeschimmert hatte, und eben dies war es, was ihm Sorge bereitete. Was hatten Jacob und diese Küchenmagd ihm nur eingebracht? Die letzten Tage hatte er sich, so es ihm möglich war, von den anderen Bediensteten ferngehalten und darauf geachtet, nicht zufällig die Wege der Lady zu kreuzen. Doch im gleichen Atemzug verlangte ihn danach, sie über den Hof schreiten zu sehen, und ein jedes Mal schalt er sich innerlich dafür. Wenn er sich bei diesen Gedanken ertappte, schob er sie weit von sich, aber es war schwierig zu leugnen, dass er gern gewusst hätte, was in diesem roten Lockenkopf seit dem verhängnisvollen Tag an der Trauerweide vor sich ging.

„Fynn?"

Eine dunkle Männerstimme schreckte ihn aus seinen Gedanken auf, sodass ihm die Axt beinahe aus der Hand fiel. Er hoffte, dass Kenneth nichts von seiner gedanklichen Abwesenheit bemerkte. Manches Mal regte sich in ihm das Gefühl, dass der alte Knecht Gedanken zu lesen vermochte.

Er zog sich die Hutkrempe tiefer ins Gesicht. Eine dumme Angewohnheit und er schalt sich innerlich jedes Mal dafür, aber es gelang ihm nicht, sie abzulegen.

„Kannst das Holz hier zum Gut bring'n? Wir mach'n noch den Rest und komm'n nach. 's dämmert ja schon." Kenneth wies auf die letzten Stücke Holz.

„Ist gut", war alles, was Fynn erwiderte, als er seine Axt zur Seite legte. Seine Finger schmerzten vor Kälte, als er nach den Holzscheiten griff, um sie auf eine Kiepe zu legen, mit deren Hilfe er sie zum Anwesen bringen würde.

Es blieb nicht viel zurück und er wusste, dass die anderen drei es ohne ihn schaffen würden. So konnte er sich wieder ungestört in seinen Gedanken treiben lassen, während er dem schmalen Weg folgte, der vom Gut zum nahe gelegenen Wald führte. Eine Schneeflocke landete vor ihm auf der braunen, kalten Erde. Er hielt kurz inne. Es hatte ihn bereits verwundert, dass es noch nicht schneite, da es erneut kalt geworden war. Nur vereinzelt fielen Flocken vom grauen Himmel herab, um, sobald sie den Boden berührten, wieder zu sterben.

Vielleicht sollte ich das auch tun, dachte er sich, als eine weitere Flocke vor ihm zu Boden fiel und gleich darauf wieder verschwand. *Einfach verschwinden, bevor mir die Zügel entgleiten.*

Im gleichen Atemzug musste er sich allerdings eingestehen, dass er nicht wusste, wohin er dieses Mal gehen sollte. Eaton Hall lag immerhin weit genug von Newcastle upon Tyne entfernt und er konnte sich die Strapazen einer weiteren Reise in den Süden Englands nur allzu gut ausmalen, noch dazu im Winter. Manches Mal bereute er, nicht in Manchester verweilt zu haben, doch dann entsann er sich der Umstände, die ihn zur Weiterreise getrieben hatten, und war nicht traurig darum, die Stadt in der Ferne zu wissen.

Er seufzte, als die kleine Tür in Sicht kam, durch die er auf den Innenhof des Anwesens gelangte. Ein schmaler Pfad führte von dort zu einem Unterstand für das gehackte Holz. Er stieß sie mit seinem Ellenbogen auf. Knarrend gewährte sie ihm Einlass und er konnte nicht umhin, ein letztes Mal an das Bild zu denken, das ihm noch immer durch den Kopf schwirrte: Marys Rücken und ihr langes rotes Haar. Als er die Tür schloss, schwor er sich, nie wieder auch nur einen einzigen Gedanken an dieses Mädchen zu verschwenden.

Er hätte nicht geglaubt, wie schnell er diesen Entschluss wieder verwerfen sollte.

Auf dem Hof herrschte reges Treiben, doch Fynn nahm all dies kaum wahr. Als er über den schmalen Pfad in Richtung des Herrenhauses eilte, wurde seine Aufmerksamkeit von einem Mann in Anspruch genommen, der gerade aus dem Innenhof der Stallungen getreten war. Fynn hatte ihn sofort an seiner Kleidung erkannt. Das Leinen war längst nicht so zerschlissen wie das seinige, die Schuhe nie so beschmutzt wie die der restlichen Gesellen.

Er kannte nur zwei Bedienstete dieser Art auf dem Anwesen – und das hatte seinen Grund. Fynn pflegte so wenig Kontakt wie nur möglich zu den anderen, doch niemand hier kam umhin zu wissen, dass man sich vor Oliver und Harry besser in Acht nehmen sollte. Die beiden waren dafür bekannt, die Günstlinge des Sohnes Sir Richards zu sein und ihm alles zu berichten, was ihrer Ansicht nach auf dem Gut in Ordnung gebracht werden musste. Man wich den beiden demnach besser aus und Fynn hatte sich bisher an diesen Rat gehalten. Von daher bedauerte er den Burschen, den Oliver jetzt in den Stallungen suchte.

Ein kühler Wind war aufgekommen und ließ ihn leicht frösteln. Es war an der Zeit, dass sich der Tag dem Ende neigte. Er fühlte sich erschöpft und sehnte sich nach etwas Stroh, um endlich schlafen zu können.

„He, du da! Phillip!“

Olivers dunkle Stimme war zu nah. Fynn schluckte. Hatte er ihn nicht eben in die Stallungen gehen sehen? Er blieb stehen, unsicher, was er jetzt tun sollte, und wandte sich zu Oliver um.

„Meinst du mich?“, fragte er ihn ohne jegliche Gemütsregungen in der Stimme.

Oliver musterte ihn abwertend. „Werd mir mal nicht frech, Kerlchen.“ Er verschränkte die Arme und baute sich bedrohlich vor Fynn auf. Er war in der Tat ein Hüne, breitschultrig und um gut einen Kopf größer als Fynn. „Der ehrenwerte Richard verlangt nach dir. Nimm dir bloß nicht zu viel raus, verstanden?“

Verstört umklammerte Fynn die Riemen der Kiepe, die er noch immer trug.

„Es muss sich um einen Irrtum handeln. Mein Name ist Fynn, nicht Phillip“, erwiderte er ruhig, obwohl sein Pulsschlag raste. Er wollte sich gerade zum Gehen wenden, als Oliver erneut zu ihm sprach.

„Fynn, Phillip, Fenton, alles das Gleiche. Und wag es nicht noch einmal, mir zu widersprechen. Du steckst in Schwierigkeiten, Bursche.“

Er packte Fynn so grob am Arm, dass es schmerzte.

„Und das Holz …?“, war das Einzige, was er über die Lippen brachte, doch Oliver funkelte ihn nur böse aus seinen braunen Augen an.

„Das Holz, das Holz“, äffte er ihn nach und schüttelte den Kopf. „Das lässt du hier liegen und bringst es nachher weg. Einen Richard Grosvenor lässt so eine kleine Kröte wie du nicht warten. Hast du das jetzt verstanden oder muss ich noch deutlicher werden?“

Er packte noch fester zu und Fynn musste sich auf die Lippen beißen, um nichts zu erwidern.

„Und setz diesen verdammten Hut mal richtig auf, man sieht ja gar nichts", fuhr Oliver fort, als Fynn die Kiepe samt Holz abstellte. Er lockerte seinen Griff nicht, sodass Fynn der Versuchung dieses Mal widerstand, sich den Hut tiefer ins Gesicht zu ziehen.

„Nun komm endlich! Unser Herr hat nicht den ganzen Abend Zeit!", blaffte Oliver, als er sich noch immer nicht von der Stelle rührte, und zog ihn kurzerhand hinter sich her.

„Wird's bald!", bellte Oliver, als sie die Tür zur Eingangshalle erreichten. Endlich löste der Hüne den Griff, um ihn grob in die Halle zu stoßen. „Folge mir."

Erinnerungen an jenen Morgen wallten in Fynn auf, an dem er zum ersten Mal diese Halle betreten hatte. Doch er schob sie so weit von sich, wie er es nur vermochte. Insgeheim hatte er Angst, Mary zu begegnen. Das Letzte, was er jetzt gebrauchen konnte, war der Beweis, dass sie ihn kannte. Er steckte wahrlich schon tief genug in Schwierigkeiten. Der Korridor war dunkel, doch Fynn achtete nur auf seine Schritte und darauf, Oliver in geringem Abstand zu folgen.

Schließlich blieben sie stehen. Er konnte sich nicht erinnern, diesen Teil des Hauses schon betreten zu haben, als er auf die große Tür starrte, an die Oliver klopfte.

Nichts regte sich.

Hoffnung keimte in Fynn auf. Vielleicht war der Sohn des Baronets gar nicht anwesend und die Missstände, ganz gleich welcher Art sie auch gewesen sein mochten, hatten sich bereits zum Wohlgefallen aller aufgelöst.

Oliver schnaufte und klopfte erneut, als die Tür sich öffnete. Oliver verneigte sich leicht. Doch Fynn schaffte es nicht, seine Muskeln dazu zu bringen, es ihm gleichzutun. Oliver versetzte ihm einen Schlag auf den Rücken, sodass auch Fynn sich rasch verneigte, doch das Pochen in seinen Gliedern wollte nicht nachlassen.

„Ah, Oliver, ich sehe schon. Das wird dann sicher Fynn sein."

In der Tür stand ein Mann von stattlicher Gestalt mit dunklem, braunem Haar und spitzem Kinn- sowie dünnem Schnurrbart, der sich leicht seinen grauen harten Augen entgegenwolbte. Fynn konnte keinerlei Ähnlichkeit mit Mary entdecken, bis auf die Kälte, die in diesen adeligen Augen lag, mit der auch Mary bis vor Kurzem noch in die Welt geblickt hatte.

So viel zu seinem Bestreben, nie wieder an dieses Mädchen zu denken.

„Wie Ihr es wünschtet, hier ist er", gab Oliver zur Antwort und aus seinen Augenwinkeln konnte Fynn das breite Grinsen erkennen.

„Meinen Dank, Oliver. Du darfst dich entfernen. Aber du", er wandte sich an Fynn, „tritt ein!"

Fynn fluchte innerlich. Vielleicht waren seine Überlegungen nicht falsch gewesen und er hätte sich längst auf den Weg gen Süden machen sollen.

Er trat ein und Richard schloss die Tür hinter ihm. Das Geräusch ließ Fynn einen kalten Schauer über den Rücken laufen. Er war gefangen. Zusammen mit dem wilden Raubtier, das ihn nun umkreiste und aufmerksam musterte, als würde es nur darauf warten, den besten Moment für den tödlichen Prankenhieb abzupassen.

„So. Fynn. Dieser Name ist mir noch nie zu Ohren gekommen."

Richard verharrte für einen Moment. Mit einem Mal war seine Stimme von einem falschsüßlichen Ton unterlegt, der Fynn in Anspannung versetzte. Er antwortete jedoch nicht. Er war sprachlos bei dem Bild, das sich ihm bot. Jetzt erst betrachtete er das ganze Ausmaß der Gemächer, in die er geführt worden war. An den Wänden befanden sich Regale mit so vielen Büchern, wie Fynn sie in seinem Leben nicht gesehen hatte. Unwillkürlich fragte er sich, ob Richard all diese Bücher gelesen hatte. Und ob Mary wohl lesen konnte?

Richard nahm jetzt hinter seinem Schreibtisch Platz und lehnte sich genüsslich zurück, um Fynn zu betrachten. Im Kamin prasselte ein Feuer vor sich hin und Fynn spürte, dass die Kälte und das Gefühl der Taubheit in seinen Fingern sich langsam zurückzogen. Für diesen Mann hatte er also das Holz getragen. Was unterschied ihn so sehr von all den anderen, die draußen auf dem Hof ihre Arbeit taten und froren, während er hier drinnen im Warmen saß?

„Also, Fynn. Erzähl mir doch mal …" Richard spielte mit einem Federkiel, während er sprach. Man hätte fast glauben mögen, er spräche mit der Feder und nicht mit Fynn. „… was weißt du über mein Fräulein Schwester zu berichten?"

Fynn begann plötzlich zu schwitzen. Im Raum schien es mit einem Mal stickig zu sein.

„Nur nicht so schüchtern." Richard setzte sich auf und legte den Federkiel zur Seite. Seine eiskalten Augen waren auf Fynn gerichtet und allein dieser Blick genügte, um Fynn wieder abzukühlen.

„Ich weiß nicht, wovon Ihr sprecht, Sir, verzeiht." Unwillkürlich rieb er sich über die Stelle, an der Oliver ihn so grob gepackt hatte. Richard sah ihn noch immer unverwandt an und ein Lächeln umspielte seine Mundwinkel.

„Ich denke, du weißt sehr wohl, wovon ich spreche." Für einen Moment musterte er ihn mit den durchdringenden Augen eines Grosvenors. Aber Fynn hatte sich nichts zu Schulden kommen lassen. Selbst ein junger, heißblütiger Baronetsspross würde dies einsehen müssen.

„Meine Schwester pflegt des Öfteren auszureiten." Richard lehnte sich zurück, doch seine Augen blieben auf Fynn gerichtet. „Allerdings nicht allein, wie dir sicher bekannt ist. Das würde sich nicht ziemen für eine Dame ihres Standes, nicht wahr?"

„Sehr wohl." Er hätte es ahnen können.

„Sie beauftragte einen Geleitschutz, der dir wohl geläufig sein dürfte."

„Sie erwählte mich einige Male, um sie auf ihren Ausritten zu begleiten, wenn es das ist, was Ihr zu hören wünscht."

Beinahe triumphierend blickte Richard auf und Fynn hätte schwören können, dass er ein leises Lachen vernommen hatte.

„So wird dir nicht entgangen sein, dass die Lady bereits seit einiger Zeit nicht mehr auszureiten pflegt?" Er fühlte sich sicher, Fynn konnte es spüren, wie sehr er diesen Moment der Überlegenheit genoss. Dennoch war ihm nicht klar, worauf der Sohn des Baronets hinauswollte.

„Ich nehme an, sie wird sich einen anderen Geleitschutz gewählt haben. Die Entscheidungen der werten Lady, Eurer Schwester, zu hinterfragen, bin ich nicht befugt." Er erwiderte Richards Blick. Obgleich die Hutkrempe tief saß, konnte er dem jungen Mann auf der anderen Seite des Schreibtisches in die Augen schauen.

„Also willst du mir erzählen, dass du nichts von der Krankheit weißt, die meine Schwester befallen und bettlägerig gemacht hat?"

Lady Mary war erkrankt?

Richard erhob sich und schritt um den Tisch herum auf Fynn zu und begann, ihn zu umkreisen wie ein ausgehungertes Raubtier. Beinahe wäre Fynn herumgefahren, um Richard in die Augen blicken zu können, doch seine Beine wollten den Befehlen seiner Gefühle nicht Folge leisten. Richard stand jetzt neben ihm und sein Blick durchstieß Fynn wie die Klinge eines Dolches.

„Was hast du mit ihr gemacht, du Lump?"

Jener süßliche Ton war aus seiner Stimme gewichen und entblößte die Schärfe, die er zuvor darunter versteckt gehalten hatte. Seine Worte waren mehr ein Zischen als ein Flüstern und sie brachen dennoch über Fynn in einer Welle aus Hass zusammen, dass er sich von ihnen erdrückt fühlte.

„Ich weiß nicht, wovon Ihr sprecht, Sir. Ich bin Eurer Schwester seit geraumer Zeit nicht mehr begegnet und ich wusste nicht, dass sie einer Krankheit …"

„Schweig!", wies Richard ihn zurecht, seine Stimme lauter, als es beabsichtigt zu sein schien.

„Wieso solltest du so oft mit ihr geritten sein? *Parles-tu français? Non, je ne crois pas.* Aber Lady Mary reitet nur ungern mit dem niederen Gesinde." Er schnaubte. „Nicht einmal Manieren besitzt du."

Er schnippte gegen die Krempe des Hutes, sodass dieser leicht verrutschte. Fynns Herz setzte für einige Schläge aus.

„Wie kannst du der Aufrichtigkeit zugetan sein, wenn du nicht einmal vermagst, dein Antlitz zu entblößen, sobald du dich in adelige Gesellschaft begibst? Aber verzeiht, Eure Herrschaft, ich vergaß mich selbst." Ein spöttisches Lächeln umspielte seine schmalen Lippen. Er wandte sich ab und schritt wieder zu seinem Schreibtisch.

Fynn stand wie angewurzelt. Er schluckte hart. Um ein Haar wäre alles vorbei gewesen. Um ein Haar.

Richard wandte sich ihm wieder zu.

„Welches Gift hast du Hund ihr verabreicht? Oder hast du dich gar an ihr vergangen, dass ihr Geist sich nun in jene Krankheit zu flüchten sucht? Und glaube nicht, mich zum Narren halten zu können. Zwar weiß ich nicht, was ein Lump wie du sich davon verspricht, doch sei dir gewiss …" Seine Stimme glich einem bedrohlichen Flüstern. Wieder lächelte er. „Ich werde dafür Sorge tragen, dass ganz gleich, was meiner Schwester zustößt, du ihr Schicksal teilen wirst."

„Sir, ich kann Euch …"

„Leugne nicht!", brauste Richard auf. Funken schienen aus den harten Augen zu sprühen, die ebenso kalt waren wie die Seele dieses Mannes. Er blitzte Fynn wütend an. „Es gibt auch andere Möglichkeiten, dich zum Reden zu bewegen."

Verwirrt starrte Fynn ihn an. Warum war er nicht geflohen, als noch Zeit dazu war? Es stand außer Frage, dass das Mädchen Ärger bedeuten würde!

Ein Lächeln umspielte Richards Mundwinkel, genug, um Fynns Gedanken schweifen zu lassen. Er wusste, dass es das war, was Richard bezweckte. Er musste nicht sprechen, Fynn kannte die Methoden, mit denen man zu Geständnissen gezwungen werden konnte, selbst, wenn es nichts zu gestehen gab.

Die Sekunden schienen zu Stunden zu werden, während der Baronetssohn ihn mit einem bedrohlichen Lächeln anstarrte. Die Stille lastete so vollkommen auf ihm, dass er leicht zusammenschreckte, als die Stimme Richards sie wie ein Peitschenschlag zerteilte.

„Für den Moment will ich dich gehen lassen."

Erst jetzt bemerkte Fynn, dass er den Atem angehalten hatte.

„Sehr wohl, Sir." Er hoffte, dass seine Stimme nicht zitterte. Seine Kehle war rau und schmerzte. Er verneigte sich kurz, blieb jedoch unschlüssig stehen. Richard nickte ihm zu.

„Entferne dich." Erneut deutete Fynn eine Verbeugung an, um sich dann abzuwenden und auf die große Tür zuzuschreiten, als Richard die Stimme ein letztes Mal erhob.

„Aber vergiss nicht, Bursche – ich werde dich im Auge behalten."

9 défaillance

Dezember 1629

Der kühle Abendwind strich ihr ums Gesicht, als wollte er sie liebkosen. Schwach nur griffen ihre Hände das Geländer, doch nichts auf der Welt hätte sie diesem Wind vorgezogen. Nur für einen Moment allein sein.

Begierig sog Mary die Abendluft der Stadt in sich auf, doch anstelle des frischen Duftes der Wälder, den sie von daheim gewohnt war, brachte der Wind ihr die Gerüche des Flusses. Sie verzog leicht das Gesicht, doch noch wollte sie sich nicht wieder der feinen Gesellschaft anschließen. Ihre Glieder waren schwer wie Blei. Zu lange hatte sie das Bett krankheitsgeschlagen hüten müssen und sie fühlte sich, als würde eine unsichtbare Kraft sie zu Boden ziehen. Selbst, dass der Tag ihrer Geburt sich jährte, war nur schemenhaft an ihr vorübergezogen.

Erinnerungen an ihre Reise nach Chester stiegen in ihr auf. Eine Reise, die ihr endlos erschienen war. Doch die Stadt war nicht die rettende Erlösung, auf die sie gehofft hatte. Sie hatte gesehen, wie die Fleischer die Überbleibsel toter Tiere in den Fluss warfen, Menschen in Lumpen sich durch die Straßen drängten, und musste sich jedes Mal bestürzt abwenden.

Ihr missfiel die Stadt.

Sie schloss die Augen und versuchte, sich den frischen Duft des morgendlichen Waldes in Erinnerung zu rufen, als wäre sie wieder daheim, inmitten von Sträuchern und Bäumen, Moosen und Farnen, die den wohltuenden Geruch des Taus verströmten.

Doch es wollte nichts helfen. Sie fühlte wieder eine leichte Übelkeit in sich aufsteigen. Trotzdem brauchte sie die kühle Luft auf ihrer Haut. Also war sie auch bereit, die Gerüche Chesters zu ertragen.

Mary stand auf dem Balkon des Stadthauses ihres Vaters. Der Efeu rankte sich an beiden Seiten am Mauerwerk empor und schien ihr ein wenig Geborgenheit in dieser grau-braunen Stadt zu spenden.

Sie stieß einen Seufzer aus, als sie den Blick über die schmale Straße streifen ließ, die in keinem so unerträglichen Zustand wie die großen Straßen war, über die sie zum Haus gelangt waren. Von hier oben konnte sie die kleinen Gestalten erkennen, die im letzten Licht der Sonne auf der Straße promenierten. Bunte Hüte, reichlich mit Federn geschmückt, trieben dort im Strom und seltsam aufgesteckte Frisuren, Kleider in Farben, die sie noch nie in ihrem Leben gesehen hatte. Vornehme Herren an der Seite edler Damen, von denen sie so manches Mal ein Lachen zu vernehmen glaubte. Doch auch Knechte und Mägde eilten geschäftig von einem Ort zum anderen, sie konnte die einfache Leinenkleidung und den hastigen Schritt erkennen.

Die Stadt schien noch nicht daran zu denken, sich mit dem Schwinden des Tageslichtes zum Schlummer zu begeben. Das rege Treiben faszinierte sie. Daheim auf dem ländlichen Anwesen war sie es gewohnt, dass mit Einbrechen der Nacht nach und nach die Kerzen gelöscht wurden. Ausnahmen bildeten lediglich größere Anlässe wie Feste oder Empfänge. Sie konnte sich nur ausmalen, dass Richard und ihr Vater wahrscheinlich oft bis spät in die Nacht arbeiteten, die Bücher führten und noch die letzten Handelsbriefe aufsetzten, die beim ersten Sonnenstrahl das Gut verlassen mussten. Doch hier schien das Leben keine Rast zu kennen.

Es war nur ein kurzer Augenblick, in dem sie ihn sah.

Wie erstarrt stand sie auf dem Balkon, den Umhang über das festliche Kleid geworfen. Alles um sie herum schien zu verstummen. Jemand mit einem großen, schwarzen Filzhut hatte vor einem der Häuser Halt gemacht. An seinem Arm geleitete er eine junge Frau.

Mary stellte sich auf die Zehenspitzen und stützte sich mit beiden Händen vom Geländer ab, um besser sehen zu können.

Doch der magische Moment verschwand so schnell, wie er gekommen war. Der Mann wandte sich dem Mädchen zu und halb enttäuscht, halb erleichtert ließ Mary sich wieder auf beide Füße sinken und suchte den sicheren Stand.

Der Anblick hatte sie ins Wanken gebracht. War das Angst? Angst wovor? Fynn gehörte nicht in ihre Träume, er gehörte nicht in ihr Herz.

Niedergeschlagen stützte sie sich mit den Ellenbogen auf dem Geländer ab und blickte in den immer dunkler werdenden Himmel. Wenigstens hätte sie etwas, was sie Grace erzählen könnte. Aufgrund ihrer Krankheit war sie lange nicht mehr bei ihrer Schwester gewesen und es reute sie. Aber sie würde ihr von der Stadt berichten und von all diesen sonderbar anmutenden Gewohnheiten, die die Städter pflegten.

„Wie steht es um Euer Wohlbefinden, m'Lady?" Erschrocken fuhr Mary herum. Sie wusste nicht, weshalb, doch sie fühlte sich ertappt, weil sie in Gedanken schon wieder bei jenem Jungen war, dem sie ihr Herz weder geben wollte noch durfte. „Eure Wangen sind gerötet. Wollt Ihr Eurem Vater nicht wieder Gesellschaft leisten?" Camillias sonst so strenges Gesicht schenkte ihr ein warmes und einladendes Lächeln. Mary hingegen senkte den Blick, da sie glaubte, dass ihre Wangen eher vom Schamgefühl als von der Kälte gerötet waren.

„Ich fühle mich noch sehr geschwächt", gab sie zu. Die Zofe trat näher und nun blickte auch sie über die Lichter der Stadt.

„Wer könnte Euch dies verübeln bei einer derartigen Reise? Und das zu dieser Jahreszeit. Euer Herr Vater muss ..." Sie schüttelte den Kopf. „Ich kann all das nicht gutheißen. All diese Strapazen für einen Ball."

Mary musste lächeln, als sie die Worte der Zofe vernahm. Sie musste sich eingestehen, dass sie sich in der Tat sehr schwach fühlte, und sann darüber nach, sich in ihre Zimmer zurückzuziehen. Ihr Vater hatte einige Herrschaften eingeladen, denen sie bereits einen Teil des Abends Gesellschaft geleistet hatte. Doch der Wein hatte ihr nach dem ersten Schluck einen schweren Kopf verursacht und so manches Mal war sie gezwungen, sich in einen der ledernen Sessel sinken zu lassen, da ihre Beine sie nicht mehr tragen wollten.

Sie betrachtete Camillia, deren blondes Haar adrett zu einem Knoten gebunden war. Jede Spitze saß an der richtigen Stelle. Sie trug keinen Umhang und schien dennoch nicht zu frieren.

„Camillia?“

Sie lehnte nun ebenfalls neben der Zofe auf der Brüstung und blickte wieder hinüber zur Straße.

„Was bedrückt dich, mein Kind?“

Mary schaute auf die Straße hinab. Nervös spielte sie mit ihren Fingern und legte ihre Hände ineinander, um sie zu wärmen. „Was für ein Gefühl ist die Liebe?“

Verwundert betrachtete die Zofe ihren Zögling, doch Mary achtete nicht auf ihr Erstaunen.

„Liebe, m‘Lady, ist eine Träumerei. Ein Gefühl, gerade gut genug für die hungernden Dichter und Sänger, um dem Leben einen Sinn abgewinnen zu können.“

Mary richtete ihr Augenmerk wieder auf die Gestalten auf der Straße, die nun nur noch Schatten waren. Auf einmal wusste sie nicht mehr, weshalb sie Camillia überhaupt an ihren Gedanken hatte teilhaben lassen.

„Wie kann etwas, das uns des Nachts nicht schlafen lässt, unsere Gedanken an sich reißt und unser Herz schneller schlagen lässt, nichts mehr sein als eine bloße Träumerei, gewebt in Worten und Versen?“

Ganz plötzlich und unverhofft begann Camillia zu lachen. Verwundert wandte sich Mary ihr zu und betrachtete die feinen Lachfältchen. In der sonstigen Strenge ihres Gesichtes waren diese kleinen Grübchen Mary nie bewusst geworden.

„Wer ist es, m‘Lady, der Euch des Nachts nicht zur Ruhe kommen lässt?“

Camillia schenkte ihr ein Lächeln. Mary hingegen schüttelte nur sanft den Kopf und erwiderte: „Was ist es, das Euch dazu bringt, Euch dieses Gefühls zu verwehren?“

Camillias Gesichtszüge erstarrten und wie aus dem Nichts war die gewohnte Strenge in ihren Zügen wieder aufgetaucht.

„Die Liebe bezaubert, da mögt Ihr recht haben. Eine süße Bitterkeit, die jeden blendet, der ihr erlegen ist."

Verwirrt lauschte Mary den Worten ihrer Zofe. Weshalb hörte sie hinter diesen harten Worten eine Spur von Niedergeschlagenheit, von Verzicht und Sehnsucht?

Mary blickte auf ihre Hände herab. Ihre Gedanken hingegen waren viele Meilen von Chester entfernt. Was war das für ein Gefühl, das durch ihren Körper strömte, wenn sie ihn vor sich sah? Die abgenutzten Leinenkleider, der große Hut, das weiche Kinn, der Mund ständig von Trotz umspielt.

Sie schloss die Augen und auf einmal schien alle Kälte aus ihren Gliedern gewichen zu sein. In der Luft lag wieder der ihr vertraute Duft des Waldes und ihr war, als würde sie die Sterne vor ihrem inneren Auge über sich sehen, wie sie sie auch daheim in Eaton Hall hätte bewundern können.

„Ist Euch nicht wohl, m'Lady?"

Mary öffnete die Augen. Ein Lächeln umspielte ihre Mundwinkel, als sie den Kopf schüttelte und den Blick wieder zur Straße wandte. Die Sorge war dennoch nicht aus Camillias Augen gewichen, als sie Mary eine Hand auf die Schulter legte. Mary spürte es kaum.

„Ich denke, dass es an der Zeit ist, Euch zurückzuziehen."

Camillias Stimme verlor sich im zarten Rascheln der Efeublätter im Abendwind. War ihre Stimme wahrlich leiser geworden? Mary spürte, wie ihre Schläfen pochten. Zurück, sie musste zurück in die Wärme des Hauses. Doch sie konnte sich nicht rühren. Die Nacht schien sie zu umhüllen. Es flimmerte vor ihren Augen, die Lichter um sie herum verschwammen und sie fühlte ihre Hände den Halt verlieren, bis auf einmal der Boden unter ihr verschwand und sie hinunterstürzte, tiefer und tiefer in die Dunkelheit.

„Mann, Fynn, die reden echt alle über dich! *Alle*!"

Aufgeregt hüpfte Jacob um Fynn herum, sodass sein dunkles Haar ihm ins Gesicht fiel. Doch es störte ihn nicht. Begeistert sprang er auf und nieder, unfähig, auch nur für einen einzigen Moment in seinen Bewegungen innezuhalten.

„Ist es wahr? Hast du dich in die Tochter des Baronets verliebt? Ich meine, ja, wer liebt sie nich'? Eine Schönheit, das Mädchen! Eine unerreichbare Schönheit … Aber weißt du, was William gesagt hat?"

Verstohlen blickte er sich um, ob niemand ihr Gespräch belauschte, obwohl Fynn wusste, dass man Jacobs lautes Reden auch gut genug verstand, ohne dass man lauschen musste. Wenn das ganze Gut noch nicht Bescheid wusste, würden sie es in wenigen Minuten erfahren.

„Ich will nicht hören, was William gesagt hat", erwiderte er knapp, als er über den Hof zu den Stallungen schritt. Wieso musste Jacob seine Gedanken nur zurück zur Baronetstochter leiten? Beunruhigend genug, dass Fynn sich seit dem Gespräch mit ihrem Bruder ständig hatte fragen müssen, wie es um das Mädchen bestellt war. Die Gerüchte und wilden Mutmaßungen unter den Bediensteten waren täglich umgeschlagen und obgleich er ihren Worten sonst nie Bedeutung beimaß, bemerkte er, wie er ein ums andere Mal innegehalten hatte, um zu vernehmen, was sie über den Zustand Marys sprachen. So lange hatte er sie nicht zu Gesicht bekommen, dass er beinahe das Schlimmste anzunehmen glaubte. Doch der Baronet hatte erst vor wenigen Tagen das Anwesen mit seiner Tochter und deren Zofe verlassen. Konnte es da noch schlecht um sie bestellt sein? Wichtiger noch, wollte er auf diese Frage wirklich eine Antwort?

„Ach, Fynn, sei nich' so ein Spielverderber! Du willst es mir ja nur nich' erzählen, weil ich dich fragen würde, wie es war!"

„Wie was war?" Fynn blickte nicht einmal auf. Doch Jacob blieb nah an seiner Seite und zappelte noch immer aufregt hin und her. Es gelang ihm einfach nicht, seinen Körper auch nur für wenige Sekunden ruhig zu halten, aber das war bei diesem aufgeweckten Burschen nichts Neues. Nun senkte er den Blick, trat näher an Fynn heran und flüsterte beinahe verschwörerisch: „William hat erzählt, du hättest gar bei ihr gelegen und sie ihrer Jungfräulichkeit beraubt."

Wäre die Situation nicht so ernst gewesen, hätte Fynn wahrscheinlich laut gelacht. Doch das Lachen erstarb in seiner

Kehle. Was würde der Baronet veranlassen, sollte ihm dieses Gerücht zu Ohren kommen? Schlimmer noch, welche Gedanken würden Marys Bruder in den Kopf steigen? Fynn wollte nicht einmal daran denken, aber es half nichts. Jacob hatte das ausgesprochen, was auch ihm in letzter Zeit immer häufiger den Schlaf geraubt hatte. Was, wenn seine List zu gut aufging? Wenn er so vollkommen lügen konnte, dass er sich gerade dadurch in Gefahr begab?

Er kniff die Lippen zusammen. Seine Schritte hatten sich verlangsamt. Eine kalte Furcht wollte in ihm aufwallen, doch er kämpfte dagegen an. Nicht hier. Nicht jetzt. Noch war nicht alles verloren.

„Und das ganze Gut glaubt daran?", fragte er trocken. Seine Kehle schien wie ausgedörrt, doch Jacob bemerkte nichts von alledem. Er war zu sehr damit beschäftigt, vor ihm hin und her zu hüpfen, wild mit den Händen zu gestikulieren und von allem zu berichten, was William ihm mitgeteilt hatte.

Fynn wusste Jacob gern in seiner Nähe. Mit keinem anderen Menschen sah man ihn so oft zusammen wie mit diesem Jungen.

Bis auf die Baronetstochter, musste er sich zähneknirschend eingestehen. Natürlich hatten die anderen ihn mit ihr gesehen. Er wusste, dass es ein Fehler gewesen war, mit ihr auszureiten. Wie hatte er nur so dumm sein können?

„Nun ja, du musst es mal so sehen, nich' das ganze Gut spricht davon." Jacobs Worte brachten Fynn in die Realität zurück. „Nur die, die davon gehört haben, versteht sich."

„Großartig." Fynn konnte sich ein Seufzen nicht verkneifen. Er würde alles verlieren, alles, was er sich so hart erkämpft hatte. Es widerstrebte ihm, daran zu denken, dass er sich wohl oder übel eine neue Anstellung suchen müsste.

„Ach, so viele sind das gar nich'", lenkte Jacob kleinlaut ein und hüpfte auf einmal nicht mehr. Stattdessen kratzte er sich am Hinterkopf. Die beiden waren an den Stallungen stehen geblieben und Fynn warf einen Blick auf den kleinen Innenhof, den die eckigen Gebäude begrenzten. Das Wiehern der Pferde war schwach im Wind zu vernehmen, der wohl bald weitere Schneeflocken vor sich herpeitschen würde. Einige Stallknechte eilten geschäftig von einer Stallung zur anderen, manche standen zusammen und beratschlagten über die Belegung der Boxen.

„Sieh das nich' so verbissen. Sie reden halt gern", drang Jacobs Stimme wieder an sein Ohr. Er winkte ab und warf den Kopf herum, sodass seine zerzausten Haare ihm erneut ins Gesicht fielen. „Du kennst sie doch. Die sind alle nur eifersüchtig, weil du …"

„Jacob, ich habe *nicht* bei ihr gelegen." Fynn fuhr herum und seine Augen loderten. Warum musste Jacob auch jedes Geschwätz für bare Münze nehmen?

„Nich'?" Jacobs Ausruf klang mehr enttäuscht als erleichtert, sodass Fynn unwillkürlich lachen musste. „Ich dachte schon, ich hätte in Eccleston erzählen können, dass *mein* Freund es geschafft hat, bei der Lady zu liegen! Weißt du, wie bekannt ich geworden wäre?"

Der Ausdruck tiefster Enttäuschung in Jacobs Gesicht schaffte es, dass sich Fynns Lippen zu einem leichten Grinsen verzogen. Er fuhr durch Jacobs dichtes Haar.

„Du bist doch eh noch zu jung für so was!", erwiderte er zwinkernd.

„Ich bin fast vierzehn!", schmollte Jacob und wandte sich ab, allerdings nicht für sehr lange Zeit. Es fiel ihm schwer, länger als dreißig Sekunden zu schweigen. Bei jedem anderen hätte Fynn dies gestört, aber Jacob war etwas ganz Besonderes. Er nahm es einfach hin, dass Fynn sein Freund war, ohne ihn jemals zu bedrängen, woher er gekommen war. Lediglich sehnte er sich ab und zu nach den Geschichten von Fynns Reisen und Fynn konnte ihm erzählen, was er für ungefährlich hielt. Nach anderen Dingen verlangte es Jacob nicht.

„Nun komm, wir müssen Ruby holen." Fynn deutete mit einem Kopfnicken in Richtung Stall. „Ihre Hufe werden sich sicher nicht von selbst beschlagen."

Jacob seufzte. „Ich hab es so satt. Immer nur Pferde hier, Pferde da. Ich möchte endlich auch mal was anderes machen. Aber nein, ich bin nur der Stalljunge."

„Besser, du bist Stalljunge als Feldarbeiter“, versuchte Fynn ihn aufzuheitern.

Jacob war es nie aufgefallen, welches Vorrecht er genoss. Er war lediglich schaulustig gewesen, als sich herumgesprochen hatte, dass Fynn von weit her gereist wäre. Er hatte ihn angesprochen und nicht locker gelassen, ganz gleich, welche harten oder knappen Antworten Fynn ihm gegeben hatte.

Es war alles anders geworden, als Jacob eines Tages teilnahmslos vor einem der Ställe saß. Mit einem Stock zeichnete er Kreise in die Erde, die nach tagelangem Regen einem matschigen Flussbett glich. Er hatte vor sich hin gestarrt, als existierte die Welt um ihn herum nicht mehr. Fynn hatte nicht sagen können, was an diesem Bild ihn so für sich eingenommen hatte, doch an diesem Tag erfuhr Fynn von seiner kranken Schwester. Von dem Vater, der es nicht schaffte, die Familie zu ernähren. Und von der Mutter, die nur noch in seinem Herzen lebte.

Als die beiden die Stallungen betraten, war es Fynn, als würde die Kälte ihren eisigen Griff um ihn lösen. Der Wind war stärker geworden und fegte über den Innenhof. Gespenstisch war sein Heulen selbst im Stall zu vernehmen, dass er beinahe glauben wollte, er brächte eine Nachricht aus der Ferne. Von einem Ort, der einmal sein Zuhause gewesen war.

Jacob sprang zielstrebig auf Rubys Box zu, als könnte er es nicht mehr erwarten, dem Pferd die Hufe zu beschlagen. Ein Lächeln stahl sich auf Fynns Gesicht und mit ihm die Erinnerung an das Gespräch zuvor. Er konnte nicht von der Hand weisen, dass Jacobs Äußerungen ihn beunruhigten. Freilich wäre es besser für ihn, wenn er das Anwesen so schnell wie möglich verließe. Aber wollte er das überhaupt?

Nach seinem Treffen mit dem Sohn des Baronets sollte er sich diese Frage eigentlich nicht mehr stellen, das wusste er. Ein anderer Teil in ihm jedoch wollte wissen, ob Mary genesen war. Was hätte er nicht darum gegeben, dass sie nicht die Tochter eines reichen Mannes gewesen wäre. Ihr Bruder hatte ihm gedroht, ihn nicht mehr aus den Augen zu lassen, aber was wollte er sehen? Er konnte nur die Wahrheit erblicken –

dass sich zwischen Fynn und seiner Schwester nie etwas ereignet hatte.

Hier konnte er weiterhin seiner Arbeit nachgehen und müsste nicht noch einmal nach einer neuen Anstellung und einem anderen Gut suchen. Dann bliebe zwar die Gefahr bestehen, dass er entdeckt werden könnte, aber haftete diese nicht überall an ihm? Sicher würde der Baronet nicht jedem Klatsch des Gesindels Glauben schenken, zumal er seine Tochter selbst befragen konnte. Wahrscheinlich hatte er dies bereits getan. Hätten sie sich seiner sonst nicht schon entledigt, um ihren Ruf als ehrbare Familie zu wahren? Die andere Möglichkeit wäre, rasch das Anwesen zu verlassen und einer unbekannten Zukunft entgegenzulaufen – inmitten der Winterstürme. Nicht gerade sehr verlockend.

Seine Gedanken drehten sich im Kreis.

Mary und ihr Vater waren nach Chester gereist und würden vorerst auch dort verweilen. Sowie sie wieder auf dem Anwesen eintreffen würden, wäre wahrscheinlich alles längst vergessen und ihr Vater würde ihr einen Gemahl erwählen. Wieso sollte er sich demnach also unnötig beunruhigen? Bis dahin hätte er seine Gedanken ohnehin von dem Mädchen befreit.

„Willst du hier Wurzeln schlagen?“ Ungeduldig trat Jacob von einem Bein aufs nächste. Fynn blinzelte. Jacob hielt Rubys Zaumzeug in den Händen und verdrehte die Augen. „Ihre Hufe werden sich sicher nich’ von selbst beschlagen.“

Fynns Mundwinkel verzogen sich zu einem Lächeln.

Ein Unwetter zog herauf. Er spürte es.

10 l'aventurier

Ihre Lider flimmerten leicht.

„… an der kalten Luft …“

„… ohne Frage kann ich …“

„… Ball einer der wichtigsten …“

Sie wollte nichts hören.

Nicht die Stimme ihres Vaters, nicht die Camillias. Doch die Gedanken strömten auf sie ein, als hätten sie nur auf den Augenblick gewartet, in dem die Finsternis sie freigab.

Der Balkon. Camillia. Das sanfte Rauschen des Efeus im Wind.

Das grelle Licht blendete sie und erschrocken setzte sie sich auf. Sie spürte die samtenen Decken, auf denen sie lag, und doch war ihr, als würde sie jeden Moment darin ertrinken.

„Wo bin ich?"

Das Pochen in ihrem Kopf hatte wieder eingesetzt und auf einmal schienen ihr die dumpfen Stimmen so laut, dass ihr war, als wollte ihr Kopf zerspringen.

Ihr Blick wanderte durch den Raum, bemüht, eine Ablenkung zu finden. Jemand musste sie auf ihre Zimmer gebracht haben, nachdem sie auf dem Balkon das Bewusstsein verloren hatte.

Ihr Blick streifte die hellen Wände, die Einrichtung aus Eichenholz und blieb schließlich an dem Gemälde hängen, das auf der gegenüberliegenden Seite ihres Bettes, nicht unweit vom Fenster, inmitten eines vergoldeten Rahmens thronte.

Ihr Vater hatte es vor wenigen Jahren anfertigen lassen und ihr berichtet, dass er es im schönsten Zimmer des Stadthauses würde aufhängen lassen, um seine Tochter auch dann in seiner Nähe zu wissen, wenn er nicht auf dem ländlichen Anwesen verweilte. Sie konnte sich noch schwach daran erinnern, wie schwer es ihr vor Aufregung gefallen war, in stiller Haltung zu verharren, während sie den Pinselstrichen des Malers auf der Leinwand lauschte.

Damals war sie stolz auf das Bild gewesen. Ihre flammenden Haare waren in Zöpfen an ihrem Hinterkopf hochgesteckt und mit Perlen verziert. Die Spitze des Kleides umrahmte das beinahe perlmuttfarbene Dekolleté und die schwere goldene Kette, in der kleine Rubine schimmerten. Ihre Augen strahlten wie das Blau eines Sommerhimmels.

Und doch, als sie das Gemälde betrachtete, die leblosen Gesichtszüge und ausdruckslosen Augen, so wusste sie nicht, wen der Maler damals auf der Leinwand eingefangen hatte.

War das die Frau, die sie zu werden gedachte?

Das Pochen in ihrem Kopf legte sich, doch die Schwermut ließ sich nicht verscheuchen.

„Mary, mein Kind?"

Erschrocken fuhr sie zusammen. Sie hatte nicht wahrgenommen, dass ihr Vater die Tür geöffnet hatte. Seine Worte ließen ihr einen kalten Schauer den Rücken hinunterlaufen. Sie konnte sich nicht entsinnen, wann er sie das letzte Mal „mein Kind" gerufen hatte.

Unsicher stand er neben ihrer Schlafstatt und schien nicht zu wissen, aus welchem Grund er ihr Zimmer betreten hatte. Er räusperte sich und tat etwas, das sie ihm niemals zugetraut hätte. Halb verwirrt, halb erschrocken beobachtete sie, wie er sich auf die Kante ihres Bettes setzte. Wie oft hatte sie sich dies gewünscht! Damals, nachdem ihre Mutter gestorben war, während all der Zeiten, in denen die kränkliche Mary das Bett hatte hüten müssen, war er kaum erschienen, um sich nach ihrem Befinden zu erkundigen. Selbst, wenn er sich dann doch in ihre Gemächer verirrte, so lehnte er meistens nur im Türrahmen und gönnte ihr ein paar knapp bemessene Worte.

Noch unfähig, auch nur ein einziges Wort über die Lippen zu bringen, versuchte sie, einen Blick in seine Augen zu erhaschen.

Wann war er so alt geworden?

Sie bemerkte mit einem Mal die zarten Fältchen unter seinen Augen. Seit wann trug sein Blick diese Schwere, als sähe er etwas in der Zukunft, das ihm Furcht einzuflößen suchte?

„Wie fühlst du dich?"

Sie war zu verblüfft, als dass sie ihm hätte antworten können. Doch sie hörte die Besorgnis in seiner Stimme. Etwas hatte sich verändert und sie wusste nicht, ob sie erfahren wollte, welcher Anlass dieser Veränderung zugrunde lag.

Er schien ihr Schweigen als Eingeständnis ihres schlechten Wohlbefindens zu deuten und seufzte leise.

„Ich möchte, dass du weißt, dass ich dich nicht dazu zwingen werde, morgen an dem Ball teilzunehmen, wenn deine gesundheitliche Verfassung dir dies nicht erlaubt." Sie spürte, wie schwer es ihm fallen musste, diese Worte über die Lippen zu bringen, und schwieg. „Mir ist bewusst, dass deine Krankheit dich viel Kraft gekostet hat und du noch nicht vollständig genesen bist, wie du mir und den anwesenden Herrschaften so eindeutig zu verstehen gegeben hast." Die Fältchen um seine Augen traten deutlicher hervor, als seine Mundwinkel ein leichtes Lächeln formten, und sie konnte nicht anders, als es zu erwidern. „Dennoch hoffe ich darauf, dass dein Zustand sich bessern wird. Dieser Ball bietet dir eine einmalige Gelegenheit. Lord Henry hat Gäste geladen, die niemals zu einem Ball erschienen wären, der lediglich von einem Baronet ausgerichtet würde – diese Möglichkeit wird sich uns so schnell nicht noch einmal bieten."

Sie schlug die Augen nieder. Natürlich wusste sie, wie bedeutsam dieser Ball war, nicht nur für ihren Vater, sondern ebenso für sie selbst. Sie hatte ihm so lange entgegengefiebert, dass es sie erschreckte, als sie merkte, wie wenig Bedeutung sie ihm nun beimaß.

„Ich verstehe, was Ihr mir sagen wollt. Ich bin mir sicher, wenn Ihr mir den verbleibenden Abend zur Stärkung vergönnt, werde ich morgen in der Lage sein, als eine Euch würdige Tochter zu erscheinen."

Seine Geste verblüffte sie mehr als seine Antwort. Er griff nach ihrer Hand und umschloss sie fest.

„Du weißt, was uns bis hier gebracht hat."

Sie nickte leicht.

„Ich habe viel erduldet, um dir und deinem Bruder mehr bieten zu können, als meine Eltern mir mitzugeben vermochten, und ich weiß, dass du mir keine Schande bereiten wirst." In seinen Augen loderte wieder das altbekannte Feuer, doch noch hielt er ihre Hände mit den seinen fest umschlossen. „Du wirst den Peers morgen beweisen können, dass du als Tochter eines Baronets ihnen in nichts nachstehst. Du wirst morgen unter ihnen schreiten, als wärest du eine der Ihren, denn ich weiß, dass du es eines Tages sein wirst. Dafür bist du meine Tochter."

Ihre Hände lagen in den seinen und jetzt erwiderte sie diesen Händedruck sowie das warme Lächeln auf seinem Gesicht. Obgleich ihre Worte mehr einem Flüstern glichen, so waren sie bestimmt und siegesgewiss.

„Ich werde Euch nicht enttäuschen, Vater."

„Und, habe ich dir zu viel versprochen?"

Lächelnd reichte ihr Vater ihr die Hand, als Mary aus der Kutsche stieg. Sie spürte den kalten Wind, der durch ihren Mantel drang und sie leicht frösteln ließ. Doch die Gedanken an das, was vor ihr lag, verscheuchten jegliche Kälte aus ihren Gliedern.

Als sie am Haus emporblickte, stockte ihr der Atem.

„Es ist wunderschön", flüsterte sie, unfähig, ihre Augen abzuwenden. Ein schmaler, jedoch hoher Zaun trennte das Grundstück von der Straße. Er sparte lediglich den Weg aus, der zur Haustür führte, die umrahmt war von einem großen, weißen Portal. Vier schneeweiße Säulen umgaben die dunkle Tür, zu der einige Stufen führten. Es mutete Mary an, als handelte es sich dabei nicht nur um die Pforte in das Leben des Adels, sondern um ein Tor in eine andere Welt.

Wie ein Schloss ragte das Haus vor ihr auf und schien die ganze Straße mit seiner Gegenwart in Besitz zu nehmen. Ehrfürchtigen Schrittes näherte sie sich und sie spürte, wie ihr Herz schneller schlug. Der heutige Abend würde ihr Leben verändern. Sie fühlte es.

Einer der Bediensteten des Hauses Marlborough öffnete ihnen die Tür. Helles Licht und angenehme Wärme strömten aus dem Inneren des Hauses, als wollte es sie bereits auf seiner Schwelle willkommen heißen.

„Sir Richard Grosvenor und Lady Mary." Der vornehm gekleidete Diener verneigte sich leicht und bedeutete ihnen einzutreten. Camillia schenkte er ein schwaches Nicken. Er half Mary dabei, ihren Mantel von den Schultern zu streifen, und nahm ihn ihr ab. Sofort spürte sie, wie die wohlige Wärme in den Stoff ihres Kleides drang und ihre Wangen zum Glühen brachte.

Der Flur, in dem sie sich befanden, war mit dunklem Holz vertäfelt und sie fühlte sich, als hätte sie soeben ein Märchenschloss betreten. Leise konnte sie die Stimmen der Gäste aus dem Nebenzimmer dringen hören und wünschte sich auf einmal nichts sehnlicher, als ein Teil dieser Gesellschaft zu sein.

Lächelnd wandte sie sich ihrem Vater zu. Doch seine Augen spiegelten nichts von der Freude wider, die sie gerade empfand. Mit Entsetzen betrachtete er seine Tochter, als wäre er ihr in seinem Leben noch nicht begegnet. Verwundert hielt sie seinem Blick stand, aber er sprach kein Wort.

Verwirrt wandte sie sich Camillia zu, doch die Zofe senkte nur den Blick mit einem Ausdruck in ihren Augen, der Mary zu verstehen gab: *Ich habe Euch gewarnt, m'Lady.*

„Wenn die Herrschaften mir bitte folgen würden."

Das Gesicht ihres Vaters schien wie aus Stein gemeißelt, seine Lippen eine harte, schmale Linie, seine Augen, obgleich doch sonst von einem warmen Braun, funkelten wie Eis. Sie wollte etwas sagen, doch der Diener war bereits vorangeschritten, hatte eine Wendeltreppe passiert und eine der vielen Türen am Ende des Flures geöffnet. Lautes Stimmengewirr drang aus dem Raum und mit einer Handbewegung bedeutete er den beiden einzutreten.

Marys Vater trat mit selbstsicheren Schritten voran. Der dunkle Samt seines Gewandes schien im Licht der Kerzen geheimnisvoll zu schimmern, ebenso wie die silbernen, in sein Hemd eingearbeiteten Stickereien.

Mary war es, als legten sich plötzlich die Gespräche um sie herum, als sie neben ihren Vater trat. Sie hatte noch einmal zu ihm sprechen wollen, ihm erklären, dass sie sehr wohl wusste, was sie tat, doch der Anblick des Ballsaales verschlug ihr den Atem. Große, goldene Kronleuchter hingen von der Decke, sodass es strahlte wie bei helllichtem Tag. Tausende weitere Kerzen standen im Raum, in großen Leuchtern auf den langen Tischen an beiden Seiten, auf denen sich Blütenblätter unterschiedlichster Farben und Formen befanden. Der Duft, den sie verströmten, entfachte in Mary ein Fernweh, wie sie es schon seit ihren Kindertagen nicht mehr verspürt hatte.

An den Wänden standen schmale Chaiselongues, aus dunklem Eichenholz und mit königsblauem Samt überzogen. An der ihr gegenüberliegenden Wand befanden sich drei große Bögen, die durch ihre gläsernen Türen den Blick auf die Terrasse des Hauses freigaben, an die sich der Garten der Leys of Marlborough anschloss.

„Sir Richard! *Quelle joie de vous voir!* Wir sind entzückt, Euch und Eure Tochter in unserem Hause begrüßen zu dürfen."

Sie hatte den Earl nicht bemerkt, so bezaubert war sie vom Saal und den Gästen gewesen.

„Das Vergnügen liegt ganz auf unserer Seite, My Lord", erwiderte ihr Vater mit einer leichten Verbeugung. Auch Mary senkte die Lider und knickste.

„Eure Schönheit ist wie eine Knospe, die kurz vor ihrer Entfaltung steht. Ihr bezaubert uns ein jedes Mal auf ein Neues", wandte sich Lord Henry Ley an Mary, die ihm daraufhin ein Lächeln schenkte.

„Ihr schmeichelt mir, My Lord."

„Meine Tochter war bereits in Sorge, wann Ihr eintreffen würdet. Ihr mögt es mir kaum glauben, doch sie hat einem Wiedersehen geradezu entgegengefiebert."

Mary konnte sich lebhaft vorstellen, aus welchen Gründen Elizabeth es kaum hatte erwarten können, die Freundin in ihrem Stadthaus zu begrüßen. Wahrscheinlich wäre sie enttäuscht, wenn sie erführe, dass sie Marys Erstaunen über den prunkvollen Ballsaal nicht selbst hatte miterleben können. Die Neugierde über Marys Gewandung würde ihr wohl noch immer innewohnen, nachdem Mary ihr keine genaueren Auskünfte gegeben hatte. Ihr war, als könnte sie Elizabeths selbstsicheres Lächeln schon vor sich sehen.

„Mary, *ma chère*! Ich hätte fast zu mutmaßen begonnen, es sei dir nicht möglich zu erscheinen!" Sie hatte recht behalten. Noch bevor die Tochter des Earls auch nur ein Wort über Marys Robe über ihre Lippen brachte, hatten ihre Augen bereits alles gesagt.

„Lady Elizabeth."

Sir Richard küsste ihr unter einer leichten Verbeugung die Hand. Auch Mary knickste leicht und konnte nicht umhin, das Funkeln in Elizabeths Augen zu bemerken, als wollten sie ihr sagen: *Ich wusste, dass deine Anwesenheit mich nur noch wohlhabender und schöner erscheinen lassen würde.*

„So folge mir, meine Liebe. Wir haben uns viel zu berichten."

Ein letzter, flüchtiger Blick in die Augen ihres Vaters. Doch sie hatte sich nichts vorzuwerfen. Erhobenen Hauptes schritt sie neben Elizabeth davon.

Camillia hingegen blieb in der Nähe der Mädchen. Ein wenig versetzte es Mary einen Stich ins Herz, wenn sie daran dachte, dass all die anderen jungen Mädchen an diesem Abend in Begleitung ihrer Mutter oder einer Tante erschienen waren, deren Aufgabe es war, über die Mädchen und den Anstand zu wachen.

„Nun, ich hoffe, ihr hattet eine angenehme Reise nach Chester? Ich hörte, du seiest erkrankt gewesen. Ich bangte die letzte Zeit fürchterlich um deine Gesundheit, *ma chère.*" Elizabeth hatte sich auf einer der Chaiselongues niedergelassen und strich mit ihren behandschuhten Fingern über den fließenden, himmelblauen Stoff ihres Kleides, der sich über ihren Schoß ergoss und stetigen Wasserwellen gleich bis zum Boden zu fließen schien. Der reich ausgeschmückte Saum des Kleides war mit dunkelblauer Samtbordüre umrundet, in der sich feine silbrige Muster fanden, die Mary nicht recht zu erkennen vermochte. Ein weißer Schleier fiel in sanften Kaskaden bis weit über den Rücken und mischte sich in das zarte Blau.

„Immerhin haben wir diesen Abend so lange erwartet! Ich habe mir kaum auszumalen erlaubt, was geschähe, würdest du mir keine Gesellschaft leisten können." Sie schüttelte gespielt traurig den Kopf und ihre vollen Locken wippten dabei auf und ab. Ihre Haare waren am Hinterkopf zusammengesteckt und mit königsblauen Bändern verziert, sodass nur einige Locken frei hinunterfielen. Mary bemerkte die darin befestigten weißen Blüten und sie konnte nicht anders, als sich einzugestehen, dass Elizabeth wahrhaftig märchenhaft aussah. *„Assez* *de ces affaires oppressantes*! Wir sind nicht hier, um über Vergangenes zu reden. Die Zukunft hält größere Möglichkeiten für uns bereit."

Sie lächelte und strich über ihre silberne Kette, in der unzählige kleine Saphire eingerahmt waren. Meerblaue Ornamente und silberne Spitze umfassten das tiefe Dekolleté, das das Augenmerk eines jeden unverwandt auf die silberne Kette lenkte, die im Licht der Kerzen wie Wasser im Sonnenlicht funkelte. Der niedrige Kragen des Kleides war mit blauen und weißen Perlen bestickt, zwischen denen sich einige dünne Bänder und silbrige Spitze fanden. Scharf traten Elizabeths Schlüsselbeinknochen unter ihrer milchig weißen Haut hervor.

„Nun, was sagst du zu meinem Gewand? Ist es nicht überwältigend? Vater hat keine Kosten gescheut – und das, obgleich er mir für diese Saison drei Kleider nähen ließ. Du musst wissen, wir sind noch zu anderen Bällen geladen, unter anderem gar bei Baron Strange." Sie kicherte kokett und strich über die Brokatschärpe ihres Kleides. „Du weißt doch sicher, dass er 1626 zum Kammerherrn von Chester wurde. Gar zum Lord Lieutenant von Lancashire und Cheshire ist er ernannt worden – und das, obgleich er es doch erst auf dreiundzwanzig Jahre bringt!" Ein schwärmerischer Blick trat in ihre Augen, ungleich dem, was Mary eigentlich von ihrer spöttischen Art gewohnt war, wenn die Earlstochter über das andere Geschlecht sprach. „Ein Jammer, dass er jene Französin Charlotte heiraten musste! Wie ich hörte, soll sie schrecklich anzusehen sein." Ihre blauen Augen blitzten auf. „Aber genug von mir, *n'est-ce pas*? Wie ist es dir ergangen, meine Liebe? Und ich glaubte, gehört zu haben, dein Kleid würde mit Mittelmeerperlen bestickt sowie in schwarzem Samt und goldener Seide gehalten sein? Allzu neugierig war ich auf deine Erscheinung, nur um jetzt enttäuscht erkennen zu müssen, dass mir Unwahrheiten zu Ohren gekommen sind."

Es drangen so viele Gefühle aus Elizabeths Worten an die Oberfläche, doch eines war Mary sich sicher, unter ihnen nicht bemerkt zu haben: Enttäuschung. Elizabeth hatte darum gebangt, dass Marys Erscheinung die ihrige im Prunk zu überbieten drohte, und die Erleichterung, die aus ihren Augen sprach, konnten auch ihre geschickten Worte nicht versteckt halten.

„Unwahrheiten waren es mitnichten, *ma chère*. Ich besitze ein Kleid, das mein Vater eigens für den Ball fertigen ließ. Aus dunklem Samt umrahmt von goldfarbener schwerster Seide ist der weite Rock gefertigt, die Taille eingeschnürt vom Samt und mit prachtvollen Brokatborten in Altgold üppig bestückt. Mittelmeerperlen sind dem aufgesetzt, die langen Ärmel bestehen aus unterschiedlichen Lagen feinster Seide und Samt, mit Schmuckborten und weichen Fellen. Doch ich muss dir gestehen, dass es mir unmöglich war, dieses Gewand am heutigen Abend zu tragen."

Erheitert hatte sie Elizabeths Mienenspiel während ihrer Ausführungen verfolgt. Erschrecken und Ungläubigkeit hatten sich in den selbstsicheren Ausdruck ihrer Augen gemischt. Sie schien verwirrt und fand nicht die richtigen Worte für eine Erwiderung.

„Zu schwer war der Stoff, zu üppig die Röcke, zu weit und lang die feinen Ärmel. Zu schwer wiegt dies Gewand, wo mich in letzter Zeit häufig noch die Schwäche der Krankheit heimsuchte, so möchte ich mich nicht wie eine Gefangene in meiner eigenen Bekleidung fühlen."

Sie schenkte Elizabeth ihr freudigstes Lächeln und fuhr liebevoll mit den Fingern über den leichten Stoff des Gewandes, für das sie sich entschieden hatte. Sie wollte gerade dazu ansetzen, ihre Schilderungen zu vertiefen, als eine Stimme die beiden unterbrach.

„My Ladies?"

Ein Herr verneigte sich leicht vor den beiden Damen und schenkte ihnen ein warmes Lächeln, das schmale Fältchen um seine graugrünen Augen aufblitzen ließ. Er war vornehm in ein weißes Hemd aus Seide gekleidet, über dem ein Wams von edlem Stoff davon zeugte, dass er sicher nicht zum verarmten Landadel zählte. Die dunkle Hose fiel ihm locker bis zu den Knien und war mit Schmuckborten verziert. Seine Stiefel reichten bis zur Wade hinauf und endeten in Stulpen.

„Gestatten, Anthony Sherrington, zwar kein Earl oder Duke, doch ein Esquire zu Euren Diensten."

„Lady Elizabeth, Tochter des zweiten Earls of Marlborough." Elizabeth schenkte ihm ein förmliches Nicken. Mary konnte die Kälte auf ihrer Haut fühlen, die Elizabeths Worte verströmten. Die Esquires gehörten der Gentry an, dem niederen Adel, und nahmen innerhalb dieser eine niedrige Stellung ein. Obwohl es sich bei Angehörigen ihres Standes um wohlhabende junge Männer handelte, würde sich Elizabeth niemals auf jemanden einlassen, der nicht mindestens den Titel eines Earls trug.

„Die bezaubernde junge Tochter des Gastgebers." Den jungen Herrn schienen ihre Worte jedoch keinesfalls zu kränken. Mit einem Lächeln wandte er sich Mary zu, die sich ihm ebenfalls vorstellte.

„Lady Mary, Tochter des ersten Baronet of Eaton."

Sie reichte ihm die Hand und ihr war, als sähe sie seine Augen aufblitzen, als er sanft einen Kuss auf ihren Handrücken hauchte.

„Sehr erfreut, Euch kennenzulernen, My Lady."

Ihr war, als hielte er ihre Hand wenige Augenblicke zu lang in der seinen, und sie glaubte, spüren zu können, wie Camillias Blick den jungen Mann durchfuhr.

„Wäret Ihr bereit, mir den nächsten Tanz zu schenken?"

Sie spürte, dass sich ein zartes Rot über ihre Wangen legte. Ebenso fühlte sie Elizabeths ungläubigen Blick, da der Herr Mary und nicht die Tochter des Earls um einen Tanz ersucht hatte.

„Sosehr es mich schmerzt, so muss ich Euch diese Bitte leider abschlagen."

Sie fühlte sich noch sehr matt und war nicht sicher, wie lange sie einem Tanz standhalten konnte.

„So erlaubt mir denn zumindest, Euch auf die Terrasse zu geleiten. In der Tat scheint mir Euer Teint beinahe so durchsichtig wie Glas, so würde ein Hauch der frischen Abendluft Euch doch wohl bekommen."

„Wie könnte ich ein solches Angebot ausschlagen?" Lächelnd erhob sie sich von der Chaiselongue, ohne unnötig ihre Röcke raffen zu müssen. Erstaunt bemerkte sie, dass Camillia ihr bereits einen Umhang über die Schultern legte, um sie vor der kalten Abendluft zu schützen, als hätte die Zofe Sherringtons Ansinnen schon zuvor erahnen können. Sie schenkte der verdutzten Elizabeth ein Lächeln, bevor sie sich den freundlichen Augen Sherringtons zuwandte und sich von ihm zu einer der gläsernen Türen führen ließ, hinaus auf die Terrasse des Hauses.

Die Sonne war bereits am Horizont versunken und die ersten Sterne standen am Himmelszelt, schillernd und funkelnd wie Tausende Diamanten auf dunklem Samt. Eine leichte Abendbrise fuhr durch ihre Haare und kaum, dass sie ins Freie getreten war, fühlte sie sich, als wäre eine beklemmende Schwere von ihr gefallen.

„Es ist ein milder Abend", sprach sie, als sie auf das steinerne Geländer zutrat, von dem aus man den Garten der Familie Ley überblicken konnte. Noch lag der Geruch von Regen in der Luft und ihr war, als könnte sie auf den Sträuchern die letzten verräterischen Tropfen erkennen. Der Wind spielte mit den langen, tannengrünen Ärmeln ihres Kleides und den einzelnen roten Strähnen, die den silbernen Spangen entflohen waren.

„Ein Abend wie aus einem Märchen und dennoch nicht so voller Wunder wie die Abende, die man in Frankreich erlebt." Er war neben sie getreten und auch sein Blick war auf den Himmel gerichtet.

„Ihr seid nach Frankreich gereist, Mr. Sherrington?"

Er schmunzelte, als er die Begeisterung in ihren Augen aufflammen sah.

„My Lady, lasst uns den Abend nicht durch gestelzte Höflichkeiten seiner Aufrichtigkeit berauben." Einige verschmitzte Fältchen bildeten sich um seine Mundwinkel und Mary war sich unschlüssig, ob sie seine Worte mit ablehnendem Spott oder befürwortender Erleichterung bedenken sollte. So harrte sie in zögerlichem Schweigen, während Sherrington sich auf die steinerne Balustrade lehnte. Der weite Kragen bedeckte seine Schultern und die langen dunkelbraunen Haare, am Hinterkopf zusammengebunden, fielen leicht darüber.

„Nur die unscheinbaren Muscheln tragen die schönsten Perlen in sich.“ Ein leichter Schalk lag in seiner Stimme, er hatte den Blick jedoch bereits abgewandt, um sie nicht weiter in Verlegenheit zu bringen.

„Aus eben diesem Grunde wählte ich dieses Kleid.“ Ein Lächeln huschte über ihr Gesicht.

„Um die wahre Schönheit nicht länger verstecken zu müssen.“ Sherrington schien wissend.

Mary blickte wieder empor zu den Sternen.

Ich wünschte, du hättest seine Worte vernommen, Vater.

Für einen Augenblick fühlte sie sich an den Moment zurückversetzt, als jenes Kleid ihren Körper schmückte, welches ihr Vater eigens für den Ball hatte schneidern lassen. Als sie es erblickte, hatte ihr Herz Purzelbäume schlagen wollen. Noch nie hatte sie ein so prunkvolles Kleid besessen.

Doch als das Mieder geschnürt, die Schleifen gebunden und alle Bänder befestigt waren, hatte sie sich im Spiegel betrachtet. Wie eine Puppe fühlte sie sich. Starr und leblos, einzig und allein von Nutzen, um Prunk und Reichtum zur Schau zu stellen.

Eure Schönheit viel zu oft verstecken.

Welche Blicke hätte Fynn ihr zugeworfen, hätte er sie in diesem Kleid gesehen? Welche Worte wären ihr aus seinem Mund vergönnt gewesen?

Eine unerträgliche Leere hatte sie befallen, als sie ihr Spiegelbild betrachtete. Eine leere Hülle gespickt mit irdischem Reichtum. Nein, das war nicht sie. Das war nicht die Frau, die sie sein wollte.

Sie ließ sich von der entsetzten Camillia umkleiden, die ihr ins Gewissen zu reden suchte. Ihr Vater würde glauben, in der Zofe die Schuldige gefunden zu haben, und aus einem Grund, den Mary nicht zu ersinnen vermochte, schien es ihr, als hätte Bitterkeit in den Worten der Zofe mitgeschwungen.

Doch sie ließ sich nicht umstimmen.

„Die wahre Schönheit offenbart sich nur dem, der sie kennt.“ Die Stimme Sherringtons holte sie aus ihren Träumen zurück, wieder hinein in den Garten der Leys. Sie konnte die Musik aus dem Ballsaal leise bis in die Nacht dringen hören.

Sehnsucht überkam sie. Sehnsucht nach daheim, wo sie Fynn zumindest sehen konnte.

„Die Welt ist voll vom Zauberhaften und Wunderbaren." Wieder schaffte es der junge Esquire, mit seiner dunklen Stimme ihre Gedanken zu durchbrechen. Der Wind rauschte in den Bäumen, die wie dunkle Schatten aus dem Boden ragten. Mary fröstelte leicht, obgleich der Abend von ungewohnter Milde für diese Zeit des Jahres war.

„Doch nie habe ich solche Schönheit erlebt, wie ich sie in Frankreich sah. Ein Land voller Wunder, voller Magie und gleichzeitig doch voller Schrecken, wie Ihr ihn Euch nicht einmal in Euren kühnsten Träumen auszumalen gedenkt." Sein Blick war in die Ferne gerichtet, als sähe er eben jene Bilder am Horizont. „Mich hat nie viel hier gehalten. Die grauen Nebel und die trüben Dunstschleier Englands werde ich auch dann noch zu Gesicht bekommen, wenn ich eines Tages sesshaft werde. Aber zuvor möchte ich sehen, was die Welt mir zu bieten hat."

Er schmunzelte und fuhr sich über den dunklen Ansatz seines Bartes. Sie konnte den Abenteurer in seinen Augen aufblitzen sehen, ein Feuer, das ihn vorantrieb und zwang, an keinem Ort zu lange zu verweilen. Sie erwiderte seinen Blick und war sich sicher, dass er ihre Sehnsucht darin erkennen konnte.

„Wie lange habt Ihr in Frankreich gelebt?"

Er schwieg für einen Moment, als zählte er in Gedanken die Jahre.

„Drei, vielleicht auch vier Jahre, die ich durchs Land gereist bin." Ein schwärmerischer Ausdruck lag in seinen Worten. „Reims, Nancy, Troyes … Ihr mögt meinen Worten kaum Glauben schenken, wenn ich von der Pracht jenes Volkes berichte. Edle Gewandungen tragen sie, bestickt und mit der feinsten Spitze verziert, die meine Augen je zu Gesicht bekommen haben. Die Menschen sind ein fleißiges Volk und die Frauen sind so lieblich anzusehen, wie man sie in England nur selten findet."

Er schenkte ihr ein warmes Lächeln, das ihr zu sagen schien: *Ihr würdet dazugehören, zu den Wundern dieses Volkes.*

„Ihr spracht jedoch ebenfalls von Schrecken, die Euch auf Euren Reisen begegnet seien?"

Langsam drang ein leichter Hauch von Kälte unter ihre Gewänder. Ihr war, als könnte sie den kommenden Regen riechen.

„Ich denke nicht, dass dies ein geeignetes ..."

„Weshalb nicht, mein Herr?" Sie schenkte ihm einen verschmitzten Blick und lehnte sich gespielt beleidigt an die steinerne Balustrade, den Rücken dem Garten zugewandt. „Urteilt nicht über das Interieur, nur weil Ihr die Fassade erblicken konntet. Ich bin keine jener Frauen, derer die Ohnmacht sich bei schaurigen Mären bemächtigt."

Durch die gläsernen Türen konnte sie die Paare beobachten, die zur Musik tanzten. Eine Dame im hellen Kleid, überladen von kostbaren Edelsteinen, Schärpen und Bändern, die Haare streng am Hinterkopf gebunden. Nein, diese Frauen wollten nichts hören vom Elend in der Welt.

Sherrington neigte sich ihr zu und betrachtete sie, als nähme er ihre Anwesenheit erst in diesem Moment zur Kenntnis. Seine Augen funkelten belustigt, doch sie blickte noch auf das Tanzpaar.

„Ich wollte mir nicht anmaßen, Euch den Abend mit meinen grausigen Schilderungen zu verderben, meine Teuerste." Sie lächelte lediglich, als sie ihm wieder in die Augen sah. „Eine Frau wie Ihr hätte im Frankreich dieses Jahrhunderts wohl dennoch eine schwere Bürde zu tragen." Er ließ den Blick in die Ferne schweifen, über die dunklen Gräser und Büsche des Gartens. Verwundert betrachtete sie sein Mienenspiel und bemerkte das unruhige Zucken um seine Mundwinkel. „Zu viele Menschen sind dem Aberglauben verfallen, der Angst um ihr Hab und Gut, um ihre Existenz. Missernten und Krankheiten verlangen nach Sündenböcken, nach jemandem, den man für all dies Übel anprangern kann." Er schüttelte leicht den Kopf, als verstünde er nicht, wie ein solches Land sich diesen Gespenstern hingeben konnte. „Dämonen und Hexen meinen sie zu sehen, die ihre Kinder verfluchen und ihr Vieh dahinsiechen lassen. Man tuschelt hinter vorgehaltener Hand über jene, die über Kenntnisse der Kräuterheilkunde verfügen und diese wohl anzuwenden wissen. Was die Menschen nicht verstehen, ist für sie seit jeher bedrohlich gewesen, und nun bietet sich ihnen die Möglichkeit, ihre ganze Wut gegen das zu richten, was sie für ihre Lebensumstände verantwortlich machen."

Starr hatte Mary seinen Worten gelauscht und ein kalter Schauer rann ihren Rücken hinunter. Er schenkte ihr einen Blick aus seinen dunklen Augen, der Mary zu versteinern schien. Sie fühlte die Verzweiflung und die Hilflosigkeit, die aus seinen Worten sprachen, so scharf, als hätte auch sie diese Bilder gesehen.

„Hexenprozesse werden geführt, Hexenproben haben sie erfunden, gar den *Malleus maleficarum*, den *Hexenhammer*, haben sie auf dem europäischen Festland geschrieben, vor mehr als hundert Jahren bereits und doch scheint er bis heute nichts an seiner Gegenwärtigkeit eingebüßt zu haben. Er soll erklären, was man unter einer Hexe versteht, beschreibt jene angeblichen magischen Praktiken, denen sie des Nachts nachgehen sollen, und erläutert die Regeln für die Prozesse, die unter den widrigsten Bedingungen abgehalten werden. Wie eine Seuche breitet sich die Verleumdung selbst über Ländergrenzen hinweg aus. Im Volke munkelt man über angebliche Anzeichen, eine Hexe erkennen zu können. Sie sagen, Frauen mit flammend roten Haaren ständen im Bunde mit dem Teufel." Er lachte leicht über diese Absurdität, doch Mary begann zu zittern, sodass sie die Arme um ihren Körper schlang. „Es ist die Verzweiflung, die aus den Menschen spricht, wenn sie nach Schuldigen suchen. Doch ich frage mich, was sie in diesem Wahn gefangen hält, dass selbst unser dahingeschiedener König sich dazu hinreißen ließ, jene verwünschten Praktiken der Hexenjagd wieder aufleben zu lassen."

Mit einem Schlag war sein Blick hart geworden und er starrte in die Ferne, als würde er dort mehr sehen als lediglich den Horizont.

„König James?", fragte Mary ungläubig.

„Last Ihr *Daemonologie*?"

Mary wusste, dass James I. nicht nur eine englische Version der Bibel vollendet hatte, doch sie war nie in Versuchung geraten, sich den kleinen Band über Totenbeschwörung und andere verbotene Künste zu Gemüte zu führen.

Sherrington gab ihr kaum genügend Zeit für eine Erwiderung.

„Man mag es nicht wahrhaben, dass ein Mann von Welt sich diesem aberwitzigen Irrsinn hinzugeben vermochte. Als wäre es nicht schlimm genug, was 1590 in North Berwick geschehen ist. Folter, Missgunst, Tod – und in wessen Namen? Weshalb sollten wir die eigenen Landsleute ermutigen, den blutdürstigen Schotten nachzueifern? In unseren Zeiten sollten wir wissen, dass wir nicht mit dem Finger auf vermeintliche Hexen zeigen können."

„Sicher sollten wir in diesen fast vierzig Jahren gelernt haben, solchen Verleumdungen keinen Glauben zu schenken", wandte Mary ein, obgleich Sherringtons Ausführungen sie bestürzten.

„Der Wahnsinn ist schwerlich auszumerzen, wenn selbst ein König sich dazu bekennt. Aus diesem Grund beunruhigte mich umso mehr, was ich auf dem Festland sah." Er wandte den Blick wieder Mary zu. Sie betete, dass er ihre Aufgewühltheit nicht bemerken würde.

„Ihr zittert, My Lady." Besorgnis sprach aus seiner Stimme, die sie auch mit ihrem unbefangenen Lächeln nicht wegzuwischen vermochte.

„Es wird frisch, da sich die Nacht über uns legt. Wir sollten uns wieder zu den anderen Gästen gesellen." Seine Augen blitzten, als er hinzufügte: „Eurer Zofe scheint meine Gegenwart ohnehin nicht allzu sehr zu behagen."

Erst jetzt bemerkte Mary, dass Camillia die ganze Zeit an der Glastür gestanden hatte, den Blick stetig und in ewiger Besorgnis auf ihren Schützling gerichtet. Diese Fürsorglichkeit zauberte ein Lächeln auf ihr Gesicht.

„So lasset uns doch das Gespräch im Warmen bei einem Tanze wieder aufnehmen."

Für einen Moment schien er überrascht, doch dann verneigte er sich leicht vor ihr.

„Es ist mir eine Ehre, My Lady."

11 innocence

1630

Es war Ende Februar, als sie sich zufällig in den Stallungen wiedertrafen.

Die kältesten Tage des noch jungen Jahres waren bereits ins Land gezogen, die Winterstürme hatten sich gelegt und der Schnee lag wie ein frisches Laken über den Ländereien der Grosvenors, als würden sie von ihm in Unschuld gebadet.

Die Reise in die Stadt hatte Mary geschwächt und nach jenem Ballabend Ende Dezember hatte sich ihr Befinden für einige Zeit verschlechtert. Kalt und grau war ihr die Stadt erschienen in den lang anhaltenden Regenfällen, die auch die Rückreise nach Eaton Hall verzögert hatten.

Auch daheim hielt der Winter mit seinen Stürmen gnadenlosen Einzug. Die Zeit, die sie auf ihren Gemächern verbrachte, schien sich endlos vor ihr zu erstrecken. Noch dachte sie fassungslos und bestürzt an jene Dinge, die Sherrington ihr von seinen Reisen zu berichten gewusst hatte, an all jene Schilderungen der Hexenjagden. Er hatte sie davor gewarnt, dass jener Wahn nach England überzugreifen drohte, und dann gnade ihnen Gott, wenn die Menschen in jedem Leid die Taten Luzifers erkennen und strafen wollten.

Marys Befinden besserte sich jedoch rasch und von Tag zu Tag schien es ihr, als rückten die Mauern ihrer Gemächer enger zusammen. Vor allem nach der Lektüre von *Daemonologie* hielt sie es nicht aus, für noch längere Zeit in ihren Räumlichkeiten zu verweilen. Ihre Gedanken waren rastlos. Sie wollte wieder unter freiem Himmel stehen. Vor allem vermisste sie die sonst regelmäßigen Ausritte auf Mylène.

An jenem Tag im Februar war es kühl, jedoch nicht so schneidend kalt wie die Wochen zuvor. Der Himmel war klar, sodass sich kein weiterer Schnee- oder Regenfall ankündigte. Es wehte kein Wind und die Sonne ließ den Schnee auf den Wegen funkeln.

Als Mary auf den Hof trat, war sie froh, zwei Unterkleider zu tragen, die die Kälte nicht bis auf ihre Haut dringen ließen. Die langen Ärmel ihres Gewandes waren mit Pelz besetzt, weiße Handschuhe schmiegten sich um ihre Finger und Arme. Sie hatte einen Umhang übergeworfen, aus schwerem nachtblauem Stoff, dessen Gugelkapuze ebenfalls mit Pelzen ausgelegt war und der den größten Teil ihres hellen Kleides bedeckte.

Ihr war, als hätte sie ein Stück Freiheit zurückgewonnen, als sie die Stufen hinunterschritt und den Blick schweifen ließ. Einige junge Knechte liefen lachend über den Hof und warfen mit Schnee. Ihr unbeschwertes Lachen hallte laut in Marys Ohren.

Ihre Schritte trugen sie zu den Stallungen, ohne dass sie sich dessen bewusst geworden war. Sie trat auf den kleinen Innenhof, auf dem der Schnee sich längst mit Erde und Schmutz vermischt hatte. Abdrücke der Hufe der Pferde und der Stiefel der Knechte vermischten sich in diesem braunen Schneematsch. Es schmerzte sie, dass sie ihre geliebte Stute so lange Zeit nicht selbst zu reiten imstande gewesen war und dies anderen überlassen blieb.

Mylènes Box lag am Ende des Korridors, an dem sich alle Pferdeboxen aneinanderreihten. Hier standen auch die liebsten Pferde ihres Vaters und ihres Bruders, unweit von dem ihrigen. Eine seltsame Stille schien sich über sie gelegt zu haben, nicht einmal das Wiehern und Scharren der Tiere war zu vernehmen. Es war, als wüssten sie, dass die meisten Stalljungen um diese Zeit ihre Arbeit bereits erledigt und sich zum Mittagsmahl niedergelassen hatten, und sie taten es ihnen gleich. Mary wollte ihre Schritte in Richtung der Box ihres Pferdes lenken, als sie plötzlich ein Rascheln vernahm. Sie wandte sich um. Beinahe wäre ihr Herz stehengeblieben. Ihr Blick war starr auf den Stallburschen gerichtet, der im Rahmen des Tores stand. Er trug frisches Stroh unter den Armen. Ein dunkler, wollener Umhang, in dem sich ebenfalls Stroh verfangen hatte, verhüllte ihn und doch sah sie das helle Leinenhemd hervorblitzen, erkannte sie die Schnürung der dunklen Hose.

Sie brachte es nicht fertig, den Blick von ihm zu wenden. Sie hatte gewusst, dass sie ihn wiedersehen würde, und selbst wenn sie diesen Augenblick an einigen Tagen herbeigesehnt hatte, war es doch viel zu früh.

Fynn hatte sie ebenfalls bemerkt. Seine Augen lagen im Schatten und er stand nur für einige Augenblicke starr, als überlegte er, den Stall wieder zu verlassen. Doch dann schritt er auf eine der Boxen zu, in der er das Stroh ablegte. Er strich dem Pferd über den Hals, als es sich zum Fressen beugte, und fuhr unbeirrt in seiner Arbeit fort, als hätte sich der Moment nie ereignet.

Sie stand unbewegt, die Augen unablässig auf ihn gerichtet.

Dreh dich um und geh. Dreh dich um und geh.

Sie konnte es nicht. Sie wollte etwas sagen, doch ihr kamen nicht die richtigen Worte in den Sinn.

„Ihr müsst frieren, m'Lady."

Er stand leicht an die Box gelehnt, den Körper zwar dem Pferd zugewandt, den Blick jedoch auf sie gerichtet. Seit jenem Ausritt mit dem Earl of Marlborough war es das erste Mal, dass seine Augen die ihrigen suchten. Der Hut verdeckte seine Stirn und warf Schatten auf sein Gesicht, doch sie wusste, dass sie sich nicht täuschte.

Er blickte ihr ins Gesicht.

„Weshalb verharrt Ihr so lange in den Stallungen? Mir kam zu Ohren, dass Euch Schonung verordnet wäre."

Sie schluckte, wollte etwas erwidern, doch die Worte wollten ihr nicht über die Lippen kommen. Die bittere Erinnerung an den Kuss stieg in ihr auf.

„Ihr wirkt matt und blass."

„Ich … ich wollte Mylène … wiedersehen", stammelte sie und sie sah ein schwaches Lächeln über seine Lippen huschen. Doch es war ein so kurzer Augenblick, dass es ebenso ihrer Einbildung entsprungen sein konnte. „Mir fehlt das Reiten", fügte sie hinzu, ohne dass sie es beabsichtigt hatte, und sie schalt sich innerlich bereits in dem Moment dafür, als die Worte ihre Lippen verließen. Aber seine leise Erwiderung drang so klar zu ihr, als hätte er sie angeschrien.

„Wenn es Euch beliebt und Euer Befinden es erlaubt, so sollte es doch möglich sein, zum See zu reiten. Ihr wart lange nicht mehr dort."

Er konnte es noch immer nicht fassen. Die Bäume trugen kristallene Blätter und das Gras war unter einem weißen Teppich verborgen – und mitten darin diese junge Frau in einem Kleid aus weißer Seide und schwarzem Samt in einen blauen Umhang gehüllt.

Sie ließ sich am Ufer nieder. Die wogende weiße Seide wurde eins mit dem Schnee und erstickte das Schwarz des Samtes.

„Werdet Ihr mir Gesellschaft leisten?"

Als sie sich zu ihm wandte, glitt die dunkle Kapuze von ihren Schultern und entblößte ihre großen Locken. Sie trug keine Spangen. Nichts, was die Fülle ihrer Haare gebändigt hätte.

Fynn stand bei den Pferden, mit einem Mal unsicher, weshalb er sie zuvor in den Stallungen angesprochen hatte. Sein Blick blieb an ihren Lippen hängen, so dunkel gegen ihre blasse Haut. Ihm war, als spürte er sie wieder auf den seinen, fragend und unsicher, als hatte sie mit jenem Kuss erfahren wollen: *Ist da nichts in Euch, das sich ebenso nach mir verzehrt?*

Sie wandte sich noch immer nicht ab.

Er hatte sich geschworen, ihr nie im Leben noch einmal so nahe zu kommen wie an jenem Tag, als er neben ihr am Ufer gesessen hatte. Doch seine Beine gehorchten ihm nicht, wie von selbst schienen sie ihn zu ihr zu tragen.

Er ließ sich neben ihr nieder.

Sie hatte den Kopf gesenkt, bemüht, nicht in seine Augen zu blicken. Die Haare fielen ihr ins Gesicht. Sie lehnte sich leicht vor und er konnte sehen, wie sie mit bloßer Hand über das Eis strich, als wäre es ein zerbrechlicher Spiegel, den man nur mit größter Sorgfalt berühren dürfte.

Es war ein eigenartiges Gefühl zu wissen, dass dieses Mädchen ihn gern geküsst hätte. Den, für den er sich gab. Hätte sie sich in ihn verlieben können, wenn sie *wüsste*?

Er spürte die Wärme ihrer Finger. Ganz zart nur berührten sie die seinen, tasteten behutsam, als hätte sie Angst, sie könnte ihn verschrecken. Es war eine angenehme Wärme, die da nach ihm suchte.

Er zog seine Hand nicht fort, als ihre Finger seine umschlossen. Sie waren so zart, so schmal. Unwillkürlich begehrte die Erinnerung in ihm auf. Das schlanke blonde Mädchen von damals, ihre vor Schreck geweiteten Augen, der Schrei – und dann die Fluten roter Locken, ein Lächeln aus strahlend blauen Augen und die Muttermale auf Marys Rücken.

Auf einmal erschien sie ihm wieder ein Stück lebendiger, wie sie neben ihm saß, inmitten des Schnees. Die Stille um sie herum hatte die beiden in einer Welt eingeschlossen, die er schon lange verloren geglaubt hatte.

„Wart Ihr schon einmal verliebt?"

Sie lehnte sich leicht vor, den Blick auf das Eis gerichtet, als spräche sie zu den Weiten des Eises und nicht zu ihm, während sie mit einer Hand leicht darüberfuhr.

„Es wird nicht brechen, wenn Ihr so zart darüberstreicht."

Er beobachtete ihre Finger, die kleine Kreise auf dem Eis zogen. Aus den Augenwinkeln sah er die leichte Röte, die sich auf ihre Wangen gestohlen hatte.

„Manches ist zerbrechlicher, als es auf den ersten Blick den Anschein hat."

Er konnte nicht sagen, woran genau er bei ihren Worten dachte. Doch der alte Schmerz durchfuhr ihn erneut, so heftig, wie er ihn seit langer Zeit nicht mehr gespürt hatte.

Ein Vogel erhob sich von einem der Bäume. Schnee fiel herab, als er sich in die Lüfte schwang.

„Habt Ihr schon einmal ein Mädchen geküsst?"

Er musste schmunzeln, als er ihre Worte vernahm. Die kindliche Neugier, die aus ihr sprach, ließ ihn vergessen, dass es die Baronetstochter war, die neben ihm saß.

„Ihr fragt so viel, m'Lady."

Für einen kurzen Moment war es still zwischen ihnen. Als sie ihre Stimme erneut erhob, war sie so leise und zart, dass sie sich beinahe in den Weiten des Schnees verloren hätte.

„Weil mir unverständlich ist, weshalb Ihr mich so vehement von Euch weist."

Der Atem stockte ihm.

„Habt Ihr schon einmal ein Mädchen geküsst?“ Sie flüsterte die Worte, als fürchtete sie seine Antwort.

Er könnte sie belügen. Er hatte so oft gelogen in diesem Leben, dass der Himmel ihm bereits aus diesem Grund verwehrt bleiben musste. Dennoch entschied er sich für die Wahrheit.

„Ja.“

„Also hieltet Ihr um ihre Hand an.“ Sie sprach es, als wäre es keine Frage, sondern eine Gewissheit. Zu gern hätte er darüber gelacht, doch er konnte es nicht.

„Nein.“

Sie blickte auf, verwirrt. „Weshalb nicht?“

Da stand noch so viel mehr in dieser Frage.

„Wieso wollt Ihr all das wissen?“ Er wollte nicht mit ihr darüber reden. Er wollte mit niemandem darüber reden.

Sie schien gemerkt zu haben, dass sie zu weit gegangen war, und senkte den Blick. Für einen Augenblick war ihm, als wären es lange, blonde Haare, die ihr glatt über die Schultern flossen. Scharf sog er die kalte Februarluft ein, doch die Erscheinung war so schnell verschwunden, wie sie gekommen war. Kaum merklich drückte sie seine Hand noch fester, als wüsste sie, dass etwas auf seiner Seele lastete, das er ihr weder sagen konnte noch wollte.

„Ich bin nicht wie sie“, sprach Mary leise.

„Wie meint Ihr das?“

Etwas in ihm verlangte danach, Mary über die Wange zu streichen. Ihr Kinn sanft in die Höhe zu drücken, um in diese blauen Augen sehen zu können, die so viel von ihren Gefühlen preisgaben.

„Ihr denkt noch immer an dieses Mädchen.“ Sie schaffte es jedes Mal aufs Neue, ihm den Wind aus den Segeln zu nehmen. Es gab vieles zwischen ihnen, das nicht sein durfte. Wieso konnte er ihr dann nicht seine Hand entziehen und den Zauber brechen?

„Ich schwor mir, nie wieder an sie zu denken, und diesem Schwur bin ich treu geblieben.“

Unverständnis spiegelte sich in ihren blauen Augen und eine Sehnsucht, die ihre Fänge nach ihm auszustrecken schien.

„Es ist alles andere, was es unmöglich macht", antwortete er auf die unausgesprochene Frage in ihren Augen.

„Ich hätte Euch nicht verraten!", protestierte sie und er hörte den leisen Hauch von Verzweiflung in ihrer Stimme.

„Ihr würdet das nicht wollen, glaubt mir."

„Ich weiß sehr wohl, was ich will", beharrte sie und blickte erneut zu ihm, fast herausfordernd, als wollte sie ihn dazu zwingen, ihr in die Augen zu sehen.

Die plötzliche Stille zwischen ihnen war gespenstisch.

Schließlich lösten sich ihre Finger von den seinen. Er zögerte einen Augenblick, dann erst erhob er sich. Er hätte zu den Pferden gehen sollen, fort von diesen blauen Augen. Doch er schaffte es nicht. Zu tief war er in ihrem Netz verwoben, als dass er sich noch aus eigener Kraft befreien konnte.

Das zaghafte Klopfen verhallte ungehört. Mary wusste, dass sie nie eine Antwort darauf erhalten würde, und doch klopfte sie ein jedes Mal, wenn sie vor der niedrigen Tür stand, als bestände noch immer Hoffnung, eines Tages Grace' Stimme zu vernehmen.

Doch die Stille schien jeden Laut in sich aufzunehmen.

Schweren Herzens drehte sie den Knauf. Unter Knarren öffnete sich die Tür, als gäbe sie den Weg in jene Kammer nur ungern frei.

Als wollte selbst diese Tür meine Schwester vor der Welt verstecken.

Grace saß auf ihrer Schlafstatt, grob gefertigt aus Laken und Stroh. Langsam schritt Mary auf die Schwester zu, deren dunkle Augen ins Leere starrten. Grace nahm es nicht wahr, als sie sich neben ihr niederließ, die Laken noch einmal zurechtrückte, weil das Stroh hindurchdrang.

„Guten Abend, Schwester."

Sie schenkte ihr ein Lächeln, doch Grace zupfte am Stoff ihres groben Leinengewandes, als bemerkte sie es zum ersten

Mal. Mary betrachtete das Kissen in ihren Händen und seufzte leise.

„Ich habe dir ein Kissen genäht." Sie schluckte, als sie über das gestickte Muster strich. Die feinen Fäden in so vielen Grüntönen, die als lange, beblätterte Zweige vom Stamm und den dicken Ästen der Trauerweide fielen, bis sie die Oberfläche des blauen Sees berührten.

Behutsam ergriff sie Grace' Hände, um ihr das Kissen auf den Schoß zu legen.

„Ich weiß, es ist mir nicht besonders gelungen." Ihre Stimme brach, als Grace' Hände das Kissen berührten und ihre Finger die grünen Fäden entlangfuhren.

„Es ist eine Trauerweide."

Ein leichtes Lächeln huschte über Marys Gesicht, als sie die Schwester beobachtete.

„Ich bin bereits dort gewesen. Sie steht nicht weit von hier entfernt, in der Nähe von Morris Oak."

Grace starrte wie gebannt auf die grünen, braunen und schwarzen Fäden, die sich ineinander verschlungen auf weißem Untergrund zu einer Weide formten, als könnte sie sehen, was an dieser Weide geschehen war.

„Ich bin mit einem der Stallburschen dort gewesen."

Vielleicht war es Zeit, dass sie jemandem davon berichtete. Sie wusste, dass Grace ihr keinen Rat geben konnte, und trotzdem schien sie der einzige Mensch zu sein, der tief im Inneren wirklich begreifen würde, was Mary an eben jenem Burschen lag.

„Er … er hat sie mir gezeigt."

Warum fiel es so schwer, über ihn zu sprechen? Sie blickte ein weiteres Mal in das Gesicht ihrer Schwester, wie in einen Spiegel in die Anderswelt, als säße sie sich selbst gegenüber. Wenn sie es nicht einmal sich selbst erzählen konnte – wem dann?

„Wir sind in letzter Zeit oft miteinander ausgeritten, kaum zu glauben." Eine zarte Röte überzog ihre Wangen. „Einer der Bediensteten, *sœurette*, einer der Stalljungen! Einen großen, schwarzen Hut trägt er, der sein Gesicht in Schatten hüllt, als wolle er es ebenso wenig anderen preisgeben wie du dein Herz."

Die Worte, die sie viel zu lange in sich versteckt gehalten hatte, sprudelten wie aus einem jungen Quell. Sie sprach von den letzten gemeinsamen Ausritten, wie sehr sie seine Gesellschaft genoss und obwohl er sich äußerlich von ihr abzuschirmen schien, so fühlte sie sich dennoch geborgen, wenn sie bei ihm war.

Sie berichtete, dass sie ihn bereits in ihre Gemächer geladen hatte, stets in schlichte Kleider gehüllt und mit ungebändigten Locken, in die sie zumeist nicht mehr einflocht als ein farbiges Band. Was ihr anfangs Unbehagen bereitet hatte, schenkte ihr jetzt ein Stück ihrer verloren geglaubten Freiheit zurück. Je öfter ihr Verstand ihr zu sagen schien, dass sie ihn von sich weisen müsste, desto mehr bemühte sich ihr Herz, sie an jenen schönen Erinnerungen festhalten zu lassen. Wieso fühlte sie sich bei einem Mann wie ihm geborgen, der sie sein Herz doch nicht berühren ließ?

Wie schmerzlich war es zu wissen, dass es ihm ein Leichtes wäre, sich mit einer der Mägde zu vermählen. Nie in ihrem Leben hatte sie so genau auf jene Frauen geachtete, die die Speisen zu Tische trugen oder ihre Kleider wuschen. Doch nun entdeckte sie so viel Schönheit unter ihnen, dass ihr Herz bei dem Gedanken zerspringen wollte, dass Fynn sich eine von ihnen zur Frau wählen könnte.

Hatte man sie nicht gelehrt, dass man alles im Leben erreichen konnte, wenn man nur zum hohen Stande zählte? So war sie schändlich belogen worden. Niemals wäre es einem Mädchen wie ihr möglich, eine Heirat mit einem Mann aus der Unterschicht auch nur in Erwägung zu ziehen.

„Ich weiß, dass meine Sehnsucht eines Tages enden muss." Ihre Gedanken wanderten wieder zu jenem Abend in Chester, als sie Sherrington kennengelernt hatte. „Vater und Richard heißen es nicht gut, wenn es mich zu Menschen zieht, die unterhalb unseres Standes stehen, und mögen sie noch so viel mehr von der Welt verstehen als jene Männer, die ihre Adelstitel wie ein Pfau sein Federkleid präsentieren." Sie schüttelte den Kopf und vergrub ihn in ihren Händen. „Mit Fynn ist alles so … zauberhaft. Als würde er Geheimnisse kennen, die zuvor noch nie einem Menschen zu Ohren gekommen sind." Sie zögerte kurz, ehe sie weitersprach. „Und doch scheint es mir, selbst wenn er neben mir steht, als befände er sich in so weiter Ferne, dass es mir unmöglich ist, ihn zu erreichen. Als könnte ich nicht zu ihm gelangen, fast so, als wäre er das Wasser unter der Eisdecke des Sees gewesen."

Sie wandte den Blick wieder der Schwester zu und erschrak. Noch nie, so schien es ihr, hatte Grace sie mit einem solchen Blick angesehen, als wollte sie ihr zu verstehen geben: *Ich weiß, wie du dich fühlst, Schwester.*

Grace wandte den Blick erneut ab, schaute auf das bestickte Kissen. Wieder folgten ihre Finger den grünen Linien der Blätter. Dann blickte sie zu Mary auf. Für einen Moment schien die Welt aufzuhören, sich zu drehen. Fassungslos sah Mary in die Augen ihrer Schwester.

Zum ersten Mal in ihrem Leben lächelte Grace.

12 le deuxième visage

„Ihr habt mich rufen lassen?" Trotzig hob Mary den Blick, als sie den Raum betrat. Wohl konnte sie sich seines Unmutes der letzten Tage entsinnen. Kaum ein Wort hatte ihr Vater mit ihr gewechselt; bei den Mahlzeiten hatte es ihr gar angemutet, als nähme er sie nicht einmal zur Kenntnis.

Umso verwirrter war sie, als er nach ihr schicken ließ. Sie hatte sich denken können, dass er sie warten lassen würde, wenn sie seine Gemächer betrat – oder vielmehr das Heiligtum seiner Gemächer: sein Arbeitszimmer.

Er schien ihr Eintreten nicht einmal bemerkt zu haben.

Sie rührte sich nicht, eine Hand noch um den Knauf geschlossen. Die Tür erschien ihr wie ein zuverlässiger und sicherer Fluchtweg aus der Höhle des unberechenbaren Raubtiers. Mochte er einen Moment lang noch über seinem Bureau plat gebeugt in eines seiner Dokumente vertieft erscheinen, so konnte er doch schon Sekunden später aufgesprungen sein und sie mit seinen Worten durchstoßen haben.

Schließlich sah er auf, leicht verwundert, wie ihr schien, als hätte er nicht erwartet, dass sie seiner Bitte Folge leisten würde. Seit dem Abend des Balls hatte er sich wieder in sich zurückgezogen und zu seinem gewohnten Verhalten ihr gegenüber zurückgefunden.

Er erhob sich und schritt um seinen Arbeitsplatz auf sie zu. Sonnenlicht flutete durch die großen Fenster und ließ die wenigen silbernen Fäden schillern, die sein dunkelbraunes Haar durchzogen. All jenes, was sie noch vor dem Ball gespürt hatte, war verschwunden. Er war wieder das starke und stolze Familienoberhaupt, das nicht zu altern schien. Vor allem in diesen Räumlichkeiten spürte sie seine gebieterische Ausstrahlung wie an keinem anderen Ort. Er herrschte hier wie ein König über sein Königreich und sie mochte es nicht, dass sie hier nur so viel wie eines der unzähligen Bücher galt, die in den Regalen säuberlich aufgereiht worden waren: ein braver Untertan, der nur darauf wartete, seinem Herrn zu Diensten zu sein.

„Mary, meine Liebe. Ich hätte dieses Gespräch schon vor einiger Zeit mit dir führen sollen, doch bot sich mir nie die passende Gelegenheit."

Sie beobachtete seine Gesichtszüge, in der Hoffnung, etwas darin lesen zu können. Doch dieses Mal schwiegen seine Augen, verriet keine Falte auf seiner Stirn das Anliegen, das er ihr zu unterbreiten suchte. Sie presste die Lippen aufeinander und verschränkte die Arme vor der Brust, erwiderte jedoch nichts.

„Mir sind manch Worte zugetragen worden, die mir bedenklich erscheinen. Des Öfteren scheinst du vergessen zu haben, was deiner angemessen ist – und was *nicht*." Er verstummte und sie konnte spüren, wie seine Augen sie musterten. Doch ihr Gesicht blieb ausdruckslos, das Kinn stolz in die Höhe gereckt.

„Wie darf ich Eure Äußerung verstehen, Vater?"

Er stützte sich auf die Lehne eines der mit Leder überzogenen Stühle.

„Du weißt sehr wohl, wie wichtig es für dich ist, eine angemessene Verbindung einzugehen – und du weißt ebenfalls, was ich unter *angemessen* verstehe.“ Er hatte sich ihr zugewandt, sein Blick so stechend scharf wie bereits seit Langem nicht mehr. Ihre Finger gruben sich tief in den seidenen Stoff ihres Kleides. „Stattdessen verbringst du deine Zeit lieber mit dem Gesinde und selbst wenn sich dir Gelegenheit bietet …“

„Vater, bitte, ich bin es leid, ein jedes Mal erneut über die Vorkommnisse des Balls mit Euch zu sprechen!“, fiel sie ihm bitter ins Wort und stemmte die Hände in die Hüften. „Ich weiß, dass ich nicht Euren Vorstellungen entsprechend handelte und ich bat Euch in aller Form um Verzeihung. Ich fühlte mich nicht sehr wohl an jenem Abend.“

Der bereits an die drei Monate zurückliegt.

„Als ginge es hierbei lediglich um den Ball!“ Er hatte die Hand von der Lehne genommen und war einen Schritt auf sie zugetreten, ein bedrohliches Funkeln in den Augen.

„Zweifelsohne enttäuscht es mich noch immer, dass du den ganzen Abend mit diesem Esquire …“, so wie er es sprach, hätte das Wort ebenso *Bettler* bedeuten können, „… verbrachtest, obgleich viele der Herrschaften dich gern näher kennengelernt hätten, wie die Söhne des ersten Earls of Chesterfield. Aber nein, meine Tochter lässt den hohen Adel mit ihrer ganzen Bestimmtheit wissen, dass sie dem Rang der Gentry nicht entsagen will.“ Er schüttelte kaum merklich den Kopf und wandte sich von ihr ab. „Doch das ist nicht, weshalb ich dich rufen ließ.“

Er schritt wieder auf seinen Schreibtisch zu, um dahinter Platz zu nehmen.

„Natürlich nicht, das ist es nie“, murmelte sie, leise genug, dass er ihre Worte nicht vernehmen konnte.

„Ich bitte dich lediglich darum, deine Ausritte mit dem Gesinde einzuschränken.“

Ungläubig betrachtete sie ihn, als er nach seinem Federkiel griff und das Gespräch anscheinend als beendet ansah.

„Ich verstehe Euer Anliegen nicht, Vater.“

Das Kratzen der Feder auf dem Papier war so deutlich zu hören, dass sich Marys Nackenhärchen aufstellten.

„Jener Stallbursche, mit dem du zu reiten pflegst. Ich wünsche, dass diese Ausritte in Zukunft unterbleiben werden."

Er blickte nicht einmal auf. Jegliche Farbe war aus ihrem Gesicht gewichen.

Als wollte er mir alles nehmen, was mir an diesem Leben liegt.

„Als würde ich um seinetwillen mit ihm reiten. Was glaubt Ihr von mir, Vater? Ihr wisst, dass es einer jungen Dame untersagt ist, allein zu reiten, Ihr selbst habt stets darauf beharrt."

Sie lehnte sich an eines der hohen Bücherregale aus dunklem Holz, die den ganzen Raum umspannten. Ihr Vater jedoch hob seinen Blick nicht von jenem Stück Papier.

„Ebenso gut könntest du mit jedem anderen Knecht reiten."

Sie bemühte sich, Ruhe zu bewahren. Sie durfte sich nichts anmerken lassen. Nichts an ihrem Verhalten war anstößig gewesen, darauf hatte sie geachtet. Er hatte keinen Grund, einen Verdacht gegen Fynn zu hegen, auch wenn sie nicht sagen konnte, was ihrem Vater zu Ohren gekommen sein sollte.

„Vater, wart Ihr es nicht, der ihn schickte, uns zu begleiten, als es Lord Henry im letzten Jahr nach einem Ausritte gelüstete? Ich schloss mich Eurem Urteil an, Ihr schicktet den Knaben und er hat diese Aufgabe gewissenhaft erfüllt. Weshalb sollte ich ihm dann nicht trauen, mich auf meinen Ausritten zu schützen? Ich glaubte, eine Entscheidung zu fällen, die Euch sehr gelegen käme, als ich ihn zu meinem Geleitschutz erkor, und ich muss Euch gestehen, dass Euer Misstrauen ihm gegenüber mich zutiefst verwirrt."

Das Kratzen auf dem Papier verstummte für einen Augenblick, doch ihr Vater hob den Blick nicht. Er schien über etwas nachzusinnen und sie war sich nicht sicher, ob es ihre oder die Worte jenes Dokumentes waren.

Sie tat einige wenige Schritte in Richtung seines Schreibtisches, als er den Kopf hob und ihr in die Augen sah. Kurz verharrte sie, um seinen Blick herausfordernd zu erwidern. Hatte sie Verblüffung darin wahrgenommen?

„Ich bin nur besorgt um dich."

Er seufzte, als er den Federkiel zur Seite legte und sie mit einem Anflug von Traurigkeit musterte.

„Ich bin kein Kind mehr, Vater."

Die Wärme kehrte nicht nur in seine Augen, sondern auch in seine Stimme zurück, als er daraufhin zu ihr sprach.

„Es ist mir lediglich wichtig, dass du dir deines Standes wohl bewusst bist."

Erleichterung durchflutete Mary.

„Ich erwarte, dass jener Knecht seine Aufgabe gewissenhaft erfüllt."

Und seine Augen nicht nur auf dir ruhen.

So, wie er die Worte sprach, hätte es sie nicht verwundert, hätte er dies noch mit angefügt.

„Du weißt, was ich von dir erwarte."

Sie biss sich auf die Lippe und wollte ihm etwas entgegensetzen, doch er hatte sich bereits erneut dem Dokument vor sich zugewandt, ohne Mary auch nur noch eines Blickes zu würdigen.

Es ist mir wichtig, dass du dir deines Standes wohl bewusst bist.

Mary seufzte tief, als ihr Blick über den Hof hinaus über die wieder grünenden Wälder schweifte. Sie hatte Camillia bereits vor einer Weile ihrer Gemächer verwiesen, doch nun füllten die Worte ihres Vaters die Stille. Mit einem Mal war sie verunsichert.

„Ich bin mir meines Standes bewusst, ich war es seit jeher."

Ihre Hand berührte das Glas der Fenster, als wäre es eine unsichtbare Mauer, die sie davon abhielt, aus diesem Haus zu fliehen. Gar ihr eigener Körper schien ihr wie ein Gefängnis, ein Leben, aus dem sie sich nicht befreien konnte.

Eine Wolke schob sich vor die Sonne und auf einmal schien ihr die eben noch nach dem Winterschlaf erblühende Welt fad und leer, als wäre es nur die Sonne gewesen, die versucht hatte, die Trostlosigkeit des Lebens zu überdecken. So wie ihr

Vater versuchte, das Leben durch seinen Reichtum zum Strahlen zu bringen. Früher einmal hatte sie ihm geglaubt, wenn er sagte, es gäbe kein schöneres Leben als das ihrige. Er mochte recht behalten haben, wenn sie an die Oberfläche blickte. Doch nur ein einziger Blick darunter zeigte ihr all das, was die Menschen versuchten, in ihrem Leben zu verbergen. Sie war sich nicht mehr so sicher, ob das Leben für tiefer gehende Schönheit geschaffen war.

Das Klopfen hallte dumpf und bedrohlich im Raum wider. An anderen Tagen konnte sie es kaum erwarten, dass der vertraute Klang ihre Ohren erreichte. Sie vermochte nicht mehr zu sagen, wie viele Ausflüchte sie bereits ersonnen hatte, um Camillia zu den vereinbarten Zeiten nicht in ihren Gemächern zu wissen. Nie zuvor hatte sie die Zofe so viele Botschaften überbringen, Näharbeiten leisten sowie Kleider ausbessern und reinigen lassen. Camillia musste glauben, dass sich ihr Zögling in letzter Zeit als ausgesprochen ungeschickt entpuppte.

Nun jedoch verhallte das Klopfen, ohne dass sie sich regte, den Kopf an das Glas gelehnt, den Blick in die Ferne gerichtet. In diesem Augenblick war die Wolke, die zuvor noch die Sonne verdeckte, weitergezogen. Das Licht flutete den Hof und ließ ihn wieder in den kräftigsten Farben erstrahlen.

Wie hatte sie auch nur kurz daran denken können, um ihres Vaters willen alles aufzugeben?

Sie *war* sich ihres Standes bewusst. Aber er würde sie nicht um den letzten Sonnenstrahl in ihrem Leben bringen.

„Tretet ein."

Als die Tür sich öffnete, erhellten auch die Frühlingsstrahlen der Sonne ihre Gemächer, als hätten sie nur darauf gewartet, dass er hineintrat, in ihr Leben, um es in seinen Farben erstrahlen zu lassen.

„Ihr seid früh", war alles, was sie über die Lippen brachte, als Fynn die Tür hinter sich schloss. Sie konnte das Lächeln erkennen, das seine Mundwinkel umspielte, als er auf sie zuschritt.

„M'Lady?"

Sie war für einen Augenblick zu verblüfft, um etwas zu erwidern.

Er hatte sich noch nie vor ihr verneigt.

„Ihr müsst nicht …“

Es ist mir wichtig, dass du dir deines Standes wohl bewusst bist.

Die Worte ihres Vaters hallten in ihren Ohren.

Aber ich möchte *nicht, dass Ihr Euch vor mir verneigt.*

Er schien ihre Verwirrung nicht zu bemerken. Sie hätte erleichtert sein müssen, dass er die Linie zwischen ihrem und seinem Stand so klar zog.

Er stand an ihre Chaiselongue gelehnt, das Hemd leicht über seine Schultern fallend, den Hut nicht gar so tief ins Gesicht gezogen, wie sie es von ihm gewohnt war. Eine kleine Strähne haselnussbraunen Haars fiel vor seinem Ohr herab.

„Nehmt doch Platz.“

Sie deutete auf die Chaiselongue, vor der sich ein kleiner Tisch aus dunklem Eichenholz befand. Ein zierliches Rankenmuster war in die Tischplatte eingeschnitzt worden, kunstvoll ineinander verschlungen und wieder auseinanderweichend.

Er hatte sie einige Male schon auf ihr Bitten hin in ihren Gemächern aufgesucht und dennoch konnte sie ihm anmerken, wie unbehaglich er sich fühlte, wenn sie ihn bat, sich niederzulassen.

Ein flüchtiges Lächeln verblühte in ihrem Gesicht, als sie sich wieder auf den schmalen Sessel sinken ließ, eingebettet im Stoff ihres Kleides. Die Sonnenstrahlen fielen durch die großen Fenster und malten Schatten auf sein Gesicht. Es herrschte Stille zwischen ihnen, doch nichts, was Mary als unangenehm empfunden hätte. Fynn lehnte sich zurück und wandte den Kopf dem Licht zu, das durch die Fenster drang. Sie bemerkte den kleinen Stoffbeutel, den er in der Hand hielt. Ihr Herz zog sich zusammen. Das konnte doch nicht …?

Als hätte er ihre unausgesprochene Frage vernommen, sprach er beiläufig: „Nur ein Geschenk eines Freundes.“

Sie schluckte. Erleichterung stieg in ihr auf und schon im nächsten Moment rügte sie sich innerlich dafür.

„Was schenkte er Euch?"

Fynn zögerte kurz, als wäre das, was die Stofffetzen verborgen hielten, nicht für ihre Augen bestimmt. Doch dann nahm er das Bündel und wickelte es vorsichtig aus, bis die Klinge zum Vorschein kam.

Marys Herz setzte einen Schlag lang aus, als sie den Dolch erblickte. Er schien der Furcht in ihren Augen gewahr zu werden und ein Lächeln stahl sich auf seine Lippen.

„Ihr braucht Euch nicht zu ängstigen, m'Lady. Jacob hat sich sehr viel Mühe gegeben."

Unverständnis leuchtete aus ihren Augen.

„Schmiedete Euer Freund diesen Dolch?"

Beinahe ehrfürchtig blickte sie auf die schmale Klinge herab, an der ein schlanker Griff befestigt war. Einer Schlange gleich wand er sich um die Klinge und ein Gebilde, das einer Muschel ähnlich sah, war zwischen Griff und Klinge befestigt.

„Mit Hilfe seines Vaters, ja."

Er betrachtete den Dolch in seiner Hand noch einen Moment, dann schlug er ihn wieder in den Stoff ein.

„Aus welchem Anlass …?"

Ihre Stimme brach, so beeindruckt war sie beim Gedanken an den kleinen Dolch.

„Mein achtzehnter Geburtstag. Ich weiß nicht, wie er es herausgefunden hat, aber er ließ sich nicht belehren."

Mary konnte nicht sagen, was sie in jenem Moment empfand. Ihr Vater hatte ihr stets reiche Geschenke gemacht, aber jener Dolch, von der Hand eines Freundes geschmiedet, schien ihr auf einmal so viel mehr wert zu sein als alles, was sie je erhalten hatte.

„Meinen Glückwunsch." Aus welchem Grund klangen die Worte so leer, als sie über ihre Lippen kamen? „Ihr müsst Euch außerordentlich glücklich schätzen."

Verwundert suchte sein Blick den ihren. Auf einmal war es seltsam still um sie.

„Was bringt Euch zu dieser Annahme?"

Sein eindringlicher Blick hielt sie gefangen; sie vermochte nicht die Augen von ihm abzuwenden.

„Ihr seid ein freier Mensch. Euch hält nichts auf diesem Anwesen außer Eurer Anstellung, die Ihr ebenso jederzeit widerrufen könntet. Ihr seid frei, weiterzuziehen und die Welt mitsamt ihren Wundern zu entdecken."

Sie faltete die Hände in ihrem Schoß, nicht sicher, ob sie mit diesen Worten zu weit gegangen war.

„Wenn Ihr unter Freiheit die ständige Angst versteht, dass das verdiente Geld nicht zum Leben reicht, sei es für eine Familie oder mich selbst, die Furcht vor den kalten Tagen, in denen die Kleidung nicht ausreichend wärmt, die ständige Rastlosigkeit auf der Suche nach etwas Besserem, in der Hoffnung, eines Tages ohne einen knurrenden Magen aufzuwachen – so bin ich laut Euch ein freier Mann. Doch spreche ich für mich selbst, so bin auch ich nur ein Sklave meiner Bedürfnisse und Sehnsüchte. Das Leben mag Euch so wundersam erscheinen, wenn ihr den Erzählungen von Wanderern lauscht, doch glaubt mir, es ist nie mehr als ein ständiger Kampf, um sich nicht selbst zu verlieren."

Sie betrachtete ihn mit einem Erstaunen, das er wohl in ihren Augen zu lesen vermochte, da ein leichtes Schmunzeln seine Mundwinkel kräuselte. Sie kannte den Winter mit seinen Stürmen und das Frösteln, wenn sich die Härchen auf ihren Armen aufrichteten – doch was bedeutete es, in dieser frostigen Einöde allein zu wandeln und kein Dach über dem Kopf zu besitzen?

Und dennoch …

„So steht es Euch dennoch frei, Euren Sehnsüchten nachzugeben."

Fynn schüttelte den Kopf, lachte beinahe dabei.

„Ihr seid eine Träumerin, m'Lady. Was wäre, wenn es sich um Euch handelte, zu der meine Sehnsucht mich zieht? Diese Verbindung einzugehen wäre mir ebenso untersagt."

Sie lehnte sich vor, stützte die Hände auf den Tisch. Die Teetassen klirrten unter dem seidenen Stoff ihres Kleides, als sie sich zu ihm hinüberbeugte, bis ihr Gesicht nur wenige Zentimeter von dem seinen entfernt war. Sie konnte seinen warmen Atem spüren, der über ihre Haut strich.

Er zog sich nicht zurück. Sie blickte in seine dunklen Augen, verborgen im Schatten des schwarzen Hutes. Doch ihr Blick verriet ihr nichts über die Gedanken, die in ihm vorgehen mussten.

„Ihr wisst, dass es möglich wäre. Ihr wisst es seit letztem Herbst."

Ihre Stimme war kaum mehr als ein Flüstern, als fürchtete sie, die Wände mochten ihre Worte in sich aufnehmen. Er näherte sich ihr, sodass sich ihre Nasenspitzen beinahe berührten. Dann hielt er inne.

Seine Augen waren grün. Sie konnte es schwach in den Schatten erkennen. Von einem so dunklen Grün, wie sie es noch nie gesehen hatte. Die Sekunden zogen sich in die Länge, sein Blick unverwandt auf ihre Augen gerichtet, als wollte er darin erkennen, was sie dazu brachte, sich so nah an ihn heranzutrauen.

Was verbarg er hinter seinen Augen?

Sein warmer Atem streifte ihre Wange. Es war, als wäre die Zeit plötzlich stehengeblieben, als seine Lippen die ihren berührten.

Noch nie hatte sie einen solchen Kuss erlebt. Seine Lippen auf den ihrigen, so rau und doch so zart, fordernd und gleichzeitig einladend. Sie berührten die ihren so sanft, als streifte sie ein warmer Sommerwind. Ihre Haut begann zu prickeln, ein Prickeln, das sich entfaltete und tief in ihren Körper drang, dass es ihr die Luft rauben wollte. Sie bemerkte nicht das Klirren der Teetassen unter den Spitzen ihres Gewandes, nicht die Last ihres Körpers, die ihre Arme noch immer trugen, um sich Fynn entgegenzubeugen. Um sie herum herrschte eine vollkommene Stille; es war, als hätte selbst die Welt den Atem angehalten, um diesen Kuss nicht zu stören. Mary nahm nichts wahr außer seinen warmen Lippen und seiner Hand, die über ihren Hals strich, den rauen Fingern, mit denen er sie näher an sich zog.

Die Härchen in ihrem Nacken stellten sich bei seiner Berührung auf. Langsam fuhren seine Finger an ihrem Hals herab und ihr war, als hinterließen sie auf ihrer Haut eine brennende Sehnsucht, bevor seine Lippen sich wieder von den ihren trennten.

Er ließ von ihr und sie öffnete die Augen. Kaum merklich schüttelte er den Kopf, lächelte und zum ersten Mal traf sein Blick den ihren.

„Ihr werdet das nicht wollen."

Seine Worte zerrissen die Stille wie Gewehrschüsse. Sie brauchte einen Augenblick, bis sie ihre Bedeutung in sich aufnehmen konnte. Wie erstarrt saß sie da, unfähig, sich zu rühren.

„Wie könnt Ihr so sprechen?"

Fast verzweifelt klangen diese Worte aus ihrem Mund. Sie schaute ihm in die tiefgrünen Augen und wieder erblickte sie diese Traurigkeit darin, die sie damals am See bereits wahrgenommen hatte. Langsam, als begänne auch die Welt, jetzt wieder zu atmen, führte er die Hand zum Kopf und nahm den Hut ab.

Ihr Herz setzte einen Schlag aus.

Er entfernte die Spange aus seinen haselnussbraunen Haaren und sie fielen ihm über die Schultern, lang und gepflegt. Ihr Blick wanderte wieder zu seinem Gesicht, zu seinen Augen, ungetrübt von den Schatten des Hutes.

Da erst erkannte sie, dass dort eine junge Frau vor ihr saß.

13 les sentiments d'une femme

„Ich kann gar nicht glauben, dass ich dich mal wieder zu Gesicht bekomm!", lachte die alte Magd und wischte sich die Hände an ihrer Schürze ab. Der würzige Geruch von Lammfleisch lag in der Luft. Ihre warmen Augen wurden jedoch rasch wieder ernst, als ihre Stimme anschwoll, um das Stimmengewirr in der Küche zu übertönen: „Cathy, wird's bald? Komm her und übernimm die Zwiebeln für mich!"

Ein blondes, schlankes Mädchen zwängte sich an Camillia vorbei und rollte mit den Augen.

„Wieso muss ich mich um die Zwiebeln kümmern? Ich hab …" In diesem Moment erkannte sie Camillia und der beleidigte Ausdruck ihrer Augen war wie fortgeweht. Stattdessen machte sich Bewunderung breit und leise hauchte sie: „Die Zofe der Lady!"

„Aye, und nun ab an die Zwiebeln, wenn du nicht willst, dass Camillia dich für einen Faulbuckel hält."

Ohne ein weiteres Wort zu verlieren, stürzte sich die junge Küchenmagd mit so viel Begeisterung auf das wehrlose Gemüse, dass Camillia ein Lächeln nicht unterdrücken konnte.

„Was verschlägt dich zu uns in die Küche?" Brookes gutmütiges Gesicht hatte sich über die Jahre kaum verändert. Die Fältchen um ihre Augen und Mund waren tiefer geworden, wohingegen das einst dunkle Haar von Grau durchzogen war. Wenn Camillia sie vor sich sah, schien sie ihr wie ein Teil aus einem anderen Leben. Ein Leben, in dem sie noch glücklich gewesen war. Manchmal fiel es ihr schwer zu glauben, wie viel Zeit vergangen war.

Als Brooke sie mit fragenden Augen musterte, entsann sie sich der Absicht, die sie eigentlich dazu getrieben hatte, die alte Freundin aufzusuchen. Üblicherweise vermied sie es, Umgang mit ihrer Vergangenheit zu pflegen.

„Kennst du einen Knecht namens Fynn?" Zunächst hatte Marys eigenartiges Gebaren Camillia nicht verwundert. Die Zofe hatte angenommen, dass die Gedanken der jungen Frau von jenem verheerenden Ball und den letzten Rückschlägen ihrer Krankheit noch aufgewühlt und wirr wären. Allerdings entsprach es ganz und gar nicht Marys Wesensart, sie mit Belanglosigkeiten zu beauftragen. Als sie schließlich beobachtete, wie Mary willentlich eine Naht an einem ihrer Gewänder auftrennte, wusste sie mit Bestimmtheit, dass die Baronetstochter versuchte, sich ihrer für einige Zeit zu entledigen.

„Fynn?", fragte Brooke erstaunt und für Camillias Geschmack etwas zu laut. Doch aus den Augenwinkeln konnte sie erkennen, dass die junge Küchenmagd noch immer die Zwiebeln traktierte und ihrer Unterhaltung keine Bedeutung beizumessen schien. „Einer von den Jungschen. Ist noch nicht so lange hier, hab einige von den Mägden tratschen hören. Alles wilde Gerüchte, du kennst das ja, wenn einer kaum redet.

Scheint aus dem Norden zu kommen – und ziemlich beliebt bei Lady Mary, wenn ich das richtig gehört hab. Rylan war ziemlich entsetzt, dass sie nur noch mit diesem Fynn reitet, nachdem er all diesen französischen Unsinn gelernt hat. Du weißt ja, wie so was die Runde macht."

Brooke beäugte sie misstrauisch, als wollte sie nicht wahrhaben, dass dies alles war, was Camillia hatte wissen wollen. Immerhin waren sie beide weit über das Alter hinaus, in dem man jungen Stallburschen nachschwärmte.

„Ich finde es äußerst seltsam, dass niemand etwas über ihn zu wissen scheint." Camillia wählte ihre Worte mit Bedacht. Doch Brookes Verstand war noch immer scharf.

„Ach, Milly, du willst mich foppen!", lachte die alte Magd, als hätte Camillia sich einen Spaß mit ihr erlaubt. Ihre hellen Augen blitzten. Camillia hingegen wurde wehmütig bei ihren Worten. Wie lange hatte sie diesen Namen nicht mehr vernommen. Isabelle hatte sie stets so genannt. „Glaubst du, er würde dem verwöhnten Fräulein was zuleidetun? So dumm wird wohl auch der einfältigste Knecht nicht sein. Mag sein, dass man sich mit der Lady anlegen will, aber nicht mit ihrem Herrn Vater. Aber das muss ich dir ja nicht erzählen."

Sie zog eine Augenbraue in die Höhe und Camillia wusste genau, welche Frage sich dahinter verbarg, doch sie überging Brookes Anspielungen. Brooke war der einzige Mensch in Morris Oak, der wusste, dass der Baronet das Haus ihres Vaters in jener kalten Novembernacht aufgesucht hatte, und Camillia konnte sich nur zu gut ausmalen, welche Schlüsse es sie ziehen ließ. Sie hatte sich nie bemüht, Brookes Mutmaßungen richtigzustellen. Sollte sie annehmen, was ihr beliebte. Alles war besser, als die Wahrheit preisgeben zu müssen.

„Wusstest du, dass er auf dem Anwesen arbeitet?", fügte Brooke hinzu und Camillia blickte erstaunt auf. Sie wusste, dass Brooke von ihrem Vater sprach, ohne dass sie dessen Namen gebrauchte. Camillia selbst hatte ihn seit Jahren nicht mehr ausgesprochen. Zunächst, weil die Erinnerung zu schmerzlich war, und dann, als sich die Trauer in Wut wandelte, hatte sie nur noch vergessen wollen.

„Ich denke, dass er bereut, wie er dich damals behandelt hat. Ich bin ehrlich, Milly, ich hab nicht verstanden, weshalb du gegangen bist. Nach Isabelles Tod und dann das mit den Kindern … Er hatte ja niemanden mehr außer dir."

„Ich konnte nicht bleiben."

Brooke zuckte mit den Schultern.

„Was geht's mich an? Ich denk nur, dass du dich vielleicht auf deine wirkliche Familie besinnen solltest und nicht auf diesen Adelsspross. Selbst ihre hochmütige Sprache hast du dir angeeignet und wozu?"

Camillia schürzte die Lippen, erwiderte jedoch nichts, obgleich die Worte ihr auf der Zunge brannten. Es war nicht ihr Verschulden, dass sie Morris Oak hatte verlassen müssen, und so gern sie Brookes Worten die Schärfe genommen hätte, wusste sie, dass dadurch alles nur noch verzwickter werden würde.

„Wie dem auch sei, du fehlst mir auch, weißt du? Ich seh dich zu selten. Du solltest dich öfter hierherverirren. Oder besser noch: nach Morris Oak, wo du hingehörst. Du hast nicht mal meinen Enkel geseh'n! Wehe dir, wenn ich dahinscheide und du deinen vornehmen Zofenhintern bis dahin nicht nach Morris Oak bewegt hast." Sie zwinkerte, doch als Camillia ihr Lächeln nicht erwiderte, wurde sie ernst. „Lass mich aufrichtig sein, ich habe mein halbes Leben mit dir verbracht und ich kann mir denken, was dich dazu bewogen hat, all das hinter dir zu lassen. Aber das bedeutet nicht, dass ich es gutheißen muss. Für den Adel schuften, um des Abends was auf den Teller bringen zu können, ja, aber über den Adel alles vergessen, was dich mal ausgemacht hat, das geht zu weit. Ich bitte dich, Milly. Denk drüber nach."

„Das werde ich, Brooke." Camillia schenkte ihr ein müdes Lächeln. Wenn es doch nur so einfach wäre.

Warum war es ihr nie aufgefallen?

Marys Körper wollte ihr nicht gehorchen, sie konnte nicht anders, als regungslos zu verharren, den Blick unverwandt auf die Frau mit den langen braunen Haaren gerichtet. Keine Schatten verbargen mehr die weichen Züge dieses Gesichtes, das dunkle Grün ihrer mandelförmigen Augen, von langen Wimpern umrahmt. Bis vor Kurzem hatte Mary sich nichts sehnlicher gewünscht, als einmal in diese Augen zu sehen. Sie konnte ein leichtes Lächeln in Fynns Gesicht beobachten, das jedoch ihre Augen nicht zu erreichen schien.

Sie wusste nicht, was sie fühlte.

Die Stille hatte sie in sich eingeschlossen. In ihren Ohren rauschte es. Sie wollte nicht glauben, was sie vor sich sah, sie *konnte* es nicht glauben.

Fynn war eine Frau.

Sie hatte soeben *eine Frau* geküsst.

Eine leichte Übelkeit schien in ihr emporzusteigen. Ihr wurde schwindlig. Sie schloss die Augen, in der Hoffnung, all diese Gedanken verdrängen zu können. Sie wollte nicht an das Geschehene denken, sie wollte nicht an das Bevorstehende denken, sie wollte an *nichts* denken.

Wenn sie die Augen wieder öffnen würde, würde dort ein junger Mann vor ihr sitzen.

Keine Frau mit langen, haselnussbraunen Haaren.

Mary atmete tief ein und das Schwindelgefühl ließ allmählich nach. Sie öffnete die Augen, in der Erwartung, wieder den unnahbaren Stallknecht vor sich zu sehen, den Hut so tief ins Gesicht gezogen, dass es ihr unmöglich war, seine Augen zu erkennen.

Doch es saß noch immer diese fremde junge Frau vor ihr.

Ungläubig glitten Marys Augen an ihr herab. Das weite Leinenhemd umhüllte ihren Körper, zu weit geschnitten für einen Mann. Es war doch so offensichtlich. Fynn lehnte sich an die Chaiselongue und das Leinen fiel über ihren Körper, sodass Mary glaubte, all jene weiblichen Konturen darunter erblicken zu können, die Fynn mit aller Macht zu verstecken suchte.

Es war ihr gelungen.

Ihre Blicke trafen sich.

Neugierde stand in diesen grünen Augen geschrieben, Unbefangenheit und zugleich eine Angst, die Mary nicht deuten konnte. Mit ihr schien ein Schleier der Traurigkeit über ihnen zu liegen, der Mary an jenen Tag denken ließ, an dem Fynn ihr zum ersten Mal den See gezeigt hatte. Hatte sie damals nicht bereits die weicheren Züge dieses Gesichtes wahrgenommen? Nicht einmal Fynns Stimme hatte sie die Wahrheit erkennen lassen, obgleich sie sich bereits zu Beginn in diesen andersartigen Tönen zu verlieren geglaubt hatte.

„Ihr werdet mit Eurem Vater darüber sprechen, nehme ich an." Da waren sie wieder, diese vollen und tiefen Töne, als wären sie einzig dazu geschaffen, Mary den Atem zu rauben. Fynns Blick war auf sie gerichtet und Mary war, als stünden so viele Fragen in ihm geschrieben, die sie zu beantworten nicht in der Lage war.

Sie wusste nicht mehr, was sie denken sollte. Was hätte sie nicht darum gegeben, vor diesem eindringlichen Blick fliehen zu können, vor dieser Stimme und dieser Sehnsucht, die in ihrer Seele wütete.

Sie sah in Fynns Augen, diese dunklen Teiche voller Traurigkeit, aus denen kein Strahl der Hoffnung mehr hervorzudringen schien.

Sie warteten auf eine Antwort.

Das Rauschen in Marys Ohren ließ nach. Ihr war, als erwachte sie aus einem Traum, der sie zu lange gefangen gehalten hatte. Ihre Lippen formten die Worte auch ohne ihr Zutun.

„Ich wüsste nicht, weshalb ich ihm Mitteilung machen sollte."

Sie hatte erwartet, Erleichterung in Fynns Augen ausmachen zu können, Zuversicht, vielleicht gar einen Hoffnungsschimmer. Doch nichts von alledem spiegelte sich darin. Es war nur pure Verwunderung.

„Wie meint Ihr das?"

Wer war diese Frau, die eine solche Wirkung auf sie ausübte?

„Ich werde mit ihm nicht darüber sprechen. Ihr habt mein Wort."

Ich weiß nicht, wer Ihr seid. Ich weiß nicht, woher Ihr kommt. Alles, was ich über Euch wusste, war eine Maskerade. Ich blicke Euch in die Augen und plötzlich ist mir, als stünde die Welt still.

Fynn schwieg und wandte den Blick ab, hinüber zu den großen Fenstern, als spiegelte sich die ganze Welt in ihnen.

„Ich werde das Anwesen sobald wie möglich verlassen." Sie wandte sich wieder Mary zu, die grünen Augen nicht voller Fragen oder Verwunderung. Sie wirkten müde, erschöpft, als hätten sie bereits zu viel vom Leben gesehen. „Wie könntet Ihr Euch verhalten, als wäre nichts geschehen?"

Als hätten wir uns nicht geküsst.

Die Worte schwebten unausgesprochen im Raum, hingen über Mary wie tränenschwere Regenwolken, jederzeit bereit, sich über ihr zu ergießen.

„Verzeiht mein Benehmen, m'Lady." Fynn hob den Kopf, lehnte sich vor. War das Bedauern, das sich dort in ihren Augen widerspiegelte? Es erinnerte Mary eher an Trauer und Schmerz. „Ich hätte es nicht ausgehalten, dieses Spiel noch weiterzutreiben. Ich bin nicht der, für den ihr mich hieltet. Dieser Mensch hat nie existiert." Sie erhob sich von der Chaiselongue und das Leinen fiel wieder lose über ihren Körper, um das Geheimnis seiner Trägerin zu bewahren.

Auch Mary hatte sich erhoben und war auf Fynn zugetreten. Sie wollte die junge Frau vor sich beschwichtigen, doch es gelang ihr nicht, ihre Stimme wollte keine Worte finden.

„Ich werde Euch nicht weiter belästigen." Fynn wandte sich zum Gehen.

„Nein!"

Es klirrte, als die zierliche Tasse zu Boden fiel, in Scherben zerbarst. Doch Mary kümmerte es nicht. Unbeabsichtigt hatte sie die Tasse vom Tisch gestoßen, als sie Fynns Hand ergriff – beinahe verzweifelt bei dem Gedanken, dass sie sich von ihr abwenden würde. Kalt lag sie in der ihren, rau und vom Leben gezeichnet und Mary hielt sie so fest, als könnte Fynn sie ihr jeden Moment entreißen. Fynn wandte sich ihr zu. Verwirrung spiegelte sich in ihrem Gesicht, Unverständnis über diese unbändige Geste, doch der Augenblick währte nur kurz. Fynn entzog ihr ihre Hand, als hätte Marys Berührung sie verbrannt. Sie hielt die schmale, hölzerne Spange, die zuvor noch ihre Haare gehalten hatte, jetzt in beiden Händen, ihr Blick unverwandt auf Mary gerichtet.

„Ihr belästigt mich nicht." Mary hatte so vieles sagen wollen. Doch keines dieser Worte kam ihr über die Lippen, nur dieser eine Satz, so bedeutungslos und leer, als wäre er ins Nichts gesprochen. „Ich verstehe es nur nicht …"

Fynns Mundwinkel zuckten leicht. Ein schiefes Lächeln hatte sich auf ihr Gesicht gestohlen, zu verzerrt, um Wärme ausstrahlen zu können.

„Um in Frieden leben zu können. Ich kann den Weg, den ich eingeschlagen habe, niemals zurückverfolgen. Da wartet kein *Daheim* mehr auf mich. Seid ehrlich, welche Möglichkeiten offenbaren sich einer Frau, auf der Suche nach Arbeit, um sich selbst ernähren zu können?" Sie schnaubte und schüttelte nur verächtlich den Kopf. „Ich werde keine willenlose Marionette sein und mich dem Willen anderer beugen. Ich habe mich dazu entschieden, mein Leben selbst in die Hand zu nehmen – selbst wenn ich dabei niemals mein eigenes werde leben können, sondern stets nur das des rastlosen Wanderers, der sich auf den Höfen des Adels mit seiner Kraft verdingen muss. Ich will meine Zeit auf dieser Welt nicht verschwendet wissen."

Einmal nur glücklich sein.

Mary vernahm Fynns leisen Seufzer, als dränge er aus einer anderen Welt zu ihr. Sie betrachtete die Spange in ihrer Hand und Mary erkannte das filigrane, in das Holz eingearbeitete Muster, die Sorgfalt, mit der die Spange geschnitzt worden war. In feinen Lettern war ein Wort eingearbeitet, das sie nicht erkennen konnte.

„Verzeiht, dass ich Euch nicht geben kann, was Ihr Euch erhofftet. Aber ich habe meine Schuldigkeit getan. Ich werde Eure Gefühle nicht missbrauchen."

Fynn warf ihre langen Haare über die Schultern. Mit beiden Händen formte sie sie wieder zu einem Knoten, um diesen mit der Spange an ihrem Hinterkopf festzustecken.

Mary machte einen Schritt auf sie zu. Sie konnte den Blick nicht von ihr wenden, den grünen Augen, der schlanken Nase und den weichen Lippen.

„Ich habe es nicht bemerkt …“ Ihre Worte waren ein Flüstern, mehr zu sich selbst als zu Fynn gesprochen. Langsam, als fürchtete sie, sich zu verbrennen, berührte ihr Zeigefinger Fynns Wange, strich so sanft darüber, dass es kaum mehr als der Hauch einer Berührung war.

Fynns Hand schnellte in die Höhe, hielt ihr Handgelenk mit mehr Kraft umschlossen, als nötig gewesen wäre, um ihre Berührung zu unterbinden. Erschrocken zuckte Mary zurück.

„Es gibt keine vollkommene Freiheit in dieser Welt. Nicht in diesem Leben.“ Da hatte sich wieder diese Trübsal in Fynns Augen geschlichen, diese endlose Dunkelheit, die jegliches Licht zu verschlingen schien. „Einst küsste ich ein Mädchen.“ Der Kummer, der in ihrer Stimme mitschwang, schien Mary das Herz zu zerreißen. „Nie zuvor ist mir ein solches Wesen begegnet. Doch allein der Gedanke daran, dass auch ich weiblichen Geschlechtes bin …“

Sie löste den Griff um Marys Handgelenk. Ihre Hand hinterließ einen leichten, rötlichen Abdruck auf der blassen Haut, doch Mary achtete nicht darauf. Die Bewunderung für jenes Mädchen, die sie in Fynns Stimme hatte hören können, traf sie wie ein Schlag.

„Es ist besser, wenn ich jetzt gehe.“ Fynn griff nach ihrem Hut, der noch auf der Chaiselongue lag, und verdeckte ihr haselnussbraunes Haar. Zu schnell hatte sie sich von Mary abgewandt und mit raschen Schritten das Zimmer durchquert, um die Tür des Gemaches aufzustoßen. Wieder hinaus in eine andere Welt.

„Wartet!“

Doch die Tür war hinter ihr zugeschlagen und nichts erinnerte mehr an das, was zwischen ihnen vorgefallen war.

Nichts, bis auf die hellen Scherben zu Marys Füßen.

Die Scherben eines zerbrochenen Traumes.

14 comme feu et eau

Die Worte waren kaum mehr als ein Flüstern, doch sie hingen in der Luft, silbrig wie Spinnweben an einem taufrischen Frühlingsmorgen. Fynn hielt inne in ihrer Bewegung. Sie glaubte, die Tochter des Baronets durchschaut zu haben, als sie die junge Frau das erste Mal über den Hof hatte flanieren sehen. Eine in schwere Seide eingeschlagene Gestalt, um nichts sehnlicher bemüht, als ihre Leidenschaften zu erquicken und den hohen Herren zu gefallen.

Doch nun stand sie hier. Die ersten warmen Sonnenstrahlen des Frühlings fielen durch das Stalltor und dennoch hatte Mary sich in ihren dunklen Mantel gehüllt. Ihre Locken, nur von einigen kleinen Spangen zusammengefasst, fielen ihr über die Schultern und sie blickte Fynn aus klaren, blauen Augen an, deren Eis endgültig geschmolzen schien. Da lag Wärme in ihrem Blick. Wärme und Ungewissheit.

Etwas zerrte an Fynns Ärmel. Sie erschrak, wandte sich zur Seite und stellte erleichtert fest, dass es sich nur um ein Pferd handelte, das versuchte, das Heu aus ihren Armen zu rupfen, da ihm das Schweigen zwischen den beiden Frauen sichtlich zu lange währte.

Lachend fuhr Fynn dem Pferd durch die Mähne und wandte sich ihm zu, erleichtert über den Aufschub einer geeigneten Erwiderung. Doch ihre Gedanken überschlugen sich. Marys Worte hallten in ihrem Kopf. Sie hatte am gestrigen Tage die Gemächer Marys verlassen, in der Annahme, das Anwesen so bald wie möglich hinter sich zu lassen. Warum vergönnte ihr diese Frau nicht die Zeit, sie zu vergessen? Zu vergessen, was da zwischen ihnen gewesen war, weil es nie wieder sein würde?

Sie strich ein weiteres Mal über das braune, seidige Fell. Es gab kein Zurück. Sie musste sich umwenden. Umwenden zu diesen hellen Augen, in denen etwas schimmerte, das ihr Verderben bedeuten konnte. Aber war es nicht genau das, wovon sie ihr Leben lang geträumt hatte?

„Einen Augenblick Geduld, m'Lady. Ich sattele die Pferde."

Als sie des plötzlichen Aufleuchtens in Marys Augen gewahr wurde, pulsierte ein Gefühl durch ihre Adern, das sie schon lange vergessen geglaubt hatte.

Es war kaum ein Laut zu vernehmen bis auf das sanfte Traben der Pferdehufe über den feuchten Waldboden. Ein leichter Nieselregen hatte die Ländereien des ersten Baronets of Eaton überzogen, als die Sonne ihren höchsten Stand erreichte. Der Geruch nassen Grases lag in der Luft. Vereinzelt schimmerten letzte Tropfen auf den Farnen, Gräsern und Blättern und brachen das Sonnenlicht in allen erdenklichen Farben, sodass der Wald aus sich selbst heraus zu strahlen schien.

Beinahe auf gleicher Höhe folgten ihre Pferde dem breiten Waldweg und ohne dass sie ihr Pferd bewusst in eine bestimmte Richtung lenkte, so zog es Fynn doch in die Nähe des kleinen Weilers Morris Oak.

Ihre Gedanken allerdings wollten nicht zur Ruhe kommen. War sie denn umsonst vor den Raubvögeln geflohen, um jetzt der Spinne ins Netz zu gehen? Was hielt sie noch an diesem Ort?

Sie hatte die Verwirrung in den blauen Augen Marys gesehen und sie war sich nicht sicher, ob die junge Adlige sich am vorigen Tage des Ausmaßes ihrer Worte bewusst gewesen war. Vielleicht hatte der nächtliche Schlaf Besinnung mit sich gebracht.

Jene Mitteilung hingegen wäre ebenso im Stall zu überbringen gewesen.

Es hätte um so vieles müheloser sein können, wäre sie dem Anwesen bereits zum Zeitpunkt von Marys Krankheit entflohen. Doch sie hatte es nicht gekonnt. Wieder und wieder war sie in Vorwände geflüchtet, die es ihr ermöglichten, dennoch zu bleiben und ihr Gewissen zu beschwichtigen.

Sie hätte sich erhofft, dass Mary von sich aus zu sprechen begänne, doch die junge Lady hüllte sich in Schweigen. Es war die Ungewissheit, die sie in den Wahnsinn trieb.

„Was gedenkt Ihr nun zu tun?“

Sie blickte hinüber zu der zierlichen Frauengestalt mit den wilden Locken und konnte erkennen, wie Mary sich auf die

Lippen biss, als wüsste sie keine geeignete Erwiderung auf diese Frage. Oder als fiele es ihr schwer, jene Antwort über die Lippen zu bringen.

„Es gibt nichts, das ich tun kann." Sie hob den Blick, um Fynn in die Augen zu sehen. „Außer beten und hoffen."

„Beten und hoffen?" Ungläubig blickte Fynn zu Mary. Was immer sie erwartet hatte, *diese* Antwort war es nicht gewesen.

„Ja. Beten und hoffen."

Ihre Stimme klang verzagt und Fynn war es, als hörte sie einen Schleier der Traurigkeit, der diese Worte überzog. Sie konnte sehen, wie die schmalen Finger sich fester um die Zügel schlossen.

Was bereitete ihr ein solches Unbehagen? Fynn suchte die Antwort in ihren Gesichtszügen, doch Mary hatte den Kopf bereits wieder nach vorne gewandt und mied Fynns Blick.

Für einige Augenblicke herrschte Stille zwischen ihnen. Nur das besinnliche Zwitschern der Vögel, das sanfte Traben der Hufe auf der feuchten Erde des Waldes und das Rauschen des Grases im leichten Frühlingswind waren zu vernehmen.

„In der Hoffnung, dass Gott meine Entscheidung gutheißen wird, wenn ich mich am Tage des Jüngsten Gerichts für meine Sünden verantworten muss."

Entscheidung? In welcher Welt war dieses Mädchen aufgewachsen, dass sie glaubte, mit Hilfe einer einfachen Entscheidung ihrer beider Leben bestimmen zu können?

Fynns Finger zitterten vor Wut und sie zog an Clements Zügeln. Glaubte das Adelsgör, ihr Schicksal mit bloßen Worten bestimmen zu können? So weit würde sie es nicht kommen lassen. Noch hielt sie fest an ihrer Ehre und ihrem Stolz, was ihr niemand jemals nehmen könnte. *Niemals.*

Mary hatte Mylène ebenfalls zum Stehen veranlasst, doch sie schaffte es nicht, Fynn ins Gesicht zu sehen. Stattdessen strich sie über die dunkle Mähne ihrer Stute, den Blick zu Boden gerichtet, als fürchtete sie Fynns Entgegnung auf ihre Worte.

„Ganz gleich, von welcher Entscheidung Ihr sprecht, so mag sie vielleicht Euer Leben verändern, aber nicht das meinige.

Ich weiß nicht, weshalb es Euch danach verlangt, mit mir darüber zu sprechen."

„Weil ich Euch am gestrigen Tag mein Herz als Geschenk darbot." Sie hob den Kopf und für einen Augenblick schien Fynn die Fähigkeit zu sprechen verloren zu haben. Sie konnte die Augen nicht von Mary wenden, ihren leicht zitternden Händen und dem flammenden Haar.

Weil ich Euch mein Herz als Geschenk darbot.

Fynn wollte nicht weiterdenken, all die Möglichkeiten, die sich ihr eröffnen könnten – wäre Mary eine der ihren, eine Magd oder die Tochter einer der Familien aus den Weilern. Doch sie war die Tochter eines Baronets.

Wie lange aber hatte Fynn davon geträumt? Wann hatte sie aufgehört zu hoffen? Sie sah wieder dieses Mädchen vor ihren Augen, dieses Mädchen mit den langen goldblonden Haaren, die hellen Augen, in denen so viel Lebensfreude geschrieben stand.

Nein, daran wollte sie nie wieder denken, sie hatte es sich geschworen. Keine Frau der Welt, sei sie noch so adeligen Geblüts, sollte sie je wieder diese Pein durchleben lassen. Es war ihr so lange gelungen, die Erinnerungen von sich zu weisen. Warum musste Mary diese alten Wunden nochmals zum Bluten bringen?

„Ich weiß, dass Ihr Männer liebtet." Sie durfte nicht zulassen, dass falsche Hoffnungen ihr Leben zerstörten. Sie hatte es nicht wie einen Vorwurf klingen lassen wollen, doch die Worte kamen hart und scharf über ihre Lippen.

„Ich liebte niemanden." Mary sagte dies so ruhig und gefasst, als spräche sie vom Leben eines anderen Menschen, nicht von dem ihrigen. „Ich scherzte und lachte mit ihnen, ich hauchte ihnen Küsse auf die Wange, ließ ihre Hände in meinen ruhen. Doch ich tat es aus Schuldigkeit meinem Vater gegenüber. Nicht aus Liebe."

„Ihr wisst, dass Ihr Euch darauf nicht einlassen könnt. Feuer und Wasser lassen sich niemals binden, das eine wird das andere unabwendbar zerstören und nichts erinnert mehr an die Leidenschaft, die zwischen ihnen herrschte." Fynn erschrak selbst über dieses Eingeständnis ihrer Verwundbarkeit.

„So denkt Ihr, ich sei das Wasser", sprach Mary mit erstickter Stimme.

„Nein." Auf einmal war Fynns Kehle wie zugeschnürt. „Ich denke, Ihr seid das Feuer."

Sie konnte sehen, wie Mary etwas erwidern wollte, der erstaunte Blick in ihren Augen, die Lippen leicht geöffnet. Doch sie senkte den Kopf und schwieg. Ihre Pferde standen eng beieinander, so eng, dass Fynn nur die Hand hätte ausstrecken müssen, um Mary zu berühren. Eine tröstende Berührung, ein sanftes Wort.

Sie schaffte es nicht.

Wie konnte sie diesem Mädchen etwas verwehren, für das sie selbst ihr Leben gegeben hätte?

Eine Träne lief Marys Wange hinab.

Noch bevor Fynn sich bewusst wurde, was sie tat, streckte sie die Hand aus und strich die Träne fort. Die Berührung war nur flüchtig, ein Atemzug, und doch spürte sie das Brennen in ihrer Hand, diesen sehnlichen Wunsch, noch einmal die Wärme dieser Haut zu spüren.

„Was geschähe, wenn ich Euer Geschenk annehmen würde?"

Mary blieb stumm. Die Antwort sprach aus ihren Augen. Langsam fuhr Fynn den schlanken Hals herab, spürte das Blut unter der weißen Haut pulsieren und strich die feurigen Locken von Marys Schulter.

„Es würde niemals gelingen." Zu viel sprach dagegen, das wusste sie nur zu gut. Selbst Mary musste diese Einsicht teilen. „Ich kenne die Strafen, die auf dieses *Vergehen* ausgesetzt sind. Ihr könnt Euch glücklich schätzen, nicht so schwer an diesem Wissen zu tragen." Fynn seufzte leise. „Und dabei spreche ich nicht einmal von meiner gesellschaftlichen Stellung im Vergleich zu der Euren."

„Niemand würde es bemerken", warf Mary ein, mit einer Verzweiflung in der Stimme, die Fynn den Atem verschlug. Wusste sie, um was sie bat?

„Glaubt Ihr nicht, dass es Misstrauen erregen würde, wenn Ihr Euch die Zeit mit einem Pferdeknecht vertreibt? Wenn jemand erführe, wer ich bin …"

Nicht nur, welchem Geschlecht ich angehöre, sondern alles, was ich hinter mir gelassen habe.

Da war so vieles, was sie nicht sagen konnte.

„Weshalb sträubt Ihr Euch gegen den bloßen Versuch?"

Sie hörte das Flehen in Marys Stimme. Warum fiel es ihr so schwer, dieses Mädchen von sich zu weisen? Warum handelte sie fortwährend wider ihre Vernunft? Sie liebte Mary nicht, sie konnte Mary nicht lieben. Mary war die Tochter eines Adeligen, erzogen in einer anderen Welt, die nichts mit der ihren gemein hatte. Jeglicher Versuch wäre zum Scheitern verurteilt, noch bevor sie auch nur ein einziges Mal in diesen warmen, blassen Armen geträumt hätte.

„Gebt Euch nicht diesen gläsernen Illusionen hin."

Fynn trieb Clement wieder an, der freudig schnaubte, als seine Hufe wieder über den Waldboden trabten. Sie hörte, wie Mary ihr auf Mylène folgte, doch sie wandte sich nicht um. Die Sonne schob sich zwischen die Baumwipfel und ließ den Wald im ersten jungen Grün des Frühlings erstrahlen. Eine Wiedergeburt nach dem eisigen Frost des Winters, der die Wälder fest umschlungen gehalten hatte.

Der Pfad, dem sie folgten, verjüngte sich. Fynn wandte sich nicht um, doch sie hörte den Hufschlag Mylènes. Es beruhigte sie, Mary hinter sich zu wissen.

Eine gähnende Leere bemächtigte sich ihrer und plötzlich hatte Fynn das Gefühl, als wäre ihr ganzes Leben nur auf diesen einen Moment zugesteuert. Wo lag der Sinn in allem, was sie bisher erduldet hatte? Warum hatte das Leben sie bis nach Cheshire verschlagen? War dies das Ziel ihrer Reise, nach dem sie die ganze Zeit so fieberhaft gesucht und in das sie schon fast jeglichen Glauben verloren hatte?

Die Worte schienen ihr die Kehle zuzuschnüren. Sie konnte, sie durfte sie nicht aussprechen.

Erst, als sie die Lichtung erreichten, bemerkte Fynn, wohin Clements Hufe sie getragen hatten. Ein leichtes Lächeln huschte über ihr Gesicht. Kaum zu glauben, dass sie ausgerechnet hier angekommen waren. Ein Ort, mit dem schon so viele unerfüllte Träume in Verbindung standen.

Mylène hielt schnaubend neben Clement. Fynn wandte sich Mary zu und konnte sich eines Schmunzelns nicht erwehren. Als sie die junge Adelige das erste Mal über den Hof hatte schreiten sehen, hätte sie nie geglaubt, einmal menschliche Regungen in ihren Zügen ausmachen zu können. Damals war sie noch die verwöhnte Tochter des Baronets gewesen.

Doch nun war sie nur eine junge Frau. Eine junge Frau, die Fynn das darbot, wonach sie sich ihr ganzes Leben lang verzehrt hatte.

Marys Stimme holte sie aus ihren wirbelnden Gedanken.

„Ich fiel so langsam in diesen Abgrund, dass ich nicht merkte, wie mich dieses Gefühl verschlang. Ich weiß, dass ich eine Sünde begehe, aber ich kann unmöglich am Leben sein in der Gewissheit, Euch verloren zu haben."

Aus Verlegenheit blickte sie in den wolkenklaren Himmel. Die Sonne ließ ihr gleißendes Licht in ihren roten Haaren wie kleine Flammen tanzen. Fynn jedoch musste lachen.

„Ein Funke macht noch kein Feuer, m'Lady."

Marys Mantel war leicht verrutscht und gewährte Fynn einen Blick auf das seidig schimmernde Blau des Gewandes, das Mary darunter verborgen gehalten hatte. Rasch wandte sie sich ab. Das war der Grund, aus dem sie nicht füreinander geschaffen waren. Das war nicht ihre Welt – und sie würde es nie sein.

„Ihr seid weder Funken noch Feuer, Fynn. Ihr seid ein Feuerwerk."

Ihre Stimme war fest, ihre klaren Augen ruhten auf Fynn. Wie konnte sie glauben, etwas zu fühlen, das den wenigsten vorbehalten war? Noch dazu für sie. Für Fynn. Für eine *Frau*.

Fynn schüttelte den Kopf. Es war ein trauriges Lächeln, das sich auf ihr Gesicht stahl.

„Erinnert Ihr Euch an diesen Ort?"

Mary hob den Kopf und ihr Blick streifte die Lichtung. Zaghaft nur huschte das Lächeln über ihr Gesicht, zu flüchtig, um ihre Augen zu erreichen. Doch sie erinnerte sich.

„Wie könnte ich ihn je vergessen?“

Trübsinn schwang in ihrer Stimme mit und eine Sehnsucht nach jenem Moment, in dem sich ihre Lippen zum ersten Male berührten, als sie die Trauerweide betrachtete. Leicht wiegten sich die zarten Äste im Wind, deren erstes Grün die Lichtung mit Frieden und doch zugleich mit unendlicher Trauer erfüllte.

„Jacob erzählte mir einst, was sich die Menschen in Morris Oak von diesem Ort berichten.“ Mary schenkte Fynn einen kurzen Blick, nur wenige Atemzüge lang und doch wusste Fynn ihren Ausdruck zu deuten. „Sie sprechen davon, dass einst ein wohlhabender junger Mann sich in eines der Mädchen aus dem Dorf verliebte. Lieblich anzuschauen war sie und hatte ein sonniges Gemüt. Ihre Familie jedoch war mittellos. Das Mädchen traf den jungen Mann im Wald, als er auf einem Ausritt war, und ihr Herz ward seit jenem Tag von ihm eingenommen. Sie trafen sich heimlich auf dieser Lichtung, liebten sich. Er versprach, sie eines Tages zur Frau zu nehmen und einer Prinzessin gleich mit sich zu führen. In den schönsten Stoffen sollte sie wandeln, den kostbarsten Schmuck sollte sie tragen, die besten Speisen zu sich nehmen.“ Fynn seufzte leise, doch Mary schien gebannt von ihren Worten. „Eines Tages jedoch erschien er nicht mehr zur gewohnten Zeit. Er kam nie mehr. Eine reiche Frau nahm er zu der seinen, ganz so, wie sein Stand es von ihm verlangte.“

Sie wandte sich Mary zu.

„Was geschah mit ihr?

„Sie wartete. Sie hoffte, dass er kommen möge, um sie zur Frau zu nehmen, und rührte sich vor Trauer nicht mehr von dieser Lichtung, auf der sie auch heute noch um ihre verlorene Liebe weint.“

Sie richtete den Blick auf die Trauerweide, deren Zweige im Wind tanzten, wie tausend Tränen, für immer an jener Stelle gebannt. Für einen Moment war es still zwischen ihnen, als auch Mary den Baum betrachtete, die Hände fest um die Zügel geschlossen. Es gab keine Zukunft für eine solche Liebe.

„Es muss nicht so enden“, erwiderte Mary.

„Seid vernünftig, m'Lady. Ganz gleich, welche Gefühle Euch zu diesen Worten veranlassen – seht mich an." Sie deutete auf ihr Leinenhemd, von der Arbeit noch beschmutzt. „Was würde uns blühen, sollte dieses Geheimnis jemals das Tageslicht erblicken?"

Kann es dieses Wagnis überhaupt wert sein? Ist es mir dieses Wagnis wert?

Sie kannte die Gefahren, auf die sie sich damit einlassen würde. Sie hatte davon gehört. Die Kunde von Schändungen, von Verliesen, von Folter und Hexenverbrennungen auf den Plätzen der Dörfer verbreitete sich wie ein Lauffeuer, das sich durch das noch frische Grün des Frühlings fraß.

Sie sollte diese Gedanken aus ihrem Inneren verbannen. Ihre Träume waren nur Illusionen, denen Fynn sich hingab, Illusionen und trügerische Dunstgespinste, die sie zu oft schon ihrer klaren Sicht beraubt hatten.

„Ja." Marys Stimme ließ Fynn leicht zusammenzucken, so sehr hatte sie sich ihren Gedanken hingegeben. „Ja, das wäre es mir wert."

Fynns Herz zog sich zusammen, ob aus Freude oder Furcht vermochte sie nicht zu sagen. Sie fand keine Worte für eine Erwiderung. Die Stille zwischen ihnen schien Erwiderung genug. Sie wandte den Blick ab von diesen durchdringenden blauen Augen und schwang sich aus dem Sattel.

Das Gras war weich unter ihren Füßen, als liefe sie auf Wolken. Sie schritt zu Mylène, um auch Mary aus dem Sattel zu helfen. Wie von selbst schien ihre Hand die schmale Taille zu umfassen. Mary zitterte leicht und sie widerstand der Versuchung, sie enger an sich zu ziehen. Um sie herum erklang nur vereinzelt der Gesang der Vögel. Doch Fynn war, als vernähme sie nichts so deutlich wie das traurige Rauschen der Weide, als wollte sie ihr sagen: *Warum zögerst du? Könntest du sie ziehen lassen?*

Für einen Moment verharrten sie regungslos und es war, als hätte die Welt aufgehört, sich zu drehen.

Erneut stieg dieses seltsame Gefühl in Fynn empor, als wäre ihr gesamtes Leben zielstrebig auf diesen einen Punkt zugesteuert, diesen einen Moment, in dem sie diese Frau in den Armen halten konnte – wenn sie es nur wollte.

Sie spürte, wie Mary sich an sie lehnte, zaghaft zwar, doch plötzlich durchströmte sie ein Gefühl der Geborgenheit. Als gäbe es nur noch sie auf der Welt. Als hätte sie es Marys Gefühlen zu verdanken, dass sie plötzlich wieder lebte.

Sanft schob Fynn sie von sich, bemüht, ihr nicht in die Augen zu sehen. Sie wusste, was darin geschrieben stand.

„Wohin wird uns dies führen, m'Lady?“ Ihr Arm lag noch um Marys Taille, ganz leicht nur und doch schaffte sie es nicht, sie gänzlich von sich zu weisen.

Sie konnte es nicht mehr. Sie hatte ihre Entscheidung bereits vor langer Zeit getroffen, auch, wenn sie es sich nicht eingestehen wollte. Mary trat nah an sie heran, so nah, dass sich ihre Nasenspitzen berührten.

„Ich weiß es nicht …“ Ihre Worte waren ein Flüstern, ein sanftes Rauschen, der Melodie der Weide gleich. „Aber ich würde es gern herausfinden.“

Behutsam fanden Marys Lippen zu den ihren und ein Schauer durchlief Fynns Körper. Eine ungekannte Wärme durchströmte sie. Fast schien es ihr unmöglich, sich vorzustellen, dass sie jemals wieder frieren könnte, als Marys Hände nach ihren tasteten und sie fest umschlossen.

Als wäre mein ganzes Leben auf diesen einen Punkt zugelaufen.

Und dieses Mal erwiderte sie Marys Kuss.

15 égarées et perdues

„Du scheinst mir in letzter Zeit mit deinen Gedanken so weit entfernt, dass ich manchmal nicht weiß, wie ich dich noch erreichen kann.“ Die Sonne war noch nicht aufgegangen, doch das erste Licht der Dämmerung fiel in die Gemächer des Baronetssohnes und seiner Frau. Sydney stützte sich auf und betrachtete ihren Gatten mit einer Mischung aus Besorgnis und Zuneigung, dass Richard unwillkürlich lächeln musste. Das weißblonde Haar fiel ihr in einem geflochtenen Zopf über die Schultern.

„Mir spuken viele Angelegenheiten im Kopf umher", erwiderte er, noch in den Kissen liegend. Er hatte diese Nacht nur schwer in den Schlaf gefunden, was Sydney nicht entgangen war.

„Das befürchtete ich." Sie musterte ihn, als könnte sie in seinen Zügen lesen, was ihn nicht zur Ruhe kommen ließ. „Ist es wegen Daniell? Ich weiß, wie sehr dein Vater ihn schätzt, doch in letzter Zeit spricht er nicht ohne einen gewissen Kummer von ihm."

„Es ist nicht nur Daniell", seufzte Richard und wandte sich seiner Frau zu. Es war, als hätten seine Worte in den letzten Tagen nur darauf gelauert, endlich gesprochen zu werden, und nun, da ihnen Gehör geschenkt wurde, ergossen sie sich unaufhaltsam. „Obwohl es auch mich mit Sorge erfüllt, dass er seine Schulden bisher nicht beglichen hat. Aber Vater hat mehr zu tragen. Man hätte glauben mögen, dass der König sich nach Buckinghams Tod besinnen und die Streitigkeiten mit dem Parlament beilegen würde. Nach der Unterzeichnung der *Petition of Rights* habe auch ich geglaubt, dass wir uns auf dem richtigen Weg befinden, doch anstatt sich nun weiterhin über das Parlament hinwegzusetzen, hat er es seit über einem Jahr nicht einmal mehr einberufen. Ich sehe keine Besserung dieser Umstände, was mich befürchten lässt, dass sich die Unruhen in Irland und Schottland bis zu uns erstrecken werden." Er hielt inne, als ihm bewusst wurde, wie viel er gesprochen hatte. „Verzeih mir, dass ich dich zu so früher Stunde mit Politik zu langweilen weiß."

„Mir schien, als belaste dich mehr als die Angelegenheiten deines Vaters."

Richard seufzte. Seine Frau kannte ihn zu gut.

„Mary wirkt seit ihrem Ball auf sonderbare Weise entrückt. Als befände ihr Körper sich bei uns auf Eaton Hall, doch verweilten ihre Gedanken an einem anderen Ort." Nachdem er erfuhr, was sich in Chester ereignet hatte, verfolgte er Marys Ausritte mit dem seltsamen Stallburschen mit noch größerem

Argwohn. Sydney hingegen lachte und riss ihn aus seinen Überlegungen. Verwirrt betrachtete er die heiteren Augen seiner Frau.

„Sie ist eine junge Frau, Richard. Du vergisst, welch großes Ereignis dieser Ball für sie gewesen sein muss." Sydney lächelte und etwas an ihrem Lächeln ließ ihn sich töricht fühlen.

„Laut Vaters Schilderungen war er Anlass genug, den Abend mit einem Esquire zu verbringen", wehrte er sich, auch wenn er wusste, dass Sydney diesen Umstand als belanglos ansah.

„Willst auch du ihr dies nachtragen?", fragte sie und Richard musterte seine Frau verwirrt. „Wie oft hat Mary das Anwesen bereits verlassen? Chester hat ihr eine gänzlich neue Welt eröffnet. Gewähr ihr die Zeit, das Erlebte zu verstehen und zu begreifen, und schenke ihr dein Vertrauen."

„Sie hat sich verändert, Sydney."

„Natürlich hat sie das!", empörte sich seine Frau, als müsste die Selbstverständlichkeit dieser Tatsache auf der Hand liegen. „Sie ist gewachsen und reifer geworden, das musst du ihr zugestehen. Ich weiß, dass du dir Sorgen um sie machst, aber du gewinnst nichts, wenn du jeden ihrer Schritte überwachst."

Sie rückte näher an ihn heran und legte ihren Kopf auf seine Brust. Gedankenverloren schloss Richard sie in die Arme. Wie hätte er Sydney erklären sollen, dass seine Sorge viel mehr darin begründet lag, dass er fürchtete, Mary würde herausfinden, was sein Vater und er ihr siebzehn Jahre lang verschwiegen hatten?

Der Mai war so mild wie nur selten zuvor. An einigen Tagen brannte eine sengende Hitze auf die Bewohner des Anwesens und der umliegenden Weiler nieder, wie sie es nur von den heißen Sommermonaten gewohnt waren. Der Himmel war azurblau, keine Wolke trübte die klaren Strahlen der Sonne und der frische Duft des Sommerflieders durchsetzte die Lüfte.

Es waren jene sommerlich milden Tage, die Mary mit Vorliebe unter freiem Himmel verbrachte. Wenn sie bei Fynn war, war ihr, als gäbe es nur noch sie beide auf dieser großen weiten Welt.

An einem dieser Tage im Mai betrat Mary die Stallungen, in ein leichtes Gewand gehüllt, dessen purpurner Unterrock unter der weißen Seide hervorschimmerte. Eine golden bestickte Schärpe umschlang ihre Taille, eine malvenfarbene Borte zierte die weiten Ärmel. Der Geruch frischen Heus stieg ihr in die Nase und zauberte ein Lächeln auf ihr Gesicht, als sie das freudige Wiehern der Pferde vernahm. Auch sie freuten sich auf den nahenden Sommer.

Doch an jenem Tage berat Mary den Stall nicht, da ihr der Sinn nach einem Ausritt stand. Sie betrat ihn, weil ihr Herz sich nach Fynns Gesellschaft verzehrte.

„*Savez-vous où je pourrais trouver le palefrenier Fynn?*"

Der Name des großen, schlaksigen Knechts mit den vielen dunklen Sommersprossen war ihr entfallen. Sie wusste jedoch, dass er sie in früheren Zeiten bereits auf einigen Ausritten begleitet hatte. Sein Französisch war stets makellos gewesen.

Für einen Moment sprach Verwunderung aus seinen hellen Augen, als er die Frage der Baronetstochter vernahm. Er stand bewegungslos an einer der Boxen, als wäre er sich nicht sicher, was er ihr erwidern sollte.

„*Je crois qu'il travaille dans le jardin, Mademoiselle*", piepste er mit der Stimme einer verschreckten Maus. Er hielt den Kopf leicht gesenkt und seine Augen huschten hin und her, als suchte er einen geeigneten Fluchtweg. „*Je l'y ai vu il y a quelques minutes.*"

Sie nickte leicht und Erleichterung breitete sich in den Zügen des Stallknechtes aus, als er noch einmal demütig den Kopf neigte und sich entfernte.

Waren ihr die Bediensteten stets so ängstlich gegenübergetreten?

Sie verharrte einen Moment, den Blick unentwegt auf jenen Jungen gerichtet, dessen Arme und Beine zu lang für den Körper zu sein schienen.

War es Furcht gewesen, die sich in seinen Augen gespiegelt hatte? Der Junge wandte den Kopf und für einen kleinen Augenblick trafen sich ihre Blicke.

Es war Furcht.

Rasch wandte Mary sich ab und verließ schnellen Schrittes die Stallungen.

Weshalb fürchtete dieser Junge sie?

Sie schritt über den Innenhof, die Hände um die schmale Taille geschlungen, das Gesicht der Sonne zugewandt. Das Klappern der Hufe drang an ihre Ohren, die Rufe ungeduldiger Knechte und das Wiehern der Pferde. Wie von selbst lenkten ihre Schritte sie zum östlichen Flügel der Stallungsbauten, hinter dem sich die Gärten des Anwesens erstreckten, die nun sonnengebadet vor ihr lagen. Die Blätter der Apfelbäume erstrahlten im frischen Grün des Frühlings, das sich langsam zum satten Sommergrün färbte.

Der Garten der Grosvenors erstreckte sich weit bis zum River Dee, der sich hinter dem Anwesen gemächlich durch die Landschaft schlängelte, sich teilte und dort aus einem Flussarm einen See formte. Anschließend lief eben jener Flussarm weiter und wurde schmaler, bis er in den kleinen See mündete, der versteckt in den Wäldern lag.

Fynns See.

Die Obstgärten befanden sich unweit von den Stallungen und zogen sich bis fast zum Fluss. Als Kind hatte Mary es geliebt, im Frühling zwischen den Kirschbäumen zu spielen, wenn sie in voller Blüte standen. Ein weißrosafarbenes Meer hatte ihr zu Füßen gelegen. Sie konnte sich erinnern, wie ihre Mutter ihr Geschichten von einem fernen Land erzählte, in dem die Kirschblüten für Schönheit, für Aufbruch und Vergänglichkeit standen. Damals flocht sie Mary die Blumen ins Haar und Mary fühlte sich, als wäre sie das schönste Mädchen ganz Englands.

Hinter den Kirschbäumen fanden sich noch andere, wie Pflaumen-, Hasel- oder Walnussbäume, sorgfältig angeordnet, um Pflege und Ernte zu erleichtern. Sträucher mit Brombeeren wuchsen groß und kräftig, von denen Mary früher nur allzu gern genascht hatte, wenn sie Camillia wieder einmal entwischte.

Weiter südlich gelegen, im Anschluss an die Obstgärten und unmittelbar hinter dem Herrenhaus, fanden sich die Ziergärten, ganz im barocken Stil gehalten, den ihre Mutter so sehr geliebt hatte. Diese Gärten waren ihr Heiligtum gewesen.

Zu eben diesen Gärten lenkten Marys Schritte sie jetzt, vorbei an den gewissenhaft gepflegten Blumenrabatten, in deren Mitte ein Springbrunnen thronte. Die Rasenflächen bildeten kunstvolle Muster, stets in gründlicher Symmetrie gehalten. Nirgends stand auch nur ein einziger Grashalm fehl am Platz.

Auch nach dem Tod ihrer Mutter hatte sich an der Erscheinung der Ziergärten kaum etwas verändert. Ihr Vater hatte veranlasst, dass alles wie zu ihren Lebzeiten erhalten bliebe und auch ihren Wünschen entsprechend weiterhin gepflegt würde. Es versetzte Mary jedes Mal aufs Neue einen Stich ins Herz, wenn sie die Rabatten sah, noch immer mit blau und rotgelb blühenden Akeleien und dunkelroten Waldlilien bepflanzt. Dann stieg wieder das Bild ihrer Mutter vor ihrem inneren Auge auf, so klar und deutlich, dass es ihr die Tränen in die Augen trieb.

Doch sie zwang sich, die trüben Gedanken zur Seite zu schieben.

Wie von selbst folgten ihre Füße dem breiten Pfad, der sich durch die Blumenstauden in den Park schlängelte. Zu beiden Seiten erhob sich eine Eibenhecke, die Mary bis zu den Knien reichte.

Ihr Blick folgte dem Pfad und sie spürte, wie ihr Herz schneller schlug, als sie den vertrauten, dunklen Hut erblickte. Die gedämpften Laute ihrer Schritte auf der trockenen Erde verrieten ihre Ankunft. Ihre Augen waren nur auf Fynn gerichtet, sodass sie den anderen Knecht beinahe übersehen hätte, der gemeinsam mit ihr die Hecken beschnitt, aus denen einige Zweige und Äste aus der gewohnten Ordnung ausgebrochen waren.

Wie alles, das sich gegen dieses künstliche Gefängnis zur Wehr setzt. Es wird zerstört, als hätte es nie existiert.

Der andere Knecht hob den Kopf, als er ihre Schritte vernahm, und senkte ihn rasch wieder beim Anblick der Lady. Stillschweigend fuhr er in seiner Arbeit fort, als hoffte er, Mary würde die beiden lediglich passieren und sie keines weiteren Blickes würdigen.

Sie durfte sich keinen Fehler erlauben. Ein falsches Wort und das ganze Anwesen samt Eccleston und Morris Oak würde wissen, welche Gefühle sie in ihrer Seele verschlossen hielt.

„Fynn."

Es kostete sie Kraft, die überschwänglichen Gefühle der Freude aus ihrer Stimme zu verbannen. Sie hätte sich nichts sehnlicher gewünscht, als ihr um den Hals zu fallen, sich an ihre Brust zu lehnen und einfach nur dem Schlag ihres Herzens zu lauschen.

„Ich benötige Euch augenblicklich. Du", sie nickte in Richtung des anderen Knechtes, der vor Schreck zusammenzuckte, als er ihre Stimme vernahm, „wirst mit dieser simplen Arbeit allein fertig."

Zu spät erst wurde ihr bewusst, dass sie Fynn förmlich angesprochen hatte. Doch der Knecht schien es nicht bemerkt zu haben.

„Sehr wohl, *Mademoiselle*."

Sie konnte sehen, wie seine Lippen zitterten, den Blick hielt er noch immer gesenkt, als fürchtete er, sie zu erzürnen, wenn er in ihre Augen blickte. Weshalb ängstigte sie auch ihn?

Ein kalter Schauer lief ihren Rücken hinunter. Er war ihr noch nie begegnet, sie konnte sich nicht entsinnen, ihn schon einmal bewusst wahrgenommen zu haben.

Sie zwang sich, ihren Blick nicht unverwandt auf Fynn ruhen zu lassen. Sie schritt voran, den Kopf nach vorne gerichtet, als wäre es für sie nicht von Belang, welcher Knecht ihr folgte.

Sie musste sich zwingen, nicht schneller voranzuschreiten. Zunächst passierte sie noch einige Knechte, die auf Geheiß des Baronets Arbeiten im Garten erledigten, und auch einige Edelleute, Gäste des Hauses, die den Tag nutzten, um durch das bunte Farbenmeer zu flanieren und ganz in der Stille einzutauchen. Die einzige Musik, die man vernahm, waren die Laute der Natur; das Rauschen des Wassers und der Gesang der Vögel.

Doch ihre Schritte führten sie nicht zu den Ziergärten hinter dem Haus, sondern in Richtung Westen, in Richtung des großen Tores, das Einlass zum Anwesen gewährte. Aber das Tor war nicht ihr Ziel.

Selbst hinter diesem Tor liegt nicht die Freiheit, die ich mir ersehne.

Sie schob den Gedanken so schnell beiseite, wie er gekommen war.

Zerbrich nicht das Glück, das du jetzt genießen kannst.

Sie waren dem Herrenhaus bereits wieder sehr nahe gekommen, als ein kleiner schmaler Pfad zu ihrer Linken verschwand. Man bemerkte ihn kaum, wenn man nicht wusste, wo man ihn zu suchen hatte. Mary schlüpfte durch die Hecken hindurch und folgte dem Weg, der weiter in Richtung Westen verlief. Man konnte von hier den großen Platz vor dem Herrenhaus ausmachen, auf dem die Kutschen der adligen Gäste hielten, wenn sie auf dem Anwesen der Grosvenors verweilten.

Sie wandte sich kurz zu Fynn um, die den Hut wieder tief ins Gesicht gezogen hatte.

„Hier entlang." Ihre Stimme war kaum mehr als ein Flüstern, als sie an einer weiteren riesigen Hecke entlangeilte. Als diese abrupt endete, verschwand sie zwischen den Zweigen.

„M'Lady?"

Sie hörte die Verwirrung in Fynns Stimme und ein Lachen entwich ihrer Kehle.

Auch Fynn war durch die Öffnung auf den Weg getreten, der zu beiden Seiten von weiten, mannshohen Eibenhecken begrenzt war. Kaum, dass sie Mary erblickte, raffte diese die weiße Seide und lief dann weiter den Weg entlang. Ihr Lachen erklang und bereits an der nächsten Weggabelung huschte Mary davon, sodass sie Fynns Blickfeld alsbald erneut entschwunden war.

Fynn blieb keine andere Wahl, als ihr zu folgen, und noch gelang es ihr, den wehenden seidenen Rock Marys auszumachen. Doch als sie ihr um die nächste Hecke folgte, hatte sie Mary aus den Augen verloren. Für einen Moment verharrte sie, unschlüssig, was sie tun sollte.

Sie wandte sich um und blickte zum Himmel empor. Ein Augenblick voller Glück, das ihr zum ersten Mal in ihrem Leben niemand zu nehmen vermochte.

Doch dann überkam sie die Sehnsucht.

Ihr Blick folgte den unendlichen Weiten des Himmels und beschwor jene alten Erinnerungen an ihr einstiges Daheim wieder herauf. Alle Heiterkeit war wie fortgeweht. Sie wollte sich nicht erinnern. Warum schaffte sie es nicht, die Vergangenheit ruhen zu lassen?

„Folgt ihr einer jungen Lady nicht, wenn sie Euch zu entfliehen droht?"

Mary war auf einem anderen Weg wieder zu der Stelle zurückgelangt, an welcher Fynn sich noch befand. Sie hielt den weißen Überrock noch immer in der Hand, einer ihrer weiten Ärmel war umgeschlagen und die feurigen Locken hatten sich aus dem Knoten gelöst, zu dem sie zusammengesteckt worden waren. Marys Wangen waren leicht gerötet, doch ihre Augen glänzten vor Freude.

„Warum sollte ich, wenn die hübsche Lady sich zu mir begibt?", lachte Fynn. Auf einmal schien ihr das Lachen so unbeschwert und frei.

„Das war unbeabsichtigt!", erwiderte sie lachend, drehte sich um und wollte erneut davonlaufen. Doch Fynn folgte ihr raschen Schrittes und es gelang ihr, Marys Taille zu umfassen und sie noch im Laufen an sich zu ziehen.

„Zu spät, m'Lady! Die Flucht vor aufdringlichen Stallknechten müssen wir noch üben."

Sie strich Mary die vollen Locken aus dem Gesicht und gab ihr einen leichten Kuss auf die Wange. Mary lächelte und umfasste Fynns Arm, der noch um ihre Taille lag und sie an sich zog.

„Früher, als ich jung war, habe ich sehr gern in diesem Irrgarten gespielt. Ich verlief mich so oft, dass ich es gar nicht mehr zu zählen wage! Erst nach einiger Zeit entsandte meine Mutter meine Zofe, um mich sicher wieder hinauszuführen."

„Ich glaube, es würde mir nur recht sein, wenn wir den Weg hinaus nie wieder finden würden", flüsterte Fynn ihr sanft ins

Ohr. Marys Locken dufteten nach frischem Lavendel. Fynn schloss die Augen, den Kopf auf Marys Schulter gelehnt, vom Duft ihrer Haare umgeben.

Es war Mary, die den Zauber dieser Berührung brach, als sie sich Fynns Griff entwand. Ein schelmisches Lächeln trat in ihre Augen, als sie ihre Röcke erneut raffte.

„Ob es Euch gelingen wird, mich noch einmal zu halten?"

Schon lief sie wieder den Weg entlang, ihre Schritte so leicht und behände, als schwebte sie. Doch es genügten einige Augenblicke, bis Fynn sie einholte. An der nächsten Weggabelung schon bekam sie Mary zu fassen. Unter Lachen zog sie sie an sich heran, hielt sie fest im Arm.

„Wenn ich könnte, ließe ich Euch nie mehr entfliehen, m'Lady."

Ihre Lippen strichen über die weiche Haut und sie spürte, wie ein Zittern durch Marys Körper lief, als Fynns Lippen zu den ihren fanden. Marys Hände umschlangen ihren Körper, das beschmutzte Leinen. Fynn zog sie näher an sich, als ein glühendes Verlangen ihren Körper durchfuhr. Eine andere Welt tat sich vor ihr auf, eine Welt ohne Gedanken, ohne Pflichten.

Um ein Haar hätte sie die Schritte nicht rechtzeitig bemerkt.

Das gedämpfte Rascheln der Seide und das Murmeln der Stimmen drangen wie aus einem anderen Leben zu ihr herüber. Ein Leben, in das sie sich nicht zurückfinden wollte.

Hastig löste Fynn den Griff um Mary, trat stolpernd einige Schritte zurück. Voller Erstaunen und Verwirrung blickte Mary sie an, unsicher, was ihr Verhalten zu bedeuten hatte. Doch es dauerte kaum einen Augenblick, als sie der Antwort gewahr wurde.

„*Mon Dieu! Mademoiselle, je ne peux pas le croire! Que vous a-t-il fait? Allez-vous bien?*"

Vor Schreck stand Mary wie erstarrt, als Camillia ihre Hand ergriff. Besorgnis spiegelte sich in ihren Augen, als sie ihren Schützling in die Arme schloss. Erst jetzt bemerkte Fynn die dunklen Flecken auf der weißen Seide des Gewandes. Panik wallte in ihr auf. Was hatte die Zofe gesehen?

Camillia strich über die dunklen Flecken, Zeugen der engen Berührung, Schmutz von Fynns Leinengewändern. Es wollte Fynn die Kehle zuschnüren. Sie sah die Angst in Marys Augen, Angst, die ihr die Sprache zu rauben schien. Rasch senkte sie die Lider, richtete den Blick zu Boden.

Wie hatte sie nur so leichtsinnig handeln können?

„*Il ne vous touchera plus, je me l'assurerai! Une impertinence, comment peut-il s'arroger ce comportement?*"

Die Worte umflossen Fynn wie fremdartige Gesänge und der altbekannte Abscheu wallte wieder in ihr empor, mit all den unliebsamen Erinnerungen an längst vergessene Zeiten.

„*Non, Camillia, tout est pour le mieux ici. Je vais bien, croyez-moi. Ne le condamnez pas trop vite.*"

Sie konnte die Bestürzung spüren, die sich in Marys Stimme geschlichen hatte, während sie Fynns Unschuld beteuerte. Wer hätte geglaubt, dass sie nach all dieser Zeit noch immer jedes einzelne Wort verstand, obgleich sie nichts sehnlicher gewünscht hätte, als auch diese verwünschte Sprache auf ewig zu vergessen.

„*Mais voyez ce que ce voyou a fait avec votre robe! Elle est souillée comme si vous cherchiez à lui échapper*!" Es war eine Stimme, die Fynn zuvor noch nicht vernommen hatte. Unter den Schatten ihres Hutes blickte sie leicht auf, um die zweite Zofe zu betrachten, die ihr bisher noch nie begegnet war. Sie schien jung, mochte wohl kaum mehr als vierzehn oder fünfzehn Winter zählen. Ihre Stimme war von Angst erfüllt und ihre Augen wichen nicht von Fynn, als fürchtete sie, dieser *Knecht* könnte sich jeden Moment auf sie stürzen und sie ihrer Unschuld berauben.

Als ihre Blicke sich trafen, wandte sie sich ab und trat einen Schritt näher zu Marys Zofe. Die dunkelbraunen Locken fielen ihr ins Gesicht, als hoffte sie, sich dahinter verstecken zu können.

„*Je suis tombée en me promenant dans le labyrinthe. Il travaillait non loin de là et il m'a aidé à me lever car ma main était terriblement endolorie. Il m'a proposé de m'accompagner à la maison et dans ma détresse j'ai accepté.*" Mary sprach, ohne

Atem zu schöpfen. Ihre Hände wirbelten durch die Luft, als versuchte sie, ihre Worte damit zu bekräftigen. „*Je vous prie, ne faites pas d'émoi inutile. Cet événement est profondément fâcheux pour moi.*"

Doch Marys Bitte, diese für sie zutiefst beschämende Begebenheit zu übergehen, ließ das Misstrauen nicht aus den Augen ihrer Zofe verschwinden. Der Schweiß stand Fynn auf der Stirn, noch verborgen unter dem Schatten des Hutes. Wie hatte sie nur so unbedacht handeln können?

Es spielt keine Rolle mehr. Du musst fliehen, solange es dir noch möglich sein wird.

Der argwöhnische Blick Camillias streifte Fynn, die Stirn in Falten gelegt. Die andere Zofe hatte den Blick zu Boden gesenkt, als stünde der Leibhaftige vor ihr.

„*Nous vous accompagnerons pour qu'il puisse suivre son travail sans embarras.*"

Camillias Augen hatten sich bedrohlich verengt. Fynn war sich nicht sicher, ob die Worte an sie oder an Mary gerichtet waren, als Camillia schützend einen Arm um Marys Schulter legte.

„Mach dich wieder an die Arbeit." Ihr Englisch klang ungewohnt herb, nicht wie das der anderen hohen Diener, die es verstanden, es gestelzt und gequält wirken zu lassen. Beinahe dem der umliegenden Weiler gleichend und für einen Moment fragte Fynn sich, weshalb ausgerechnet Camillia zu Marys Zofe erkoren worden war.

Es gelang ihr noch, Marys Blick aufzufangen. Es erschien ihr, als ersuchte er sie um Verzeihung.

„*Partez.*"

Camillia sprach das Wort zu Mary und der jüngeren Zofe, doch ihre Augen waren auf Fynn gerichtet.

Das junge Mädchen schritt zu Mary, als wollte sie sie stützen, doch Mary schüttelte nur schwach den Kopf. Sie wollte sich zu Fynn wenden, doch Camillia hatte bereits wieder einen Arm um sie gelegt, als gelänge es ihr so, sie vor Fynns Blicken zu bewahren. Kein weiteres Wort drang über ihre Lippen und nach wenigen Augenblicken waren die drei aus Fynns Blickfeld entschwunden.

Für einige Sekunden stand sie unschlüssig und zögerte. Nur langsam schaffte sie es, ihren Atem zu beruhigen. Die unangenehmen Gedanken hingegen ließen sich nicht so leicht verjagen.

Welche Galgenfrist ist dir noch gewährt? Flieh, solange du dazu noch imstande bist!

Nein, sie konnte nicht fortgehen. Wollte sie ihr ganzes Leben lang vor ihrem Schicksal fliehen?

Sie seufzte und fuhr mit beiden Händen über die in Schweiß gebadete Stirn. Ihre Augen wanderten zum Himmel, der noch immer in einem leuchtenden Blau erstrahlte. Eine ungekannte Wut stieg in ihr auf, als sie den Himmel betrachtete.

„Wie kannst du für solche Menschen strahlen und ihnen die gleiche Wärme spenden?", flüsterte sie. Die Sonne zeigte kein Mitgefühl. Doch die Tränen, die über Fynns Wangen rannen, vermochte auch sie nicht zu trocknen.

„Was? Nur eine lausige Pastete?"

„Dir schlägt Garrick nicht mit dem Kochlöffel auf die Finger, wenn ich beim Stehlen erwischt werd", erwiderte Cathy, als sie Jacob das rundliche Gebäckstück reichte, welches sie unter ihrer Schürze versteckt gehalten hatte. Die beiden ließen sich im Kräutergarten hinter der Küche nieder. Zuvor hatte Cathy sich vergewissert, dass sie niemand beobachtete, bevor sie Jacob ihre Beute anbot. Schneller, als sie es für möglich gehalten hätte, stopfte der Stalljunge die ganze Pastete mit einem einzigen Bissen in den Mund.

„Wasch ischt?", nuschelte er, als Cathy ihn entgeistert anstarrte.

„Du hättest ja wenigstens mit mir teilen können!", empörte sie sich und sprang auf. Sie war den ganzen Morgen um die Pasteten herumgeschlichen, um einen geeigneten Augenblick abzupassen, und nun war das köstliche Diebesgut innerhalb weniger Sekunden in Jacobs Rachen verschwunden.

„Esch war nur eine lauschige Paschtete", schmatzte Jacob mit noch vollem Mund.

„Du bist unmöglich!", grollte Cathy und wollte sich verärgert zum Gehen wenden, als Jacob ihren Arm ergriff. Teigkrümel hingen noch an seinen Lippen und Cathy funkelte ihn zornig an.

„Tut mir leid." Ein Ausdruck ehrlichen Bedauerns zeichnete mit einem Mal sein Gesicht. „Bei uns gab es die letzten Tage nich' sehr viel … Der Hunger ist mit mir durchgegangen."

Cathy verharrte einen Moment, die Hände in die Hüften gestemmt, und blickte in Jacobs dunkle Augen. Seinem Hundeblick hatte sie nie etwas entgegenzusetzen, doch dieses Mal war es mehr als das. Außerdem konnte sie dem vorlauten Stallburschen nie lange böse sein.

„Schon gut", winkte sie schließlich ab. „Die mit Rindfleisch sind sowieso nicht so meins."

Jacob musste grinsen. „Was würde ich nur ohne dich machen?"

Er zog die Küchenmagd wieder zu sich und Cathy ließ sich neben ihm nieder.

„Verhungern."

„Nah, gar nich' wahr." Jacob fuhr sich mit dem Ärmel über den Mund. Cathy wusste, dass die wollene Jacke einst seinem Vater gehört hatte. Ein Brandloch zierte den Saum an der rechten Seite.

„Oh, doch." Sie musterte ihn mit hochgezogenen Augenbrauen. „Aber ich wollte dir noch etwas anderes berichten, obwohl du das eigentlich gar nicht verdient hast."

Jacob wurde hellhörig.

„Vor einiger Zeit verirrte sich die Zofe der Lady in die Küche. Sie hat Brooke nach deinem Fynn ausgefragt." Das blonde Mädchen strich ihre Schürze glatt. Brooke hätte es besser wissen müssen, als anzunehmen, dass Cathy so in ihre Arbeit vertieft gewesen wäre, als dass sie dem Gespräch der beiden älteren Frauen nicht hätte folgen können. Das war nicht allein dem Umstand geschuldet, dass Cathy von einem Dasein als Zofe träumte; immerhin hatte sie selbst dazu beigetragen, dass jener Fynn und die Lady sich treffen konnten. Trotzdem vermochte Jacob ihr nicht zu sagen, was genau es war, das sich zwischen den beiden zutrug.

„Bist du sicher?", fragte Jacob erschrocken.

„Nein, ich hab ihre Lippen gelesen und mir was zusammengereimt.“ Cathy rollte mit den Augen. „Natürlich bin ich mir sicher, ich stand daneben.“

„Was wollte sie wissen?“ Jacob war näher an sie herangerutscht und flüsterte verschwörerisch, obwohl niemand in Sichtweite war.

„Woher Fynn kommt, weshalb niemand was über ihn weiß. Sie schien ziemlich misstrauisch, weil sie glaubt, dass er mit der Lady anbändelt.“

„Und wem ist's zu verdanken?“, prahlte Jacob stolz. Cathy verzichtete darauf, ihre Augen noch einmal zu rollen, sondern schenkte ihm nur einen ungläubigen Blick.

„Mir, weil ich ihn zu ihren Gemächern geführt habe.“

„Auf mein Geheiß!“, warf Jacob ein, noch bevor sie ihren Satz vollendet hatte.

„Und es hat mir drei Tage Kartoffelschälen eingebracht, für die du mir noch immer was schuldig bist.“ Cathy zog eine Augenbraue in die Höhe und Jacob errötete. Das war der Teil der Geschichte, den er ein jedes Mal zu vergessen schien. Wenn Jacob keine Erwiderung mehr zu geben wusste, dann mühte er sich, das Gespräch rasch wieder anderen Dingen zuzuwenden. Dies war ein solcher Augenblick.

„Sehen wir uns heut Nacht auf dem Maifest?“

Cathy hatte ihn erneut rügen wollen, doch nun grinste sie verschmitzt. Seit Ewigkeiten sehnte sie das diesjährige Maifest herbei; darüber konnte sie sogar das Geheimnis um Fynn und die Lady ruhen lassen.

„Natürlich, du wirst der zukünftigen Maikönigin doch sicher den Hof machen wollen?“

Die letzten Sonnenstrahlen tauchten den Hof in schummriges, orangefarbenes Licht. Die Stallungen warfen immer länger werdende Schatten und das Zirpen der Grillen durchsetzte das sanfte Wiehern der Pferde. Die Luft war schwülwarm und die meisten Stallknechte hatten sich bereits in ihre Unterkünfte oder in die umliegenden Weiler zu ihren Familien zurückgezogen.

Das Tor der Stallungen war leicht geöffnet, sodass auch die Pferde das letzte Licht des Tages genießen konnten. Der Geruch des Heus lag in der Luft und bis auf ein vereinzeltes Schnaufen oder Wiehern herrschte eine idyllische Stille.

Als wolle der Tag mich in Sicherheit wiegen.

Fynns Gedanken jedoch waren seit dem Vorfall im Irrgarten nicht mehr zur Ruhe gekommen. Jeder Augenblick, den sie länger verweilte, könnte ihr Todesurteil bedeuten. Doch sie schaffte es nicht, alldem den Rücken zuzuwenden. Sie war zu ihren Arbeiten zurückgekehrt, als hätte sich jenes Missgeschick nie ereignet.

Unwillkürlich musste sie an den Sohn des Baronets denken. Wie er sie gemustert hatte mit seinen kalten Augen. Ein Adler, der nur auf den entscheidenden Moment wartete, um sich auf seine Beute zu stürzen. Hatte Marys Bruder nicht geschworen, dass seine Augen unverwandt auf jeder ihrer Bewegungen ruhen würden?

Innerlich verfluchte sie sich für ihre Leichtsinnigkeit. Seit wann war sie so unaufmerksam?

Das Pferd, neben dessen Box sie lehnte, schnaubte leise, als könnte es ihre Gedanken lesen. Ein Lächeln huschte über Fynns Gesicht, als sie sich dem Tier zuwandte, das sie mit großen, dunklen Augen mitfühlend anzublicken schien.

„Natürlich glaubst du, dass ich das Richtige getan habe."

Beinahe zärtlich strich sie dem Tier über die Schnauze und fuhr ihm durch die dicke Mähne. Sie hatte es genossen, Mary in ihren Armen zu halten. Es hatte sich so vollkommen, so *richtig* angefühlt.

Sie hörte Schritte über den Innenhof huschen. Unwillkürlich hielt Fynn den Atem an. Ihre Muskeln spannten sich, als die Schritte verklungen waren. Ein Schatten war vor dem Stalltor zu sehen, eine in einem Umhang verhüllte Gestalt. Das Tor knarrte dumpf, als sie es aufschob.

Fynn stand regungslos im Schatten. Ihr Herz hämmerte so laut in ihrer Brust, dass es in ihren Ohren widerhallte. Die Gestalt schien sie nicht bemerkt zu haben. Unsicheren Schrittes und zögernd nur lief sie die Stallgasse entlang. Erst, als sie einen Augenblick verharrte, konnte Fynn die Locken erkennen, die sich aus der Kapuze stahlen.

„Fynn?“

Ihre Stimme war so leise, dass selbst Fynn sie kaum vernahm. Sie schaffte es nicht, etwas zu erwidern, und nickte lediglich, in der Hoffnung, Mary würde es trotz des wenigen Lichts wahrnehmen.

Das Rascheln der Seide, als Mary auf sie zugeeilt kam, erschien Fynn gleich einem Gewitter.

Mary stand so nah vor ihr, dass sie ihren warmen Atem auf ihren Wangen fühlte. Ein kalter Schauer durchfuhr Fynn, als Marys Hände die ihren ergriffen. Sie zitterten.

„Macht Euch keine sorgenvollen Gedanken.“

Sie flüsterte. Noch einmal wandte sie sich um, als fürchtete sie, jemand wäre ihr gefolgt und könnte ihren Worten lauschen. Die Kapuze glitt von ihren Haaren und gab den Blick auf die feurigen roten Locken frei.

„Wieso seid …?“

Doch Mary legte Fynn einen Finger auf die Lippen und schüttelte sanft den Kopf.

Ich habe nicht viel Zeit, schienen ihre Augen sagen zu wollen.

„Ich erzählte Camillia, dass ich stürzte, mir die Hand verletzte und Ihr mir halft. Sie schien zunächst argwöhnisch und fragte mich noch einige Male auf dem Weg zu meinen Gemächern, doch seid gewiss, dass sie meinen Ausführungen Glauben schenkte. Euch droht keine Gefahr.“ Es lag ein Flehen in ihrer Stimme, als hätte sie angenommen, Fynn könnte bereits vom Anwesen verschwunden sein. „Ich bin mit Salben versorgt worden und es gelang mir erst jetzt, Camillia zu entwischen.“

Fynns Kehle war trocken, dass die Worte darin stecken blieben. So etwas wie an diesem Nachmittag durfte nie wieder geschehen. Um keinen Preis. Für sie durfte es so etwas wie Liebe unter diesen Umständen nicht geben. Nicht für die Tochter eines Baronets und die Tochter eines …

Sie senkte die Lider, ließ ihre Hände aus denen Marys gleiten.

„Bitte, verzeiht!“, wiederholte Mary eindringlich und ergriff ihre Hände erneut. Ihre Augen drangen tief in Fynns Seele. So blaue Augen hatten sie schon einmal angesehen, doch damals waren sie voll Wut und Abscheu. Marys Augen waren warm.

„Wir sollten uns nicht dieser Gefahr aussetzen, Mary."

Ich kann nicht mit Euch zusammen sein. Wir sind nicht füreinander geschaffen und das wisst ihr so gut, wie ich es weiß.

Sie konnte es nicht sagen. Wieso konnte sie es nicht sagen? Sie *musste* es sagen.

„Reiten wir morgen erneut aus?" Mary schien Fynns Worte nicht vernommen zu haben. Wie oft könnten sie gemeinsam gesehen werden, ohne dass jemand Verdacht schöpfen würde, ganz gleich, welcher Art?

Fynn schluckte. Marys Hände waren warm geworden, ihre Finger umschlossen Fynns, als würden sie sie nie wieder hergeben wollen. Sie wusste, was sie sagen musste. Doch sie konnte es nicht. Sie blickte in diese Augen und auf einmal war es so leicht, all die Bedenken beiseitezuschieben. Für wie lange noch? Marys Augen schimmerten, eine Flut von Gefühlen, die sie nicht weiter zurückzuhalten vermochte.

Sie hatte die Schritte nicht wahrgenommen. Auch nicht das Knarren des Stalltores, als es sich öffnete. Nicht einmal den Schatten, der dort stand, beinahe wie versteinert. Es war seine Stimme, die die Magie des Augenblickes schlagartig auslöschte.

„Heilige Mutter Gottes! Was hast du getan?"

16 rideau de brume

Damit ist mein Leben verwirkt.

Für einen Moment herrschte völlige Leere in Fynns Gedanken. Sie konnte nichts um sich herum ausmachen, nicht den Schatten, der dort im Stalltor stand, nicht Mary, die vor Schreck einen Schritt zurückgetreten war. Ihre Hände zitterten, doch ihre Beine wollten ihren Befehlen nicht folgen.

Lauf.

Doch sie konnte nicht. Es geschah alles viel zu schnell. Ihre Gedanken stürmten wieder auf sie ein, zu viele Empfindungen, zu viel Furcht, zu viele Fragen. In wenigen Stunden würde es das ganze Anwesen wissen, würden Marys Vater und Bruder über sie Gericht halten.

Die Gestalt im Torbogen kicherte. Für einen Augenblick konnte Fynn es kaum glauben.

„Jetzt tut nicht so, als hätt' ich euch beim Stelldichein gestört." Die Anspannung in Fynns Gliedern ließ nach. Natürlich. Wieso hatte sie daran nicht gedacht? „Obwohl ich das gern mal gesehen hätte."

„Jacob!", wies sie ihn zurecht, doch nicht mit der gewohnten Schärfe in ihrer Stimme, wann immer er sie zu necken suchte. Erleichterung hatte sich in ihren entrüsteten Ausruf geschlichen, Erleichterung und ein leichtes Lachen über sich selbst, dass sie die schlanke, hochgewachsene Erscheinung im Tor nicht gleich erkannt hatte.

Jacob schlenderte auf sie zu, ein Grinsen im Gesicht, das bis zu seinen Augen reichte. Die Hose hing viel zu tief und schleifte über den staubigen Boden. Er blieb vor Mary stehen. Sein Grinsen wurde breiter, wenn das überhaupt möglich war. Belustigt musste Fynn feststellen, dass Verwirrung in Marys Augen geschrieben stand. Ihr Blick huschte von dem Jungen, der zwar jünger und dennoch größer war als sie selbst, hinüber zu Fynn, als erwartete sie eine Erklärung.

„Mann, ich wusste es! Und du Hund hast mich angelogen!" Jacob lachte und schüttelte den Kopf. „M'Lady, es ist mir eine Ehre." Er verbeugte sich übermütig, sodass seine verwuschelten braunen Locken beinahe den Boden berührten. „Gestatten, Jacob, erster Sohn des Schmiedes of Eccleston. Es ist mir ein Vergnügen."

Er kicherte belustigt und Fynn konnte sehen, dass sich Mary ebenfalls entspannte.

„Ich sag noch, dass ich dir das nich' abkauf. Wer würde so eine Frau schon von der Bettkante stoßen?", wandte Jacob sich an Fynn und seine Stimme hallte dumpf in den Stallungen wider.

„Was treibt dich hierher?", unterbrach Fynn den Jungen, der schon zu einem Redeschwall ansetzte. Sie senkte ihre Stimme bewusst, in der Hoffnung, dass auch Jacob leiser sprechen würde. Doch er bemerkte nicht die Dringlichkeit in ihren Worten und schenkte ihr nur sein breitestes Grinsen.

„Ich such dich schon seit einiger Zeit, obwohl es eigentlich keinen anderen Ort gibt, an dem du dich aufhalten könntest." Er warf Mary einen belustigten Blick zu und selbst ihm schien die Frage aufgefallen zu sein, die in den blauen Augen der Baronetstochter geschrieben stand.

„Immerhin genießt ein gewisses Pferd deine ganz besondere Aufmerksamkeit." Sein Blick wanderte zu Mylène, deren große dunkle Augen die drei Gestalten bisher neugierig beobachtet hatten. Sie war ruhig gewesen, ließ kein Schnauben oder Wiehern vernehmen, als wollte sie die Unterhaltung nicht stören. Ihre Ohren zuckten, als verstünde sie jedes einzelne Wort.

„In Eccleston ist heut Nacht Gesang und Tanz beim Maifest. Ich nehm dich mit. Wird Zeit, dass du mal wieder rauskommst aus diesen Stallungen. Obwohl ich glaub, unter diesen besonderen Umständen würd ich die Stallungen auch dem Maifest vorziehen."

Verschmitzt betrachtete er Mary und schüttelte leicht den Kopf. Er konnte es nicht fassen, dass die Tochter des Baronets vor ihm stand.

„Ich danke dir für die Einladung, Jacob, aber lieber ein anderes Mal", wehrte Fynn ab, in der Hoffnung, er würde wieder seiner Wege gehen.

„Ach, was. Musst mir nichts erzählen! Du willst lieber bei deinem Liebchen sein. Kommt doch einfach mit, m'Lady. Die passende Bekleidung tragt Ihr ja bereits."

Er blickte an Marys schlichtem, wollenen Umhang herab, den sie über ihre seidenen Kleider geworfen hatte. So geschickt verbarg er die zarten Farben, dass sie ihre Trägerin nicht verrieten. Wäre die schwere Kapuze nicht hinuntergeglitten, so hätte auch Jacob die Baronetstochter nicht darunter vermutet.

Mary warf Fynn einen Hilfe suchenden Blick zu, denn Jacobs Einladung schien ihr die Sprache geraubt zu haben. Doch gerade, als Fynn ansetzte, um dankend abzulehnen, fiel Mary ihr ins Wort.

„Ich würde sehr gern mit Euch kommen."

„Dann haltet Euch in einer knappen Stunde am großen Tor bereit, Fynn und ich werden dort auf Euch wart…“

„Ihr könnt unmöglich mit uns kommen. Nicht auszudenken, was geschähe, würde Euch jemand erkennen!“ Hastig fiel Fynn Jacob ins Wort. Dieser jedoch winkte den Vorwand ab.

„Niemand wird sie erkennen!“ Der umgeschlagene Ärmel seiner Wolljacke hatte sich gelöst und hing nun viel zu lang über seiner Hand, sodass er damit unbeabsichtigt um sich schlug, als er wild gestikulierend fortfuhr. „Bei all dem Ale und Met wird niemand merken, wer da unter ihnen tanzt! Es' wird ihr guttun, mal ein richtiges Fest zu erleben und nich' nur diese schnöden Adelsempfänge.“

Erstaunt betrachtete Fynn den Jungen. Für ihn war das Leben so sorglos. Er genoss leichtherzig die Freuden, die es ihm zu bieten hatte, ohne über die Folgen nachzusinnen. Dann blickte sie zu Mary und sie konnte spüren, wie sehr die junge Frau sich danach sehnte, die tägliche Gewohnheit nur für einen Abend abzuschütteln, um einmal nicht die Tochter des Baronets sein zu müssen.

„Wir sehen uns in einer Stunde am großen Tor und wag es ja nich', dich wieder zu drücken.“ Jacob boxte Fynn spielerisch in die Seite, sodass sie leicht zusammenzuckte. Doch ihm blieb nicht einmal die Zeit zu blinzeln, so schnell fasste Fynn sich und wand seine Arme hinter seinem Rücken. Er jammerte gespielt, als ihre Hand durch seine Haare fuhr.

„Oh, Jacob!“ Ihre Hand starrte vor Schmutz, als sie sie aus den dichten Locken zog. „Bald werden wahrlich noch Vögel ihre Nester in diesem Gestrüpp bauen.“ Sie lachte und Jacob zog einen Schmollmund.

„Jetzt bist du mir heute Abend *wirklich* schuldig.“ Er wandte sich zum Gehen, jedoch nicht, ohne zuvor die Unordnung seiner Locken wiederhergestellt zu haben.

„Vergesst nich', zeitig dort zu sein. Und Fynn“, seine Augen funkelten belustigt in der Dunkelheit, als er sich umwandte, um den beiden noch einen Blick zuzuwerfen. „Du kannst mir erzählen, was du willst. Aber du *hast* einen Narren an ihr gefressen.“

Poitiers, April 1630

Mademoiselle,
wie ich Euch bereits im Winter des verflossenen Jahres an jenem gemeinsamen Abend auf der Terrasse des Hauses Marlborough berichtete, trieb mich meine Rastlosigkeit ein erneutes Mal ins fremde und mir doch so vertraute Frankreich. Wie Ihr bereits zu sehen vermögt, trugen mich die Winde dieses Mal in den Westen Frankreichs, immer weiter dem Meer entgegen, in die Provinz Poitou. Derzeit gastiere ich in Poitiers, einer Stadt, wie sie mir liebenswerter kaum erscheinen kann. Liebevoll nahmen mich die Menschen als einen der ihren in ihrer Mitte auf, lechzten nach den Erzählungen meiner Reisen und aus meiner Heimat. So wusste ich ihnen von unseren Earls und Dukes allerlei zu berichten, von unseren Künsten zu schwärmen und von unserer Musik zu singen. Doch nie kam ich umhin, die Lieblichkeit einer Frau zu preisen, die sich ebenfalls nach der Ferne sehnt.

Kaum vermag ich Euch die Größe und Anmut jener sakralen Bauwerke zu beschreiben, derer ich hier fündig wurde. So wage ich kaum von der Notre-Dame la Grande zu berichten, da meine Schwärmereien ihrer doch nicht gerecht werden könnten. Allein Poitou und seine Landschaften kennen jene Bauart einer solchen Zierde, die sich vom Grunde bis zu den Turmspitzen zieht. Das Hauptportal zieren vier Bögen, über denen sich jene Euch auch wohl bekannten Darstellungen der Bibel im Stein verewigt finden. Darüber ein weiterer Bogen, ein Auge ins Innere jenes mächtigen Bauwerkes, dessen Glas in bunten Farben den Sohn Gottes wiedergibt. Bis zu den Türmen finden sich Nachstellungen der Geschichten der Bibel, als gleiche die Notre-Dame la Grande selbst einer Erzählung. Eindrucksvoll ragte sie vor mir auf, dass mir ganz bange wart, ihr Inneres zu betreten, in vornehme Dunkelheit gehüllt, die lediglich die heiligen Kerzen zu erleuchten vermochten. Oh, wie sehnte sich da mein Herz ein wenig nach den Lieben daheim.

Doch werde ich nicht mehr lange verweilen. Mein Weg führt mich noch weiter dem Meer entgegen, meine Neugierde lenkt mich in Richtung La Rochelle. Zwei Jahre zählen wir erst, seit auch hier die Hugenotten unter Belagerung vertrieben wurden. Es zieht mich an jenen geschichtsträchtigen Ort, seit mir so viel über den König Louis XIII. und seinen Kardinal und Ersten Minister Richelieu zu Ohren gelangte. Als Louis Le Juste plant der König, in Erinnerung gehalten zu werden, sein Streben gilt der Wiederherstellung von Gesetz und Ordnung nach Bürgerkriegen und Auseinandersetzungen mit dem Hochadel und den Hugenotten. Doch ich trachte nicht danach, Euch mit meiner Begeisterung für die Politik zu ermüden. So trug man mir ebenfalls zu, dass der König sich in Gesellschaft eher unbehaglich fühlt, gar zum Gestotter soll er neigen – und dennoch steht ein starker Wille hinter diesem Mann.

So betrübt es mich denn, auch hier in der Ferne das Elend vorfinden zu müssen, dem ich im eigenen Land ebenso begegnen kann. Der Hunger und die Missernten, die die Menschen peinigen, sind mir ein Graus. Obgleich ihr Leben ein stetiger Kampf gegen die Gewalten der Natur bedeutet, empfangen sie mich, als hätten sie mehr als reichlich zu geben. Ich darf mich dieser Gastlichkeit glücklich schätzen.

Ich hoffe, Eure Neugierde ein wenig befriedigen zu können, und schließe meinen Brief, indem ich Euch bitte, doch jenes Tuch, das ich Euch mit diesem Schreiben schicke, wohl in Ehren zu halten. In Poitiers ward es für mich gewebt und ich konnte nicht anders, als in jenem klaren blauen Stoff Eure Augen wiederzuerkennen. Tragt es des Abends zur kühlen Stunde und seid Euch seines Schutzes gewiss.

Votre très humble serviteur,
Anthony Sherrington, Esq.

Mary ließ das Tuch durch ihre Hände gleiten, so zart, als wäre es aus dem Himmel selbst gewebt. Von feinstem Blau schimmerte der Stoff selbst im warmen Licht der Kerzen, sodass sie meinte, sich beinahe darin spiegeln zu können. Ein Lächeln huschte über ihr Gesicht, als sie die Zeilen des Briefes erneut überflog, die geschwungenen Zeichen und Tintenflecken, als hätte er bereits kurz vor der Abreise gestanden und dennoch die Zeit gesucht, ihr von seinen Erlebnissen zu berichten.

Wie gern hätte auch sie vor der Notre-Dame la Grande gestanden, die einzigartige Bauweise bewundert und wäre im Inneren jener Kirche flaniert, eine Kerze anzuzünden für jene Gebete, die sie des Abends gen Himmel sandte. Es war ein einziger Wunsch, der heftig in ihr emporloderte.

Ihr Lächeln verblasste. Die letzten Sonnenstrahlen waren bereits verloschen und nur der Schein der Kerzen erhellte ihr Gemach. Ein leichter Windzug spielte mit den Vorhängen und ließ ihr Rascheln beinahe gespenstisch erklingen. Gedämpfte Stimmen drangen vom Hof herauf, doch auch sie verloren sich in einem Murmeln, als wünschten sich das Herrenhaus und die Gärten eine gute Nacht. Doch Mary schenkte den sanften Melodien des Abends keine Beachtung. Sie hatte sich nicht einmal die Zeit genommen, sich auf dem schmalen Stuhl vor ihrer Kommode niederzulassen, um die Zeilen zu lesen, die Sherrington ihr hatte zukommen lassen.

So schnell sie konnte, war sie von den Stallungen zurück zum Herrenhaus geeilt, um nicht auch nur eine kostbare Minute zu vergeuden. Einem lautlosen Schatten gleich war sie durch die Gänge gehuscht, in der Hoffnung, weder ihrem Vater noch Richard zu begegnen. Als sie schließlich die Tür zu ihren Zimmern geöffnet hatte, fiel ihr Blick sogleich auf den Umschlag. Er lag auf der Kommode, leicht geknittert und mit einem Fleck an der linken unteren Ecke beschmutzt, sodass sie sich zunächst gewundert hatte, wer ihr eine solche Nachricht zukommen ließ. Erst, als sie seinen Namen erblickte, entsann sie sich des Versprechens, das er ihr auf der Terrasse gegeben hatte.

Die Kerzen flackerten leicht und ließen die Schatten der kleinen Tiegel auf dem Kommodentisch einen Tanz vollführen. Voller Verwunderung hatte Mary feststellen müssen, dass ihre Gemächer vom Kerzenschein erleuchtet vor ihr lagen, obgleich sie keine Kerze entzündet hatte, bevor sie das Haus verließ. Sie fand ihr Nachtgewand säuberlich gefaltet auf der schmalen Chaiselongue. Auch auf dem Tisch, vor dem damals eine ihrer zierlichen Tassen in Scherben zersprungen war, brannten die Kerzen, als hätten sie Marys Ankunft bereits erwartet. Camillia musste sie wohl während ihrer Abwesenheit entzündet haben.

Camillia!

Wie hatte Mary nur vergessen können, dass ihre Zofe noch einen Blick in ihre Gemächer werfen würde? Ihr konnte nicht entgangen sein, dass Mary sich aus dem Haus geschlichen hatte. Camillia war stets so besorgt, wenn sie Mary nicht antraf. Allein nach den heutigen Vorfällen konnte Mary ihrem Glück unmöglich erneut so viel zumuten.

Musste denn nicht ein jeder bis auf den Grund ihres Herzen blicken können? Sie warf einen Blick in den Spiegel der Kommode und für einen Moment wusste sie nicht, wessen Abbild er ihr zeigte.

Sie schüttelte den Kopf, sodass die Locken ihr ins Gesicht fielen und ihre Wangen streiften. Sie war in dieses Leben geboren worden und ganz gleich, welche Bürden es mit sich brachte, wurde sie dazu erzogen, sie auf sich zu nehmen und sie so zu überwinden, wie es schon unzähligen Frauen vor ihr gelungen war. Gott hatte dieses Leben aus einem bestimmten Grund für sie auserkoren und es stand ihr nicht zu, ihn in seinen Entscheidungen zu hinterfragen.

Wenn ich könnte, würde ich Euch nie mehr entfliehen lassen, m'Lady.

Ihr Herz zog sich zusammen.

Sie hob den Blick und traf den des Mädchens im Spiegel. Eine junge Adelige, adrett gekleidet, voller Anmut und im Klaren über das Leben, das ihr vorbestimmt war.

Aber ich bin nicht bereit, mich deinem Leben gänzlich hinzugeben.

Rasch faltete sie den Brief Sherringtons und legte das Tuch darüber. Bevor sie Jacob und Fynn am Tor treffen könnte, müsste sie sicher sein, dass Camillia keinen Verdacht schöpfen würde. Einen weiteren Fehler durfte sie sich nicht erlauben.

Hastig streifte sie den Umhang ab. Zunächst müsste sie Camillia aufsuchen, um sicher zu sein, dass sie in ihrer Sorge nicht noch unzählige Male nach ihrem Schützling schauen würde.

Der Korridor lag dunkel vor ihr, als sie aus dem Gemach getreten war. Nur wenige Kerzen erhellten ihn und ihr war, als führte er sie in die reinste Dunkelheit.

Sie eilte den Gang entlang. Ihre Schritte klangen hell und klar, doch war sonst kein Laut zu vernehmen, als hätte sich das Herrenhaus mit den letzten Sonnenstrahlen samt seiner Bewohner zur Ruhe gebettet.

Camillias Kammer befand sich ebenfalls im Westflügel, unweit von Marys Gemächern entfernt. Des Öfteren schon hatte es Mary verwundert, dass Camillia ein solch großes Zimmer zugewiesen war. Sie besaß Gewänder, die einer Adeligen angemessen wären, und das, obgleich sie lediglich die Zofe der Tochter des Hauses war. Früher war es Mary nie bewusst gewesen, doch sie hatte die Zofen ihrer Freundin Elizabeth und deren eingeschränkte Handlungsmöglichkeiten gesehen. Ihnen waren nur kleine Räumlichkeiten zugeteilt und sie nahmen kaum Anteil am Familienleben. Ihr Vater verhielt sich Camillia gegenüber jedoch stets äußerst zurückhaltend, betrachtete sie gar mit einem gewissen Respekt, wie es Mary schien. Nicht umsonst hatte er sich wohl auch um die feine Ausstattung ihrer Kammer bemüht, gar um ein Bett mit weichen Laken, in dessen Rahmen Schnitzereien der unterschiedlichsten Blumen eingearbeitet waren. Als Kind hatte Mary einst versucht, jede dieser Blumen im Garten ihrer Mutter wiederzufinden, doch es hatte ihr nie gelingen wollen, bis Camillia ihr berichtete, dass jene Blumen in keinem Garten der Welt zu finden seien. Wilde Blumen seien es, die sich von Menschen nicht zähmen ließen und in den Wäldern blühten, dort, wo nur das geübte Auge sie zu entdecken vermochte.

„So sind sie doch klein und gewiss nicht prächtig anzusehen“, hatte Mary ihr als kleines Mädchen erwidert, voller Unverständnis darüber, wie man den wilden Lavendel einer Rose vorziehen könnte. Doch Camillia hatte stets nur gelächelt und in ihrer Erinnerung war Mary sich nicht sicher, ob dort wirklich diese Trauer in ihren Augen geschrieben stand, als sie ihr antwortete: „Aber sie sind frei und müssen sich niemandes Willen beugen.“

Mary wusste diese Worte erst jetzt zu deuten.

Zu schnell tauchte die Tür wie aus dem Nichts vor ihr auf, dass sie beinahe daran vorbeigeeilt wäre. Für einen Augenblick zögerte sie. Es drangen keine Stimmen aus dem Inneren. Camillia konnte sich bereits zu Bett begeben haben. Vielleicht sorgte sie sich nicht mehr so wie einst und Mary würde ihren Schlaf lediglich stören, wenn sie nun klopfte?

Zaghaft legte sie den Kopf gegen das Holz, in der Hoffnung, den Atem Camillias vernehmen zu können. Als Kind hatte sie so oft auf jene gleichmäßigen Laute gewartet, um sich anschließend an Camillia vorüberzuschleichen und ihre Mutter in deren Gemächern aufzusuchen. Im weißen Nachtgewand war sie über die Gänge gehuscht, mit fliehenden Schritten und wehenden roten Locken.

Doch dieses Mal vermochte sie keinen Laut zu vernehmen. Alles um sie herum lag bedrohlich still. Sie fröstelte, als sie eine Hand auf den schmalen Türknauf legte und den Gang hinunterspähte. Wie ausgestorben lag er vor ihr. Unter einem verräterischen Knarren drehte sie den Türknauf, um vorsichtig in die Kammer zu spähen.

Erstaunt öffnete Mary die Tür noch einen Spalt. Nichts hatte sich an der gewohnten Ordnung verändert. Über einer Kleidertruhe lagen Gewänder, die Camillia bereits für den morgigen Tag gewählt hatte, auf dem Tisch brannten einige Kerzen und eine schlanke Teekanne ruhte umrundet von drei zierlichen Tassen, als wäre sie noch nie in ihrem Leben von diesem Platz gewichen.

Doch die Laken lagen noch unberührt; etwas glänzte im Schein der Kerzen. Mary zögerte für einen Augenblick. Sie wandte sich um und spähte den Korridor entlang. Zaghaft nur trat sie ein. Ihr war, als wüsste die Kammer von etwas, das Camillia vor ihr zu verbergen suchte.

Sie schritt auf das Bett zu und ihr Blick streifte die Schnitzereien, die im Laufe der Jahre dunkel geworden waren. Der Anblick schmerzte sie, doch sie konnte nicht erklären, aus welchem Grund. Die Trauer über abgenutzte Schnitzereien, deren Bedeutung sie erst jetzt zu entschlüsseln vermochte?

Auf den Laken schimmerte eine dünne, silberne Kette. Mary stockte. Sie hatte Camillia diese Kette niemals tragen sehen. Sie lehnte sich leicht über die Laken, um den Anhänger betrachten zu können, der an der Kette befestigt war. Ein kleines Amulett, gerade so groß wie eine Fingerkuppe, auf dem drei Rosen eingraviert waren. Das Silber lag kalt in ihrer hohlen Hand, als Mary das Amulett nahm, so behutsam, als berührte sie die Flügel eines Schmetterlings.

Es ist wunderschön.

Sie bemerkte den zarten Verschluss zur Rechten der Rosen. Sachte löste sie ihn und öffnete das Amulett.

Ist das Camillia?

Im Inneren waren zwei Porträts enthalten, so klein, dass es für den Maler eine Qual gewesen sein musste, die beiden Personen auf Papier zu bannen. Verwundert betrachtete Mary die junge Frau mit ihren blonden Locken und ihr war, als kannte sie jenes Gesicht, das sie aus dem Schmuckstück anlächelte. In welchem Alter mochte sie zu jener Zeit wohl gewesen sein? Und wer war der junge, dunkelhaarige Mann in der anderen Hälfte des Amulettes? Ein Wassertropfen schien sich seines Porträts bemächtigt zu haben und so konnte Mary nur ein scharf geschnittenes Kinn und die dunklen Haare ausmachen. War er der Grund, weshalb Camillia es mied, über die Liebe zu sprechen?

Wer ist dieser Mann, dass er ihr ein solch kostbares Geschenk zukommen ließ? Ein Baron, ein Earl, ein Duke gar?

Die Tür der Kammer knarrte leise, als ein leichter Windzug aufkam. Vor Schreck umklammerte Mary das Schmuckstück, ihre Augen streiften die Tür. Doch nichts regte sich. Sie wandte den Blick dem Fenster zu und konnte die Sterne erkennen, die bereits den Himmel wie Tausende kleine Diamanten zum Strahlen brachten.

Ich war schon viel zu lange hier.

Behutsam führte sie die beiden Bilder wieder zusammen, um den Anhänger zu schließen, und ihr war, als wäre es genau das, wonach sich die beiden gesehnt hatten.

Eine einsame Zweisamkeit vor den Augen der Welt verborgen.

Sanft legte sie den silbernen Schmuck zurück auf die Laken. Ein Lächeln huschte über ihr Gesicht, als sie zur Tür schritt. Unter einem sanften Knarren öffnete sie sich und Mary war es, als wäre die Kammer ihr dankbar, dass sie sie wieder in ihrer Einsamkeit zurückließ, fast so, als hätte sie es noch nicht geschafft, ihr Camillias Geheimnis zu entreißen.

Sie konnte selbst nicht sagen, weshalb ihre Schritte sie zum Nordflügel trugen. Vielleicht waren es die Erinnerungen, die Camillias Kammer in ihr wachgerufen hatten. Die Erinnerungen an ihre Mutter, die Erinnerungen an die Zeit mit Grace, als sie noch nicht in einer anderen Welt hatte leben müssen.

Ihr war, als folgte sie einem inneren Gefühl. Sie achtete nicht auf die Gemälde, die sie passierte, auch nicht auf die Schritte, die sie setzte. Erst das Gemurmel, das immer lauter wurde, je weiter sie schritt, riss sie aus ihrem Gedankenfluss. Für einen Moment verharrte sie regungslos im schwachen Schein der Kerzen. Die Wandteppiche waren es, die ihr verrieten, wo sie sich befand. Das Stimmengewirr war angeschwollen, einem Streitgespräch gleich, und sie glaubte, Camillias Stimme zu erkennen.

Wieso war sie ausgerechnet *hier*?

„Ihr könnt ihr das unmöglich antun! Ihr selbst habt damals diesen *Prinzipien* zuwidergehandelt, entsinnt Euch!"

Sie hatte Camillias Stimme noch nie so von Zorn verzerrt vernommen. Für einen Moment verschlug es ihr den Atem und es war ihr nicht möglich, die Erwiderung der Männerstimme zu vernehmen. Er sprach ruhiger und bestimmter, sodass seine Worte nicht auszumachen waren.

Einem Schatten gleich schlich Mary an der Wand entlang.

„In einer Lüge habt Ihr sie großgezogen. Mit Heuchelei und Verblendung."

Mary hatte sich leicht gegen die Tür gelehnt, als Camillias Worte sie wie ein Fausthieb trafen. *In einer Lüge habt Ihr sie großgezogen?* Sprach Camillia von *ihr*?

„Sie wächst auf, die zu sein, die zu sein ihr bestimmt ist. Das Leben kennt nicht nur die Sonnenseiten und du solltest mir dankbar sein, dass auch du so viel der Sonne in deinem Leben genießen durftest. Ich kleide dich, ich gebe dir Speise und Trank. Dir fehlt es an nichts."

Sie konnte ihren Vater beinahe vor sich sehen, seine dunklen Augen, die vor Wut blitzten, und das leichte Zucken um seinen Mundwinkel, wenn er erregt war. Doch sie hatte noch nie diese Art von Feindseligkeit in seiner Stimme gespürt.

„Ihr habt sie im Stich gelassen, Euch war gleich, was geschehen möge!"

„Wage es nicht, über mich zu urteilen, Weibsbild!", donnerte die Stimme ihres Vaters und die Tür schien unter der Wucht seiner Worte zu beben. Vor Schreck war Mary einen Schritt zurückgetreten. Ihre Hände zitterten.

„Es ist an der Zeit, dass sie die Wahrheit erfährt, und sei es nicht aus Eurem Munde, so denn eben aus dem meinen."

Die Wahrheit?

„Sollte auch nur ein unbedachtes Wort deine Zunge verlassen, ich schwöre bei ..."

„Schwester?"

Erschrocken fuhr Mary herum und blickte geradewegs in die grauen Augen ihres Bruders.

17 ne serait-ce que pour une nuit

In den Schatten war sie kaum wahrzunehmen. Ihre Gewänder verschmolzen mit der Nacht, als wartete sie nur darauf, sie in sich aufzunehmen. Sie war lautlos durch die Eingangshalle gehuscht, erst an der Eingangstür hielt sie inne. Behutsam legte sie eine Hand gegen das Holz, während die andere den Türknauf umschloss. Doch etwas ließ sie zögern.

Er wich weiter zurück in die Dunkelheit, als sie den Kopf herumwandte. Ihre Augen glitten über die Treppe, als erahnte sie seine Anwesenheit. Für einen Moment wagte er nicht zu atmen, als ihre Augen in seine Richtung blickten. Einige Sekunden lang war ihm, als durchbohrte ihn ihr Blick, doch dann drehte sie vorsichtig den Knauf und die Tür öffnete sich einen schmalen Spalt breit. Einem Schatten gleich glitt sie hinaus und die Tür schloss sich hinter ihr.

Er verharrte noch kurze Zeit, bevor er aus der Nische hervortrat. Die Eingangshalle lag still und verlassen vor ihm, als wäre sie in einem tiefen Traum versunken. Er vernahm die eigenen Schritte, als er ebenfalls zur Tür eilte, um ihr in die Nacht zu folgen. Noch immer sah er die Furcht in ihren Augen, das Entsetzen, als sie ihn erblickt hatte.

Ihre gestammelten Worte waren ihm wirr und ohne Sinn erschienen; beinahe furchtvoll war sie einer Katze gleich durch den Korridor geschlichen, als hätte sie vor ihm fliehen wollen. Wie konnte dies nicht sein Misstrauen erregen?

Vorsichtig spähte er durch den schmalen Spalt. Kaltes Mondlicht erhellte den Vorhof. Gespenstisch schimmerte er im nächtlichen Blau, als läge er mitsamt dem Anwesen verlassen von jeder Menschenseele. Für einen Augenblick war ihm, als wäre dies die Zeit, in der der Tod zur Dämmerstunde wandelte, in der Wahrheit und Lüge zu einem einzigen Nebelschleier verschmolzen.

Er konnte sie laufen sehen. Mary hielt den Umhang gerafft und ihre Haare wippten auf und ab, als sie dem Tor entgegeneilte, ohne sich nur ein einziges Mal umzuwenden.

Ihm war, als tauchte er in die Unergründlichkeit der Nacht, als auch er durch die Tür glitt und sie mit einem leisen Knarren hinter ihm ins Schloss fiel. Die Nachtluft trug den schweren Geruch von Maiglöckchen mit sich.

Er warf die dunkle Kapuze über sein Haupt und zog den abgenutzten Umhang zusammen, bevor er in die Schatten tauchte. Bedrohlich bäumten sich die düsteren Hecken des Irrgartens zu seiner Rechten auf, als gierten sie danach, die Seelen all jener zu verschlingen, die es wagten, das Schweigen der Nacht zu stören. Er kniff die Augen leicht zusammen, als auch er in Richtung des großen Tores eilte, das Einlass zum Anwesen der Grosvenors gewährte. Schemenhaft nur erkannte er zwei dunkle Gestalten. Er ließ den Irrgarten hinter sich, bemüht, im Schatten der Ebereschen unterzutauchen, die den kunstvoll gearbeiteten Zaun flankierten, der das Anwesen umschloss.

Sie stand bei jenen Gestalten. In ihren Haaren schimmerte das bleiche Mondlicht. Er hätte sie unter hundert dieser dunklen Gestalten wiedererkannt. Sie schien aufgeregt zu berichten, er konnte sehen, wie sie wild gestikulierte und auf das Herrenhaus deutete. Einer der beiden anderen winkte ab und schien leicht auf und ab zu hüpfen, der andere stand so regungslos, dass es schwer war, ihn vor den Schatten auszumachen.

Für einen Augenblick standen sie unbewegt und er glaubte schon, sie würde zurück in den Schoß des Hauses eilen. Doch als die beiden Gestalten sich umwandten, um ebenfalls eins mit den Schatten zu werden, zögerte sie nur kurz. Dann tauchte auch sie in die Ungewissheit der Nacht.

Sein Herz begann zu rasen. Was trieb sie in diese unergründliche Finsternis? So rasch es ihm möglich war, schlich er über den breiten Weg und folgte ihnen in die Dunkelheit. Er vernahm das sanfte Rascheln der Leinenkleidung und undeutliche Bewegungen blitzten vor seinen Augen auf

Auf einmal verstummten jegliche Geräusche. Er hielt inne, lauschte in die Nacht. Doch nichts regte sich. Da erst bemerkte er, dass er den Atem angehalten hatte und ließ ihn entweichen. Wenige Momente verharrte er, doch niemand stand mehr in den Schatten. Langsam schritt er voran, stets im Schutze der Finsternis.

Er erinnerte sich erst, als er direkt davor stand. Die kleine Tür lag vor ihm, wie der unmittelbare Weg in die Unterwelt. Welcher Dämon war nur in Mary gefahren?

Es blieb ihm nicht viel Zeit, darüber nachzudenken. Stattdessen zog er den Umhang noch einmal fester und tauchte durch die schmale Tür in eine andere Welt. Die Welt, die selbst im Zenit der Sonne von deren Strahlen nicht erwärmt wurde.

Mary wandte sich nicht um. Die dunklen Zweige schienen ihr wie Geister, die nach ihr gierten. Sie drückte Fynns Hand noch fester. Eine beruhigende Wärme, die sie durch diese Dunkelheit führte.

Bei mir bist du sicher.

Jacob lief voran, ein verworrener Schatten im schwachen Schein des Mondes, und Mary begann sich zu wünschen, sie hätten die Pferde nehmen können, um nach Eccleston zu gelangen. Der kleine Weiler lag nördlich des Anwesens hinter dem Wäldchen und den Feldern, die ihr Vater verpachtete. Der Weg war ihr nie weit erschienen, doch hatte sie ihn bisher nie zu Fuß zurückgelegt.

„Wir sind bald am Ziel", flüsterte Fynn sanft.

„Wo bleibt ihr?" Jacob stand zwischen den Zweigen und schemenhaft konnte Mary die Felder erkennen, die sich hinter dem Wald öffneten und von der Nacht zur Ruhe gebettet waren.

Ein Rascheln ging durch die Äste. Sie bemerkte, wie Fynns Muskeln sich unverzüglich versteiften. Auch Mary wandte sich um, versuchte im seichten Licht der Nacht zu erkennen, was jenes Rascheln hervorgerufen hatte. Doch beinahe geräuschlos wiegten sich die Farne und Zweige im leichten Abendwind.

„Wenn wir erst morgen früh dort ankommen, wird's kein Ale mehr geben", quengelte Jacob und Mary spürte, wie Fynns Körper sich wieder entspannte, ihr Griff um ihre Hand sich lockerte.

„Nur die Geräusche des Waldes", flüsterte sie, doch Mary konnte nicht umhin, den besorgten Ton ihrer Stimme wahrzunehmen. Doch ihr blieb nicht die Zeit, darüber nachzusinnen. Fynn hielt ihre Hand, als sie Jacob hinauf auf die offenen Felder folgten, allein unter dem Sternenhimmel. Ein Summen erfüllte die Nachtluft und fremdartige Klänge drangen an Marys Ohren, als sie immer weiter einem schmalen Pfad folgten. Ein dumpfes Kribbeln stieg ihren Körper empor und sie spürte, wie ihr Herz schneller zu schlagen begann. Sie drückte Fynns Hand, als die Hütten in Sicht kamen und die fremdartige Musik eins wurde mit den Klängen der Nacht. Jacob beschleunigte seine Schritte, ein Summen drang aus seiner Kehle. Fackeln erhellten die Nacht und ließen sie zum Tag werden, ein Tag ohne Verpflichtungen und Gebundenheiten.

Jacob hielt inne und wandte sich zu ihr um.

„M'Lady."

Jacob hatte wieder sein breites Grinsen aufgesetzt und seine Augen funkelten schelmisch. Er wies in Richtung der Gemeinde, als wären sie ins Schloss Charles I. geladen.

„Seid willkommen in Eccleston."

Sie hielt ihre Hand so fest, dass Fynn fürchtete, es war die falsche Entscheidung gewesen, Mary mit sich zu nehmen. Jacob hatte sich in die Menge gestürzt, kaum dass sie die ersten Fackeln passiert hatten, und war verschwunden. Die Luft trug die fröhlichen Töne der Schalmeien und Fideln mit sich, gespielt von einigen Männern in dunklen Leinenkleidern und mit hellen Locken. Ringsherum waren Fackeln aufgestellt, die ihr warmes Licht auf die heitere Gemeinschaft warfen. Einige geschreinerte Holztische reihten sich zwischen den Hütten, an denen die Menschen sprachen und lachten, ihre Stimmen ein wirres Durcheinander unterschiedlichster Töne.

Fynns Unbehagen war von ihr abgefallen, als auch sie in die Menge tauchte, sich mit Mary an tanzenden und lachenden Menschen vorbeidrängte und nichts mehr war als ein Stallbursche vom Anwesen, der mit einer hübschen Magd auf dem Maifest Zerstreuung suchte.

„Da seid ihr ja!"

Jacobs Stimme übertönte die Klänge der Fideln. Er trug drei Krüge in den Händen, aus denen eine dunkle Flüssigkeit schwappte und ihm über die Hände lief. Seine Füße bewegten sich leicht im Takt der Musik, als er sich durch die Menschen drängte und zielsicher auf freie Plätze an einem der Tische zuhielt.

„Ich hätt' nich' gedacht, dass *so viele* kommen würden", rief er über das ausgelassene Schwatzen der Menge hinweg, als er die Krüge abstellte. „Müssen viele aus Morris Oak sein."

Er ließ sich nieder und zog einen Krug zu sich heran. Lachend schüttelte Fynn den Kopf, als sie ebenfalls zu einem der Alekrüge griff und das lauwarme Getränk ihre Lippen benetzte. Die Heiterkeit der Menschen um sie herum hatte ihre Seele ergriffen. Ihre Stimmen waren teils in ein leichtes Lallen verfallen, doch sie lachten ausgelassen und frei, als gäbe es nur diesen einen Abend auf der Welt.

Die Musik verfiel in einen immer schnelleren Schritt, sodass selbst die Schatten der Fackeln und Kerzen sich der Tanzgesellschaft angeschlossen zu haben schienen.

Sie warf einen Blick auf Mary, die verschüchtert neben ihr saß, die Hände in den Schoß gebettet, die Augen weit geöffnet, als versuchte sie, jeden dieser Eindrücke in sich aufzunehmen und festzuhalten. Ihre Haare waren zu einem langen Zopf geflochten, der ihr über den Rücken fiel. Der ausgewaschene Rock glich dem einer jeden Magd und auch die schmalen Ärmel ähnelten denen der Mädchen aus den Weilern. Das Licht der Feuer tat sein Übriges, um zu verbergen, wer neben ihr saß. Aber heute Abend zählte nicht, wer sie sein sollte.

Heute Abend zählte, wer sie im Herzen war.

Sie legte eine Hand um Marys Taille, um sie nah an sich heranzuziehen, und gab ihr einen leichten Kuss auf die Wange. Mary saß noch immer kerzengerade und leicht verschreckt, als fürchtete sie sich vor dem lustigen Treiben, das sich vor ihren Augen abspielte.

„Und, hab ich euch zu viel versprochen?“, frohlockte Jacob in seiner kindlichen Jungenart über das grollende Lachen der beiden Männer zu seiner Linken hinweg, als er noch einen Schluck aus seinem Krug nahm. Aufmunternd prostete er Mary zu, die nun ihrerseits langsam nach dem Ale griff. Vergnügt betrachtete Fynn ihre zierlichen Finger, die sich unsicher um den Bauch des Kruges schlangen.

Wir sind frei für diese Nacht.

Ein Lächeln stahl sich auf Marys Gesicht.

„Auf uns!“

Fynn musste lachen.

„Auf uns“, wiederholte sie, als sie ihren Krug an die Lippen führte.

„Jacob!“ Die helle Mädchenstimme erschreckte Fynn und sie wandte den Kopf, um zu sehen, ob es wirklich jene ihr vertraute Stimme war, die den Namen des Schmiedssohnes rief. Sie schmunzelte, als sie der Küchenmagd gewahr wurde, die heiter auf Jacob zugesprungen kam. „Ihr seid spät! Ich dacht schon, du würdest gar nicht kommen!" Sie zog an seinem Ohr und ihre blonden Haare wippten auf und ab. Sie waren lose und unordentlich geflochten, doch das war dem Mädchen gleich.

„Als würd' *ich* das Maifest versäumen", entgegnete Jacob und wand sich aus ihrem Griff. „Ich hab dir doch gesagt, dass ich komme." Cathy setzte sich auf die Tischkante und schob seinen Krug beiseite, sodass er ihn nicht mehr erreichen konnte.

„Natürlich, wo es Ale gibt, bist du nicht weit", lachte sie, als Jacob über den Tisch langte, um seinen Krug wieder zu sich zu ziehen. Das Mädchen schlug die Beine übereinander und das dunkle Leinen ihrer Röcke versperrte Jacob den Weg.

„Cathy", jammerte er, als er versuchte, sie vom Tisch zu schubsen, doch sie ließ sich nicht beirren, stützte das Gesicht in beide Hände und betrachtete verschmitzt sein Bemühen, seinen Krug wiederzuerlangen.

„Das hat man davon, wenn man sich mit dem Küchengesindel des Baronets abgibt", spottete Jacob, als er endlich den Krug zu fassen bekam und ihn in einem Zug leerte. Spielerisch pustete Cathy ihre Wangen auf, als wäre sie aufs Tiefste empört über seine Äußerung.

„Küchenmagd, ich bitte drum." Doch der übermütige Blick in ihren Augen strafte ihre Worte Lügen. Für ihre bald dreizehn Jahre stand sie Jacob in nichts nach. „Und heute Abend vielleicht die nächste Maikönigin. Wer weiß?"

„Meinst du, mit dir als Maikönigin nehmen sie genug ein?", grinste Jacob verschmitzt. Cathys Fuß zuckte so schnell nach vorn, dass Fynn die Bewegung selbst gar nicht wahrnahm, sondern nur Jacobs plötzlichen Aufschrei, als er sich das Schienbein hielt. Sein Krug war zu Boden gefallen, doch Cathy schenkte ihm das süßeste Lächeln, als säße dort ein Engel vor ihm auf dem Tisch.

Jacob wollte nach ihr greifen, doch sie war bereits hinabgesprungen, hatte sich mit fliegenden Röcken zu ihm umgewandt und zeigte ihm eine lange Nase.

„Na warte!", rief Jacob ihr zu und schon war auch er aufgesprungen, um auf sie zuzueilen. Nur wenige Augenblicke und die beiden waren in der Menge verschwunden.

Erheitert schüttelte Fynn den Kopf und nahm einen Schluck Ale. Sie blickte zu Mary, die ebenfalls leise über die Kinder lachte. Auf einmal wurde ihr Herz so warm, als schaffte es die Wärme der Fackeln, bis tief in ihren Körper zu dringen. Marys Kopf ruhte auf ihrer Schulter, während sie mit neugierigem Blick all das in sich aufzunehmen schien, was um sie herum geschah. Da waren die Männer, die sich über den kommenden Sommer unterhielten, jene, die halb lallend und lachend einem Mädchen hinterherpfiffen, die Pärchen, die sich wild durcheinander zu den Klängen der Musik drehten.

„Ihr habt noch gar nichts zu Euch genommen."

Mary setzte sich auf und zog den Krug unbeholfen zu sich heran. Ihre schmale Nase kräuselte sich, als sie einen Blick auf das braune Getränk warf. Mit beiden Händen umfasste sie den Krug und stützte die Ellenbogen auf den Tisch, um ihn anheben zu können. Sie schreckte kurz zurück, als ihr der Geruch in die Nase stieg, setzte dann aber doch die Lippen an, um einen großen Schluck zu sich zu nehmen.

Sie schluckte nicht.

Stattdessen wandte sie sich um und spuckte ins hohe Gras. Unverhofft brach ein Lachen aus Fynns Kehle hervor, ohne dass sie sich dessen erwehren konnte. Als Mary sich ihr wieder zuwandte, verzog sie das Gesicht.

„Verzeiht …", murmelte sie, doch Fynn winkte ab und gab ihr einen Kuss auf die Stirn.

„Ich hätte mir schon denken können, dass Ale Eurem Geschmack nicht entspricht."

Fynn wandte ihren Blick den Tanzenden zu. Eine Sehnsucht beschlich ihr Herz, als sie ein Pärchen erblickte, das sich in den Armen lag und lachte, während sie versuchten, in ihren Schritten übereinzustimmen. Sie konnte sich nicht erinnern, wann sie sich das letzte Mal diese Freiheit gegönnt hatte. Sich in den Klängen der Musik zu verlieren und nicht an den Morgen zu denken.

Ihre Augen ruhten wieder auf Mary und für einen Moment war sie geneigt, mit ihr zu tanzen, sie umherzuwirbeln und in ihren Armen aufzufangen. Mit ihr frei zu sein.

Doch der Gedanke verlosch so rasch, wie er gekommen war. Für Mary war alles neu und fremdartig, sie kannte die Tänze und Schritte nicht, nicht das Ale und nicht diese Art der Menschen, einander zu begegnen.

„Darf man sich dein Mädchen auf'n Tanz ausleih'n?"

Fynn spürte, wie Mary näher an sie rückte. Sie senkte den Blick, um dem Jungen nicht in die Augen sehen zu müssen, der sich über den Tisch gelehnt hatte. Seine rotbraunen Haare standen ihm wirr vom Kopf und seine Augen waren dunkel, bereits getrübt von einigen Krügen Met und Ale.

„Das schönste Mädchen dieses Festes ist leider bereits vergeben und nicht für einen Tanz zu haben." Sie lachte leicht, als sie Mary an sich zog und der Junge lehnte sich zurück, ein Grinsen auf dem Gesicht.

„Gib besser Acht, dass sie dir nich' entflieht. Gibt viele Burschen heut Nacht, die ein Aug' auf ein solch hübsches Ding werfen könnten", gluckste er, eh er sich abwandte und einem anderen Mädchen folgte.

Mary entspannte sich wieder, doch ehe Fynn ihr noch einige Worte ins Ort zu flüstern vermochte, war schon Jacob wie von Zauberhand aufgetaucht.

„Hast du Cathy gesehen? Ist mir entwischt in dem Trubel. Dabei wählen sie doch gleich die Maikönigin für dieses Jahr. Warum nehmt Ihr nich' auch teil?", wandte er sich an Mary, doch diese schüttelte nur den Kopf.

„Ich muss wohl nicht unnötig Aufmerksamkeit auf mich lenken." Sie zwinkerte und Jacob seufzte.

„Da muss man sich nich' wundern, dass die letzten Maiköniginnen nie schön anzusehen waren, wenn die schönsten Frauen sich vor der Wahl verstecken." Sein Atem roch stark nach Ale, sodass Fynn ihn am Ärmel packte, ehe er wieder in der Menge verschwand.

„So bleib hier, eh du uns verlorengehst. Du taumelst ja bereits."

Jacob lachte kehlig. „Es waren doch nur drei Krüge, Fynn. Der Abend ist noch jung."

Gerade, als er sich zum Gehen wenden wollte, verstummte die Musik. Er blieb stehen und auch Fynn schaute zu der kleinen Menschentraube hinüber, die sich um einen schlanken Mann gebildet hatte. Sie hatte ihn bereits einige Male gesehen, doch nie ein Wort mit ihm gewechselt. Sein schütteres Haar war bereits ergraut, sein Gesicht von den Falten der Jahre durchzogen und doch schien es ihr, als spräche aus seinen Augen noch immer die Jugend in seinem Tatendrang. Er war der Älteste des Weilers und genoss auch unter den Menschen von Morris Oak, dem benachbarten kleineren Weiler, ein hohes Ansehen. Die Bewohner kamen gern, um ihn um Rat zu ersuchen, und Fynn hatte nie gehört, dass er einen Hilfe Suchenden jemals abgewiesen hätte.

Das Knistern der Fackeln hing in der Luft und plötzlich erschien es ihr gespenstisch ruhig, bis seine Stimme erklang, laut und kräftig, als hätte sie nichts von den Jahren gespürt, die schon an ihr vorbeigezogen waren.

„Meine Freunde! Wieder einmal hält der Mai Einzug, ein weiteres Jahr, in dem uns die Sonne lacht und das frische Grün wieder bis ans Tageslicht dringt. Die kalte Zeit liegt fürs Erste hinter uns und so lasst uns heute Abend ausgelassen und fröhlich sein."

Jubelrufe drangen aus der Menschentraube und auch einige der Männer, die an den Tischen saßen, hoben ihre Krüge und prosteten dem Sprecher zu.

„Auch dieses Jahr wieder werden wir einer alten Tradition Folge leisten, der wohl jede hübsche Maid mit Freuden entgegensieht. So trifft mich denn die Ehre, wie in jedem Jahr das schönste aller Mädchen zu unserer Maikönigin zu küren."

Einige Männer johlten, Frauen kicherten und ein kleines Mädchen klatschte aufgeregt in die Hände. Jacob ließ sich neben Fynn nieder und stützte das Kinn auf die Hände.

„Dem Meistbietenden wird sie anschließend den schönsten Tanz des Abends schenken."

Ein Stimmengewirr brach aus, einige Mädchen drängten nach vorn. Krüge wurden mit Ale und Met gefüllt und das Spiel der Schalmei setzte wieder ein. Fasziniert beobachtete Mary das Drängen der Mädchen und Fynn war es, als könnte sie ein geheimes Verlangen in diesen blauen Augen lesen, eine Sehnsucht nach der gleichen Unbeschwertheit, die all diese einfachen jungen Frauen an den Tag legten. Sei es auch nur für diese eine Nacht.

Die Mädchen hatten sich aufgereiht und kicherten untereinander. Es war Jacob, der die vertrauten dunkelgrünen Röcke zuerst entdeckte. Er war schon aufgesprungen, als Fynn seinen Arm ergriff und ihn zurück auf seinen Platz zog.

„Meinst du nicht, dass sie auch ohne dich gewinnen wird?", neckte sie ihn, als Jacob wieder neben ihr saß und seine Füße aufgeregt hin und her zappelten. Er schenkte Fynn lediglich einen beleidigten Blick, sodass sie lächeln musste. Er behauptete stets, dass ihm nichts an Cathy gelegen sei und er ihre Freundschaft nur pflegte, weil sie ihm das ein oder andere aus der Küche stibitzte. Doch Fynn hatte genug gesehen, um zu wissen, dass er sie mochte.

„Zum Ersten: Unsere tüchtige Ann!"

Ein dunkelhaariges Mädchen trat vor und drehte sich einmal im Kreis.

„Dass die sich überhaupt traut anzutreten", murmelte Jacob kaum hörbar und Fynn musste schmunzeln. Sie war nicht hässlich anzusehen mit ihren dunklen Augen und den langen, braunen Haaren, auch wenn sie sehr klein war und ihr schmutziger Leinenrock durch das Gras schleifte. Einzelne Jubelrufe ertönten, doch alle hatten die Augen bereits auf das nächste Mädchen gerichtet.

„Elvina."

Das blasse und leicht kränklich wirkende Mädchen trat vor und eine tiefe Röte überzog ihr Gesicht, als sie in die Menge blickte. Ihr Gesicht war lang und schmal, gleich ihren hellen Lippen und der gestreckten Nase. Jacob schüttelte neben Fynn heftig den Kopf, als wieder einige Jubelrufe ertönten.

„Die geschickte Mildred."

Das nächste Mädchen war vollbusig und überragte die anderen um einen Kopf. Sie trug ein warmes Lächeln in ihren hellen Augen und ihre Haare waren in Zöpfen geflochten. Mehrere Männer johlten und selbst einige der Frauen klatschten in die Hände, als sie ihren hellen Leinenrock einer Edeldame gleich anhob, um einen Knicks anzudeuten.

„Wer will schon mit einer Maikönigin tanzen, die größer ist als man selbst?", höhnte Jacob, doch sein Rufen war im Stimmengewirr untergegangen, als bereits das nächste Mädchen vortrat, ein zierliches Ding mit langen, blonden Locken, die ihr wirr ins Gesicht fielen.

„Abegayle."

Das Licht der Fackeln ließ ihre Haare beinahe rot erscheinen. Ein lauter Sturm des Jubels brach aus, einige Männer pfiffen vor Begeisterung, als sie sich federleicht einmal um sich drehte. Selbst Fynn musste sich eingestehen, dass sie hübsch anzusehen war mit den langen Haaren und ihrer schmalen Taille unter dem hellen Leinenkleid.

„Und schließlich unsere noch blutjunge Cathy."

Bevor er zu Ende gesprochen hatte, war Jacob bereits in lautes Jubelgeschrei ausgebrochen. Er pfiff und klopfte auf den Tisch und auch andere taten es seinem Beispiel gleich, als Cathy hervortrat und sich mit einem Schwung dreimal um die eigene Achse drehte, als würde sie tanzen. Ihre Augen leuchteten und sie hatte ein verschmitztes Lächeln aufgelegt, das sie älter wirken ließ.

„Dieses Jahr ist es besonders schwierig", fuhr der Älteste zwischen die noch anhaltenden Rufe. „Ich denke, wir sollten eine Entscheidung zwischen den beiden letzten Anwärterinnen fällen."

Die Menge brach in tosenden Lärm aus.

„Abegayle!"

Wieder ertönten die Rufe und Pfiffe, das Klatschen einiger Frauen.

„Cathy!"

Jacob war aufgesprungen und schrie aus vollstem Hals, sodass Fynn dem Drang widerstehen musste, sich die Ohren zuzuhalten. Auch sie begann zu pfeifen, neben ihr klatschte Mary. Einige Männer brüllten und hielten ihre gefüllten Krüge in die Luft, sodass es schwappte und heruntertropfte, während Jacob noch auf und ab hüpfte. Nur langsam legte sich das Stimmengewirr, das wie eine tosende Welle auf alle übergegriffen hatte, bevor der Älteste wieder sprach.

„So feiern wir denn die neue Maikönigin heute Nacht! Cathy, bitte tritt vor."

Fynn konnte nicht anders, als zu lächeln, als sie die Freudentränen in Cathys Augen erblickte. Das Mädchen hatte die Hände vor dem Gesicht zusammengeschlagen, sich jedoch schnell wieder gefasst und eine weitere Drehung vollführt. Fynn fiel in Jacobs Jubelrufe ein und zog Mary ein Stück näher an sich, die noch immer klatschte und ebenfalls lachte.

„Wen wird die schöne Maikönigin wohl mit einem Tanz erfreuen?"

„Fünf Pence und ein Tanz für mich!", johlte ein Junge aus der Menge und hielt die kleinen Münzen in die Höhe. Fynn fing den verwirrten Blick Marys auf und noch bevor diese eine Frage stellen konnte, hatte sie bereits die Antwort auf den Lippen.

„Das Geld kommt den Menschen des Weilers zugute, der Älteste verwahrt es und die Maikönigin tanzt mit demjenigen, der am höchsten geboten hat."

Sie betrachtete Marys Mienenspiel, die ungläubig auf Cathys strahlendes Lächeln blickte, als könnte sie diesen Brauch nicht begreifen.

„Zehn Pence!", klang es aus der Menge und Fynn bemerkte, wie auch Jacob eifrig in seinen Taschen kramte.

„Aber zehn Pence?", wiederholte Mary ungläubig und eine Traurigkeit hatte sich in ihre Worte geschlichen, die Fynn nicht unbemerkt blieb.

„An was hattest du gedacht?", erwiderte sie betrübt, als Jacobs „Fünfzehn Pence!" erklang. „Die Menschen hier besitzen kaum etwas. Es ist kein Brauch, bei dem es darum geht, wer das Meiste bieten kann." Mary wandte ihren Blick wieder Cathy zu, einen Schleier vor ihren blauen Augen. Sie kannte ein

Leben in Armut nicht. Sie konnte nicht wissen, was es bedeutete, um jeden Pence zu kämpfen.

„Zwanzig Pence!"

Jacob fluchte und begann erneut, in seinen Taschen zu wühlen.

„Irgendwo waren doch noch welche …", murmelte er und zog noch drei kleine Münzen aus der Jacke.

„Dreißig Pence!"

Er verzog den Mund.

„Dreißig Pence. Woher soll ich so viel haben?" Niedergeschlagen ließ er sich auf seinen Platz zurückfallen und schob die achtzehn Pence vor sich her.

„Vierzig Pence!"

Fynn schenkte ihm ein mitfühlendes Lächeln, doch er stützte sich mutlos auf der Tischkante ab und blickte zu Cathy herüber, deren Augen leuchteten und die neugierig ihre Blicke auf all jene warf, die ihre Gebote kundtaten.

„Bietet jemand mehr als vierzig Pence?"

Für einen Augenblick zögerte Fynn, als sie in ihre Taschen griff. Sie trug einige Pence bei sich. Weshalb sollte sie Jacob nicht den Gefallen tun, wenn er unbedingt mit Cathy tanzen wollte? Doch bevor sie ihm die kleinen Münzen anbieten konnte, hatte sich Mary vorgelehnt und Jacob etwas in die Hand gedrückt. Ihr Zopf fiel ihr über die Schulter und Fynn konnte nicht sehen, was sie Jacob gereicht hatte. Doch das Erstaunen in seinen Augen war ihr Antwort genug.

„Das … das kann ich nich' annehmen", stammelte er, doch Mary schenkte ihm nur ein aufmunterndes Lächeln und lehnte sich zurück.

„Jetzt zöger nicht, die Nacht währt nicht ewig", lachte Fynn, als Jacob in die Menge rief: „Eine Crown!"

Von allen Menschen um sie herum war es wohl Cathy, deren Verblüffung ihr am besten anzusehen war.

„Du kannst unmöglich eine Crown bieten!", rief sie empört, doch Jacob strahlte, als er die goldene Münze in die Höhe hielt und noch einmal mit fester Stimme wiederholte: „Ich biete eine Crown."

Fynn hatte gesehen, wie er das zweite goldene Geldstück, das Mary ihm gereicht hatte, in seine Jacke gleiten ließ.

„Jemand mehr zu bieten als eine Crown?“, scherzte der Älteste, der als Erster seine Fassung wiedererlangt hatte. Grinsend sprang Jacob über den Tisch, um auf Cathy zuzueilen, die ihn entgeistert anstarrte. Voller Stolz überreichte er die Münze, um anschließend Cathys Hand zu ergreifen. Das Spiel der Fideln setzte ein und ebenso das vergnügte Stimmengewirr der Menschen um sie herum, als die beiden ihren Tanz begannen. Einige klatschten in die Hände und auch Mary tat es ihnen gleich, als Jacob und Cathy an ihnen vorbeiwirbelten. Andere Paare gesellten sich dazu und die Krüge wurden aufs Neue gefüllt.

Fynns Augen jedoch blieben an der Gestalt hängen, die schon seit einiger Zeit regungslos in den Schatten zwischen den Hütten stand. Sie hielt sich in einem Umhang verborgen, die Kapuze tief ins Gesicht gezogen. Zunächst hatte sie geglaubt, es handelte sich um einen Wanderer, der dem lustigen Treiben beizuwohnen suche. Doch die Gestalt hatte sich nicht ein einziges Mal gerührt und stand wie in Stein gemeißelt.

Ihre Nackenhärchen stellten sich auf. Ihr war, als würden die Augen des Fremden auf ihr ruhen, auch wenn sie nicht sagen konnte, in welche Richtung seine Blicke fielen.

„Liebes.“ Ihre Hand löste sich von Marys Taille, als sie den Kopf senkte, um nah an ihrem Ohr zu sprechen. „Was hieltest du davon, wenn auch ich dir einen Tanz schenkte? An einem ganz besonderen Ort.“

Ein warmes Lächeln lag auf Marys Gesicht. Sie brauchte nicht zu antworten. In ihren Augen stand alles geschrieben.

„Dann komm.“

Fynn ergriff ihre Hand. Ein Strahlen leuchtete aus Marys Augen, wie sie es bei noch keinem anderen Mädchen gesehen hatte. Ein Strahlen, warm genug, um auch die kälteste Angst zu vertreiben.

Mary folgte ihr zwischen den Fackeln hindurch, geradewegs auf den Wald zu.

Als Fynn einen Blick in die Schatten warf, war die Gestalt verschwunden.

Sie liefen unter den Bäumen entlang. Zweige streiften Marys Kleider, doch plötzlich war jegliche Bedrohlichkeit von ihnen abgefallen. Sie hielt Fynns Hand so fest, als gäbe es nichts, was sie je wieder voneinander trennen könnte.

Schlagartig wichen die dicken Stämme auseinander, als sie auf eine Lichtung taumelten. Lachend ließ sie sich in Fynns Arme fallen, als sie über eine der großen Wurzeln stolperte. Fynns Hand suchte die ihre und zog sie so nah an sich, dass Fynns Atem ihr eine Gänsehaut über den Rücken jagte. Sie tanzten, sie wirbelten im Kreis und ihr Lachen hallte auf der kleinen Lichtung wider.

Marys Zopf hatte sich gelöst und langsam entwichen ihre Locken in die Freiheit, als Fynn sie bei der Taille packte und in die Lüfte hob, sodass ein erschrockener Laut ihrer Kehle entwich. Lachend glitt sie zurück in Fynns Arme, schmiegte sich so eng in diese ihr vertraute Wärme, als sie sich wieder im Kreise drehten. Marys Fuß entglitt dem festen Halt auf dem feuchten Grün und sie fiel ins weiche Moos, Fynn mit sich reißend, sodass sie nebeneinander lagen, die Hände ineinander verschlungen.

„Welch Sturm hast du in mir entfesselt", scherzte Mary, den Blick gen Himmel gerichtet.

„Dich selbst", erwiderte Fynn, als sie sich auf den Ellenbogen stützte, um Mary ins Gesicht blicken zu können. „Den Sturm, den du in deinem Herzen verschlossen hieltest."

Ihr Atem roch leicht nach Ale und ihr Hut war durch ihren Übermut zur Seite gerutscht, sodass er bereits die ersten braunen Haare entblößte.

„Als wäre ich frei."

Mary sah wieder zum Himmel empor, an dem die Sterne leuchtend hell strahlten. Sie legte den Kopf leicht zur Seite, sodass er am rauen Stoff von Fynns Leinenhemd lehnte. Eine wohlvertraute Wärme stieg in ihr empor.

„Heute Nacht sind wir frei", flüsterte Fynn mit einem Lächeln und strich ihr über die wilden Locken.

„Wir haben zu lange förmlich gesprochen." Mary schloss die Augen. Der süße Duft der Nacht betäubte ihre Sinne, die feuchten Gräser kitzelten ihre Haut und ihre Hand umschloss Fynns noch fester. „Es ist befreiend, dir endlich so nah sein zu dürfen."

Sie wandte den Blick zu Fynn und konnte nicht anders, als in diese Augen zu schauen, die ihr die Welt bedeuteten. Für einen Moment verharrten sie regungslos und der kühle Nachtwind strich ihr durch die Haare, ließ die Flammen tanzen. Die Dunkelheit umschloss sie, bewahrte sie vor den Fängen des Tages, in dem jede Berührung in Gedanken schon eine Sünde war.

„Ich wollte dir noch etwas geben."

Fynn richtete sich auf. Sie schlug den Kragen ihres Leinenhemdes zur Seite und Mary konnte im Licht des Mondes die schmale Kette erkennen, die dort um ihren Hals lag. Fynn öffnete den Verschluss und zog sie unter dem Hemd hervor.

„Er hat einst meiner Mutter gehört."

Fynn streifte den zierlichen Ring von der Kette, an der sie ihn getragen hatte. In seiner Mitte prangte ein kleiner, weiß leuchtender Stein, umrundet von vier leicht herzförmigen Ranken, die das Bild einer Blüte zu formen schienen.

„Das kann ich unmöglich annehmen", erwiderte Mary überrascht, doch Fynn hatte ihr den Ring bereits auf den Finger geschoben. Mary berührte ihn nur zaghaft.

„Ich möchte, dass du ihn trägst." Fynn schenkte ihr ein Lächeln, in dem ein Hauch von Traurigkeit zu liegen schien. Mary betrachtete das Schmuckstück an ihrer Hand. Sie hatte noch keine so filigrane und zugleich so schlichte Arbeit gesehen, die ihr den kostbarsten Schmuck nichtig erscheinen ließ.

Fynn wandte sich Mary zu und nahm den Hut ab. Vorsichtig löste sie die Spange und ihr Haar fiel über ihre Schultern, lang und kraftvoll, als hätte es nur auf diesen Augenblick der Freiheit gewartet. Ein Geheimnis, das die Nacht in sich aufgenommen hatte. Das Mondlicht malte Schatten in ihr Gesicht, um ihr sanftes Lächeln. Für einen Augenblick schien die Zeit stillzustehen, schienen alle Geräusche der Nacht zu verklingen, als wollten sie diesen Moment nicht stören.

Ein Rascheln schreckte die beiden auf, durchbrach die Stille wie ein Schuss. Marys Hand schloss sich fest um Fynns, als sie sich hastig umwandte und hinüber in die dunklen Farne blickte.

Gerade noch rechtzeitig, um den Umhang zwischen ihnen verschwinden zu sehen.

18 non dit

„Du bist so schweigsam."

Mary lehnte über der Chaiselongue, den Kopf so tief gesenkt, dass Fynns offene Haare ihre Wangen kitzelten. Doch es fiel ihnen schwer, ein unbeschwertes Lächeln auf die Lippen der Baronetstochter zu zaubern.

Fynn hingegen rührte sich nicht. Ihr Blick ruhte auf ihrem Schoß, doch Mary vermochte nicht zu sagen, was ihre Augen dort fesselte. Es war, als sähe sie etwas, das Mary verborgen blieb, und es schmerzte Mary, dass Fynn ihren Kummer nicht mit ihr zu teilen gedachte. Kühl spürte sie den Ring auf ihrem Finger, als bewahrte er sich einen Teil jener Nacht auf der Lichtung unter dem weißen Licht des Mondes, einen Zauber, der niemals verlöschen würde.

„Ich habe nachgedacht." Fynn schlug die Wimpern nieder. Ihre Worte klangen rau und schwer, als lasteten sie auf ihrem Gemüt. „Es ist so viel geschehen. Wir tanzen auf diesem schmalen Seil und sind beinahe in den Abgrund gestürzt – und das zum wiederholten Male."

„Ist es der Abgrund, den du fürchtest, oder ist es das Sonnenlicht?"

Für einen Moment herrschte eine Stille zwischen ihnen, die Mary an die Kälte des Winters erinnerte. Fynn hatte sich ihr zugewandt, ein grauer Schleier vor den Augen.

„Es ist der Aufprall, den ich fürchte."

Mary spürte das Seil unter ihren Füßen schwanken. Ein unbedachter Schritt, eine übereilte Bewegung und da wäre nur die Dunkelheit, sie in sich aufzunehmen. War nicht ein jedes Leben gleich diesem Tanz?

„Sollten wir fallen, so fallen wir gemeinsam. Die Zeit, die uns im Fallen bleibt, sollte uns nicht zur Zeit der Angst werden, sondern vielmehr zur letzten Zweisamkeit auf dieser Welt. Sie ist jeden Aufprall wert."

Der Hauch eines Lächelns stahl sich auf Fynns Züge, so zart und verborgen, dass er kaum wahrzunehmen war. Doch ihm folgte eine Traurigkeit, als lauerten dort andere Worte ungesprochen, deren Bedeutung schmerzhafter war als jede Angst der Entdeckung.

„Lass mich heute Nacht nicht allein." Marys Hand umschloss die Fynns. Rau und kalt lag sie in der ihren. „Meine Gedanken verweilen nicht, wo sie sollten, wenn du nicht in meiner Nähe bist. Es ist, als würden die Wände mich erdrücken. Ich will nicht mehr auf die wenigen Momente warten. Ich möchte selbst Erinnerungen schaffen."

Ihre Gesichter waren sich so nah gekommen, dass Mary Fynns Atem auf ihrer Haut spüren konnte.

„Ich denke, ich sollte gehen." Fynns Stimme war ein Flüstern. Mary ließ ihre Hand nicht los, als sie sich von der Chaiselongue erhob. Der Stoff ihrer Ärmel glitt ihr von den Schultern und gab den Blick auf das Leinenhemd frei, als entließe er Fynn wieder in die Welt fernab jeglicher Träume.

Langsam nur entzog sie Mary ihre Hand, zögernd, als wüsste sie nicht recht, ob sie in ihrer Wärme verweilen wollte. Die Spange bändigte das Haar, der schwarze Hut verdeckte das Geheimnis, das sie mit Mary teilte. Fynns Gesicht lag wieder im Schatten.

Sie schritt um die Chaiselongue, an Mary vorbei. Ihre Hände berührten sich fast beiläufig und Fynn hielt kurz inne. Ein Lächeln umspielte ihre Mundwinkel, als sie sich zu Mary neigte. Der schwarze Filz streifte die roten Locken, Fynns Atem kribbelte in Marys Nacken.

„Die Nacht birgt viele Überraschungen."

Der leichte Kuss auf ihrer Wange versetzte Marys Haut in Flammen. Ein letzter Blick aus den Schatten und das sanfte

Knarren der Tür ließen Mary zurück in diesem Nebel, der ihr das Herz einzuschnüren schien.

Sie lehnte an der Chaiselongue, als eine Verzweiflung von ihr Besitz ergriff, wie sie sie zuvor noch nicht erlebt hatte. Was war das für eine Leere, die sie befiel, wenn Fynn den Raum verließ?

Das dumpfe Klopfen riss sie aus ihren Gedanken. Beinahe wäre sie über den langen, purpurnen Stoff ihres Gewandes gefallen, als sie auf die Tür zueilte. War Fynn zurückgekehrt, um den harschen Worten ein wenig ihrer Grausamkeit zu nehmen? Ihre Hand schloss sich um den Knauf, rasch öffnete sie die Tür, ein Strahlen in den Augen, das ihre Lippen zu einem Lächeln formte. Doch es war nicht Fynn, die dort vor ihr stand.

„*Salut, ma chère.* Ein ungewöhnlich stürmischer Empfang. Ich weiß deine freudige Erregung zu schätzen."

Mary rührte sich nicht. Ihre Glieder schienen plötzlich gefroren. Das Brennen auf ihrer Haut war versiegt, das Strahlen ihrer Augen verloschen. Wie hatte es ihr entfallen können, dass der Earl of Marlborough und seine Familie sich zu einem Besuch angekündigt hatten?

Elizabeth war in eines ihrer prächtigsten Kleider gehüllt, ein seidenes Gewand von einem dunklen Bordeaux, dessen schwarzer Saum von goldenen Borten eingefasst war. Edle Stickereien zierten das Dekolleté, gleich der gewaltigen goldenen Kette, die zu schwer für den schmalen Körper wirkte.

Ohne auf ein Wort zu warten, schritt Elizabeth an ihr vorbei, den Kopf emporgereckt, als befände sie sich auf einem Siegeszug in Marys Gemächer. Doch Mary war zu überrascht, um die Freundin zurechtzuweisen. Wie hatte sie so unachtsam sein und den Empfang der Familie Ley vergessen können? Weshalb hatte ihr Vater nicht nach ihr verlangt?

Mit ihren weißen Handschuhen strich Elizabeth über den dunklen Stoff der Chaiselongue, als wollte sie sichergehen, dass nichts die Seide ihres Gewandes beschmutzen könnte. Behutsam setzte sie sich, mit einem wissenden Lächeln, das Mary Unbehagen bereitete.

Die in Elizabeths blonden Haaren eingeflochtenen Perlen schimmerten sanft im Sonnenlicht. Erschrocken bemerkte Mary, dass sie ihre eigenen Haare noch ungebändigt trug. Voll wallten die Locken über ihre Schultern.

Rasch eilte sie zu ihrer Kommode, um nach einer Bürste zu greifen. Im Spiegel konnte sie den verwunderten Blick Elizabeths auffangen, als diese Marys gewandte Bewegungen betrachtete. Die Bürste glitt flink durch das rote Flammenmeer, welches sie anschließend mit wenigen Handgriffen in einem Haarknoten am Hinterkopf befestigte, so geschwind, wie es kaum eine Zofe hätte schneller erledigen können.

„*Ça ne vaut pas la peine.*" Elizabeth winkte ab, als Mary einige Spangen in ihren Haaren befestigte. „Ich bin nicht gekommen, um deiner morgendlichen Toilette beizuwohnen."

Der Spott in ihrer Stimme schnitt Mary ins Herz. Die Sonne hatte ihren Zenit bereits überschritten und sie hatte geglaubt, die Freundin sänne auf einen Ausritt. Doch das kalte Schweigen, das jetzt zwischen ihnen lag, war von so vielen Worten ausgefüllt, dass Mary nach Luft ringen musste.

Es ist der Aufprall, den ich fürchte.

„Anscheinend ist es deinem Günstling vergönnt, dich ohne den Schleier der Schönheit zu betrachten." Sie lächelte wissend, einen Arm über die Lehne der Chaiselongue gelegt, sodass der dunkelrote Stoff hinunterfloss. In den kindlichen Augen spiegelte sich ein Schimmer kalter Lieblosigkeit.

„Von wem sprichst du?" Sie mühte sich, ihre Stimme bestimmt klingen zu lassen, als wüsste sie nicht, worauf Elizabeth anzuspielen suchte. Diese hingegen betrachtete den in den Sonnenstrahlen funkelnden Stoff ihres Kleides und dessen goldene Stickereien, als gäbe es nichts Bedeutsameres auf dieser Welt.

„Von wem ich spreche?", wiederholte sie gedehnt, während sie den Stoff um ihre Finger zwirbelte. „Von jenem Stallburschen, der just deine Gemächer verließ, *ce garçon laid sans convenance*, der uns einst auf einem Ausritt geleitete. Wie habe ich nur übersehen können, dass er dir ans Herz gewachsen ist. Nicht nur ans Herz, wie mir scheint."

„Wie kannst du es wagen …?“ Marys Stimme senkte sich zu einem bedrohlichen Flüstern, doch ihr Herz raste. Es war das Gefühl, als entglitte ihr das Seil unter den Füßen.

„Ich spreche die Wahrheit, *ma chère*.“ Mit einem Lächeln blickte Elizabeth auf und Siegesgewissheit lag in ihren Zügen. „Du weißt es ebenso wie ich.“

„Ich weiß nicht, von welcher Wahrheit deine Worte zu sprechen glauben.“

Marys Hände zitterten leicht. Unmöglich, dass Elizabeth von ihren Heimlichkeiten wissen konnte. Unmöglich!

„*Je m'en doute*. Ich sah doch, wie er dein Zimmer verließ. Als glaubtest du, dein starres Gesicht könnte das Strahlen deiner Augen verdecken, sobald ich ihn mit auch nur einer Silbe erwähne.“

Mary wandte sich ab, ihre Hände vergruben sich fest im purpurnen Stoff ihres Gewandes. Welche Fügung hatte Elizabeth auf diesen Korridor getrieben? Würden ihre Worte Glauben finden oder auf taube Ohren stoßen?

„Doch ich denke, dass ich dein kleines Geheimnis wohl bewahren kann.“ Das Rascheln der Seide wirkte verzerrt und unnatürlich, als die Earlstochter sich von der Chaiselongue erhob. „Ich fordere lediglich eine kleine Aufmerksamkeit deinerseits.“

Mary hatte sich ihr wieder zugewandt, die Arme vor der Brust verschränkt. Sie hätte ahnen können, worauf Elizabeth es abgesehen hatte. Ihre Lippen waren eng aufeinandergepresst, als gelänge es ihr so, ihre Wut zu unterdrücken. Wie hatte es eine Zeit geben können, in der sie dieser jungen Frau ihre Gefühle anvertraute?

„Jenes blaue Tuch erscheint mir angemessen im Austausch für mein Schweigen.“

Erschrocken blickte Mary zu dem Tuch, das auf ihrer Kommode ruhte.

„Unmöglich, dass du dir eben jenes Tuch wählst! Lass mich dir ein anderes Schmuckstück als Gegenleistung darbieten oder gar eines meiner Gewänder.“

Doch Elizabeth schüttelte nur lächelnd den Kopf, während sie auf Mary zuschritt, den Kopf emporgereckt und ein unheimliches Funkeln in ihren hellen Augen. Marys Herz zog sich schmerzhaft zusammen. Sherrington hatte ihr dieses Tuch eigens aus Frankreich zukommen lassen und sie war nun im Begriff, es fortzureichen, ohne es ein einziges Mal getragen zu haben.

„Ich beanspruche dieses Tuch und du kannst dir meines Schweigens gewiss sein."

Zuckersüß klang ihre Stimme, engelsgleich, als spräche sie mit Mary über die Träume, die sie einst teilten.

Zärtlich nahm Mary das himmelblaue Tuch in ihre Hände und hielt es noch für wenige Augenblicke, einem Abschied gleich, der ihr die Tränen in die Augen trieb. Kaum, dass sie es Elizabeth reichte, hatte sie es ihr aus der Hand gerissen und fühlte begierig den feinen Stoff. Marys Finger vergruben sich tief in ihrem Gewand, um Elizabeth ihren Unmut nicht spüren zu lassen. Doch diese nahm kaum Notiz von ihr, als sie mitsamt dem Tuch das Zimmer verließ. Nur kurz vor der Tür wandte sie sich um und gab Mary mit einem Lächeln zu verstehen, dass sie ihr Geheimnis nun versiegelt bei sich tragen würde, bevor die Tür wieder ins Schloss fiel.

Mary legte den Kopf in den Nacken. Der Verlust brannte ihr in der Seele. Sie schlang die Arme um ihren Körper und ihre Gedanken wanderten zurück zu jenem Kuss auf ihre Wange, der ihre Haut in Flammen hatte lodern lassen.

Und mag sie mir noch so tief ins Herz stechen, niemals werde ich ohne dich fallen.

Eaton Hall, Cheshire, Mai 1630

Monsieur Sherrington,
freudig habe ich Euren Brief empfangen und bin Euch zu tiefstem Dank verpflichtet. Eine weite Reise legte er zurück und zitternd hielt ich ihn in den Händen, als meine Augen begierig Euren Worten folgten. Mir war, als stünde auch ich vor der Notre-Dame la Grande, sähe das bunte Glas ihrer Fenster in den Farben der Sonne glänzen und könnte bereits den frischen Hauch des Meeres in der Luft ausmachen. Wie überkommt mich

bei der Lektüre Eures Briefes ein jedes Mal erneut das Verlangen, den engen Hallen Eaton Halls zu entfliehen, um mehr von den Wundern unserer Welt zu sehen! Was giert mein Herz nach jenen fremden Klängen und Düften ferner Orte, an denen die Menschen in anderen Sprachen sprechen, andere Kostbarkeiten beherbergen und andere Speisen zu sich nehmen.

Doch muss ich Euch gestehen, dass jenes Tuch vom feinsten Stoff, den mein Auge je erblickte, das Ihr mir sandtet, nicht mehr in meinem Besitz verweilt. Wie schmerzt es, Euch zu bekennen, dass mir nicht einmal die Möglichkeit gegeben war, es auch nur ein einziges Mal um meinen Hals zu tragen. Umso grausamer erscheint es mir, dass es mir nicht willkürlich entwendet ward, sondern dass ich es im vollsten Bewusstsein von mir wies. Ein Vergehen, das wohl hätte nie begangen werden dürfen, doch war es mein Herz, das mich dazu verleitete. Ich bitte Euch, mir jenen Frevel zu vergeben.

Ich vermag Euch kaum etwas zu berichten, das in seiner Faszination mit Euren Schilderungen mitzuhalten imstande wäre. Das Leben auf dem Anwesen kennt nicht das Wechselspiel bunter Farben, trüb und grau schleicht es dahin, sodass mir die Tage zuweilen endlos erscheinen. Nur mein Herz verbleibt aufgewühlt in einem Sturm aus unzähligen Fragen, die mir einer Adeligen nicht angemessen erscheinen. In mir brennt eine Sehnsucht, die kein Wasser zu bezwingen mag. Wie gern wäre ich gleich dem Wind, der die Schneeflocken vor sich treibt, die Blätter der Bäume zum Rauschen bringt, sodass sie Geschichten erzählen, ungebunden an Ort und Zeit. So wäre es denn auch mir möglich, Frankreich und seine Menschen einmal zu Gesicht zu bekommen.

Es fällt mir schwer, Euch Glauben zu schenken, dass dem französischen König ein müheloses Sprechen schwerfallen soll, einem solch angesehenen Mann, dem doch die Gunst der Gesellschaft unmöglich gleichgültig sein kann? Beinahe unglaublich erscheint es mir, dass Ihr von Elend sprecht, dringen an meine Ohren doch nur Geschichten des Reichtums, des Prunks und Überflusses Frankreichs. Allerdings sind dies wohl zumeist leere Worte alter Männer, die nicht in der Lage waren, das Herz dieses Landes zu sehen.

Gespannt harre ich weiterer Neuigkeiten Eurerseits und fiebere Eurem nächsten Brief entgegen.

Gehabt Euch wohl und reiset sicher.

Lady Mary I. Grosvenor

Die letzten goldenen Strahlen fielen durch die großen Fenster und hüllten Marys Gemächer in ein warmes Licht. Wie vergoldet schien das schlichte, cremefarbene Kleid, das sie sich für den Abend gewählt hatte. Sie saß vor ihrer Kommode, den Kopf auf die rechte Hand gestützt, und blickte hinüber zu den Wäldern. Den ganzen Abend schon war sie unruhig gewesen, nestelte unablässig am Stoff ihres Kleides. Beim Abendmahl hatte sie dem Gespräch nicht ganz zu folgen vermocht und sich mehrere missbilligende Blicke ihres Vaters zugezogen. Er schätzte es nicht, dass sie nicht willens war, Lord Henry und dessen Familie gleichfalls zu unterhalten. Doch Mary hatte kaum die Speisen geschmeckt, die die Mägde auf die Tafel im Festsaal stellten. Ihre Gedanken wanderten zurück zu jenen Worten, die Fynn des Nachmittags zu ihr gesprochen hatte.

Die Nacht birgt viele Überraschungen.

Elizabeth hatte sie mit einem wissenden Lächeln bedacht, beinahe triumphierend hatte sie Mary gemustert, doch während des Mahls vornehmlich geschwiegen, was nicht ihrer Art entsprach. Lediglich die sonst ebenfalls schweigsame Sydney hatte sich ihrer angenommen und ein Gespräch mit ihr begonnen, welches sich jedoch beizeiten wieder verlor. Marys Herz hatte sich für die blasse Frau ihres Bruders erwärmt, selbst wenn sie stets in sich gekehrt kaum ein Wort verlauten ließ.

An diesem Abend jedoch zog es Mary so rasch wie möglich zurück in ihre Gemächer. Sie musste sich zwingen, bei den Worten ihres Vaters nicht umgehend aufzuspringen und auf ihre Gemächer zu eilen, als er die Tischgesellschaft auflöste.

Als sie nun an ihrer Kommode saß, zitterten ihre Hände noch immer. Die Sonne war bereits hinter dem Horizont versunken und mit ihr versiegte langsam das letzte Tageslicht. Eine schleichende Angst wollte von Mary Besitz ergreifen, die sie eindringlich von sich zu weisen suchte. Was würde geschehen, wenn Fynn auf den Gängen Elizabeth begegnete? Oder gar ihrem Bruder?

Sie zwang sich, ihre Gedanken von jenen unheilvollen Zufällen zu wenden, als ein behutsames Klopfen den Raum erfüllte.

Ohne einen Augenblick zu zögern, eilte Mary zur Tür. Dort hielt sie kurz inne, als ihre Hand den Knauf berührte. Sie straffte die Schultern und hob den Kopf, in der Furcht, dass es nicht Fynn wäre, die vor der Tür auf sie wartete.

Ihr Atem stockte, als sie das Mädchen erblickte. Das Gewand war schlicht und in dunklen Tönen gehalten. Der Stoff umschmiegte seine Trägerin, um in einem weiten Rock samt Unterrock auszulaufen. Die Ärmel fielen nicht so weit, wie es bei den Gewändern Camillias üblich war, doch auch an ihrem Saum fanden sich leichte Stickereien, die sich bereits zum Teil gelöst hatten.

Niemand hätte zu sagen vermocht, dass dieses Mädchen im Tageslicht die Arbeit eines Burschen verrichtete, versteckt unter viel zu großen Leinenkleidern und einem schwarzen Hut, der ihre weichen Gesichtszüge vor den Augen Neugieriger schützte.

Lautlos schritt sie an Mary vorbei, deren Sprache sich ihr noch versagte, als sie die Tür ins Schloss fallen ließ. Für einen Moment verweilte ihr Blick in stillem Erstaunen auf Fynns Erscheinung. Auf einmal schien diese junge Frau nichts mit dem unnahbaren Stallburschen gemein zu haben, der Mary auf jenem ersten Ritt mit dem Earl of Marlborough in seinen Bann gezogen hatte. Das war *ihre* Fynn, die dort vor ihr stand. Die Fynn, deren Geheimnis nur sie kannte und mit der sie ein weiteres Geheimnis innig verband.

„Der Herr sei gepriesen, dir geht es gut."

Erleichterung durchströmte Mary, als sie sie vor sich stehen sah, und riss sie für einen Moment so in ihren Fluten mit sich fort, dass sie sich gegen die Tür lehnte und Fynn ein schwaches Lächeln schenkte.

„Das ist nicht das Werk deines Gottes."

Fynns Lächeln hingegen schien zu verblassen, als sie sich abwandte und zu Marys Kommode hinüberschritt. Die letzten Sonnenstrahlen schimmerten in ihren haselnussbraunen

Haaren wie junge Glut. Wie gebannt folgte Mary ihren Schritten, so leicht und behände, als hätte sie noch nie in ihrem Leben die Kleidung eines Mannes in dessen grobem Gang getragen. Sie blieb vor der Kommode stehen und betrachtete die Briefe, die dort noch immer lagen. Mary schritt zu ihr und ihr Blick folgte Fynns, als diese das Schriftstück mit Sherringtons gewundener Schrift in die Hände nahm.

„Wer lässt dir solch lange Nachricht zukommen?", fragte sie mit einem Unterton in der Stimme, den Mary nicht recht zu deuten wusste.

„Mr. Sherrington. Ich traf ihn auf einem Ball in Chester, als er gerade im Begriff war, eine lange Reise nach Frankreich anzutreten."

Für einen Atemzug glaubte sie, etwas wie Entsetzen in Fynns Zügen aufleuchten zu sehen, doch die Erscheinung verlor sich so schnell, wie sie gekommen war. Verwundert beobachtete Mary, wie Fynn über die Zeilen strich, als könnte sie jedes Wort in sich aufnehmen, indem sie es berührte. Ihr Blick verharrte auf Sherringtons Unterschrift, seinem Namen, und für einen Augenblick stockte Fynns Atem. Mary legte ihr eine Hand auf den Arm, als Fynns Stimme die Wolke zu durchbrechen vermochte.

„Er schreibt dir in französischer Sprache?"

Sie legte den Brief wieder neben Marys erst kürzlich verfasstes Antwortschreiben. Verwirrt betrachtete Mary sie, den Blick, in dem sich etwas verbarg, was sie nicht zu deuten wusste. Sie verscheuchte die Furcht, die sich in ihre Gedanken gedrängt hatte.

„Ja, das tut er. Weshalb lernst du sie nicht ebenfalls? Ich könnte dich lehren."

Für einen Moment erschien es ihr, als hätte sich Verachtung in Fynns Augen geschlichen, so vehement wies sie das Angebot zurück.

„Welcher Anlass wäre mir dazu gegeben?"

„*C'est une très belle langue, je pense.*"

Sind da noch andere Gedanken in dir verborgen, die du nicht mit mir zu teilen gedenkst?

„In der französischen Sprache bist du mir fremd.“ Fynn senkte den Blick. „Du sprichst, als wärest du über alle Menschen erhaben, wenn du diese Sprache nutzt, als wolltest du nicht verstanden werden. Für mich ist sie nichts weiter als die Sprache der Hochmütigen, die sich anmaßen, andere Menschen zu unterjochen.“

Sie blickte wieder zu den Briefen hinüber und Mary bedrängte sie nicht weiter, obgleich sich ihrer eine Ahnung bemächtigt hatte, dass Fynn die französische Sprache nicht so fremd war, wie sie vorzugeben schien.

„Was schreibt er dir?“, fragte Fynn jetzt sanft und die vertraute Wärme hatte wieder in ihre Stimme gefunden.

„Er berichtete mir von seiner Reise.“

Fynn hob den Blick und ihre Augen schimmerten gleich dem frischen Maigrün der Wälder.

„Lass mich dich auf eine Reise entführen, die schöner sein wird als all das, was er dir in seinen Worten zeigt.“ Fynns Hand strich sanft über ihre Wange, angenehm kühl, und die Welt hinter der geschlossenen Tür schien nicht mehr zu sein als ein Schatten.

Fynns Lippen umfingen Marys stürmisch, begierig und doch hauchzart. Ihre Hand lag verborgen in den roten Locken, eng zog sie Mary zu sich heran. Eine ungekannte Hitze wallte in Mary empor, als sie den Kuss mit ebenso ungestümer Heftigkeit erwiderte, unmöglich, das Verlangen zu zügeln, das seit so langer Zeit in ihr glühte.

Fynn umschlang ihre Taille und Mary fühlte die Hitze, die auch von ihrem Körper wallte, so eng aneinandergeschmiegt. Es gab nur dieses Verlangen, dass sich Fynns Lippen nie wieder von den ihren lösten.

Ihre Hand glitt aus Marys wilden Locken, strich sanft über ihre Wangen und ein Strahlen schien in Fynns Augen zu leuchten, wie Mary es noch nie erblickt hatte.

„Die Nacht berauscht.“

Fynns Stimme war nur ein Flüstern. Mit dem Finger strich sie Marys Schläfe entlang und hinterließ eine neue Woge entflammten Begehrens. Ihre Seele sehnte sich danach, mit derer

Fynns zu verschmelzen, eins zu sein und nie wieder in diesem Gefühl zu leben, ohne sie unvollkommen zu sein.

„Ich bin unbeschreiblich glücklich, bei dir zu sein." Marys Worte klangen leicht traurig, da sie bereits den Morgen fürchtete, der sie wieder voneinander trennen würde. Fynn senkte den Kopf und küsste behutsam ihr Ohrläppchen. Langsam bahnten sich Fynns Lippen einen Weg und Mary war ohnmächtig, sich zu rühren, als sie über ihre Wangen ihren Hals hinunterglitten. Sie schloss die Augen, um ganz in diesem Augenblick zu erblühen. Ein Gefühl, das sie am liebsten in sich eingebrannt hätte.

Behutsam lenkte Fynn ihre Schritte in Richtung des Schlafgemaches, das verborgen lag hinter einer Tür. Sanft führte sie Mary mit sich, ihre Finger ineinander verschränkt glitten sie in die seidenen Kissen. Ihre Lippen berührten sich, beinahe unmerklich strichen Fynns Hände über Marys Dekolleté, einem zarten Kribbeln gleich, um die Schnürung ihres Kleides zu lösen.

Erschrocken befreite Mary sich aus den Höhen des Kusses.

„Fynn, ich habe noch niemals …"

Fynn jedoch legte einen Finger auf ihre Lippen. Sie lächelte warm, als sie ihr einen Kuss auf die Stirn hauchte.

„Ich auch nicht."

Marys Hand fuhr Fynns Schulter herab, über die sonst unter dem Leinen verborgene helle Haut. Fynns Haare umflossen sie und dufteten nach Frühling. Mary strich über ihren Arm, so sacht, dass die Berührung kaum zu spüren war. Ihre Augen folgten der Bewegung, als versuchte sie, jeden Zoll von Fynns Körper zu verinnerlichen.

„Du bist wunderschön."

Ein Lächeln huschte über Fynns Gesicht, als ihre Hand Marys ergriff und ihre Lippen ihr einen Kuss auf den Handrücken drückten.

„Du sprichst, als könnte ich mit deinem Anblick mithalten", scherzte sie. Für einen Moment schien es, als stände die Sonne still und würde diese Nacht nie enden lassen.

„Ich liebe dich."

Die Worte verließen Marys Lippen gänzlich ohne ihr Zutun, ein stilles Flüstern, das in der Nacht verhallte und das Gemach zu erfüllen schien.

Fynns Lächeln schien zu verblassen.

„Sprich nicht von Liebe." Sie senkte den Blick.

Mary wollte etwas erwidern, doch eine fremde Enge legte sich um ihr Herz. Da schlummerten so viele Gefühle in ihr, die nun wild in ihrer Seele tobten. Was fühlte Fynn, wenn sie in ihre Augen blickte? War es nicht die gleiche Wärme, die gleiche Geborgenheit, die sie Mary zu spenden vermochte?

Sie lagen eng beieinander, die Hände ineinander verschlossen. Es war Fynn, die sich aufsetzte, um näher an Mary heranzurücken. Behutsam ließ sie ihre Lippen den schmalen Körper emporwandern und strich so sanft über Marys Rücken, als wäre auch diese Berührung lediglich ein kühler Hauch des Abendwindes.

„Zerbrich dir nicht den Kopf, Liebes", flüsterte sie warm, als sie Mary an sich zog, ihre Lippen sich berührten. „Diese Nacht gehört nur uns." Doch Mary gelang es nicht mehr, sich ihrem Verlangen hinzugeben, denn da war ein neues Gefühl in ihrer Brust.

Konnten Fynns Worte und Berührungen aufrichtig sein, wenn sie nicht an die Liebe glaubte?

Als Fynn erwachte, konnte sie am Himmel bereits das erste zaghafte Licht des Tages ausmachen. Sie wandte den Kopf und ihr Blick fiel auf Mary, die noch tief schlummernd neben ihr lag. Stetig hob und senkte sich ihre Brust, die roten Locken fielen wirr über die blasse Haut und selbst im Traum umspielte ein zartes Lächeln ihren Mund.

Fynn strich ihr einige Haare aus der Stirn. Wie schnell war doch die Nacht verflogen.

Sie schlüpfte aus dem Bett, um sich anzukleiden. Bevor sie Marys Gemächer verließ, hauchte sie ihr einen leichten Kuss auf die Wange.

19 derrière le tapis mural

Er wusste, dass die Sonne noch nicht gänzlich vom Horizont verschluckt worden war. Doch ihre letzten Strahlen reichten nicht mehr bis zu seinen Fenstern. Leise schlichen die Schatten über die Gärten, verkrochen sich zwischen den Rabatten und saugten die letzte Farbe aus den Blüten. Einem dünnen Nebelschleier gleich verloren sich die Wälder in der Ferne und grau stieg der Himmel aus ihnen empor, als versuchte er, diesem tristen Untergang des Tages zu entgehen.

Es gab zu vieles, das seine Gedanken gefangen hielt. Zu oft hatte er manches Schreiben am heutigen Tage erneut beginnen müssen, da Tintenflecken seinem Federkiel entwichen waren oder er seinen Satz nicht so zu Ende führte, wie er es gedachte. Fremde Worte schien die Feder zu schreiben, von einer Hand, die nicht seinem Denken gehorchen wollte.

Er hatte seinen rechten Arm auf den linken gestützt, sein Kinn ruhte auf der rechten Hand, der Blick weilte in der unendlichen Ferne. Was war es, das Mary hinauszog? Fort von allem, das ihr sonst so viel bedeutet hatte?

So viele Veränderungen waren in ihr vorgegangen, dass ihn zuweilen die Angst beschlich. Alte Sorgen waren in ihm aufgekeimt, von denen er glaubte, sie längst hinter sich gelassen zu haben. Hatte er ihr nicht geholfen, zu dem Leben zu finden, das ihr vom Schicksal bestimmt ward?

Die Nebelschleier am Horizont schienen gleich seinen Gedanken immer dichter zu werden. Ein undurchdringliches Netz aus Fragen und Hirngespinsten, Erfindungen seines Geistes, wie hätte er handeln können, handeln *sollen*, um ihren Weg klar vor ihr auszubreiten?

Was aber, wenn sie ihren Weg längst gefunden hatte? Wenn sie ihn nur nicht beschreiten wollte?

Sein Herz zog sich in just jenem Moment zusammen, als es an der Tür klopfte. Der dumpfe Widerhall zerstreute den Nebel seiner Gedanken, der sich in alle Ecken und Ritzen seines Gemaches zurückzuziehen schien, als lauerte er nur auf die nächste Gelegenheit, um sich wieder über seine Seele zu legen.

„*La porte est ouverte.*"

Rau und heiser klangen seine Worte. Er räusperte sich, wandte den Blick jedoch nicht vom dunklen Horizont ab. Die Tür knarrte nur leise, als sie geöffnet wurde.

„Sir."

Richard konnte das sanfte Klacken des Schlosses vernehmen, als sie die Tür hinter sich schloss. Er schmeckte die Unruhe aus ihrer Stimme, obgleich sie nur ein einziges Wort gesprochen hatte. Langsam schien die Dunkelheit aus den Wäldern zu kriechen.

„Was führt dich zu so später Stunde zu mir, Camillia?"

Er stand mit dem Rücken zu ihr und strich sich über den schmalen Bartsaum. Das Rascheln ihrer Gewänder verriet ihm, dass sie langsam auf ihn zuschritt, beinahe vorsichtig, als fürchtete sie, er würde sie seiner Gemächer verweisen. Nichts hätte er lieber getan.

„Die Sorge, mein Herr. Das Bangen um die Früchte der Unwahrheit."

Er senkte den Arm. Das verblichene Grau des Himmels war einem dunklen Blau gewichen. Er wandte sich herum, um der Zofe ins Antlitz zu blicken. Sie trug einen kleinen Kerzenhalter, dessen Wachs beinahe bis auf den Grund herabgeschmolzen war. Im Flackern des roten Lichtes vollführten die Schatten einen flüchtigen Tanz in ihrem schmalen Gesicht. Sie wirkte erschöpft, müde, als hätte das Leben auf dem Anwesen sie ausgezehrt und die letzten ihrer Kräfte verschlungen.

„Ich komme, um Euch ein Anliegen vorzutragen, das mir sehr am Herzen liegt. Eine Bitte, Eure Schwester betreffend." Das Spiel des Feuers um ihre Augen ließ die Konturen ihres Gesichtes für einen Moment verschwimmen. Ihm war, als könnte er Marys Züge in den ihren erkennen, versteckt unter der Last der Zeit. Doch so schnell das Licht tanzte, so schnell war die Erscheinung verflogen.

Er blinzelte.

„So sprich denn."

„Ich denke, es ist an der Zeit, der jungen Lady die Wahrheit zu offenbaren. Ich bitte nicht einmal darum, dass Ihr ihr mitteilt, welchen Platz ich in ihrem Leben einnehme. Ich bitte lediglich darum, ihr zu zeigen, wer sie wirklich ist, wem sie ihr Blut verdankt. Ihr könnt sie nicht ewig mit dieser Lüge leben lassen. Die Wege der Lüge sind die der Irreführung, in denen sie sich verlaufen wird."

Der Nebel seiner Gedanken schien wieder hinter den Regalen hervorzuwallen, aus den Seiten der Bücher zu kriechen, um ihn in sich einzuschließen. Seine Stimme war kalt.

„Doch es fällt nicht mir zu, sie durch dieses Labyrinth zu geleiten."

Obgleich ich nichts mit größeren Freuden täte.

„Ihr *könnt* sie nicht weiterhin so leben lassen." Camillias Bestürzung schien die Luft zu durchtränken.

„Die Entscheidung über die Ausmaße meines *Könnens* obliegt noch immer meiner Wenigkeit."

Die Zofe presste die Lippen aufeinander. Ihre Finger umschlossen den Kerzenhalter so fest, dass ihre Knöchel hervortraten, als sie den Blick abwandte. Kraftlos waren die Worte, die ihrer Kehle entwichen, und doch voller Schmerz, als spräche sie von einer Tochter, die ihr nie vergönnt gewesen war.

„Ich wachte an ihrer Seite, ich trocknete ihre Tränen. All die Jahre lang sah ich sie wachsen, keimen, knospen, doch jetzt schafft sie es nicht, sich zu entfalten. Sie kämpft gegen sich und ihren Platz im Leben an, da sie es fühlen kann. Ich habe es erlebt. Ich erlebe es täglich. Bemerkt Ihr nicht, wie sie sich immer mehr in sich zurückzieht? Bald werdet Ihr nicht mehr bis zu ihr dringen können. Dann wird es zu spät sein."

Richard fühlte das Blut in seinen Schläfen pulsieren. Es war unmöglich, dass er seiner Schwester die Wahrheit zumuten konnte! Nicht jetzt. Nicht in nächster Zeit. Sie war doch noch ein halbes Kind. Würde sie nicht gänzlich ihren Wurzeln entrissen, wenn sie von all den Geschehnissen erführe?

So sehr hatte sie sich verändert. Konnte es sein ...?

„Kein Wort zu ihr, Camillia."

Die Flamme der Kerze zitterte leicht; Unverständnis flackerte in Camillias Augen auf. Eine Weisheit der Jahre stand darin geschrieben, derer Richard sich noch nicht bedienen konnte. Er wusste, dass sie sich sorgte, doch er weigerte sich, jene Sorgen zu teilen.

„Wie Ihr befehlt, Sir."

Jegliche Regungen waren aus Camillias Zügen gewichen. Sie knickste leicht und Richard nickte ihr zu. Wieder schritt sie beinahe lautlos der Tür entgegen, nur das Rascheln ihres Gewandes verriet ihre Anwesenheit, als sie den Knauf ergriff.

„Vergiss nicht", wiederholte Richard, dieses Mal mit stärkerer Stimme. „Nicht ein Wort zu meiner Schwester über jene Geschehnisse."

Camillia nickte mit starrem Gesicht, einen Vorwurf in ihren Augen.

Ihr tragt die Schuld. Ihr seid es, der sie auf Irrwegen wandeln lässt.

Mit Camillia verschwand auch das letzte Licht der Kerze, als die Tür ins Schloss fiel. Stille senkte sich über die Gemächer des Sohnes des Baronets. Unheimlich lag sie auf ihm und ihm war, als könnte er wieder jenen Nebel zu seinen Füßen ausmachen, der nach seinen Gedanken gierte. Rasch wandte er sich wieder den Fenstern zu.

Doch die Dunkelheit hatte das Anwesen bereits fest umschlungen.

Es waren die ersten Sonnenstrahlen, die Marys Nasenspitze kitzelten. Mit einem Niesen erwachte sie aus dem Schlaf, noch trunken von den Träumen, die sich in ihr Unterbewusstsein geschlichen hatten. Das Lächeln, das sie stets im Schlaf trug, lag noch auf ihren Lippen.

Das Lager neben ihr war leer, doch noch warm. Sie drehte sich zur Seite und umschlang die goldgelbe Seide, die den süßen Geruch Fynns in sich trug, der sich um legte und sie erneut in den unvergleichlichen Stunden der letzten Nacht umfing.

Es waren diese Nächte, in denen sie frei war. Es waren diese Nächte, in denen sie fliegen konnte. Diese Nächte, in denen sie lebte.

Momente, in denen die Welt stillstand.

Zaghaft und vorsichtig strichen die ersten Sonnenstrahlen über ihre blasse Haut, als fürchteten sie, Mary zu Unrecht geweckt zu haben. Der Morgen graute stets zu früh.

Behutsam setzte sie sich auf. Sie gähnte leicht, als ihre Füße den kalten Boden berührten. Sie streckte sich und ihre roten Locken tanzten über ihre Schultern.

Wie traumhaft wäre es, eines Morgens neben Fynn zu erwachen.

Ein Traum. Doch nicht für den Tag bestimmt.

Sie erhob sich und schritt durch ihr Schlafgemach. Ein kühler Hauch des Morgens fuhr unter ihr helles Nachtgewand und ließ sie leicht frösteln. Doch in ihrem Herzen war es warm. Eine Melodie kam über ihre Lippen, überschwängliche Laute, als sie sich im Kreise drehte und auf ihre Kommode zuzuschweben schien. Aus dem Spiegel strahlte ihr eine lachende, junge Frau entgegen. Eine junge Frau mit zerzausten Locken in einem langen Nachtgewand.

Sie biss sich auf die Lippe und griff nach ihrem Kamm. Ihr blieb nicht mehr viel Zeit, bis die Sonne das Anwesen erhellen und sie wieder die aufmerksame und wohlerzogene Baronetstochter sein würde, die sich in ihre Pflichten zu fügen wusste.

Auf jede Nacht folgt ein neuer Morgen.

Zunächst nahm sie das zarte Klopfen nicht wahr. Es drang wie aus der Ferne zu ihr herüber, sodass sie annahm, es müsste vom Korridor herrühren. Vielleicht einige Diener, die bereits zu so früher Stunde Dienstbotengänge zu erledigen hatten.

Doch das Klopfen schwoll nicht ab. Mary verharrte für einen Augenblick und schaute zur Tür hinüber. Camillia? Zu so früher Stunde?

„*Entrez.*“

Das Klopfen verstummte. Doch nichts regte sich. Mary hielt im Kämmen inne und wollte einen Schritt zur Tür hin wagen, besann sich jedoch eines Besseren. Aus welchem Grund gab es noch immer Bedienstete, die ihre Gemächer mit denen Camillias verwechselten? Sie schüttelte leicht den Kopf, als sie sich wieder dem Spiegel zuwandte.

Ein blondes Mädchen lächelte ihr daraus entgegen.

„Guten Morgen!"

Erschrocken stolperte Mary einige Schritte zurück und stieß gegen die Chaiselongue.

„Hab ich Euch erschreckt? Verzeiht, das war nicht meine Absicht."

Das Mädchen hatte neben ihr gestanden und blickte sie nun aus großen, Entschuldigung heischenden Augen an. Sie nestelte an ihrem dunklen Rock, um rasch vor Mary zu knicksen, dann sprudelten bereits die nächsten Worte aus ihr heraus, als hätte sie nicht bemerkt, dass Mary noch im Nachtgewand vor ihr stand.

„Wir müssen uns eilen, m'Lady. Es dämmert bereits. Uns bleibt nicht viel Zeit."

Mary stand wie versteinert. Das Mädchen wippte auf ihren Zehenspitzen auf und ab, das Haar wie eh und je unordentlich am Hinterkopf befestigt, sodass einige lose Strähnen ihr in den Nacken fielen.

„Cathy, wie … wie bist du in meine Gemächer gelangt?"

Vor Erstaunen weiteten sich Cathys leuchtend grüne Augen, als könnte sie nicht glauben, dass Mary ihr diese Frage gestellt hatte.

„Durch die Tür hinter dem Wandteppich in Eurem Schlafgemach. Sicher müsst Ihr sie bereits bemerkt haben?" Cathy legte den Kopf leicht schief und faltete die Hände hinter ihrem Rücken. Ihre Zehenspitzen wippten noch immer auf und nieder.

Eine Tür hinter dem Wandteppich?

Mary stützte sich auf die Chaiselongue. Es gab eine geheime Tür zu ihren Gemächern? *Hinter dem Wandteppich?*

„Eile ist geboten, wir dürfen keine Zeit verlieren. Kleidet Euch. Fynn sprach von Kleidung, die Euch als Magd ausweisen würde."

Ihr Vater hatte ihr jenen Teppich von einer seiner Reisen mitgebracht. Sie vermochte sich kaum daran zu erinnern. Seit sie denken konnte, hatte er die karge Wand ihres Schlafgemaches geziert und ihr Farbe verliehen, hatte sie sich gewünscht, gleich der jungen Dame auf der Wiese unter freiem Himmel sitzen zu können. Doch nie hatte er ihr sein Geheimnis preisgegeben. Wusste ihr Vater, was sich hinter diesem Wandbehang verbarg?

„M'Lady?" Cathys Stimme durchbrach ihre Gedanken und Mary bemerkte erneut, dass sie noch im Nachtgewand vor dem jungen Mädchen stand. Ein Lächeln huschte über ihre Lippen, als ihr bewusst wurde, was diese Tür für sie bedeutete. Dahinter lag ein kleines Stück Freiheit. *Ihr* kleines Stück Freiheit. Fernab von jeglichen Zwängen der Gesellschaft. Nur Fynn und sie.

Hinter den Augen der Welt.

Es dauerte einen kurzen Moment, ehe sich ihre Augen an das Dunkel des Ganges gewöhnt hatten. Behutsam setzte sie einen Fuß vor den anderen, langsam tastend, in der Angst, den Halt zu verlieren. Schmucklos und kalt schlängelte sich der Weg dahin, eine endlose Dunkelheit, die sie frösteln ließ.

„Achtet auf die schmalen Stufen."

Seltsam hohl warfen die Wände Cathys Stimme zurück, spiegelten sie in verzerrten Facetten. Marys Finger streiften den kühlen Untergrund zu ihrer Rechten. Wie ein gieriger Schlund tat sich die Treppe vor ihr auf, eine schmale Wendeltreppe, die ins Dunkel führte. Vor neugierigen Augen versteckt, tief verborgen im Inneren des Herrenhauses. Wussten ihr Vater und Bruder von diesen Gängen?

Sich langsam vorantastend folgte Mary der jungen Küchenmagd, deren Schritte leicht und behände wirkten, als wandelte sie des Öfteren in jenen verlassenen Gängen. Das zarte Rascheln ihres Gewandes schien der Baronetstochter stets einige Schritte voraus zu sein, nie nah genug, um es zu erreichen, gleich dem schwachen Lichtschein der Kerze, die Cathy bei sich trug.

„Wohin führen all diese Gänge?"

Ein Hauch von Ehrfurcht hatte sich in ihre Stimme geschlichen. Sie hatten zwei Abzweigungen passiert, die sich vor ihnen wie Tore zu ewiger Nacht ergossen und Marys Herz hatte begonnen, schneller zu schlagen.

„Ich kann Euch nicht sagen, zu welchen Gemächern eine Verbindung besteht. Jacob entdeckte diesen, als er mich besuchen kam, weil er über die Küche direkt zum Kräutergarten hinter dem Haus führt. Er besaß den Mut, ihm weiter zu folgen, doch nur so weit, als dass er den Weg zurück nicht verfehlen konnte."

„So hat er denn nur diese Verbindung zu meinen Gemächern gefunden?"

Marys Handfläche berührte die kalte Wand vollständig, als die Stufen schmaler wurden und ihre Schuhe über sie hinwegzugleiten drohten. In der anderen Hand hielt sie den Rock aus Leinen hochgerafft, um nicht über das Gewand zu stolpern. Kaum konnte sie das Licht der Kerze vor sich ausmachen. Zu schwach war ihr Schein, um die Geister zu vertreiben, die in den Nischen hockten und ihre Schattenfinger nach ihr ausstreckten.

„Zu den Euren ebenso wie zu dem Korridor, auf dem Eure Gemächer sich befinden. Steigt man die Treppe noch weiter hinauf, gelangt man in die Bibliothek."

Mary stockte, als sie festen Halt unter ihren Füßen spürte. Der Gang verzweigte sich ein weiteres Mal und sie blinzelte, um Cathy im Halbdunkel ausmachen zu können. Die kleine Kerze in ihrer Hand war beinahe heruntergebrannt.

„Eilt Euch."

Cathy schritt geschwind voran, das Rascheln ihrer Kleider hing an den Wänden und ließ Mary ihre Schritte schneller setzen. Doch noch immer suchten ihre Finger Sicherheit.

Die Tür war schmal und kaum zu erkennen. Cathy stellte die Kerze auf den Boden, um die Tür aufzustoßen. Sie öffnete sich nur einen Spalt breit.

Der helle Sonnenstrahl blendete Mary, sodass sie sich kurz abwenden musste. Rasch schlüpfte Cathy hinaus ins Licht, hinaus aus der Welt der Geheimnisse.

Mary folgte ihr langsamer, behutsam. Zu grell erschien ihr das Licht, ein Meer aus bunten Farben. Sie kniff die Augen zusammen, bis das Farbenmeer wieder in sich zusammenfloss, sich in einem Bild umschlang.

„Da wären wir", lachte Cathy, als sie ins Freie sprang.

„Ich dacht schon, du hast dich verlaufen." Das Lachen der vertrauten Stimme ließ Mary herumfahren und ein Lächeln huschte über ihr Gesicht.

„Jacob."

Der schlaksige Junge wandte sich ihr zu und sie konnte die ersten Sommersprossen erkennen, die den Siegeszug auf seiner Nasenspitze angetreten hatten.

„M'Lady." Er verbeugte sich ungestüm und der Schalk blitzte ihm aus den Augen, als er sich ihr wieder zuwandte. Die Sonne stand noch nicht hoch am Himmel und doch sandte sie bereits die ersten Vorboten eines warmen Vorsommertages. Das Licht tanzte in Jacobs wirren dunklen Haaren und ließ Cathys golden schimmern. Der Duft frischen Lavendels durchsetzte die Morgenluft.

Cathys und Jacobs Hände berührten sich leicht.

„Ich muss zurück in die Küche, eh Brooke bemerkt, dass die Zwiebeln noch auf mich warten."

Sie hatte die Worte nicht zu Mary gesprochen. Jacob nickte stumm, doch seine Augen blitzten. Cathy warf ihm einen sanften Blick zu, bevor sie rasch vor Mary knickste, um lautlos die geheime Tür zu öffnen und im Nichts zu verschwinden.

„Folgt mir."

Jacobs Stimme holte sie zurück, ihr Blick noch auf die unscheinbare Wand gerichtet, durch die Cathy soeben verschwunden war. Rasch ließ sie die Kapuze über ihre leuchtenden Haare gleiten.

Ihre Schuhe hinterließen tiefe Abdrücke in der noch feuchten Erde des schmalen Weges zwischen den Kräutern, kleine, zierliche Abdrücke im Vergleich zu den groben von Jacob. Sie folgte ihm in Richtung des Irrgartens. Ihr war, als könnte sie noch den frischen Morgentau in der Luft schmecken.

„Wohin führst du mich?", fragte sie mit gedämpfter Stimme. Das Gras war noch feucht.

„Ungewissheit birgt die schönsten Freuden, m'Lady", sprach Jacob und sie musste schmunzeln, weil sie vernehmen konnte, dass er sich diese Worte lange zuvor zurechtgelegt hatte. Seine Schritte waren groß, sodass Mary Mühe hatte, seinem schnellen Gang zu folgen. Wenn sie anderen Knechten oder Mägden begegneten, grüßte Jacob gutgelaunt und Mary erstarrte ein jedes Mal, wenn ihre Blicke die der Bediensteten kreuzten. Tuscheln und Lachen drangen an ihre Ohren, unbeschwert wie Blätter im Wind schienen die Worte dahinzutreiben.

„Ich wusste nicht, dass das Anwesen noch solche Geheimnisse birgt."

Jacob warf ihr einen kurzen Blick zu und sie konnte sehen, dass seine Augen lachten.

„Und bisher sind sie wohlbehütet. Lediglich Fynn habe ich anvertraut, wie er unbemerkt zu Euren Gemächern gelangen kann. Außer ihm, Cathy und Euch kenne ich niemanden, der sie nutzt. Aber ich würde meine Hand dafür nich' ins Feuer legen." Sie huschten hinter dem Irrgarten entlang, auf die dichten Bäume zu, die die Gärten des Anwesens begrenzten. Jacob wandte sich zu Mary um und grinste. „Wer weiß, welche Geheimnisse im Hause der Grosvenors noch verborgen liegen?"

Die Tür knarrte leise, beinahe so, als versuchte sie verzweifelt, jedes Geräusch zu ersticken.

War es Furcht, die sich in ihren Zügen spiegelte? Unsicher umklammerten die schmalen Finger die hölzernen Latten der Tür, suchten ihre Augen nach etwas Vertrautem, als sie kurz verharrte. Der Wind spielte mit einer Strähne des dunkelroten Haares.

„Liebes."

Sie blickte auf mit weiten, dunklen Pupillen, die Tore zu einer Seele, die sich Fynn nicht ganz preisgeben wollte. Die blassen Lippen formten ein Lächeln, als Fynn auf sie zuschritt.

In ihrem Kuss verloren sie sich ineinander.

Die Scheune lag unweit des Herrenhauses, ein kleines Stück Weg entlang der Felder. Nur wenig Licht drang durch die vereinzelten Spalten im Holz und zeichnete Muster auf den Boden. Für einen Herzschlag verlor Fynn sich in dieser schummrigen Einöde, in den Mustern des Lichts, die sich in Marys kristallenen Augen spiegelten.

Behutsam drückte sie ihr einen Kuss aufs Haupt, um das Scheunentor mit einem knarrenden Laut erneut zu schließen. Die Welt auszusperren. Für eine kleine Ewigkeit.

Ein leises Rascheln ertönte. Mary zuckte zusammen. Das Rascheln im Heu ertönte erneut, begleitet von einem panischen Fiepen. Erschrocken drückte Mary sich enger an Fynn, als fürchtete sie, einem Ungeheuer zu begegnen. Beruhigend strich Fynn über die flammenden Haare, als panisch fiepend eine Gestalt aus dem Heu sprang. In wilder Aufregung fegte sie über den Boden, als eine zweite, weitaus größere aus dem Heu schoss, ein schwarzer Schatten mit glühenden Augen, um sich auf die erste zu stürzen. Fynn spürte Mary zusammenzucken, einen erstickten Schreckensschrei in ihrer Kehle.

„Sei beruhigt, Liebes. Schau, es war nur eine streunende Katze."

Das schwarze Tier hockte vor dem Scheunentor, die Maus in den Pfoten. Für einen Augenblick kehrte Stille ein, als sie beobachteten, wie die Katze ihre Beute hinunterschlang, als wäre sie ein Bettler an eines Königs Tafel.

Die Katze beendete ihr Mahl und streckte sich ergiebig, bevor sie den beiden Frauen einen neugierigen Blick aus den grünen Augen schenkte. Ihre Vorderpfoten leuchteten weiß im schwachen Licht, das die Scheune erhellte.

Vorsichtig schritt Fynn auf die Katze zu. Sie spürte Marys ängstliche Blicke in ihrem Nacken, als sie in die Knie ging und der Katze ihre Hand entgegenstreckte.

„Fynn! Du weißt doch gar nicht, welche Erkrankungen das Tier in sich trägt!"

Neugierig hob die Katze den Kopf und spitzte die schlanken Ohren. Sie zuckten kurz, bevor sie sich aufsetzte und betont langsam auf die dargebotene Hand zuschlenderte. Einer Edeldame gleich setzte sie eine Pfote vor die nächste, als hätte sie gelernt, sich in feiner Gesellschaft nur von ihrer besten Seite zu zeigen. Zögerlich schnupperte sie an den rauen Fingern, bevor sie zu schnurren begann und ihren Kopf an Fynns Hand rieb. Weich und geschmeidig glitt das Fell über Fynns Haut.

„Schau, wie zutraulich die Kleine ist“, lächelte Fynn und strich ihr über den Kopf. Mary jedoch rührte sich nicht.

„Keine Sorge, Flammenschopf. Ihr Fell ist gepflegt, sehr weich und glänzend. Außerdem“, Fynn strich der Katze über den Rücken, was diese mit wohlwollendem tiefem Schnurren beantwortete, „frisst sie wohl für drei oder gar vier.“

Kaum vernehmbar war das Rascheln von Marys Gewand, als sie zaghaft nähertrat und den rundlichen Bauch der Katze betrachtete.

Behutsam nahm Fynn das kleine Tier auf den Arm.

„Du musst dich nicht fürchten“, erwiderte sie auf die Scheu, die aus Marys Augen blitzte. Sanft bebte der Körper der Katze unter ihrem stetigen Schnurren, die grünen Augen waren geschlossen und die Schnurrhaare zitterten. Vorsichtig nur hob Mary die Hand, um zögernd über den Kopf der Katze zu streichen.

„Sie ist ganz weich“, bemerkte sie verwundert. Noch einmal fuhr sie über den Kopf der Katze, ihren Rücken entlang.

„Tiere spüren, was der Mensch in seinem Herzen verborgen hält.“

Behutsam ließ Fynn die Katze herunter. Sie strich noch einmal schnurrend um die beiden Frauen, als hieße sie sie willkommen in ihrem Reich, um dann im Heu zu verschwinden.

„Komm. Ich wollte dir etwas zeigen.“

Sacht führte sie Mary durch die lebhaften Figuren des Lichts, die im Duft des Heus die letzten Gedanken der Welt nicht mehr sein ließen als den grauen Traum einer mondlosen Nacht, zu einer schmalen Holzleiter, die hinaufführte zum Dachstuhl der Scheune.

„Dort hinauf?“ Verwirrt berührte Mary die schmalen Sprossen.

„Hab keine Angst. Ich bin bei dir. Du kannst gar nicht fallen.“

Ein zitronenfaltriges Lächeln stahl sich auf Marys Lippen, zart und rasch verflogen. Scharf atmete Mary aus, als ihr Blick der Leiter folgte. Unsicherheit spiegelte sich in ihren Augen, als hoffte sie, einen anderen Weg hinauf zu finden.

„In Scheunen gibt es leider keine Treppen, *Mademoiselle*", scherzte Fynn übermütig und betonte das letzte Wort sehr englisch, sodass beide lachen mussten. „Ich gebe auf dich Acht. Versprochen."

Mary sah noch einmal hinauf, bevor sie mit zittriger Hand eine der Sprossen ergriff und den ersten Fuß auf die Leiter setzte. Fynns Hand ruhte besänftigend auf ihrer Taille, als sie die nächste Sprosse erklomm. Fynn löste sich von ihr, hielt jedoch schützend die Leiter. Mary stieg empor, als sich ihr Fuß im Rock verfing.

Fynn streckte bereits die Hände aus, doch Mary hatte ihren Fuß wieder befreit. Für einige Momente verharrte sie regungslos.

„Du hast es gleich geschafft."

Für einen Augenblick durchfuhr Fynn der brennende Wunsch, Mary etwas Mut schenken zu können, ein Stück Vertrauen in sich selbst, als die Baronetstochter vorsichtig bis zum Dachstuhl hinaufstieg.

Rasch folgte Fynn ihr, mit sicheren Schritten und einem festen Griff. Sie erklomm die letzten Sprossen, um neben Mary auf das Holz zu gleiten. Ein Blick in die traumschillernden Augen der jungen Adeligen und sie wusste, dass sie ein Stück verloren geglaubte Magie des Lebens für sie zurückerobert hatte.

Der Dachstuhl war niedrig und mit Heu gefüllt. Das Sonnenlicht drang durch die Ritzen im Holz und warf goldene Streifen, in denen der Staub wie tausend feine Juwelen schwirrte, Libellen gleich, deren schillernde Flügel die Träume eines anderen Lebens bargen.

„Es ist einzigartig, nicht?" Fynn hielt Marys Hand. Wie aus einer anderen Welt drang das leise Rascheln des Heus zu ihnen herauf, durch das die schwarze Katze auf der Suche nach weiteren Mäusen pirschte.

Vorsichtig wagte Fynn sich vorwärts, leicht gebückt und ihre Hand fest von der Marys umschlossen, durchbrach sie den goldenen Vorhang. Marys Haare schienen in Flammen zu stehen. Sie ließen sich fallen, hinein in einen Augenblick fernab der Welt, hinein in die weiche Stille der Endlosigkeit. Das Heu umfing sie sanft, schmiegte Mary enger an Fynns Körper, verbunden in einem Kuss.

Langsam und bedächtig, beinahe ängstlich lösten sich Marys Lippen von den ihren, als fürchteten sie, der Moment würde entweichen, sobald sie sich nicht mehr berührten. Behutsam strich Fynn über Marys erhitzte Wangen.

„Ich glaubte nie an Wunder." Fynns Stimme zauberte ein Lächeln auf Marys Gesicht.

„Wie kannst gerade du nicht daran glauben, wo du doch das Wunder bist?"

Vielleicht war es die Wärme, die aus Marys Augen strömte, das heftige Pochen ihres Herzens, so schnell, dass Fynn es auf ihrer Brust spüren konnte, oder gar das goldne Funkeln ihrer Haare, die Fynns Wangen liebkosten. Nur das Bruchstück eines Moments, kaum mehr als ein Wimpernschlag, in dem die Erinnerung sie einholte und sie wieder grau umfing, umwebt von den Schatten der Vergangenheit.

„Geht es dir gut?" Sanft strich Mary ihr über die Stirn. Fynn schlug die Augen nieder, in der Hoffnung, die Gedanken in sich zu ertränken. Mary schien zu spüren, was sie bedrückte. Bedächtig schmiegte sie sich an Fynns Körper und umschlang die glühenden Nebelschwaden der Erinnerungen.

„Ich war die älteste Tochter eines Gutsbesitzers im Norden. Meine Eltern gehörten zum Range der Yeomen, der nichtadeligen und doch hoch angesehenen Bevölkerung auf dem Lande. Wir lebten wohlhabend, das Verwaltungstalent meines Vaters und an die 500 Morgen Land taten das ihrige. Er unterhielt einen ansehnlichen Haushalt und hat doch stets gewusst, was es bedeutet, hart für den Reichtum zu schuften. Doch trotz all seines Fleißes, all seiner Gottesfürchtigkeit blieb ihm die vollkommene Glückseligkeit zeit seines Lebens verwehrt." Mary hatte den Kopf leicht gehoben. Gebannt lauschte sie Fynns Worten. „Wir waren fünf Schwestern. Doch mein Vater hatte stets zu Gott um einen Sohn gebetet. Wir waren die ihm auferlegte göttliche Strafe für ein Vergehen, dessen er sich nicht entsinnen konnte. Er suchte es gar bei uns. Des Öfteren packte ihn der Zorn und meine Mutter die Verzweiflung."

Sie konnte ihn noch vor sich sehen, den rauen Klang seiner Stimme vernehmen, wenn er sie zu sich rief. Sein Gesicht war rot vor Zorn und seine dunklen Augen sprühten Funken. Wie ein Donnergrollen brach seine Wut über ihr zusammen, entlud sich in einem Gewitter, dessen Regen Fynn selbst in den heutigen Tagen noch einzuholen vermochte.

„Ich hegte nie Interesse am anderen Geschlecht. Mein größtes Geheimnis. Ich habe es niemandem erzählt. Nicht einmal einer meiner Schwestern." Der dumpfe Schmerz der Schuld blieb aus. Mary hatte ihn in ihren Augen ertränkt, noch bevor er sich bis zu Fynns Herzen fressen konnte. „Ich habe mein ganzes Leben lang diese Lüge gelebt. Eine widersinnige Maskerade, die mein ganzes Leben ausmachte ... bis ich dieses Mädchen traf."

Es war, als hätte sie das Tor zu all jenen Erinnerungen geöffnet, die sie so lange in sich verschlossen gehalten hatte. Viel zu heftig strömten sie auf sie ein, der Schmerz kam brennend, beißend und pulsierend im frischen Grün der Bäume.

„Die Stimme eines Engels. Noch nie habe ich so süße Klänge vernommen wie jene zum sonntäglichen Gottesdienst, wenn sie vor mir stand. Das Haar, das ihr wie Gold über die Schultern fiel und mich in den Duft frischer Minze hüllte. Das Gefühl, wenn das Herz nicht mehr gehorcht und unregelmäßig schlägt, ein jedes Mal, wenn ich ihr Lächeln fing."

Fynn holte tief Luft. Es war die Erinnerung, die sie zu ersticken suchte. Etwas hatte sich in Marys Augen geschlichen, ein dunkler Hauch von Furcht, der sich dort spiegelte.

„Ich lebte zu lange in diesen Träumen. Sie machten mich blind für das Leben um mich herum." Die Worte schmeckten bitter auf ihrer Zunge, bitter und versalzen, als wäre es falsch, sie auszusprechen. „Ich glaubte einst, dass sich alles zum Guten wenden würde. Ich glaubte, ich könnte die Sterne erreichen, wenn ich nur wollte." Sie kniff die Lippen zusammen und schluckte schwer. „Ich traf sie eines Tages, als ich mit meiner Mutter und einer meiner Schwestern vom Markt zurückkehrte. Unbemerkt stahl ich mich davon, als Mutter sich in ein Gespräch vertiefte. Sie konnte sich meiner gar entsinnen, bemerkte, mich schon einige Male in der Kirche gesehen zu haben. Mein Herz schien vor Freude zu bersten, als ich in diese klaren Augen blickte. Wir liefen ein Stück beisammen, sprachen über Belanglosigkeiten. Sie lachte. Sie lachte viel und frei. Vom ersten Moment an hatte sie mich für sich eingenommen, hatte ihr Duft mich umgarnt und mich in dieser Traumwelt gefangen, in der ich glaubte, die Welt ändern zu können. An der alten Dorfeiche habe ich sie geküsst."

Ihre Stimme brach, als die Erinnerung über ihr zusammenschlug. Die Ohrfeige, die sie scharf in die Wirklichkeit zurückbrachte, die dunklen Augen, die nun keine Geheimnisse mehr bargen, sondern sie feindselig anblitzten.

„Sie beschimpfte mich als Hexe. Es dauerte nur wenige Stunden, bis sich die Nachricht verbreitet hatte." Fynn lenkte den Blick zur Decke. Verschwommene goldene Lichterfäden zogen sich durch den Dachstuhl, in denen der feine Juwelenstaub tanzte. „Ich konnte nicht zurück nach Hause."

Fynn spürte, wie Mary ihre Hand noch fester umschloss. Was konnte sie abschütteln von diesen verblichenen Träumen einer vergangenen Ewigkeit?

„Ich habe gelernt, dass man die Sterne nicht erreichen kann. Sie verschwinden bei Tagesanbruch."

Mary hob den Kopf. Ihre Stimme war sanft.

„Die Sterne sind immer da. Wir können sie unter den Strahlen der Sonne nur nicht erblicken."

Fynns Herz schlug schneller gegen ihre Rippen, als Mary ihr einen Kuss auf die Stirn gab und mit ihm auch die Schuld von ihr zu nehmen schien. Sie wollte bereits ansetzen, Mary alles zu gestehen. Wollte ihr von jenem Frost berichten, der ihre Seele umklammert hielt, von jenen drei Jahren, in denen sie alles verlor, an das sie je geglaubt hatte, als die Worte über Marys Lippen flossen, die ihr Herz erstarren ließen.

„Dieses Mädchen ... tragen dich deine Gedanken des Öfteren zu ihr?"

Es war Befangenheit, die in Marys Augen lag, Furcht und Sehnsucht.

„Manches Mal."

Ihre Worte klangen seltsam trocken und hohl, als sie sich mühte, in diese verlorenen Augen zu blicken. Nein, Mary war noch nicht bereit für die Geschehnisse, die Fynn um einen Teil ihres Verstands beraubt hatten.

„Liebes."

Noch immer schwiegen Marys blaue Augen und doch sagten sie mehr, als Fynn je erwartet hätte. Ein stummes Versprechen, das sie zärtlicher liebkoste, als Worte es je vermochten.

„Vielleicht schwimmen wir mit dem Strom", erwiderte Fynn den blauen Augen Marys. „Vielleicht auch gegen ihn."

Wie als Erwiderung schmiegte Mary sich enger an sie und für einen Augenblick lag vollkommene Stille über ihnen, war selbst das Rascheln des Heus verstummt, um ihnen diesen einen Moment in vollendeter Zweisamkeit zu gewähren. Der leise Atem Marys schien gedankenschwer.

Marys Hände umschlangen sie in einer sehnsüchtigen Umarmung, ihre Lippen streiften Fynns Wangen, als Marys Hand in ihr Haar griff, um die Spange herauszulösen.

„Was tust du?", lachte Fynn, als die haselnussbraunen Haare ihr über die Schultern fielen und Mary sie spielerisch zurück ins Heu drückte.

„Ich mag es, wenn deine Haare offen fallen."

Fynn schloss ihre Lippen mit einem Kuss, in dem sich ihre Seelen zu umschlingen schienen, ein Stück Unsterblichkeit, mit dem sie zusammen im gedämpften Gold des Heus versanken.

Mit einem Mal erschien ihr ihr Gemach viel zu groß. Leer. Sie lehnte vor dem Wandteppich. An ihrer Kleidung fanden sich einzelne Halme, die den frischen Duft des Morgens noch in sich trugen. Sie schloss die Augen, um für einen Moment zurückzufliehen an jenen Ort, in jene Zeit, in der es nur Fynn und sie gab, diese grünen Augen, in denen sie ertrunken war.

Dennoch brannte ihr Herz. In Erinnerung an jene goldblonde Schönheit, der Fynn einst all ihre Liebe schenkte. Was war es für ein Stechen in ihrer Brust, das sich ihrer bemächtigte, sobald sie an jene Worte in der Scheune dachte?

Ich möchte dich glücklich machen.

Noch umwoben von Fynns samtenen Küssen schritt sie durch ihr Schlafgemach, um sich umzukleiden, bevor jemand ihr Entschwinden bemerken würde.

Ihr Blick fiel auf ihr Spiegelbild, ihre milchigblauen Augen.

Vor dem Spiegel lag etwas. Erstaunt schritt sie auf ihre Kommode zu. Ihr Herz setzte aus.

Ein silbernes Amulett glänzte im Sonnenlicht, in das drei filigrane Rosen eingearbeitet waren. Das Silber lag kalt in ihrer hohlen Hand, als Mary das Amulett nahm. Sachte löste sie den zarten Verschluss zur Rechten der Rosen.

Das vertraute Gesicht einer jungen blonden Frau lächelte ihr daraus entgegen.

20 sang vulpin

Das sanfte Prasseln des Regens erfüllte den Raum, als dränge es aus weiter Ferne. Ein Regen, der die Luft wusch, schwere Gedanken zu ertränken und den Geist zu reinigen suchte.

Langsam schloss sie die schmale Holztür hinter sich, umfangen vom Duft des Regens und seinem stetigen Gesang, so verblüfft, dass sie für einen Augenblick an der kalten Tür lehnte, ohne sich rühren zu können.

Grace saß auf ihrer Schlafstatt. Die schmalen Beine eng an den Körper gezogen, schien sie sie zu beobachten. Ihre dunklen Augen blickten fragend, beinahe, als hätte sie Marys Besuch erwartet. Der milde Gesang des Regens verwischte und versiegte. Eine tiefe Stille legte sich um sie, die alles in sich verschlang, bis auf diesen Funken in Grace' Augen. Die starren Tiefen, sonst gläsern und in einer Welt, die Marys fern war, gewährten ihr einen Moment Einlass hinter den Spiegel, der ihr sonst nur ein lebloses Ebenbild ihrer Selbst zeigen wollte.

Ein Hoffnungsstrahl.

Grace senkte den Blick. Einige rote Locken fielen ihr über die Schultern. Das Prasseln des Regens begrub den Augenblick unter sich. Ein Zittern lief durch Marys Körper, als der Bann gebrochen wurde, eisig strömte es durch ihr Blut und ließ einen dumpfen Nachgesang in ihren Adern zurück, als Grace' Blick wieder zum Fenster hinüberwanderte.

„Guten Abend, Grace."

Tief hallte ihre Stimme an den steinernen Wänden wider, als sie den kleinen Raum durchquerte, um auf den Tisch unweit des Fensters zuzuschreiten. Seine Oberfläche war rau und ungeschliffen, fleckig und dunkel von der Zeit. Die Zinnteller darauf verzerrten das Bild. Als könnte Mary ihren Augen nicht trauen, ergriff sie eine der Johannisbeeren aus einer Schale und strich über die glatte Oberfläche. Frisch geerntet.

Ein Kelch Wasser, ein Laib Brot. Doch nichts von den Speisen schien ihre Schwester angerührt zu haben. Sie betrachtete die prallen Beeren in ihrer Hand. War ihr Vater endlich zu der Einsicht gelangt, dass Grace bekömmlichere Speisen gebracht wurden?

Erleichterung huschte über ihr Gesicht, als sie die Hand um die Beeren schloss. Der süße Duft von Lavendel und Rosmarin drang in ihre Nase.

Sie wandte sich ihrer Schwester zu, die noch immer auf ihrer Schlafstatt saß, die Beine eng an den Körper gezogen. Die roten Locken tanzten über den hellen Leinenstoff ihres schlichten Gewandes. Keine Regung huschte über ihre Züge, einer Statue gleich war ihr Blick dem Fenster zugewandt, als sähe sie durch den Schleier die Wahrheit, die das Leben einem jeden verborgen hielt.

Vielleicht mag das der Grund für ihr Schweigen sein. Sie kennt die Scheußlichkeit dieser Welt.

Behutsam ließ sie sich neben Grace nieder, die frostblauen Schleier ihres seidenen Gewandes umfächerten sie und erstreckten sich zu Grace, um sie ein Stück in dieses Leben zu zerren. Doch Grace hatte sich in ihrem Körper verschlossen.

„Ich bin mit ihm zum Fest gegangen. Das Maifest in Eccleston. Es war unbeschreiblich, Grace."

Sie hielt die Beeren in ihrer Hand, als wären sie eine verletzliche Kostbarkeit, die ihr jeden Augenblick durch die Finger rinnen könnte. Noch fehlte ihr die Kraft, Grace zu gestehen, dass auch in Fynn das Herz einer Frau schlug.

„Solch wilder Tanz, als tanzte die Freiheit selbst. Keine unzähligen Augenpaare, die Krähen gleich einen jeden deiner Schritte überwachen, um dir die Augen auszupicken, sollten sie dein Verhalten nicht dem deines Standes entsprechend befinden. Lediglich Musik, so klangvoll und laut, dass sie dir durch den Körper fuhr und dich unter sich verborgen hielt, um dich gleichzeitig allen zu entblößen. Sie entriss dir jene Gedanken, die dich des Tages trübsinnig werden ließen, und webte dich ins Dunkel der Nacht. Alles, was zählte, waren die Sterne."

Der süße Duft des Rosmarins entwich Grace' Haaren, als sie den Kopf wandte. Er durchdrang die regenmilde Luft und ließ Mary innehalten. Ein zarter Klang von Melancholie war es, die in den Augen ihrer Schwester sang, als säße eine Erinnerung hinter ihnen in Ketten, die Mary nicht befreien konnte.

Sie senkte den Blick auf die leuchtend roten Beeren und mit einem Mal wusste sie nicht mehr, weshalb ihr der Vorzug, zum hohen Stande zu gehören, einst genügte. Ein Leben zwischen falschen Brillanten und Farbenspielen, die das Grau ihrer Tage zum Erstrahlen bringen sollten. Doch jeder Regen hatte die Farben erneut hinfortgewaschen. Sie suchte einen versteckten Ort, um sich selbst zu verstehen, und Fynn war es, die sie aus ihrem gläsernen Reich geführt hatte.

„Was ist es, das uns glauben lässt, wir seien angekommen an jenem Punkt, dem wir schon immer entgegenstrebten, und dennoch haben wir uns verlaufen? Am Ende ist alles, was dieses Leben gibt, ein Spiel des Ansehens."

Sie wandte sich Grace zu, die regungslos neben ihr saß, einer Puppe gleich, und dennoch brannte in Marys Herzen das Gefühl, dass sie ein jedes Wort in sich aufgenommen hatte.

„Es findet sich immer jemand in der Nähe, der bereit ist, über mich zu urteilen. Aber es gibt niemanden, der die einsamen Momente versteht."

Das milde Prasseln des Regens tauchte sie in seine undeutliche Stille, als Grace sich langsam zu ihr beugte. Kaum spürbar berührten sich ihre Finger, als sie eine der Beeren aus Marys Hand nahm, gleichfalls so achtsam und bedacht, als könnte sie ihr Schmerzen bereiten.

Kurz hob sie den Blick und Mary war es, als sähe sie hinab in einen Abgrund menschlicher Taten, der ihr ohne jedes Bedauern die Wirklichkeit offenbaren wollte. Es waren ihre Augen, dieser Spiegel, der zu ihr sprach, als hätte Grace selbst die Worte laut gesprochen, über den Regen und Rosmarinduft hinaus, sodass sie von den Wänden hallten und Mary für einen flüchtigen Moment den Eintritt zu Grace' Herz gewährten.

So gib endlich auf, in die falsche Welt verliebt zu sein.

Der leichte Windhauch fuhr ihm durchs Haar und trug noch den Duft des Regens in sich. Veloce schnaubte sacht, als schmeckte er die Gedanken seines Herrn in eben jener regenschweren Luft. Die Sonne stand hoch, doch ihre Strahlen wirkten schal und schwach. Vereinzelte Wolken suchten sie zu trüben und Richard konnte sich des Gefühls nicht erwehren, dass dies keinen glücklichen Tag für ein Jagdvergnügen versprach. Beruhigend strich er über den kräftigen Hals des Rappen, doch galt die Berührung mehr der Linderung seiner eigenen Unruhe als der des Tieres.

„Welch ausgesprochen guter Tag für eine Jagd." Lord Henry war zu ihm getreten, in der Hand die ledernen Zügel seines rostbraunen Hengstes. Sein dunkles Lachen dröhnte in Richards Ohren, als er sein Pferd übermütig tätschelte. „Sheen tänzelt bereits vor Erregung. Ein solch vorzüglicher Jagdhengst wird den Füchsen Eurer Wälder nicht geläufig sein. Ich kaufte ihn eigens für jenes Vergnügen, äußert machtvolle Tiere, die Irish Hunters, und stattlich anzusehen."

Richard musterte den ansehnlichen Hengst, der stolz den Kopf emporreckte und dessen dunkle Augen ihn ebenfalls in sich festzuhalten schienen, ein wacher Blick gleich dem eines Menschen. Seine Ohren zuckten, als nähme er alle Geräusche dieser ihm noch fremden Umgebung in sich auf und verschlösse sie in seinem Inneren.

„Ein wahrliches Prachtexemplar, My Lord", pflichtete er dem Earl of Marlborough bei, doch obgleich er die kräftigen Hinterläufe und das seidene Fell des Tieres bewunderte, so war in seinen Augen auch das eindrucksvollste Pferd nur an den Fähigkeiten seines Reiters zu bemessen. Lord Henry begann, über seinen Kauf und die Vorzüge des Hengstes zu plaudern, doch Richard schenkte seinen Ausführungen keine tiefere Beachtung.

Er wusste, dass seinem Vater viel an der Jagd mit dem Earl gelegen war, um die freundschaftlichen Beziehungen der beiden Familien weiterhin zu pflegen. Doch wie sollte er die ungezügelte Freiheit in einer Jagd ausleben, sich für einen Augenblick von allen Pflichten freisprechen, wenn sie gemeinsam mit einem Edelmann ritten, dessen Stolz ihm die prachtvollste Kleidung gebot, ungeachtet aller Vorzüge schmuckloser Gewandung? Der Justeaucorps, ein dunkler Jagdrock über dem gerüschten Leinenhemd, war mit goldenen Borten verziert, als ertrüge der etwas beleibtere Earl es nicht, nicht durch übermäßigen Prunk aus der Jagdgesellschaft hervorzustechen. Beinahe wunderte es Richard, dass er auf den Stehkragen verzichtet hatte und trotz allem eine Kniehose mit hohen Reitstiefeln trug.

„Euer Vater berichtete mir bereits von Eurem außergewöhnlichen Talent, mein lieber Richard. Ihr sollt auf dem Pferd kaum wiederzuerkennen sein, so sehr erfülle die Jagd Euer Gemüt."

Ein leichtes Schmunzeln stahl sich auf Richards Gesicht angesichts dieser lobenden Worte seines Vaters.

„Die Jagd ist meine größte Leidenschaft. Wer nie die Freiheit der Jagd verspürte, nie beim Klang der Musik erbebte und nie den Duft der Liebe vernahm, der solle von sich nicht behaupten, er kenne das Gefühl des Lebens."

Nachdenklich straffte Lord Henry den Jagdrock und nickte bedächtig.

„Weise Worte gesprochen von solch junger Seele."

„My Lord." Sir Richard war zu den beiden getreten und verneigte sich leicht vor dem Earl. „Ihr ehrt mich und meinen Sohn mit Eurer Gesellschaft bei der heutigen Jagd."

Seine Worte klangen matt und abgestumpft; seine Augen blickten leer. Richard konnte die feinen Fältchen erkennen, die unter den Augen seines Vaters lagen, umrahmt von dunklen Schatten, als hätten ihn die Geister der Vergangenheit in den letzten Nächten seines Schlafes beraubt. Die Silberfäden durchzogen mehr und mehr seine dunkle Haarfülle und Richard fragte sich, ob es nicht mehr war als nur die vorübergezogenen Jahre, die auf seiner Seele lasteten.

„Das Vergnügen liegt ganz auf meiner Seite. Ich weiß Eure Gastfreundschaft über alles zu schätzen, gleich meiner Frau und Kindern, die nur zu gern auf Eurem Anwesen verweilen. Ihr solltet nur sehen, welch geschäftige Erregtheit von Elizabeth Besitz ergreift, wenn sie den Besuchen entgegenfiebert."

Veloce schnaubte erneut, sodass Richard ihm beruhigend über den Hals fuhr.

Du hast vollkommen recht, fuhr es ihm durch den Kopf, als er in die Augen seines Rappen blickte. *Ich glaube nicht, dass sie sich lediglich um Marys Willen für diese Ausflüge zu begeistern weiß.*

„Die Treiber sind nun vollzählig auf dem Hof versammelt. Ich habe dieses Mal auf die Bauern verzichtet und mich lediglich der Untergebenen des Anwesens bedient, immerhin sind wir heute nur eine kleine Jagdgesellschaft. Aber seid unbesorgt, dass sie Euch dennoch zu erquicken vermag." Sir Richard richtete seinen Blick auf die kleine Meute, die sich auf dem Hof versammelt hatte.

„Aber gewiss doch, wenn ich jene kräftigen Männer betrachte, die Ihr als Treiber wähltet. Doch sagt, meine Tochter wusste mir zu berichten, dass Lady Mary besonders einen der Stallburschen zu empfehlen weiß. Befindet auch er sich unter den Anwesenden? Ein solcher Wunderknabe sollte uns doch wahrlich nicht entgehen."

Richard erstarrte. Die Worte des Earls, gesprochen mit einer nebensächlichen Belanglosigkeit, hingen schwer in der Luft, als schälte sich der harte Kern erst im Nachhinein aus der verblümten Schale. Aus den Augenwinkeln konnte er erkennen, dass auch sein Vater zunächst stockte, und er verfluchte sich innerlich dafür, dass er es so weit hatte kommen lassen. Hatte er geglaubt, Mary fände allein auf den ihr vorbestimmten Weg? Wie konnte sie eine solche Unvorsicht walten lassen, um ihrer aller Ansehen leichtfertig zu verspielen?

„Ich wüsste nicht, von welchem Burschen Ihr zu sprechen beliebt." Sein Vater räusperte sich. Nur Richard hatte das zornige Zittern vernommen, das unter den Worten verborgen lag.

„Oh, es handelt sich um einen tüchtigen Burschen, der uns schon so manchen Dienst erwies. Er sollte sicher in den Stallungen zu finden sein. Da er dort kräftig anzupacken hat, verzichtete mein verehrter Herr Vater darauf, ihn ebenfalls bei der Jagd als Treiber einzusetzen." Richard legte Leichtigkeit in seine Stimme, als sprächen sie von einem einfachen Bediensteten oder gar einem Stück Vieh. Doch die Zügel zitterten leicht in seinen Händen. Lord Henry musterte ihn erstaunt, gar verwundert, dass er jenen Burschen zu kennen schien, und legte seine Stirn in Falten, als quälte ihn der Gedanke.

„Doch ich denke, jemand, den Eure hochgeschätzte Schwester zu empfehlen weiß, sollte dieses Vergnügen noch gelungener gestalten. Was meint Ihr, Sir?", wandte er sich Richards Vater zu, der das Gespräch schweigend verfolgt hatte. Seine Augen wirkten getrübt, beinahe undurchdringlich, sodass Richard eine düstere Ahnung befiel. Eine Wolke schob sich vor die Sonne.

Sir Richard schlug die Augen kurz nieder, als kapitulierte er innerlich vor einem unbekannten Gegner, und winkte einen der Treiber heran. Seine Bewegungen schienen müde und resigniert.

„Wie lautet der Name jenes Burschen?"

Richard setzte zu einer Erwiderung an, doch Lord Henry kam ihm zuvor.

„Fynn, soweit mein Gedächtnis mich nicht trügt."

Die Worte blieben Richard in der Kehle stecken.

„Jack, bring jenen Fynn zum Tor, damit wir endlich aufbrechen können. Eile dich."

Der hochgewachsene Bursche verneigte sich, um anschließend davonzuhasten. Richard blickte ihm nach, sich den Ausdruck seiner Augen in Erinnerung rufend, in denen er eine gewisse Belustigung bemerkt zu haben glaubte.

„Diese Jagd scheint mir ein amüsantes Spektakel zu verheißen", erwiderte der Earl erheitert, als er sich seinem ungeduldigen Irish Hunter zuwandte, um aufzusitzen.

Richard jedoch konnte sich des Gefühls nicht erwehren, dass das kommende Spektakel den Earl allein zu amüsieren vermochte.

Fynn ballte die Hand zur Faust. Warm sickerte es ihren Handrücken hinab und scharf trieb der Schmerz durch ihre Adern, um in ihrem Blut zu ertrinken. Behutsam zog sie den schmalen Splitter aus ihrem Handrücken. Für einen Moment schlichen ihre Gedanken wieder zu Mary, zu diesen zierlichen weißen Händen.

Und dennoch verbarg sie Geheimnisse vor ihr. Jede Nacht überfiel sie erneut die Angst, dass Marys zarte Hände es zu ertasten vermochten, als wäre ihr Leben auf ihre Haut gezeichnet, unauslöschlich in sie gebrannt und gleich einem geöffneten Buch zugänglich.

Sie war länger geblieben, als sie beabsichtigt hatte. Der Juni kündigte seinen Einzug an. Es war nur eine Frage der Zeit, bis er dem heißen Sommer weichen müsste.

„Kaum lässt man dich aus den Augen, tust du dir natürlich was an! Dass ich auch immer auf dich Acht geben muss!" Jacobs helle Stimme riss Fynn aus ihren Tagträumen. Sein verwaschenes Leinenhemd war ihm zu groß und gab den Blick auf seine linke Schulter frei, während er sich kopfschüttelnd neben Fynn auf eine Mistgabel stützte. Seine dunklen Locken hüpften bei der Bewegung auf und ab und entlockten Fynn ein Lachen.

„Eher dürften meine Augen nicht von dir weichen. Unfassbar, dass du dir zum Maifest elf Krüge Ale einverleibt hast.“

„Und zwei Krüge Met“, grinste Jacob und stützte sein Kinn auf der Mistgabel ab. „Dabei hatte ich Cathy doch gebeten, dir nichts davon zu erzählen. Mal überlegen, wie ich das dem schwätzenden Waschweib heimzahlen kann.“

Lachend schüttelte Fynn den Kopf. Das Blut auf ihrem Handrücken war geronnen und hatte sich dunkel verfärbt, der Schmerz war verflogen. Doch bevor sie sich wieder der Arbeit zuwenden konnte, erfüllte eine dunkle Stimme die Stallungen.

„Ein Knecht namens Fynn hier?“

Fynn zuckte zusammen, als Jacob vor Schreck die Mistgabel fallen ließ. Seine Augen waren groß und rund, als er zu ihr hinüberblickte, und sie fürchtete, dass sein Verhalten den anderen Knechten aufgefallen sein musste. Seit er Kenntnis von den heimlichen Treffen Fynns mit der Tochter des Baronets besaß, war er verschreckter geworden, als wäre er es, der Verbotenes beging.

Sie wandte sich um, blickte zum Tor hinüber. Niemand schien Jacob und ihr Beachtung zu schenken. Der hagere Bursche, der ihren Namen gerufen hatte, stand noch dort. Sein Blick traf den ihren.

„Jacob, sag der Lady, dass ich sie heute nicht zur vereinbarten Zeit treffen kann“, presste sie mit verhaltenem Atem hervor, die Worte so erstickt, dass selbst Jacob sie kaum vernahm.

„Aber wie …?“, stotterte er, doch Fynn brachte ihn mit einem Blick zum Schweigen. Einem kleinen Hund gleich blickte Jacob ihr hinterher, als sie den Gang zum Tor entlangschritt, genau auf den Knecht zu, der soeben nach ihr verlangt hatte.

„Das wäre dann wohl ich.“

Sie reichte dem anderen Knecht bis zum Hals und musste den Kopf leicht in den Nacken legen, um zu ihm blicken zu können.

„Der Baronet verlangt deine Anwesenheit auf der Fuchsjagd.“

Bildete sie sich das spöttische Lächeln nur ein, das um seine Mundwinkel lag? Ohne ein weiteres Wort wandte er sich ab, um über den Innenhof zu eilen. Die Verwirrung musste ihr ins Gesicht geschrieben stehen, sodass sie ihren Hut tiefer in die Stirn zog, während sie dem weizenblonden Knecht folgte. Der Baronet hatte ihre Gegenwart auf einer Jagd noch nie in Anspruch genommen. Ihr Blick streifte das geronnene Blut auf ihrem Handrücken und eine dunkle Ahnung stieg in ihr empor. Dies war kein guter Tag für eine Jagd.

Die Hufe der Pferde drückten sich tief in die noch feuchte Erde. Obwohl die Sonne sich von den meisten Wolken befreit hatte, fühlte Fynn eine Unheil verkündende Kälte in ihre Gewänder kriechen, während sie mit den anderen Schritt hielt. Die hohen Herrschaften ritten voraus, ihre Pferde locker im Trab gehalten. Noch folgten die Treiber ihnen, bevor sie am Wald voranstürmen würden, um die Füchse vor die Flinten der Adeligen zu scheuchen. Doch seit sie das Anwesen verlassen hatten, kroch ein Unbehagen Fynns Seele empor, dessen sie sich nicht zu entledigen vermochte. Fremde Blicke schienen ihren Rücken zu durchbohren, die unausgesprochenen Fragen der anderen Knechte hingen in der Luft. Sie schnappte vereinzelte, verhaltene Gespräche auf, hie und da entflammte ein kurzlebiges Lachen, um sich dann im schwachen Windhauch zu verlieren.

„Deine erste Jagd als Treiber?“

Die Worte der dunklen, rauen Stimme galten ihr und sie erkannte Kenneth, den stämmigen Knecht, mit dem sie bereits einige Male zuvor verschiedene Arbeiten verrichtet hatte. Sie bejahte knapp und er nickte stumm vor sich hin, einem ihr unbekannten Takt folgend, und machte sich nicht die Mühe, ein Gespräch zu beginnen. Schweigend liefen sie nebeneinander, bis sie den großen Wald erreichten, der nördlich des Anwesens gelegen war. Sir Richard, dessen Sohn und der Earl of Marlborough hielten ihre Pferde an, sodass die Treiber rasch aufschlossen. Der Duft des Waldes stieg Fynn in die Nase, der Geruch nach feuchtem Moos und gewünschter Einsamkeit. Ihre Schuhe waren bereits von Erde bedeckt. Sie hörte das ungeduldige Schnauben des Pferdes, auf dem der Earl geritten war. Sie war nicht weit entfernt von dem rostbraunen Tier zum Stehen gekommen, dahinter konnte sie den schwarzen Hengst des Sohnes des Baronets ausmachen. Ein Schauer lief ihren Rücken hinunter, als sie an jene Worte dachte, die sich ihr unauslöschlich ins Gedächtnis gebrannt hatten.

Aber vergiss nicht, Bursche – ich werde dich im Auge behalten.

Zu damaliger Zeit wiegte sie sich in Sicherheit, da es keinerlei Verbindung zwischen ihr und seiner Schwester gegeben hatte. Unvorstellbar jedoch, welche Geheimnisse er jetzt zutage fördern könnte – oder gar bereits zutage gefördert hatte. Ihr Herz begann unvermittelt schneller zu schlagen, als der Schemen jener schwarzen Gestalt in der Nacht des Maifestes wieder vor ihren Augen erschien, das Rascheln der Blätter, als er von der Lichtung verschwand und sie und Mary in Ungewissheit zurückgelassen hatte.

Die Zeit drängte.

„Du, komm her und halte meine Zügel!"

Doch es war nicht der Sohn des Baronets, der nach ihr rief, sondern Lord Henry, der ungeduldig von seinem Hengst zu ihr herunterblickte. Sie verspürte eine Erleichterung, die rasch wieder verflog, als sie sich dem Earl näherte. Er ließ die fein gearbeiteten, ledernen Zügel seines Rosses aus den Händen gleiten, als Fynn nach der Kandare griff und er selbst absaß.

„Hüte dich, dass er dir nicht durchgeht", warnte er mit kalter Stimme, gleich seinen dunklen Augen. Wortlos hielt sie die Zügel, die Augen jedoch auf den Baronetssohn gerichtet, der sie keines Blickes zu würdigen schien. Auch er hatte einen Knecht herangerufen, die Zügel zu halten, und war vom Pferd abgesessen. Fynns Blick fiel auf die Flinte mit einem Kolben aus dunklem, poliertem Holz, an dessen Abzug silberne Bilder angeschlagen waren, die Fynn aus der Entfernung nicht erkennen konnte. Ein edler Todbringer.

Die restlichen Treiber scharten sich um die Adeligen, die eifrig berieten – allem voran jener beleibte Earl, dem eine seltsame ausdruckslose Freude ins Gesicht geschrieben stand, dass es Fynn eiskalt den Nacken hinunterlief –, bis die Stimme des Baronets kraftvoll verkündete, an welchen Stellen sie in den Wald einzudringen hatten.

„Ihr werdet euch zu drei Gruppen teilen, sodass ihr die Füchse und sonstiges Wild in einem Halbkreis auf uns zutreiben könnt. Die ersten sieben von euch werden den Wald an der Stelle des Eichenhains betreten, nordwestlich von hier gelegen. Anschließend werdet ihr euch in südöstliche Richtung wieder auf uns zubewegen, bis ihr auf die zweite Gruppe trefft, die weiter nördlich beginnen wird."

Die Worte rauschten unaufhaltsam an ihr vorbei. Mit einem Mal schien ihr das Spektakel vor ihren Augen unwirklich. Wie lange hatte sie geglaubt, sich verstecken zu können? Die Furcht hatte sich zerstreut, doch das, was sie als stetig kleiner werdende Bedrohung erlebt hatte, schloss jetzt einer Falle gleich seine Klauen. Eine stille See musste nicht bedeuten, dass der Sturm vorüber war. Er konnte auch gerade erst beginnen.

„Ihr Letzten haltet euch östlich von hier, bis ihr auf die Schroffen trefft, die felsige Stelle oberhalb des Flusses. Daniel und Jack kennen den Weg, an jenem Ort waren wir bereits bei den letzten Jagden, ihr entsinnt euch." Zwei der Knechte, die unweit von Fynn entfernt standen, nickten. Das Pferd des Earls schnaubte leicht, als wäre es die Vorrede leid und könnte es nicht erwarten, endlich in den Wald zu preschen.

„Ihr werdet die neue Brücke auf dieser Seite des Flusses passieren und lauft anschließend in Richtung Norden. Sowie ihr den Wald betreten habt, haltet ihr euch südwestlich, bis ihr auf die anderen stoßt. Wir lauern südlich inmitten der Wildwechsel."

Fynn blinzelte. Sie war dem Flussverlauf noch nie in nördlicher Richtung gefolgt und war auch noch nicht so tief in den Wald vorgedrungen. Hoffte der junge Richard, dass sie sich im Wald verlieren würde, um endlich seiner Schwester fernzubleiben? Ein leiser Zorn wallte in ihr auf und sie drückte die Zügel noch fester. Das Pferd schien ihre Unruhe zu spüren und scharrte mit den Hufen, als die Menge sich auflöste und die ersten bereits in Richtung des Eichenhains stürmten.

Lord Henry kam auf Fynn zu, schwerfällig und mit einem selbstgefälligen Lächeln im Gesicht, dass sie Widerwillen in sich emporstiegen spürte und sich beherrschen musste, das Ross ruhig zu halten, als er sich ungelenk wieder in den Sattel hievte. Mit einem säuerlichen Gefühl im Bauch übergab sie ihm demütig die Zügel seines unruhig schnaubenden Hengstes.

„M'Lord."

Sie verneigte sich leicht, als der Schatten des Earls auf sie niederfiel. Sie erhob sich langsam, roch das schwere, süßliche Parfum, das den Geruch des Schweißes zu überdecken suchte, und widerstand dem Drang, ihren Hut weiter in die Stirn zu ziehen.

„Gib Acht, in wessen Gemächer dich deine Schritte tragen", raunte der Earl, sein Gesicht zu nah an dem ihrigen und seine zuvor leeren Augen funkelten vor tückischer Genugtuung. Die Flinte schien in seiner Hand zu zucken. Fynns Nackenhärchen stellten sich auf und sie wagte nicht, in jene trüben Augen zu blicken. Die Stille lag bedeutungsschwer zwischen ihnen.

Einer der Knechte rempelte Fynn an.

„Nun mach schon, wir haben nicht den ganzen Tag Zeit!"

Lord Henry richtete sich auf und schickte sich an, zu den Grosvenors aufzuschließen. Ihre Gliedmaßen fühlten sich an, als wären sie zu Stein erstarrt. Sie konnte den Blick nicht von den drei Pferden wenden, von denen eines ihr Verderben zu tragen schien.

„Wird's bald!"

Der ungeduldige Knecht hatte sie am Ärmel gepackt. Sein Atem roch nach Met und etwas, das sie entfernt an ranzigen Käse erinnerte. Sie riss sich los und funkelte ihn wütend an, doch er maß ihr keine weitere Bedeutung bei, sondern war den anderen ihrer kleinen Gruppe hinterhergeeilt. Fynn zwang sich, ihm raschen Schrittes zu folgen, doch ihre Beine wollten ihr nicht gehorchen und ihre Gedanken wirbelten aufgescheuchten Vögeln gleich.

Sie erreichten den Fluss innerhalb kürzester Zeit. Sein Rauschen und Murmeln spülten den Schrecken mit sich fort, doch nicht die Erinnerung. Fynn hatte die anderen eingeholt und schaffte es, mit ihnen Schritt zu halten. Der unverfälschte, reine Duft des Waldes trieb die süßliche Gerissenheit des Earls aus ihrer Nase.

„Schlägst dich gut für deine erste Jagd, Junge."

Kenneth hatte sich ein wenig zurückfallen lassen, um neben ihr zu laufen. Er trug die Hände auf dem Rücken verschränkt und seine breiten Schultern mit dem kurzen Hals und dem groben Gesicht verliehen ihm ein bärenartiges Antlitz. Doch in seinen Augen loderten jene Sanftmut und Geduld, die sein bedrohliches Äußeres Lügen straften. Er schien zu spüren, dass Fynns Gedanken auf anderen Wegen wandelten.

„Brauchst dich nicht gräm'n, wenn die hohen Herrschaften was an dir auszusetzen ham. Is' jedem von uns hier schonma' so ergang'n." Er hielt den Blick noch zu Boden gesenkt und obgleich er nicht zu Fynn herüberschaute, schaffte er es, eine Wärme in seine Stimme zu legen, die sie ihrer inneren Befangenheit und Befürchtungen zu entledigen vermochte. Die Bedrohung war in Gestalt des plumpen Earls in Richtung der Wildwechsel im Wald verschwunden und sie spürte, wie sich langsam auch die Schwere von ihren Gliedern löste.

Die Felsen am Ufer des Dee ragten hoch empor und waren kaum zu übersehen. Der Wald öffnete sich in einer kleinen Lichtung, als wollte er die fremden Besucher willkommen heißen und ihnen den Weg hinein in sein Dickicht weisen. Sanft verfolgte sie das Murmeln des Flusses, als sie schon in die Zweige und Farne vorgedrungen waren.

„Siehst das Erdloch dort, Jungchen? Da wohnen se, die Füchse."

Er stieß einen gellenden Schrei aus, sodass Fynn erschrocken zusammenzuckte. Ein Schuss aus einer der wenigen Flinten, die die Knechte mit sich trugen, löste sich. Einige sprangen durch die Farne und Fynn konnte einen roten Streif durch das Unterholz huschen sehen. Mit einem Mal schien ihr das Herz schwer zu werden. Weitere Tiere drangen aus den Büschen und Farnen, sprangen vor ihnen davon und glaubten, sich in Sicherheit bringen zu können.

Dabei treibt euch die Flucht genau ins Maul des gierigen Löwen.

Verbittert betrachtete Fynn das Treiben um sich, folgte dem gutmütigen Knecht, der durch die Farne drang und an Büschen rüttelte, um alles Leben des Waldes in Aufruhr zu versetzen. Auch sie sprang durch das junge Grün, doch die Achtlosigkeit um sie herum wollte ihr die Kehle zuschnüren. Der Wald war erfüllt von Schreien und Rufen, von vereinzelten Schüssen, Lachen und stetigem Rascheln, sodass alle seine Geräusche verstummt waren. Nur die panische Flucht der Tiere, die Hetze durch das Unterholz, war ihm geblieben. Die Luft war angstgetränkt.

Fynns Leinenhemd verfing sich in einigen Zweigen. Sie zog sich Schrammen an den Dornen zu, als sie sich mühte, mit den anderen Schritt zu halten. Vor ihnen sah sie rote Felle unter den Farnen aufblitzen, Füchse, Kaninchen und anderes Getier, das Schutz suchend von einem Busch zum nächsten sprang.

„Is' bald geschafft!", rief ihr der alte Knecht zu, als sie aus der Ferne bereits den Lärm der zweiten Gruppe hören konnte, die zu ihnen stieß. Der Wald war plötzlich mit regem Leben erfüllt, hinter jedem Blatt schien sich die Furcht zu verkriechen, um erneut aufgescheucht und auf die Falle zugetrieben zu werden. Junge Knechte stürmten voraus, lautes Gejohle hallte unter den Bäumen wider. Fynns Beine wollten ermüden und sie taumelte leicht, als sie über einen Stein stolperte, fing sich jedoch rasch und folgte der wilden Meute.

Schreie ertönten, als das Wild durch das Unterholz brach. Fynns Atem brannte in ihrer Kehle, das Leinen ihres Hemdes klebte nass vor Schweiß an ihrem Rücken.

Plötzlich schien ihre Schulter zu zerspringen. Tausend Stiche durchbohrten ihre Haut, rissen sie zu Boden. Ein unerträglicher Schmerz schwemmte ihren Arm mit sich fort, überflutete ihre Sinne. Der Wald um sie herum verwischte, zog sie in einem Strudel mit sich fort und Übelkeit stieg in ihr empor, bevor das Licht um sie herum verblasste und sie hinab in die Finsternis fiel.

21 le clair-obscur

Sie spürte den zierlichen Ring kalt an ihrer Hand. Mary wusste, dass es ein Wagnis war, ihn offen zu tragen, doch nun kümmerte es sie nicht. Eine kalte Wehmut überfiel sie, als das Licht der Sonne hinter einer Wolke verblasste, und sie wandte den Blick vom Horizont. Seit Jacob hinter dem Wandteppich verschwunden war, schien die Zeit zäher zu fließen.

Ihr Vater legte großen Wert auf den makellosen Ablauf einer Jagd, besonders, wenn hohe Gäste zugegen waren. Eine Jagd in Gegenwart des Earls of Marlborough war kein Ereignis, das er dem Schicksal überließ. Umso verwunderlicher erschien es ihr, dass er nicht seinen bevorzugten Kreis von Knechten auserwählte, den er selbst bei geringer bedeutsamen Jagden selten ersetzte. Jedweder Fehler erzürnte ihn und nahm ihm das Vergnügen, das dieses grausame Spektakel mit sich brachte. Ein Spektakel, an dem sich wahrlich nur die Seelen der edlen Herren zu laben vermochten. Sobald der Geruch des Schrotes und Blutes in der Luft hing, verwandelten sie sich in reißende Bestien, deren Blutlust jeglicher Vernunft entsagte.

Welch Dämon hatte sich seiner bemächtigt, dass ihr Vater Fynn in diesen Strudel des Todes zu ziehen suchte?

Das Silberamulett lag kalt in ihrer Hand. Sie hatte dem gemeinsamen Ausritt entgegengefiebert, zu lange schon waren sie nicht mehr geritten, besorgt darum, den Schein zu wahren.

Wie von selbst öffneten ihre Finger den schlanken Verschluss und gaben den Blick frei auf jene zwei filigranen Bilder, deren Gesichter wie aus einer anderen Zeit zu ihr aufzublicken schienen. Zu gern hätte sie Fynn davon berichtet und das unbehagliche Gefühl in Worte gekleidet.

Die gedämpften Geräusche des regen Treibens auf dem Hof drangen zu ihr hinauf. Die Jagdgesellschaft musste bereits aufgebrochen sein. Sie erwog für einen Augenblick, im Garten zu promenieren, doch sie wusste, dass sich ihre Gedanken dort ebenso nicht zu zerstreuen vermochten.

Die junge blonde Frau lächelte ihr aus dem Amulett entgegen, ein Lächeln so offen und frei, wie es sich nur selten in den Zügen einer Edeldame spiegelte.

Sie stutzte einen Augenblick, als sie wieder von dieser Vertrautheit ergriffen wurde. Konnte es möglich sein, dass sie das junge Ebenbild Camillias in ihren Händen hielt? Doch auch Camillia hatte nie ein solches Lächeln zur Schau getragen. War es das, was sie über die Jahre verloren hatte?

Ein seltsames Schwindelgefühl befiel Mary, als ihre Gedanken weitere Kreise zogen. Dumpf hallten die zornigen Stimmen in ihrem Kopf wider, die Erinnerung an jenen Abend brach über ihr zusammen.

„In einer Lüge habt ihr sie großgezogen. Mit Heuchelei und Verblendung."

Camillia hatte von ihr gesprochen. Sie wusste es mit einer Gewissheit, die sie vor sich selbst erschrecken ließ. Sie schloss die Augen. Das leise Klicken des Verschlusses schien laut in ihren Gemächern widerzuhallen.

Sie konnte nicht länger davonlaufen.

Ihre Augen gewöhnten sich rasch an das matte Halbdunkel, das den Räumlichkeiten eine bedrückende Schwere verlieh. Langsam ließ sie die schwere Mahagonitür ins Schloss fallen, doch kein Laut war zu vernehmen, als sollte der weise Schlaf der Bücher nicht gestört werden.

Mary verharrte kurz, als ihr Blick die Regale streifte, die sich bis unter die Decke türmten, sich beinahe bedrohlich vor ihr aufbäumten, als duldeten sie ihre Anwesenheit nicht. Sie war lange nicht hier gewesen. Auf den zwei großen Tischen zu beiden Seiten des Raumes stapelten sich Bücher, manche ordentlichen aufeinandergelegt, andere aufgeschlagen, zum Teil gelesen, ihre Geheimnisse entblößt, von den Geschichten neuerer Bücher verdrängt. Ein Globus prangte unter ihnen, als wachte er über jene, die den wohlbehüteten Schutz der Regale hatten verlassen müssen.

Mit einem Male wurde ihr schmerzlich bewusst, dass ihr der Hang zur allwissenden Einsamkeit in den Weiten der Bibliothek schon lange abhandengekommen war. Vorsichtig, als wollte sie die schlummernden Bücher nicht aus ihren Träumen reißen, schritt sie die Regale entlang. Das Rascheln ihrer Unterröcke verlor sich in den endlosen Weiten dieser mächtigen Stille, nicht einmal die schweren Vorhänge der riesigen Fenster rührten sich, als wären auch sie dem Schlaf verfallen.

Ihre Augen streiften ihr wohlbekannte Namen: Platon, Aristoteles, deren Werke sich jedoch nie in ihre Hände verirrt hatten, als ihr die Zeit in diesen Räumen noch unendlich von Wundern getränkt erschien. Sie streifte Senecas *Epistulae morales ad Lucilium* mit den Fingern, wohl wissend, dass Richard vor einigen Sommern über jenem Werk gebrütet hatte, doch sie selbst war zur damaligen Zeit in den Liebeswirren des *Midsummer Night's Dream* versunken und wandelte in Gestalt der Helena durch den Feenwald.

Wann hatte sie diese Fantasien hinter sich gelassen?

Zögerlich betrat sie die hintere Kammer. Der Geruch von Tinte hieß sie willkommen. Behutsam strich sie über die Notizen in der schmalen, galanten Handschrift ihres Vaters, die sich auf einem kleinen Tisch stapelten. Tintenflecke beschmutzten die Seiten, ganze Sätze und Worte waren durchgestrichen, um in neuen Wendungen zu erscheinen. Seine Feder lag zwischen den Papieren und ihr war, als wäre sie noch warm von seinen Fingern. Die Kerze auf dem goldenen Kerzenständer war heruntergebrannt. Er musste die letzte Nacht wieder lange geschrieben haben.

Das wenige Licht, das durch die Vorhänge fiel, tauchte die Kammer in schweigendes Gold und Mary glaubte, die Bücher in ihrem Schlaf atmen zu hören.

Behutsam schritt sie zum Regal, um das gesuchte Buch hinauszuziehen. Gleich einem sachten Erwachen aus langen Träumen glitt es aus der Bücherwand hervor. Bedächtig hielt Mary es in Händen, den ledernden Einband, der die Geschichte ihrer Familie zu erzählen wusste.

Sie schritt zu dem Tisch und schob einige Notizen ihres Vaters zur Seite.

Unmöglich, dass er sich in dieser Wirrnis zurechtfindet, fuhr es ihr durch den Kopf, als sie das Buch ablegte und sich auf dem Samt des Lesestuhls niederließ. Beinahe ehrfürchtig öffnete sie die Seiten und einem Gähnen gleich enthüllten sie in leichtem Knistern alles, was sie zu wissen glaubten.

Rasch durchblätterte Mary die frühen Jahre, ihre Augen auf der Suche nach dem einen Namen, hinter dem sie mehr zu erahnen glaubte, als er seiner Trägerin zusprach. Möglicherweise handelte es sich bei Camillia gar um eine entfernte Tante, die ihr Vater zu sich genommen hatte? Sollte es so sein, würde sie ihren Namen in der Chronik sicher zu finden imstande sein.

Die nagende Angst war zurückgekehrt und hatte sich in ihrem Herzen eingenistet. Welche Wahrheit konnte es sein, die ihr Vater vor ihr zu verbergen suchte? Er sprach kaum zu ihr, doch stets schenkte er ihr reinen Wein ein – aus welchem Grund hätte er schweigen sollen über Angelegenheiten, die nicht nur ihn und sie, sondern ihre gesamte Familie betrafen? Doch ganz gleich, wie viele Seiten sie auch wendete, so starrten ihr nur die gleichen Namen entgegen, so gab es keinen Hinweis auf die Herkunft Camillias.

Sie hielt für einen Augenblick inne, als das Licht zu schwinden schien. Eine Wolke hatte sich vor die Sonne geschoben und die Vorhänge fingen auch das letzte Licht, bevor es in die Kammer gelangte. Stille lastete auf ihr, als sie plötzlich glaubte, einen Schuss zu vernehmen. Mary fröstelte leicht. Ihr war, als drängte der Lärm der Jagd bis zum Anwesen. Sie konnte spüren, wie ihr Herz schneller schlug in ungewisser Angst, und sie schickte ein stilles Gebet zum Himmel, dass Fynn nichts geschehen sein möge.

Ihre Finger fuhren wieder über die dünnen Seiten, doch noch fanden ihre Gedanken nicht zurück zu den Worten, die ihre Vergangenheit in sich bargen. Vollkommene Stille umfing sie, als ihre Augen jene Seite erblickten. Klirrend fiel das Amulett zu Boden, zog einen dumpfen Hall nach sich, der die ganze Kammer zu erfüllen schien.

Sie hätte die Handschrift ihres Vaters unter Hunderten wiedererkannt. Nur die letzte Seite war mit seiner Feder geschrieben worden, der letzte Zweig ihrer Familie. Alle vorherigen waren aufgesetzt, niedergeschrieben von der fremden Schrift eines Chronisten, der nur die Wahrheit wiederzugeben gelehrt war.

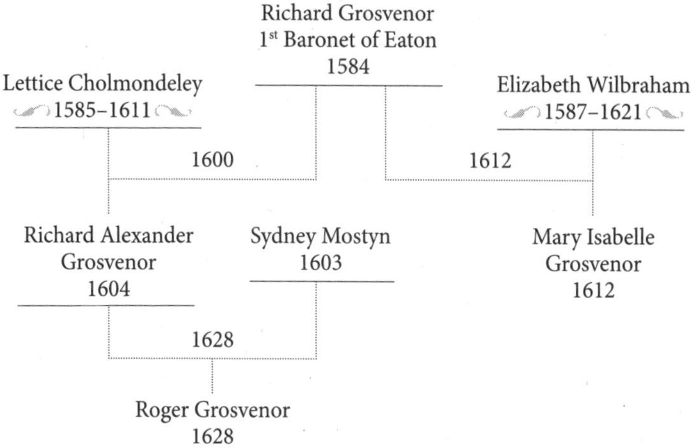

Die Seite zuvor war herausgerissen worden. Sie strich so vorsichtig über die letzten Überbleibsel der Wahrheit, als versuchte sie so, den Schmerz des Buches zu lindern, das um einen Teil seiner selbst beraubt worden war.

Um einen Teil meiner selbst.

War das alles, was ihr Vater zu verbergen suchte? Die Existenz einer Tochter, die ihm keine Ehre einzubringen vermochte? Wieder und wieder las sie die Namen, als vermochte dies den Namen ihrer Schwester noch hervorzubringen, doch es herrschte Leere unter dem ihren.

Er verleugnet seine eigene Tochter.

Eine unbändige Wut stieg in ihr auf. Wie konnte er Grace ins Vergessen treiben? Wie war es ihm möglich, des Nachts ruhigen Schlaf zu finden, in dem grausamen Wissen, dass er seiner eigenen Tochter nicht mehr erhielt als eine blasse Erinnerung der wenigen Menschen, die sich ihrer annahmen?

Noch einmal wanderten ihre Augen über die Buchstaben, als sie eines anderen Fehlers gewahr wurde. Das Jahr, das ihren Vater und ihre Mutter, Lady Elizabeth, verband, war auf

1612 datiert, obgleich ihr wohl geläufig war, dass die beiden erst im Januar 1614 in den Bund der Ehe getreten waren. Richard hatte sie in Kindertagen stets damit verspottet, als uneheliches Kind auf die Welt gekommen zu sein.

Schlimmer noch, er verleugnet ebenfalls sich selbst.

Sie schloss den ledernen Einband, als könnte das alles ungeschehen machen, was sie soeben erblickt hatte. Für einige Augenblicke verharrte sie so, die Hand auf dem weichen Leder, unschlüssig, wem sie ihr Wissen anvertrauen konnte. Weshalb änderte ihr Vater das Jahr seiner Eheschließung? Sie glaubte zu ahnen, welche Gründe ihn dazu veranlasst hatten, Grace aus der Chronik zu streichen, und gleichwohl hätte er ihr ebenso ein Messer ins Herz stechen können.

Doch die erhofften Antworten waren ihr verwehrt geblieben. Keinerlei Anzeichen, die ihr verrieten, welche Beziehung zwischen Camillia und ihrem Vater bestand.

Sie seufzte, als sie sich erhob. Die Seide ihrer weiten Ärmel streifte den Tisch und stieß das Tintenfässchen von seinem Platz. Dumpf fiel es auf die Notizen des Baronets, als der Deckel sich löste und die schwarzen Fluten hinausströmten.

Mary hielt noch den ledernen Einband in den Armen und für wenige Momente war sie versucht, das Fässchen auch den Rest seiner kostbaren Schriften tränken zu lassen, als begrenzte dies die Schuld, die er zu tragen hatte. Aber sie stellte es zurück auf seinen Platz und legte ihm den Deckel auf, um die geifernden Fluten zu zähmen.

Kurz verharrte sie, als sie die schwarzen Flecken betrachtete, die bereits einige seiner Worte gefressen hatten, doch kein Mitgefühl regte sich in ihr.

Lediglich leere Worte, die für dich allein nur zählen. Deine zweite Tochter aber willst du vor aller Welt auf ewig verbergen und vergessen machen.

Sie wandte sich ab, um das Buch zurück ins Regal zu stellen. Ein Buch, das eine Lüge schützte.

Sie zögerte kurz, bevor sie es gänzlich hinschob in jene Bücherwand, dann erst kniete sie sich nieder, um das Amulett zu ergreifen, welches noch auf dem Boden lag. Der Verschluss hatte sich gelöst und gab den Blick frei auf das sanfte Lächeln der Frau sowie jenen Mann mit dem markanten Kinn.

Beinahe lautlos verließ sie die Kammer. Ihre Schritte schienen schwerer geworden zu sein mit der Last des Wissens.

Was ist es, das du vor mir zu verbergen suchst? Welche Wahrheit kann so grausam sein, dass du glaubst, es müsse mir schwerer fallen, sie im Lichte zu tragen, als allein im matten Unwissen zu wandeln?

Ihr Blick streifte die gefüllten Bücherregale, doch sie sah nicht die Namen, die auf den Buchrücken prangten. Sie erblickte das Gemälde ihres Bruders in der großen Halle der Bibliothek, von dem ihr Vater gesprochen hatte. Er hatte es erst vor Kurzem neben dem seinen aufhängen lassen.

Ihre Bewegungen erfroren, als ihre Augen ihres Vaters streiften. Ihre Hände begannen zu zittern. Es war eines der alten Gemälde, das ihren Vater in seinen jungen Jahren zeigte. Sie schritt näher an die beiden gemalten Abbildungen heran, deren Ähnlichkeiten kaum zu übersehen waren.

1630 stand in goldenen Lettern unter dem Bildnis ihres Bruders.

1612 unter dem ihres Vaters.

Dunkel und wissend blickten zwei dunkle Augenpaare auf sie herab, als wollten sie sie verhöhnen.

1612.

Mit zitternden Händen griff sie nach dem Amulett, doch erst nach zwei misslungenen Versuchen schaffte sie es, den Verschluss zu lösen.

Der Wassertropfen hatte einige Züge des winzigen Gesichtes zerstört, doch noch waren die dunklen, vollen Haare zu erkennen. Ihr Blick fiel auf das stolze Kinn, den schlanken Hals und den kostbaren Stoff.

Sie hatte Angst, erneut zu den Gemälden hinaufzublicken, obwohl sie es nicht hätte tun müssen. Sie wusste es bereits. Sie wusste es in der Sekunde, in der sie das Bildnis ihres Vaters erblickt hatte.

1612.

Das Amulett zitterte in ihren Händen.

Es drang nur noch wenig Licht durch die Fenster, als Richard über den langen Flur in Richtung seiner Gemächer schritt. Es war eine gute Jagd gewesen. Drei Füchse hatte er geschossen und dennoch fühlte er sich innerlich aufgewühlt, nahezu unbefriedigt von den Geschehnissen des Tages. Entgegen seiner sonstigen Leichtigkeit nach einem solchen Ereignis war er ins Grübeln geraten. Erschöpft hatte er Veloce den Knechten überlassen, doch nicht erschöpft von den Anstrengungen des Tages, sondern von den unermüdlichen Reden Lord Henrys. Ihm stand der Sinn nicht nach einem ausschweifenden Festmahl in dessen gräflicher Gesellschaft. Viel eher sehnte er sich danach, den Tag auf seinen Gemächern ausklingen zu lassen, um sich der Bedeutung jener Begebenheiten klar zu werden.

Eine Tür zu seiner Rechten öffnete sich. Erstaunt hielt er inne, als er die zierliche Gestalt erblickte, die hinaushuschte. Als ihre Blicke sich trafen, zuckte sie zusammen.

„Richard!“ Ihre rechte Hand ruhte auf ihrer Brust, die sich heftig hob und senkte. „Du hast mir einen Schrecken eingejagt.“

Ein Schmunzeln erhellte sein Gesicht. Sie erinnerte ihn an das kleine Mädchen, das sie einst gewesen war. Er hielt inne, als er gewahr wurde, aus welcher Tür sie ihm entgegenkam.

„Seit wann verschlägt es dich wieder in die Bibliothek, meine liebe Schwester?“

Er bemerkte, wie bleich ihre Haut im letzten Licht des Tages schimmerte. Ihre Augen suchten nicht die seinen, beinahe schuldbewusst mied sie seinen Blick.

„Oh, ich suchte lediglich ein Buch, um mir die Zeit zu vertreiben.“ Ihre Stimme verlor sich in einem Murmeln, als wollte sie die Lüge darin ertränken. Verwundert betrachtete Richard seine Schwester, doch es war keine Regung in ihren Zügen, in der er zu lesen vermochte. Hatten sich nicht noch bis vor wenigen Monaten in diesem Gesicht all ihre Gefühle gespiegelt? „Ich hoffe, die Jagd verlief zu deinen Gunsten?“

„Wohl zu der meinigen, und selbst unser hochgeschätzter Earl bewährte sich, indem er einen unserer Knechte erlegte.“

Richard merkte, dass seine Mundwinkel sich zu einem verächtlichen Lächeln verzogen. Die Jagd in Gesellschaft des

Earls hatte ihm nicht die ersehnte Zufriedenheit gebracht, sondern vielmehr die Sorge, dass jener Knecht für die nächsten Tage, wenn nicht gar Wochen, seine Arbeiten nicht wahrnehmen konnte. Was würde dann beim Festmahl geschehen? Vielleicht gelänge es Lord Henry gar, eine der Mägde mit seiner Gabel zu erstechen.

Mary wurde leichenblass. Erst jetzt wurde Richard die Tragweite seiner Worte bewusst, ihre Unbedachtheit. Er kannte die Frage, die ihr auf den Lippen brannte. Wie hatte er sich zu dieser Antwort verleiten lassen können?

„Sei unbesorgt, es war lediglich eine Schussverletzung am Oberarm. Bis auf die Füchse musste am heutigen Tag niemand sein Leben lassen.“ Er hatte versucht, spaßend zu klingen, doch sie starrte noch immer erschrocken. Mit einem Mal fühlte er sich hilflos.

„Ich nehme an, er wird versorgt?“ Marys Stimme war dünn. Sie schlang die Arme um ihren Körper, eine Geste, die sie schon als Kind in ihrer Angst verraten hatte. Richard biss sich auf die Lippen. Schweigen wäre ihm dienlicher gewesen als jedes einzelne Wort, das ihm bisher entwichen war.

„Selbstverständlich, er wurde bereits vor einiger Zeit zurückgebracht.“

Mit einem Mal stieg eine Unrast in Marys Augen, eine Fahrigkeit, die ihm zeigte, dass etwas sie drängte. Sie würde doch nicht etwa …?

„Du entschuldigst mich, ich versprach Lady Elizabeth, ihr einen Besuch vor dem Abendmahl abzustatten.“

Sie knickste leicht in ihrem fliederfarbenen Kleid, viel zu schlicht gehalten, als Richard es von seiner Schwester gewohnt war. Doch bevor er etwas erwidern konnte, trafen sich ihre Blicke ein letztes Mal und sie huschte den Flur entlang, verschwand in Richtung des westlichen Flügels.

Er stand für einen Augenblick wie versteinert, unfähig, etwas anderes zu tun, als ihr nachzusehen. Es lag eine andere Eile in ihren Schritten. Er wusste es. Er wusste, dass sie es in seinen Augen gesehen hatte. Wieso musste er ihr auch davon berichten?

Zu gern hätte er sich eingeredet, dass ihre Worte der Wahrheit entsprochen hätten. Zu gern hätte er geglaubt, ihr Schrecken sei nichts weiter als ein Hirngespinst seiner müden Gedanken nach jener Jagd. Doch er wusste, dass es nicht so war.

Sie war in die falsche Richtung gelaufen. Die Gemächer, die Elizabeth zugewiesen worden waren, lagen im Südflügel.

Mary betrat den festlich erleuchteten Speisesaal. Königsblaue Seide fiel in Falten über den weiten samtenen Rock. Doch sie fühlte sich fremd in jenem Gewand. Sie spürte ihr Herz, das ihr das Blut in die Wangen trieb. Sie sehnte sich nach der frischen Luft des Hofes, befreit von den Zwängen des eng geschnürten Korsetts, das ihr den Atem raubte.

Die lange Tafel war festlich geschmückt, silberne Kerzenhalter mit filigranen Verzierungen strebten der hohen Decke entgegen und Mary war ein wenig erstaunt, die weißen Krimlilien zwischen ihnen ausfindig machen zu können, deren weit geöffnete Blüten ihren starken Duft im Raum verströmten.

Die Gesellschaft erhob sich, als sie zu Tisch schritt. Sie konnte das Funkeln in Elizabeths Augen ausmachen, ein verräterisches Glitzern, das es ihr erschwerte, vor der Earlstochter leicht zu knicksen und ihr sowie ihrem Vater einen angenehmen Abend zu wünschen. Der Blick Lord Henrys traf den ihren nur kurz und dennoch war ihr, als könnte sie die Befriedigung, die ihr in diesen wenigen Momenten entgegenblitzte, auf ihrer Zunge schmecken. Flüchtig begrüßte sie dessen Frau und den kleinen James, bevor sie zur anderen Seite der Tafel schritt, um ihren Platz neben Richards Frau Sydney einzunehmen.

„Ihr ließet uns auf Euer Erscheinen warten, Tochter."

Die Tischgesellschaft hatte Platz genommen, bevor ihr Vater das Wort an sie richtete. Mary bemerkte, dass er ebenfalls erschöpft wirkte, entgegen der jugendlichen Frische, die sonst nach einer Jagd in seinen Zügen aufleuchtete. Ein leichtes Unwohlsein stieg ihren Hals empor, doch sie zwang sich, seinem Blick standzuhalten und das Zittern ihrer Hände zu unterdrücken.

„Um diesem Abend zu seinem Gelingen zu verhelfen, erlaubte ich mir, meine Gewandung mit höchster Sorgfalt zu erwählen. Darum bitte ich Euch, mein verspätetes Erscheinen zu entschuldigen. Darüber hinaus wage ich zu erwähnen, dass es meinem verehrten Bruder Richard ebenfalls versagt ist, zeitig an der Festtafel einzutreffen."

Welche Gründe ihm auch dafür gegeben seien. Weshalb drängte Camillia mich zum Festmahl, wenn es mir dennoch auferlegt ist, auf Richards Erscheinen zu warten?

Bitter erinnerte sie sich an das Treffen in der Eingangshalle. Camillia hatte darauf bestanden, dass Mary sich unverzüglich auf ihre Gemächer zu begeben hatte, um sich auf das abendliche Festmahl vorzubereiten. Mary suchte nach Ausflüchten, bat darum, jene Vorbereitungen selbst übernehmen zu dürfen, doch jegliche Worte waren vergebens. Streng wies Camillia sie zurecht und jede Bitte verlor sich in den Weiten der Halle. Noch nicht einmal das Schreiben auf der Kommode, das Mr. Sherrington ihr aus La Rochelle hatte zukommen lassen, vermochte ihr Interesse zu wecken. Sie sehnte sich nur danach, jenes unsägliche Mahl endlich hinter sich zu bringen.

„Er hielt mich dazu an, das Mahl ohne ihn beginnen zu lassen, da er noch gewisse Einsichten in unsere Buchführung zu tätigen beabsichtigt."

Er weiß sehr wohl, wie er sich unangenehmen Verpflichtungen zu entziehen vermag.

Die Erwiderung brannte ihr auf den Lippen, doch sie zwang sich, stattdessen den Blick auf ihr silbernes Tafelgedeck zu senken. Der starke Duft der Lilien hing einem Schleier gleich über ihr und erinnerte sie an unbeschwerte Stunden unter dem Sternenhimmel.

Die ersten Speisen wurden aufgetragen, allerlei Köstlichkeiten in viel zu großer Fülle, dass ihr die Angst in den Nacken kroch, die lange Tafel bis zum Beginn der Nacht nicht wieder verlassen zu können.

„Doch so muss ich wohl bemerken, dass es uns immer wieder Freude bereitet, in Gesellschaft einer solchen vornehmen jungen Dame, wie Ihr es seid, zu speisen", warf Lord Henry ein, als Mary sich zwei Stücke der von Teig ummantelten gebackenen Birnen reichen ließ. Ihr Blick streifte den ihres Vaters nur kurz, doch lange genug, um das Wohlgefallen in seinen Augen zu entdecken.

„Ihr schmeichelt mir, My Lord. Doch gleicht es nicht einer Auszeichnung, bei einem Mahl in hoher Gesellschaft zugegen zu sein?"

Der Earl of Marlborough erwiderte ihre Antwort mit einem verschmitzten Lächeln, das ihr die Galle in der Kehle brennen ließ. Wie konnte er so leichtfertig mit ihr plaudern, wenn er doch vor wenigen Stunden einen Menschen verletzt hatte?

„Dieser sinnlose Krieg gegen Spanien treibt uns noch in den Ruin. Nicht genug, dass der König seine finanziellen Mittel aus Zwangsanleihen bezog, um das Parlament zu umgehen", wandte sich Lord Henry schließlich an ihren Vater, der zustimmend nickte.

„Man sollte glauben, dass sich seine Torheiten mit dem Tod des Dukes of Buckingham verloren hätten", fügte der Baronet an und es war schwer zu sagen, ob Genugtuung oder Verärgerung aus seiner Stimme sprach.

„Denken wir nur an die Expedition nach Cádiz! Ungenügend ausgerüstete Schiffe, kaum Proviant und unzureichend ausgebildete Männer. Last Ihr *Voyage to Cadiz*? Bei Sir Johns Schilderung standen mir die Haare zu Berge", donnerte Lord Henry, während Mary in den in Honig getränkten Birnenstücken vor sich herumstocherte. Ihr Appetit hatte sich verloren. Sie nahm nur wenige Bissen zu sich und bei einem jeden glaubte sie, er müsste ihr im Halse stecken bleiben.

„Wie konnte der König es nur so weit kommen lassen? Vier Monate dauern die Friedensverhandlungen schon an. Ich wage zu mutmaßen, dass es gleich jenem vermaledeiten Frieden von Susa keinerlei Vorzüge für unser Land zu bringen vermag."

Der Redefluss Lord Henrys war nicht zu unterbinden; er sprach von der eigenmächtigen Entscheidung des Königs, die Geschicke des Landes auch weiterhin ohne Einberufung des Parlaments zu regeln, den sich hinziehenden Verhandlungen mit Spanien, seinem Misstrauen der katholischen Königin gegenüber, für die König Charles seit der Geburt seines Thronfolgers mehr als nur flüchtige Blicke übrig zu haben schien, sowie dem Treiben auf seinem Anwesen, von Reisen und prächtigem Geschmeide. Hätte Mary noch vor wenigen Monaten jeder dieser Erzählungen begierig gelauscht, von dem Gedanken besessen, all jene Kostbarkeiten einmal mit eigenen Augen zu erblicken, so war sie nun darauf bedacht, die Zeit schneller fließen zu lassen, um der Enge dieser Räume endlich entfliehen zu können. Hinaus in die Nacht. Sie musste Fynn finden.

Weitere Speisen wurden aufgetragen, Brot wurde gereicht.

„So schweigsam, *ma chère*?“, fragte Elizabeth die gedankenverlorene Mary. „Man möchte meinen, deine Gedanken trügen dich anderen Welten zu. Selbst von den köstlichen Speisen rührtest du kaum etwas an.“

Glaubst du, ich bemerke nicht, wie dich danach giert, deinen Platz zu verlassen, um dich nach dem Befinden deines verletzten Liebsten zu erkundigen?

Unschuldig schlug Elizabeth, die ihr schräg gegenübersaß, die Wimpern nieder, als sie sich ein Stück des Blamensirs reichen ließ. Mary spürte, wie sich ihr Magen zusammenzog, als Elizabeth galant einen Bissen von der mit Reismehl, Schmalz, Zucker und zerstoßenen Mandeln gekochten Hühnerbrust verzehrte. So leicht war der Hohn in ihren Augen zu lesen, ein Machtspiel, auf das Mary sich in jenem Moment eingelassen hatte, als sie Elizabeth das blaue Tuch Sherringtons überließ.

„Mir scheint lediglich die Süße der ummantelten Birnen nicht bekommen zu sein. Der Honig trübte mein Urteil beim ersten Bissen.“

Ich vermochte nicht, der Grausamkeit hinter deinen Engelsaugen gewahr zu werden.

Der Duft der Lilien hatte sich längst mit dem des Weines, der Kräuter und Gewürze der Speisen vermischt und war getränkt vom deftigen Geruch gebratener Leber. Erneut stieg eine leichte Übelkeit in ihr auf. Die Ungewissheit verschlang sie. Dunkle Bilder streiften ihre Gedanken, zu viele, als dass sie sie von sich zu drängen vermochte. Wie konnte sie ein weiteres Zusammentreffen mit Camillia vermeiden, wenn sie Fynn aufsuchen wollte?

Sie sah, dass Elizabeth zu einer Erwiderung ansetzte, ihre blassen Lippen zu spitzen Worten geformt, als jedoch die Stimme Lord Henrys ertönte.

„So sagt denn, Lady Mary, Euer Vater wusste mir zu berichten, dass hinsichtlich einer Vermählung noch keine Vorkehrungen getroffen wurden."

Sie hüstelte leicht, ihr Korsett schien ihren Körper noch enger einzuschnüren und sie glaubte sich schon an der Schwelle zur Ohnmacht, als ein Schluck des Apfelweins sie von ihrer Pein erlöste.

„Verzeiht." Sie stellte das Glas ab, nicht ohne den siegesgewissen Blick Elizabeths aufzufangen. „Ihr sprecht die Wahrheit, noch fühle ich mich nicht imstande, jenen bedeutungsschweren Schritt in den Bund der Ehe zu vollziehen."

Das mit unzähligen Borten und Stickereien verzierte Wams des Earls wippte auf und ab, als er sich ein Stück seines gerösteten Stockfisches genehmigte. Der schwere Buttergeruch schien bis zu Mary vorzudringen. Was würde Fynn heute Nacht zu speisen erhalten, während sie hier im Überfluss schmausten?

„Obgleich es wohl an der Zeit ist, einen geeigneten Gemahl für dich zu erwägen." Die Stimme ihres Vaters traf sie gleich einem Dolch in den Rücken. Sie schaffte es nicht, den Kopf zu heben, sondern starrte auf ihren Teller. Eine eisige Kälte legte sich über ihr Herz.

Er hat die Möglichkeit einer Eheschließung erwogen?

Beim Anblick der Hühnerstücke glaubte sie, würgen zu müssen.

„In wenigen Monaten wirst du dein achtzehntes Lebensjahr vollendet haben."

Mary bedachte ihren Vater mit einem scharfen Blick, den er ebenso hitzig erwiderte. Sie konnte nicht gewinnen, das wusste sie. Dennoch hielt sie seinen Augen stand.

„Ich kann Eurem hochverehrten Vater nur zustimmen, My Lady. Es ziemt sich für Euer Alter, doch zumindest eine Verlobung in Erwägung gezogen zu haben."

Die Worte Lord Henrys drangen wie aus weiter Ferne zu ihr. Ihre Hände umklammerten das Holz des Tisches und eine Hitze schlug sich über ihr nieder, als wären die Temperaturen in den letzten Sekunden um einige Grade gestiegen. Alle Augen schienen auf sie gerichtet, selbst Elizabeths junger Bruder James hatte im Essen innegehalten, um sie mit seinen großen, kindlich-grauen Augen anzuschauen. Genüsslich verspeiste Elizabeth einen Bissen des Blamensirs.

Nein, so leicht würde sie es ihnen nicht machen.

Stolz hob sie den Kopf, um ihrem Vater in die Augen zu sehen.

„Wie könnte ich meine Gedanken einer Ehe zuwenden, obgleich Ihr seit Mutters Tod noch immer unvermählt seid?"

Eine unheilvolle Stille legte sich über den Raum. Selbst die Mägde, die die Speisen auftrugen, rührten sich nicht, aus Angst, den Zorn ihres Dienstherrn auf sich zu ziehen. Wenngleich Marys Hände in ihrem Schoß zitterten, hielt sie den Kopf aufrecht, als seine dunklen Augen sie kalt anfunkelten.

Doch bevor er zu einer Erwiderung ansetzen konnte, öffnete sich die Eichentür zum Festsaal und Richard trat ein. Sein dunkles Wams war schmucklos, lediglich die seidenumsponnenen Kugelknöpfe zeugten von seinem hohen Stand. Seine Schritte hallten seltsam laut in der Halle wider, doch die Tischgesellschaft schien noch immer erstarrt. Richard hingegen nahm dies nicht zur Kenntnis. Ungewohnt ruhig schritt er auf die reich gedeckte Tafel zu, eine karge Begrüßung murmelnd, bevor er an Sydneys linker Seite Platz nahm. Beherzt griff er nach dem Hollopotrida, einem Eintopf unterschiedlicher Fleisch- und Gemüsesorten, den er – trotz der beachtlichen Menge Salz, die die Küchenmägde ihm beimengten – kräftig nachsalzte.

Marys Blick traf wieder den ihres Vaters. Doch dieser schwieg. Lediglich seine dunklen Augen sprachen zu ihr.

Du trägst nicht das Recht, meine Gründe zu hinterfragen. Die Entscheidung deiner Eheschließung obliegt mir. Vergiss das nicht.

22 des mains tendres

Es waren die Schmerzen, die ihr Bewusstsein zuerst durchdrangen. Stechend fuhren sie durch ihre Schulter, wieder und wieder, als lebte sie den Alptraum im Wald ein jedes Mal aufs Neue. Vor ihren Augen tanzten glühende Funken und der Geruch des Blutes stieg ihr in die Nase, gepaart mit einer Welle der Übelkeit, die ihr die Kehle zuschnürte. Ohne zu wissen, wie ihr geschah, wand ihr Körper sich zur Seite und krümmte sich so sehr, dass ihr der Schmerz in alle Gliedmaßen zu fahren schien, als sie sich über dem Stroh erbrach.

Erschöpft fiel sie zurück in die rauen Leinendecken, den bitteren Geschmack der Galle noch auf der Zunge. Sie spürte nicht das Stroh, das durch die Decken stach, und ihr Körper schien taub, abgestumpft von jenem schmerzhaften Brennen, das von ihrer Schulter aus ihren gesamten Leib zu verzehren schien.

Sie spürte eine raue Hand, die ihr vorsichtig über die Stirn strich, kalt und leicht ungelenk.

„Is' ja gut, wir krieg'n dich schon wieder hin."

Die Stimme war tief und warm. Sie sehnte sich danach, sich darin zu verbergen, gleich einem kleinen Kind sich schutzsuchend anzuschmiegen und zu schlafen, so lange zu schlafen, bis all das Blut, all das Grauen und all diese zerrenden Qualen ihrem Körper ausgetrieben wären.

Ihre Lider flatterten. Weiß blinzelte ihr der Tag entgegen, mit solch greller Stärke, dass sie es nicht schaffte, sich zur Wehr zu setzen. Ein Husten stieg ihren Hals empor und sie verspürte erneut das Verlangen, ihren Magen zu entleeren.

Sie sah den Earl vor sich. Sah sein verschlagenes Grinsen, das vor ihren Augen in seinem feisten Gesicht zerfloss und seine Züge grotesk entstellte, als gliche er einem Dämon, wenn nicht gar dem Beelzebub selbst.

Gib Acht, in wessen Gemächer dich deine Schritte tragen.

Ihr Körper fuhr auf, doch der verwundete Arm schaffte es nicht, ihr Gewicht zu tragen. Sie schrie leise, als er ihr den

Dienst versagte und sie zusammensackte, zurück auf die aus Leinen und Stroh hergerichtete Schlafstatt.

„Hier geschieht dir nichts."

Die Stimme klang unbeholfen, jedoch sanft und mischte sich in die verschwommenen Schemen, die vor Fynns Augen tanzten. Sie blinzelte einige Male, als sich das Grün des Waldes in ihre Erinnerungen mengte. Die roten Pelze der Füchse, die ihr plötzlich in Gedanken blutgetränkt erschienen, und Geschrei, so viel lautes und unerträgliches Geschrei, das den Wald zum Sterben verurteilt hatte.

Nur langsam nahmen die Formen um sie herum Gestalt an. Ein Schweißtropfen perlte von ihrer Stirn, als sie in die kleinen, verblichenen Augen blickte, denen die Unbarmherzigkeit der Zeit ihr kräftiges Braun geraubt zu haben schien. Sie konnte die Besorgnis erkennen, die sich in den vom Wetter gegerbten Zügen spiegelte und die Unbeholfenheit, mit denen sein Blick den ihren traf.

Ein Seufzer huschte über seine Lippen, gepaart mit einem dumpfen Anflug von Traurigkeit, den sie nicht recht zu deuten wusste.

„Was hast dir nur dabei gedacht, Mädchen?"

Das Blut in Fynns Adern gefror. Mit ihrer gesunden Hand fuhr sie sich über die Stirn, strich die schweißnassen Haare zur Seite, die wirr um sie herum auf dem Leinen lagen.

„Mein … Hut …" Ihre Stimme klang brüchig. Sie versuchte, sich erneut aufzustemmen, doch der alte Knecht war bereits aufgesprungen und drückte sie sanft zurück auf das Stroh.

„Ruhig, Kleene."

Er weiß es. Er weiß, dass ich eine Frau bin, er hat es mit eigenen Augen gesehen! Sie haben es alle gesehen, als ich gefallen bin! Das ganze Anwesen muss bereits darüber in Kenntnis gesetzt sein!

Sie wand sich in seinem Griff, versuchte ihn von sich zu schütteln, doch er drückte sie nieder mit einer Bestimmtheit, die keinen Ungehorsam duldete. Wieder durchzuckte ein Stechen ihre Schulter, als wollte es ihren Körper entzweireißen.

Ihr Hemd war ihr ausgezogen worden, lediglich das Leinen um ihre Brust war noch immer festgeschnürt. Doch ohne den Schutz ihres Hemdes täuschte auch dieses nicht über ihre Weiblichkeit hinweg.

Dies ist jetzt der Lohn meiner Unbesonnenheit.

Sie blickte in diese hellen Augen und mit einem Mal war ihr, als hätte dieser Knecht ihr eine Last von den Schultern genommen. Es waren seine Augen, die ihre Angst auf wundersame Weise verebben ließen.

„Is' das Fieber, das dich dem Wahn so nah bringt, eh?"

Kenneth griff nach einem Stück Tuch, das sich am Fußende der Schlafstatt in einer mit Wasser befüllten Schale befand. Fynn spürte ihren schweren Atem, der rasselnd durch ihre Kehle fuhr, getränkt von jenen peinigenden Stichen, die ihr den Arm zu zerfetzen schienen. Ihre Augen folgten den schwerfälligen Bewegungen des Mannes, der das Tuch leicht auswrang, um es auf ihre glühende Stirn zu legen. Erleichterung durchströmte sie und sie schloss für einige Momente die Augen. Der Duft von Thymian und Holunderblüten schwebte über ihr.

„Hat schlimmer ausgeseh'n, als es is'."

Der Knecht schnaufte leise, als er sich zurück auf den Stuhl fallen ließ. Langsam öffnete Fynn die Augen. Der Schmerz schien zwar ihren Arm zu betäuben, doch ihre Sinne waren geschärft. Obgleich erschöpft, konnte sie nicht umhin, Kenneth in Augenschein zu nehmen, jede seiner groben Bewegungen, die ihr zuweilen unsicher und schwerfällig erschienen, doch keineswegs ungeschickt. Er schaffte es nicht, ihr in die Augen zu sehen. Sein Blick schweifte an den Wänden der Hütte entlang, von denen getrocknete Kräuter hingen, als suchte er nach etwas Bestimmtem. Doch seine Finger verrieten Ruhelosigkeit, nicht einen Augenblick lang hielten sie in der Bewegung inne, dass es Fynn bald so anmutete, als sehnte er sich danach, diesen Ort wieder zu verlassen.

„Was gedenkst du jetzt zu tun?", fragte sie matt, ihren Blick auf sein aschblondes Haupt gerichtet, in das sich bereits erste graue Strähnen mischten. Langsam krochen seltsame Gerüche in ihre Nase, eine Mischung aus Wasserminze und Arnika sowie jungem Holz, Zitronengras, Baldrian. Weshalb hatte er sie an diesen Ort gebracht? Ebenso hätten der Baronet und sein argwöhnisches Balg sich ihrer gleich annehmen können. Hatten sie lediglich ihr Jagdvergnügen nicht um ihretwillen unterbrechen wollen? Weshalb hätte es sie gekümmert, sie zu einer weisen Frau bringen zu lassen?

„Zusehen, dass de wieder'n bissch'n mehr Fleisch auf die Rippen kriegst, um dir dann zu raten, das Anwesen zu verlass'n. Is' kein Ort hier für ein junges Ding wie dich." Langsam nur drang die Bedeutung dieser Worte bis zu ihr vor.

„Ich sach dir, Mädchen, ich hab viele Jagden erlebt und auf keiner – auf nich' einer einzigsten! – is' jemals ein Mensch so geschossen worden wie du. Das war kein Versehen nich', so leicht täuscht man keinen alten Mann wie mich."

Er fuhr sich über die verschlissene Leinenhose, wobei seine Finger zitterten, als suchte er seine Wut über jenen Vorfall zu unterdrücken. Da erst wurde Fynn der dunklen Flecken darauf gewahr, von denen Erde bröckelte und die sich doch so hartnäckig in den Stoff gefressen hatten, wie es nur getrocknetes Blut vermochte.

Ist es mein Blut, das da seine Kleidung tränkt?

„Ein Reh soll's gewesen sein, pah! Reh! Hab kein Reh nich' geseh'n, aber was ich sah, das war ein Earl, dessen Flintenschrot gewiss dir das Herz durchschlagen sollte."

Er schnaubte, noch geschüttelt von innerem Zorn. Doch Fynn spürte nichts davon. Eisiges Grauen hielt ihr Herz umschlungen, eine Gewissheit, die schlimmer war als die Erkenntnis, dass bereits das halbe Anwesen um ihr wahres Geschlecht wissen musste.

Das dumpfe Knarren der alten Holztür riss sie aus ihren Gedanken. Etwas Staub wirbelte auf und kitzelte ihre Nase, als die ältere Frau an die Schlafstatt heranschritt, so lautlos, als handelte es sich nicht um einen Menschen, sondern um eine schleichende Katze. In ihren Armen trug sie Zweige von Berberitze und Weide, die einen frischen Duft in der kleinen Hütte verströmten, ein Stück Himmel, der zu ihr gekommen war.

„Kenneth?“ Die Stimme der Alten war rau, glich dem Krächzen der Raben, die zuweilen über die Felder flogen, und barg dennoch eine Fürsorge, die Fynn wärmend umfing. Der Knecht erhob sich, beinahe ein wenig zu eilig, wie Fynn fand.

„Ah, ich sehe schon. Die Kleine ist erwacht aus ihren Fieberträumen.“

Ihre runzelige Haut verzog sich zu einem Lächeln, als sie zu Fynn herantrat und das fest geschnürte Leinen um ihre Schulter mit kritischem Blick prüfte. Ihre langen, silbriggrauen Haare waren in einen festen Zopf geflochten, der ihr über die Schultern fiel, als sie sich zu Fynn herunterneigte. Ein scharfer Geruch stieg Fynn in die Nase, als die Alte ihr mit einem weiteren Tuch über die schweißnasse Stirn strich.

„Kaum zu glauben“, hörte Fynn sie murmeln, die weiteren Worte zu leise und schwach, um ihre Ohren zu erreichen. Die Züge der Alten hatten wieder jenen verhärmten und grimmigen Blick zurückgewonnen, mit dem sie durch die Tür geschritten war, doch in ihren leuchtend grünen Augen glaubte Fynn einige Spritzer Lebenslust zu erkennen, das Gefühl, nicht umsonst auf dieser Welt gelebt zu haben.

„Wie lange …?“, presste sie zwischen zusammengebissenen Zähnen hervor, doch die Alte bedeutete ihr zu schweigen, während sie sich Kenneth zuwandte.

„Ich versuche mein Möglichstes, in vier bis fünf Tagen sollte es ihr so weit besser gehen, dass sie in der Lage sein wird, das Dorf zu verlassen.“

„Vier Tage?“, brachte Fynn ungläubig hervor, noch ehe Kenneth Worte einer Erwiderung gefunden hatte.

Ich muss das Dorf sofort *verlassen, vermutlich ist der Baronetsbastard bereits jetzt auf dem Weg hierher! Ich kann unmöglich noch länger bleiben!*

Das bärenartige Antlitz Kenneths verzog sich zu einem leichten Grinsen, als er Fynns furchtsamer Gesichtszüge gewahr wurde.

„Glaubst doch nich’ etwa, ich hätt’ dich verpfiffen, eh? Hab dich getragen nach dem Sturz, mit diesem schwarzen Filz auf deinem Kopf.“ Er klopfte ihr unter Lachen auf die Schulter, dass Fynn schmerzhaft das Gesicht verzog. „Mädchen, Mädchen, als würd ich dich den Geiern ausliefern!“

Sein dunkles Lachen hallte dumpf an den hölzernen Wänden der Hütte wider. Ungläubig starrte Fynn ihn an, die Fältchen, die sich unter seinen Augen weit über seine Wangen zogen, die buschigen Augenbrauen und den schmalen Mund, der ihr soeben ihre Erlösung verkündet hatte.

„Unvorstellbar, dass die hohen Herrschaften sich keinen Deut darum scheren, wenn beinahe ein Menschenleben ausgelöscht worden wäre.“ Die Alte schüttelte ihr silbriges Haupt und klopfte sich einigen Staub von den Leinenkleidern. Das flackernde Licht der Kerzen ließ die Schatten tanzenden Dämonen gleich über ihr Gesicht fliegen, in einem wilden Reigen verloren, der Unheil zu verkünden gedachte. Fynn blinzelte, um die Schattenbilder aus ihren Gedanken zu vertreiben.

„Ich kann nicht bleiben.“

Ihre Stimme bebte, als sie die Worte an die Alte richtete, die sie mit ihren wachen Augen musterte. Selbst im schwachen Licht der Kerzen schienen sie eine Wärme zu versprühen, die sich in den gesprochenen harten Worten nicht wiederfinden wollte.

„Unmöglich. Kenneth und ich halten es für das Beste, dich vorerst in meiner Hütte unterzubringen. Kaum einer der Dorfbewohner weiß um deine Ankunft oder schert sich darum. Doch niemand hier würde ein wehrloses Ding wie dich den Blaublütern ausliefern und …“, sie unterdrückte die Worte, die Fynn empört sprechen wollte, mit einem scharfen Blick ihrer glimmenden Augen, „… sobald der schlimmste Schmerz verflogen ist, wird Kenneth dich ein Stück des Wegs in Richtung Chester begleiten.“

Fynn wollte ihr erwidern, dass sie bereits zu lange mit der Gefahr gespielt habe, um ihre Flucht noch weiter hinauszuzögern, als Kenneth an sie herantrat und ihr einen warmen Blick seiner beigebraunen Augen schenkte.

Dir wird nichts geschehen.

Seine ungesprochenen Worte umhüllten sie ähnlich einem schützenden Mantel, der sie unsichtbar für das Gefolge des

Earls machen würde. Da lag Aufrichtigkeit in seinem Blick. Nur noch wenige Tage und sie wäre dieser Hölle entflohen. Auf ewig.

Als könnte die Alte das innere Ringen der Verletzten fühlen, ergriff sie Fynns Hand und drückte sie fest. Sie brauchte nicht zu sprechen. Mit dieser Berührung war alles gesagt.

„Für den Augenblick kann ich nichts für dich tun. Ich werde noch einmal nach dem kleinen Jonathan sehen, seine Mutter bat mich, ihn ein weiteres Mal in Augenschein zu nehmen. Das scharlachrote Tuch hängt zu lange schon über dieser Hütte. Ich würde ihr diesen Wunsch gern erfüllen."

Die Hand der Alten löste sich von Fynn und ohne noch ein Wort zu verlieren, schritt sie der Tür entgegen. Lautlos, wie sie gekommen war und als gehörte auch sie in die Reihen der nächtlichen Schattenwesen, die sich des Morgens unter den ersten Strahlen der Sonne aus der wirklichen Welt davonstahlen, verließ sie die Hütte.

Kenneth stand weiterhin neben Fynn, eine Mischung aus Mitgefühl und Zorn in seinen kleinen Augen. Fynns Hände zitterten und während sich die Blicke der beiden trafen, hingen zu viele unausgesprochene Fragen im Duft der Kräuter gefangen.

Ihre Lider wurden schwer. Die Hitze wallte noch immer durch ihren Körper und ließ sie schläfrig werden, ihr Geist jedoch war hin und her gerissen zwischen dem Gefühl der Sicherheit und der lauernden Bedrohung, die um die Hütte zu schleichen schien.

„Weshalb hast du mein Geheimnis bewahrt?" Ihre Lippen bewegten sich kaum, als sie sprach.

„Was für'n Grund hätt's gegeben, es nich' zu tun?" Er sagte es mit einer Selbstverständlichkeit, die sie an ihren eigenen Worten zweifeln ließ.

„Die Gefahr."

Kenneth hingegen zuckte lediglich mit den Schultern, als wäre ihm ihre Furcht ein Rätsel.

„Gefahr is' dein ständiger Begleiter. Deine Entscheidung allein, wie du mit ihr umgehst."

Er hielt inne, fast, als hätte er noch sprechen wollen. Für einen Augenblick verharrte er, die Stirn in leichte Falten gelegt, die Augen verengt. Er wandte sich von ihr ab, den Blick zur Tür gerichtet, und nun nahm auch Fynn die federnden Schritte wahr, die die Hütte umrundeten. Zu leicht, als dass sie von einem der Häscher hätten stammen können, und doch beunruhigend genug, um ihr Herz rasen zu lassen. Sie wollte sie nicht sehen, nicht jetzt, da sie ihre Entscheidung endgültig getroffen hatte. Dieses Mal gab es keinen Weg zurück.

Unter einem sanften Knarren wurde die Tür zur Seite geschoben. Sie kannte jenen dunklen, wollenen Umhang, der die schmalen Konturen eines fraulichen Körpers verbarg, kannte jene Kapuze, die die Flammen im Zaum zu halten suchte. Am liebsten hätte sie die junge Frau in der Tür angewiesen, die Hütte zu verlassen und sie nicht wieder aufzusuchen. Doch sie konnte es nicht. Sosehr der Schmerz in ihrer Brust sie peinigte, sie konnte es nicht.

Die Besucherin erstarrte, als sie Kenneths gewahr wurde. Fynn konnte erkennen, wie er eine buschige Braue in die Höhe zog, als könnte er nicht glauben, welches Schauspiel sich vor seinen Augen zutrug. Ihn täuschte nicht der Umhang, nicht die einfachen Gewänder einer Magd. Er hatte die leichten Schritte vernommen, hatte gesehen, wie behände und zaghaft sie die Tür öffnete. Ihr Äußeres vermochte nicht, über ihre verräterischen Wesenszüge hinwegzutäuschen.

„Ich schau später nochma' nach dir."

Fynn spürte seine Verwunderung, sein Erstaunen, als er an der Baronetstochter vorbeischritt, wohl wissend, welch hoher Besuch sich zu solch später Stunde ohne Geleit nach Eccleston gewagt hatte. Er ließ sie nicht aus den Augen, bis die Tür auch ihn knarrend in die Nacht entließ, doch noch schwebte seine Verblüffung im Raum, als hätte er vergessen, sie mit sich zu nehmen.

Nur langsam löste sich Mary aus ihrer Starre, stand leicht verloren inmitten der fremden Kräuter, unter die sich Fynns Angstgeruch gemischt haben musste. Zaghaft nur schritt sie auf sie zu. Fynn glaubte, ihre Panik schmecken zu können, so viel mehr als lediglich bloße Furcht, doch sie schaffte es nicht, ihr beruhigende Worte zukommen zu lassen.

Vor der Schlafstatt hielt sie inne, ihre Augen geweitet vor Schrecken, die Hände ineinandergewunden und dennoch war ihnen das leichte Zittern anzusehen.

„Wie fühlst du dich?" Ihre Worte waren leer und schal, da sich in ihrem Inneren andere Fragen verbargen, die zu stellen Mary nicht wagte.

„Schmerz allein kann mein Fühlen nicht messen. Sei es um ihn, so müsste ich behaupten, dass ich mich auf dem Weg der Genesung befände."

Fynn wusste, dass ihr Gesicht sie Lügen strafte, wusste, dass die Worte von jener Frage lenken sollten, die in Marys Augen geschrieben stand. Mit einem Mal erschien sie Fynn so verloren in dieser Umgebung, als hätte man sie aus einer anderen Zeit geraubt. Sie hatte sich verloren an diese junge Frau – und vergessen, dass auf jene traumstürmische Nacht ein neuer Morgen folgen musste.

„Dieser Ort behagt mir nicht." Mary blickte sie nicht an, sprach, um ihre eigenen Ängste und Bedenken zu zerstreuen.

„Er behagt niemandem. Ich wünschte, ich müsste nicht bleiben."

Marys schweißnasse Hand griff nach der Fynns und drückte sie fest. Fynn fühlte das aufgebrachte Blut durch ihre Adern pulsieren.

„Ich kann nicht bleiben." Sie hatte es nicht aussprechen wollen, als wäre es dadurch erst zur Wahrheit, zur Wirklichkeit geworden.

„Es ist der Knecht, der dich erblickte, nicht wahr? Ich kann für sein Schweigen sorgen, ich kann …"

„… nichts am Lauf des Schicksals ändern", unterbrach Fynn sie. „Wir können nicht länger die Augen verschließen vor dem, was uns bereits seit Beginn bewusst ist."

Sie wandte den Blick ab.

„Du kannst nicht gehen." Marys Stimme bebte. „Wie kannst du gehen, sag, wie? Wie kannst du all das hinter dir lassen?"

„Was lasse ich hinter mir?" Ein ersticktes Lachen entwich Fynns Kehle, ein Lachen von Traurigkeit gefüllt und der Gewissheit, wieder im Leben erwacht zu sein. „Mary, ich hätte sterben können."

Sie löste ihre Hand aus Marys furchtglühender Umklammerung.

„Glaubst du, sie hätten nichts bemerkt? Spürtest du nicht, wie die Blicke dir über den Hof folgten, wie dein werter Herr Bruder oder gar der gräfliche Freund deines Vaters mich verächtlich musterten und dunkellüsterne Gedanken ihren Verstand vergifteten? Für sie zählt nicht, was die Wahrheit ist, nicht, was das Herz zu sehen vermag. Für sie zählt, was das Auge erblickt. Weiche Hände sind es, die die deinen halten sollen, eine adelige Verbindung als das höchste zu erreichende Gut. Jemanden, der dich in Prunk und Seide kleidet, der die halbe Welt für dich erstehen kann, um sie dir zu Füßen zu legen." Sie konnte Marys Augen schimmern sehen, ein Meer versklavter Träume, die nicht an die Oberfläche dringen konnten, weil sie im Netz der Zwänge und Verpflichtungen dieser Gesellschaft gefangen waren.

„Doch dies ist nicht jene Hälfte der Welt, an der ich Gefallen finde."

Mary blinzelte, um die Tränen zu vertreiben. Sie schlug die Wimpern nieder und in diesem Augenblick wusste Fynn, dass es für sie beide nie eine Möglichkeit gegeben hatte. Sie sah die helle Haut der jungen Frau, die neben ihr stumm um Hilfe schrie, sah ihre schmalen Finger und die leuchtenden Haare und sie wusste, dass sie nicht in einer Welt geboren waren.

„Was hast du erwartet?", fragte sie, ihre Stimme auf einmal seltsam klar und ruhig.

„Glück."

Mary sprach es mit einer Leichtigkeit, mit einer Einfalt, als wäre dies das natürlichste Streben eines Menschen, alles, wonach er im Leben trachten sollte.

„So komm mit mir."

Fynn kannte Marys Antwort bereits, bevor diese sie ausgesprochen hatte.

„Das kann ich nicht."
„Ich weiß."
Wieder herrschte diese Stille zwischen ihnen, diese erdrückende, schwere Stille, in der selbst das nächtliche Zirpen der Zikaden ertrank und das Flackern des Kerzenlichtes an den Wänden gefror. Mit einem Mal war alles leer. Fynn glaubte, nicht einmal mehr die Schmerzen in ihrer Schulter spüren zu können. Nur diese gähnende, innere Leere.
„Ich kann keinesfalls länger bleiben als weitere fünf Tage – und ich bitte dich, mich nicht noch einmal aufzusuchen. Es fällt mir schwer, dich so zu sehen."
Während sie sprach, versuchte sie, sich diese feinen Gesichtszüge einzuprägen. Was gäbe sie nicht darum, wäre sie doch nur einem Traum erlegen gewesen, aus dem sie des Morgens erwachen würde, sich seiner besinnen, um ihn anschließend auf ewig zu vergessen. Die süße Unwissenheit, in der das Leben stetiger floss.
„Die Welt ist keiner Eurer prunkvollen Gärten."

Zwischen Le Havre und Portsmouth, Juni 1630

Mademoiselle,
verzeiht, dass ich nicht früher eine ruhige Stunde fand, Euch von meinen Erlebnissen zu berichten, doch meine Zeit in La Rochelle war zu knapp bemessen, als dass es mir möglich war, all meine Eindrücke auf dem Papier zu bannen. Doch die Stadt zieren noch jene bitteren Narben der Belagerung durch Louis XIII. und den Kardinal Richelieu, Dreiviertel der Einwohner fielen dem Hungertod zum Opfer. Noch glaubt man, das Elend in den alten Mauern der Gebäude entlang der Rue du Palais lesen, erblicken, schmecken zu können, sodass es mir einen kalten Schauer den Rücken hinunterjagte. Die Truppen Louis XIII. schnitten die Stadt von der Außenwelt ab, nicht einmal wir Engländer schafften es, sie über den Seeweg mit Speisen zu versorgen. Man sollte meinen, dass Charles endlich einzusehen vermöge, dass selbst ein König von seinem Schlag in gewissen Belangen auf die Entschei-

dungen des Parlaments angewiesen ist, vor allem seit der Unterzeichnung des Friedens von Susa im letzten Jahr.

Ich passierte die Porte de la Grosse Horloge, durch die man von der Hafenseite aus die Altstadt erreichen kann, doch selbst dort, auch vor den Toren des Hotel de Ville, beschlich mich die Befangenheit, die Allgegenwart der schrecklichen Ereignisse, die den verbleibenden Bewohnern noch frisch in Erinnerung brennen. Dies sind die Augenblicke, in denen auch ich mich frage, ob Gott denn hinuntersieht auf unsere Welt. Denn wenn es wahrhaft einen Gott gäbe, hätte er nicht eine Hand gegen dieses Treiben, dieses sinnentfremdete Sterben erhoben?

Doch nun befinde ich mich auf der Überfahrt der Manche, nach einer langen Reise zurück in den Norden Frankreichs, irgendwo auf den türkisen Wellen zwischen Le Havre, mit dem ich Frankreich mit leichter Wehmut im Herzen hinter mir ließ, und Portsmouth, in dessen Hafen wir in kurzer Zeit anlegen werden. Ein alter Bekannter meinerseits, der Kapitän Peter Throckmorton, bot mir günstige Überfahrt auf seinem Schiff, das kostbare Seiden und Stoffe in unser Heimatland bringt.

So will ich denn in Portsmouth alsbald jenen Brief an Euch senden, da ich beabsichtige, Euch auf meiner Rückreise durch mein geliebtes England einen Besuch abzustatten. Verzeiht, dass ich lediglich diese wenigen kargen Worte zu Papier zu bringen vermag, doch die Zeit fliegt zu schnell vorüber und ich hoffe, Euch bei meiner Ankunft in Eaton Hall mehr von meinen Erlebnissen und Eindrücken berichten zu können.

So komme ich dennoch nicht umhin, meine Neugierde zu unterdrücken, zu verstehen, welche Seele Euer Herz dazu veranlasste, das Tuch hinfortzureichen und vor allem den Anlass zu ergründen, der Euch zu dieser Geste bewog. Doch ich reise zu Euch in der Gewissheit, dass Ihr richtig gehandelt habt, wenn Euer Herz es Euch befahl.

Sobald dieses Schreiben Euch erreicht, werde ich gewiss nur wenige Tage später in Cheshire eintreffen.

Ich verbleibe in freudiger Erwartung eines baldigen Wiedersehens,

Anthony Sherrington, Esq.

Eine Weile bereits hatte der Brief ungelesen auf ihrer Kommode verharren müssen. Mary legte ihn aus der Hand, ohne dass die Zeilen sie erreicht hätten. Noch flossen die Tränen und das Wissen, dass sie Fynn ohne ein weiteres Wort in der Hütte der Alten zurückgelassen hatte, zerfraß ihren Körper gleich einer Krankheit.

Ihr Herz schrie.

Leb wohl.

23 des mots à isabelle

Die Stufen verschwammen vor ihren Augen, vermischten sich mit dem Kastanienbraun und Elfenbein ihres seidenen Kleides. Ein ums andere Mal verfingen sich ihre Füße in den feinen Stoffen, dass ihre Beine ihr den sicheren Halt zu versagen schienen und sie sich ans Geländer klammerte, immer höher, dem Himmel und dessen heraufziehender Dunkelheit entgegen.

Erst vor der schmalen Tür hielt sie inne. Mit einem Mal schien alle Kraft aus ihr gewichen zu sein. Ihre Knie gaben nach, sackten zusammen auf den Fluten elfenbeinfarbener Seiden, die wie gierige Sirenen ihre Fänge nach ihr ausstreckten, um sie in die Tiefe zu ziehen. Ihre Augen brannten vor Salz, ein Rinnsal verwahrloster Träume, das über ihre Wangen floss.

Über ihr erklang das erste Donnergrollen des heraufziehenden Gewitters. Die schleichende Kälte, die von ihr Besitz ergriffen hatte, ließ sie beim Klang des Donners zusammenfahren, obgleich sie ihn schon zuvor in der Luft hatte schmecken können, als sie von Eccleston zurück nach Eaton Hall geritten war. Sie hatte Mylène den Weg wählen lassen, da Tränen ihr die Sicht raubten und es sie nicht kümmerte, ob sie zurück zum Anwesen gelangte. Hätte Mylène sie ans andere Ende der Welt getragen, es wäre ihr gleich gewesen.

Dumpfe Geräusche drangen durch die dicken Mauern, die jegliche Vertrautheit verloren hatten. Für wenige Augenblicke wurde der Korridor von gleißendem Licht erhellt, kaum länger als einen Wimpernschlag, in dem lediglich die schmalen Nischen in den Wänden noch von Schatten bevölkert waren, dann fiel er zurück in die Finsternis.

Sie blickte hinauf zur Tür, dieser alten Tür, an der schon so viele vorübergegangen sein mussten, ohne zu wissen, welches Elend sie zu verbergen wusste. Mit einem Mal erschien es ihr, als säße sie nicht vor, sondern hinter ihr, eingesperrt in einer engen Kammer, mit nichts mehr als einem Fenster, das ihr den Blick auf das Leben freigab.

Der Donner grollte über dem Anwesen auf.

Sie zögerte, als hätte sie vergessen, welche Beweggründe sie hergeführt hatten. Noch könnte sie umkehren. Sie könnte sich in ihre Gemächer begeben, die Tränen aus dem Gesicht wischen, ihre Haare richten und sich im Salon zu den hohen Herrschaften gesellen, um ihren faden Gesprächen zu lauschen, an richtiger Stelle ein kokettes Lächeln über ihre Lippen zu zwingen und ihrem Vater zu beweisen, dass sie fähig war, sich gekonnt in hohen Kreisen zu bewegen.

Ist es das, was ich will?

Sie kannte die Antwort nicht. Warum nur kannte sie die Antwort nicht?

Der Regen setzte ein. Sie spürte die Schwere der Luft, die langsam durch den Korridor wallte und eine Schwüle mit sich brachte, diese Mischung aus Hitze, Regen und Niedergeschlagenheit, die sie zu erdrücken drohte.

Ihre Hände legten sich auf das raue Holz der Tür. Es erschien ihr auf merkwürdige Weise vertraut, als könnte sie noch das Leben pulsieren fühlen, das einst durch den Stamm geflossen war. Zittrig richtete sie sich auf, die Hand um den kalten, von der Zeit geschwärzten Knauf, als ein weiterer Blitz den Korridor erhellte und die Risse im alten Holz für wenige Sekunden ihrem Blick preisgab.

Dann erst drehte sie den Knauf, um einzutreten.

Die Kammer lag in Dunkelheit vor ihr, als der Donner das melodische Prasseln des Regens entzweiriss und sie vor Schreck die Tür geräuschvoll ins Schloss fallen ließ.

„Grace?", flüsterte sie, ihre Stimme ein farbloses Abbild ihrer selbst. Ihre Hände glitten über die rauen, unverputzten Wände. Behutsam tastete sie sich voran, als ein Blitz über den Himmel zuckte und die Kammer in bläulichweißes Licht tauchte. Nur kurz, für kaum länger als den Bruchteil eines Augenblicks, vermochte sie den Schemen am Fußende des Bettes auszumachen, die Beine angewinkelt, den Kopf in den Knien vergraben, bedeckt von einer Flut feurigrot schimmernder Locken. Das Bild verlosch so schnell, wie es gekommen war.

„Grace."

Marys Worte bargen Angst und Mitgefühl, sollten beruhigen und trösten zugleich. Sie wollte zu Grace eilen, doch da stieß sie gegen die Kommode und ein stechender Schmerz durchzuckte ihr rechtes Bein. Sie hielt inne, stützte sich auf das morsche Holz, bis der Schmerz verebbte.

Ihre Hände tasteten über die Kommodenplatte. Sie konnten den Kerzenständer zwar erfühlen, doch die Kerze war bereits heruntergebrannt. Sie ließ von der Kommode ab, um sich vorsichtig bis zum Bett vorzuwagen, als ein weiteres Donnergrollen ertönte.

Sie erreichte die zusammengekauerte Gestalt, ließ sich neben sie auf die dürftige Schlafstatt sinken und kaum, dass ihre Seiden das Stroh berührten, schlang sie die Arme um ihre Schwester, als könnte sie sie schützen vor der Allmacht der Natur und der Willkür ihrer eigenen Familie. Lügen. Unwahrheiten. Heucheleien. So viele Irreführungen. In welches Leben waren sie geboren? Eisig schmiegte sich Grace' Haut an die ihre und mit einem Mal sprudelte es aus Mary heraus, als wäre es diese Berührung, die ihre Seele seit so langer Zeit ersehnte, diese Befreiung von der schweren Bürde der Heimlichkeit.

„Sie wird gehen, Grace, sie wird gehen. Sie wird das Anwesen verlassen, meine Seele mit sich nehmen und mein Körper bleibt und wird nicht mehr zurückfinden in dieses Leben. Ja, sie, eine Frau ist es, von der ich spreche, eine Frau, die mich des Nachts keinen Schlaf mehr finden lässt, nach deren Lippen ich mich verzehre und deren Umarmung der einzige Schutz war, den mir diese Welt gewährte. Grace, nicht einmal vor deinen

Augen getraute ich mich, die Wahrheit auszusprechen. Eine Frau hinter der Maske eines Stallburschen, die das gewann, was ich glaubte, nie einem Menschen schenken zu können." Im grellen Schein des Blitzes verschwammen die Konturen vor Marys Augen, als sich die Tränen ihrer wieder bemächtigten. „Ich kann nicht mit ihr gehen. Wie könnte ich dich hier zurücklassen, von aller Welt geächtet und verstoßen?"

Ihre Worte waren erstickt, vermengt mit dem Grollen des Donners und dem Salz ihrer Tränen, die Grace' Locken benetzten.

„Wie könnte ich unserer Familie eine solche Schande bereiten, ihr Vertrauen in mich erschüttern und enttäuschen, wohl wissend, dass ich mich aus freiem Willen dazu entschied, ihre Belange hinter den meinen anzustellen? Und doch kann ich sie aus meinem Herzen nicht ziehen lassen. Noch ist es, als spürte ich sie neben mir, ihre Hand in meiner, doch sobald ich sie zu schließen suche, ist da nur Luft und Leere, ein Traumgespinst, weil sie mich schon längst verlassen hat."

Das harte Prasseln des Regens war weicher geworden, während sie die Worte sprach. Marys Körper zuckte unter den Schluchzern, der Furcht und den Tränen, die sich rücksichtslos ihren Weg in die Freiheit erkämpften. Sie spürte Grace' kalte Haut in ihrem Griff, doch obgleich die Schwester ihren Kopf an Marys Schulter lehnte, war es keine Hilflosigkeit, die Mary zu spüren glaubte.

„Ich weiß nicht, was ich tun soll, Grace, ich weiß es einfach nicht!"

Sie drückte ihre Schwester fester an sich, als die Kammer ein erneutes Mal in blitzweißes Licht getaucht wurde. Der Blitz schien sich in Grace' dunklen, seltsam klaren Augen zu spiegeln, sonst so trübe, glaubte sie, ein Aufleuchten darin zu erkennen, keine Furcht, keinen Vorwurf, nicht einmal den Wunsch, diesem Alptraum zu entfliehen.

Nur die Geborgenheit des Augenblicks.

Ohne dass Grace auch nur ein Wort gesprochen hatte, war ein Bild vor Marys Augen aufgetaucht, eine Absicht und ein Ort sowie all jene Gefühle, die sie mit dieser Stätte verbanden. Manche Fragen bargen keine Antworten, doch wussten sie den Weg zu weisen.

Und während das Prasseln des Regens in ein sanftes Rauschen hinüberglitt, verharrte Mary auf den Decken und zog ihre Schwester enger an sich.

Die stetigen Tropfen strömten auf sie hernieder, durchtränkten den wollenen Umhang, der immer schwerer auf ihren Schultern zu lasten schien. Immerfort fielen sie herab, einer nur ihnen bekannten gleich bleibenden Melodie folgend, als würde der Himmel nie wieder aufhören zu weinen. Doch sie lief weiter. Mitten durch den grauen Regenschleier, einen Fuß vor den anderen setzend, immer schneller, als könnte es ihr so gelingen, auch die Erinnerungen erneut einzuholen.

Noch lag der Himmel dunkel über ihr, die dichten Wolken verbargen die ersten Strahlen des zaghaften Morgenrots, doch die Gewitterschreie der Lüfte waren verflogen. Sie hatte beinahe die ganze Nacht bei Grace zugebracht, sie in ihren Armen gehalten, ihr von dem Tag in der Scheune und der Nacht des Dorffestes, von Fynns tiefen, grünen Augen berichtet und geweint.

Und sie hatte gewusst, dass sie noch einmal zurückkommen müsste, dass sie die Erinnerungen an jenen Orten stellen musste, die ihr so sehr ans Herz gewachsen waren. Die Regentropfen waren bereits in ihre Gewänder gedrungen und während sie lief, war ihr, als würde sich jeder einzelne von ihnen in ihre Haut einbrennen.

Als sie die Scheune erreichte, verspürte sie ein leichtes, schmerzhaftes Ziehen in ihren Waden vom schnellen Lauf und der Mühe, nicht über ihre durchnässten Gewänder zu straucheln. Die Luft schmeckte nach dem frischen Grün der Tannen und sie lehnte sich gegen das Scheunentor, um dieses Stück Freiheit begierig in sich aufzunehmen.

Ihr Atem ging schwer und stockend, tanzte in der kalten Morgenluft vor ihren Augen, als auf einmal ein aufgeregtes Kreischen aus der Scheune tönte. Für einen Herzschlag erstarrten Marys Glieder, die Hand fest auf das Scheunentor gepresst.

Das Kreischen und Fiepen schwollen an, von einem plötzlichen Scheppern unterbrochen. Die Luft hatte ihren frischen Morgengeruch verloren. Stattdessen schmeckte Mary Angst.

Ihre Gedanken überschlugen sich. Ihre Hand zitterte auf dem splittrigen Holz des Tores, als sie es aufstieß und in das schummrige Licht der Scheune trat, der Umhang schwarz von der Schwere des Regens und ihre Haare klebten dunkel an der blassen Haut. Der Geruch feuchten Heus schlug ihr entgegen, gemischt mit der Schwere der Luft und dem betäubten Kreischen.

Ein Paar gelblicher Augen leuchtete ihr aus der Dunkelheit entgegen.

Ein Zischen ertönte. Für einen Moment stand sie wie versteinert, als eine größere Gestalt aus dem Heu brach und sich auf die gelben Augen stürzte. Fauchen und Knurren durchsetzten die Luft, bis die schwarze Katze die Ratte zur Seite schleuderte, sie mit der Pfote niederdrückte, um ihr blitzschnell mit einem gezielten Biss das Genick zu brechen.

Marys Herz raste. Die Katze blickte zu ihr auf; die bei ihrem letzten Besuch so freundlich dreinblickenden Augen waren verklärt. Das Fell war glanzlos geworden, ihr molliger Bauch verschwunden. Sie schien abgezehrt und erschöpft. Noch bevor Mary die Möglichkeit hatte, auf die Katze zuzuschreiten, erklang ein qualvolles, wehleidiges Fiepen, zu brüchig und zart, als dass es einer der Ratten gehören könnte, und im selben Augenblick wusste Mary, auf was die Nager es abgesehen hatten.

Beinahe wäre sie über den regenschweren Stoff ihres Gewandes gestolpert, als sie der Katze hinterhereilte, dem wilden Knurren und Fiepen folgend und ihr Herz setzte für einen Schlag aus, als sie die grauschwarzen Monster erblickte, die spitzen Schnauzen über ein kleines, dunkelbraunes Fellbündel gebeugt, ihre Zähne im fahlen Licht des Morgens bleckend.

Ohne zu wissen, was sie tat, griff sie nach der Heugabel, die unweit von ihr entfernt stand. Ein jäher Zorn durchfloss ihre Adern, als sie nach den Kreaturen schlug, ihre Stimme verzerrt und vor Wut überschäumend.

„Verschwindet, ihr Bestien! Verschwindet!“

Die Heugabel verfehlte die haarigen Geschöpfe, die, erschrocken über die unvorhergesehene Gefahr, von einer Sekunde auf die nächste im Heu verschwanden.

Mary stand wie gelähmt, den Blick auf das kleine, magere Fellbündel gerichtet, das zu ihren Füßen lag. Tränen stiegen ihr in die Augen. Sie war zu spät gekommen.

Die schwarze Katze trat an das verstorbene Junge heran, schnupperte zaghaft und fuhr ihm mit der Zunge zärtlich über das verklebte Fell. Mary glaubte, in ihren Augen einen trüben Schleier zu erkennen, die Trauer über den Verlust des Kindes.

Erschöpft sank Mary auf die Knie und jede Träne, die es der Katze nicht vergönnt war zu weinen, weinte sie für dieses Tier. Alles, was blieb, war die Leere und diese entsetzliche Hilflosigkeit, in der sie auf das Kätzchen und seine Mutter hinabblickte. Der Tod barg keinen Weg zurück.

Dann erst, nachdem sie ihre Augen nicht von dem braunen, noch flaumigen Fell zu wenden vermochte, hörte sie das leise Fiepen. Zuerst zaghaft und angsterfüllt, dann fordernder und bestimmter. Sie wandte sich zur Seite und erblickte die beiden Kätzchen, die auf taumeligen Pfoten ihrer Mutter entgegenkamen, noch verschreckt von den tödlichen Ereignissen. Als sie Mary erblickten, hielten sie für einen Augenblick inne, schauten verstört zu ihrer Mutter herüber, als erwarteten sie ein verstecktes Zeichen.

Die schwarze Katze zögerte nur wenige Momente. Sie warf einen letzten Blick auf das braune Junge, dann schritt sie zu den anderen hinüber. Eines der beiden, dessen Fell ein kräftiges Rot besaß, das von dunklen Streifen durchzogen wurde, fiepte kläglich, als wüsste es bereits, was geschehen war. Beruhigend fuhr die schwarze Katze mit ihrer Zunge durch dessen dünnes Fell, um anschließend das zweite Kätzchen mit der Nase anzustupsen, als wollte sie auch ihm bedeuten, dass es sich nicht mehr zu fürchten brauchte. Das schwarze, von roten Streifen und Flecken durchmengte Fell des Kleinen zitterte; unruhig tapste es auf seinen weißen Pfoten hin und her.

Mary saß inmitten des Heus, noch immer die Heugabel in der Hand, und ihr Blick ruhte auf den beiden Kätzchen, die sich eng an ihre Mutter schmiegten, als fürchteten sie die baldige Wiederkehr der raubgierigen Nager.

Es war dieser Augenblick, in dem sie ihren Entschluss fasste. Sie würde nicht noch einmal versagen.

Die kleinen Fellbündel zitterten in der nassen Wolle ihres Umhangs. Mit jedem weiteren Regentropfen, der ihren weichen Flaum benetzte, wuchs die Furcht in Mary, ihnen mit der Kälte des Morgens mehr Schmerz zuzufügen. Eilig setzte sie einen Fuß vor den anderen, versank beinahe in der feuchten Erde, als wollte diese ihr den Weg zurück zum Anwesen versperren.

Die schwarze Katze lief neben ihr. Zunächst hatte Mary geglaubt, sie würde sie nicht gewähren lassen. Ein gurgelndes Knurren war ihrer Kehle entwichen, als Mary nach den beiden Kätzchen gegriffen hatte, um sie in die Wolle ihres Umhanges zu betten, doch als hätte das Tier verstanden, was Mary zu tun gedachte, hatte sie anschließend ihre großen schwarzen Ohren gespitzt und war Mary gefolgt. Heraus aus der Scheune. Hinein in die Wirren der Welt.

Auf dem Hof irrten bereits die ersten Knechte und Stalljungen umher, Mägde huschten mit gesenkten Köpfen in den Kücheneingang des Hauses. Ein so stilles, reges Treiben, das in den Fäden des Regens verwischte. Niemand nahm Notiz von der schmalen Gestalt im dunklen Umhang, die durch das Haustor eilte, mit einem kleinen schwarzen Begleiter zu ihrer Rechten.

Die Kapuze glitt ihr von den durchnässten Haaren, als sie die Empfangshalle betrat. Aus den Falten ihres Umhangs, die die Kätzchen bargen, erklang ein leises Wimmern. Sie eilte durch die Halle, ohne den Blick auch nur ein einziges Mal von der Treppe abzuwenden.

Sobald ich die Treppe passiert habe, gibt es nichts mehr zu befürchten.

Dann würde sie nur noch dem gewundenen Korridor folgen müssen, eine weitere, etwas versteckt gelegene Treppe emporsteigen und wäre nicht mehr weit von ihren Gemächern entfernt.

Doch kaum, dass sie die letzte Stufe der großen Treppe hinauf in die erste Etage genommen hatte, fiel ihr Blick auf die karminroten Seiden, die sie mit einem Mal an frisches Blut erinnerten. Der goldene Saum raschelte und die goldenen, mit Perlen verzierten Stickereien schienen auf dem Gewand ein Bild des Grauens hervorzurufen, gleich dem Abbild einer Schlacht. Marys Herzschlag raste. Sie blinzelte und das Bild war verschwunden, die Stickereien nur der Ausdruck der Macht und des Reichtums der Grafschaft von Marlborough.

„*Ma chère, quelle surprise!* Ich muss gestehen, beinahe wäre mir deine Anwesenheit entfallen. Ein solcher Anblick bietet sich mir auf eurem Anwesen nicht alle Tage."

Die Tochter des Earls kicherte kokett und schlug ihre langen Wimpern nieder, als hätte sie eine anzügliche Bemerkung ausgesprochen. Mary stieg das Blut in die Wangen.

„Der Regen überraschte mich", erwiderte sie kühl und presste die kleinen Katzen unwillkürlich enger an ihren wärmenden Körper.

„Kaum zu glauben, welch Veränderungen von dir Besitz ergriffen, seit wir uns zum letzten Mal sahen. Diese Liebschaft scheint dir nicht zu bekommen, *ma chère*. Sieh dich doch an."

Elizabeths Augen funkelten, in ihrer überschäumenden Selbstsucht getrieben deutete sie mit blütenweißen behandschuhten Fingern auf Marys Umhang und das darunter hervorblitzende, beschmutzte Gewand.

„Früher – ach, was spreche ich? –, noch vor nicht allzu langer Zeit hättest du dich wohl gehütet, dich in einem solchen Zustand dem Pöbel zur Schau zu stellen. Ist er es dir wert, deine Familie und deine Abstammung derart zu verleugnen? Und wofür? Dass ein Stallknecht des Nachts das Bett mit dir teilt?"

Wäre die schwarze Katze nicht hinter Mary hervorgesprungen, die Zähne gebleckt, den Rücken gekrümmt und jedes einzelne Haar aufgerichtet, so hätte Mary Elizabeth in jenem Moment eine Ohrfeige gegeben. Doch das schwarze Tier baute sich bedrohlich zwischen den beiden auf, hatte die Ohren angelegt und zischende Laute entwichen seiner Kehle, sodass Elizabeth erschrocken zurückstolperte und sich beinahe in ihren Seiden verfing. Schwer atmend stützte sie sich auf das Geländer der großen Treppe. Ihre Wangen waren leichenblass.

„Welch Untier!", kreischte sie, eine Hand schützend vor das Gesicht gehalten, als würde die Katze sich jeden Moment auf sie stürzen, um sie in Stücke zu reißen.

Mary rührte sie nicht. Ungläubig betrachtete sie das irrsinnige Schauspiel, das sich vor ihren Augen zutrug. Der Moment währte nur kurz, doch ihr war, als sähe sie sich selbst dort in diesem goldroten Gewand mit Verzierungen edler Spitzen, Borten und schwerem Samt, die Haut gepudert und die Haare ordentlich geflochten, in wilder Angst vor einem kleinen schwarzen Tier, das seine Kinder zu schützen suchte.

„Ich habe Euch nichts mehr zu sagen, Lady Elizabeth of Marlborough."

Die Worte kamen rau über ihre Lippen, trocken und spröde, als bröckelten sie, sobald sie die Luft berührten. Sie blickte in Elizabeths weit aufgerissene Augen und wusste, dass sie mit diesem Menschen nichts verbunden hatte als ein feines Gespinst adeliger Unwahrheiten, aus denen sie ihren Vorteil gezogen hatte.

Elizabeth grinste hämisch.

„Glaubst du, es käme deinem Stallburschengünstling zugute, wenn du dich von mir abwendest?"

Die offenkundige Drohung verfehlte ihre Wirkung nicht. Da war sie wieder, die eisige Faust, die Marys Herz umschloss, das Blut in ihren Adern gefrieren ließ. Sie hätte nichts lieber getan, als sich der Trauer hinzugeben, in ihr zu versinken und nie wieder daraus aufzuerstehen.

Doch nicht eine Träne rann über ihre Wange. Stattdessen blickte sie fest in Elizabeths neblige Augen.

„Ich glaube es nicht nur. Ich weiß es. Mein Leben magst du zerstören können, aber nicht das seine."

Damit stieg sie die Stufen empor, ohne sich noch ein weiteres Mal zu der einstigen Freundin umzuwenden.

Jacob nahm sich nicht die Zeit, an der Tür zu klopfen. Donnernd flog sie auf, sodass Fynn erschrocken von der Schlafstatt sprang. Eilends hatte sie nach ihrem Hut gegriffen, ohne sich dessen bewusst zu sein. Ein vertrauter Schutz in Zeiten der Ungewissheit. Ein scharfer Schmerz durchzuckte ihre Schulter, sodass sie sich abstützen musste. Sollte der Baronet sich dazu entschlossen haben, eine Bedrohung in ihr zu sehen und sie aufs Anwesen zu holen, würde sie es ihm keinesfalls leicht machen. Der junge Stallbursche mit den wirren Locken jedoch stolperte fast über seine eigenen Füße, als er durch die Tür fiel, und noch bevor sie wieder zugefallen war, plapperte er bereits drauflos.

„Cathy hat's mir erzählt! In der Küche haben sich alle drüber lustig gemacht, dass der Lord einen Knecht geschossen hat und als ich dich nich' finden konnte …" Seine Worte überschlugen sich fast. Fynns angespannter Körper hingegen hatte sich zurück auf die Schlafstatt fallen lassen und sie war dankbar, dass sie ihr weites Leinenhemd trug. Sie konnte nicht sagen, weshalb, doch es hätte ihr Unbehagen bereitet, Jacob ihre Verletzung offen zur Schau zu stellen.

„Jacob", sprach sie ruhig, um den Schwall seiner Worte zu unterbinden, doch der aufgebrachte Junge nahm ihren Einwand nicht wahr.

„Mann, Fynn, ich hab Todesängste ausgestanden! Du hättest ja wenigstens …"

„Jacob!" Fynns Stimme wurde bestimmter, als Jacob sie aus weit aufgerissenen Augen betrachtete, doch der Stallbursche ließ sich nicht unterbrechen.

„Stell dir vor, er hätte nich' deine Schulter getroffen!" Jacob nahm ihre Schultern in Augenschein, als überlegte er, welche die verwundete wäre, und erneut empfand Fynn Erleichterung darüber, dass ihr leinenes Hemd ihre Haut und die Verbände gut zu verbergen wusste. „Mit wem sollte ich dann demnächst die Stallungen ausmisten? Nich', dass du jetzt ohne Weiteres wieder in die Stallungen könntest, aber …"

„Jacob, ich werde nie wieder die Ställe ausmisten."

Ihre Worte mischten sich in den herben Arnikaduft. Jacob starrte sie erschüttert an. Sein Mund bewegte sich, doch kein

Laut wollte ihm entrinnen. Fynn biss sich auf die Lippen. Sie hatte sich nicht mit der Absicht getragen, Jacob ein letztes Mal aufzusuchen, weil sie wusste, wie schwer es ihr fallen würde, ihm Lebewohl zu sagen. Wahrscheinlich wäre es besser gewesen, hätte er geglaubt, dass sie ihren Verletzungen durch den Schuss erlegen sei. Sie hätte ihn dann nicht willentlich allein zurückgelassen.

„Was meinst du damit?", sprach er schließlich, als wollte er ihre Worte ungeschehen machen. Das Unverständnis in seinen Augen betrübte sie und sie wünschte sich nichts sehnlicher, als dass Kenneth zurückkäme, um dieser quälenden Unterhaltung ein Ende zu setzen.

„Ich werde fortgehen."

„Das kannst du nich'!", rief Jacob bestürzt und ergriff ihren Arm, sodass sie vor Schmerz zusammenzuckte. Jacob ließ von ihr ab, um sich durch die Haare zu fahren, als müsste er seine Hände beschäftigen, um Fynn nicht an den Schultern zu rütteln. Die Verzweiflung in seinen Augen wollte ihr das Herz brechen, doch sie wusste, dass es dieses Mal kein Zurück gab.

„Und wie ich das kann." Behutsam setzte sie sich auf und bewegte leicht die verwundete Schulter. Der Schmerz wollte nicht abflauen und der schwere Duft der getrockneten Kräuter ließ sie sich schwindlig fühlen.

„Was ist mit Lady Mary?"

Jacobs Worte drangen wie aus der Ferne zu ihr herüber und sie senkte den Blick.

„Was sollte mit ihr sein?" Fynn zwang sich, all ihre Gefühle aus diesen Worten zu verbannen.

Wie konnte sie noch verweilen, nachdem Lord Henry offenkundig versucht hatte, sich ihrer ein für alle Mal zu entledigen?

„Fynn! Sie liebt dich!"

Beinahe hätte Fynn bei Jacobs kindlicher Äußerung laut aufgelacht.

„Jetzt sprich nicht auch du von Liebe, Jacob."

„Aber du kannst nich' einfach weglaufen nach allem, was wir durchgemacht haben!"

Fynn hielt inne. Jacobs große Augen waren auf sie gerichtet, so voller Erinnerungen und Tatendrang, dass es ihr Herz erwärmte. Zum ersten Mal war es ihr vergönnt gewesen zu glauben, dass ihre Reise endlich ein Ende gefunden hätte.

„Was weißt du schon vom Davonlaufen?", flüsterte sie und verdrängte die Traurigkeit aus ihrer Stimme. „Ich bin mein ganzes Leben lang geflohen." Vor ihrem Vater, vor ihren Gefühlen und vor den Geschehnissen, die sich in Manchester ereignet hatten. Ein anderes Leben, in dem sie ebenfalls versucht gewesen war zu bleiben und sich dagegen entschieden hatte, um letztendlich auf dem Anwesen der Grosvenors zu stranden. Wohin würde das Schicksal sie dieses Mal tragen?

„Dann ist jetzt der Augenblick, in dem du es nich' tust."

Jacob hatte aufgehört, sich die Haare zu raufen, und stand ihr regungslos gegenüber. In den großen Kinderaugen lag etwas, das ihren Entschluss ins Wanken bringen wollte. War sie willens, sich wieder in die Ungewissheit des Wanderlebens zu begeben? Wohin sollte sie gehen? Chester war nicht weit genug entfernt; sie wusste, dass sie weiterziehen musste. Sie könnte im Schutze des Sommers in den Süden aufbrechen, doch was glaubte sie zu finden außer sich selbst?

Sie wollte Jacob etwas entgegensetzen, als die Tür sanft knarrte und den Blick auf die stämmige Gestalt Kenneths freigab. Hatte sie noch vor wenigen Atemzügen gehofft, dass er kommen würde, hätte sie ihn in diesem Moment am liebsten wieder fortgesandt. Eine Erwiderung erstarb auf Fynns Lippen, als Jacob ihr einen letzten Blick zuwarf, in dem so viel geschrieben stand, bevor er an Kenneth vorbeischlüpfte. In der Hütte war es still. Kenneth sah unter seinen buschigen Brauen zu Fynn herüber, die auf ihrer Schlafstatt kauerte, in Gedanken noch über Jacobs letzte Worte nachsinnend.

Will ich mein ganzes Leben lang vor mir selbst fliehen?

Ein mulmiges Gefühl hatte von ihr Besitz ergriffen, als ihre Hand den Knauf der schweren Eichentür umschloss. Dahinter herrschte Totenstille. Für gewöhnlich glaubte sie, das Kratzen des Federkiels auf dem Papier bereits vernehmen zu können, sobald sie den langen Korridor des ersten Stockes im Nordflügel des Hauses entlangschritt. Selbst die Bediensteten schienen diesen Korridor zu meiden, da er stets wie ausgestorben vor ihnen lag, mit schweren königsblauen Vorhängen vor den Fenstern, die das Licht des Tages auszusperren suchten.

Marys Hand hielt den Knauf noch fest umschlossen. Ihr Vater hatte nach ihr verlangt und der Bote, der ihr diese Nachricht überbrachte, hatte sie mit einem seltsam verschreckten Blick gemustert, der sie Schlimmes ahnen ließ. Noch beschäftigte die morgendliche Begegnung mit Elizabeth ihre Gedanken und sie fürchtete, dass die Folgen ihres Handelns weiter reichen würden, als sie noch vor wenigen Stunden angenommen hatte.

Langsam nur drehte sie den Knauf, ließ sich in die Welt ihres Vaters gleiten, die stets einem undurchdringlichen Nebel gleich zwischen ihnen gelegen hatte. Sie hatten zwar den Schemen des anderen ausmachen können, jedoch nie dessen Gesicht erblickt.

Als sie sein Arbeitszimmer betrat, wurde sie von einer gespenstischen Stille empfangen. Sie sah sich um, ließ ihren Blick über die mit edlem Leder überzogenen Stühle und den schmalen dazugehörigen Tisch gleiten, auf dem einige Dokumente inmitten dicker Bücher lagen, und folgte den Reihen der Bücher an den Wänden, die das Zimmer für sich einzunehmen schienen. Einer Armee gleich standen sie lauernd, umzingelten Mary, die als Eindringling in ihre Welt gestolpert war.

Dies ist nicht dein Platz, sagte ihr Herz.

Und doch ist es meine Bestimmung, erwiderte ihr Verstand.

Noch ehe ihr Herz zu einer Entgegnung imstande war, wurde die Tür schwungvoll geöffnet, um kurz darauf laut ins Schloss zu fallen. Die Bücher schienen in ihren Regalen aus Ehrfurcht zu erzittern. Rasch wandte Mary sich um und blickte in die feurig sprühenden Augen ihres Vaters.

„Eine Schande bist du für diese Familie, eine Schande!“ Die Worte entwichen seiner Kehle gleich einem Donnergrollen, als er auf sie zukam, sein Blick durchbohrte sie und die schweren, vom Zorn erfüllten Schritte hallten von den Wänden wider. „Welch Dämon ist in dich gefahren, dieses … *Getier* auf deine Gemächer zu bringen?"

Er blieb vor ihr stehen und sie musste den Kopf leicht heben, um ihm in die Augen zu blicken. Der Zornesschweiß stand ihm auf der Stirn; die Sehnen seiner Finger traten deutlich unter der bleichen Haut hervor.

„Lady Elizabeth hat auf eine übereilte Abreise bestanden, nachdem du ihr einen solchen Schrecken einzujagen wusstest." Seine Stimme bebte, eine Ader an seiner Schläfe pulsierte und seine Lippen waren zu einem schmalen Strich zusammengepresst. Mary war bewusst, dass er jetzt keine Widerrede duldete. „Du wirst unverzüglich die Entfernung dieser Biester veranlassen."

„Das ist unmöglich, Vater."

Sie sprach die Worte mit einer Ruhe, die sie selbst überraschte. Was gab es noch, was sie verlieren konnte, wenn sie Fynn bereits verloren hatte? Sie blickte auf in diese dunklen Augen, die in Flammen zerstoben und sie dennoch mit einer Kälte betrachteten, dass es sie fröstelte.

„Ich werde nicht zulassen, dass du unser Ansehen auf eine solche Weise schmälern wirst, nicht nach allem, was diese Familie bereits vollbrachte. Die Tochter des Earls mit diesen Hexentieren zu bedrohen! Gerade jetzt, da wir die Gunst Lord Henrys genießen, erlaubst du dir solch üblen Schabernack! Unfassbar, welch schändliches Verhalten eines meiner Kinder an den Tag zu legen pflegt."

Er fuhr sich durch das dunkle Haar und die silbrigen Strähnen funkelten seltsam hell darin. Fassungslos starrte er auf Mary herab, den Mund leicht geöffnet stieß er hart den Atem aus. Mary hingegen verschränkte die Arme vor den silbernen Borten, die das Dekolleté ihres seidenen Gewandes zierten.

„So ist das Eure denn weniger schändlich? Die Eintragungen einer Familienchronik zu verfälschen, um die zweite Tochter vor dem Leben zu verbergen, nennt Ihr das einen ehrvollen Akt?"

Sir Richard blickte seine Tochter an, als hätte sich die volle Bedeutung ihrer Worte nicht vor ihm zu erkennen gegeben.

Er kniff die Lippen zusammen und sie konnte hören, wie er scharf die Luft durch die Nase sog.

„Ich habe getan, was getan werden musste, um uns vor der Schmach zu bewahren, die ihre Existenz mit sich bringt. Was glaubst du, an welchen Geschichten sich die Peers zu laben hätten, wüssten sie, wie es um dieses Mädchen bestellt ist?"

Er funkelte sie mit seinen dunklen Augen an, diesen bodenlosen Abgründen, in denen Mary zu viele Geheimnisse vermutete. Es war das erste Mal, dass ihr bewusst wurde, dass sie die Welt nicht durch solche Augen sah.

„Bei diesem Mädchen handelt es sich noch immer um Eure Tochter. Mutter hätte nie zugelassen, dass ihr dieses Leid geschieht, eher hätte sie sich den Tod gewünscht. Ist es das, weshalb sie von uns gegangen ist? Weil es ihr unmöglich ward, Euch von diesem abscheulichen Vorhaben abzubringen?"

Tränen stiegen ihr in die Augen. Sie spürte sie siedend heiß in sich emporkriechen, doch sie wollte nicht weinen, nicht, wenn sie ihrem Vater in die Augen blickte.

Dieser jedoch rührte sich nicht. Für einen Moment war Mary versucht, sein Schweigen zu ihren Gunsten zu nutzen, eine weitere Anschuldigung hervorzubringen, doch dann bemerkte sie den zarten Schleier, der seine Züge einhüllte. Es war, als hätte er plötzlich einen Wall zwischen sich und seiner Tochter gezogen, als versuchte er, sie von etwas auszuschließen, dass sie ebenso betraf. Welche Trauer suchte er in den nebligen Schemen zu ertränken?

Mary wollte seinen Arm ergreifen, für ihre harschen Worte um Verzeihung bitten, als sich sein Rücken plötzlich straffte und er sich wieder aufrichtete. In seinen Augen glomm noch immer jener unheilvolle Funken.

„Ich tat, was die Ehre mir gebot."

Marys tröstende Worte blieben ihr in der Kehle stecken.

„So bin ich neugierig zu erfahren, aus welchen Gründen die Ehre Euch gebot, das Jahr Eurer Heirat mit meiner Mutter auf 1612 zu datieren, obgleich mir wohl bekannt ist, dass diese Heirat sich erst zu Beginn 1614 vor Gott vollzog?", zischte sie.

„Wie kannst du es wagen, jene Zahl in Zweifel zu stellen?"

Sir Richard trat einen Schritt näher an sie heran, doch sie merkte, dass die Entrüstung seiner Stimme nur die Furcht zu überspielen suchte, die in seinen Worten mitschwang. Welch Mühen die Menschen doch auf sich nahmen, die Wahrheit unter den gröbsten Schichten feinmaschiger Lügen zu verbergen, nur um letztendlich erkennen zu müssen, dass sich auch die feinsten Maschen lösen konnten.

„Richard erzählte es mir bereits vor langer Zeit. Ein großer Bruder findet viele Wege, seine kleine Schwester zu ärgern und seinen Scherz mit ihr zu treiben. Natürlich schenkte ich seinen Worten zunächst keinen Glauben. Doch selbst Camillia wusste mir diese Wahrheit zu bezeugen."

Sir Richard wandte den Blick ab. Mary konnte erkennen, wie seine Lippen Camillias Namen formten. Sie sah den unausgesprochenen Groll, schmeckte den Hass, der ihr so stark entgegenschlug, dass sie beinahe zurückgetaumelt wäre.

„Es steht dir nicht zu, meine Entscheidungen zu hinterfragen."

Der Baronet hatte den Blick wieder auf seine Tochter gerichtet. Die dunklen Augen regten sich nicht. Mary musterte seine schmalen Lippen. Er würde nicht sprechen, wenn er es nicht wollte, das wusste sie. Er würde ihr keine Gründe für sein Handeln nennen, so, wie er sich vor niemandem zu verantworten brauchte.

„Nein, das tut es nicht. So sollte ich denn zumindest Erleichterung verspüren, dass es Euch nach all der Zeit gelang, eine Magd zu entsenden, die sich häufiger Grace' Bedürfnissen annimmt. Wie ich sehe, scheint dies Eurer Großzügigkeit Genüge zu verschaffen", erwiderte sie stattdessen bissig, sodass er nicht glauben mochte, sie habe ihm lediglich Dank aussprechen wollen. Ihm gebührte kein Dank dafür, dass er nach siebzehn Jahren gewahr wurde, dass er außer ihr noch eine weitere Tochter besaß.

„Von welcher Magd sprichst du?"

Sir Richards Stimme war ruhiger geworden, fließender und ohne die grelle Farbe des Zornes. Dennoch starrte sie ihn an, als hätte er sie angeschrien.

„Ihr entsandtet keine Magd?“ Sie ließ die noch vor ihrer Brust verschränkten Arme langsam sinken. Der Baronet hingegen senkte leicht den Blick und schritt an ihr vorbei zu seinem Bureau plat.

„Es bestand keine Notwendigkeit zu dieser Veranlassung.“

Seine Finger streiften einige Papiere, die auf dem großen Schreibtisch verstreut lagen. Er betrachtete sie, als studierte er sie eingehend, doch Mary wusste, dass seine Gedanken bei ganz anderen Belangen lagen. Auch, wenn sie nicht glaubte, dass diese der Sorge um Grace entsprangen. Verzweiflung durchfloss sie. Verzweiflung, Enttäuschung und die Gewissheit, in die bodenlose Leere seiner Augen zu sprechen.

„Ist das Leben Eurer Tochter *keine Notwendigkeit zu dieser Veranlassung*?“

Sir Richard hob den Blick. Seine Augen wurden hart. Für einen Moment herrschte wieder diese Stille zwischen ihnen, die den ganzen Raum zu erfüllen schien.

„Dieses Mädchen ist nicht mehr meine Tochter.“

Seine Worte schienen von ihrem Körper abzuprallen und hinterließen nichts als eine Leere, die auch aus den Augen ihres Vaters sprach.

Sie hob den Blick. Der Mann am anderen Ende des Raumes war ihr fremd. Sie kannte ihn nicht. Sie wollte ihn nicht kennen. Die Farblosigkeit seiner Seele sprach für sich.

Dieses Mädchen ist nicht mehr meine Tochter.

Seine Worte schwebten noch immer im Raum. Unsichtbar und dennoch spürte Mary ihre Anwesenheit so deutlich, als wären sie in die Luft geschrieben. Ihr Blick traf den ihres Vaters.

„So will ich es denn auch nicht mehr sein.“

Das weiche Licht fiel durch die bunten Splitter des Glases, brach sich in seinen Farben, als zerstöbe es in der Luft. Einzelne Strahlen streiften das alte Holz des Kreuzes, als streichelten sie es in seinem ruhigen, traumlosen Schlaf, so tief in den ungedachten Gedanken des Jenseits verloren, dass Camillia zuweilen bezweifelte, dass die Gebete es überhaupt erreichen konnten.

Eine seltsame Stille überzog diesen geweihten Ort. Seit sie auf dem Anwesen lebte, war sie nicht oft hier gewesen. Die Einsamkeit ängstigte sie. Zu viele Geheimnisse, die sie in die Nischen ihres Verstandes gedrängt hatte und die nach Erlösung strebten.

Sie spürte den kalten Stein unter sich und das sanfte Licht auf ihrer Haut. Die wenigen Male, die ihre Schritte sie zu der kleinen Kapelle am Ende des weitläufigen Gartens unweit des breiten Ausläufers des River Dee getragen hatten, hatte sie auf einer der Bänke Platz genommen und sich in dieser Stille treiben lassen, in der Hoffnung, eine Antwort zu finden. Die Antwort, nach der sie bereits seit siebzehn Jahren fieberhaft suchte und die Gott ihr noch immer verwehrte.

An diesem Tag jedoch saß sie nicht auf einer der Bänke. Die Hände ineinanderverschränkt, ihre Augen geschlossen, spürte sie einen Lufthauch, der durch ihre Haare fuhr. Sie kniete auf den Steinen vor dem Altar. Zum ersten Mal in ihrem Leben hatte sie sich hier niedergelassen, als sie sich nicht mehr hinter vagen Ausflüchten zu verstecken vermochte.

„Ich weiß, dass ich mich nie deinen Gesetzen beugte, Herr. Dass ich in meinem Leben keine aufopfernde Christin gewesen bin. Es gibt viele Erklärungen für diese Geschehnisse und doch erscheint mir eine jede einzelne als blinde Ausflucht. Ich habe getan, was ich für richtig hielt. Ich glaubte, ihnen ein besseres Leben verschaffen zu können, überhaupt ein Leben fern dessen, was ich ihnen zu bieten imstande gewesen wäre. Ich bete nicht für mich. Aber ich bete für das Seelenheil dieser Kinder. Sie sind alles – und tragen eine größere Bürde mit sich, als sie zu ahnen vermögen. Ich bitte dich aus tiefsten Herzen, lass sie nicht daran zerbrechen. Gib ihnen die Kraft, die mir einst verwehrt geblieben ist, ihren Weg im Leben erhobenen Hauptes bestreiten zu können."

Camillia öffnete die Augen und blickte hinauf zu dem großen, hölzernen Kreuz, das sich einem Mahnmal gleich über ihrem Haupt gen Himmel reckte. Eine einzige Träne rann ihre Wange herab.

„Ich weiß nicht, ob ich das Richtige getan habe. Ich weiß es einfach nicht, Isabelle."

24 incertitude

Die Worte seines Vaters surrten noch in Richards Gedanken, gleich einer Stechmücke, die seinen Kopf umkreiste, und je mehr er sie zu vertreiben suchte, desto näher umschwirrte sie ihn.

Es war noch nicht die Zeit, einen solchen Schritt zu wagen.

Er hatte es dem Baronet gesagt, wieder und wieder eindringlich die gleichen Worte wiederholt, doch sein Vater war stur geblieben. Eine solche Gelegenheit böte sich ihnen nicht alle Tage und nun galt es, die Gunst der Stunde zu ihrem Vorzug zu nutzen.

„Sprichst du dabei wirklich von *ihrem* Vorzug? Oder handelt es sich lediglich um den deinen?", hatte Richard ihm mit erregter Stimme erwidert, da sein Vater jedes seiner Worte abzuschmettern wusste. Der Baronet hatte auf diese Äußerung hin geschwiegen. Es war ein gefährliches Schweigen gewesen. Ein Schweigen, das den ganzen Raum erfüllte. Doch Richard hatte dem Blick seines Vaters standgehalten. Es war nicht die richtige Entscheidung. Nicht zu dieser Stunde.

„Wage es nicht, mein Urteil anzuzweifeln. In fünfundvierzig Jahren tat ich für diese Familie, was ich als richtig erachtete, und *niemals* entschied ich mich zu ihren Ungunsten." Seine Stimme war hart gewesen, ein eisiges Flüstern, das Richards Blut gefrieren ließ. Aus den dunklen Augen seines Vaters sprach nichts. Die Leere eines Lebens, das in sich selbst keinen Sinn mehr wähnte.

„Du trägst nicht die Schuld an dem, was vor siebzehn Jahren geschah. Aber ebenso wenig trägt Mary sie. Es handelt sich im Augenblick um den denkbar ungünstigsten Zeitpunkt."

Sein Vater schrie nicht. Seine Worte waren nicht zorngefärbt, vielmehr schienen sie metallen. Kalt und scharf.

„Hinaus."

Ihre Blicke trafen sich, waren ineinander verkrallt, sodass Richard glaubte, sich nicht mehr von der Stelle rühren zu können. Doch er tat es. Er verließ die Gemächer seines Vaters, ohne den Blick von ihm zu nehmen, als würde dieser sich sonst auf seinen entblößten Rücken stürzen, um ihn niederzureißen.

Die bloße Erinnerung ließ Richard erneut frösteln. Er wusste, welche Probleme das Herz des Baronets härteten. Mary war nur eines davon. Die Bürgschaft, die sein Vater für seinen Onkel Peter Daniell leistete, lastete mehr denn je auf ihm, da dieser nicht in der Lage schien, für seine Schulden aufkommen zu können. Mit jedem Tag, der verstrich, büßte der Baronet einen weiteren Teil seiner Lebenskraft ein.

Für einen Moment verharrte Richard im Korridor, als ein Strahl der Morgensonne sein Gesicht traf. Er fiel durch eines der großen Fenster und malte Muster auf die gegenüberliegende karge Wand. Wie von diesem Anblick gefangen, verweilten Richards Augen auf jenem tanzenden Flecken Licht, doch sein Vater streifte noch durch seine Gedanken. Unwillkürlich trug ihn die Erinnerung zu jenem Tag zurück, an dem der Baronet ihm offenbarte, dass er Sydney Mostyn als eine gelungene Partie empfände. Er sagte es mit einem Unterton, der keinen Widerspruch duldete, und obgleich Richard sich innerlich gegen eine Hochzeit sträubte, so hatte er deren Notwendigkeit anerkannt. Er zählte damals bereits vierundzwanzig Winter, doch war er schon in jungen Jahren mit seiner Freiheit in den Bund der Ehe getreten.

Er wandte sich dem Fenster zu und sein Blick streifte den Barockgarten, die Obstgärten und schließlich, weit dahinter liegend, die noch unberührten Wälder, die ihn zu sich zu locken schienen, indem sie ihm die Freiheit versprachen, die er mit seiner Hochzeit aufgegeben hatte.

Die ich glaubte, aufgegeben zu haben, berichtigte er sich in Gedanken. Sydney hatte ihn gelehrt, was es bedeutete, einander verbunden zu sein.

„Sir?“

Erschrocken wandte Richard sich um, als die helle Stimme durch seine Erinnerungen schnitt. Eine junge Magd stand vor ihm, das flachsfarbene Haar in einem Knoten zurückgebunden. Sie knickste leicht und senkte die Lider. Er wusste nicht, aus welchem Grund, doch er hatte bemerkt, dass ihre Augen von einem dunklen Grün waren.

„Ein Herr bittet darum, von Lady Mary empfangen werden zu dürfen. Er stellte sich mir mit Mr. Anthony Sherrington vor, ein Name, der mir nicht geläufig war, weshalb ich Euch zunächst aufsuchte."

Sherrington?

„Wo befindet sich der Herr in diesem Augenblick?"

Einen ungünstigeren Zeitpunkt hätte er sich nicht wählen können, um Mary einen Besuch abzustatten.

Richard erinnerte sich nur allzu lebhaft an die Tage, nachdem sein Vater und Mary aus Chester zurückgekehrt waren. Es hatte ein glorreicher Ball werden sollen. Das prachtvolle Kleid aus dunklem Samt und goldener Seide hätte die Blicke adliger Söhne hoher Herren auf das zierliche Geschöpf lenken müssen, das sich in diese Stoffe hüllte. Mary hatte mit ihnen tanzen sollen, sie mit ihrem Charme und ihrer Schönheit verzaubern, so dass jene Jünglinge um die Hand der Baronetstochter im Streit entbrannt wären. Doch was hatte das leichtsinnige Mädchen getan? Richards Magen zog sich beim bloßen Gedanken an die Tage nach der Rückkehr zusammen. Sein Vater war vom Zorn erfüllt, hatte kaum ein Wort mit seiner Tochter gewechselt und schließlich hatte Richard erfahren müssen, dass Mary den Abend vollständig mit einem der Herren des Standes der Esquire verbrachte – eben jenem Anthony Sherrington.

„Er wartet in der Eingangshalle, Sir."

Richard nickte und bedeutete ihr, dass sie sich entfernen konnte.

Anthony Sherrington.

Der Baronet wäre sicher nicht erfreut über den Besuch eines Esquire. Insbesondere nicht zu einem solch ungelegenen Moment. Er war bereits nach dem besagten Ball von der Idee besessen gewesen, dass Sherrington es nur auf seinen Besitz abgesehen hatte, dass er plante, Mary zu verführen, um auf diesem Weg in der Gentry aufzusteigen. Bis vor Kurzem hätte Richard bestritten, dass Mary sich jemals auch nur dem Gedanken an eine Heirat mit einem Manne aus einem der niederen Stände hingeben würde, doch er hatte Dinge gesehen, für die ihm sein Verstand eine Erklärung schuldig geblieben war.

Er würde in Erfahrung bringen, was sich Sherrington von einem Besuch Marys versprach. Sofern die Umstände es für notwendig erachteten, besaß er noch immer das Recht, ihn fortzuschicken, und weder sein Vater noch seine Schwester müssten je davon erfahren. Bei diesem Gedanken breitete sich eine innere Ruhe in Richard aus. Seine Schritte wurden langsamer. Es bestand keine Notwendigkeit zur Eile.

Die Sonnenstrahlen, die zuvor durch die Fenster des Korridors gefallen waren, verblassten, während Richard der Treppe entgegenschritt. Eine graue Wolke hatte sich vor die Sonne geschoben.

Schon von der Treppe aus konnte er die hochgewachsene Gestalt eines Mannes erkennen, der ungefähr in seinem Alter sein musste. Die braunen Haare waren im Nacken zu einem Pferdeschwanz gebunden, die Kleidung an einigen Stellen beschmutzt, ihre Farben getrübt. Sherrington hob den Kopf. Sein Blick traf den Richards, der die letzten Stufen betont langsam nahm. Der stechende Blick jener klaren Augen hatte etwas Merkwürdiges, die Nuance eines Rebellen. Richard rümpfte kurz die Nase, als Sherrington sich vor ihm verneigte.

„Darf ich mich vorstellen, Sir? Anthony Sherrington, Esquire, Landbesitzer in Chester. Möglicherweise hat Lady Mary meinen Namen bereits erwähnt." Er schenkte Richard ein blendendes Lächeln. Es wäre verständlich, würde Mary diesem Lächeln verfallen. Aber ebenso nicht annehmbar.

„Verzeiht, ich kann mich einer Erwähnung ihrerseits nicht entsinnen."

Das Lächeln auf Sherringtons Gesicht schien leicht zu verblassen. Richard bemerkte Staub auf seinem dunklen Wams.

„Richard Grosvenor, Sohn des ersten Baronets of Eaton. Ich vernahm, Ihr gedachtet meiner Schwester einen Besuch abzustatten?"

Richard musterte ihn kühl, die lockere Haltung, der jegliche Art einer vornehmen Spannung zu fehlen schien, und das Gesicht, das sich erbot, darin zu lesen wie in einem offenen Buch. Die geschwungene Krempe seines hohen Rubenshutes schob sich ihm leicht ins Gesicht und verdeckte seine Stirn, als er überschwänglich gestikulierend zu erzählen begann.

„Um ihr von den Schönheiten der Welt zu schildern, Sir. Ihr mögt kaum glauben, welch Güte in den einzelnen Dörfern haust, die ich auf meiner Reise nach La Rochelle passierte, welch Lebenskunst uns Engländern noch verborgen geblieben ist. Euer wertes Fräulein Schwester weiß sehr wohl, wovon die Ferne uns kündet; zu oft verweilen unsere Blicke in unseren eigenen Gärten, blind für die Liebreize fremder Völker und deren Lebensarten – oder deren faszinierender Frauen."

Sherrington zwinkerte verschwörerisch, zarte Lachfältchen bildeten sich um seine graugrünen Augen. Ein Lebemann. Richard hatte bereits viele seiner Art getroffen, es genügte ein Blick, um ihn zu entlarven. Er erwiderte Sherringtons Lächeln nicht. Stattdessen entgegnete er kühl: „Welch Gedanken treiben Euch zu jener Annahme, dass Lady Mary willens ist, Euch zu empfangen?"

Das Lächeln wich aus Sherringtons Augen. Richard konnte sehen, wie die Lachfältchen verschwanden und sich die Fröhlichkeit in seinem Blick verlor. Er hatte verstanden. Er war hier nicht erwünscht.

Seltsam steif rückte er seinen dunklen Hut zurecht.

„Eure Schwester bat mich, ihr von meinen Reisen zu berichten. Seither pflegen wir einen regen Briefwechsel und ich versicherte ihr, dass ich auf dem Weg zurück nach Chester Eaton Hall einen Besuch abstatten würde. Ich hätte erwartet, dass sie es Euch gegenüber für erwähnenswert befunden hätte."

Aus seinen Worten sprach ein Misstrauen, das Richard ihm nicht verwehren konnte. Selbstverständlich hatte Mary seinen Namen zu manchen Gelegenheiten fallen lassen, jenen Esquire gepriesen, da er die Möglichkeit besaß, fremde Lande zu erblicken, und seinen Briefen stets entgegengefiebert. Doch das war nichts, was Sherrington zu wissen brauchte.

„Meine Schwester pflegt nicht sehr häufig von den Gentlemen zu schwärmen, die sich unter unserem Rang befinden."

Für einen kurzen Augenblick zögerte Sherrington, als würde er seine Worte sorgsam abwägen, doch sein Blick schien Richard zu durchbohren. Die Luft knisterte.

„So es Euch denn entgangen sein sollte, Sir, so handelt es sich bei jenem Schwärmen nicht um meine Persönlichkeit – Gott bewahre –, sondern um Impressionen, um Kunst, um das Leben. Ich bin nicht hier, um Eurer werten Schwester den Hof zu machen, sollten dies die Ängste sein, die Euch quälen."

Die Worte waren kalt. Richard war erstaunt, dass er sich getraut hatte, sie so unverhohlen auszusprechen. Sherrington war nicht der Mann, der sich mit milden Worten von seinen Vorhaben abbringen ließ. Er würde Eaton Hall nicht verlassen, ohne mit Mary gesprochen zu haben. Das vermochte Richard in seinen Augen zu lesen.

Ein ungutes Gefühl breitete sich in ihm aus, als er eine Magd heranwinkte. Sherringtons Anwesenheit verstimmte ihn. Er würde dafür sorgen, dass dieses Treffen unter keinen Umständen in andere Richtungen lief, als es ihm angebracht erschien.

„Mr. Sherrington wünscht, von Lady Mary empfangen zu werden. Richte ihr aus, dass er auf der Terrasse vor dem Barockgarten auf sie zu warten gedenkt."

Die Magd knickste leicht und eilte davon, während Richard Sherrington einen warnenden Blick zuwarf.

Wagt keine Spielchen, Sherrington. Eine Baronetstochter befindet sich außerhalb Eurer Reichweite.

Der schwarze Schatten strich ihr um die Röcke, während sie auf die Terrasse zuschritt. Das warme Schnurren der Katze umschmeichelte sie sanfter als jeder edle Stoff, der sich je um ihren Körper gelegt hatte. Ein Lächeln streifte ihre Züge, wenn sie auf das anmutige Geschöpf herabblickte, ein Lächeln reinster Natürlichkeit, wie sie es noch vor einigen Monaten nie hätte lächeln können. Für einen Augenblick wanderten ihre Gedanken zurück zu den zwei kleinen Fellbündeln, die sich auf den seidenen Laken zusammengerollt hatten, und das Herz wurde ihr warm. Sie hatte das Richtige getan, als sie sie zu sich holte. Ganz gleich, welche Meinung ihr Vater auch vertrat.

Sie hob den Blick und schaute durch das große Portal, hinter dem sich die Terrasse und anschließend die Gärten erstreckten. Seine aufgerichtete Gestalt wäre ihr auch unter Hunderten Menschen aufgefallen. Er hatte ihr den Rücken zugewandt, die Hände dahinter ineinanderverschränkt, und stand wie erstarrt, als er den Blick über die weiten Gärten schweifen ließ.

Wie ein Gesandter aus einer anderen Welt. Als würde ihn nichts mit der meinen verbinden.

Eine Locke, die ihren festgesteckten Haaren entwich, streifte ihre Wange. Sie hatte sie dort mit Absicht fallen lassen, ihr die Freiheit zu schenken, die ihr selbst verwehrt geblieben war. Für einen Augenblick zögerte sie. Er hatte sie nicht kommen hören. Auch das leise Schnurren der Katze war verstummt und um ihn lag eine imposante Stille, die ihr Ehrfurcht vor seinem Wissen einhauchte. Welch Wundern war er auf seiner Reise begegnet, deren Farben er nun mit ihr zu teilen gedachte?

„Es ist wunderschön, nicht wahr?" Sie bemerkte es selbst, jenes samtene Timbre ihrer Stimme, das ihren Worten eine Milde beimischte, die ihnen noch vor nicht allzu langer Zeit fremd gewesen war.

Sherrington wandte sich zu ihr um, ein Leuchten in seinen Augen, das Mary leicht zum Erröten brachte. Sein Kinnbart war dunkler geworden, so schien es ihr, doch das verschmitzte Lächeln hatte er schon in Chester selbstsicher zur Schau getragen.

„Zuweilen bin ich erstaunt, was Menschenhände zu erschaffen vermögen, das der Schönheit Mutter Naturs gleichkommt." Er ergriff ihre Hand und leicht berührten seine Lippen ihren Handrücken. „Eure Gärten scheinen Eurer Schönheit in nichts nachzustehen, My Lady."

Sein Blick wanderte hinab und streifte die schwarze Katze, die sich neben Mary niedergelassen hatte. Den Schwanz um den Körper geschlungen, musterten ihre grünen Augen ihn wachsam.

Er lächelte noch immer, als er Mary wieder in die Augen blickte.

„Mr. Sherrington, ich wüsste nicht, was ich an Schönheit in mir berge, das mit diesen Wundern mitzuhalten weiß. Lasst mich Euch durch die Gärten geleiten und ich bin sicher, Ihr werdet Eure leichtfertige Äußerung überdenken. Gerade jetzt, da wir auf den Juli zuschreiten, wissen sich die Blüten mit ihren prächtigsten Farben zu schmücken."

Sie lächelte müde, als er ihr seinen Arm darbot. Auch die schwarze Katze erhob sich gekonnt und schickte sich an, den beiden zu folgen.

Wie kann sich ein solches Tier mit einer Eleganz bewegen, die nicht einmal der einer Adeligen gleichkommt?

Sie wünschte, sie hätte einen Namen für das Tier ersonnen, doch wollte ihr keiner in den Sinn kommen, der dieser Erscheinung gerecht geworden wäre. Keiner. Außer einem. Ein Name, den sie aus ihren Gedanken zu verbannen suchte.

„My Lady scheinen mir besorgt." Sherringtons Stimme durchbrach ihre Gedanken, als sie die Treppen der Terrasse hinunterschritten. „Ich hoffte, einen Strahl der Freude auf Eurem Antlitz erblicken zu dürfen, wenn ich mich in Eurer Gesellschaft wähne."

Die Unbeschwertheit in seiner Stimme zauberte ein leichtes Lächeln auf Marys Lippen, das sich jedoch schneller wieder verlor, als es ihr lieb war.

„Seid beruhigt, Mr. Sherrington."

„Anthony", unterbrach er sie lächelnd, doch sie fuhr fort, als sie zwischen den Rabatten hindurchschritten, in denen Sterndolden und Bartnelken ihre Köpfe den wenigen Strahlen der Sonne entgegenstreckten, die durch die Wolken drangen.

„Mir ist nicht wohl zu Mute." Sie seufzte, als sie zu den grauen Wolken emporblickte, die die Junisonne zu verstecken suchten. „Der Himmel ist grau und die Luft verursacht mir Schwindel."

„Der Himmel scheint mir heute nicht als Einziger in Grau gekleidet." Sherrington schenkte ihr einen besorgten Blick und verlangsamte seine Schritte, als fürchtete er, er könnte sie ermüden. „Ich kam, Euch von meinen Reisen zu berichten, doch nun sehe ich das Grau des Trübsinns in Euren Augen und kann nicht umhin, mich zu fragen, welch Kummer auf Eurer Seele lastet."

Mary spürte, wie sich ihr Magen zusammenzog.

Ist es ihm so ein Leichtes, auf den Grund meines Herzens zu blicken?

Sie zögerte kurz, als ihre Augen die seinen trafen, so voller Tiefe und Vertrauen, dass sie sich fragte, ob von allen Menschen nicht gerade er verstehen müsste, was ihre Zunge zum Schweigen verurteilte. Auch spürte sie das Amulett unter ihrer Kleidung, dies zarte Schmuckstück, das ihr schwer auf der Brust lag. Bei jedem Atemzug schlug es sanft gegen ihr Herz, als versuchte es, seinen Rhythmus anzunehmen.

„Sagt mir, ob auch Ihr manchmal allein bleiben wollt. Vor der Welt verborgen, ohne noch an das zu denken, was Ihr gestern getan und gesagt habt." Bei ihren Worten hielt er inne. Sein Blick war starr nach vorn gerichtet, über den Horizont hinaus, als könnte er im Grau der Wolken etwas erkennen, das Mary verborgen blieb.

„Das sind die Momente, die mir das Reisen schenkt, My Lady." Er wandte sich ihr zu und in seinen Augen stand die Sehnsucht geschrieben. „Die Welt schaut zu, während ich vor ihr davonlaufe. Doch auch diese Momente sind niemals von Dauer." Er sah hinunter auf die säuberlich angelegten Rabatten. Marys Arm entglitt ihm, als er eine der weinroten Bartnelken pflückte.

„Ich habe vieles auf diesen Reisen gelernt. Manchmal lässt unsere Einfältigkeit uns die bedeutsamsten Augenblicke nicht erkennen." Er hielt die Blüte, als fürchtete er, sie zu zerbrechen. Verwundert blickte Mary sie an; der dünne, tannengrüne Stängel, elegant gewunden, doch die feinen, gefransten Blätter bereits bräunlich verfärbt. Eine Blume nahe dem Tod des Verwelkens. „Die schönsten Dinge sind die, derer wir nicht gewahr werden, bis wir ihnen ins Antlitz blicken."

Er reichte Mary die Blüte. Sie bemerkte seine langen, schmalen Finger, zu weich, als dass sie jemals harte Arbeit verrichtet hätten, doch behände und flink in ihren Bewegungen. Die Hände eines Künstlers.

Marys Blick verharrte auf der Nelke.

„Selbst dann vermögen wir sie bisweilen nur zu begreifen, wenn sie ihr Antlitz wieder von uns wenden." Ihre Worte waren erstickt. Sie reichte Sherrington die Blume zurück.

„Unmöglich für eines Menschen Geist, die Großartigkeiten des Lebens in einem Atemzug zu erfassen. Wir müssen weiterleben, um begreifen zu können. Die Zeit ist Euer ständiger Begleiter, My Lady – und sie wird Euch lehren, die Dinge zu sehen, wie die Welt sie geschaffen hat."

Mary schüttelte den Kopf. Die flammendrote Locke floss über die aquamarinfarbene Seide ihres Gewandes.

„Ihr sprecht so unbeschwert." Sie seufzte. „Die Zeit folgt ihrem eigenen Klang. Manchmal überholt sie uns und alles, was uns bleibt, ist, unsere Hand auszustrecken und festzustellen, dass wir ins Leere greifen."

Sie fühlte den Ring an ihrem Finger. Seit jener verhängnisvollen Nacht in Morris Oak hatte sie ihn nicht mehr abgestreift, aus Angst, nur noch diese Leere vorzufinden, diese gähnende, alles verzehrende Leere.

„Was bedeutet *Leere* für Euch?" Sherringtons graugrüne Augen musterten sie. „Wie könnte die Welt um Euch herum in Leere versinken?"

Sie zögerte. Ihre Augen brannten. Warum musste er diese Erinnerungen heraufbeschwören aus den düsteren Nischen ihrer Seele, in die sie sich verkrochen hatten?

„Leere ist, wenn das Herz vergisst zu sehen." Sie blinzelte. Ihren Worten fehlte die Festigkeit.

„Kein Grund, es dieser Fertigkeit nicht wieder zu erinnern." Sherringtons Worte hingegen waren weich, beruhigend, als wollten sie Mary wieder Hoffnung einhauchen. Sie wandte den Blick ab.

Die schwarze Katze saß neben ihr, vom Aquamarin ihres Kleides umflossen. Sie wandte sich wieder Sherrington zu und der welken Blüte, die er in Händen hielt. Ein stilles Lächeln lag in seinen Zügen, während er sprach.

„Wenn die Worte, die gestern gesprochen, heute Lüge sind und die Lügen von gestern nun unsere Wahrheit, was geschieht dann mit den Worten, die nie gesprochen wurden?" Er schenkte ihr einen viel sagenden Blick.

„Was, wenn ich abgewiesen werde?"

Ein leichter Wind kam auf und fuhr Mary durch das Haar. Die einzelne Locke tanzte im Wind, ein Traum von Freiheit.

„Dann war dieses Herz des Euren nicht würdig."

Stille senkte sich über sie.

Welch Herz auf dieser Welt verdiente es, Marys Bild in sich zu tragen?

Doch wenn sie mein Bild nicht in sich zu tragen wünscht?

„Neun von zehn Mal erscheint mir der Weg so klar." Marys Stimme war nur ein Flüstern, vermischte sich mit dem zarten Säuseln des Windes. „Doch einmal von zehn stürzt alles …"

Sherrington ergriff ihre Hand.

„Wissen macht die Menschen irr. Es kann ihr Herz verschlingen." Er räusperte sich. „Doch die Ungewissheit ist ein weit schlimmerer Begleiter."

Sie spürte schon wieder die Tränen, die hinter ihren Lidern ans Licht drängten. Doch sie wollte nicht weinen. Sie hatte schon zu viele Tränen vergossen.

„Sagt mir, ob auch Ihr Euch manchmal in dieser Richtung vertut."

Sherrington blickte sie an. Mary konnte nicht sagen, was in seinen Augen lag. Sie vermochte es auch dann nicht zu erkennen, als seine Lippen ihre Stirn berührten.

Für einen Moment stand sie wie betäubt. Kein Ton entwich ihrer Kehle, kein Gedanke wollte Gestalt annehmen. Sie betrachtete ihn, als hätte sie ihn zuvor noch nie erblickt.

„An Euren Lippen würde ich mich verbrennen." Marys Verwirrung musste sich in ihren Augen spiegeln. Seine Stimme brach. „Ach, wohin haben uns die Worte nur getragen? Ich kam nicht, Euer Gemüt zu bekümmern, My Lady. Ich kam, Euch von den Wundern zu berichten, die mir auf meiner Reise begegneten. Nur knapp bemessen ist meine Zeit, da auch mein Aufenthalt in Chester nur von kurzer Dauer sein wird. Meine Seele zieht mich fort, alte Orte wieder aufzusuchen, um ihnen neue Erinnerungen einzuhauchen."

Seine Worte benötigten einen Moment, bis sie Mary ihre Bedeutung offenbart hatten.

Und wenn es doch möglich ist?

Ihre Gedanken begannen zu rasen. Die schwarze Katze strich Sherrington um die Beine, als sie wieder die Rabatten entlangliefen. Er hielt ihren Arm in dem seinen, als er davon sprach, dass er in weniger als zwei Wochen gedachte, in Richtung Amsterdam aufzubrechen. Doch obgleich Mary seinem Bericht so lange entgegengefiebert hatte, waren es nun andere Gedanken, die er in ihr entfacht hatte.

Was, wenn Gott dieses Leben für mich auserkoren hat?

Die Gemächer im nordöstlichen Flügel des Hauses waren nicht von Kerzenschein erhellt, obgleich die Sonne unter dem klagenden Grau des Himmels ihnen nicht viel Licht spendete. Doch für den Baronet schien sich der dunkle Schleier auch über das Anwesen zu senken, als er seine Tochter mit jenem Esquirebastard im Barockgarten promenieren sah.

Es war an der Zeit, dass er handelte.

25 brûlée

Das emsige Treiben auf dem kleinen Dorfplatz verlief in seinen gewohnten Bahnen; Menschen, die durcheinander drängten, Mütter, die ihre Kinder riefen. Ein Treiben, in dem Fynn unbemerkt als gewöhnlicher Knecht versank. Weder achteten die Menschen auf diesen noch auf das junge Mädchen in den schmutzigen Leinengewändern.

„Du solltest nicht hier sein."

Fynn schaute ihr nicht in die Augen. Stattdessen streifte ihr Blick die geschäftigen Bewohner. Ihre Worte gingen beinahe in dem Rascheln und Klappern, Zischen und Brodeln des Dorfes unter. Dennoch vernahm Mary sie so klar, als hätte Fynn geschrien. Sie zitterte. Sherringtons Worte hallten in ihren Gedanken. Sie sah ihn noch vor sich bei ihrem gestrigen Gespräch, sah, wie seine Lippen die Worte formten, die sie den ganzen Abend nicht zur Ruhe hatten kommen lassen. Bis sie einen Entschluss gefasst hatte.

Was geschieht dann mit den Worten, die nie gesprochen wurden?

Doch wie konnte sie sie sprechen, ihnen Ausdruck und Innigkeit verleihen, wenn Fynn sie nicht zu hören wünschte?

„Ich weiß, dass ich es war, der unser Traum entglitt."

Verborgen unter dem Leinen hatte eine Kälte von ihr Besitz ergriffen, die sie nicht von sich weisen konnte, als Fynns Blick den ihren traf. Fynns Augen waren kalt geworden. Grau. Das Grün in ihnen schien sich seit jener Nacht verloren zu haben. Ihre Lippen waren schmal, ihre Arme vor ihrem Körper verschränkt. Mary konnte das Leinen unter ihrem Hemd hervorblitzen sehen, welches die rechte Schulter umschlang.

Doch ihre Lippen schwiegen.

„Hast du jemals die Scherben eines Traumes wieder zusammengefügt?"

Sie wusste, sie würde alles tun. Sie hatte sich entschieden.

Was geschieht mit den Worten, die nie gesprochen wurden?

Sie werden erlöschen, verworren im Nebel trüber Erinnerungen, und wie sie nie zur Lüge werden können, besitzen sie ebenso wenig die Möglichkeit, sich zur Wahrheit zu erheben.

Wofür all diese Entbehrungen?

Sie wusste jetzt, auf welchen Wegen sie wandeln wollte. Sie kannte Fynns Leben nicht, sie war nie ein Teil dessen gewesen und sie vermochte nicht zu sagen, worauf sie verzichten müsste, wenn sie jenen Weg beschreiten wollte, dem Fynn ihr Leben lang gefolgt war. Doch ganz gleich, was sie erwartete – es wäre an Fynns Seite. Ganz gleich, in welcher Stadt, ganz gleich, in welchem Land, ganz gleich, in welchen Gewändern, unter welchem Namen. Sie wäre bei ihr.

„Selbst in geflickten Scherben vermag man die scharfen Ränder zu erkennen, an denen sie einst brachen. Man erhält nicht mehr als ein Mosaik, ein rissiges Bild, aus Zerstörung geboren."

Fynns Blick wanderte zurück in die Menge und Mary folgte ihm. Da erst vermochte sie jenen alten Knecht in ihr ausfindig zu machen, den sie schon des Nachts in der Hütte bemerkt hatte. Er stand unweit von ihnen, in ein Gespräch mit einem Mann vertieft. Doch sein Blick wanderte unter den buschigen Augenbrauen zu Fynn herüber. Mit einem Mal wurde es Mary bewusst.

Er wacht über Fynn.

Er beäugte Mary misstrauisch, seine harten Züge verschlossen und nur für Fynn zu lesen.

„Du kannst nicht ändern, was bereits geschehen ist. Wunden heilen, doch Narben bleiben für die Ewigkeit." Ihre Worte trafen Mary mitten ins Herz. Fynn zog ihren Hut tiefer in die Stirn und ihre Augen verschwanden unter jenem dunklen Schatten, der sie so lange schon versteckt gehalten hatte.

Bitte wende dich nicht von mir ab.

„Ich gedenke, Cheshire am morgigen Tage zu verlassen. Meine Zeit hier ist abgelaufen." Fynn stockte, als gedachte sie, noch etwas zu sagen, doch kein weiteres Wort verließ ihre Lippen. Das Licht der Sonne malte Schatten in ihr Gesicht.

„Fühlst du denn nichts?", hob Mary an, ihre Stimme schwankend, doch die Worte schwer gefärbt von jenen Stunden, die sie einst beisammen verbrachten. Sie trat einen Schritt näher an Fynn heran, so nah, dass ihr Fynns Duft in die Nase stieg, diese unglaubliche Süße des Lebens, so klar wie die Luft nach einem frischen Regen, die sie wohl in jeder Menschenmenge wiedererkannt hätte.

„Mag sein, dass ich nicht sagen kann, ob dein Herz je mir gehörte", wisperte sie, so leise, dass die Worte unter dem Stimmengewirr beinahe ihren Klang verloren. „Doch da ist zu viel Liebe in mir."

Sie konnte sehen, wie Fynn einen Augenblick innehielt, als wöge sie die Worte ab, als versuchte sie zu erkennen, welche Ernsthaftigkeit Mary dahinter legte.

Ich will nie wieder ohne dich sein.

Weshalb konnte man einem Menschen seine Gedanken nicht offenbaren, ihm die Wahrheit zeigen, alles, was das Herz verschlossen hielt? Weshalb konnte sie die Worte nicht sprechen, die ihr Herz ihr zurief, doch die sie nicht über die Lippen zu bringen wagte, aus Angst, Fynn mit ihnen nur noch weiter von sich zu stoßen? Sie war einer Vollkommenheit hinterhergejagt, die sie blind machte für das Leben. Fynn hatte sie wieder sehen lassen.

„Wir sind nicht füreinander geschaffen. Das weißt du genauso gut wie ich … m'Lady."

Zu schnell, als dass Fynn sich ihr entziehen konnte, ergriff Mary ihre Hand und drückte sie gegen ihre Brust. Ihr Herz schlug schneller, als würde es unter der ersehnten Berührung jeden Augenblick zerbersten.

„Spürst du das?"

Spürst du diese Liebe in mir, die mich von innen zu verschlingen droht? Jeder Schlag, jeder Atemzug, in dem ich bei dir sein will?

„Man verbrennt sich die Finger, wenn man Gedanken nicht zügeln kann."

Fynns Hand ruhte noch auf ihrer Brust, während sie diese Worte sprach, umschlossen von Marys zitternden Fingern. Zu groß war die Furcht, sie würde sie ihr auf ewig entziehen.

„Sagtest du nicht einst, du selbst seiest eben jenes Wasser, das Feuer zu bannen?"

Sanft entzog Fynn Mary ihre Hand und in ihrem Lächeln stand eine Traurigkeit geschrieben, die Marys Herz durchbohren wollte. Was gäbe sie nicht darum, alles ungeschehen zu machen. Sie wollte frei sein. Fern von jeglichen Lügen. Mit Fynn.

„Feuer und Wasser sind keine Grundlage für ein Leben."

Marys Finger waren noch vor ihrer Brust ineinander verschränkt, als Fynns warme Hände sie ergriffen und langsam umschlossen. Doch die Berührung gab nichts von der Geborgenheit, nach der Mary sich so sehr sehnte. Es war eine Berührung zum Abschied. Ein Lebewohl.

„Ich besitze kein Königreich, keine Grafschaft, kein Anwesen, das ich dir schenken kann. Trotz meines Titels bin ich nichts mehr als eine arme Bauernmagd, die nur das ihr eigen nennen kann, was sie von ihrem Vater zugeschrieben erhält. Doch ich liebe dich." Mary blickte auf. Der Schleier aus Tränen ließ Licht und Dunkelheit ineinander verschwimmen – und doch erschien Fynns Gesicht ihr so klar, als trübe nicht eine einzige Träne ihre Sicht. „Ist dies nicht der Beginn allen Glücks?"

Fynn lachte leise. „Träume, Mary. Das ist der Beginn von Träumen."

Sie wandte sich wieder um, als einige Mägde sie passierten, den Blick neugierig auf jenes eindringlich miteinander flüsternde Pärchen gerichtet. Auch der Knecht schien diese Blicke bemerkt zu haben, da er einige Schritte in ihre Richtung unternahm, eine erschreckende Dringlichkeit in seinen Augen. Fynn hatte sie ebenso bemerkt. Mary kannte die Worte, die Fynn sprechen würde, noch bevor sie ihre Lippen verließen.

„Du musst gehen."

Mary starrte Fynn an, unfähig, sich zu rühren. Die Schatten tanzten auf Fynns Gesicht.

„Gib diesem Traum die Gelegenheit, deine Wirklichkeit zu werden."

Marys Stimme war kaum mehr als ein Wispern. Doch sie war fest. Bestimmt.

Ich sprach die Worte, die ich mich nie zu sprechen getraute. Ich hatte Angst, mein Leben hinter mir zu lassen, da ich glaubte, Liebe sei etwas Vergängliches, doch ich täuschte mich. Ich schenke dir mein Herz.

Für einen Moment trafen sich ihre Blicke. Es war Mary nicht möglich zu lesen, was in Fynns graugrünen Augen geschrieben stand.

„Es gab so viele Gelegenheiten."

Ein Hauch von Trauer schwang in Fynns Stimme mit.

„Und doch blieben sie alle ungenutzt. Eine letzte Gelegenheit", wiederholte sie, ihre Stimme schwer von allem, was ihr Herz nicht nach außen zu tragen vermochte, „und ich schenke dir mein ganzes Leben."

„Jedoch ist es zunächst das Meinige, das ich zu leben habe."

Fynn wandte sich von ihr ab, ohne Mary ein weiteres Wort zuzugestehen. Sie schaffte es nicht, Fynn und dem stämmigen Knecht zu folgen. Sie hatte Mühe genug, sich nicht in die Leere des Abgrundes zu stürzen, der sich soeben vor ihr aufgetan hatte.

Eaton Hall, Cheshire, 1. Juli 1630

Mein hochverehrter Lord Henry Ley, Earl of Marlborough,

voller Freude entnahm ich Eurem letzten Schreiben, dass Ihr die Absicht tragt, unserer Familie so baldigst einen weiteren Besuch abzustatten. So empfand ich eine tiefe Befriedigung bei Euren Worten, dass Ihr Euren Aufenthalt in unserem Hause in vollstem Maße zu genießen vermochtet, und bitte Euch ein weiteres Mal um Verzeihung für das kränkende Verhalten meiner Tochter Lady Elizabeth gegenüber. Seid versichert, dass mein Heim Euch nicht nur gleich eines Gastes, sondern eines Heimkehrenden empfangen wird.

Gleichwohl entsinne ich mich der Worte, die bei unserem letzten Aufeinandertreffen gewechselt wurden. Ihr vermögt Euch gewiss ins Gedächtnis zu rufen, wie verhalten ich jener Werbung Eurerseits um die Gunst meiner Tochter Mary gegenüberstand. Ich beteuere Euch mit diesem Schreiben ein weiteres Mal, dass dies keineswegs einer möglichen Ablehnung der Verbindung Marys mit Eurem Sohn Lord James geschuldet ist. Mich vermochte lediglich die Zeit zu beunruhigen, die ihren jungen Herzen auferlegt würde, wird Euer hochverehrter Sohn doch erst in anderthalb Jahren die vierzehn Winter vollendet haben, die ihm eine Eheschließung ermöglichen.

Dennoch gewährten Eure Worte mir keine Ruhe. Nicht nur einem Heimkehrenden gebürtig möchte ich Euch auf meinem Anwesen empfangen. Nein, mich verlangt danach, die Bande unserer Familien enger zu knüpfen. Wie konnte ich demnach nur zögerlich sein und das Gedeihen einer zärtlichen Verbundenheit unserer Kinder auf diesem fruchtbaren Boden unterbinden? Eine Verbundenheit, die sich von Tugend und Vernunft wird nähren können, gewachsen in gegenseitiger Hochachtung und Respekt. Wie konnten meine Sinne mir verwehren, meine Zustimmung zu einem Verlöbnis zu erteilen, das mächtig sein wird, eine Vermählung nach sich zu ziehen, sobald Euer Sohn das vierzehnte Lebensjahr erreicht?

Nun, da ich Euch diese Zeilen endlich zu schreiben vermag, wird mir leicht ums Herz. Zu lange musstet Ihr einer Antwort harren, zu lange ließ ich Euch im Ungewissen, da Zweifel mir das Herz zerklaubten. Erleichterung durchflutet mich, jetzt, da ich mir gewiss bin, die einzig rechte Entscheidung getroffen zu haben.

Ein weiteres Gefühl ist es, das mein Herz nun zu durchfließen vermag: eine überschwängliche Heiterkeit, gegründet in freudvoller Erwartung der Verbindung unserer beiden Familien in Treue und Zuversicht.

Alles Weitere wollen wir von Angesicht zu Angesicht denn sprechen, sobald ich Euch wieder in meinem Heim empfangen darf.

Ich harre Eures baldigen Besuches.

Hochachtungsvoll,
Sir Richard Grosvenor, Baronet of Eaton, Knight Bachelor

Obgleich seine Hände noch zitterten, konnte er nicht sagen, ob vor Wut oder vor Erleichterung. Er hatte die geschriebenen Zeilen wieder und wieder gelesen, um sich zu versichern, dass er das Richtige zu tun gedachte. Die Worte waren ein ums andere Mal an ihm vorübergezogen, ihre Bedeutung so scharf und klar, dass sie seinem Verstand einen Stich versetzten.

Er musste sie gehen lassen.

Ein Seufzer entwich seiner Kehle und zum ersten Mal in seinem Leben fühlte Sir Richard die verlorenen Jahre schwer auf seinen Schultern lasten. Er hätte sich anders entscheiden können. Doch in seinem gierigen Genießen hatte er nicht nur seinen Verstand betäubt.

Das Schreiben lag noch auf seinem Bureau plat, bereits versiegelt, und er fühlte, wie der Sturm seiner Seele einer inneren Ruhe wich.

Die riesigen Bogenfenster seines Gemaches warfen die warmen Töne der verschwindenden Sonne auf seine blasse Haut. Er war müde geworden. Sein Blick schweifte über den in seltsamer Stille vor ihm liegenden Hof, die Stallungen, die Gärten – und obgleich ein sanftes Summen und Scharren noch zu ihm heraufdrang, war ihm, als fehlte etwas unter jenen Geräuschen. Ein zorniges Violett hatte den sanftblauen Himmel überzogen, kräftig und nicht zu bändigen. Wolken schlugen wilde Schaumkämme, die das Raunen der hereinbrechenden Nacht vor sich hertrieben.

Eine Gestalt huschte über den Hof.

Er blinzelte.

Um diese Stunde?

Sir Richard fröstelte leicht, als die Kerze auf seinem Bureau plat erlosch.

Er sah seine Tochter zu den Stallungen eilen, das aquamarinfarbene Gewand erregt flatternd, die roten Locken feurig glühend in den Strahlen der Abendsonne.

Welch rastloser Geist hat nur von ihrer Seele Besitz ergriffen?

Das dumpfe Klopfen riss ihn aus seinen Gedanken. Er wandte sich ab, den Blick zur schweren Eichentür gerichtet, die sein Heiligstes vor den Unwürdigen bewahrte.

„*Entrez.*"

Der Klang der Worte war noch nicht verhallt, als Camillia die Gemächer betrat.

„Sir, Eure Tochter …" Ihre Brust hob und senkte sich schwer. Sie stützte sich mit einer Hand an der Tür, mit der anderen raffte sie die Röcke ihres Gewandes. „Ich konnte Euren Sohn nicht ausfindig machen, so komme ich zu Euch." Ihr Haar hatte sich aus dem sonst so strengen Knoten gelöst und Sir Richard konnte die Angst fühlen, die ihr Körper pulsierend entsandte, sodass die Luft mit einem Male zu beben schien. „Lady Mary hat völlig überstürzt das Anwesen verlassen. Gott allein weiß, was ihren jungen Geist dazu trieb. Ich versuchte, sie zurückzuhalten, doch sie murmelte nur wirre Worte, erhörte nicht meine Bitten und wies alle Versuche, sie zum Bleiben zu halten, eindringlich von sich. Nicht einmal einen Umhang trägt sie! Sir, Ihr müsst sie finden, sonst fürchte ich …"

Er unterbrach ihren Redeschwall mit einer schnellen Handbewegung. Verständnislos blickte sie ihn an, fragend fast, als seine Augen die ihren trafen.

„Deine Dienste werden hier nicht länger benötigt."

Für einige Sekunden herrschte eine Stille, angefüllt mit drückenden Worten, die er nicht mehr hören wollte. Er hatte seine Entscheidung getroffen – und würde die Vergangenheit endgültig hinter sich bringen. Nichts sollte ihn an jenes verfluchte Frühjahr erinnern, die Wärme ihrer Haut, die flirrenden Lichter ihrer sodalithblauen Augen und das törichte Versprechen, das er ihr gegeben hatte.

„Wie viel hat sie Euch wirklich bedeutet?" Camillias Stimme war nur ein heiseres Flüstern. Erinnerungsschwer. Er wusste, dass sie nicht von Mary sprach. „In jenen Nächten, als Ihr zu ihr geschlichen seid, nicht mehr als ein Geist der Dämmerung, der ihre Träume vergiftet hat? Ihr verspracht ihr den Himmel und konntet ihr nicht einmal ein aufrichtiges Lächeln schenken."

„Du verstehst das nicht", knurrte Sir Richard bedrohlich, die Hände zu Fäusten geballt, sodass die Adern auf den Handrücken sichtbar wurden. Was wusste Camillia schon von den Pflichten, die ihn hier gehalten hatten? Von der Ehre und dem Stolz, die ihm geboten, seine Familie vor sein eigenes Verlangen zu stellen?

„Nein, ich verstehe nicht. Wie könnte ich verstehen, weshalb Ihr sie selbst dann verlassen habt, als Ihr wusstet, dass ihre Liebe sich in Fleisch und Blut wiedergebären würde? Als Ihr wusstet, dass ihr Herz noch zu jung, noch zu hilflos war, als dass es jene Gefühle hätte halten können, ohne daran zu vergehen?" Kraftvoll erhob sich Camillias Stimme über die seine, getränkt vom Schmerz über den Verlust und von ihrer Wut auf den Mann, der all das zu verantworten hatte. „Wo wart Ihr, als sie im Fieber als Letztes Euren Namen sprach, noch auf Eure Rückkehr hoffend? Ich hielt ihre Hand, als sie in meinen Armen starb. Ich beweinte sie, beweinte diese Kinder, gezeugt in einer Frühjahrsnacht, als Ihr Liebe mit Verlangen verwechselt habt!"

„Genug!", fuhr Sir Richard ihr ins Wort, seine Stimme zornesgefärbt, als er einen Schritt auf sie zuging. Doch Camillia richtete sich auf. Ihre Finger umgriffen das schwere Holz der Eichentür, als klammerte sie sich daran, um seinem Zorn standhalten zu können. Wutentbrannt schritt er auf sie zu, als sie ihm ihre Worte wie Geschosse entgegenschleuderte. Wie konnte sie es sich anmaßen, über seine Gefühle, über seine Beweggründe zu urteilen?

„Wie könnt Ihr noch leugnen? Isabelle hat Euch geliebt. Mit ihrem Leben hat sie für diese Liebe bezahlt. Damals suchte ich Euch auf in der Hoffnung, Ihr wäret ein Mann von Ehre, der an seinem Versprechen festhält. Doch Euch blieb es gleichgültig! Was tatet Ihr? Ihr kamt erst, als Isabelle das Diesseits bereits verlassen hatte, da erst beschwort Ihr diese Illusion eines besseren Lebens für ihre Kinder – *Eure* Kinder! In einer Lüge! Was glaubt Ihr, wo Grace weilt? Ihre Seele ist längst zu der ihrer Mutter heimgekehrt, nur ihr Körper verharrt in unseren Sphären, um Euch Eurer Schmach und Schande zu erinnern!"

„Schweig!"

Für einen Augenblick war es still zwischen ihnen. Langsam, ganz behände nur, wanderte Camillias Hand zu ihrer Wange, deren Haut nun rötlich schimmerte. Ungläubig starrte sie Sir Richard an.

Er atmete schwer. Zischend sog er den Atem ein, die Hand noch erhoben, als wollte er zu einem weiteren Schlag ausholen. Schweiß stand ihm auf der Stirn, als er die Hand sinken ließ. Mit einem Mal sah er nicht mehr Camillia vor sich stehen. Er sah die lichtblonden Locken, die groß und schwer um ihre schmalen Wangen fielen und ihr Gesicht gleich dem eines Engels umrahmten. Doch ihre sonst so heiteren Augen trugen einen trüben Schimmer, das sonst so klare Blau von Angst bewölkt. Die rosigen Lippen plötzlich so schmal und warnend, als wollte sie nach ihm rufen, doch kein Laut entwich ihnen. Ihre Wange glühte rot.

Er schüttelte den Kopf, um das Trugbild zu verscheuchen. Isabelle war noch immer in seinem Herzen, ganz gleich, welche Versuche er auch unternahm, um sie zu vertreiben. Wieso musste sie ihn in seinen Träumen heimsuchen, wieder und wieder, als hätte er nicht bereits genug gelitten seit jener Novembernacht, in der er erfahren musste, dass sie ihr Leben gelassen hatte?

„Dir sei gestattet, auf dem Anwesen zu verweilen, bis Mary vermählt sein wird. Doch dann ist es für dich an der Zeit zu gehen." Seine Stimme war ruhiger geworden. Das Schlucken fiel ihm schwer, sein Hals war wie ausgedörrt.

„Auch, wenn ich gehen werde, wird Isabelle stets bei Euch sein. Ihr könnt sie nicht aus Eurem Leben vertreiben, weil sie ein Teil Eures Lebens geworden ist." Camillia ließ die Hände sinken und Sir Richard spürte die Trauer in ihrer Stimme, als sie sich zum Gehen wandte. „Ihr selbst wart es, der sie nicht gehen lassen konnte."

Er rührte sich nicht. Sein Blick war starr, noch auf die Tür gerichtet, die hinter der Zofe ins Schloss gefallen war. Seinen Körper erfüllte nur das stete Schlagen seines Herzens im immer gleichen dumpfen Rhythmus des Lebens. Bilder zogen durch seine Gedanken, wirr und verschwommen in schrillen Farben und Formen, dass er glaubte, unter ihnen zu vergehen.

Er wollte sich nicht erinnern.

Langsam wandte er den Blick, die goldenen Strahlen der Sonne brachen sich in den kristallenen Schlägen seines Herzens. Camillia hatte ihn aufgesucht und ihn des törichten Versprechens erinnert, welches er liebestrunken von sich zu geben gewagt hatte, unwissend, was aus diesen Frühlingsnächten erwachsen würde. Niemals hätte er sie zu sich nehmen können. Hatte er nicht genug getan, indem er ihren Kindern ein besseres Leben darbot? Ein Leben voller Möglichkeiten, die die Weiler ihnen verwehrt hätten? Wie wäre es ihm möglich, mit der Wahrheit zu leben, die nur den Spott der adeligen Gesellschaft auf ihn zu lenken wüsste?

Die Luft knisterte, als er zu den Fenstern schritt, als wollte er die qualvollen Gedanken durch sie in die Freiheit entlassen. Die Wolken hatten sich verdichtet und formten Wellenberge und Täler, die unaufhaltsam durch den Himmel brausten. Aufgewirbelte Erinnerungen.

Als er den Blick senkte, stockte sein Atem. Jene braune Stute hätte er unter Tausenden erkannt, die dort mit ihrer Reiterin vom Hof preschte. Das Donnern der Rufe schien bis zu ihm zu dringen, unstetig und von Furcht erfüllt, fort vom väterlichen

Anwesen, das ihr eigentlich ein Zufluchtsort hatte sein sollen – in Richtung Eccleston.

Camillias Worte kamen ihm wieder in den Sinn.

Ihr selbst wart es, der sie nicht gehen lassen konnte.

Ein Lächeln zierte seine Züge, als er auf seine davonstürmende Tochter hinunterblickte.

„Dieses Mal werde ich dich gehen lassen. Mary *Isabelle* Grosvenor."

26 dorée

Fynn ließ das kalte Metall behutsam durch ihre Hände gleiten. Sanft schmiegte sich das graumelierte Eisen in die Wölbung ihrer hohlen Hand. Die frühen Morgennebel schwebten nymphenartig über den Feldern und gaben der Welt einen verträumten Blick, noch zu weit entfernt von der Klarheit des kommenden Tages.

„Sie war völlig aufgelöst! In ihrer adligen Gewandung stand sie vor unserer Hütte, hat Vater mit Goldmünzen überhäuft und ihn mit einem Wortschwall überschüttet, dass mir schwindlig geworden ist." Jacob schüttelte verständnislos den Kopf, sodass seine wilden Locken flogen, die dunklen Augen auf Fynn gerichtet, die das zierliche Armband in Händen hielt. „Geweint hat sie. Oh, ich habe noch nie ein Frauenzimmer so zetern hören!"

In Jacobs Stimme lag eine fremdartige Ruhe. Sein Blick traf den Fynns, so tief und fest, wie es einem Kinde in seinem Alter nicht zugestanden hätte. Er sorgte sich. Aber sorgte er sich um Fynn oder um die Tochter des Baronets?

„Sie hat dies bei deinem Vater in Auftrag gegeben?" Fynn betrachtete die filigrane Schmiedearbeit. Kleine, eiserne Ringe, zu einem Armreif geformt, so kunstvoll ineinandergewunden und verschlungen, dass Jacobs Vater die ganze Nacht daran gearbeitet haben musste. In die einzelnen Ringe waren Muster eingearbeitet, kleine Kreise und Wellen, sich kreuzende und verzweigende Linien, die sich verbanden, nur um alsgleich wieder auseinanderzustreben. Fünf kleine Anhänger waren an den Ringen befestigt. Sie schienen so zart und schlank, dass Fynn kaum glauben konnte, dass sie von eines Dorfschmiedes Hand gearbeitet waren; sie hätte sie wohl eher für das Werk eines Silberschmiedes aus der Stadt gehalten.

Jacob nickte eifrig: „Einen Armreif, sagte sie, an dem ein Mond, ein Schlüssel, eine Katze, ein Herz und ein Boot befestigt sein sollten. Sie flehte meinen Vater an, dass der Reif bis zum heutigen Tage vollendet sein müsse. Nur den Stein hat sie mitgebracht."

Fynns Blick fiel auf den Rubin, der in der Mitte prangte. Ein kleiner Stein, kaum größer als eine Fingerkuppe, doch loderte er im Angesicht der ersten Strahlen des Tages.

Ich denke, Ihr seid das Feuer.

Sie hatte diese Worte einst zu Mary gesprochen. Jetzt erschien es ihr wie vor langer Zeit. Sie schloss die Hand um den Armreif. Ein Mond, ein Schlüssel, eine Katze, ein Herz, ein Boot.

„Und sie hat mir das hier gegeben." Jacob streckte Fynn ein kleines Stück Papier entgegen. Es war knittrig und an den Enden eingerissen, gewellt vom Regen oder den Tränen, die über ihm vergossen wurden.

Fynn zögerte. Sie wollte nicht, dass Marys Worte ihren Entschluss ins Wanken bringen würden; sie wollte die Ländereien der Grosvenors am Abend verlassen. Kenneth würde sie ein Stück des Weges begleiten. Weshalb sollte sie noch schwerer an der Vergangenheit zu tragen haben?

„Nimm es an, Fynn."

Jacobs Augen schienen milchig warm wie der flüssige, dicke Kakao, den Fynn damals in jener kalten Nacht aus den Händen eines reisenden Esquires empfangen hatte. Sie wusste nicht, weshalb er ihre Gedanken ausgerechnet jetzt heimsuchte. Dieser Mann hatte sie in der Nacht von der Straße geholt, sie reichlich für ihre Dienste entlohnt, als sie sich noch als Freudenmädchen verdingen musste, und dennoch nicht gehen lassen, weil er Gefallen an ihr fand und ihr seine Hilfe bot. Doch bis auf einen Unterschlupf für jene stürmische Nacht und einen Ratschlag, der ihr Leben verändern würde, hatte sie sich nicht an ihn gebunden. Eine Erinnerung, die nicht mehr Teil ihrer Seele war und besser ruhte.

Behutsam griff sie nach dem Papier, das sich zwischen ihren Fingern kräuselte, als wollte es nicht gelesen werden. Sie erkannte die zierliche Handschrift darauf, noch bevor sie das erste Wort gelesen hatte.

Ich suchte nach der Wunde, der klaffenden Öffnung meines Herzens, durch die meine Liebe zu dir aus meinem Körper entweichen sollte. Aber ich konnte sie nicht finden. Denn gleich, was du tun und wohin du gehen wirst, mein Herz wird auf ewig das deine bleiben. M

Sie wird mir fehlen.

Marys Magen zog sich zusammen. In der Nacht würde Fynn das Anwesen verlassen. Sie zwang sich, nicht zu den großen Fenstern ihrer Gemächer hinüberzublicken. Ihr Körper erschien ihr seltsam taub und ihre Fingerspitzen kribbelten.

Etwas zerrte an der hellen Seide ihres Gewandes. Sie wandte sich um und erblickte das rotgestromte Kätzchen, das mit dem Saum ihres Kleides spielte. Ein zaghaftes Lächeln huschte über ihr Gesicht. Sie nahm den kleinen Kater auf den Arm und strich durch sein seidiges Fell, bevor sie ihn auf dem dunklen Stoff der Chaiselongue absetzte, auf dem seine Schwester zu einer kleinen betupften Fellkugel zusammengerollt schlief. Ihre Mutter saß unweit von Marys Kommode entfernt und beobachtete die Baronetstochter mit großen grünen Augen.

So grün, wie auch Fynns Augen leuchten.

Mary strich über die schwere Seide ihres langen Überkleides. Dunkles Violett, um die Hüfte von einer goldenen Schärpe gegürtet. Das weiße Unterkleid raschelte bei jedem Schritt, den sie tat, während sie sich zum Ostflügel begab. Ihre Schritte verhallten seltsam hohl an den Wänden.

Vor der Tür zum Speisesaal verharrte sie nur kurz. Behände drehte sie den großen Knauf herum.

„Du bist reichlich spät."

Die volle Stimme ihres Vaters erfüllte den Saal. Mit einem Mal fühlte Mary sich unbedeutend, als sie die Tür hinter sich ins Schloss fallen ließ. Doch in seiner Stimme schwang keinerlei Tadel mit. Sie blickte zu Richard hinüber, der zur linken Seite ihres Vaters saß, doch auch in seinem Gesicht war nichts zu lesen. Verwirrt nahm sie Richards Frau Sydney gegenüber Platz. Sydney schenkte ihr über den Tisch ein Strahlen aus ihren hellen Augen, als ihr kleiner Sohn Roger über sein Essen gebeugt munter zu plappern begann. Das braune Haar stand ihm wild vom Kopf und er klatschte aufgeregt in die Hände, als Sydney ihm Weißbrot und einige Linsen darreichte.

Mary konnte nicht sagen, aus welchem Grund, doch das friedliche Bild schmerzte sie. Vergnügt stopfte Roger das Brot in seinen kleinen Mund, während Sydneys warmer Blick mit mütterlichem Stolz auf ihm ruhte. Ihr helles Haar hatte sie zu einem langen Zopf geflochten und ihn an ihrem Hinterkopf in einen Knoten gelegt. Mary konnte Perlen darin schimmern sehen, wenn Sydney zu ihrem Mann herüberblickte.

So elegant. So in ihr Schicksal ergeben. Ob auch sie jemals von der Freiheit träumte, bevor sie meinen Bruder ehelichte?

„Mary, mein Kind, träumst du?“ Mary zuckte zusammen. Sie war zu oft und zu tief in Gedanken versunken.

„Verzeiht, Vater“, sprach sie matt und ließ sich etwas vom nach Salbei und Schmalz duftenden Lammtopf reichen, ohne rechten Appetit zu verspüren.

„Nur nicht zu bescheiden“, mahnte Sir Richard gut gelaunt, doch Mary schaffte es nicht, ein aufrichtiges Lächeln auf ihre Lippen zu zaubern. Wäre sie nicht gar so niedergeschlagen gewesen, hätte sein wohlgestimmtes Gemüt sie verwundert. Doch so verweilte ihr Blick auf seiner mit silbrigen Fäden bestickten Brokatweste, ohne dass sie sich fragte, weshalb er an einem so gewöhnlichen Tage zu solcher Gewandung gegriffen hatte.

„Roger, du sollst doch dem Tier nichts von deinem Essen geben“, mahnte Sydney gutmütig, als Roger einige Brocken Weißbrot auf den Boden fallen ließ.

„Sie hat Hunger, Mama“, erwiderte er energisch und zog einen Schmollmund.

„Sie fängt sich eine Maus, die mögen Katzen viel lieber“, beruhigte Sydney ihren Sohn und zwinkerte Mary verschwörerisch zu. Nachdem Sir Richard Mary angewiesen hatte, die Katzen fortzubringen, war es Sydney gewesen, die besänftigend auf ihn eingeredet hatte. Roger hatte die Tiere sofort in sein Herz geschlossen und drängte fast täglich darauf, Mary in ihren Gemächern zu besuchen, um sich die Katzen anzuschauen. Am liebsten hatte er die kleine schwarze Katzendame mit den roten Tupfern im Fell und den weißen Pfoten, weshalb er sie eigenmächtig Sydney getauft hatte – zu Ehren seiner Mutter, die ihm versichert hatte, dass die Katzen bleiben würden.

Mary schenkte den beiden ein schwaches Lächeln, als Roger zu der schwarzen Katze hinuntersah.

„Sie heißt Memory, Roger.“

Mary bemerkte, wie seltsam hohl und leer ihre Stimme klang, und räusperte sich leicht.

So viele Erinnerungen an all diese Momente, in denen ich in einem Paar grüner Augen ertrank.

„Memory, Memory, Memory“, brabbelte Roger quietschfidel, während er einige Linsen verspeiste. Unter dem Tisch erklang ein heiteres Schnurren und dieses Mal wunderte Mary sich, dass Sir Richard noch nicht vor Wut vom Tisch aufgesprungen war, um die Katze aus dem Speisesaal zu jagen.

Mary führte ein Stück Lamm zum Mund, doch obgleich ihr der Geruch von Zimt und Salbei in die Nase stieg, schien sie kaum etwas vom Geschmack des Fleisches wahrzunehmen.

„Lord Henry und sein Sohn gedenken, uns wieder einen Besuch abzustatten. Ich bin sehr zuversichtlich, dass sie innerhalb der nächsten Tage eintreffen werden“, wandte sich Sir Richard an seine Tochter, die ihm nur einen ausdruckslosen Blick zu schenken wusste.

Aus welchen Gründen sollte ein Besuch des Earls of Marlborough mein Interesse wecken, Vater?

Doch sie schwieg, nahm nur ein weiteres Stück Lamm zu sich, in der Hoffnung, endlich etwas anderes außer dem eigenen Kummer auf der Zunge zu schmecken. Ihr Vater sprach in einem fort, von einem kleinen Empfang, den er zu Ehren der

Leys geben würde, von den Vorbereitungen, die noch getroffen werden mussten, und anderen Dingen, denen Mary keine Beachtung entgegenbrachte. Ihr Blick glitt hinüber zu den großen Bogenfenstern. Von hier konnte man des Morgens die Sonne aufsteigen sehen, noch in ihren Morgenmantel aus Nebeln gehüllt, und eine ferne Sehnsucht schien Mary hinauszurufen.

„… von ungeheurer Wichtigkeit, dass du ebenfalls anwesend sein wirst …“ Die Worte ihres Vaters bahnten sich einen Weg in ihr Bewusstsein und sie seufzte leise. „… da ich eine Verbindung mit Lord James of Marlborough erwog.“

Beinahe verschluckte sie sich an einem Stück Lammfleisch.

„James Ley of Marlborough?“ Ihre Stimme hob sich bedrohlich, doch ihr Vater bemerkte ihre Bestürzung nicht. Sydney und Richard verharrten regungslos, als verspürten sie das Knistern der Spannung in der Luft. Roger hingegen rollte seine Linsen hin und her.

„Der Sohn des Earls, sehr wohl, du hast es richtig vernommen. Meine Tochter wird in die Ränge der Peers aufsteigen und zu einer Gräfin werden.“ Sir Richard lächelte selbstzufrieden, als er sich etwas Manscho Blanco reichen ließ. Das Hühnerfleisch dampfte noch warm, vermengt mit Mandeln und Reismehl; einzelne Veilchen garnierten das Gericht.

Mary saß wie versteinert. „Er ist fünf Jahre jünger als ich!“

Ihre Stimme barst beinahe vor Verzweiflung. Ängstlich huschten Sydneys Augen von Sir Richard zu Mary, als diese ihr einen fragenden Blick zuwarf.

Habt ihr das gewusst?

Ihr Blick suchte Richards.

Hast du gewusst, dass er mich mit einem Kind *zu vermählen gedenkt?*

Sie spürte, wie Memory ihr um die Beine strich, als hoffte sie, diese weiche Berührung vermochte ihr Trost zu spenden. Doch Mary starrte zu ihrem Vater hinüber, am Kopf der Tafel, der so gefasst und ruhig aß, als hätte er das Beben ihrer Stimme nicht vernommen.

„Sein Vater besitzt viele Länderein und verfügt über sehr gute Verbindungen. Er ist ein weltgewandter Mann, eine Bereicherung für unsere Familie." Er hielt kurz inne und seine dunklen Augen suchten nach den ihren. Sie sah Entschlossenheit darin. Eine feste Bestimmtheit, die es ihm gebieten würde, alles in seiner Macht Stehende zu tun, um seinen Beschluss durchzusetzen.

„Er zählt nicht einmal vierzehn Winter", brachte sie hervor, ihre Stimme mehr ein Flehen, als dass sie die Kraft für einen harten Einwand besessen hätte.

„Was kein Hindernis für eine Verlobung darstellt." Ihr Vater winkte ab. Hilfe suchend wandte sich Mary ihrem Bruder zu, doch der schüttelte nur leicht den Kopf, als wollte er sagen: *Es ist deine Bestimmung, Mary. Seit dem Tag deiner Geburt ist dein Leben nur auf diesen Tag hinausgelaufen.*

„Nein", sagte sie. Zunächst leise, dann noch einmal, lauter, fester. „Nein, ich kann unmöglich mit ihm den ewigen Bund schließen."

Für einen Moment war es still zwischen ihnen. Marys Blick traf den Sir Richards und sie zwang sich, ihm fest in die Augen zu sehen. Er blinzelte nicht. Seine Augen waren bewölkt.

„Doch, das kannst du." Seine Worte mischten sich unter die Stille, als wären sie ein Teil von ihr. „Weil du weißt, in welcher Pflicht du unserer Familie gegenüber bist."

Er hatte sie mit einer Selbstverständlichkeit gesprochen, die Marys Lippen beben ließ. Sie konnte ihm nichts darauf erwidern; das Korsett drückte gegen ihre Rippen. Niemand regte sich. Ihr Blick war noch immer auf ihren Vater gerichtet. Rogers Linsen fielen zu Boden.

„*Excusez-moi.*"

Noch bevor die Tischgesellschaft etwas erwidern konnte, war Mary aufgesprungen. Sie eilte aus dem Speisesaal und ihre Schritte verhallten lautlos, während ein schwarzer Blitz neben ihr aus der Tür schoss.

Mary träumte. Es musste ein Traum sein.

„Fynn", flüsterte sie, das Wort so hauchzart wie ein seidener Spinnenfaden im Morgenwind. Die ersten Sonnenstrahlen hüllten ihr Gemach in ein blasses Orange. Ein knisterndes

Gold auf Fynns Wangen und in ihrem zögerlichen Lächeln, als sie sich über Marys Schlafstatt beugte. Die haselnussbraunen Haare schimmerten im matten Licht und Mary war, als kitzelte sie Fynns Atem auf ihrer Haut.

Marys Hand verharrte in der Luft.

„Nein“, flüsterte sie, das Wort zu leise, als dass der Wind es tragen würde. „Ich werde dich nicht berühren, wenn du dann noch einen Augenblick länger an meiner Seite weilst.“

Zaghaft beobachtete sie das Trugbild durch den feuchten Schleier, als würde es sich, sobald sie es auch nur eine Sekunde lang aus den Augen ließe, in Luft auflösen.

Fynns Hand ergriff ihre. An ihrem Arm funkelte ein glutroter Edelstein in eiserner Fassung.

„Du bist hier“, flüsterte Mary, die Worte zu schwach, als dass sie ihnen selbst Glauben schenken konnte. Fynns freie Hand strich über Marys Stirn.

„Deine Augen glänzen feucht“, sagte sie mild, als ihre Finger die Rundung von Marys Augenbrauen nachfuhren, ihre Schläfen entlang.

„Nein“, sprach sie. „Sie spiegeln lediglich die Sonne.“

Fynn senkte das Haupt, sodass ihre Haare auf Marys nackte Haut fielen. Ein vertrauter Duft wallte auf und hüllte sie ein in all diese Träume der Nacht, die viel zu lange nur Träume geblieben waren.

„Ich konnte nicht gehen.“ Leicht nur streiften Fynns Lippen ihre Schläfen. „Ich bin eine Närrin, aber ich kann nicht mein ganzes Leben auf der Flucht verbringen. Ein jedes Mal bin ich davongelaufen, ein jedes Mal wusste das Schicksal mich einzuholen, da ich vergaß, dass ich nicht vor mir selber fliehen kann.“ Die Welt stand still in Fynns Worten. „Nur dieses eine Mal möchte ich das Wagnis eingehen und mir eine neue Zukunft aufbauen.“

Ein Lächeln huschte über Fynns Gesicht. Ihre Stimme war nur ein Wispern.

„Fortan gehöre ich dir.“

Die Seide wallte auf, gleich einer stürmischen See, die die beiden Frauen im Kuss unter sich begrub.

27 l'avertissement

„Es gibt nichts, was ich tun kann."

Marys Hand hielt die Fynns fest umklammert, als sie zweisamkeitstrunken in den Decken lagen.

„Natürlich kannst du etwas tun, Liebes."

Sie spürte Marys Wärme auf ihrer Haut, die großen Locken, die ihre Wangen kitzelten. Mary hob leicht den Kopf, um in Fynns Augen zu blicken.

„Ich habe keine Wahl, wenn ich meine Familie nicht enttäuschen will", flüsterte sie, während sie Fynns Hand noch fester drückte. Die ersten goldenen Sonnenstrahlen brannten in ihren glutroten Haaren.

„Du hast immer eine Wahl", erwiderte Fynn sanft. „Doch du musst dich für eine Welt entscheiden", fügte sie ernst hinzu. „Du kannst nicht in beiden leben."

„Du kennst meinen Entschluss", sprach Mary leise, ein Lächeln auf den Lippen. Fynn verlangte es danach, einige aufmunternde Worte zu erwidern, doch ihr Lächeln erstarb.

Wie könnte ich sie jetzt mit schillernden Unwahrheiten betören?

„Du weißt nicht, was dich in dieser Welt erwarten wird." Die Worte brannten auf ihrer Zunge und hinterließen einen bitteren Geschmack. Seit sie den Armreif angelegt hatte – nein, bereits zuvor –, war ihr bewusst geworden, dass sie Mary nicht hinter sich zurücklassen wollte. Jacob hatte die Wahrheit gesprochen, wahrscheinlich, ohne dass es ihm bewusst gewesen war. Wie konnte sie nach all ihren Reisen auf der Flucht vor sich selbst sich nun von dem ersten Menschen in ihrem Leben abwenden, bei dem ihr Herz geborgen war?

„Dessen bin ich mir bewusst." Marys Blick hielt ihrem stand. „Meine Welt ist eine Lüge, ein Schatten, der sich vor der Sonne nicht zu halten vermag. Du bist die einzige Wahrheit darin."

Die Entschlossenheit in Marys Blick ließ Fynn für einen Moment erstarren.

„Woher glaubst du, dieses Wissen um mich zu tragen?"

„Ich sehe es in deinen Augen."

Fynn lächelte traurig. „In ihnen sind andere Geheimnisse ertrunken."

„Keines, das mich dazu bewegen könnte, von deiner Seite zu weichen."

Fynn blickte in ihre klaren Augen, als Mary sich näher an sie drängte.

Wann sollte ich es ihr jemals sagen, wenn ich jetzt nicht den Mut dazu finde?

Fynns Zeigefinger fuhr Marys Schläfe entlang.

„Ich lebte nicht immer so, wie du mich kennst. Als Fynn, der Knecht. Als Mann." Sie schluckte, als Marys verwirrter Blick den ihren traf. „Mary, Liebes, es gibt etwas, das mir schwerer auf der Seele lastet, als du dir vorzustellen vermagst, und wenn du wünschst, deine Entscheidung zu überdenken, so kann ich es dir nicht verübeln." Für einen Moment hielt sie inne, unschlüssig, ihr wohl größtes Geheimnis preiszugeben, doch die Worte waren gesprochen und Marys himmelblaue Augen blickten fragend. „Wirst du noch mit mir kommen, wenn du weißt, dass dieser Körper nie dein allein gewesen ist? Dass ich mich nach meiner Flucht vom Gut meiner Eltern des einzigen Handels bedienen musste, der einer allein stehenden Frau das Überleben sichern kann?"

„Dies ist nicht die rechte Zeit für Geschichten."

Ungläubig setzte Mary sich auf und Fynn sah das feine Zittern ihrer Fingerspitzen, ein leises, ängstliches Frösteln.

„Dies ist die Zeit für die Wahrheit, Mary", sprach sie sanft, während sie die schmale Hand der Baronetstochter erneut ergriff.

Mary schwieg für einige Atemzüge. Doch Fynn konnte nicht weitersprechen, weil die Erinnerung sie aufwühlte.

„Wann hast du es aufgegeben?"

Marys Worte klangen weder anklagend noch scharf, beinahe ein wenig zu leicht dahingesagt, als verbärge sie ihren Schrecken so tief in ihrem Herzen, dass Fynn ihn nicht greifen konnte.

„Nach einer Begegnung, an die ich nicht mehr denken will. Ich entschied mich dazu, meinen Geist in eine männliche Hülle zu sperren, und ganz gleich, wie schwer es mir fiel und fällt – es ändert nichts an den Geschehnissen, die dem vorangegangen sind. Ich bitte dich, frage nicht weiter nach jener Nacht."

„Fynn …" Noch ehe Mary sie weiter drängen konnte, hatte Fynn sich ebenfalls aufgesetzt.

„Ganz gleich, wie vielen mein Körper gehörte, mein Herz hat doch keiner von ihnen besessen." Ihre Blicke trafen sich und es lag eine tiefe Wärme in Marys hellen Augen.

„Und ganz gleich, was hinter uns liegen mag, ich werde mit dir kommen, um ein neues Leben zu beginnen", flüsterte sie und drückte Fynns Hände.

„Selbst, wenn du weißt, dass dunkle Zeiten auch dir bevorstehen werden, dich nie wieder ein reiches Mahl, nie wieder weicher Samt und feine Seide erwarten werden? Du wirst niemals mehr so leben können wie bisher."

Ein anderes Leben hatte Mary nie gekannt. Sie wusste nicht um das nagende, beißende Gefühl des Hungers, der Kälte, der Angst und Entbehrung. Nicht einmal in ihrer Vorstellung würde sie ermessen können, was sie an Fynns Seite erwartete. Und dennoch war Marys Blick so stetig, so warm, als wollte er Fynn Gewissheit geben. Ein Versprechen.

„Was wiegen Samt und Seide schon, wenn ich sie um deinetwillen entbehre? Was wiegt die Vergangenheit verglichen mit künftiger Zeit, die wir gemeinsam schreiben werden?"

Fynns Lippen berührten Marys Stirn nur sacht. Es gab keine Worte, die sie auf Marys Äußerung erwidern konnte. Da war so viel mehr, als Worte zu sagen vermochten.

Sie richtete sich auf, Mary noch in ihren Armen, umhüllt von den seidenen weißen Laken, aus denen ein dumpfes Schnurren ertönte. Dann schüttelte sie lachend den Kopf.

„Oh, Kenneth wird meine Torheit verfluchen."

Ein leises Gähnen erklang und zwei schwarz-rot-getupfte Ohren erschienen zwischen den Betttüchern.

„Jener Knecht, der sich deiner angenommen hat?" Marys Aufmerksamkeit war noch immer auf Fynn gerichtet, als das

Kätzchen über die Hügel und Täler der Laken auf die beiden Frauen zustakste.

Fynn nickte.

„Unmöglich, dass wir das Anwesen überstürzt verlassen könnten. Zu schnell würden uns die Häscher auf den Fersen sein, um dich zurückzubringen. In drei Tagen werde ich dich in der Nacht auf deinen Gemächern aufsuchen und dir Bericht erstatten."

Ein weiteres Ohrenpaar kam unter der Seide hervorgekrochen, voran zwei sich streckende rote Pfoten.

„Bis dahin werden Kenneth und ich einen Plan ersonnen haben, der es uns ermöglicht, dem Anwesen ungesehen zu entfliehen. Sowie deinem Vater deine Abwesenheit bewusst werden wird, sind wir bereits zu weit fort, als dass sie uns noch erreichen könnten."

Das getupfte Kätzchen hatte die beiden erreicht und schnupperte neugierig an Fynns Fingern. Ihre kleinen Schnurrhaare zitterten und kitzelten Fynns Fingerkuppe, sodass sie lächeln musste.

„Du hast sie zu dir geholt", wisperte sie, als ihr Finger über den kleinen Kopf strich und das Kätzchen ein leises Gurren vernehmen ließ. Empört fiepte der rotgestromte kleine Kater, der sich in den seidenen Laken mit einer Pfote verheddert hatte und den es ebenfalls nach einer Liebkosung verlangte.

„Du hast ein gutes Herz", sprach Fynn mit ihrer vollen, dunklen Stimme, als sie sich erhob. Die Sonne sandte bereits ihre kräftigen Morgenstrahlen durch die Fenster, als wollte sie die beiden Frauen mahnen, sich nicht zu lange ihrer Versöhnung zu freuen. Das getupfte Kätzchen mit den weißen Pfoten fiepte beleidigt, als Fynn sich zum Gehen wandte, hin zur versteckten Tür hinter dem Wandteppich.

„Ich werde deiner Rückkehr entgegenfiebern", flüsterte Mary. Fynn betrachtete sie voller Wärme. Sie hatte bereits nach dem Teppich gegriffen, als sie sich zur Baronetstochter umwandte.

„Mary?" Sie zögerte kurz. „Aus welchem Grund ließest du ein Boot an diesem Armreif befestigen?"

„Schau dir seine Segel an." Mary hatte den protestierenden kleinen Kater auf den Arm genommen und strich über das helle Bäuchlein, sodass er zu schnurren begann. „Sie sind gesetzt. Es macht sich auf den Weg über das Meer, fort von allem, was es an einem Ort zu halten versucht."

„Freiheit." Fynn lächelte. „Es steht für Freiheit."

Mary nickte. Fynn strich den Wandteppich zur Seite und öffnete die versteckte Tür. Kaum, dass sie hindurchgetreten war, vernahm sie ein letztes Mal den weichen Klang von Marys Stimme.

„Ohne dich ist mein Leben nur eine blinde Illusion."

Mary zögerte. Ihre Hand ruhte auf dem rußgeschwärzten Knauf. Es wäre um so vieles leichter, sich abzuwenden und die Vergangenheit hinter sich zu lassen. Als würde es nie einen Abschied geben, als hätte sie einen jeden Tag die Möglichkeit zurückzukehren. Doch Mary wusste, dass sie sich nur selbst betrügen würde.

Dies ist wohl das letzte Mal, dass ich mich in deine Welt drängen werde.

Knarrend gab die Tür den Blick frei in die kleine Kammer, die eine völlig fremde Welt beherbergte. Marys Herz drohte zu bersten. Ein eigenwilliger, seltsamer Geruch schlug ihr entgegen, als sie die Tür hinter sich schloss. Sie kräuselte die Nase, zunächst stutzig, dann verwundert. Es roch scharf nach Mitteln, die Mary nicht mit Namen versehen konnte.

Grace kauerte auf dem schmalen Vorsprung unterhalb des Fensters, die Beine eng an den mageren Körper gezogen. Ihre roten Locken fielen ihr in die Stirn, ihre Arme umschlangen etwas, das Mary nicht erkennen konnte. Erschrocken schritt sie auf ihre Schwester zu und ließ sich neben ihr nieder, um ihr mit einer Hand über die Stirn zu fahren. Sie glühte heiß.

„Grace."

Marys Stimme zitterte, als sie ihr einige Strähnen aus dem Gesicht strich. Der Blick ihrer Schwester hing leer im Raum, als schiene sie durch die Mauer hindurchzusehen, weit fort in eine andere Zeit. Furcht brandete in Mary auf.

„Grace? Grace, kannst du mich hören?“ Sie sprach lauter, als sie es beabsichtigt hatte, und mühte sich, die Angst aus ihrer Stimme zu bannen, was ihr jedoch nicht ganz gelingen wollte.

Wie kann ich dich so zurücklassen?

„Grace.“

Sie schloss die Schwester in den Arm, ihr Gesicht in den glutroten Wellen verborgen. Der Duft frischen Lavendels umströmte sie und trieb ihr die Tränen in die Augen.

„Wäre es mir doch nur möglich, einen Blick in dein Gedankenkleid zu werfen …“

Ein Seufzer erklang. Er war so leise und zart, als lechzte er danach, ungehört zu verhallen. Doch Mary setzte sich auf, ihre Arme noch um den schlanken Körper der Schwester geschlungen. Die Schatten tanzten auf ihrer Haut.

„Ich bin gekommen, dir Lebewohl zu sagen.“

Da erst sah sie, was ihre Schwester mit aller Kraft umklammert hielt. Ihr Atem setzte für einen Moment aus, als Grace sich ihr zuwandte. Mit einem Mal waren die großen, dunklen Augen nicht mehr leer, sondern von einem sonderbaren Leben erfüllt. Ihr düsteres Blau schien zu schäumen wie ein aufgebrachter Ozean. Grace’ linke Hand griff jäh nach der Marys, zu fest, panisch. Ihre andere Hand umklammerte das Kissen, welches Mary ihr einst bestickte. Eine Trauerweide und ein See.

Sie weiß es, schoss es Mary durch den Kopf und mit einer ungeahnten Heftigkeit drohten ihre Gefühle sie zu übermannen. *Sie weiß es und sie will nicht, dass ich gehe.*

„Ich kann nicht bleiben.“

Sie umschloss Grace’ kalte Finger, die sich schmerzlich in ihre Haut bohrten. Blanke Verzweiflung stand in den Augen der Schwester geschrieben.

Was ist es, das deine Seele so sehr fürchtet?

Sie wollte der Schwester beruhigende Worte flüstern, doch da löste sich Grace’ Hand. Sie wich zurück, den angsterfüllten Blick jedoch noch auf Mary gerichtet.

Geh nicht, schien dieser Blick ihr sagen zu wollen. *Geh nicht oder ein schlimmes Unheil wird dir widerfahren.*

Sacht schüttelte Mary den Kopf.

„Ich wünschte, ich könnte dich mit mir nehmen, Grace", flüsterte sie und senkte die Lider. „Doch ich werde dich für immer in meinem Herzen tragen."

Sie wollte ihrer Schwester ein letztes Mal tröstlich über die Wange streichen, doch diese hatte sich bereits abgewandt, so, als wollte sie ihr zu verstehen geben: *Ich kann deinen Anblick nicht ertragen, wenn ich weiß, dass dir ein Leid geschehen wird.*

War es ihr möglich, Grace so zurückzulassen? Fiebernd und in einer Welt versunken, aus der es kein Entkommen zu geben schien? Mary biss sich auf die Lippen. Sollte sie nicht zumindest Vorkehrungen treffen, sodass sie beruhigt sein konnte, dass Grace in dieser Kammer nicht vor Einsamkeit dahinschied?

Leise erhob sie sich. Sie würde eine der Mägde beauftragen, nach Grace zu sehen. Sie wagte zu hoffen, dass sich die Kunde ihrer Existenz gar auf dem Anwesen verbreiten würde, sodass es ihrem Vater nicht mehr möglich war, sie vor aller Augen zu verstecken. Sie sollte Cathy einweihen. Ein übermächtiges Gefühl von Schuld breitete sich in ihr aus. Wieso hatte sie nur nie über die Schwester gesprochen? Wie hatte sie nicht einmal zu Fynn von diesem Menschen sprechen können, dessen Schicksal doch innig mit dem ihren verwoben war?

„In Gedanken werde ich stets bei dir sein."

Der Blick zurück schmerzte. Doch als sie den Knauf zu drehen gedachte, um dieser Kammer auf ewig zu entfliehen, vollführte dieser eben jene Bewegung wie von Geisterhand. Marys Atem setzte für einige Herzschläge aus, als ihr die Tür knarrend entgegenschwang und ein Gesicht preisgab, das sie an diesem Ort nicht anzutreffen vermutet hätte.

„Camillia?" Sie stockte, als die Zofe schweigend vor ihr stand. Was führte Camillia zu Grace' Gemächern? Marys Blick glitt hinab und mit einem Schlag wusste sie es.

„Du warst es", flüsterte Mary. Sie konnte nicht sagen, weshalb sie mit einem Mal die förmliche Rede verlor. Ihre Gedanken wirbelten durcheinander. Camillias Mundwinkel hoben sich zu einem zarten Lächeln, als sie das Zimmer betrat, einen Korb mit Brot, Käse und anderen Speisen unter dem Arm. Mary stand wie versteinert. Nun, wo sie Camillia vor sich sah im trüben Licht der Kammer, fragte sie sich, weshalb ihr die Anwesenheit der Zofe so abwegig erschien. Hätte sie es nicht ahnen können nach allem, was sich in den letzten Wochen und Monaten einen Weg ans Licht gebahnt hatte? Dennoch klangen die gesprochenen Worte ungläubig aus ihrem Mund.

„Du hast dich all die Jahre um sie gekümmert, sie mit Speise und Trank versorgt …"

„… sie gekleidet und ihr frischen Lavendel gebracht. Ja, m'Lady", sprach Camillia, als sie den Korb auf dem Tisch abstellte. Mary rührte sich noch immer nicht, beobachtete Camillias geschickte Bewegungen und sah die Hingabe und Liebe, die sich darin widerspiegelte. Ein Bild zog vor ihrem inneren Auge vorüber. Das Bildnis einer jungen Frau mit goldblonden Haaren, auf ewig festgehalten in einem feingliedrigen, silbernen Amulett, neben dem verwaschenen Porträt eines jungen Adeligen – der ihr Vater war. Ihr wurde mit einem Mal flau im Magen. Sie wollte diesen Gedanken nicht folgen.

„Verlangt Euch nicht danach zu erfahren, aus welchem Grund es mich Nacht um Nacht zu Eurer Schwester zieht?" Camillias Stimme war sanft, als spräche sie mit dem Kind, das einst seine Mutter verlor. Ihre Augen strahlten warm, so warm, dass Mary sich abwenden musste. War es nicht falsch, dass Camillia in solch hoher Rede zu ihr sprach? Nein, sie wollte es nicht hören. Ihre Mutter war Lady Elizabeth Grosvenor, geborene Wilbraham, gewesen. In ihren Adern floss reines Blut.

„Ich sehnte mich stets danach, euch gemeinsam und wohlbehütet aufwachsen sehen zu dürfen. Doch das Schicksal versagte mir diesen Wunsch." Mary konnte nicht sagen, woher sie wusste, dass Camillia mit dem Schicksal eigentlich ihren Vater meinte. Ein Hauch von Traurigkeit hatte sich unter Camillias Worte gemischt. „Meine Strafe dafür, dass ich es vorzog, euch in einer Lüge zu beherbergen, weil ich glaubte, ihr würdet auf diese Weise ein sorgenfreies Leben führen. Ein Leben, wie es

Isabelle und mir nie vergönnt gewesen war. Doch ich brachte euch damit nur Verderben."

„Sprich nicht …" Marys Stimme brach. „*Ne me parlez pas sur ce ton.*" Ihre Hände zitterten, sodass sie sie im seidenen Stoff ihres Gewandes vergrub. „Ich bin Euch zu tiefstem Dank verpflichtet, dass Ihr Euch so aufopfernd um meine Schwester sorgtet. Mehr habe ich Euch nicht zu sagen."

Mein ganzes Leben kann keine Lüge gewesen sein!

Sie wandte sich zum Gehen.

„Was glaubst du, Mary, aus welchem Grunde du ebenfalls den Namen Isabelle trägst?"

Ich will es nicht hören.

Mary hatte ihr bereits den Rücken gekehrt und den Knauf ergriffen. Fort. Bald würde sie fort sein. All dies hinter sich lassen. Doch Camillias Stimme verfolgte sie, als sie die Treppen hinuntereilte. Ganz gleich, wie schnell ihre Füße sie trugen, so vermochte sie doch nicht, vor diesen letzten Worten zu fliehen.

„Ich bin die Schwester deiner leiblichen Mutter."

28 la trahison

Es war ein ungewöhnlich kühler Sommertag. Mary fröstelte in ihrem feinen lichtblauen Gewand mit eingesetztem Goldbrokat. Die letzten beiden Tage waren ihr erschienen, als hätten sie niemals enden wollen. Sie hatte ihr Herz vor Camillia verschlossen und die Zofe ein ums andere Mal ihrer Gemächer verwiesen. Dabei wusste sie, wie belanglos ihr Handeln war. Welche Rolle spielte es noch? In wenigen Tagen würde sie fort sein, fort von Eaton Hall, den Ansprüchen ihres Vaters und diesem Leben, das nicht mehr das ihrige war. Weshalb verschloss sie sich dennoch vor der Wahrheit? Nichts würde ihren Entschluss, mit Fynn zu gehen, nichtig machen können, nicht das Wissen um eine Vergangenheit, die kein Teil von ihr zu sein schien, und nicht das Verlöbnis mit Lord James Ley of Marlborough.

Mary hatte die prächtige Kutsche schon aus ihren Gemächern erblickt, als ein Kammerdiener sie dazu angewiesen hatte, sich umgehend auf dem Hof einzufinden. Ihr Vater ließe ausrichten, dass Eile geboten sei, wollte sie ihren zukünftigen Gemahl höchstpersönlich in Empfang nehmen.

Für einen Augenblick hatte Mary gezögert. Beinahe wäre sie der Versuchung erlegen, den Diener fortzuschicken und die Anweisung ihres Vaters zu missachten, doch sie zügelte sich. Fynn würde sie in der kommenden Nacht ein letztes Mal in ihren Gemächern aufsuchen. Sie konnte es nicht wagen, in ihrem Vater Misstrauen zu erwecken. So streifte sie Fynns zierlichen Ring vom Finger und fügte sich dem Wunsch des Baronets.

Nun stand er neben ihr, eine aufgerichtete Gestalt, der Rücken gerade, die Schultern nach hinten gezogen, als erwartete er die Verleihung eines Ordens. Sie spürte, wie unbändiger Stolz seine Brust noch weiter anschwellen ließ.

Wäre Eure Haltung noch so makellos, wenn Ihr mich nicht an Eurer Seite wüsstet?

Sie wandte den Blick der prunkvollen Kutsche zu, die das Tor passiert hatte und sich ihnen ratternd näherte. Die kräftigen Pferde schnaubten, als das Gefährt vor ihnen zum Stehen kam. Mary schlang die Arme um ihre Taille. Sie konnte selbst nicht sagen, ob dies der Kälte oder ihrer inneren Unruhe geschuldet war, als eine der mit goldenen Verzierungen überhäuften Türen von einem der Diener des Anwesens geöffnet wurde.

„Lord Henry, seid mir willkommen in Eaton Hall."

Ihr Vater eilte unverzüglich auf den wohlgenährten Earl zu, der sich schwerfällig aus der Kutsche hievte, und verneigte sich vor ihm. Mary zwang sich, ebenfalls einige Schritte auf den hohen Gast zuzugehen.

„Sir Richard, welch Freude ist es mir, Euch und Eure liebreizende Tochter bei bester Gesundheit zu erblicken, nachdem mich Eure überaus erfreulichen Zeilen erreichten." Er fuhr sich über die Stirn, als hätten ihn das Verlassen der Kutsche und jene Worte zutiefst erschöpft.

„My Lord." Mary senkte leicht den Kopf und knickste vor dem edlen Gast, dessen Züge sich nun zu einem verschmitzten Grinsen wandelten.

„Ah, mit jedem Besuch werdet Ihr bezaubernder, Lady Mary", sprach er, während er sie verstohlen musterte.

Was gewiss nicht Euren Besuchen zu verdanken ist.

Mary biss sich auf die Lippen und schwieg.

„James, willst du deine zukünftige Gemahlin nicht angemessen begrüßen?"

„Jawohl, Vater." Hinter dem Earl trat ein schlaksiger Junge hervor, dessen von Sommersprossen besprenkeltes Gesicht noch kindlich gerundet war. Das Wams, das er trug, war reichlich mit Stickereien übersät und mit kostbaren, seidenumsponnenen Kugelknöpfen verziert. Seine großen grauen Augen huschten von seinem Vater zu Mary, eine stumme Frage in ihnen geschrieben, die Mary nicht zu deuten wusste. Er reichte ihr kaum bis zu den Schultern.

Noch ein Kind, dachte sie sich lautlos seufzend. Selbst seine Schwester Elizabeth hatte erst diesen Monat ihr fünfzehntes Lebensjahr vollendet. Wie konnte ihr Vater nur so verblendet sein?

Der Earl erwiderte den Blick seines Sohnes und wie auf ein verschwiegenes Zeichen hin, schritt der Knabe auf Mary zu. Kurz vor ihr hielt er inne, den Kopf leicht angehoben, sodass seine grauen Augen auf ihr ruhten. Sie blickten seltsam starr.

„Lady Mary", sprach er mit fester Stimme, noch kindlich hell und seltsam hohl. Mary knickste leicht.

„Lord James."

Der Knabe musterte sie aufmerksam. Seine aschblonden Haare fielen ihm in die Stirn. Mary konnte ihren Vater neben sich spüren, seine Zufriedenheit und sein Wohlwollen, dass es sie beinahe schmerzte zu wissen, dass sie ihn ein weiteres Mal enttäuschen würde.

„Lady Mary, ich überreiche Euch hiermit das Pfand unseres bevorstehenden Verlöbnisses. Mögt Ihr es in Ehren halten und meiner gedenken, bis unsere Ehe vollzogen werden kann."

Er sprach diese Worte mit seiner jungen Stimme und sie klangen kalt aus dem kindlichen Mund. Der Sohn des Earls wusste kaum, was er sprach, kannte nicht die Bedeutung, die sich hinter einem solchen Pfand verbarg. Mary zwang sich zu einem Lächeln und wusste doch, dass es ihre Augen nicht erreichte, als sie das bestickte Taschentuch entgegennahm. Seine Initialen fanden sich darauf, eingelassen mit goldenen und silbernen Fäden, nebst einer gestickten Krone und einem Eisenhandschuh, dem Familienwappen der Leys.

„Ich werde Euer Geschenk in Ehren halten."

So leere Worte, dass sie fremd auf ihrer Zunge schmeckten. Sie reichte ihm ihre linke Hand und James streifte einen goldenen Ring über ihren Finger, in dessen Mitte ein funkelnder Rubin eingefasst war. Es war seltsam zu wissen, dass dieser Junge damit einen Anspruch auf sie erhob, wo noch vor wenigen Augenblicken der zierliche silberne Ring Fynns das Verlangen ihres Herzens zur Schau gestellt hatte. Der Wind kam wieder auf und zerrte an Marys geflochtenen Zöpfen, als wollte er ihren Locken zu ihrer gewohnten Freiheit verhelfen. Eine Gänsehaut überzog Marys Arme und sie begann erneut zu frösteln.

„Es ist seltsam frisch für einen Julitag", bemerkte ihr Vater und wandte sich dem Earl zu, der seinem Sohn anerkennend eine Hand auf die Schulter gelegt hatte. „Lasst uns hineingehen, der Festsaal ist bereits für Eure Ankunft hergerichtet worden, My Lord."

Nur kurz streifte Marys Blick die Stallungen, nur kurz glaubte sie einen schwarzen Hut dort gesehen zu haben, dann hatte auch sie sich ihrem Elternhaus zugewandt, das bestickte Taschentuch fest umschlossen.

Vielleicht eines der letzten Male, dass ich dieses Haus betreten werde. Doch in Gedanken hatte sie es schon längst verlassen.

Evelyn musste sich kurz abstützen, als ein reißender Schmerz ihren Rücken durchfuhr.

„Nicht schon wieder", murmelte sie gepresst unter heftigen Atemstößen, ihre rechte Hand über ihrem sich leicht hervorwölbenden Bauch.

Bald werde ich es nicht mehr verbergen können.

Der Gedanke kam ihr so plötzlich, dass er ihr das Blut in die Wangen trieb. Noch bevor sie sich ihm gänzlich hingeben konnte, hatte der Koch ihr bereits unwirsch die Teller in die Hand gedrückt.

„Du wirst hier nicht fürs Rumstehen bezahlt", wies er die junge Frau scharf zurecht und seine Augen blitzten bedrohlich. Noch bevor diese auch nur ein Wort über die Lippen zu bringen wusste, hatte der Koch sich bereits abgewandt. Evelyn biss die Zähne zusammen.

Ich brauche meinen Lohn.

Rasch verließ sie die Küche mit den Speisen in den Händen, eilte geschwind durch die Korridore, stets bemüht, dem Schmerz in ihrem Rücken keine Bedeutung beizumessen. Es waren nicht die Schmerzen, die ihr Sorge bereiteten. Es war ihr Bauch, der sich langsam zu wölben begann.

Sie betrat den Speisesaal hoch aufgerichtet. Der Baronet hatte nach einem Festschmaus zu Ehren seiner hohen Gäste und dem Anlass ihres Besuches verlangt: der bevorstehenden Verlobung Lady Marys mit dem Sohn des Earls of Marlborough.

Als Evelyn auf die Tischgesellschaft zuschritt, konnte sie nicht umhin, einen Blick in Richtung des jungen Lords zu werfen. Noch ein Kind, keine vierzehn Winter jung. Ein lautloser Seufzer entwich ihrer Kehle, als sie dem Baronet die Konkavelite darreichte, ein mit Kirschen verfeinerter Mandelpudding. Wie beneidete sie die hohen Herrschaften. Ein Verlöbnis war kein Hindernis; sie besaßen die Macht und den Reichtum, darüber gar zu verhandeln. Samuel und sie hingegen besaßen nicht die Mittel, in den Bund der Ehe zu treten. Doch sie wusste, dass ein baldiges Eheversprechen unumgänglich war, wollte sie ihrer Familie keine Schande bereiten.

Das Ziehen in ihrem Rücken war wieder stärker geworden und eine leichte Welle der Übelkeit überkam sie. Ihre Finger waren starr, selbst, nachdem sie die Speisen auf der langen Tafel abgestellt hatte. Der Baronet gab ihr ein Handzeichen, dass ihre Dienste im Moment nicht weiter benötigt würden und sie sich entfernen dürfte. Mit schmerzverzerrtem Gesicht knickste sie leicht und schickte sich an, den Raum zu verlassen, als ihr Blick den des Earls traf. Ein Lächeln huschte über sein Gesicht und sie erschrak, als sie bemerkte, dass sein Blick auf ihrem Bauch ruhte.

Mary hätte nicht geglaubt, diesem Tage und vor allem dieser Nacht mit so großer Ruhe begegnen zu können. Ihre Welt schien um etliche Farben reicher geworden zu sein.

Sie schmiegte sich an Fynns warmen Körper. Dies würde die letzte Nacht sein, die sie in den weichen Laken verbrächten. Die darauffolgende hielt ein neues Leben bereit.

„Wir werden das Anwesen kurz nach Mitternacht verlassen", hatte Fynn ihr berichtet, als sie Marys Gemächer durch die geheime Tür hinter dem Wandteppich betrat. „Durch jene verborgene Gartentür, die uns bereits zum Fest in Eccleston führte. Kenneth wird uns mit Pferden erwarten."

Fynns Worte gerieten ins Stocken, als sie den Ring an Marys linker Hand bemerkte, der den ihren zu ersetzen schien. Pures Gold, das einen übergroßen Rubin einfasste, viel zu pompös für Marys zierliche Finger. Fynn schnaubte verächtlich, doch Mary hatte nur gelacht.

„Glaubst du, ich würde allen Ernstes eine Vermählung mit ihm erwägen?"

Sie schüttelte den Kopf, als sie das zweite Verlobungsgeschenk des Earlssohnes vom Finger streifte und auf ihre Kommode legte. Neben den letzten Brief, den sie von Sherrington auf dessen Reise nach Amsterdam erhalten hatte. Es war das Einzige, was ihr einen Stich ins Herz zu versetzen vermochte. Sie hatte den Brief nicht angerührt. Sie wollte keine Verbindungen mehr zu ihrem alten Leben.

Ihr werdet nie wieder eine Zeile von mir lesen, doch ich wünsche Euch alles Glück der Welt.

Fynn hingegen hatte den Brief mit einem seltsamen Blick bedacht, beinahe so, als riefe der Name Sherrington etwas in ihr hervor. Doch ganz gleich, wie sanft Mary versuchte, Fynns Abneigung und gleichzeitige Scheu zu ergründen, hatte sie nur den Kopf geschüttelt und die Baronetstochter schroff abgewiesen.

Diese Nacht kann nicht alle Geheimnisse in sich aufnehmen, fuhr es Mary durch den Kopf, als sie Fynn vor den großen Fenstern stehen sah, die langen Haare schimmerten golden in der Abendsonne. *Selbst vor ihr verschwieg ich Grace' Existenz. Habe ich meine Schwester dann nicht ebenso wie Vater verraten?*

Vor den großen Fenstern ihres Schlafgemachs bettete sich die Sonne in ihrem letzten goldvioletten Strahlen zur Ruhe. Sie lagen in den Kissen, Fynns Hände in Marys vollem Haar.

„Es ist kaum zu glauben, dass in diesem allmählichen Zerfließen des Sommers auch mein Leben zu verrinnen scheint, um sich gleich dem Phönix prächtiger und erfüllter aus der Asche wiederzuerheben", flüsterte Mary.

„Lass deine Träume nicht Besitz von deiner Seele ergreifen", hatte Fynn sie lächelnd ermahnt und ihr einen Kuss auf die Stirn gegeben.

„Was lasse ich hinter mir zurück? Menschen ohne Gesichter und Stimmen; ein Leben, das meinen Geist und mein Herz nicht zu füllen wusste. Du erst hast mich mit Leben erfüllt."

Fynns Fingerspitzen strichen ihr über die porzellanweiße Haut, durch die die blauen Adern gleich einer Landkarte schimmerten.

„Wir werden gen Norden reiten, ungefähr sechzig bis siebzig Meilen, dann sollten wir in der Lage sein, in einem kleinen Dorf unterzukommen. Sobald wir das Anwesen weit genug hinter uns gelassen haben, sind wir außer Gefahr."

Vom Himmel schien der Vollmond in Marys Gemächer und warf einen fahlen Schein auf ihre sonst so rosige Haut. Fynn lächelte ihr zu, ein Lächeln so voller Hoffnung. Mary konnte nicht anders, als es zu erwidern.

Nichts wird uns jetzt noch aufhalten können.

Doch sie sollte sich irren.

Die düsteren Korridore jagten Evelyn einen Schauer über den Rücken und ihre Nackenhärchen stellen sich auf. Es war unheimlich still in den Fluren bei Nacht. Nur das leichte Tappen ihrer Schritte hallte unnatürlich laut in den Gängen wider.

Sie zitterte. Doch dann rief sie sich die Worte des Earls in Erinnerung.

Er hatte an der großen Treppe der Eingangshalle gestanden, als hätte er sie erwartet. Evelyn schalt sich zunächst für ihre törichten Gedanken – aus welchem Grund sollte ein Earl *sie* erwarten? Sie wollte an ihm vorübereilen, den Kopf leicht gesenkt, als er ihren Arm griff und sie erschrocken zusammenfuhr.

„Du trägst Sorge in deinen Augen", hatte er gesprochen, doch die seinen waren nicht von Mitleid erfüllt. Evelyn sehnte sich danach, eine Hand schützend auf ihren Bauch zu legen, widerstand dem Drang jedoch. Stattdessen schüttelte sie nur fahrig den Kopf; einige Strähnen ihres dunklen Haares fielen ihr in die Stirn.

„Ich weiß nicht, wovon Ihr sprecht, m'Lord."

Er ließ ihren Arm noch immer nicht los. Furcht wallte in ihr auf.

„Ich nehme an, die Hochzeit ist bereits vorbereitet? Unter diesen Umständen?"

Er lächelte, doch das Lächeln erreichte seine Augen nicht. Sein Griff lockerte sich und Evelyn entzog ihm ihren Arm.

Was kümmert es ihn, dass ich einen Bastard zur Welt bringen werde?

Sie sprach kein Wort, umfasste lediglich die Stelle, an der er sie gehalten hatte, und sah in sein rundliches Gesicht, so wohlgenährt und stolz, dass sie die Ungerechtigkeit dieser Welt erneut mit aller Härte durchfuhr.

„Ich kann dir helfen."

Seine Stimme hallte in ihren Ohren.

„Ich verstehe nicht recht."

Sie wich zurück. Das dunkle Funkeln seiner Augen war ihr ungeheuer. Er lehnte sich an das kunstvoll verzierte Treppengeländer und musterte ihre dünne Erscheinung mit einer Selbstgefälligkeit, die Evelyn die Galle in die Kehle steigen ließ.

Arrogantes Adelspack.

„Wenn du mir einen Dienst tust, werde ich dich reich entlohnen."

Er schritt verschwörerisch näher, doch Evelyn verharrte. Reich entlohnen? Ihr Herz machte einen Satz. Das würde ihr die Möglichkeit eröffnen, ihre Familie vor Schande zu bewahren. Sie wusste, dass Samuel sich nur nicht getraute, um ihre Hand anzuhalten, weil sie nicht auf eigenen Füßen stehen könnten. Doch diese Aussicht konnte alles ändern.

„Welchen Dienst?", fragte sie zögerlich und der zufriedene Ausdruck des Earls war alles andere als beruhigend.

„Mich befiel eine dunkle Ahnung, der Lady des Hauses könnte ein großes Unheil widerfahren. Doch ist es mir nicht gestattet, die Gemächer Lady Marys allein und ohne vorige Ankündigung zu betreten, weshalb ich dich bitten möchte, heute Nacht nach der Lady zu sehen."

Evelyn rieb sich über die Oberarme, als fröre sie.

„Des Nachts in die Gemächer von Lady Mary einzudringen ist unmöglich, m'Lord. Ich könnte dafür …" Sie schluckte und ihre Worte verklangen unausgesprochen. Er rückte näher an sie heran und sein schweres Parfum schien sie niederzudrücken.

„Keine unnötige Aufmerksamkeit. Sollte meine Ahnung sich nicht bestätigen, verlässt du ihre Gemächer und niemand wird von deiner Anwesenheit erfahren."

Evelyn zauderte. Die Gemächer Lady Marys bei Nacht aufsuchen? Nur, um einen Blick auf die schlafende Baronetstochter zu werfen?

Sie wandte sich dem Earl zu, der einen kleinen, ledernen Beutel aus seiner Tasche gezogen hatte. Der Inhalt klimperte verlockend. Evelyn schluckte.

Was soll schon geschehen? Sie wird nicht einmal bemerken, dass ich dort gewesen bin.

Die Sonne war noch nicht emporgestiegen, noch immer herrschte der Vollmond über das dunkle Himmelszelt. Sein Licht spiegelte sich auf den beiden schlafenden Gestalten, so nah beieinander in den seidenen Laken. Keine der beiden hörte das leise Quietschen des Knaufes und das Knarren der schweren Tür, als diese sich öffnete.

Schritte hallten über den Boden, fast geräuschlos näherte sich die Gestalt der Schlafstatt und verharrte entsetzt vor dem Bild, das sich ihr im silbrigen Mondlicht darbot.

„Gott steh uns bei!"

29 matin mourant

Fynn war noch von Traumschleiern umfangen. Stimmen fuhren durch ihre Gedanken, so schneidend und scharf; sie wollte Marys Hand ergreifen, doch da war nur Leere im Bett neben ihr. Sie konnte sich nicht aufsetzen, etwas drückte sie nieder und ihr war, als würde sie fallen, stetig tiefer und tiefer, während die rauschenden Stimmen sie umschwirrten. Ein Schrei erklang und sie suchte einen Halt, eine Hand – Mary. Wo war Mary? Panik durchflutete sie, doch ihre Glieder waren wie gelähmt. Sie wollte schreien, sich gegen die unsichtbaren Hände aufbäumen. Wo nur war Mary?

Sie wollte den Nachtmahr abschütteln, rang mit dem schweren Traum um ihr Erwachen, als sie emporgerissen wurde. Fremde Hände packten ihre Schultern grob, sodass es schmerzte, und sie war noch zu schlaftrunken, um zu verstehen, was geschah.

„Fynn!"

Sie hörte Marys verzerrten Schrei, konnte jedoch nicht sagen, woher die Worte kamen, als sie auf den kalten Boden gestoßen wurde. Ein scharfes Stechen durchfuhr ihre Schulter. Die Haut ihrer Arme brannte, ihr Kopf schmerzte. Da war kein Stimmengewirr mehr, das sie umgab. Eine bedrohliche Stille hatte sich plötzlich über den Raum gelegt und schien Fynn niederzudrücken, als sie versuchte, sich vom Boden aufzustemmen.

„Was erlaubt Ihr Euch?", zischte Mary. Eine andere Stimme ertönte. Eine Stimme, die Fynn seltsam vertraut erschien und so voller Selbstgefälligkeit, Stolz und List, dass ihr schlecht zu werden drohte.

„So gebührt mir doch eigentlich Euer tiefster Dank, My Lady. Gott selbst muss es gewesen sein, der mir diese Zeichen sandte, dieses nagende Gefühl in meiner Brust. Wie sonst ist es zu erklären, dass ich mich um Euch sorgte und jemanden nach Euch sehen ließ?“

Erneut wurde Fynn an den Armen gepackt und hochgezogen, sodass sie sehen konnte, wessen Stimme da zu ihnen sprach.

Unmöglich!

Am Fuße des Bettes stand eine rundliche, prunkvoll gekleidete Gestalt, vom fahlen Mondlicht überzogen, ein rachsüchtiges Lächeln auf den Lippen. Sein Blick traf den ihren und seine Augen funkelten hämisch. Unter dem leinenen Unterkleid zitterte Fynn leicht.

Er wusste, dass er uns heute Nacht hier zusammen antreffen würde – er wusste es! Er hat wahrscheinlich seit Stunden in seinem Gemach auf diesen einen Moment gewartet! Wie konnten wir nur so töricht sein?

„Eine Hexe ist es, die Euch des Nachts Gesellschaft leistet, eine Buhle des Teufels! Welch Macht besitzt sie bereits über Euch, My Lady, dass Ihr zu Gunsten dieses Satanspacks sprecht?“ Die Stimme Lord Henrys war angeschwollen und kraftvoll, fast höhnisch füllte sie den Raum und Fynn wusste, dass er sich seines Sieges sicher war.

Sie zerrte und zog, versuchte, sich aus dem harten Griff zu winden, der ihre Arme umschlossen hielt, doch es nützte nichts. Einer der Schergen versetzte ihr einen Stoß in den Rücken, sodass sie zu Boden sank.

„Fynn!“

Sie konnte sehen, wie Mary versuchte, zu ihr zu eilen, doch einer der Männer verstellte ihr den Weg.

„Ihr seid ein Scheusal!“, fauchte die Baronetstochter. Der Earl of Marlborough hingegen lächelte nur.

„Sie hat Eure Seele bereits mit ihren Klauen ergriffen und will das, was sie einst erwarb, nun nicht wieder preisgeben. Mein verehrtes Fräulein Mary, seid unbesorgt. Dieses Weib wird ihrer gerechten Strafe zugeführt, sodass Eure Seele nicht länger bangen muss.“

Seine Stimme troff vor Genugtuung.

Sprich nicht, Liebes, bitte sprich nicht, flehte Fynn in Gedanken. Der Earl spielte mit ihr, wollte sie reizen und ihr seine Macht demonstrieren. Wenn sie etwas tun konnte, um Fynn zu helfen, so war dies nicht der geeignete Zeitpunkt.

Fynn hörte die schweren Schritte, bevor sie sah, dass der Earl sich auf sie zubewegte. Abscheu stieg in Fynn empor, als er sich zu ihr herunterneigte und ihr Kinn ergriff, sodass sie ihm in die kalten Augen sehen musste. Leblose Augen.

„Obgleich du mir noch nie auf diesem Anwesen begegnet bist, kommt dein Gesicht mir äußerst vertraut vor …" Fynn spuckte ihm ins Gesicht.

„Teufelsbrut!" Er gab ihr eine heftige Ohrfeige, sodass Fynns Kopf zur Seite geschleudert wurde. Dumpf drangen Marys Schreie an ihr Ohr; sie konnte nicht sagen, ob sie den Earl verfluchte oder ihn anflehte.

„Schafft sie fort!" Der Earl hatte sich wieder erhoben und Mary zugewandt. Fynn spürte, wie sie hochgezogen wurde, jemand stieß sie in den Rücken und sie taumelte einige Schritte voran. Ein Scherge umfasste ihr Handgelenk so fest, dass sie glaubte, er wollte ihr die Hand vom Körper reißen.

Ihr Blick traf den des Earls nur kurz, doch es gab so vieles, was sie in diesen Augen lesen konnte.

So viel Hass. So viel Verblendung. So viel Stolz.

Ekel wallte in ihr auf und hätte sie die Kraft besessen, hätte sie ihm erneut ins Gesicht gespuckt, als sie an ihm vorbeigeführt wurde. Dann erst sah sie das hagere Mädchen mit den schwarzen Haaren, eng an den Rahmen der Tür gedrückt, als wollte sie nicht bemerkt werden. Sie sah die Schuld, die in diesem Gesicht geschrieben stand, und sie sah die Hände, die sich schützend über den gewölbten Bauch gelegt hatten. Das Mädchen blickte ängstlich auf, als Fynn an ihr vorbeigestoßen wurde, als wollte sie sagen: *Es tut mir leid.*

Fynn jedoch stieß lediglich hart den Atem aus.

Es hätte andere Mittel und Wege gegeben, ohne zwei Menschen das Leben zu rauben.

„Möge die Frucht in deinem Leibe zu dem gedeihen, was deiner ebenbürtig ist", wisperte sie so leise, dass die Männer es nicht vernahmen. Die junge Frau jedoch starrte sie furchterfüllt an.

„So wartet!"

Fynn warf einen Blick über die Schulter, um zu sehen, wie Mary auf den Earl zueilte.

Nein, Mary, das ist es nicht wert!

„Ich bin sicher, dass wir diese Missdeutung der Umstände auch anders zu bereinigen imstande sind."

„Mar..." Der Mann, der ihr Handgelenk zuvor bereits so grob gepackt hatte, drehte ihren Arm auf den Rücken, sodass Fynn das Wort im Halse stecken blieb. Sie konnte sehen, wie Mary schreckensbleich zu ihr hinüberblickte, und sie wünschte sich nichts sehnlicher, als sie fortzubringen von diesem Untier eines Earls, fort von diesem Leid und dieser Ungerechtigkeit.

Das bin ich nicht wert!, wollte sie schreien, doch der Schmerz trieb ihr Tränen in die Augen und Mary verschwamm vor ihrem Blick. Der Earl verzog das Gesicht zu einem gehässigen Grinsen. Noch bevor sie die Worte vernehmen konnte, die er Mary erwiderte, trieb der Mann sie wieder voran, hinaus aus den Gemächern, die ihr so lange eine Zuflucht gewesen waren. Doch in dieser Nacht war hier ihr Traum gestorben und in ihren Gedanken hallten die letzten verruchten Worte des Earls.

„Wenn Ihr so viel Wert auf ihr Wohlsein legt, vielleicht kann ich das Strafmaß lindern. Was meint Ihr?"

Bitte, Mary, lass dich nicht auf sein falsches Spiel ein.

„Kenneth?"

Das Stalltor schwang donnernd auf und Jacob taumelte hinein. Schlagartig erhellte das Mondlicht die Stallungen und enthüllte die dunkle Gestalt, die an den hinteren Boxen stand. Der ältere Knecht zuckte zusammen, ließ etwas fallen und drückte sich in die Schatten. Jacob jedoch ließ alle Vorsicht fahren und hastete den Gang entlang.

„Kenneth! Kenneth!", rief er außer Atem. Er konnte die dunkle Gestalt nicht mehr ausmachen und blinzelte. Seine Füße blieben abrupt stehen und er wollte schon erneut ansetzen zu rufen, als jemand ihn von hinten packte und eine schwere Hand ihm über den Mund fuhr. Jacob zappelte und kratzte, versuchte seinen Peiniger zu beißen, doch es nützte nichts. Dann erst vernahm er die vertraute, raue Stimme.

„Bist denn des Teufels, Jungchen?" Mit einem Mal erstarrte er und die Hand gab Jacob wieder frei. „Hier solch'n Radau veranstalten! Willst das ganze Anwesen zu den Stallungen lock'n? Würd mich wundern, wenn se deinen Lärm nich' gehört ham! Hier."

Der stämmige Knecht ergriff den Sattel, den er zuvor zu Boden hatte fallen lassen und drückte ihn Jacob in den Arm, sodass dieser unter dem Gewicht beinahe zusammensackte.

„Kenneth, wir …"

„Schweig, Bürschchen!" Er schwang sich das Zaumzeug über die Schulter und trug eine Decke unter dem Arm. Rasch drängte er Jacob in Richtung des Stalltores, während er sprach: „Ein Glück, dass ich des andre schon letzte Nacht geholt hab, bei deinem Rabatz hab ich bald das ganze Anwesen am Hacken." Unbeirrt schob er Jacob vor sich her. In den letzten Tagen hatte er fieberhaft darüber nachgesonnen, wie er es anstellen konnte, dass Fynn und die Baronetstochter unbemerkt verschwinden könnten. Welch wahnwitzige Absicht! Doch Fynn hatte nicht locker gelassen und sich geweigert, ohne das Adelsgör zu gehen. Also hatte Kenneth es doch tatsächlich fertiggebracht, eine Möglichkeit zu ersinnen, den beiden zu einer heimlichen Flucht zu verhelfen. Die Pferde waren bereits ausgesucht – ein altes Kutschpferd für Fynn, die mit dem Talent gesegnet war, alles reiten zu können, was vier Hufe besaß, und eines der Knechtspferde für die Lady. Zwei Pferde, die niemand vermissen würde, zwischen all den Pferden der Adelsbrut, der Gast-, Zucht- und übrigen Kutschpferde. Kenneth würde sie am nächsten Tag von der Koppel führen und in der Nähe des Anwesens verstecken, bis Fynn und Mary nachts zu ihm stießen. So könnten die beiden unbehelligt in Richtung Chester aufbrechen. Bis Marys Abwesenheit auf dem Anwesen bemerkt werden würde, wären sie schon weit genug von Eaton Hall entfernt.

„Aber Kenneth!", stammelte Jacob, als er sich Kenneths Griff entwand und sich dem Knecht in den Weg stellte. Der Sattel fiel zu Boden und da erst bemerkte Kenneth den gehetzten Blick in den dunklen Augen des schlaksigen Jungen.

„Wo is' Cathy?", fragte Kenneth bleiern, ohne die Antwort hören zu wollen.

„Noch in der Küche." Jacob schluckte. „Wir waren gerade dabei, die Überbleibsel der Speisen des Banketts für Fynns Flucht in die Taschen zu stopfen, als wir den Lärm hörten. Geschrei aus dem Westflügel." Kenneth stöhnte. „Ich bat Cathy, in der Küche zu bleiben, und bin durch den Korridor gelaufen, weil ich wissen wollte, was geschehen war." Jacob stockte. Seine Augen schimmerten wässrig im Mondenschein.

„Ich habe es gesehen, Kenneth", wisperte er. „Ich hab die Männer gesehen, die in ihren Gemächern standen. Ich hab sie schreien und schimpfen hören. Der Earl stand zwischen ihnen. Er starrte die Lady an wie eine Jagdtrophäe. Ich konnte Fynn nich' sehen." Furcht mischte sich in Jacobs Worte, Furcht und blanke Verzweiflung. „Sie haben ihnen aufgelauert, Kenneth."

Jacobs Stimme brach.

Einige Pferde scharrten mit den Hufen und gaben wiehernde Laute von sich, als verlangten sie zu wissen, aus welchem Grunde sie in ihrer Ruhe gestört wurden. Kenneth jedoch stand regungslos. Das fahle Mondlicht zog Schatten auf seinem Gesicht, tiefe Furchen der Jahre und der Sorgen. Jacob zitterte am ganzen Körper, blickte Hilfe suchend zu Kenneth auf, als erhoffte er sich ein Wunder, das alles ungeschehen machen könnte.

„Wir sin' zu spät", flüsterte Kenneth und in seinen Worten brach sich der Schmerz der Jahre, den er stets in seinem Innersten versteckt gehalten hatte.

„Was versteht Ihr unter einer Linderung des Strafmaßes?"

Mary hatte sich ein Laken um den Körper geschlungen. Der Earl hatte seinen Männern bedeutet, die Gemächer der

Lady zu verlassen, nachdem Fynn abgeführt worden war. Das schmächtige dunkelhaarige Mädchen hatten sie aus den Zimmern gestoßen. Mary hatte nur einen flüchtigen Blick auf das verängstigte Antlitz werfen können, doch es war genug, um zu verstehen.

Sie stand aufrecht, das Kinn in die Höhe gestreckt. Ihre Hände umschlangen das Laken, als der Earl ans Fenster trat, das den Blick auf die entfernt liegenden Wälder freigab. Der Weg, den Mary in weniger als einem Tag hatte beschreiten wollen.

„Ich denke, einer gebildeten jungen Frau wie Euch ist es bewusst, dass einer von Luzifers Gespielinnen nicht vergeben werden kann."

Kalt und ruhig waren seine Worte und doch konnte Mary das Wohlgefallen darin schmecken. Er labte sich an seinem Triumph und genoss es, ihn in den vollsten Zügen auszukosten. Sein mit Gold besticktes Gewand funkelte selbst im Schein des verschwindenden Mondes.

„Da es sich bei jener Frau nicht um eine von Luzifers Gespielinnen handelt, wüsste ich nicht, welche ihrer Taten einer Vergebung bedürften", erwiderte Mary kühl. Der Earl stand von ihr abgewandt, seine Hände waren auf dem Rücken verschränkt. Er wirkte leicht entrückt, doch sie bemerkte das giftige Lächeln, das seine Mundwinkel umspielte.

„Ihr wisst wohl ebenso gut wie ich, dass diese junge Frau sich auf einen Bund mit dem Höllenfürsten eingelassen hat. Wie könnte es anders sein? Gestand die überführte Hexe Johane Harrison nicht ebenso eine Buhlschaft mit dem gleichen Geschlecht, als sie der Zauberei und Satansanbetung für schuldig befunden wurde? Doch sollte Euch an weiterer Bestätigung gelegen sein, so kann ich meine Männer und jene Magd bitten zu schildern, was sie in diesen Räumlichkeiten vorgefunden haben. Da es mir zutiefst missfiele, Unwahrheiten zu verbreiten, kann ich – so Gott mein Zeuge sei – unmöglich zulassen, dass Ihr das Ausmaß der Taten dieser Frau zu mildern sucht, My Lady."

Mary fröstelte, als er sich zu ihr umwandte und sein Blick ihren Körper hinaufwanderte, bis er ihre Augen fand. Für einen Moment war es still zwischen ihnen und wo Mary sonst in Fynns Armen den Morgen begrüßte, stand sie nun und sah das erste Licht des Tages sich im goldenen Wams des Earls spiegeln.

„Sie wird auf ewig in der Gesellschaft geächtet werden, das arme Ding." Er stützte den Kopf mit einer Hand und seufzte gespielt, als empfände er Mitleid. „Natürlich unter der Voraussetzung, dass das Gericht sie nicht zum Tod durch den Strang verurteilt."

Mary wurde schlecht.

Ich bin die Schuldige. Meinetwegen ist ihm Fynn in die Hände gefallen.

Sie hielt das Laken noch fester, als könnte sie ihre Bestürzung dadurch vor dem Earl verbergen. Doch das Lächeln auf seinen Lippen verriet, dass er sie längst durchschaut hatte.

„Oh, verzeiht, My Lady, ich wollte Euch nicht ängstigen." Er trat einige Schritte auf Mary zu, ging dabei allerdings betont langsam, als wollte er ihr die Zeit gewähren, sich der Bedeutung seiner Worte bewusst zu werden.

„Solltet Ihr sie einem Richter vorführen wollen, so urteilt ein Gericht aus Geschworenen über ihr Schicksal. Unmöglich, dass diese sich bei einem solchen Vergehen einstimmig dem Tod einer jungen Frau verschreiben werden." Marys Blick traf den seinen, als sie ihm die Worte entgegenschleuderte. Er blieb stehen, als wären es jene Worte gewesen, die ihn verunsichert hätten, doch als Mary ihn ihres Schlafgemaches verweisen wollte, ertönte aus seiner Kehle ein kräftiges, dunkles Lachen.

„My Lady." Der Earl schüttelte gutmütig den Kopf, als müsste er ein kleines Kind trösten, das sich das Knie aufgeschrammt hatte. „Ihr wisst selbst – möglicherweise gar besser als ich –, dass Gold auf dieser Welt zu allem imstande ist."

Mary erstarrte. Er hatte die Worte so kalt gesprochen, als redete er nicht von einem Menschenleben.

Ohne jede Reue. Ohne jedes Gefühl.

„Ich nehme an, dass Ihr mir damit mitzuteilen gedenkt, dass dieser jungen Frau keine Hoffnung auf Erden mehr zusteht." Sie bemühte sich, ihre Stimme stark und bestimmt klingen zu lassen, obgleich in ihrem Herzen ein Sturm ungekannten Ausmaßes tobte. Lord Henry trat näher an sie heran, so nah, dass der schwere Duft seines Parfums Mary zu erdrücken drohte und sie einen Schritt zurückwich.

„Ihr seid so störrisch, My Lady." Er lachte und sie spürte, wie sehr er sich an ihrem Anblick weidete. „Gerade das ist es wohl, was Eure Schönheit so unwiderstehlich macht. Mein Sohn kann sich glücklich schätzen, dass man ihm ein solches Weib zur Frau versprochen hat."

Sie blickte auf und sah in seine braunen Augen, so dunkel, dass sie ebenso schwarz sein mochten. Nichts lag mehr in diesen Augen außer dem Vermögen zu urteilen und zu begehren – ein brennendes Verlangen zu besitzen.

„Doch hat Euer Sohn das vierzehnte Lebensjahr noch nicht vollendet, um den heiligen Bund der Ehe eingehen zu können." Mary senkte die Lider und trat selbst einen Schritt auf den Earl zu, der jede ihrer Bewegungen interessiert verfolgte. Ihre Gesichter berührten sich beinahe und sie konnte seinen Atem auf ihrer Haut spüren.

„Ich bin mir sicher, dass es gewiss eine Möglichkeit geben wird, den Gönner der Geschworenen milde zu stimmen." Ihre Hände verkrampften sich noch ein Mal um das Laken. Dann ließ sie sie sinken und der weiche Stoff glitt von ihrem Körper herab, offenbarte lediglich das seidene Nachtgewand, welches sie darunter trug.

Ein verhaltendes Lächeln umspielte die Lippen des Earls, als er auf sie herabblickte. Sie fröstelte leicht in dem dünnen Gewand, aber ihr Blick hielt dem seinen stand. Er wusste, dass er ohnehin gewinnen würde.

Seine Hand streifte ihren Hals, grob und ungeschickt, doch sie stand regungslos. Er drückte ihr Kinn leicht empor.

„Kaum vorstellbar, welche Macht diese Teufelsbuhle über Euch besitzt", flüsterte er. Sie wollte sich abwenden, ihn von sich stoßen und ihn ihrer Gemächer verweisen – doch ihr Blick hielt dem seinen stand.

Ich lasse dich nicht im Stich.

„Sie besitzt keinerlei Gewalt über mich, My Lord", erwiderte Mary lediglich, als sich seine Lippen den ihren näherten. Sein

Geruch schien sie unter sich zu begraben und ihr den Atem zu rauben; sie fühlte sich stürzen, doch sie zwang sich, ihre Gedanken von ihm zu lenken. Fort vom schweren Duft und den harten Lippen, die die ihren umschlossen. Fort zu den Träumen eines anderen Lebens.

Ich lasse dich nicht im Stich, Fynn.

„Wohl wahr", raunte die dunkle Stimme des Earls verschwörerisch in ihr Ohr. „Anscheinend hat sich die Hexe Eure Seele noch nicht gänzlich einverleibt."

30 des vérités inventées

„Matthew, um Gottes willen, wo trägst du heute deine Gedanken?"

Sir Richards Stimme war schneidend scharf, als er seinem hochgewachsenen Kammerdiener das Wams aus den Händen nahm, um es selbst anzulegen. Die ersten Morgenstrahlen erhellten bereits seine Gemächer und es gab Verpflichtungen, denen er nachzugehen hatte. Ungeduld nagte an ihm, als er die Zinnknöpfe fahrig zu schließen suchte. Er besaß nicht die Zeit, den Morgen mit einem nachlässigen Kammerdiener zu vergeuden, und so bedeutete er Matthew, seine Gemächer zu verlassen. Dieser verneigte sich rasch, um lautlos aus dem Zimmer zu gleiten.

Sir Richard wollte gerade nach den dünnen, ledernen Handschuhen greifen, als ein lautes Klopfen ertönte.

Gereizt wandte sich der Baronet um.

„Je ne tolérerai pas cette ingérence!"

Was ist heute Morgen nur in alle gefahren?

Doch bevor er seine Handschuhe berühren konnte, schwang die Tür auf und Matthew trat herein, den Kopf gesenkt, sodass ihm seine strohblonden Haare in die Stirn hingen.

Sir Richards Augen sprühten Funken und Matthew schien in sich zusammenzusacken, noch bevor auch nur ein Wort seine Lippen verlassen konnte.

„Lord Henry wünscht Euch zu sprechen, Sir", stammelte er.

Zu dieser frühen Stunde?

„Er wird sich wohl noch wenige Augenblicke gedulden können", erwiderte der Baronet ruhig und ergriff seine Handschuhe.

„Er sagte, sein Anliegen sei von überragender Wichtigkeit. Es handele sich um Eure Tochter."

Sir Richard hielt für einen Augenblick inne.

Mary?

Sir Richard räusperte sich und bedeutete dem erstaunten Matthew, den Earl in seine Gemächer zu führen. Kaum, dass die reich verzierte Tür geöffnet wurde, schritt eben dieser erhobenen Hauptes in den Saal. Obgleich die Statur Lord Henrys doch sehr auf dessen Wohlstand hinzuweisen wusste, so musste Sir Richard sich ebenfalls eingestehen, dass er vor Jugend und Tatendrang nur so zu sprühen schien.

Ich werde älter, dachte er leicht belustigt, als er des vollen, dunklen Haares des Earls gewahr wurde, und mit einem Mal ward ihm schwer ums Herz, als er daran denken musste, wie lebhaft er noch vor einigen Jahren gewesen war. Doch die Jahre zogen vorüber und die Tage schienen kürzer zu werden, nur der Tod Isabelles hatte in seinem Schmerz in all dieser Zeit nicht das Geringste eingebüßt. Mary jedoch würde ein anderes Leben erwarten – ein Leben, wie es ihrer angemessen war.

„Verzeiht mein frühes Eindringen in Eure Gemächer, Sir, doch ich könnte es nicht verantworten, diese Angelegenheit länger warten zu lassen."

Skeptisch zog sich eine dunkle Braue Sir Richards in die Höhe. Welch dringliches Anliegen auch immer Lord Henry zu so früher Stunde in seine Gemächer geführt hatte, er konnte sich schwerlich vorstellen, dass Mary etwas zugestoßen sein mochte. In den Augen des Earls lag ein befriedigtes Funkeln und seine Haut schien leicht gerötet, als wäre er in den frühen Stunden bereits in eiligen Schritten durch die barocken Gärten promeniert. Ein Lächeln stahl sich auf Sir Richards Lippen, als er dem Earl zunickte, während er seine Handschuhe überzog.

„Ich nehme an, Euch sind die Geschehnisse dieser Nacht noch nicht zu Ohren gedrungen?"

Lord Henry strich über sein reich besticktes Wams. Doch Sir Richard konnte nur Stolz, keinerlei Beunruhigung in diesen Worten ausmachen, obgleich der Earl sich Mühe gab, entrüstet zu sprechen.

„Bisher ist mir nichts zu Ohren gekommen. Gibt es da etwas, das meine Aufmerksamkeit bezüglich meiner Tochter erregen sollte?" Verwundert betrachtete der Baronet den Earl, seine dunklen Augen und den entschlossenen Ausdruck seiner Gesichtszüge. Dieser Mann wusste, was er vom Leben begehrte – einer der Gründe, weshalb Sir Richard ihn so zu schätzen wusste.

„Ich wurde des Nachts von einem schweren Traum heimgesucht, der mir jeglichen Schlaf versagte. Einer düsteren Ahnung folgend, bat ich eine der Mägde, nach Eurer liebreizenden Tochter zu schauen."

„Ihr erteiltet *einer Magd* die Erlaubnis, *des Nachts* die Gemächer meiner Tochter zu betreten?"

Sir Richards Belustigung verflog schlagartig.

„Glaubt mir, Sir, Ihr werdet Euch glücklich schätzen, dass jene finstere Ahnung mich plagte." Lord Henry senkte bedrohlich die Stimme und seine Augen blitzten. „Eben diese Magd suchte mich verschreckt und beängstigt auf und berichtete mir, dass neben Eurer Tochter eine *Frau* in den Laken läge, die Lady fest mit ihren Klauen im Schlafe umschlingend. Sir, ich denke, Ihr wisst sehr wohl, was das zu bedeuten hat."

Sir Richards Herzschlag drohte für einen Moment auszusetzen.

Unmöglich! Weshalb ist mir noch keine Mitteilung gemacht worden?

Seine Gedanken rasten. Hexenpack! Welch Unglückseliger konnte solche Schmach über ihn bringen? Sollte Mary dem Earl als Gemahlin seines Sohnes nicht mehr angemessen erscheinen, so wäre jegliche Mühe vergebens gewesen. Er spürte, wie ihm die Farbe aus dem Gesicht wich, doch Lord Henry erwiderte seinen Blick ruhig und gefasst.

„Seid unbesorgt, Sir Richard. Ihr vermögt Euch vorstellen zu können, welch tiefe Sorge mich erfasste, weshalb ich mich entschloss, sofort zu handeln. Meine Männer ergriffen die Teufelsbuhle und sperrten sie in eines der verlassenen Gemächer des Westflügels."

Die Gemächer meiner verstorbenen Frau, fuhr es dem Baronet durch den Kopf. Er stand noch immer wie erstarrt, während Lord Henry in seinen Schilderungen fortfuhr.

„Lady Mary erschien mir aufgewühlt und verwirrt, doch es war mir möglich, dem armen Kinde Trost zu spenden. Sie erfreut sich guter Gesundheit bis auf die Verwirrung ihres Geistes, doch noch vermochte der Satan nicht, sich ihrer Seele zu bemächtigen."

Erleichterung spiegelte sich in Sir Richards Zügen, doch seine Eingeweide schienen sich in einem Knoten zu winden. Wie konnte so etwas geschehen? Wie konnte *eine Frau* die Laken seiner Tochter beschmutzen und danach trachten, sie zu verführen?

„Ich bin Euch zu tiefstem Dank verpflichtet."

Die Worte kamen stockend, unsicher. Auf den Lippen des Earls formte sich ein Grinsen.

„Das Wohlbefinden Eurer Tochter hat für mich oberste Priorität, Sir. Sorgt Euch nicht. Keine Gestalt des Teufels wird sich ungestraft an Lady Mary vergehen. Ich werde unverzüglich alles Nötige veranlassen."

Der Baronet blickte in die dunklen Augen des Earls. Er konnte nicht sagen, weshalb, doch aus einem unerdenklichen Grund konnten dessen Worte seine Besorgnis nicht mildern.

Die jungen Sonnenstrahlen fielen durch die großen Fenster und erwärmten Marys kalte Haut. Doch sie spürte die Wärme in ihren Gliedern nicht. Die Laken wanden sich um ihren Körper. Ihr Haar fiel ihr wirr und schwer in die Stirn. Sie wusste nicht, wie lange sie schon so taub dort gesessen hatte. Die Zeit war wie Sand durch ihre Finger geronnen und sie hatte nur einen einzigen Gedanken fassen können.

Fynn wird nichts zustoßen.

Sie wiederholte diesen Gedanken gleich einem Gebet. Er spendete Trost. Er ließ die letzte Wärme erglimmen, die ihre Seele sich noch bewahren konnte.

Fynn wird nichts zustoßen.

Sie zog die Laken enger um ihren Körper, doch die Kälte wollte nicht verschwinden.

Fynn wird nichts zustoßen.

Sie hörte nicht das Knarren der Tür und nicht die federnden Schritte, die sich ihrer Schlafstatt näherten. Die Welt war in einen Schleier gehüllt, der keine Geräusche zu ihr dringen ließ und ihre Gedanken schützend umhüllte.

„Mary?"

Die Stimme klang aus weiter Ferne, womöglich gar aus einem anderen Leben. Einem Leben, in dem sie noch nichts von den Intrigen des Adels zu ahnen vermochte. Eine vertraute Wärme lag darin. Wie sehr sehnte sie sich danach, sich in diese warme Vertrautheit fallen zu lassen, doch was brächte es, sich dem hinzugeben?

„Mary."

Die sanfte Berührung verdrängte die Kälte, hinterließ einen Hauch Lebenswillen, als sie Mary über den Rücken fuhr. Da erst brachen die Tränen aus ihren Augen hervor.

„Mary, Liebes."

Camillias Arme umschlossen ihren geschundenen Körper, als Mary dem Kummer freien Lauf ließ. Die Tränen strömten ihr über die Wangen und ein furchtverzerrtes Schluchzen verschlang die Worte, die ihr in der Kehle brannten. Sie versuchte zu sprechen, als sie in Camillias Armen lag, doch die Zofe schüttelte sanft den Kopf.

„Weine ruhig, Liebes. Lass dich nicht von den Tränen erdrücken."

Der wollene Stoff von Camillias Gewand färbte sich dunkel. Marys Schluchzer erfüllten das Gemach, brandeten wie eine Sturmflut auf, als sie den ganzen Schmerz preisgaben, der Marys Seele umschlungen hielt.

Camillia ließ sie nicht los.

Nur langsam verebbte das Schluchzen, verdrängte Camillias Wärme die Eiseskälte aus Marys Gliedern, die Taubheit aus ihren Fingern. Sie blickte auf und zum ersten Mal nach viel zu langer Zeit fühlte sie sich, als hätte sie einen Teil ihrer Familie wiedergefunden.

„Camillia", flüsterte sie mit einer Stimme, die kaum wie ihre eigene klang. „Wie war sie?"

Die Worte waren so leise gesprochen, dass Camillia sie kaum verstand, doch dann hob Mary den Blick erneut und sprach noch einmal: „Wie war meine Mutter?"

Mary war eine Todesbringerin gewesen. Hatte sie nicht ihre Mutter mit ihrer Geburt des Lebens beraubt? Es an sich gerissen und schließlich diejenige verleugnet, die ihren letzten Atemzug Mary zuliebe getan hatte?

Doch Marys dunkle Gedanken blieben Camillia verborgen. Ein Lächeln huschte über das Gesicht der Zofe, so zaghaft und scheu, wie Mary es selten gesehen hatte. Camillia war ihr gegenüber stets streng gewesen, doch es hatte eine Liebe in dieser Strenge gelegen, die Mary nie zu deuten gewusst hatte. Nun wusste sie es.

„Sie war die wundervollste Frau, die diese Welt je gekannt hat, Liebes. Sie war großherzig und gütig." Camillia zögerte für einen Moment und Mary spürte die tiefe Trauer, die ihr über den Verlust der Schwester noch immer innewohnte. „Sie fehlt mir. Jeden Tag."

Camillias Augen waren von Erinnerungen getrübt. Mit einem Mal fühlte auch Mary sich in der Zeit zurückgestoßen und ein ungekannter Schmerz durchfuhr ihren Körper.

Kann ich jemanden vermissen, dem ich noch nie begegnet bin?

„Aber dann sehe ich euch an, Mary, dich und Grace." Camillia strich ihr eine Strähne aus der Stirn und Mary wünschte sich, die Berührung möge noch länger währen. „Und ich sehe sie. Du hast genau die gleichen Augen wie sie. Deine Locken sind so voll und schwer wie die ihren und ich weiß, dass sie in euch weiterlebt."

Wie kann sie in mir weiterleben? Ich wusste nicht einmal, was Leben bedeutet, bis zu jenem Tag, an dem ich Fynn traf.

Mary biss sich auf die Lippen und die Angst stieg wieder in ihr empor. Als spürte Camillia, dass Mary etwas bedrückte, ergriff sie tröstend ihre Hand.

„Sie wird immer bei dir sein, Mary. Genauso, wie auch ich es sein werde. Wir sind immer für dich da, vergiss das nie."

„Ihr werdet …" Sie schluckte. Camillia hatte all die Jahre über Grace und sie gewacht. All diese Jahre, in denen Mary nicht geahnt hatte, wer diese Frau wirklich war.

„Du wirst … doch nicht fortgehen, Camillia?", fragte sie und drückte Camillias Hand fester, als wollte sie sie am Gehen hindern. Doch das Lächeln, das sich in Camillias Züge stahl, war ein von Traurigkeit entfärbtes.

„Dein Vater befiehlt mir, das Anwesen zu verlassen, sobald deine Ehe vollzogen sein wird."

Marys Hände begannen wieder zu zittern.

Es gelingt ihm, mir alles zu nehmen, was mich in diesem Leben hält.

Sie wandte sich ab.

„Was nützt mir die Wahrheit, wenn ich alles andere verloren habe?"

„Die Wahrheit ist ein starker Begleiter, Liebes – und manchmal gar eine Waffe."

„Du hast die Halskette damals auf meine Kommode gelegt", sprach Mary tonlos, um nicht an die Geschehnisse der Nacht denken zu müssen.

„Sie gehörte einst Isabelle. Dein Vater ließ sie anfertigen und schenkte sie ihr in jener Nacht, in der er ihr versprach, sie zu sich auf das Anwesen zu holen. Doch er ist nie gekommen. Ihn zog es erst zu ihr zurück, nachdem mein Flehen um ihretwillen ihn wohl in seinen Träumen verfolgte. Aber er kam zu spät." Camillia hielt inne, als die Erinnerung sie einholte. „In jener Novembernacht war sie bereits dem Fieberwahn erlegen, in dem Glauben, dein Vater käme, um euch zu sich zu nehmen. Doch er traf erst ein, nachdem zwei weitere Nächte verstrichen waren."

Mit einem Mal verstand Mary, weshalb Camillia und ihr Vater einander stets zu meiden schienen.

„Für ihn waren Ehre und Stolz gewichtigere Begleiter als die Liebe. Aber diese Wahl wird er nicht für dich treffen können. Sie obliegt dir ganz allein.“ Camillias Worte hallten im Raum, füllten ihn mit Gewicht. Mary wusste, dass diese Entscheidung schwer auf den Schultern ihrer Tante lasten musste.

Verrate ich den Namen meiner Familie Fynn zuliebe, für eine Frau, die mir nichts geben kann außer ihrer selbst?

Doch sie wusste, dass dies gelogen war.

Camillia ist ebenso ein Teil meiner Familie wie Richard und Vater. Vielleicht gar mehr, als die beiden es je gewesen sind. Meine Mutter hätte gewollt, dass ich auf die Stimme meines Herzens höre – nicht auf das Gebot der Ehre.

„Camillia? Ich habe eine dringliche Bitte an dich.“

31 les derniers mots de la liberté

Die Tür knarrte. Fynn konnte es deutlich hören, das schwere Schaben und Kratzen des Holzes. Sie war nur einen Spalt geöffnet worden, doch sie wollte nicht sehen, wen sie dieses Mal preisgeben würde, und so hielt sie die Augen geschlossen. Ihre Glieder waren schwer und schmerzten, die aufsteigende Kälte war ihr willkommen, um die beißenden Gedanken zu betäuben. Zu viele Gedanken für zu wenige Stunden, zu viel verlorenes Glück in einer zum Sterben bestimmten Nacht.

Schritte hallten durch den leeren Saal – einst ein Gemach, nun ein Verlies –, doch ihr Hall war seltsam leicht und entfernt vertraut.

Wohl waren es vermutlich die Schritte einer verängstigten Magd mit schreckensbleichem Gesicht, ein junges Mädchen noch, die ihr etwas Wasser bringen sollte und fürchtete, die Hexe könnte sich auf sie stürzen, sollte sie aus ihrem vermeintlichen Schlaf erwachen.

Doch die Träume waren verlockend. Süß umschmeichelten sie ihre starren Gedanken. Hier war sie noch frei. Hier hörte sie noch Marys Stimme, ihr Lachen und ihre Zuversicht, ein neues Leben beginnen zu können.

„Fynn?“

Gleich ihrer Stimme, so zaghaft.

Welch köstlicher Wahn. Ob ich irrsinnig werde? Umso leichter wird es ihnen, mich aufs Schafott zu bringen.

„Fynn? Fynn, bitte sprich doch.“

Die Stimme schien so nah, als könnte sie sie greifen, könnte in jene hellen Augen blicken und vergessen, was geschehen war.

Sie blinzelte. Ihre Augen spielten ihr einen Streich.

Sie fehlt mir bereits so sehr, dass ich glaube, sie stünde vor mir.

Doch als Fynn die Hand ausstreckte, berührte sie warme Haut. Marys Finger umschlossen die ihren, füllten deren Leere und schmiegten sich an sie, als wäre dies ihr rechtmäßiger Platz.

„Mary ...“

Ihre Worte waren ein raues Flüstern.

„Wie ... wie bist du ...?“ Ihre Stimme brach, weil sie nicht glauben konnte, was ihre Augen ihr offenbarten. Vielleicht war es doch nur ein Hirngespinst, welches sich nach einem Blinzeln verflüchtigen würde, und jene Worte waren umsonst gesprochen, würden ungehört verklingen müssen.

Doch die Gestalt vor ihren Augen, die warmen Finger in ihrer Hand, sie blieben.

„Ich bat meine Zofe, der Wache einen Schlaftrunk zu überreichen. Er nahm an, es wäre ein Wein zur Stärkung – und ein wenig Schlaf wird ihm sicher eine willkommene Stärkung sein.“

Der Schalk, der aus Marys Worten sprechen sollte, verlor sich jedoch in den Weiten des Raumes und alles, was von ihren Worten blieb, war das unterdrückte Flüstern einer unbekannten Angst. Diese blauen Augen, von so viel Kummer erfüllt, dass es Fynn das Herz zu brechen drohte. Dennoch schaffte sie es, ein zittriges Lächeln zu formen, als sie Marys warme Hand in der ihren hielt.

Fynn fühlte den Verlobungsring mehr, als dass sie ihn sah. Jener verwunschene Ring, der Marys Schicksal besiegeln, eine

Ehe schließen sollte, die nicht nur ihr Herz, sondern auch ihre Seele brechen würde. Doch Marys Gedanken weilten nicht in jener verwunschenen Zukunft. Schuld spiegelte sich in ihrem Blick. Ihre Worte waren nur ein ersticktes Wispern.

„Was haben sie dir nur angetan? Was habe *ich* dir nur angetan?"

Behutsam strich Fynn über Marys Handrücken.

„Du trägst keine Schuld."

Langsam nur stemmte Fynn sich auf. Ihr Körper suchte sich zu weigern, als der Schmerz ihren Arm durchzuckte. Zu viel war geschehen in dieser Nacht. Ein Schauder durchfuhr sie bei dem bloßen Gedanken an das, was noch kommen sollte.

Mary beugte sich zu ihr, um ihr einige Strähnen aus dem Gesicht zu streichen, die schweißnass an ihrer Stirn klebten. Als sie die Hand zurückzog, schimmerten ihre Finger rot. Ein Ausdruck des Entsetzens fuhr über Marys Gesicht.

„Fynn, oh, mein Gott …"

„Schhh." Sanft legte Fynn einen Finger auf Marys Lippen und schüttelte nur leicht den Kopf. Marys Lippen waren spröde, eingerissen. Noch bevor sie Mary erneut sagen konnte, dass sie diese Sorgen von sich weisen sollte, dass sie schon gröbere Behandlungen erfahren hatte – und grausamere –, wusste sie es. So spröde Lippen.

„Mary." Ein leichter Schwindel ergriff Fynn und sie stützte sich auf dem Boden ab, der ihr nun nur noch kälter und lebloser erschien. „Versprich mir eines."

„Alles", flüsterte Mary, als sie Fynn näher an sich zog und Fynn zum ersten Mal seit diesen letzten Stunden an einen Hoffnungsschimmer glaubte.

„Ganz gleich, welchen Handel er dir auch anpreisen mag: schlage ihn aus. Es ändert nichts, wenn du ihm deine Seele verkaufst."

Sie spürte, wie der zierliche Körper erstarrte, als hätte sie ihn ertappt; wie sich Marys Finger fester in den leichten Leinenstoff gruben, der noch immer ihren Körper bedeckte.

„Ich verspreche es dir."

Fynn hörte die Lüge, die aus diesen Worten sprach, noch bevor sie Marys Lippen verlassen hatten.

Für einen Augenblick verharrten sie regungslos. Mary, in ihren zerknitterten Gewändern, lag auf Fynns Brust, die Arme um sie geschlungen und leise atmend, als versuchte sie, den Moment festzuhalten, ihn um keinen Preis entweichen zu lassen. Ein leises Lächeln stahl sich auf Fynns Gesicht und ein heftiges Kribbeln stieg in ihrem Körper empor, erreichte ihr Herz und wärmte es auf eine Weise, die jegliche Kälte der letzten Stunden verschwinden ließ, als hätte sie nie existiert.

Liebe Dunkelheit, bitte verbirg uns nur noch ein einziges Mal vor den Augen der Welt.

Die Stille war vollkommen.

„Fynn." Es war Mary, die sich langsam aus der Umarmung löste, zögerlich, doch zugleich bestimmt. Ihre Augen spiegelten eine Traurigkeit, die Fynn nie zuvor auf diese Weise in den Augen eines Menschen hatte leuchten sehen. „Es muss doch etwas geben, das wir tun können. Das *ich* tun kann."

Sie sprach bestimmt und eindringlich, die Stimme auf dem Grat zwischen Entschlossenheit und Verzweiflung, sodass Fynn nichts lieber getan hätte, als über ihre Wange zu streichen.

„Wir können nichts tun."

Nachdem Mary sich aus der Umarmung gelöst hatte, spürte Fynn die Kälte und Steifheit in ihre Glieder zurückkehren und sich schwer wie Blei über sie legen.

„Wir können nichts tun", wiederholte sie. „Außer atmen."

„Nein, unmöglich." Mary schüttelte heftig den Kopf. „Es gibt immer einen Weg, dem Unheil zu entfliehen; es muss einen geben."

Ihre Stimme zitterte leicht und Fynn hätte nichts lieber getan, als sie erneut in ihre Arme zu schließen und in den Schlaf zu wiegen, wieder in jene Träume zu entfliehen, denen Lord Henry sie viel zu früh entrissen hatte.

„Hast du denn gar keine Angst vor dem Tod?", fragte Mary, ihre Stimme mit einem Schlag seltsam ruhig.

„Ich starb jede Nacht ein Stück in deinem Arm. Jede Nacht wusste ich um die Gefahr." Sie hob den Kopf und blickte erneut in diese kristallklaren Augen. „Hast du den Versprechen des Sommers wirklich Glauben geschenkt, Liebes? Auf jeden Sommer folgt der Herbst. Er kam nur schneller, als ich es mir erhoffte. Nichtsdestotrotz bin ich dem Sommer dankbar für jeden Sonnenstrahl, den ich genießen durfte." Auf Fynns Gesicht stahl sich ein stilles Lächeln.

„Ich wünschte, du wärest mir nie begegnet." Der Widerstand brach, als die Tränen Marys Wangen hinunterströmten. *Dir wäre nie etwas zugestoßen*, wollten sie sagen.

„Hätte ich dich nicht gekannt, hätte ich die Liebe nie gekannt."

Mary blickte aus trüben Augen auf.

Halte mich noch ein einziges Mal in deinen Armen, sodass ich mir einen Teil von dir bewahre, und wenn ich eines Tages sterbe, wirst du bei mir sein – weil ich tausend Tode sterben kann, doch keiner wäre so grausam wie der Tod deines Bildes und deiner Berührung auf meiner Haut.

Ein Klopfen ertönte. Mary schrak zusammen. Zuerst noch dumpf und hohl erfüllte es das verlassene Gemach.

„Camillia", flüsterte Mary und Fynn konnte nicht sagen, ob dieses Wort im Entsetzen oder Bedauern gesprochen wurde. Vielleicht eine Mischung aus beidem und aus Angst, die Angst, einander das letzte Mal in diesem Leben zu begegnen, bevor sie sich erst hinter der Zeit wiedersehen konnten.

„Ich muss gehen."

Doch trotz der Worte rührte Mary sich nicht. Jede Sekunde war so wertvoll, dass sie nicht einfach verstreichen durfte. Fynns Blick fiel auf den Armreif, den sie noch immer trug, und ein mattes Lächeln erhellte ihre Züge. Sie löste ihre Hand von Marys und streifte den Armreif vom Handgelenk.

„Ich habe meine Freiheit verwirkt, Mary", sprach sie, als sie einen der Anhänger von der Kette löste. Sie streckte Mary die Hand entgegen. Zögerlich nur öffnete Mary die ihre und ein kleines geschmiedetes Boot fiel hinein, die Segel weit gesetzt, auf dem Weg hinaus aufs Meer, fort in die Freiheit. Das Versprechen eines Traums. Fynn konnte die blauen Augen schimmern sehen, als sich Marys Finger um den kleinen Anhänger schlossen, der ihnen beiden so viel bedeutet hatte.

„Du wirst deine Freiheit zurückerlangen“, flüsterte Mary mit erstickter Stimme. „Vertrau auf Gott.“

Ihr Glaube ist es, der ihr Trost und Hoffnung zu spenden vermag. Doch wo stehe ich, die den Glauben an die Welt schon längst verloren hat?

„Gott wird die Geschicke nicht zu lenken wissen, Liebes. Es liegt allein in Menschenhand, das Schicksal in seinem Fluss zu bestimmen, und nie kann dieses vollkommen gelingen.“

Mary hatte sich erhoben, doch noch keinen Schritt in Richtung Tür gesetzt, als das Klopfen erneut erklang, dieses Mal dringender und warnender. Die Tür öffnete sich und Fynn nahm eine ihr vertraute Gestalt mit blondem Haar wahr, säuberlich und adrett gekleidet, doch Eile stand in ihren Zügen geschrieben.

„M’Lady, eilt euch! Der Wachposten wird jeden Moment erwachen.“

Es ging alles so schnell, dass Fynn es kaum spürte. Mary ließ sich noch einmal auf den Boden fallen, ihre warme, weiche Hand umfasste Fynns Nacken, um sie ein letztes Mal an sich zu ziehen, sodass ihre Lippen sich vereinten und die Welt für wenige Sekunden aufgehört hatte zu existieren.

„Menschen sind immer unvollkommen“, erwiderte Mary, als sie sich zum Gehen wandte und auf die Tür zueilte.

„Nicht immer, Liebste“, erwiderte Fynn und Mary hielt inne, als ihre Hand bereits den Türknauf berührte. Sie wandte sich um, ein letztes Mal, das Gesicht von Tränen überströmt. Es waren die letzten Worte, die Fynn zu ihr sprach.

„Mit dir bin ich vollkommen.“

Die Sonne stand bereits hoch am Himmel, als Richard die angenehmen Schatten des Falkenhauses verließ. Seine Gedanken hatten keine Zerstreuung gefunden. Zu viele Fragen hingen in der leicht schwülen Luft, mischten sich mit Schweiß und wirren Mutmaßungen, doch kein Luftzug wehte, um sie zu vertreiben.

Die Worte seines Vaters hallten noch in seinen Ohren und formten sich zu Bildern einer sternenklaren Nacht vor nicht allzu langer Zeit, als er in seinem Bangen um Mary dieser folgte und sie in Gesellschaft eben jener jungen Frau ausmachen konnte. Als er Fynns Maskerade zu durchschauen glaubte und sich beruhigend eingeredet hatte, dass seiner Schwester keine Gefahr zu drohen schien.

Wann hast du dich verloren, Mary?

Er senkte den Blick, die Sonne schmerzte in seinen Augen und er wischte sich die ersten Schweißtropfen von der Stirn. Sir Richard hatte ihm aufgetragen, das Anwesen am nächsten Tag bereits in aller Frühe zu verlassen, um gemeinsam mit Lord Henry in Richtung Chester aufzubrechen.

„Ich weiß, dass du mich dort würdig vertreten und jene Schande auszumerzen wissen wirst, die Mary über uns hat kommen lassen." Sir Richards Stimme hatte vor Wut gezittert, es war ihm schwergefallen, die Hände nicht zu Fäusten zu ballen. „Diese Hexe wird ihrer gerechten Strafe zugeführt werden, was uns aus dieser misslichen Lage befreien sollte. Ich mag kaum den Gedanken an die Folgen hegen, wäre Lord Henry unserer nicht so gewogen. Womöglich hätte er gar darauf bestanden, das Verlöbnis zu lösen. Wer hätte es ihm verdenken können, wenn die Braut bereits der Verführung eines Sukkubus erlag?"

Die Worte waren schlagartig im Raum zerstoben, voll geballtem Hass auf Richard niedergeprasselt und leicht von Angst getrübt. Doch Richard hatte ihnen nichts entgegensetzen können, weder war er sich in freudiger Zustimmung ergangen noch hatte er der jungen Frau beizustehen gewusst. Wer war Fynn? Weshalb hatten sie ihre Füße nach Cheshire getragen? Sie war als Knecht in die Dienste der Grosvenors getreten, ohne dass jemand gewusst hatte, woher sie kam oder wer sie war. Niemanden hatte jener schweigsame Knecht gekümmert, der in Wahrheit doch das Herz einer Frau in sich trug, niemand hatte dem schwarzen Hut einen zweiten Blick geschenkt – niemand, bis auf seine Schwester.

Der Kies unter seinen Sohlen knirschte, als er dem Weg in Richtung der Ziergärten folgte. Die Schatten der mannshohen Kirschbäume flirrten auf den Steinen unter seinen Füßen. Nichts wäre befreiender als eine wilde Jagd. Hinaus in den Wald und die Gedanken für einige Zeit ruhen zu lassen. Doch er wusste, dass er seiner Verantwortung nicht entfliehen konnte. Stattdessen mengten sich immer neue Fragen in seine Überlegungen, neue Ungewissheiten, derer er sich nicht zu entledigen vermochte.

Er hatte früh geahnt, dass dieser Knecht ein Geheimnis barg, doch nie wäre es ihm in den Sinn gekommen, das andere Geschlecht hinter der Fassade eines jungen Mannes zu suchen. Mary hatte es getan. Was genau Mary mit jener Frau verband, konnte er nicht sagen und war sich nicht schlüssig, ob er es wissen wollte.

Für einen Augenblick hielt er inne, als sein Blick zum Herrenhaus wanderte. Der Duft der Sauerkirschen stieg ihm in die Nase und er rief sich in Erinnerung, dass es bald Zeit für die Ernte wäre. Zu vieles, das ihn bedrückte. Seit wann ergab er sich solchen Gedanken? Ein Seufzer entwich seiner Kehle. Er hatte stets getan, was er für richtig gehalten hatte, er hatte seiner Familie ein Leben bieten wollen, wie es selbst seinem Vater nicht möglich gewesen war.

Was aber, wenn Mary dieses Leben nie gewollt hat?

„Ihr müsst verzeihen, dass meine Gedanken so weit zu schweifen scheinen. Der Schlaf weigerte sich, mein Gemach in Wohlwollen aufzusuchen, weshalb ich Euch ersuchen möchte, mich in meine Gemächer zurückziehen zu dürfen."

Richard zuckte zusammen, als er die vertraute Stimme vernahm, die jetzt so müde und ergeben zu ihm herüberwehte. Was an dieser Stimme gehörte noch zu der Frau, die er einst zu kennen glaubte?

„Nichts liegt mir ferner, als Euch Eurer Ruhe zu berauben, Lady Mary. Nach einem Spaziergang mit Euch fühle ich mich stets erquickt, sodass ich dessen Ende jetzt nicht mit kümmerlichen Geschichten trüben will."

Die dunkle Stimme des Earls of Marlborough erhob sich donnernd über Marys und ein Hauch von Genugtuung schwang darin, der Richard verunsicherte. Er wandte sich um und erblickte die zwei Gestalten zwischen den dunklen

Blättern, vertieft in ein Gespräch, das nicht für seine Ohren bestimmt war. Er erwog, sich abzuwenden und endlich ins Herrenhaus zurückzukehren, doch etwas in ihm zwang ihn zu bleiben, ein Funken Angst um seine Schwester vielleicht, die er nicht vor diesen Unannehmlichkeiten hatte schützen können, und ein sonderbares Gefühl in seiner Brust, das ihn mehr hinter den Worten des Earls vermuten ließ.

„Von welch kümmerlichen Ereignissen wisst Ihr zu berichten?" Solch matte Stimme, kraftlose Worte, die von einer Erschöpfung kündeten, die Richard an seiner Schwester nie hatte bemerken können.

Richards Hände begannen zu zittern, als er sich an den Stamm des Kirschbaumes drückte und ihm das Herz bis zur Kehle zu schlagen schien. Warum hatte er nie mit ihr gesprochen? All die Jahre, in denen sie zusammenlebten, hatte er mehr und mehr neben ihr hergelebt. Ihre Kindlichkeit war ihm lästig geworden, ohne dass er gewahr wurde, dass sie sie längst abgelegt hatte.

„Oh, sorgt Euch nicht, My Lady, denn obgleich jene von Gott verfluchte Zauberin ihre Schandtaten noch immer nicht eingestanden hat, soll Euch dies nicht zu Schaden führen. Ich bin Eurer Unschuld versichert und habe Sorge getragen, dass es Satans Dienerin nicht mehr möglich sein wird, ihren Bann über Euch zu sprechen."

Weshalb setzt er Mary davon in Kenntnis?

Die Stimme des Earls war kraftvoll, voller Sicherheit und doch hielt sie einen Ton in sich verborgen, der Richard erschaudern ließ. Er konnte Lord Henry erkennen, prächtig gekleidet in einem funkelnden und reich bestickten Wams, der neben seiner Schwester schritt, deren Stimme er beinahe nicht wiederzuerkennen glaubte. Als er Mary erblickte, war ihm, als setzte sein Herz für wenige Schläge aus.

„Wie darf ich Eure Worte verstehen, My Lord?"

Wo war ihre Kraft geblieben? Ihr Wille, sich die Männer Untertan zu machen? Doch in ihre Worte war eine seltsame Furcht gemischt, mehr ein Flehen und Bitten denn eine bestimmende Erwiderung. Ihre Haare glänzten matt, nur unordentlich mit Spangen am Hinterkopf zusammengehalten. Ihr langes, seidenes Gewand war nachtblau und schimmerte fast schwarz, als trüge sie Trauer.

„Der Prozess wird wohl bald abgehalten werden und aufgrund meiner Besorgnis um Euer seelisches Wohlbefinden war es mir eine Freude, ihn in Chester abhalten zu lassen." Richard konnte erkennen, wie Mary bei den Worten des Earls zusammenschrak. „Er wird wohl innerhalb kürzester Zeit ausgetragen werden können und Euren Namen wieder reinzuwaschen wissen."

Sie waren stehen geblieben. Inmitten der Kirschbäume hatte sich Mary dem Earl zugewandt, das Gesicht so blass, dass Richard glaubte, sie jeden Augenblick in Ohnmacht sinken zu sehen.

„Chester? Ihr ließet sie nach Chester bringen?"

Ihre Stimme zitterte kaum merklich, doch Richard konnte den Sturm spüren, der in ihr wütete. Er befahl seinen Beinen, ihn zu ihr zu tragen, sich schützend vor sie zu stellen, sodass die Worte Lord Henrys ihre Ohren nicht erreichen mochten, und diesen zu bitten, das Gespräch nicht wieder aufzugreifen, doch seine Füße ließen ihn wie verwurzelt stehen, unfähig, Mary zu Hilfe zu eilen, und dazu verdammt, Zeuge eines Gespräches zu werden, dessen Ausgang er bereits erahnte.

„Wohl wahr und am morgigen Tag werde auch ich Eaton Hall verlassen, um schnellstmöglich zur Stelle zu sein, sobald sie ihrer Frevel geständig wird – was bei den Mitteln, die Chester zu bieten weiß, uns nicht allzu lange warten lassen sollte."

Ein Lächeln umspielte die Lippen des Earls, ein Lächeln, das bis zu Richard drang und ihn erstarren ließ, weil er wusste, was dahinter stand. Richard wollte Marys Namen rufen, sie aus dem Fluss des Schicksals lösen, der sie unentwegt auf eine Finsternis zutreiben ließ, gegen die Richard machtlos war, doch seine Lippen blieben verschlossen, seine Füße regungslos und er musste erkennen, dass er Mary schon vor langer Zeit an diesen dunklen Fluss verloren hatte.

„My Lord, Ihr spracht in jener Nacht von einer Linderung des Strafmaßes, als ich Euch untertänigst ergeben war." Das

Flehen, das aus ihren Worten sprach, war unerträglich. Richard lehnte gegen den Stamm und sein Bewusstsein verschloss sich vor der Bedeutung dieser Worte.

Das kannst du nicht getan haben – das darfst du nicht getan haben.

Er wollte nichts mehr hören, er wollte nicht mehr wissen, wie sehr er versagt hatte, wie sehr sie alle versagt hatten – warum hatte er Camillias Worten nie Glauben geschenkt, sie stets seiner Gemächer und Gedanken verwiesen, ohne auch nur einen einzigen Blick auf Marys Seele zu werfen? – er wollte nicht Zeuge der Schande sein, die Mary über sich brachte, weil sie alle zu feige gewesen waren, ihr beizustehen.

„My Lord, Ihr selbst seid zu der Ansicht gelangt, dass ihre Macht sich nicht weit genug auf mich erstreckte, dass ich über meinen freien Willen verfügte, und ich ersuche Euch ein erneutes Mal, sie vor jenen Schmerzen zu bewahren, die sie unter einer peinlichen Befragung erwarten werden. Die erlittene Schmach wird ihr Strafe genug sein, seid versichert."

Mary sprach schnell und hastig, ihre Worte schienen sich zu überschlagen. Nur die letzte Frage kam zögerlich über ihre Lippen; zögerlich und von Tränen gefärbt, die sie noch nicht vergossen hatte: „Sind wir nicht alle nur sterblich und fehlbar?"

Eine ungesprochene Bitte.

„*Ma chère*, Ihr wisst sehr wohl, dass der Teufel seinen Handlangern Kraft gibt, die wir nur mit Hilfe der Folter überschreiten können, um sie zum Geständnis zu zwingen. Wie schwer ist es doch, eine Lüge zu entlarven, wenn der Teufel schützend seine Hand darüber hält! Sie beging ein Vergehen gegen Gott, ein Vergehen, das ihr unmöglich so leichtfertig vergeben werden kann. Wie soll es meine Seele verantworten, einer Dienerin seines größten Widersachers zur Freiheit verholfen zu haben?"

Für einen Moment war es still zwischen den beiden, sodass Richard glaubte, Mary wüsste ihm nicht mehr zu erwidern. Doch dann vernahm er ihre Stimme, ein so leises Flüstern, dass es ihm schwerfiel, ihre Worte auszumachen.

„Euer Versprechen, My Lord. Steht Ihr als Edelmann denn nicht zu Eurem Wort?"

Richard erstarrte. Die Worte hallten in seinem Kopf nach – ein Versprechen, nein, *Euer Versprechen, My Lord*, nicht nur eines, sondern *das* Versprechen, das er aus dieser Unterhaltung erkennen konnte und das ihn verhöhnte, ihn spottete: *Es ist zu spät! Zu spät!*

„Ich gab Euch mein Wort, Lady Mary, dass ich dafür eintreten werde, ihr Strafmaß zu mildern, nicht jedoch, sie der Schmerzen zu befreien, die dieses Vergehen mit sich bringt."

„Was gedenkt Ihr, dem Gericht zu bezeugen?" Marys Stimme war jetzt wieder klar, bar jeder Verzweiflung und Angst, als hätte sie in jenen Sekunden einen Entschluss gefasst.

„Die Wahrheit, My Lady."

Richard sog scharf die Luft ein.

Er verhandelt um ein Menschenleben.

„Was ist die Wahrheit für Euch, My Lord?"

Das Schweigen jagte Richard einen Schauer den Rücken hinunter. Er wandte den Blick wieder den beiden Gestalten zu, die noch inmitten der Kirschbäume standen. Ein so unschuldiger Anblick, hinter dem sich mehr als nur bloße Schuld verbarg. Der Earl trat einen Schritt auf Mary zu, sein Gesicht nahe dem ihren. Richard ballte die Hände zu Fäusten, hin und her gerissen von zu vielen Gedanken. Marys Lippen bewegten sich, doch ihre Worte waren schwach, beinahe tonlos, dass Richard sich anstrengen musste, sie zu vernehmen.

„Lassen wir uns nicht allzu oft von unseren Sinnen täuschen?"

Marys Stimme war weich.

„So sagt Ihr mir denn, was Euch als wahrhaftig erscheint." Der Earl strich über Marys Stirn, viel zu sanft für eine väterliche Geste, doch Richard wandte den Blick nicht ab. Eine Strähne roten Haares löste sich und fiel Mary ins Gesicht. Sie rührte sich nicht. Ihre Worte waren klar und bestimmt.

„Dass dieses Mädchen keine Schuld trifft und sie selbst nur ein Werkzeug Satans war, ihre Seele dem Höllenfürsten jedoch wieder entrissen werden konnte."

Mary verharrte, als der Earl über ihre Wange strich. Die Sonne brannte vom Himmel, als die Finger des Earls Marys Hals hinunterglitten. Seine Schwester stand regungslos und er sah das nasse Schimmern ihrer Augen, als die Hand des Earls über ihre weiße Haut strich.

„Ich erwarte Euch in meinen Gemächern, wenn die Sonne sich bereits zur Ruhe gebettet hat."

Nein!

Ein Lächeln voller Selbstzufriedenheit huschte über die Züge des Earls.

„Unter diesen Umständen werde ich die Worte sprechen, die Euch den Abend bis zu meiner Ankunft versüßen mögen: in Chester ziehe ich meine Anschuldigung zurück und ersuche das Gericht um Gnade für die Hexenbrut."

Mary blickte traurig auf, aber Richard konnte kein Bedauern in ihren Augen erkennen. Verwundert sah er zu ihr hinüber, unsicher, ob das, was er in ihren Augen sah, wirklich das war, wofür er es hielt.

„So sind es die süßesten Worte, die den bittersten Geschmack für mich tragen werden. Ich harre Eurer, My Lord."

Sie knickste leicht, als seine Hand die ihre ergriff. Langsam ließ sie ihm ihre Hand entgleiten, als sie sich zum Gehen wandte, doch in ihren Augen leuchtete noch jenes Gefühl.

Hoffnung.

„Jacob!"

Der schlaksige Junge fuhr so schlagartig herum, beinahe wäre er über den langen Saum seiner Hose gestolpert, den er zwar umschlagen hatte, doch der noch immer über seinen Schuhen hing und auf dem Boden schleifte. Das zu große Leinenhemd saß schief und war über seine linke Schulter gerutscht, sodass es die braungebrannte Haut entblößte. Er stand starr, als hätte der Teufel seinen Namen gerufen, die Augen weit aufgerissen. Seine Hand fuhr sich so schnell durch die Haare, dass die Bewegung kaum wahrnehmbar war. Als ihm die Locken nicht mehr die Sicht nahmen, atmete er erleichtert auf.

„Ihr seid's." Er ließ die angespannten Schultern sinken und fuhr sich noch einmal durch das Haar, sodass etwas Stroh hinausfiel. „Kann nicht mehr lange dauern, bis sie mich auch abführen."

Ein trüber Glanz hatte sich in Jacobs Augen geschlichen, als er den Blick gen Boden senkte und mit einer Fußspitze einen Halbkreis zeichnete. Die Bitterkeit in seiner Stimme war nicht zu überhören.

„Dir wird nichts geschehen, du hast mein Wort – aber ich benötige deine Hilfe."

Mary sprach schnell und hastig; die Angst schnürte ihr die Kehle zu. Sie durfte nicht an den Abend denken oder an den Morgen und das, was er zu bringen wüsste, sondern nur an Fynn und alles, was sie in diesem Moment erreichen konnte. Es war leichter, die Bilder der Vergangenheit und der Zukunft nicht zu mischen, schon gar nicht die der Träume, die in jener Nacht zerstoben waren.

„Meine Hilfe?" Jacob sagte es fast spöttisch, doch Mary hörte aus seinen Worten auch die Tränen, die Jacob nicht weinte und nie weinen würde, weil es für ihn nie Tränen gegeben hatte. „Ich kann nichts tun, weder für Euch noch für Fynn, auch wenn ich die Zeit zurückdrehen wollte. Aber ich bin kein Hexer und Gott wird mir diesen Wunsch nich' erfüllen." Er hatte die Stimme gesenkt, die nun gar nichts Kindliches mehr an sich hatte. Ein leises Wiehern erklang und das Scharren der Hufe mischte sich in die Schritte der Knechte, das Rascheln des Heus und das geschäftige Brummen der Stimmen, die vom Hof herüberwehten.

„Ich verlange kein Wunder, Jacob. Ein Wunder werde ich zu wirken wissen."

Oder der Earl, den ich für dieses Wunder bezahlen muss …

Bei ihren Worten hob Jacob verwundert den Kopf und seine vollen Augenbrauen zogen sich zusammen in einer Frage, die sie ihm nicht beantworten wollte. Nicht beantworten konnte. Wie sollte sie laut sprechen, was sie nicht einmal zu denken wagte? Wenn sich ihre Seele diesen Abend für einige Stunden von ihrem Körper lösen würde und sie hoffte, am Morgen nichts mehr zu wissen, von dem, was die Nacht aus ihr gemacht hatte – wie sollte sie dies in Worte fassen, dem Geist einen Namen geben, um ihn nie vergessen zu machen?

„Du musst mir Mylène satteln, morgen in aller Früh, wenn der erste Hahn noch schlaftrunken ist." Jacob starrte sie mit unverhohlener Verwirrung an. Noch ehe er zu einer Erwiderung ansetzen konnte, ergriff Mary seine Hand. „Vertrau mir bitte, Jacob. Ich werde alles mir Mögliche tun. Aber sie haben Fynn nach Chester bringen lassen. Wenn ich hier bleibe, kann ich nur der Nachrichten harren und Gott um Vergebung anrufen. Das allein genügt mir nicht. Ich muss dort sein. Nur so kann ich verhindern, was hier nicht mehr zu verhindern möglich ist."

Ihr Blick traf Jacobs große, dunkle Augen, die schon so viel gesehen hatten und nichts davon preisgeben wollten. Er kaute auf seiner Unterlippe und für einen Moment war es zwischen ihnen still. Als Jacob den Blick senkte, blieb er an dem Rubin hängen, der an Marys linkem Ringfinger prangte, sodass sie ihre Hand schnell zurückzog.

Das Zeichen des Earls, das mich für den Rest meines Lebens brandmarken wird.

Doch die Worte, die sie zu sprechen gedachte, blieben ihr im Halse stecken. Seine Augen waren vor Schreck geweitet und seine Lippen formten ein stummes Wort, das Mary nicht lesen konnte. Nicht lesen musste. Denn sie spürte die Wärme des Körpers, der hinter ihr stand, sie hörte den leisen Atem entweichen und für einen Herzschlag setzte ihr Denken aus, weil auch ihre letzte Hoffnung sterben sollte.

„Es besteht kein Grund für dich, nach Chester zu reisen."

Sie wandte sich nur langsam um, als wollte sie ihm Zeit gewähren, wieder zu gehen, sodass sie glauben könnte, er hätte ihre Worte nie vernommen und die seinen nie gesprochen.

„Ich werde unsere Familie angemessen zu vertreten wissen."

Richards Stimme war trocken, nahezu ausdruckslos, dieselbe Stimme, die schon seit Kindertagen zu ihr gesprochen hatte, als besäße Mary kein Wissen von der Welt.

„Unsere Familie?" Sie war über den Hohn ihrer Stimme erstaunt. Ihr Blick traf Richards klare Augen, denen sie keine eindeutige Farbe zuordnen konnte. Ein verwaschenes Grau wie neblige Regenschauer, die sich unter dunklen Wolken über das Land ergossen, um es in Tristesse versinken zu lassen. „Wirst du Grace dort vertreten? Grace, die du nicht kennst und in deinem Leben kaum als deine Schwester wahrzunehmen wusstest? Wirst du deine Mutter dort vertreten, deine Mutter, die schon so lange zu einer Mär geworden ist, weil sie nicht einmal in deiner Erinnerung fortzuleben weiß? Oder gar meine Mutter – meine Mutter, die nicht meine Mutter war?“

Die Stille, die sie umfasste, war eine angenehme Stille. Eine Stille ohne Spannung, eine Stille, die sie nicht erdrücken würde, weil sie wusste, dass sie die Wahrheit gesprochen hatte, als ihr Blick dem ihres Bruders standhielt. Es zeigte sich keine Regung in seinen Zügen, kein Zucken seiner Lider oder Kräuseln seiner Augenbrauen. Mary regte sich nicht. Jacob schien den Atem angehalten zu haben.

„Manchmal scheint es mir, als sähe ich einen anderen Menschen vor mir, wenn ich zu dir spreche, und nicht meine Schwester.“

Sie glaubte, ein leichtes Lächeln um seine Mundwinkel ausmachen zu können, und war sich unschlüssig, welche Bedeutung sie ihm beimessen sollte. Wie konnte er spaßen, wie konnte er in dieser Ruhe vor ihr stehen, wenn er in wenigen Tagen Gericht über ein Menschenleben zu halten hatte, das schuldig gesprochen wurde, geliebt zu haben?

„Kanntest du deine Schwester denn?“, fragte sie und ballte die linke Hand zur Faust, sodass der goldene Ring ihr schmerzhaft in die Haut schnitt. „Unmöglich, dass du sie kanntest, denn dann hättest du um ihre Ängste gewusst und wärst dort gewesen, um den Sturm zu zähmen, der sich ihrer zu bemächtigen suchte. Aber du hülltest dich in einen Mantel aus Schweigen, weil du nie lerntest, deine Nächsten zu halten.“

Sie konnte nicht sagen, was sie sich von ihren Worten versprach; sei es, seine Wut zu schüren oder ihm zu beweisen, dass sie jenen Zwängen längst entwachsen war, die sie drängten, sich dem Leben bedingungslos zu beugen. Es gab so viele Wahrheiten auf dieser Welt. Weshalb sollte sie warten und hoffen und glauben, dass andere ihr eben jene zu präsentieren wussten, die sie zu einem vergeudeten Leben verdammten?

Richards Augen lösten sich von den ihren. Sein wolkenverhangener Blick richtete sich auf Jacob, der hastig das Leinenhemd zurechtrückte, als könnte er so auch die Tatsache verbergen, dass er und Fynn sich nahegestanden hatten.

„Ich verbiete dir, am morgigen Tage Mylène zu satteln."

Die Worte waren scharf und kraftvoll; sie schnitten Mary so sehr ins Herz, dass sie die wütenden Tränen unterdrücken musste, als sie einen Schritt auf ihren Bruder zuging.

„Du wirst mich nicht daran hindern – und sollte es dir in den Sinn kommen, mich einzusperren oder gar Camillia darum zu ersuchen, mich auf dem Anwesen festzuhalten: Nichts hält mich hier und ich werde nach Chester gelangen, auf dem einen Weg oder dem anderen."

Jacob war vor Schreck über diese heftigen Worte zusammengezuckt. Marys Stimme zitterte, weil sie sich zwingen musste, ihrem Bruder die Worte nicht entgegenzuschreien, ihm nicht zu sagen, wie sehr sie ihn und dieses Leben verabscheute. Sie hoffte auf eine ungestüme Entgegnung, einen aufgebrachten Wortschwall, den er nicht mehr zu zügeln vermochte, so wie es immer geschah, wenn sie ihn herausforderte, wenn sie sich über ihn oder ihren Vater erhob. Sie würde sich nicht mehr in die ihr zugedachte Rolle fügen – es war an der Zeit, seinem Blick standzuhalten und seinen Worten Erwiderungen entgegenzubringen.

Doch Richards Worte erhoben sich nicht über die ihren. Seine Stimme war ruhig und klar, trotz der hitzigen Worte, die sie ihm entgegengeschleudert hatte. Er rührte sich nicht, als er sich an Jacob wandte, so gefasst und gleichmütig, als hätte Mary kein einziges Wort zu ihm gesprochen.

„Ich rate dir an, Nobilis zu satteln, da sein Fehlen nicht so schnell bemerkt werden wird wie Mylènes. Außerdem wird er diesen Ritt besser zu verkraften wissen als die Stute meiner Schwester."

Mary stockte der Atem.

Unmöglich, dass er diese Worte gerade gesprochen hat.

Er regte sich nicht, seine Züge verrieten keine Zuneigung, keine Wärme, kein Verständnis.

Weshalb tut er dies, wenn ihn Fynns als auch mein Schicksal nicht zu bewegen wissen?

„Doch eine Anweisung habe ich dir zu geben", richtete er das Wort an Mary. „Reite nicht zu weit entfernt von den Wegen, sodass ich weiß, wo ich dich finden kann. Du wirst ein Quartier in Chester benötigen und da ich es nicht schätze, dich allein in den Absteigen der Wegelagerer und Huren zu wissen, warte in geringer Entfernung von Vaters Stadthaus auf mein Eintreffen."

Damit wandte er sich ab. Sie wollte ihm etwas erwidern, wollte ihm sagen, dass er nicht über sie zu befehligen habe und es ihre Entscheidung sei, wo sie zu nächtigen gedachte, dass er nicht glauben musste, sich damit ihr Vertrauen erkauft zu haben und es sie anwiderte, wie er zu ihr zu sprechen gedachte – doch die Stimme versagte ihr, als er bereits mit großen Schritten die Stallungen durchquerte und sie und Jacob fassungslos zurückließ.

Monsieur Sherrington,
ich bin gezwungen, Euch nur diese karge Notiz zukommen zu lassen, in der Hoffnung, sie möge Euch noch vor dem Verlassen Eures elterlichen Gutes erreichen. Verzeiht mein Versäumnis, Euren letzten Brief unangetastet zu lassen, da die Zeit mich drängt. Während ich diese Zeilen schreibe, ist mein Geist rastlos und unruhig – ich vermag keine klaren Gedanken zu fassen, weshalb ich Euch, teuerster Freund, in tiefster Ergebenheit anflehe, mir in diesen schweren Stunden zur Seite zu stehen. Ich weiß, in Euch eine Seele gefunden zu haben, die der meinen in engster Freundschaft verbunden ist, und ersuche Euch dieses eine von allen Malen, dieser einen Bitte stattzugeben und so schnell es Euch möglich ist, das Stadthaus meines Vaters in Chester aufzusuchen. Seid Euch gewiss, von mir empfangen zu werden. Ich befürchte, dass jenes Tuch, welches Ihr mir in tiefster Verbundenheit sandtet und ich in meiner einfältigen Tor-

heit von mir wies, um das mir Liebste zu schützen, nun dazu missbraucht werden könnte, ein Menschenleben zu beenden. Zu oft habe ich gefehlt, als dass ich allein vermag, diesen Schrecken abzuwenden. Ich ersuche Euch innigst um Euren Beistand, nachdem ich mich getraute, die Worte zu sprechen, die nicht zu meiner Wahrheit werden konnten. Mich verlangt, nur dieses eine Leben zu erretten. Ich weigere mich zu glauben, dass die Lügen von gestern unsere Wahrheit sein müssen.

Ich bete, dass diese Zeilen Euch noch vor Eurem Aufbruch nach Amsterdam erreichen mögen, und vertraue auf die Güte Eures Herzens.

Mary

32 devant les yeux du monde

Das wilde Treiben um sie herum schien kein Ende zu nehmen. Tausend Gerüche strömten auf sie ein, vermischten sich und hinterließen ein brennendes Stechen in ihrer Nase, sodass sie versucht war, sich ihr besticktes Taschentuch vors Gesicht zu halten. Jemand rempelte sie an und sie drängte sich an den Rand der Gasse, durch die die Menschen strömten. Der Lärm war ihr nahezu unerträglich; barsche Männerstimmen bellten Befehle oder priesen ihre Waren an, Frauen kreischten, sangen und riefen durcheinander. Ihre Hände zitterten, während sie sich durch die Menge drückte. Ihre Kehle war trocken und sie glaubte, dass sie, wenn sie jetzt sprechen müsste, kaum mehr als dünne Worte über die Lippen bringen konnte.

Sie hatte so lange gewartet. Doch Sherrington war nicht gekommen. Hatte der Bote ihn nicht rechtzeitig erreicht oder war er gar schon abgereist? Den ganzen Abend war sie unruhig in ihrem Gemach auf- und abgeschritten, hatte kaum einen Bissen zu sich nehmen können und selbst, als Richard sie beschwor, dass sie sich für den kommenden Tag stärken und zumindest ein wenig Schlaf finden müsste, hatte Mary ihm nur einen zornigen Blick zugeworfen. Allein schon bei dem Gedanken an ihn ballten sich ihre Hände zu Fäusten.

Was ließ ihn glauben, dass er sie wohlwollend stimmen könnte, indem er ihr seine Hilfe anbot? Sie hatte keine Ahnung, was diese plötzliche Wandlung in ihm hervorgerufen hatte, aber sie wusste, dass sie ihm misstraute. Aus welchem Grund war er nach jenem Gespräch in den Stallungen am Abend in ihre Gemächer gestürmt und hatte sie beschworen, sich bereits vor Anbruch jener Nacht auf den Weg nach Chester zu begeben? Was wusste er und aus welcher Quelle speiste er sein Wissen?

Er hatte sie nicht zur Abreise bewegen können und es hatte einen Sturm in ihm heraufbeschworen, wie sie ihn noch nie erlebt hatte. Es war keine gewöhnliche ungestüme Wut gewesen, mehr schien es brennende Besorgnis zu sein, die da in seinen Augen gelodert hatte. Doch sie wusste nicht, wovor er sich hätte fürchten können. Er wusste nichts von dem geheimen Bund, den sie mit dem Earl of Marlborough geschlossen hatte, um das Leben zu retten, das ihr wichtiger war als ihr eigenes.

Eine kalte Brise fuhr in ihre Kapuze, als sie das Ende der Gasse erreichte und auf den Marktplatz schritt, und zum ersten Mal spürte sie eine eisige Furcht, wie sie sie noch nie erlebt hatte.

Was wird geschehen, wenn ich sie nicht mehr retten kann?

Mary hatte gehofft, dass Sherrington rechtzeitig eintreffen würde, um ihre aufbrausenden Gedanken und Schuldgefühle im Zaum zu halten, sodass sie stark genug wäre, diesem Tag entgegenzutreten. Eilends hatte sie einen Boten entsandt und ihm befohlen, schneller als der Wind zu reiten. Doch selbst, wenn ihre Nachricht Sherrington noch erreicht haben sollte, hatte er es nicht mehr rechtzeitig geschafft. Sie fühlte sich einsam und verloren inmitten des Gedränges der fremden Menschen, die dem Spektakel entgegenfieberten, das sich ihnen auf dem Marktplatz bieten würde. Die öffentliche Anklage einer Satansanbeterin.

Die Tribünen ragten bedrohlich über die versammelte Menge, drohend richteten sie sich auf und verströmten eine unheimliche Macht, als ginge es nicht mehr darum, eine Schuld zu beweisen, sondern lediglich, das treffende Urteil zu fällen.

Für einen Augenblick hielt Mary inne. Die Luft war schwül und schwer, voll böser Vorahnungen. Nein, sie hatte alles getan. Es war ihr gelungen, Lord Henry gnädig zu stimmen und selbst, wenn er die Klage nicht mehr zurückziehen konnte, so vermochte er doch, Fynn vor dem Schlimmsten zu bewahren. Er hatte ihr in der Nacht versichert, dass er sich für Fynns Wohl einsetzen würde. Ihr wurde leicht übel, als ihre Gedanken zu diesen Ereignissen zurückschweiften, doch sie zwang sich, den Blick nach vorne zu richten und auf die Menschenmenge zuzuschreiten. Die Anklage des Earls würde die letzte an diesem Tag verhandelte Anschuldigung sein und ganz gleich, was geschehen würde, um nichts auf der Welt würde sie Fynn in ihren schwersten Stunden allein zurücklassen.

Die Menschen drängten sich aneinander, johlten und pfiffen, dass ihre Stimmen auf dem ganzen Platz grausam verzerrt widerzuhallen schienen. Man mochte denken, dass sie sich auf einem Jahrmarkt befänden und nicht der Zerrüttung menschlicher Schicksale beiwohnten.

„Na, Kleine, sicher, dass de dir des hier antun willst, eh?“, lallte ein in schäbige Lumpen gehüllter stämmiger Bursche, dessen Atem aufdringlich nach Met stank. Er packte Mary am Handgelenk und wollte sie näher an sich reißen. Doch noch bevor ihre Brust die seine berührte, blitzte eine Klinge zwischen ihnen auf und er wich erschrocken zurück.

„Wage es ja nicht“, zischte Mary und ließ den Dolch wieder in ihren Gewändern verschwinden. Sofort wandte sie sich von dem Burschen ab und schob sich weiter durch die Menge. Dieser Dolch stand ihr nicht zu. Sie konnte sich daran erinnern, wie Fynn ihn ihr einst zeigte, ein Geschenk Jacobs, sein erster selbst geschmiedeter Dolch. Er hatte noch an Fynns Ledergürtel gehangen, nachdem Lord Henry sie hatte abführen lassen, denn sie hatte ihn stets bei sich getragen. Mary konnte nicht sagen, was sie dazu bewogen hatte, ihn seit dieser Nacht mit sich zu führen. Womöglich war es die Hoffnung, ihn seiner rechtmäßigen Trägerin zurückgeben zu können.

Etwas in Marys Seele wollte zerreißen, doch sie zwang sich, den Blick auf die Tribüne zu richten, auf der gerade ein Verurteilter abgeführt wurde. Sie konnte die Worte kaum verstehen zwischen dem Brüllen und den Schreien der Menschenmenge, doch je weiter sie sich nach vorne zwängte, desto entschlossener wurde sie.

Dieses Mal würde sie nichts dem Zufall überlassen.

Das Gedränge wurde immer dichter, je näher sie der Tribüne kam. Als ihr Blick Lord Henry streifte, zog sie ihre Kapuze tiefer ins Gesicht. Er würde sie hier nicht vermuten, das wusste sie und dennoch wollte sie kein Wagnis eingehen.

Prächtig gekleidet war er, viel zu prächtig für einen Anlass wie diesen, doch als Mary zu den Schöffen und dem Richter hinübersah, überkam sie ein flaues Gefühl. Weshalb waren auch diese so vornehm gekleidet, in Farben, die auf dem grauen Platz geradezu zu leuchten schienen? Ihr eigener Bruder, der in dieser Verhandlung als Geschädigter auftreten müsste, wirkte kaum eindrucksvoller. Sie wandte sich wieder dem Earl zu, der das Treiben mit einer Unheil verkündenden Gelassenheit überblickte. Sie konnte erkennen, wie er und der Richter ein verschlagenes Lächeln austauschten, und mit einem Mal wollte ihr Herz gefrieren.

„Die letzte Verhandlung des heutigen Tages betrifft die Urteilsfindung über die Betrügerin Fynn, die sich unter Anwendung von Hexerei und Zauberei als Mann tarnte, um die Verlobte des Sohnes Lord Henry Leys, des zweiten Earls of Marlborough, zu schänden. Führt sie vor!“

Die letzten Worte der Ankündigung gingen in den wilden und aufgebrachten Rufen der Menge unter. Mary hatte Mühe, sich auf den Beinen zu halten, da plötzlich der gesamte Menschenstrom näher herandrängte. Jeder wollte einen Blick auf die Hexe erhaschen. Wüste Beschimpfungen gellten durch die Menge, Fäuste wurden emporgereckt und die Luft schien sich wie ein schwerer Teppich über sie zu legen.

Fynn wurde auf die hölzerne Plattform geführt, grob von einem stämmigen Mann hinter sich hergezogen, obwohl sie jeden Augenblick zu stolpern drohte. Bei ihrem Anblick zog sich Marys Herz zusammen. Sie war in alte Leinen gehüllt, ihr Körper geschunden und von roten Striemen übersät. Obgleich der aufrechte Gang ihr Schmerzen zu bereiten schien, reckte sie das Kinn in die Höhe und streckte die Schultern, soweit es ihr möglich war, als sie den Earl erblickte. Flammen loderten in den sonst so friedlichen grünen Augen und ein Hass verzerrte ihr von Schorf entstelltes Gesicht, wie Mary ihn noch nie in Fynns Zügen erblickt hatte. Auf ihren Armen und Beinen waren Brandmale zu erkennen. Einige spuckten aus, Rufe wie „Verfluchtes Hexenpack!“ tönten aus der Menge.

Der stämmige, dunkelhaarige Mann stieß sie vor das Tribunal. Ihre Hände waren in Fesseln gelegt.

Mary unterdrückte das Verlangen, auf die Tribüne zu steigen und ihnen allen Fynns Unschuld und die Verlogenheit Lord Henrys ins Gesicht zu schreien.

Richard fühlte sich sichtlich unwohl dort zwischen den edel gekleideten Herren, die über Recht und Unrecht entschieden, als wären sie das Jüngste Gericht. Mit einem Mal fragte sie sich, ob die Unterstützung, die ihr Bruder ihr bot, nicht doch eine ehrliche war. Kaum zuvor hatte sie ihn derart argwöhnisch und unschlüssig erlebt, vor allem jetzt, da die Schreie der Menge lauter und rauer wurden.

Es war der Stämmige, der Fynn gebracht hatte, der der Menge bedeutete, sich zu beruhigen. Es wollte ihm kaum gelingen. Doch als die kratzende, dunkle Stimme des Richters ertönte, senkte sich mit einem Mal eine gespenstische Stille über den Platz.

„Diese Frau ist angeklagt der Anwendung der Hexerei und Zauberei unter Schädigung des zweiten Earls of Marlborough, Lord Henry Ley, verführt durch die Anstiftung des Teufels am 13. Juli 1630 in Eaton Hall, sich den Mächten des Höllenfürsten zur Schändung der Verlobten seines Sohnes James Lady Mary Isabelle Grosvenor of Eaton, Tochter des ersten Baronets of Eaton, Sir Richard Grosvenor, bedient zu haben.“

Ein Raunen ging durch die Menge, flackernd und ungläubig klangen die Stimmen. Wie sollte es möglich sein, dass eine Frau sich anmaßte, eine ihres Geschlechtes zu schänden?

„In vorausgegangenen Befragungen missfiel uns stets die Ablehnung, deinen vollständigen Namen darzulegen, als auch den Ort deiner Herkunft. Bist du jetzt dazu bereit?“

Nichts war mehr zu vernehmen, kein Stimmengewirr, kein Rascheln der Gewänder. Ein jeder wollte der Stimme der Hexe lauschen. Wer konnte sie sein, wenn sie ihren wahren Namen verschwieg?

Mary glaubte, das Pochen ihres rasenden Herzens hören zu können, als Fynn sich langsam dem Podest zuwandte, von dem aus der Richter zu ihr sprach. Ihre Finger griffen um den Strick, der ihre Handgelenke gefangen hielt, als würde ihr dies Halt bieten. Dann spuckte sie aus. Ein Aufschrei erklang aus der Menge, wilde Rufe wurden laut und das Stimmengewirr erhob sich wie ein tosender Sturm.

Mary wollte schreien, wollte Fynn sagen, dass sie reden müsste, dass ihr nichts geschehen könnte, und vor allem, dass sie hier war. Hier inmitten der reißenden Meute, um bei ihr zu sein.

Es gibt Hoffnung.

„Wie es dir beliebt. Wohl kaum jemand würde es wohl verlauten lassen, dass er zusammen mit dem Fürst der Hölle aus eben jener aufgestiegen ist, nicht wahr?"

Mary traute ihren Ohren kaum. Sie suchte Lord Henry, der ebenfalls auf dem Podest saß und gelangweilt in die Menge blickte. War das seine Art, Fynn helfen zu wollen?

„Aus deinem Geständnis lässt sich ersehen, dass du dich dem Satan versprachst. Wie ist das geschehen?" Die stahlgrauen Augen des Richters blitzten bedrohlich, seine schmalen Lippen waren zusammengepresst, als er zu Fynn hinübersah. Sie erwiderte seinen Blick, das Kinn noch emporgereckt, das verkrustete Blut an ihrem Hals entblößt. Doch sie sprach nicht.

„Ich wiederhole mich nur äußerst ungern. Wie bist du die Buhlschaft mit dem Teufel eingegangen?"

Einige der Schaulustigen begannen wieder zu tuscheln, als der Stämmige plötzlich auf Fynn zuschritt und ihr einen Schlag versetzte, sodass ihr Kopf zur Seite geschleudert wurde. Mary wandte sich ab und schloss die Augen, verzweifelt umklammerte sie den Dolch.

Wie konnte ich nur glauben, dass ich allein stark genug wäre, Fynn leiden zu sehen?

„Ich frage ein letztes Mal: Wie bist du den Pakt mit dem Satan eingegangen?"

Aus Fynns Mundwinkel sickerte ein frisches, rotes Rinnsal.

Ihre Lippen bewegten sich, doch Mary konnte die Worte nicht vernehmen. Fynn hustete und wischte sich mit dem Arm über den Mund. Dann sprach sie noch einmal, jetzt kräftiger und voller: „Ich kann mich nicht mehr entsinnen."

Die Flammen in ihren Augen flackerten, als stünden sie kurz davor zu erlöschen.

„So, so." Der Richter räusperte sich. Wütende Schreie drangen aus dem Volk.

„Lügnerin!"

„Metze!"

„Satansweib!"

Lord Henry saß in seinem Stuhl und schien der Verhandlung nicht zu folgen. Er zuckte nicht einmal mit der Wimper, als der Richter in der Anschuldigung fortfuhr.

„In deinem Geständnis konntest du dich sehr wohl all seiner Eigenarten entsinnen. Du sprachst von der ersten Buhlschaft, vom Pakt und ebenso vom Hexensabbat. Wie oft warst du als Gast auf diesem zugegen?"

Teufelspakt und Hexensabbat? Sollte der Richter nicht nach dem Geschehen forschen, das Mary mit Fynn verband? Doch Mary wollte nicht glauben, dass das Urteil bereits gefällt war. Dafür hatte sie einen Pakt mit dem Leibhaftigen in menschlicher Gestalt besiegelt. Ihr Blick huschte wieder zu Lord Henry. Sie hoffte nur, dass dieser sich seiner Schuld bewusst war.

„Ich kann Euch die Anzahl nicht nennen." Zwar war Fynns Stimme noch kräftig, doch sie klang gebrochen. „Es entziehen sich mir jegliche Erinnerungen des dortigen Treibens. Der Satan weiß sich zu schützen, wie Ihr sicher bezeugen könnt."

Ihre letzten Worte klangen bitter.

Richards unruhiger Blick wandte sich von dem Geschehen vor ihm ab und streifte die Menge. Unbehagen war in seinem

Gesicht zu lesen. Er wusste, dass Mary irgendwo dort war. Doch Mary hatte in diesem Moment keine Augen für ihren Bruder.

„Erinnerst du dich ebenso nicht mehr des Schadens, welchen du mit Hilfe schwarzer Magie in die Welt brachtest?"

Fynns Verneinen brachte ihr weitere Schläge ein, der Stämmige zischte ihr wütend etwas zu, das Mary über das Lärmen der Menge nicht vernehmen konnte. Fynn blickte ihn nur trotzig an. Ein weiterer Schlag, mitten ins Gesicht, sodass Fynns Kopf nach hinten gerissen wurde. Warum griff der Earl nicht ein, legte nicht schützend seine Hand über Fynn, wie er es versprochen hatte?

Er hält sein Wort.

Der Gedanke klang hohl und leer, doch Mary wollte nicht aufgeben. Es gab noch Hoffnung. Sie wusste es.

Die Fragen und Schläge schienen auf Fynn niederzuprasseln, doch sie gab keines ihrer Geheimnisse preis.

Die Luft wurde drückender und am Himmel zeichneten sich die ersten Anzeichen von Regen ab. Ein Sommergewitter. Die Natur empörte sich über die Ungerechtigkeit, die hier geschah, doch niemand wusste ihre Reaktion zu deuten.

Mary schwitzte unter ihrem Umhang, doch ihre roten Locken wären verräterisch. Ihre Hände umschlangen Fynns Dolch, als könnte sie ihr so ihre eigene Kraft schicken, ihr helfen, diese Tortur zu überstehen. Auf jede Frage wusste Fynn zu erwidern, dass ihr keine Erinnerung mehr zugänglich sei. Auch über den vermeintlichen Hergang der Verführung verlor sie kaum ein Wort.

Was versiegelt dir nur die Zunge? Weshalb brichst du dein Schweigen nicht?

Die Schläge, das Blut, die Lügen. Mary fröstelte. Wie konnte sich so etwas des Wortes *Gerechtigkeit* bedienen? Die Menschenmenge wurde immer unruhiger, aufbrausender, beinahe wie die Vorboten des Sturmes, der sich am Himmel zusammenbraute.

Es schien eine Ewigkeit zu verstreichen, ehe der Richter mit seinen funkelnden Augen von Fynn abließ, um sich dem Earl zuzuwenden. Richard kaute auf seiner Oberlippe, den Blick von der geschundenen Fynn abgewandt, in die Menge starrend.

„Höchstverehrter Lord Henry, Earl of Marlborough.“ Mit einem Mal versprühte die Stimme des Richters nicht einen einzigen Funken des Hasses mehr, der ihr zuvor innegewohnt hatte. „Ohne Eure großherzige Hilfe wäre es wohl verborgen geblieben, dass eine fremde Macht Einfluss auf die junge Verlobte Eures Sohnes auszuüben suchte. Ich bitte Euch, die Vorkommnisse jener Nacht eingehend darzulegen.“

Mary zog ihre Kapuze tiefer ins Gesicht, als Lord Henry sich aufrichtete und sein Blick über die Menge glitt. Fast glaubte sie, er wollte sich vergewissern, dass ein jeder an seinen Lippen hing. Für einen Augenblick schöpfte sie Hoffnung. Nein, er war ein Ehrenmann. Er würde sein Wort halten und zu dem stehen, was er ihr versprochen hatte.

„Hohes Gericht“, begann der Earl, als sich seine dunklen Augen dem Richter zuwandten. Mary hielt unwillkürlich den Atem an und ihre Hände umklammerten den Dolch noch fester. „Es überrascht mich doch ein jedes Mal erneut, wie Gott es uns ermöglicht, uns gegen die Ausgeburten der Hölle zur Wehr zu setzen. Sie sind gerissen. Sie erscheinen uns in den Schatten der uns liebsten Menschen, um uns zu verführen und unsere Seelen ins Verderben zu treiben. Nichts anderes ist hier geschehen.“

Beinahe wäre Mary der Dolch aus den Händen geglitten.

„Gott muss es gewesen sein, der mir zur richtigen Stunde die Schritte eingab, die mich zum Gemach der jungen Verlobten meines Sohnes führten. Eine quälende Sorge erfüllte mich, nachdem ich aus dem Schlaf schreckte, sodass ich nicht umhin konnte, ihre Zofe zu wecken, um mich ihrer Sicherheit zu vergewissern.“

Lüge!, schoss es Mary durch den Kopf. *Elender Heuchler!*

Camillia hatte in jener Nacht nichts von den schrecklichen Vorfällen erfahren. Um keinen Preis hätte sie es Lord Henry und dessen Männern gestattet, Mary in ihren Gemächern aufzusuchen.

Die Menge schien den Atem anzuhalten und während auf dem sonst so geschäftigen Marktplatz eine gespenstische Stille Einzug hielt, grollte in der Ferne bereits dumpf der erste Donner des aufziehenden Sturmes.

„So betrat sie denn das Schlafgemach ihres Schützlings, zunächst noch verschlafen und von der Unnötigkeit meiner Sorge überzeugt, um nur wenige Augenblicke später erschrocken wieder hinauszueilen und mir von dem Gesehenen zu berichten. Im Bette der Baronetstochter, das arme Kind fest in ihren Klauen, lag die Hexe, in einen Zauber vertieft, um sich des Mädchens zu bemächtigen."

Ein ersticktes Raunen ging durch die Menge. Eine Mutter in Marys Nähe drückte ihre Tochter an sich, einige Männer schnaubten und schüttelten fassungslos die Köpfe, während der Earl sich ihnen entgegenlehnte, um lauter und eindrucksvoller seine Erlebnisse schildern zu können.

„Das Herz im Leibe drohte mir zu zerspringen, als ich jene Worte vernahm! Unverzüglich ließ ich meine Männer rufen, um das arme Ding aus den Klauen des Satans zu befreien, darauf hoffend, dass ihre Seele noch nicht vom Höllenfürsten verschlungen sei. Wir umstellten sie, als dieses Wesen", er deutete anklagend auf Fynn, blutend und geschlagen, die seinen Blick jedoch stolz erwiderte, „die Augen öffnete. Zu Schlitzen waren die Pupillen verengt wie die einer Katze, leuchtend grün, als sie begann, unverständliche Worte zu murmeln, um auch uns mit sich in den Abgrund zu reißen."

Die Menschen schienen wie ein wogendes Meer, aufbrausend und stürmisch, das sie unter sich begraben wollte.

Nein.

Alles stand still.

Was tut er?

Mary nahm nichts mehr wahr. Nicht die Schwüle der Luft, nicht das aufgeregte, verängstigte Schreien der Menge, nicht das ferne Donnergrollen. Es war, als wollte ihr Körper nichts mehr wissen von dem, was um sie herum geschah, von diesem Rudel gieriger Wölfe, die sich auf ihr Opfer stürzten, um es zu zerfetzen.

Er versprach mildernde Umstände – er hat mir Fynns Leben zugesichert!

Sie hob den Kopf, um zum Earl of Marlborough zu blicken, sich seine Gesichtszüge einzuprägen, das hämische Lächeln, das seine Mundwinkel umspielte.

In diesem Moment wusste sie es.

Es war ihm nie darum gegangen, Fynn vor dem Tod zu bewahren. Nicht eine einzige Sekunde lang.

„Doch Luzifer ist nicht stark genug, es mit mir und meinen Männern durch dieses Weib aufzunehmen. Gott stand uns bei. Nachdem wir sie ergriffen hatten und ihren giftigen Blick nicht mehr ertragen mussten, da verließ der Satan sie, ließ sie zurück als das, was sie war: eine leere Hülle ohne die schützende Hand ihres Meisters. Dann erst, dann erst ist Mary Isabelle Grosvenor, die Tochter des ersten Baronets of Eaton und die Verlobte meines Sohnes James, zu uns zurückgekehrt."

Dann erst, dann erst ist Mary Isabelle Grosvenor, die Tochter des ersten Baronets of Eaton, geschändet und verraten durch den Earl of Marlborough und erzwungene Verlobte seines Sohnes James in einem Nachtmahr erwacht.

Doch dieses Mal wäre es nicht Lord Henry, der die Geschicke zu seinen Gunsten entscheiden würde. Wie oft hatte Mary sich vor ihm erniedrigt, war ihm zu Gefallen gewesen, um ihn gnädig zu stimmen. Wie hatte sie glauben können, dass der Earl ihren Bitten stattgeben, seinen Teil ihres Paktes erfüllen würde?

„So war diese Frau denn zuvor auf dem Anwesen der Grosvenors nicht bekannt?"

Richard erhob sich ebenfalls, um dem Earl zuvorzukommen, doch der Richter bedeutete ihm mit einer Handbewegung, dass es noch nicht seine Zeit zu sprechen war. Zunächst würde Lord Henry die Ereignisse schildern, voll bunt schillernder Lügengespinste.

„Dieses Weib ward nie zuvor auf dem Anwesen der Grosvenors gesehen. Dennoch kam mir zu Ohren, dass sie sich des Tages in einen Mann verwandelt haben soll, einen stämmigen jungen Burschen, dem alles gelang, was er anpackte. Nur, wer mit dem Teufel im Bunde ist, weiß seine Gestalt auf so gekonnte Weise zu ändern, wie es dieser Buhle hier gelungen ist."

Der Himmel hatte sich verdunkelt und ein kühler Wind fuhr über Marys Stirn. Die Menschen waren außer sich. Einige munkelten erregt und hastig, andere schrien aufgebracht, dass nur ein Todesurteil hier Gerechtigkeit verkünden könnte. Sie stampften und streckten die Fäuste in die Luft, drängten wutgepeitscht aneinander.

„Wohl wusste sie sich auch in anderen Gestalten die Kräfte des Teufels zunutze zu machen. Mit ihr brachte sie eine schwarze Bestie, die es sich nicht nehmen ließ, meine Tochter bei unserem letzten Besuch auf dem Anwesen der Grosvenors anzufallen. Eine Katze, der Dämonen innewohnen, die jetzt noch in Eaton Hall hausen und sein Schicksal zum Schlechten lenken. Die junge Lady Mary war ihnen bereits verfallen."

Ein Mann stieß Mary zur Seite, sodass sie eine hochgewachsene Frau anrempelte. Wütend funkelte diese sie an und zischte einige gehässige Worte.

Da steht so viel Hass in den Augen der Menschen geschrieben.

Mary blickte zu Fynn, blickte in diese grün-nebligen Augen, die ihr eine andere Welt offenbart hatten. Sie wusste, was sie tun würde. Sie hatte es die ganze Zeit gewusst.

„Meiner Tochter gelang es, dieses Tuch zu entwenden."

Lord Henry hielt ein seidenes Tuch empor vom zartesten Blau und feinster Struktur; ein Tuch, das Mary einst viel bedeutet hatte, das Geschenk Sherringtons während seiner Reise durch Frankreich. Doch Mary achtete nicht darauf. Achtete nicht auf die Worte, die der Earl sprach, jene Worte des Verderbens, die er so sorgsam wählte, als spräche er zu einer Geliebten.

„Es handelt sich hierbei um ein Geschenk des Hexenweibes, das die Baronetstochter noch enger an sie binden sollte. Es war ihr eine Kostbarkeit durch die eingewebte Zauberei, die ihr den Kopf verdrehte."

Mary schob sich durch die Menge, atmete den Schweiß, den Gestank alter Fische und fauligen Obstes, als sie auf die Treppe zudrängte, die hinauf zur Plattform führte. Schon während sie die Stufen erklomm, streifte sie sich die Kapuze von den Locken, die dunkel rötlich leuchteten, warf den Mantel über ihre Schultern.

Stolz stand sie vor den Schöffen, dem Richter, ihrem Bruder und dem Earl. Die Klinge des Dolches blitzte auf.

Lord Henry verstummte.

Selbst die Menge verstummte.

„Mein Name ist Mary Isabelle Grosvenor, Tochter des ersten Baronets of Eaton." Fest umfasste ihre Hand den Dolch. Ihre Stimme hallte über den Marktplatz, brachte die Luft zum Zittern und erfüllte auch die kleinsten Nischen. Sie alle schienen den Atem angehalten zu haben. „Diese Frau, die Ihr der Hexerei anklagt, ist unschuldig. Glaubt Ihr denn wirklich, ein solch bedauernswertes Geschöpf erregt die Aufmerksamkeit des Höllenfürsten?"

Sie lächelte, das Kinn emporgereckt, als ihr Blick den des Earls traf. Sie warf ihm einen Luftkuss zu, bevor sie sich an den Richter wandte.

„Des Teufels Gespielin, die Ihr ausfindig zu machen sucht – das bin ich."

33 mon ombre

Es schien seltsam still in den langen Gängen des Anwesens. Der Himmel hatte sich zugezogen und dunkel gebauschte Wolken ballten sich über dem Herrenhaus zusammen. Nicht nur die Luft, selbst die Stille wirkte drückend und schwül. Camillia vernahm das dumpfe Hallen ihrer Schritte nur allzu deutlich, als sie die Stufen aus dem Nordflügel hinunterschritt. Nicht nur die schwere Luft und die Stille, auch Grace' weiterhin schlechter Zustand belasteten sie.

War es die falsche Entscheidung, ihm die beiden zu überlassen?

Sie hielt für einen Augenblick inne und warf einen Blick den Gang entlang, der zu ihren Gemächern führte. Mit einem Mal war ihr, als bäumten sich die Mauern um sie herum auf. Sie hatte nur das Beste gewollt und dennoch das Schlimmste herbeigeführt.

Ich habe alles verloren.

Da war sie wieder, diese alte Sehnsucht, Isabelle zu folgen und den Schmerz sowie die Verzweiflung der Lebenden hinter sich zu lassen. Was hatte ihr in all den Jahren Kraft gegeben? Die Aussicht, Grace und Mary eine bessere, eine glücklichere Zukunft zu ermöglichen, hielt sie am Leben – doch nun war auch dieser Traum in Scherben zersprungen und sie schaffte es nicht, sie wieder zusammenzukehren.

Lautlos schlüpfte sie in ihre Gemächer und schloss die Tür hinter sich. Die Wolken hatten sich verdichtet. Es würde nicht mehr lange dauern, bis das Unwetter über sie hereinbrechen würde.

Camillia lehnte an der Tür, den Blick ins Leere. Mary hatte sich seltsam gegeben in den Abendstunden des Tages vor Richards Abreise und sich geweigert, Camillia zu empfangen. Harsch waren die Worte gewesen, die sie an der Tür zu den Gemächern ihrer Nichte empfing und noch immer wagte sie vor sich selbst zu bestreiten, dass diese Worte sie schmerzten. Wann hatte sie aufgehört, Mary eine treue Wegbegleiterin zu sein?

An dem Tag, an dem du dich dazu entschiedst, sie ihm zu übergeben.

Sie glaubte, die Stimme ihres Vaters zu hören, mit jenem scharfen Unterton, den er stets dann gebrauchte, wenn er seine Kinder tadelte.

„Es ist alles verloren", flüsterte sie stockend und dieses Mal gelang es ihr nicht, die Träne fortzublinzeln, die schon ihre Wange benetzte.

Oh, Isabelle, welch Unrecht habe ich dir getan?

Und mit einem Mal strömten die Erinnerungen auf sie ein, und die Tränen rannen ohne Gnade ihre Wangen herab, ein strömender Fluss der Schuldigkeit.

Wie hatte sie Isabelles Lächeln geliebt. Sie war so jung gewesen, ein so zierliches und blasses Geschöpf, dass man nicht hätte glauben mögen, dass sie aus den Weilern kam. Wenn man sie an den Tümpeln sah, die nackten Füße im kühlen Nass, von Sumpfbinsen umschlungen, mochte man glauben, eine Nymphe zu erblicken. In den Sommermonaten schimmerten ihre weizenblonden Haare beinahe golden, die Locken nie ganz gebändigt, und in ihrem mit Sommersprossen besprenkelten Puppengesicht schien sich all die Liebe widerzuspiegeln, die diese Welt zu geben hatte. Wie konnte man es dem damals frisch verwitweten Richard of Eaton verübeln, dass ihn dieses Geschöpf in seinen Bann gezogen, ihn den Kummer und Schmerz der Welt hatte vergessen lassen?

Camillia lachte bitter, als sie sich des unschuldigen Lächelns entsann, mit dem Isabelle sie an jenem Abend empfing, heiter und ausgelassen, als sie von jenem jungen Mann berichtete, dem sie begegnet sei, und sie sprach mit einem kindlichen Entzücken, das Camillia das Herz erwärmte. Wie hätte sie ahnen können, was aus diesen Treffen erwachsen sollte? Was hätte sie sagen können, gegen seine schillernden Beteuerungen, gewispert in Mondscheinnächten? Er würde sie zu sich holen, hatte er gesprochen, zu sich nach Eaton Hall, wenn die Zeit dazu gekommen wäre. Er bat sie um Geduld und Besonnenheit, die sie bereitwillig zu geben wusste, und all die warnenden Worte, die Camillia zu Isabelle sprach, verklangen ungehört in den Weiten des Himmels.

Er war nicht zurückgekommen nach dem letzten Treffen. Die Blätter begannen sich zu färben, und während das alte Leben der Natur erstarb, begann ein neues in Isabelle zu reifen, zwei Leben und eine Hoffnung, den Geliebten wieder in die Arme zu schließen, wenn sich die kalte Jahreszeit dem Ende zuneigen würde.

Camillia hatte ihn aufgesucht, damals, ihn beschworen, zu seinem Wort zu stehen, doch er hatte sie schroff abgewiesen, selbst dann noch, als sie ihm von dem ungeborenen Leben berichtete. Es waren nicht seine Arme gewesen, die Isabelle hielten, nicht seine Hände, die ihr den Schweiß von der Stirn wuschen, nicht seine Liebe, die sie in ihren letzten Stunden begleitete, auch, wenn es sein Name war, der ihr auf den Lippen brannte. Das Fieber war es, das ihn ihr schickte, seine Gestalt an ihrer Bettstatt, seine Sorge über das Wohlergehen der Mädchen, in einer kalten Novembernacht geboren.

„Gib auf unsere Mädchen Acht, Richard. Ich weiß, dass sie bei dir ein besseres Leben haben werden. Wäre uns mehr Zeit vergönnt, so hätte ich dich mein Leben lang geliebt."

Vielleicht musste Camillia dem Fieber dankbar sein. Hätte sie gewollt, dass Isabelle erführe, dass Richard in just diesem Moment um eine andere warb? Eine Frau seines Standes, die Tochter des Sir Thomas Wilbraham of Woodhey, dem Willen seiner Eltern entsprechend, angetrieben von seinem eigenen Ehrgeiz, mehr zu sein, als er zu damaligen Zeiten noch war. Zum Ritter geschlagen, doch noch nicht in den Adelsstand erhoben; ein junger Mann mit großen Plänen, Pläne, die sich nicht mit einem einfachen Mädchen aus Morris Oak an seiner Seite vereinbaren ließen. Eine Frau, die ihm jedoch keine Kinder gebären konnte, und der es ebenso wenig gelang, die Erinnerungen an die blonde Nymphe zu verdrängen, die ihr Leben gelassen hatte, um einen Teil des seinen zu gebären.

Woher hatte er damals den Schneid genommen, vor ihrer Hütte zu stehen? Nach dem Kind zu fragen, das doch ebenso das seine sei, nachdem er Camilla so brüsk abgewiesen hatte, als sie noch um Isabelles willen zu ihm flehte.

Ich weiß, dass sie bei dir ein besseres Leben haben werden.

Isabelles Worte, die in ihren Gedanken spukten. War es nicht Isabelles letzter Wunsch auf dem Sterbebett gewesen, dass die beiden bei ihrem Vater aufwachsen sollten?

Camillia hatte eingewilligt. Sie, die erst die Schwester an ihn verloren hatte, gab nun auch alles auf, was ihr von Isabelle geblieben war. Was hatte sie zu dieser Entscheidung getrieben, als selbst ihr Vater ihr mit seiner sonst so sanften Stimme harsch entgegenschleuderte, dass er sie ab dem Augenblick nicht mehr als seine Tochter anerkannte, sollte sie sich entscheiden, in jener Nacht mit dem Baronet zu gehen?

Sie war gegangen.

Selbst unter der Bedingung, dass die Mädchen nie erfahren dürften, wer ihnen einst das Leben schenkte oder wer die Frau wirklich war, die sich hinter der Fassade einer Zofe versteckte, um ihnen nahe sein zu können. War es dieses Opfer wert gewesen? Den Zorn ihres Vaters auf sich zu laden, ihr altes Leben hinter sich zu lassen, um Grace an eine fremde Macht zu verlieren und Mary einer Gesellschaft zu übergeben, die ihre Seele vergiftet hatte?

Camillia schlug die Hände vors Gesicht, doch die Tränen wollten ihren Strom nicht unterbrechen, noch immer drangen sie hervor, all der versteckte Kummer dieser Jahre, die Angst, die falsche Entscheidung getroffen zu haben, während über dem Anwesen der Donner grollte.

„Wie konntet Ihr Euch zu diesen Heucheleien erdreisten? Wie nur, sagt es mir! Lebt in Eurer Seele denn kein Funken Mitgefühl? Ihr Todesurteil habt Ihr mit Euren törichten Worten unterzeichnet, ihr Todesurteil!" Fynns Atem ging so heftig, dass er wie ein bedrohliches Brodeln unter ihren wutverzerrten Worten klang. Wie hatte er es wagen können? Selbst, wenn sie jetzt noch daran dachte, schnürte es ihr die Kehle zu und Tränen traten ihr in die Augen, von denen sie nicht sagen konnte, ob sie Ausdruck ihrer grenzenlosen Wut oder ihrer ungezügelten Verzweiflung waren. Hatte ihr Herz vor Freude oder aus Angst einige Schläge zu viel getan, als Mary die Kapuze vom Haupt gestreift hatte? So stolz hatte sie vor dem Gericht gestanden, dass Fynn für einen Augenblick davon überzeugt gewesen war, dass es doch einen gütigen Gott im Himmel gäbe, der diesen Verrat nicht billigen könnte.

Doch wie hatte sie sich getäuscht! Wie bitter zerrannen die Worte auf ihrer Zunge, von einer so süßen Stimme gesprochen und dennoch so todbringend!

Des Teufels Gespielin, die Ihr ausfindig zu machen sucht – das bin ich.

Was hatte sie in diesen Wahnsinn getrieben? Hatte sie gewusst, welchen Preis sie dafür zu zahlen hatte?

Fynn spürte wieder den brennenden Schmerz der Tränen hinter ihren Lidern, die ihrem Zorn und ihrem Kummer endlich eine Form zu geben gedachten. Aber nein, sie würde sich nicht den Tränen hingeben wie eine kränkliche Magd, nicht jetzt, wo noch nicht alles verloren war.

„Verflucht, Sherrington, wie kalt ist Euer Herz, dass es sich nicht einmal einer Antwort schuldig fühlt?", fauchte sie.

Sherrington jedoch hatte ihr den Rücken zugewandt. Während des gesamten Rittes hatten sie kein Wort gewechselt; Fynn war noch zu sehr in der Starre der Ereignisse gefangen, Sherrington in seinen eigenen Gedanken. Sie hatten vor einer kleinen Residenz Halt gemacht, versteckt gelegen in den verwinkelten Gassen Chesters und doch recht hübsch anzusehen mit seiner teils von Efeu umschlungenen Fassade und dem von schmalen Säulen umrahmten Balkon. Zunächst hatte Fynn geglaubt, dass es sich hierbei wieder um einen seiner Freunde handeln musste, die sich wohl über ganz Europa verstreut finden ließen. Sherrington ging in so vielen edlen Häusern ein und aus, dass sie sich damals schon gefragt hatte, welche Geheimnisse er wohl noch zu verwahren wusste. Doch diese Erinnerung stammte aus einer Zeit, die sie längst aus ihrem Gedächtnis verbannt hatte.

Umso erstaunter war sie, als Sherrington die Tür aufstieß und ein schlanker junger Herr ihnen entgegentrat.

„Ich hatte Euch nicht so bald zurückerwartet, Mr. Sherrington?", sprach er verwundert und Fynn erkannte verblüfft, dass sie Sherringtons Stadthaus in Chester betreten hatte. Sherrington schien ihm zu versichern, dass es keinen Grund zur Sorge gäbe, und bedeutete dem Bediensteten nach einigen still gewechselten Worten, dass er sich entfernen könnte.

Nun befanden sie sich in einem prächtig eingerichteten Salon, dessen Mittelpunkt ein gewaltiger Kronleuchter darstellte, der im Schein seines Lichtes den Besucher glauben lassen wollte, dass die Sonne selbst ihren Weg hineingefunden hätte. In einer aus dunklem Holz gefertigten Glasvitrine warfen kleine Statuetten das schillernde Licht zurück, zwei Fauteuils mit golden schimmerndem Brokat überzogen standen gemeinsam mit einer Chaiselongue um einen kunstvoll gestalteten Tisch aus dem gleichen dunklem Holz, aus dem auch die Vitrine zu bestehen schien. Sherrington jedoch hatte kein Auge für diese Kostbarkeiten. Er stand dem Fenster zugewandt und starrte hinaus in die graue Wasserwüste, die darnieder prasselte, als weinte selbst der Himmel um diese Ungerechtigkeit des Schicksals.

Fynn spürte eine Wut in sich aufsteigen, wie sie sie noch nie zuvor gespürt hatte. Wie schaffte er es, so entrückt in das Gewitter zu blicken?

„So Ihr denn ein Herz besitzen solltet und nicht nur einen kalten Stein in Eurer Brust, zeigt eine Regung! Wohl aufgrund dieser Kälte in Euren Adern glaubt Ihr, ebenfalls blaublütig zu sein, obwohl Ihr keinen Titel tragt!"

Sie war einige Schritte auf ihn zugegangen, hatte die Worte ausgespien, noch immer seinen zu großen Mantel über ihren Schultern, dessen Druck ihr schmerzhaft in Erinnerung rief, dass ihre rechte Schulter nach dem Schuss auf der Jagd und der Folter noch keine Zeit zur Heilung gefunden hatte.

„Es betrübt mich, gerade dich so über mein Herz sprechen zu hören, Fyona."

Die Worte waren leise und sanft, beinahe melodisch gesprochen, als hätte er ihr soeben eine geheime Leidenschaft gestanden. Ihr Herz stolperte. Mit diesem Namen kehrten all die schweren Nebelschwaden ihrer Vergangenheit mit einem Schlag in ihr Leben zurück.

„Euch gebührt nicht, mich bei diesem Namen zu nennen." Fynns Stimme war nur ein Zischen, da sie den Zorn zurückhalten musste, der sich ihr beimischen wollte, sonst hätten wohl alle Bewohner dieses Hauses an ihrer Unterhaltung Anteil gehabt.

„Ebenso wenig wie es dir gebührt, über meine Gesinnungen und mein Herz zu urteilen, meine Liebe. Was ich tat, tat ich aus Wohlwollen Lady Mary gegenüber, ihrer Bitte und ihrem ausdrücklichen Wunsch entsprechend. Glaube nicht, dass ich leichten Herzens sprach, was ich heute unter Eid bezeugte."

Er hatte sich nicht vom Fenster und den grauen Schleiern des Regens abwenden können, nur ein tiefer Seufzer war zu vernehmen, der sich in seinen Worten verlor. Doch das ließ Fynns Zorn aufs Neue entflammen.

„So weist Ihr denn Eure Schuld mit diesen wenigen Worten von Euch? Müsstest nicht Ihr – Ihr vor allen Menschen! – wissen, welches Urteil Ihr damit über sie gesprochen habt? Euch gelingt es nicht einmal, mir in die Augen zu schauen, wenn Ihr diese Lügen sprecht!"

Da waren sie wieder, die verräterischen Tränen hinter ihren Lidern, doch sie schritt näher an Sherrington heran, als dieser sich langsam zu ihr wandte.

„Du weißt sehr wohl, dass ich mir nicht anmaße, über die Bedürfnisse und Taten anderer nach meinen Werten und Vorstellungen zu urteilen und dass ich …"

„So war es denn keine Anmaßung damals in Manchester, mich zu Eurem Vergnügen von der Straße zu holen, mich in Samt und Seide zu hüllen, sodass ich Eurem Verlangen entspräche?" Zornig riss sie sich seinen Mantel von den Schultern und warf ihn auf die Chaiselongue. „War es das nicht? Glaubtet Ihr, einer Dirne einen Gefallen zu erweisen, wenn sie nur Euch zu Diensten sein *dürfte*?"

Ein heftiger Schmerz durchzuckte ihre Schulter, sodass sie sich auf die Lippen biss, um nicht aufzuschreien. Sherrington hatte auf sie zuschreiten wollen, die Hände schon leicht erhoben, doch er besann sich bei den dunklen Funken, die aus ihren Augen sprühten.

„Manchester ist unsere Geschichte, die nichts mit der jetzigen gemein hat."

Wie schaffte er es mit einer solchen Gelassenheit von dieser Zeit zu sprechen?

„Oh, doch, das hat sie! Ihr erdreistet Euch, mit den Schicksalen anderer zu spielen, als wären wir alle nur Schachfiguren auf Eurem Brett, und da Ihr Eure Königin nun zu verlieren droht, beginnt Ihr denn einfach eine neue Partie."

„Du weißt sehr wohl, dass du nicht nur eine Schachfigur gewesen bist. Du warst es, die mich verlassen hat." Sein verklärter, leicht melancholischer Blick wurde mit einem Mal hart.

„Aus guten Gründen."

„Um deine Shillinge weiterhin in der Gosse zu verdienen." Er schüttelte den Kopf und ein leichtes Lächeln umzuckte seine Mundwinkel, das Fynn ihm am liebsten aus dem Gesicht geschlagen hätte.

„Sagtet Ihr nicht selbst, dass diese Welt nur den Männern offensteht?", grollte sie, sich bitter an jene Momente erinnernd, in denen sie glaubte, die beste Entscheidung ihres Lebens zu treffen. Wohin hatte sie sie nur geführt?

„Meine Worte waren vom Wein berauscht." Sherrington lachte. „Du wolltest dich an niemanden binden, von niemandem abhängig sein, das hast du nie gewollt. Wohl nur deswegen verwundert mich, dass du dieses Mal geblieben bist. Aber was das angeht", sein Lächeln wurde weicher, „so haben wir es bei Lady Mary wohl wahrlich mit einer Zauberin zu tun."

„Wie könnt Ihr so von ihr sprechen, nachdem Ihr sie dem Strang zugesprochen habt?"

Die Wärme verschwand wieder aus seinem Blick und in den grünlich schimmernden Augen lag eine trübe Dunkelheit, die Fynn einen kalten Schauer über den Rücken jagte. Sie fröstelte und ein Stechen durchzuckte erneut ihre Schulter.

„Die Welt besteht nicht nur aus deinen Wünschen und Illusionen, Fyona. Du hast stets versucht, sie zu deinem Willen zu beugen." Da schwang etwas mit in seiner Stimme, was sie nicht zu deuten wusste. Eine Strähne seines dunklen Haares fiel vor seine Augen, doch er bemerkte sie nicht. „Lady Mary sandte mir ein Schreiben, in dem sie mich um Hilfe ersuchte. Dem Himmel muss es wohl zu verdanken sein, dass ihr Bote mir trotz meiner Abreise hinterhersprengte, um es zu übergeben. Ich eilte umgehend nach Chester zurück, mich im Grunde schon in dem Gedanken wiegend, zu spät zum Ort des Geschehens zu kommen. Doch wie ich die Menschenmengen in den Gassen erblickte, die Marktschreier vernahm und es mit einem Mal schien, als würde die ganze Stadt verstummen, da erst wusste ich, was sie wirklich von mir verlangte." Sein Blick traf den Fynns, als wollte er sie tadeln. „Mary befürchtete, dass der Earl jenes Tuch als Beweis anbringen würde. Diese Schlange einer Earlstochter nahm es wohl an sich in dem Glauben, dass es eines deiner Geschenke sei. Wie hätte Mary allein bezeugen können, dass dies nicht der Wahrheit entsprach?" Er lachte bitter. „Nein, sie wollte, dass *ich* bezeugte, aus wessen Hand dieses Geschenk stammte. Aus der meinen."

Der Schlag kam unerwartet, nicht einmal Fynn schien zu merken, wie sich ihre Hand bewegte, zu schnell verhallte der dumpfe Aufschlag auf seiner Wange, sodass nur ein glimmendes, rötliches Schimmern verblieb. Tränen strömten ihre Wangen hinunter. Ihre Schulter schmerzte. Ihr Herz schmerzte.

„Dafür habt Ihr sie ausgeliefert? Weil sie Euch darum *gebeten* hat?" Die Stimme wollte ihr versagen; die Worte kratzten in der Kehle. „Schlimmer noch, weil Ihr *glaubtet*, dass sie Euch darum bat auf Grundlage eines hastig aufgesetzten Schreibens? Aus diesem Grunde spielt Ihr diese … diese Komödie, in der Mary gesteht, Euch verführt zu haben? Welch Lügen! Welch Heuchelei! Selbst für Euch, Sherrington, wie tief wagt Ihr zu sinken? Was ist mein Leben schon verglichen mit ihrem? Und Ihr, Ihr besitzt die Dreistigkeit zu bezeugen, dass Ihr ihren *Hexenkünsten* erlegen seid – wie könnt Ihr vor Gott verantworten, einen solchen Meineid zu erdenken?"

Sherringtons Wange glühte noch rötlich, doch sosehr Fynn auch danach suchte, in seinen Augen fand sie keinen Zorn. Wie konnte es ihn nicht berühren, was jetzt mit Mary geschehen würde?

„Bisher hast du nie geglaubt, dass Gott deine Geschicke lenkt."

„Dringen meine Worte bis zu Euch, Sherrington? Es geht hier nicht um mich."

„Es ging stets nur um dich, Fyona, damals in Manchester und nun hier, obgleich ich mir nie hätte träumen lassen, dich noch ein Mal in diesem Leben wiederzusehen, vor allem nicht unter diesen Umständen." Er schüttelte leicht den Kopf, als könnte er noch nicht recht glauben, dass die Frau ihm gegenüber wahrlich aus Fleisch und Blut bestand. Es stimmte, er hatte sich in Manchester ihrer angenommen, er hatte sie von der Straße geholt, als sie ihrem Leben keinen Wert mehr abzugewinnen vermochte. Ein umherreisender Lebemann, von dem sie nicht hatte sagen können, was ihn an ihr reizte, doch er hatte sie beherbergt, mit ihr gespeist – und sie berührt. All die süßen Worte waren Ausdruck eines Spiels gewesen. Wie hätte es anders sein können? Sie wusste, wie sehr er die Frauen schätzte.

„Dieser Name steht mir nicht mehr zu. Ich bin nicht mehr die Frau, die ihr damals kanntet."

Die Frau, die sich selbst verkaufte, ihren Körper und ihre Seele. Die Frau, die eines Morgens alle seine Habseligkeiten von Wert zusammenraffte, um auf Sherringtons Pferd davonzupreschen. Wie hatte das Schicksal sie nur hier wiedervereinen können?

„Oh, du hast dich kaum verändert. Du flüchtest noch immer vor mir", sagte er mit einem Lächeln, das den Zorn wieder in ihr aufbrodeln ließ.

„Sollte ich das nicht vor einem Mann, Sherrington, der soeben eine Frau dem Tod zusprach?"

„Die eigentlich du hättest sein sollen?" Er lachte wieder sein bitteres Lachen, als er an ihr vorbei zu dem kleinen Tisch in der Mitte des Zimmers schritt. Er griff nach einem der Gläser, die sich auf dem Tisch befanden, und füllte es mit dem golden schimmernden Whiskey, der daneben stand. Sein fragender Blick streifte Fynn, während seine Hand über einem der anderen Gläser schwebte, doch sie rührte sich nicht und ihre Augen blieben ausdruckslos.

„Und habe ich dich nicht bereits in Manchester gebeten, mich bei meinem Vornamen zu nennen?"

„Ich bin nicht mehr Eure Mätresse, *m'Lord*", erwiderte sie bissig und etwas zu harsch, sodass er lachen musste.

„Das bist du nie gewesen." Eine seltsame Stille erfüllte den Raum, durchdrungen vom Geruch des Alkohols. „Du bist gefesselt in deiner Vergangenheit. Es wird Zeit, mit dem abzuschließen, vor dem du zu fliehen suchst."

Sie schnaubte missbilligend. Wer war er, dass er glaubte, ihr Ratschläge erteilen zu können? Er, für den sie auch nichts weiter gewesen war als eine Marionette.

„Was gedenkt *Ihr* nun zu tun? Wollt Ihr wieder in das Nichts verschwinden, aus dem Ihr auftauchtet, um Verderben zu bringen?"

„Meine Liebe, nicht ich bin es gewesen, der den Rücken der Lady entblößte, um ihre angebliche Satansbuhlschaft zu bezeugen."

Der starke Geruch des Whiskeys stach ihr in der Nase. Sie schluckte. Er sprach die Wahrheit. Es war ihr Dolch gewesen, der Dolch, den Jacob ihr zu ihrem Geburtstag gefertigt hatte, den Mary gezückt hatte, als sie auf der Tribüne stand. Niemand hatte zu sprechen gewagt. Die Anschuldigungen, die Mary hervorgebracht hatte, waren vom Gericht in Zweifel gezogen worden, selbst, als Sherrington sich seinen Weg durch die Menge bahnte, um ihre Aussagen zu bezeugen. Sie selbst hatte die Schnüre des Kleides durchschnitten, sodass der schwere Stoff über ihren Rücken glitt, den Blick auf die dunklen Flecken zu entblößen, die Muttermale, die Fynn bereits an jenem Morgen in Marys Gemächern erblickte. Hexenmale. Ihre Hexenmale hatte Mary sie genannt.

„Seht her, wie der Höllenfürst mich brandmarkte! Glaubt Ihr nun, was ich Euch zu erzählen weiß?"

Und es hatte ein Lächeln auf ihren Lippen gelegen, wie Fynn es noch nie erblickte, entrückt und diabolisch fast, als genösse sie es, das Tribunal an der Nase herumzuführen. Die Menge hatte aufgestöhnt, ein Sturm war losgebrochen und mit einem Mal tobten die Massen, schrien wüste Beschimpfungen und forderten das Todesurteil für die Metze des Teufels. Natürlich. Welch Spektakel, eine junge Adelige hinrichten zu können. Wer hätte da noch an einem mittellosen Mädchen Interesse bezeugt, das nicht einmal seinen Namen nannte?

„Ich war es, die sie besaß, sie meinem Willen unterwarf. Des Tages zwang ich sie, die Gestalt eines Mannes anzunehmen, um nicht entdeckt zu werden; des Nachts ließ ich sie in Zofenkleidern in meine Gemächer. Ich raubte ihr jegliche Erinnerung an die Dinge, die sie sah oder in meinem Auftrag erledigte."

Die Menge war außer sich. Fynn konnte sich erinnern, dass einige Männer gar versuchten, die Tribüne zu erklimmen. Da lag Genugtuung in Marys Augen, als Lord Henry sich fast schon panisch vorbeugte und mit lauter Stimme sprach, um die Massen zu übertönen.

„Wie Ihr seht, Euer Gnaden, ist sie noch immer ganz befangen von den dunklen Kräften dieser Höllenperson!"

Doch es hatte nichts genützt. Mit Hilfe einer feinen Nadel wurden die Male geprüft, doch Mary gab an, keinen Schmerz an jenen Stellen zu verspüren, an denen der Teufel ihren Pakt mit schwarzer Magie besiegelt hatte. Selbst in diesem Augenblick, wenn Fynn die Bilder wieder in den Sinn kamen und sie das Grollen des Donners erneut vernahm, das sanfte Prasseln der ersten Regentropfen auf ihrer geschundenen Haut zu spüren glaubte, stiegen ihr die Tränen in die Augen. Weshalb hatte sie nichts unternommen? Weshalb hatte sie in einer Starre verharrt, die ihr nicht erlaubte, Mary vor sich selbst zu bewahren?

„Sie wusste, dass ich ihr beistehen würde, ohne ihre Gründe zu hinterfragen. Glaubst du, es bereitete mir Vergnügen, sie den Wölfen zum Fraß vorzuwerfen?" Sherrington leerte sein Whiskeyglas in einem Zug.

„Nein, im Gegenteil. Doch es war ihre Bitte und ich habe sie respektiert. Es gab keinen anderen Ausweg und ich vertraue ihrem Urteil." Er schwieg für einen Augenblick, das leere Glas noch in der Hand, als könnte er auf dem kristallenen Grund etwas erkennen, das ihm verhieß, dass sich alles zum Guten wenden würde. „Was nicht bedeutet, dass ich nicht vorhabe, sie zu retten."

„Das will ich schwer hoffen, Mr. Sherrington."

Erschrocken wandte Fynn sich um. Sie hatte nicht vernommen, dass sich die Tür zum Salon geöffnet hatte, und beinahe lautlos war er eingetreten, noch immer die gleichen kalten Augen, die schon zuvor auf ihr geruht hatten, die gleiche stattliche Statur, das emporgereckte Kinn. Hinter ihm stand jener Bedienstete, den sie bereits bei ihrer Ankunft erblickte und der entschuldigend stammelte, dass der Herr sich nicht habe gedulden können und an ihm vorbeigestürmt sei. Sie stand wie angewurzelt. Marys Bruder Richard Grosvenor hingegen musterte sie beide, als hätte er sie bei einem Stelldichein überrascht.

„Denn ansonsten wird Euer Kopf der nächste sein, der rollen wird, und dafür werde ich höchstpersönlich sorgen, seid Euch dessen gewiss."

Die Sonne war schon längst hinter dem Horizont verschwunden. Camillia jedoch konnte den Schlaf nicht finden. Sobald sie die Augen schloss, war es ihr, als sähe sie Isabelle vor sich, Isabelle auf dem Sterbebett und ihre letzten Worte so seltsam verzerrt, als klagten sie Camillia an.

Du hast meine Kinder zu einem Leben verdammt, das ich für sie nicht vorgesehen hatte.

Schweißgebadet war Camillia erwacht, zitternd und fröstelnd, als spürte sie noch die Anwesenheit Isabelles in ihrem Gemach. Die Träume der Schuld suchten sie um den Verstand zu bringen. Sie konnte nicht sagen, was sie dazu getrieben hatte – war es die Angst, die Verzweiflung? –, aber ihr Geist war rastlos, sodass sie eine Kerze entzündete und beinahe wie von selbst trugen ihre Schritte sie zu Marys Gemächern. Ein dumpfes Gefühl hatte von ihr Besitz ergriffen, eine Furcht, die sie nicht in Worte fassen konnte und ihr auf der Brust lastete, dass es schmerzte. Ihre Finger waren feucht von Schweiß.

Sie hielt vor Marys Gemächern inne. Die Stille umhüllte sie und dennoch war ihr, als wäre sie nicht allein. Doch der Korridor lag leer und verlassen hinter ihr.

Behutsam öffnete sie die Tür, um Mary nicht unnötig zu verschrecken. Sie konnte selbst nicht sagen, was sie zu dieser Stunde hergetrieben hatte, die Hände schweißgetränkt, das Herz rasend und von einer sonderbaren Sorge erfüllt.

Marys Bett war unberührt.

Camillia erstarrte.

Nein, das kann nicht sein.

Sie hastete auf das Bett zu, die Laken waren noch frisch. Eine stille Furcht wallte in ihr auf, als sie sich wieder zur Kommode umwandte und dort das Schreiben entdeckte. Eine schwungvolle, zierliche Handschrift. Ihr Blick streifte die Worte im Kerzenschein. Ihr Herz drohte zu bersten.

Nein.

Sie stützte sich an der Kommode, die Kerze fiel ihr beinahe aus der Hand.

Mary, was hast du nur getan?

34 pacte du silence

Die Wände waren feucht und modrig. Mary fröstelte in ihrem zerschlissenen Gewand, das ihr klamm von den Schultern hing. Sie hatte sich in ihren Umhang gehüllt, der jedoch die Kälte bereits begierig aufgesogen hatte. Ihre Locken klebten auf ihrer Stirn und ihr Atem drohte zu stocken, wenn sie nur daran zu denken wagte, was wohl mit Fynn geschehen war. Nachdem die Male auf ihrem Rücken zu Hexenmalen erklärt worden waren, hatte sie sie aus den Augen verloren. Zu viele Menschen drängten sich mit einem Mal um sie, versuchten, ihr auch den letzten Stoff vom Körper zu reißen, um weitere Brandmale des Satans zu finden. Fynns Dolch hatten sie ihr abgenommen, ohne dass sie recht wusste, wie ihr geschah, und es schmerzte sie zu wissen, dass dieses von Jacob in mühevoller Arbeit geschmiedete Kunstwerk auf immer verloren war.

Die Knie angezogen lehnte sie gegen den kalten Stein und erschauderte leicht. Sherrington war zu Fynn geeilt, er hatte sie ergriffen und war lautstark mit einigen Männern aneinandergeraten, doch sie konnte nicht sagen, was dann geschehen war. Ihr Herz wollte sich zusammenziehen, wenn sie sich Fynns Erscheinung in Erinnerung rief, so geschunden und verletzlich, dass sie sich fragen musste, wann die Menschen zu solchen Bestien geworden waren. Ihre Hände schlossen sich um den kleinen Anhänger, das leicht silbrig schimmernde Boot mit den gesetzten Segeln. Eine Träne benetzte ihre Wange, als sie es in ihrer Hand betrachtete.

„Ich habe meine Freiheit verwirkt, Mary", hatte Fynn gesprochen, als sie es ihr reichte, vor ihrem letzten Kuss, vor einem Abschied von einem Traum, der nicht ihrer zu leben war.

„Du wirst sie zurückerlangen", flüsterte Mary leise, die gleichen Worte, die sie damals so bestimmt zu Fynn gesprochen hatte. „Selbst wenn es mich das Leben kostet."

Schritte schienen über den Korridor zu eilen, hart und erregt. Gedämpfte Stimmen ertönten und ein Riegel wurde zurückgeschoben. Mary verharrte regungslos, als die Tür schwungvoll aufgestoßen wurde und die behäbige, schnaubende Gestalt Lord Henrys in ihre Zelle stürmte.

„Die Teufelsbuhle in Person, nicht wahr, My Lady?"

Wutentbrannt schritt er auf sie zu, dass sie kaum Zeit hatte, sich aufzurappeln. Selbst im schwachen Licht der Zelle konnte sie sein vor Zorn gerötetes Gesicht sehen. Eine Ader pulsierte an seiner Schläfe, als drohte sie jeden Moment zu platzen, und unbewusst schob sie sich enger an den kalten Stein, als er ihr seine gesamte Wut entgegenschleuderte.

„Wir hatten eine Abmachung, Teufelsweib!"

Erbost griff er nach ihrer Schulter und drückte sie gegen die kahle Wand.

„Die nicht ich gebrochen habe, sondern Ihr, My Lord."

Mary war selbst erstaunt, wie ruhig und gefasst ihre Stimme klang. Beinahe so, als befände sie sich nicht in einer Zelle des Kerkers von Chester, sondern vielmehr im Salon des Stadthauses ihres Vaters, als würde sie Richards Rückkehr vom Prozess erwarten.

„Wie könnt Ihr es wagen, mich für schuldig des Betrugs zu befinden? Das Tribunal hätte Eure kleine Metze schon nicht zum Strang verurteilt, dafür hätte ich zu sorgen gewusst."

Sie konnte spüren, wie seine Finger verkrampften, und eine ungeahnte Befriedigung stieg aus den Tiefen ihrer Seele in ihr auf.

„Nachdem Ihr sie der peinlichen Befragung ausgesetzt und ein Geständnis erzwungen habt, das vor Gott niemals einen Wert haben wird?" Ihr Blick traf den seinen, den tiefen Abgrund dieser harten Augen, die kein Mitgefühl zu kennen schienen. „My Lord, verzeiht meine Unverfrorenheit, aber Ihr habt Euren Teil unserer Vereinbarung nicht erfüllt und da ich den meinen nicht mehr zurückzunehmen vermag, werde ich das Schicksal eben selbst herausfordern müssen."

„Untersteht Euch, mich einen Heuchler zu schimpfen, arglistiges Weibsstück!", brauste er auf und schüttelte sie, sodass ihr Kopf gegen den Stein schlug. „Ihr gedenkt, einen Ehevertrag zu brechen mit diesem Vergehen, Eurem erlogenen Bekenntnis, um des Satans Abschaum zu retten, der wahrlich schon genügend Verbrechen begangen haben dürfte, um diese Behandlung zu verdienen."

Sie wand sich aus seinem Griff, die Augen ebenfalls Funken sprühend, fauchte sie: „Einen Ehevertrag, der geschlossen wurde, ohne meine Zustimmung zu ersuchen! Was wiegt ein solcher Vertrag?"

Sie schlang den Mantel fester um sich. Für einen Augenblick hielt der Earl inne. Eine seltsame Belustigung spiegelte sich in seinen Zügen, die Mary Furcht einflößte. Welche Grausamkeiten vermochte er noch zu ersinnen?

„Wie störrisch Ihr doch seid, eine Eigenschaft, die ich zuvor an Euch zu schätzen wusste. Sie hat Euch anziehend gemacht, wild und schwer zu bändigen." Er kam wieder langsam auf sie zu, seine Worte mit einem Mal sanft und ruhig, beinahe schon vergnügt. „Doch jetzt, Lady Mary, spricht nur grenzenlose Torheit aus Euch. Wofür seid Ihr bereit, das Leben fortzuwerfen, das sich Euch mit dieser Ehe darbietet?"

Er stand so nah vor ihr, dass der widerliche Geruch seines süßlichen Parfums sie zu ersticken drohte.

„Welches Leben, Lord Henry?", fragte sie stolz, ohne den Blick zu senken. Sie würde sich ihm nicht noch ein weiteres Mal beugen. „Des Tages Eurem Sohn eine ehrbare Frau, um des Nachts ebenso Euren Gelüsten zu Diensten zu sein?"

Das Auftreffen seiner Hand auf ihrer Wange war so gewaltig, dass es sie von den Füßen riss. Sie taumelte, stieß gegen den rauen Stein und stützte sich daran, um nicht auf den Boden zu sinken. Ein flammender Schmerz zuckte durch ihr Gesicht und verschlug ihr den Atem, doch der Earl war schneller und ergriff ihr Kinn mit eisernem Griff, sodass sie ihm in die Augen blicken musste. Ihr Kiefer schmerzte entsetzlich. Seine Gesichtszüge waren grotesk verzerrt, eine Maske des Schreckens, die auf sie herunterblickte.

„Noch habt Ihr meinen Sohn nicht geehelicht, noch habt Ihr mir den Respekt zu zollen, den eine ärmliche Baronetstochter einem Earl entgegenbringen sollte."

„Ihr verdient nicht einmal den Respekt einer Bettlerstochter!"

Sie stieß ihn von sich, um den Ring vom Finger zu ziehen, den ihr sein Sohn als Zeichen des Verlöbnisses dargeboten hatte; der blutrote Rubin, der für all den Schmerz stand, den sie und Fynn aufgrund dieses verdammten Geschlechtes einer Adelsfamilie erleiden mussten. Sie schleuderte ihm den Ring entgegen, der an seinem Wams abprallte und klirrend auf dem steinernen Boden der Zelle hüpfte.

„Verdammt sollt Ihr sein, Mary, verdammt bis in alle Ewigkeit!", fluchte er und sie konnte sehen, wie die Adern an seinen Schläfen erneut hervortraten.

„Lieber bin ich verflucht als Eure Gespielin!", giftete sie zurück und wich tiefer in die Schatten. Er wollte ein weiteres Mal auf sie zuschreiten, doch dann besann er sich. Sein Atem ging keuchend, als er sie betrachtete, und eine Häme umzuckte seine Mundwinkel, dass Mary glaubte, die Galle müsse ihr die Kehle emporsteigen.

„Ihr werdet mir die Ehre erweisen, die mir gebührt", flüsterte er, die Stimme so bedrohlich gesenkt, dass es Mary einen kalten Schauer über den Rücken jagte. „Wartet nur, bis Eure Metze unter dem Galgen steht – auf den Knien werdet Ihr um Ihre Erlösung flehen! Doch dann wird es zu spät sein, My Lady, und die einzige Gewissheit, die Euch bleiben wird, ist, dass Eure unsterbliche Seele in der Hölle ein gnädigeres Schicksal erwartet als zu Euren Lebzeiten in meinem Hausstand. Zweifelt nicht an meinem Einfluss auf das weltliche Geschehen." Er schluckte und das Pulsieren der Adern an seinen Schläfen schien sich beruhigt zu haben, als er sich zum Gehen wandte. Den Ring würdigte er keines Blickes.

„Sorgt Euch nicht, ich wage nicht daran zu zweifeln, dass Ihr die leibhaftige Inkarnation des Luzifers seid."

Doch da war die Tür bereits erneut verschlossen und alles, was sie noch vernahm, waren das schabende Geräusch des vorgeschobenen Riegels und das rasende Beben ihres Herzens.

Die Nacht war über die Stadt hereingebrochen und der Regen hatte auch die letzten Beobachter von den Straßen gefegt, die noch eifrig in Streitigkeiten über die Ereignisse des Tages vertieft waren. Die Kunde von der bevorstehenden Verurteilung einer Adeligen lauerte überall. In den dunkelsten Gassen und kleinsten Winkeln tuschelten finstere Schatten. Man sprach davon, wie die Hexe versucht habe, ihren Zauber auch auf die Menge zu wirken, und schon bald konnte man nicht mehr mit Bestimmtheit sagen, was sich denn wirklich zu jener Stunde auf dem Marktplatz zugetragen hatte.

Das Grollen des Donners hatte sich gelegt, doch der Regen peitschte die Stadt umso heftiger. Die beiden Gestalten, die raschen Schrittes durch die Gassen eilten, die Mäntel schon durchtränkt und die Schuhe besudelt vom Schlamm der Straßen, störten sich jedoch nicht an dieser Gewalt der Natur.

„Das alles wäre nicht geschehen, wäret Ihr nicht rechtzeitig in Chester eingetroffen." Richard Grosvenor zog die Krempe seines breiten Hutes tiefer in die Stirn, während die Regentropfen von seinem Gesicht abperlten. In seiner Stimme schwang jedoch kein Vorwurf mit, kaum eine Gefühlsregung, sodass Sherrington sich zunächst fragte, ob er überhaupt zu ihm gesprochen hatte. Auch der Sohn des Baronets vermochte sich nicht von aller Schuld reinzusprechen, es war nur zu offensichtlich, dass etwas auch seine Seele belastete, was er sich einzugestehen versagte.

„Ich legte mein Vertrauen in die Worte Eurer Schwester, obgleich mir dies nicht leichtgefallen ist, Sir."

Oh, bei Gott, und wie schwer es Sherrington gefallen war! Mary auf der Tribüne zu sehen, mit einem seltsam verzerrten Lächeln, das nicht das ihre war. Doch er hatte in ihren Augen die Hoffnung erblickt, die sie in ihn setzte, als der Oberste Richter Mahorney nach der Herkunft des seidenen Tuches fragte. Ihr Dank, ihre Erleichterung fand sich in den kleinen Blicken, die sie ihm schenkte, ebenso wie die Sorge um Fyona, für die sie bereit war, alles zu geben, was sie besaß. Er hatte es nicht glauben wollen, als er sie dort erblickte – wie konnte es sein, dass er sie nach all den Jahren ausgerechnet hier wiederfand?

„Sie ist noch ein Kind. Wie konnte sie ahnen, welchen Sturm ihre unbedachten Worte hervorbringen würden?", fuhr Grosvenor in seinen Gedanken fort. „Ihr jedoch, Sherrington, Euch hätte bewusst sein müssen, welcher Gefahr Ihr sie aussetzen würdet, indem Ihr dieses Hirngespinst mit Lügen untermauert habt." In seiner Stimme bebte ein dunkler Groll.

„Bezichtigt Ihr mich etwa der Heuchelei, Sir?"

Ein scharfer Wind schlug Sherrington ins Gesicht, als sie in eine dunkle Seitengasse bogen. Ihre Stiefel schmatzten im Schlamm und der Regen prasselte unbarmherzig auf sie nieder.

„Wie sonst hättet Ihr unter Eid gegen die Unschuld meiner Schwester auszusagen vermocht?"

„Meine Worte entsprachen der Wahrheit", erwiderte er ruhig, „selbst, wenn sie gegen diese verwendet worden sind: Jenes Tuch war ein Geschenk, welches ich Eurer Schwester aus Frankreich zukommen ließ, und ebenso zog mich ihr Wesen seit dem Ball im Hause der Leys in seinen Bann, dass ich ihr wohl jeden Wunsch von den Lippen abgelesen hätte."

„Um sie ihrem eigenen Wunsche folgend dem Strang auszuliefern, außerordentlich, Mr. Sherrington, jetzt sehe ich in Euch den Mann von Ehre." Grosvenor lachte gequält, jedoch hatte Sherrington das Gefühl, dass der Baronetssohn seine Gedanken zu zerstreuen suchte. Bei ihrem ersten Treffen in Eaton Hall war er kalt und distanziert gewesen, nun aber brodelten Emotionen in ihm, mit denen er nicht fertigzuwerden schien. „Gesegnet sei der, der dem Nächsten seinem Willen entsprechend das Schwert in die Brust stößt, anstatt ihn auch ohne seine Zustimmung zu erretten."

„Oh, glaubt mir, besäße ich die Gunst Eurer Schwester, ich wäre schon lange zuvor mit ihr entflohen", entgegnete Sherrington und für einen Augenblick spürte er einen dumpfen Stich im Herzen, der ihm nur allzu vertraut war. „Aber hier geht es nicht um unsere Absichten, Sir, sondern um die Eurer Schwester und glaubt mir, ihr Herz ist weise genug zu wissen, welchen Weg es einzuschlagen gedenkt. Solltet Ihr in Eurer brüderlichen Liebe nicht erwägen, wie Eure Schwester dem Leben zu begegnen gedenkt und nicht, wie Ihr es für sie vorgesehen habt?"

Der Regen schien stärker zu werden, als die Gasse sich verjüngte und Sherrington hinter dem jungen Adelsmann zurückfiel. Die Stille zwischen ihnen wurde nur vom Regen erfüllt, als sie einen verlassenen Platz erreichten, grau und trist im Mantel der Nacht. Grosvenor hielt für einen Moment inne, und mit einem Mal wirkte er verloren in dieser Stadt, auf diesem Platz, zu dieser Stunde.

„Wisst Ihr, was sie zu mir sprach? Was der größte Begehr ihres Herzens war?" Er wandte sich Sherrington zu und da lag Unverständnis in seiner Stimme, als hoffte er, Sherrington vermochte die Worte seiner Schwester zu deuten. „Sie bat mich, auf jenes Mädchen achtzugeben, das ihre und Eure Torheit vor dem sicheren Tod bewahrte. Ja, sie beschwor mich regelrecht, Fynn an einem sicheren Ort vor dem Earl zu verstecken, aus Furcht, dass er Rache an ihr üben könne. Welch kindliche Unvernunft spricht aus diesen Worten, Sherrington?" Er schüttelte den Kopf, sodass einige Regentropfen von seinem Hut perlten. „Als würde ein angesehener Mann wie Lord Henry seine kostbare Zeit darauf verschwenden, ein mittelloses Mädchen zur Rechenschaft zu ziehen."

„Dem er zur Last legt, Lady Mary verhext zu haben", wandte Sherrington behutsam ein.

„Alles Humbug, Sherrington!", ereiferte Richard sich, doch Sherrington wagte, ihm zu widersprechen.

„Ihr habt ihn gesehen, vor dem Tribunal, jenen Zorn, der in ihm schäumte."

„Welches Licht wirft es auf ihn, wenn die Verlobte seines Sohnes im Pakt mit dem Satan stehen sollte?"

Weshalb wollte Marys Bruder nicht sehen, was sich vor seinen Augen abgespielt hatte? Sherrington betrachtete ihn, das markante Kinn, die wachen Augen, das dunkle Haar.

„Sir, ich wage Euch nur eine Frage zu stellen und ich erbitte mir Eure aufrichtige Antwort."

„So sprecht."

„Glaubt Ihr an die Schuldigkeit jenes Mädchens?"

Er konnte beobachten, wie Richard Grosvenors Züge mit einem Mal angespannt waren. Seine Kiefer mahlten aufeinander. Er war den ganzen Abend bereits in keiner gütigen Verfassung gewesen, seit er Sherrington und Fyona im Salon des

Stadthauses überrascht hatte. Sherrington konnte nicht mit Sicherheit sagen, was zwischen den beiden vorgefallen war, aber es herrschte eine Spannung zwischen ihnen, die die Luft zum Beben gebracht hatte. Der Baronetssohn hatte sie sogleich aus Chester fortschaffen wollen, als könnte er es nicht ertragen, sie in Marys Nähe zu wissen, doch sie hatte mit gar noch schärferer Zunge als sonst gesprochen. Sie würde bleiben und Mary nicht im Stich lassen. Sie hatte sich mit der Absicht getragen, die beiden Männer auf ihrem Weg zu begleiten, auch wenn Sherrington die Ansicht vertrat, dass es ein vergebenes Unterfangen war. Es hatte ihn alle Kraft gekostet, Fyona zum Bleiben zu bewegen, vor allem, nachdem er die Verletzung ihrer rechten Schulter begutachtet hatte. Er hatte keine Ahnung, was genau hier gespielt wurde, sicher war aber, dass Henry Ley vor keinem Mittel zurückschrecken würde, um sein Ziel zu erreichen.

„Nein, ich glaube nicht an ihre Schuld“, sprach er, als sie eine größere Straße erreichten. „Wohl nicht an die, welcher sie für schuldig befunden werden sollte.“

Sie folgten dem menschlichen Stimmengewirr, das sich in das stete Prasseln des Regens mischte, die Mäntel bereits gänzlich durchnässt.

„So denn?“, hakte Sherrington nach, dem Grosvenors Zögern nur allzu deutlich bewusst geworden war.

„Ich versicherte Mary, Fynn aus der Stadt zu bringen und sie selbst zurück nach Eaton Hall.“ Der Baronetssohn lächelte bitter, als wäre er sich nicht gewiss, Fyona betreffend die richtige Entscheidung gefällt zu haben. „Sie sprach gar, dass ich in Euch einen Verbündeten fände.“ Der Blick, den Grosvenor ihm schenkte, zeugte jedoch keinesfalls von Vertrauen.

„Ihr misstraut den Worten Eurer Schwester?“

„Nicht ihren Worten, aber ihrem Urteilsvermögen.“ Grosvenor lachte leicht. Für ihn war Mary wohl immer das kleine rothaarige Mädchen geblieben, die jüngere Schwester. Er hatte nicht bemerkt, dass sie zu einer starken Frau herangewachsen war.

„Stattdessen schließt Ihr Euch lieber dem Urteilsvermögen Mahorneys an?“

Das Stimmengewirr wurde lauter und Sherrington konnte bereits das warme Licht ausmachen, das von einem der Schankhäuser auf die Straße flutete.

„Da er über diese Verhandlung Gericht sitzt, bleibt mir keine andere Möglichkeit, als mich dem seinigen anzuschließen." Grosvenors Stimme ließ keinen Schluss auf seine Gefühle zu. Sherrington schüttelte ungläubig den Kopf.

„Ihr könntet Euer dringliches *Gespräch* auch mit dem Kerkermeister führen. Mir ist unwohl bei dem Gedanken, dass sie Lady Mary dort festhalten." Sherrington zögerte kurz. „Ley hätte bezeugen können, dass sie nicht fliehen würde, hätte man sie unter Arrest gestellt. Die Sache gefällt mir nicht. Er führt gewiss etwas im Schilde." Selbst Fyona war sich nur allzu gut der Tatsache bewusst, dass Lord Henry viele Fäden in seinen Fingern zusammenführte, und selbst Grosvenor hatte sich ihm gegenüber verhalten gegeben, doch etwas schien ihn noch immer zurückzuhalten.

„Was gedenkt Ihr damit auszurichten?", schnaubte der junge Adelige jetzt, als sie das Schankhaus erreichten. „Mary wäre frei, aber zu welchem Preis? Eine Flucht käme einem Schuldgeständnis gleich; sie wäre gezwungen, sich versteckt zu halten, auf der Straße zu leben. Sie ist zu Größerem geboren als das, Sherrington." Er warf ihm einen harten Blick zu, als wollte er vermeiden, dass Sherrington die Angelegenheit erneut aufgriff. Er sorgte sich.

„Ihr wisst, dass sie mit mir kommen könnte." Sherrington war versucht, seinen Arm zu ergreifen, um ihm Trost zu spenden, doch er wusste, dass ein Mann wie Grosvenor solchen Gesten nichts abgewinnen konnte. Der Lärm des Wirtshauses übertönte nun das Prasseln des Regens, das Licht aus den Fenstern schien wie das Licht aus einer anderen Welt.

Grosvenor verharrte einen kurzen Moment, bevor er eintrat, lange genug, um Sherringtons Angebot auf die gröbste Weise auszuschlagen, die ihm in den Sinn kommen wollte.

„Um keinen Preis in der Welt, Sherrington. Sie hat ein ihrem Stand angemessenes Leben verdient, nicht das Eure." Der Adelige wandte sich nicht einmal um, um das Ausmaß seiner Worte zu betrachten, als er die Schenke betrat. Wie ein Schatten folgte Sherrington ihm in das Wirtshaus, das vom Gesindel nur so wimmelte. Alle Tische schienen besetzt, ein scharfer Geruch angebratener Zwiebeln lag in der Luft und mischte sich mit den Ausdünstungen der ausgelassenen Gäste. Sherrington verschlug es für einen Augenblick den Atem; es war, als könnte man die Luft in Scheiben schneiden. Grosvenor jedoch schien entdeckt zu haben, wonach er Ausschau gehalten hatte, und schob sich durch das Gedränge, Sherrington dicht hinter ihm im Zetern und Schreien der Zechenden. Sie erreichten einen freien Tisch in einer Nische. Ohne seinen Mantel abzulegen, ließ Grosvenor sich auf einen der Stühle sinken, die Züge hart und angespannt. Seine Finger trommelten auf den Tisch, als auch Sherrington einen Stuhl zu sich herüberzog.

„Wirtsjunge!", rief der Baronetssohn barsch, als ein junger Bursche an ihnen vorbeihastete, „ein Ale."

Er warf Sherrington einen kurzen Blick zu, doch bevor dieser auch nur den Kopf zu schütteln vermochte, war der schlaksige Knabe wieder von dannen geeilt, sichtlich eingeschüchtert von der groben Art des Adeligen.

Sherrington ließ den Blick über die lärmende Gesellschaft schweifen, all diese sorgenfreien Kreaturen, die das Ende des Tages feierten, ohne einen Gedanken an die Zukunft zu verschwenden. Hatte Grosvenor nicht die Wahrheit gesprochen, als er die Ankunft Sherringtons zur rechten Zeit verfluchte? Was wäre geschehen, hätte er nicht vor dem Tribunal die Echtheit seines Geschenkes bezeugt?

Der Strudel seiner Gedanken wollte nicht abreißen, Gedanken, die nichts am Geschehenen zu ändern vermochten. Mary war eine starke Frau. Sie war so sehr gewachsen, seit er ihr zum letzten Mal gegenübergestanden hatte. Sie hätte sich nicht so leicht geschlagen gegeben, das war Gewissheit. Dennoch war es für Grosvenor wohl um vieles angenehmer, die Schuld bei Sherrington zu suchen.

Eine Gestalt im Mantel hielt auf ihren Tisch zu. Grosvenor setzte sich auf, die Augen hart und die Lippen zusammengepresst. Zwei stahlgraue Augen musterten die beiden Herren, verharrten zu lange auf Sherrington und eine dunkle Augenbraue zog sich in die Höhe, als suchte sie ihn zu fragen, weshalb er, der noch vor wenigen Stunden gegen Mary Grosvenor ausgesagt hatte, sich nun zu diesem Treffen einfand.

„Ihr wisst, dass sich die Nachricht bereits wie ein Lauffeuer verbreitet hat? Die ganze Stadt spricht bereits von den Taten Eurer Schwester." Die Stimme des Richters klang kehlig und rau. Er wandte sich ein weiteres Mal um, als wollte er sichergehen, dass ihm niemand gefolgt war. Dann erst ließ er sich nieder und der stechende Blick seiner grauen Augen schien nun Grosvenor zu durchbohren.

„Ebenso wisst Ihr, dass sie noch ein Kind ist. Sie sprach nicht ganz bei Trost …", ereiferte dieser sich, doch Mahorney schnitt ihm mit einer Handbewegung das Wort ab.

„Ihr müsst Euch vor mir nicht rechtfertigen, Sir. Doch ich fürchte, in dieser Sache sind mir die Hände gebunden. Die Menschen sind aufgebracht." Der Richter hielt kurz inne und der Lärm des Wirtshauses schien mit einem Mal lauter geworden zu sein, als wollte er ihm recht geben. Sherrington glaubte, einzelne Wortfetzen aufschnappen zu können, die tatsächlich von dem Prozess über die angebliche adlige Hexe sprachen. Mit einem Mal hatten die Menschen eine Schuldige für ihre beklagenswerte Lage gefunden.

„Die Ernten fielen mager aus die letzten Jahre; sie rebellieren gegen die Steuern, ja, sogar gegen die Kirche protestieren sie", setzte Mahorney wieder an, als wollte er Sherringtons Gedanken aufgreifen. „Eure Schwester ist die Schuldige, die sie so lange gesucht haben: eine Adelige, die im Pakt mit dem Leibhaftigen steht – das ist endlich jemand, an dem sie all ihre Wut und ihren Zorn auslassen können."

Er hielt inne, als der schlaksige Junge an ihren Tisch trat, um Grosvenors Ale zu bringen. Den Kopf leicht gesenkt, als erwartete er, eine Rüge für ein nichtiges Vergehen zu erhalten, wandte er sich Mahorney zu und fragte mit einer noch jungenhaften Stimme: „Ale? Heut gibt's och Hasenkessl, der Herr?"

„Ein Met", erwiderte der Richter, während er den Jungen argwöhnisch musterte. Dieser trollte sich, so schnell er nur konnte, und kaum, dass er vom Tisch getreten war, wandte Grosvenor sich eindringlich an Mahorney: „Ihr wisst genauso gut wie ich, dass dieses Bündnis mit dem Teufel allein mit der Nadelprobe nicht nachgewiesen werden kann."

„Sie wird befragt werden", erwiderte Mahorney kalt.

„Ist das denn wirklich unumgänglich?"

„Unabdingbar. Noch dazu, wo sie geständig ist." Er räusperte sich. „Ihr müsst verstehen, dass ich ihr nicht helfen kann, sollte sie ihr Geständnis nicht widerrufen."

„Ihr habt mit ihr gesprochen?" Grosvenor und Mahorney schienen die Anwesenheit Sherringtons bereits vergessen zu haben. Mahorneys Augen lagen tief in den Höhlen und sein spitzes Kinn war leicht vorgereckt, als er Sherrington mit einem abfälligem Blick bedachte, der nur allzu deutlich aussprach, was er nicht in Worte fassen würde: dass es dem Esquire nicht zustand, hier zu sprechen, wo er selbst doch Beweise für die Schuldigkeit Marys geliefert hatte.

„Sie wird nicht widerrufen, wenn das dem Mädchen Schaden zufügen könnte", brach Richard das Schweigen und seine Stimme klang müde, als hätte er diesen Satz bereits unzählige Male gegenüber Sherrington gesprochen.

„An das Mädchen denkt niemand mehr." Mahorney winkte ab. Noch bevor er weitersprechen konnte, stellte der Wirtsjunge einen Krug Met vor ihm ab und war wenige Augenblicke später wieder verschwunden, als eine Stimme nach ihm schrie. Mahorney genehmigte sich einen Schluck. „Obgleich Ihr versuchen könntet, selbst eine Aussage zu tätigen, in der Ihr bestätigt, dass Ihr Eure Schwester seit dem Auftauchen jenes Mädchens oder Knaben – als wer auch immer sie sich ausgegeben haben mag – nicht mehr sie selbst war. Ihr könntet Eure Schwester als besessen darstellen."

„Unmöglich", fuhr Sherrington ihm ins Wort. Mahorneys kalte Augen suchten die des Esquires. Seine schmalen Lippen waren aufeinandergepresst und die langen, feingliedrigen Finger umschlossen den Krug wohl etwas zu fest.

„Sherrington, ich denke nicht, dass Ihr die Befugnis besitzt, über das Leben meiner Schwester zu urteilen", zischte Grosvenor scharf und sein Blick schien sich in Sherrington hineinzubohren, als teilte auch er Mahorneys Meinung, dass es ihm nicht zustünde, dieser Unterhaltung beizuwohnen.

„Aber mit dieser Darstellung würdet Ihr einen Verrat an Eurer Schwester begehen", erwiderte er in einem ebenso bedrohlichen Tonfall und für einen Moment herrschte eine Stille zwischen ihnen, die die Luft zum Gefrieren bringen wollte.

Grosvenor lehnte sich zurück, sichtlich erschöpft und vom Lauf der Dinge unbefriedigt.

„Was könnt Ihr erreichen?", fragte er ermattet.

„Das mildeste Urteil, das die Umstände zulassen werden", entgegnete Mahorney schlicht, den Blick auf den Krug zwischen seinen Händen gerichtet, als Grosvenor einen Lederbeutel über den Tisch schob. Sherrington hatte ihn kaum wahrgenommen, da war der Beutel bereits verschwunden, ohne dass Grosvenor oder Mahorney auch nur ein Wort darüber verloren hätten. Doch das Klirren und Klimpern, das verräterisch erklungen war, vermochte alles zu erklären.

„Ich habe Euer Wort?"

„Gewiss, Sir." Mahorney nahm einen letzten Schluck von seinem Met, bevor er sich erhob. Sherrington saß wie versteinert. Hatte sich dies wirklich soeben ereignet?

„Guten Abend, die Herren", und wieder verweilte Mahorneys Blick einige Sekunden zu lange auf Sherrington, der nun ein weiteres Mal zu einem unliebsamen Zeugen geworden war.

„Und ganz gleich, welches Urteil Ihr zu fällen gezwungen seid", fügte Grosvenor hinzu, als Mahorney sich schon abwenden wollte, „sie soll zurück nach Eaton Hall. Hier in Chester sind die Massen zu aufgebracht, wie Ihr bereits sagtet. Unser Einfluss reicht nicht so weit."

Ihre Blicke kreuzten sich für einen Augenblick in stiller Übereinkunft.

„Ich gebe mein Möglichstes."

Damit verschmolz er mit der Menge und Sherrington konnte noch immer nicht sagen, ob es Erleichterung war, die sich in seiner Seele einzunisten suchte, oder Furcht vor dem Ende, auf das diese Angelegenheit zuzusteuern drohte.

„Kenneth! Kenneth!“ Jemand rüttelte ihn und wie von fern schienen die Worte immer lauter und drängender zu werden, bis sie ihn gänzlich aus der Welt des Schlafes rissen. „Kenneth, es ist die Lady!“

Schlaftrunken öffnete Kenneth die Augen und erblickte Jacob, das Haar noch zerzauster als sonst und die Augen vor Schreck geweitet, als drohte die Pest über sie hereinzubrechen. Die Hände, die ihn eben noch so kräftig gerüttelt hatten, zitterten. Nicht nur die Hände, der Junge zitterte am ganzen Körper.

Kenneth setzte sich auf, den Verstand vom Schlaf benebelt, als ihm bewusst wurde, dass der Bursche vom Anwesen bis zu seiner Hütte in Morris Oak gehastet sein musste, denn sein Atem ging schwer, eine dunkle Röte überzog sein Gesicht und seine Brust bebte.

„Ruhig Blut, Jungsporn, die Sonne is' ja kaum aufgegang'n.“

Er fuhr sich übers Gesicht, um den Schlaf zu vertreiben, doch Jacob stammelte unablässig vor sich hin, sodass Kenneth fast hätte glauben mögen, dass er gar nicht zu ihm spräche, sondern zu sich selbst.

„Aber Kenneth, ich hab ihn gesehen, er kam eben mit einem dringlichen Brief für den Baronet und alle sprechen bereits darüber und Cathy kann bezeugen, dass die Lady nicht da ist, sie sind sich sicher, dass sie es sein muss …“

„Jacob, halt ein!“, fuhr er in dessen wirres Gestammel. „Verschreckst ja sogar die morgendliche Steifheit meiner Glieder. Wen hast gesehen?“

„Den Reiter!“, ereiferte sich der Junge. „Er kam die Allee entlanggeprescht und ist vom Pferd gesprungen, um den Baronet zu sprechen.“

Beinahe musste Kenneth lächeln. Es gab nur einen Grund, weshalb Jacob zu solch früher Stunde über den Hof schlich.

„Hast dich wieder mit Cathy getroffen, eh?“

„Cathy hat erzählt, dass die Lady nich' auffindbar ist!“ Das Lächeln auf Kenneths Lippen verblasste, denn aus Jacobs

Worten sprach eine Furcht, die ihm nichts Gutes verheißen wollte. „Niemand kann sagen, wo sie ist, aber alle sprechen davon, dass in Chester eine Adelige der Hexerei für schuldig befunden werden soll."

Cathy hatte von der Entdeckung einer vermeintlichen Hexe erfahren, da die Gerüchte in der Küche noch stärker brodelten als der Lammeintopf. Wie oft schon hatte Kenneth sich selbst verflucht, dass er Fynn nicht zu einer rascheren Flucht gedrängt hatte. Die Schuldigkeit nagte an ihm und ganz gleich, was er tat, sie ließ ihn nicht ruhen. Doch wenn es stimmte, was Jacob vermutete, dann hatte er geholfen, jemanden dem Tod auszuliefern, in dessen Leben ihm eine ganz andere Rolle hätte zugedacht sein sollen.

„Neuigkeiten von Fynn?"

Jacob schüttelte betreten den Kopf.

„Vielleicht ist's ein anderer Urteilsspruch …"

„Wie könnt's das sein, wenn in solch Früh ein Reiter mit dringlichem Brief zum Baronet gesandt wird?"

„Man hätt' doch bemerkt, wär sie ausgeritten und nich' zurückgekehrt", erwiderte Kenneth auf Jacobs Worte hin. Mit einem Mal jedoch wurde der Junge ruhiger und wandte den Blick ab, beinahe schuldbewusst. Ein ungutes Gefühl stieg in Kenneth auf, als Jacob leise zu sprechen begann, so leise, dass er die Worte kaum vernehmen konnte.

„Ich sattelte ihr ein Pferd", sagte er und biss sich auf die Lippen. Seine Stimme zitterte mit einem Mal so sehr, dass man glauben mochte, er würde gleich in Tränen ausbrechen. „Nich' das ihre, auf Geheiß ihres Bruders hin, aber woher sollte ich wissen …?" Er brach ab, den Blick zu Boden gerichtet, als schämte er sich seiner Handlung vor Kenneth. Vor Kenneth, der selbst so viele Geheimnisse bewahrt hatte, dass dies nun wohl die Strafe für all die Sünden war, die er in seinem Leben begangen hatte.

„Mary …" Er konnte nicht verhindern, dass auch ihm Tränen in die Augen stiegen, Tränen, die auch nach so vielen Jahren unvergossen blieben mussten. „Die Willenskraft hat sie von ihrer Mutter."

Jacob stockte, unsicher, was er mit Kenneths Worten anfangen sollte.

„Die Lady soll hingerichtet werden, sagen sie."

Die Stille war vollkommen. Wenn Jacob die Worte doch nur zurücknehmen, ungesprochen machen könnte! Doch das gesprochene Wort war schärfer als jedes Schwert. Das wusste Kenneth selbst nur zu gut, denn auch er hatte die mit Worten verletzt, welche er doch am meisten liebte.

Es war an der Zeit, seinen Schwur zu brechen. Er war bereits einmal in seinem Leben zu stur gewesen und wenn das der Preis war, den er zu zahlen hatte, so musste er nun zumindest seinen Stolz überwinden und endlich wieder mit der Tochter sprechen, die ihm geblieben war.

Mit Camillia.

35 le chagrin du pardon

„My Lady?"

Sherrington stand vor der vergitterten Tür zum Verlies und blickte ins Dunkel. Seine Augen hatten sich noch nicht an das Zwielicht gewöhnt, zu hastig war er die Treppen hinuntergestürmt, um keine Sekunde seiner Zeit mit Mary zu vergeuden.

Er vernahm das Rascheln eines Gewandes, das über den Boden schleifte. Seine Augen vermochten, Konturen ausfindig zu machen, die zierliche Gestalt, die sich zunächst misstrauisch auf ihn zubewegte, ehe sie ihn an seiner Stimme erkannte.

„My Lady, mir bleibt nicht viel Zeit."

Ihm stockte der Atem, sie so zu sehen; das Gewand zerfetzt und die langen, sonst so leuchtenden Haare fielen schlaff und in Strähnen über ihre Schultern.

„Was hat man Euch angetan?", flüsterte er, als sie ihm so nahe war, dass er sie hätte berühren können. Doch anstelle einer Antwort huschte nur ein Lächeln über ihre Lippen. Er wusste auch so, was mit den Frauen hier unten geschah, er musste nicht fragen. Doch er hätte nicht geglaubt, dass es ihr ebenfalls so ergehen würde.

„Manchmal bin ich versucht zu glauben, dass Ihr es seid, der mit dem Teufel im Bunde steht."

Marys Stimme war rau und traurig, doch es schwang ein neckischer Unterton mit, als tadelte sie ihn für seinen Besuch. Dass sie seine Frage nicht weiter beachtete, war ihm Antwort genug.

„Es bedarf nicht des Höllenfürsten, um in unserer heutigen Zeit Wunder zu vollbringen, sondern nur einer gewissen Überzeugungskraft, die den Geldbeutel anderer zu füllen vermag", versuchte er scherzhaft auf ihre Worte einzugehen, doch ihr Anblick vertrieb jeglichen Schalk aus seiner Stimme. Wie hatte Grosvenor es nur über sich gebracht, sie hier unten zu belassen, ohne die geringste Anstrengung zu unternehmen, sie freizukaufen?

„Mr. Sherrington, Ihr seid unverbesserlich." Mary lachte. Sherrington zwang sich ebenfalls zu einem Lächeln, doch er fühlte, wie er innerlich vor Zorn bebte. Würde er Lord Henry jetzt begegnen, würde er sich nicht im Zaum halten können. Wenn er doch nur genügend Geld und Einfluss besäße!

Doch er hatte nicht viel Zeit.

„Bevor Ihr zu sprechen gedenkt", fuhr Mary in seine Gedanken, als ahnte sie, worüber er mit ihr zu reden gekommen war, „bitte ich Euch nur, mir ein Versprechen zu geben."

„Was immer Ihr wünscht."

„Wisst Ihr, es ist so leicht, die Menschen an der Nase herumzuführen, von rauschenden Tänzen und wilden Festen zu berichten, auf denen Luzifer höchstpersönlich zugegen war. Sie nehmen es für bare Münze." Sie hielt kurz inne, als suchte sie in seinen Augen ein Zeichen. „Ich fürchte nicht den Schmerz. Ich fürchtete ihn in jenem Moment, als sie mich von der Tribüne zerrten, mich fortsperrten …" Ihre Stimme stockte. „Als sie mich zur Befragung holten und mit ihrem feisten, zufriedenen Grinsen mehr meinen Körper als meine Worte maßen. Doch das ist nichts, was es zu fürchten lohnt. Ihr braucht nicht um mich zu bangen, Lord Henry wäre nicht an einem harten Urteil interessiert und selbst, wenn es so sein sollte, so wisset, dass ich diesen Weg gewählt habe und ihn nicht bereue. Ich bitte Euch nur", und plötzlich wurde ihre Stimme bestimmt und eindringlich, „ich bitte Euch nur, gebt Acht auf Fynn."

Sherrington stockte der Atem bei ihren Worten. Was mochte Fyona nur für eine Zauberin sein, dass sie ein solches Herz für sich zu gewinnen vermochte?

„My Lady, im Augenblick seid Ihr es, deren Leben …"

Doch Mary fuhr ihm ins Wort.

„Mein Schicksal mag im Himmel bereits entschieden sein und ganz gleich, welchen Ausweg es finden wird, ich bitte Euch inständig, ihn als gegeben anzunehmen und mir nur diesen einen Wunsch zu erfüllen."

Sie sah ihn mit ihren eisblauen Augen an, als wäre er es, der sich vor dem Tribunal – vor ihr – zu verantworten hätte.

„Sprecht nicht so, Mary", erwiderte er gequält und in diesem Moment hätte er die Welt dafür gegeben, sie in Freiheit zu wissen.

„So muss ich sprechen. Das ist ein Leben, welches ich nicht mehr führen möchte, und lieber schenke ich es Fynn, als dass ich es in Gefangenschaft verbringe." Sie strich eine ihrer roten Locken aus ihrer Stirn und trotz des zerschlissenen Gewandes wohnte ihr noch die Eleganz einer Adeligen inne. Eine Eleganz, die sich mit einer Bestimmtheit verbunden hatte, deren starker Geist sich keiner Ungerechtigkeit beugen würde. „Darum achtet auf sie. Versprecht es mir!"

Sherrington seufzte leise. Sie würde nicht fliehen. Für kein Gold der Welt. Nicht, solange sie sich nicht sicher war, dass Fyona dieser Stadt entkommen war.

„Würde ich dem Kirchengeschwätz Glauben schenken, so hättet Ihr Euch in meinen Augen wohl wahrlich dem Teufel in Frauengestalt verschrieben."

Mary schüttelte den Kopf und er glaubte, ein leises Kichern zu vernehmen.

„Wie ich höre, habt Ihr bereits mit Richard gesprochen." Der leise Unterton zeugte nicht gerade von Bewunderung, noch weniger von Vertrauen. „Doch ganz gleich, wie mein Bruder von ihr sprechen mag, sorgt dafür, dass sie diesen Ort des Grauens sicher verlassen kann. Zwar äußerte ich auch ihm gegenüber diesen Wunsch, doch er wird zu sehr von seinen eigenen Ambitionen geleitet, als dass ihm das Schicksal einer mittellosen Frau am Herzen liegen könnte – und sei es seine eigene Schwester, die diese Bitte vorbringt."

Sie klang verbittert.

„Ihr urteilt zu hart, My Lady."

„Ihr kennt meinen Bruder nicht. Er würde niemals mein Urteil über das seine stellen."

Sherrington musste lächeln über diese beiden Geschwister, die einander so viel bedeuteten und sich dennoch die größte Mühe gaben, es vor dem anderen zu verbergen.

„Eurem Bruder liegt nur Euer Wohlergehen am Herzen, Mary", sagte er sanft. „Er wünscht sich nur das Beste für Euch."

„Das Beste muss nicht immer das Richtige sein, Anthony", erwiderte sie leise. Sie wollte etwas hinzufügen, doch da vernahm auch sie die sich nähernden Schritte. Es war Zeit. Und so viele Worte waren ungesprochen geblieben.

„Ich vertraue Euch", flüsterte sie eindringlich. „Schafft Fynn aus dieser Hölle fort und sorgt Euch nicht um mich."

Seine Erwiderung blieb ihm in der Kehle stecken, als der stämmige Wärter seinen Arm ergriff und ihm mit einem Kopfnicken bedeutete, dass die Unterredung beendet sei. Sherrington schluckte schwer, als der Wärter ihn bestimmten Schrittes fortgeleitete.

Mary hatte ihn noch nie bei seinem Vornamen genannt.

Er war nie in diesem Haus gewesen. All die Jahre war es ihm unwirklich erschienen, fantastisch fast, als handelte es sich nur um eine Erscheinung des Morgennebels, der sich verflüchtigen würde, wenn er die Hand danach ausstreckte. Er hatte stets in der Nähe gearbeitet, auf den Feldern, in den Stallungen, bei den Jagden, aber er hatte sich nie zu nahe an das Anwesen herangewagt. Es hatte ihn beruhigt, sie aus der Ferne zu beobachten.

Zunächst hatte er sie gesehen, wie sie in den Gärten umhertollten, seine Tochter und Enkelin. Immer nur eines der beiden Mädchen und lange Zeit hatte er sich gefragt, was wohl aus der kleinen Grace geworden war, deren Namen den Bediensteten der Grosvenors unbekannt geblieben war. Eine tiefe Traurigkeit hatte sein Herz in diesen Tagen ergriffen, weil er nie erfahren würde, was der Kleinen zugestoßen, woran sie verstorben war oder wo sich das kleine Grab befand. Er hatte Camillia gedroht, dass er sie nicht mehr als Tochter anerkennen und nie wieder ein Wort mit ihr wechseln würde, sollte sie sich entscheiden, mit Grosvenor zu gehen. Er war zu stolz, seinen Fehler zu bekennen und sich ihr zu nähern, selbst als der Kummer ihm das Herz zerfraß und die Ungewissheit an seiner Seele nagte.

Dennoch war Kenneth in die Dienste des Baronets getreten, um ihr nahe sein zu können, um zu sehen, wie seine Enkelin aufwachsen würde, wohl behütet im Schoße einer reichen Gesellschaft, die ihr all die Wünsche zu erfüllen vermochte, von denen Kenneth nicht einmal zu träumen gewagt hatte.

Hatte er in seinem Stolz und seiner Eifersucht, seiner Trauer über den Verlust Isabelles übersehen, dass Camillia wahrlich nur zum Wohl der Kinder entschieden hatte?

Er hatte Mary gesehen, wie sie über den Hof geschritten war, galant, wie es kein Mädchen aus einem Weiler je hätte vollbringen können. Sie war zu einer bezaubernden jungen Dame herangewachsen, selbst wenn er anfangs geglaubt hatte, dass dieses Leben sie verderben würde. Wie hätte er ihr ein solch sorgenfreies Leben in Morris Oak ermöglichen können?

Und nun stand er vor den Stufen zu diesem gewaltigen Gebäude voller Träume, Illusionen und verlorener Hoffnungen. Was musste Camillia empfinden, wenn die Gerüchte der Wahrheit entsprachen? Er war es gewesen, der alle Schuld auf seine Tochter geladen hatte, und nie würde es ihr deutlicher bewusst sein als in diesen Stunden des Bangens.

Behände schritt er die Stufen empor.

Jacob hatte versucht, ihm zu beschreiben, wie er zu Camillias Gemächern gelangen konnte. Ein leichtes Lächeln huschte über seine Lippen, wenn er an den quirligen Burschen dachte, der seine Auskünfte von der beherzten Küchenmagd bezog, an die er sein Herz zwar verloren hatte, dies aber niemals zugeben würde.

Ohne die beiden stände er jetzt nicht hier.

Einem Dieb gleich schlich er in die Empfangshalle. Dies war nicht seine Welt. Das war die Welt der Reichen und Besitzenden, in der er nicht einmal seine Tochter zu suchen hatte.

Geschäftig eilten einige Bedienstete an ihm vorbei, ohne von ihm Notiz zu nehmen, und doch war ihm, als schienen sie ihm zurufen zu wollen, dass er sich wieder hinausscheren sollte auf seine Felder.

Rasch eilte er auf die Treppe zu, die ihn zum Westflügel führen sollte, und mit jedem Schritt, den er tat, fühlte er sich unwohler. Wie hatte Camillia es fertiggebracht, an einem solchen Ort zu leben, von dem es schien, dass er die Sonne auf ewig auszusperren gedachte?

Einige Mägde warfen ihm erstaunte Blicke zu, sodass sein Herzschlag sich beschleunigte. Doch der Moment verflog, sein Atem beruhigte sich und langsam schritt er einen Korridor entlang, von dem er hoffte, dass er ihn zum Ziel führen werde.

Es war in diesem Korridor, dass er sie erblickte.

Zunächst hatte er geglaubt, es handelte sich um eine weitere Magd, die hastig auf ihn zugeschritten kam, doch als sie sich ihm näherte, wollte ihm das Herz stehen bleiben. Sie war zu edel gekleidet für eine einfache Magd und doch fielen die blonden Haare noch immer in leichten Wellen um ihr Gesicht. Sie wirkte verängstigt und erregt und erst kurz bevor sie ihn passierte, trafen sich ihre Blicke.

Ihre Schritte verlangsamten sich, bis sie schließlich innehielt, den Blick ihm zugewandt, und es schien, als wollte sie zu ihm sprechen, doch die Worte verließen ihre Lippen nicht.

„Camillia …“

Es war nur ein Wort und es lag all der Schmerz darin, der sich über die Jahre in seiner Seele aufgehäuft hatte. Es war unwirklich, ihr hier zu begegnen, in einem Gang voller Gemälde, die sie beobachteten und ihre Worte belauschten.

Doch Camillias Erstaunen währte nur einen Augenblick. Zu schnell wurde ihr Blick hart und unnahbar, ihre Züge angespannt und ihre Stimme war kalt, als sie zu ihm sprach.

„Was willst du hier?"

Die Sorge war aus ihrem Antlitz verschwunden, als suchte sie absichtlich, sie vor ihm zu verbergen, und mit einem Mal wurde ihm schmerzlich bewusst, dass er nicht nur Isabelle damals auf immer verloren hatte.

„Ich muss mit dir sprech'n." Er machte einen Schritt auf sie zu, doch sie wich zurück.

„Ich habe dir nichts zu sagen", sprach sie noch, jene Worte, die auch er ihr einst entgegenschleuderte, als sie ein letztes Mal vor seiner Tür gestanden hatte, bevor sie sich abwandte und den Korridor entlangeilte, beinahe rannte, als wollte sie ihm und seinen Worten entkommen.

Kenneth jedoch verharrte regungslos.

Sein Blick folgte den leeren Schatten, als sähe er in ihnen noch immer seine Tochter. Seine Kehle war wie zugeschnürt. Er wollte gehen, diesen Ort des Unheils verlassen, der ihm alles genommen hatte, an dem sein Herz jemals hing, doch er schaffte es nicht. Als würde ihn noch etwas festhalten, eine letzte verlorene Hoffnung, dass sich hier alles auch wieder zum Guten wenden könnte. Wie hatte er es nur fertiggebracht zu glauben, dass sie Mary zu einer seelenlosen Marionette erzogen hatten, dass in ihr nichts mehr von seinen Kindern lebte? Er selbst hatte sie verdammt, noch bevor er sie überhaupt wirklich kennenlernte. Ebenso wie er seine Tochter für ihre Entscheidung verdammte, ohne ihre Gründe zu kennen.

„Kenneth?"

Fast war ihm, als hörte er Isabelles Stimme flüstern, als käme sie aus einer anderen Zeit zu ihm. Einer Zeit, in der er noch glücklich gewesen war.

„Kenneth, was ist mit dir?" Erst, als Cathy ihn mit sich zerrte, erwachte er aus seiner Trance. „Was machst du hier?" Sie hielt inne und blickte sich um, als hätte sie eine Missetat begangen und fürchtete nun, entdeckt zu werden.

„Ist es wegen Fynn und der Lady?", raunte sie, als handelte es sich dabei um eine Verschwörung. „Sie reden alle, Kenneth." Ihre Stimme klang erstickt. „Der ganze Haushalt ist in Aufruhr und aus allen Ecken drängt das Getuschel über die mögliche Hinrichtung der Lady. Der Baronet hat einen Boten in den frühen Morgenstunden empfangen. Selbst in den umliegenden Dörfern und Weilern spricht man schon davon – die Menschen sind aufgebracht und viele wünschen sich nicht unbedingt, eine Hexe am Galgen zu sehen, aber eine Adelige."

Cathy hielt inne und biss sich auf die Lippen.

„'s is' nich' unsere Schuld", brachte Kenneth heiser hervor, doch seinen Worten fehlte jegliche Überzeugungskraft. „Wir ham Fynn gedrängt, früher zu geh'n."

„Sie sagen, sie wird hängen." Cathys Worte schwebten schwer zwischen ihnen. „Sie wird hängen, um anschließend vom Feuer verzehrt zu werden, damit ihre Seele nicht als Widergänger zurückkehren wird, um sich an denen zu rächen, die ihr das angetan haben …" Cathys grüne Augen flackerten und sie wandte sich ab. „Manches Mal frage ich mich, was das für eine Welt ist, in die Gott uns sandte", flüsterte sie so leise, dass Kenneth es beinahe nicht verstand.

„'s is' nich' Gott, der die Welt in dieser Art geschaffen hat", erwiderte er bitter und starrte auf seine Hände. Es hätte so vieles gegeben, das er hätte ändern können. Wieso war er stets nur der stille Beobachter geblieben?

„Man munkelt, dass Lady Mary zurückgebracht werden soll." Cathy hatte sich ihm wieder zugewandt, die Stimme angespannt. „Aber niemand spricht mehr von Fynn. Ich weiß nicht, was mit ihr geschehen ist … Hat Jacob was gehört?"

Kenneth schüttelte nur den Kopf. Cathy seufzte leicht. Ganz gleich, was er ihr auch sagte, er wusste, dass sie sich schuldig fühlen würde. Welche Bedeutung hätte schon eine weitere Nacht, die Fynn auf dem Anwesen verbrächte? Wie hatten sie ahnen können, was geschehen würde?

„Ich werd versuchen herauszufinden, wo sie sie unterbringen wollen … sollte sie wirklich hierher zurückkehren. Die Wände haben hier Ohren, das weißt du ja." Sie versuchte, ihm ein Lächeln zu schenken, doch es wirkte unbeholfen und mit einem Mal fragte er sich, ob Cathy wusste, in welchem Verhältnis er wirklich zu Lady Mary stand. „Vielleicht kann ich so auch erfahren, wo Fynn sich jetzt aufhält."

Kenneth wusste nicht, was er darauf erwidern sollte, sondern legte ihr nur eine Hand auf die Schulter.

„Sie ist stark", sagte Cathy und blickte ihm in die Augen, als wollte sie ihm Mut zusprechen. Doch Kenneth konnte nicht sagen, ob sie dabei von Fynn oder von Mary sprach.

Seine Hände zitterten. Er schaffte es einfach nicht, noch länger sitzen zu bleiben, auch, wenn er wusste, dass seine Unruhe nichts würde ändern können. Ziellos schritt er im Zimmer auf und ab.

Wie hatte das geschehen können? Was hatte er übersehen?

Seine Hände waren kalt und feucht von Schweiß und eine innere Unruhe schüttelte ihn, sodass er nicht einmal vermochte, seine Gedanken zu ordnen. Es mischte sich die Vergangenheit mit der Gegenwart, ihm war, als würde er alles erneut durchleben, nur dass er sich dieses Mal unwissentlich für einen anderen Standpunkt entschieden hatte.

Es musste eine Möglichkeit geben, Mary zu helfen, was es auch kosten möge. Er fuhr sich durch das Haar und zwang sich zu einem tiefen Atemzug. Er hatte in seinem Leben bisher alle Schwierigkeiten meistern können. Es bestand kein Zweifel daran, dass er seine Tochter nicht kampflos dem Galgen überlassen würde – er würde sie überhaupt nicht dem Galgen überlassen.

Es klopfte an der Tür.

„Ich wünsche, nicht gestört zu werden", rief Sir Richard Grosvenor scharf, den Rücken der Tür zugewandt. Sein Blick verweilte hinter den Fenstern auf einem Horizont, in dem sich irgendwo seine Tochter befinden musste. Eingesperrt wie eine ärmliche Diebin.

Er strich sich über die Augen, als könnte das die quälenden Gedanken vertreiben, doch sie verharrten hartnäckig in seinem Kopf.

„Sir?"

Er fuhr herum. Er hatte nicht gehört, dass die Tür sich geöffnet hatte.

„Was willst du hier?", fuhr er Camillia an, ein bisschen zu hitzig aus Angst, sie könnte seinen Gemütszustand bemerkt haben. Doch sie rührte sich nicht. Sie stand vor ihm mit einer Traurigkeit in den blauen Augen, dass es ihm einen kalten Schauer den Rücken hinunterlaufen ließ. In manchen Augenblicken ähnelte sie ihrer verstorbenen Schwester so sehr, dass es schmerzte und er den Blick abwenden musste.

„Ich hörte, dass Ihr einen Brief erhieltet." Da klang Besorgnis in ihrer Stimme, das spürte er und in ihm regte sich eine Eifersucht, die er sich nicht zu erklären vermochte.

„Das ist für dich nicht von Belang", erwiderte er kalt und hoffte, das Gespräch damit beendet zu wissen, als er sich wieder dem Fenster zuwandte und für einen kurzen Moment die Augen schloss.

„Oh, doch, Richard, es ist sehr wohl von Belang für mich!" Er zuckte unwillkürlich zusammen, als ihre Stimme ihm eine solche Kraft und Entschlossenheit entgegenschleuderte, als würde sie ihm einen Dolch in den Rücken stechen. Nie zuvor hatte sie es gewagt, ihn ohne seinen Titel anzusprechen, und nie zuvor hatte er eine solche Wut in ihren Worten vernommen.

„Isabelle war meine Schwester und Mary ist meine Nichte. Ihr könnt sie mir nicht auf ewig vorenthalten!", fauchte sie. Er wandte sich um, um ihr ins Gesicht zu blicken.

„Ich habe nie verstanden, weshalb Isabelle Euch liebte", sagte sie und schüttelte leicht den Kopf, als hätte sie ihn ihrer Schwester für nicht würdig befunden. „Ihr habt sie in den Tod getrieben und nun tut Ihr das Gleiche mit ihrer Tochter!"

„Wage es nicht, über Dinge zu sprechen, von denen du nichts verstehst!", donnerte er und schritt um seinen Tisch herum an Camillia heran, um sich vor ihr aufzubauen. Doch sie hielt seinem Blick mit ihren blitzenden blauen Augen stand und selbst, wenn sie zu ihm aufsehen musste, war ihre Stimme fest und klar.

„Ich verstehe die Dinge sehr wohl, vielleicht gar besser als Ihr. Habt Ihr sie denn je gekannt? Ihr wagtet nicht einmal, ihr ins Gesicht zu blicken, weil ihr Isabelle darin zu sehen glaubt!“

„Schweig!“, brüllte er und wandte sich ab. Die Unruhe war in seine Glieder zurückgekehrt und paarte sich mit einer unbändigen Wut, die mehr und mehr von ihm Besitz ergriff. Er hatte Camillia Obdach geboten, er hatte Isabelles Kinder großgezogen. Wie konnte sie es wagen, so zu ihm zu sprechen?

„Ich habe lange genug geschwiegen!“ Camillia schritt ihm hinterher, um sich Gehör zu verschaffen. „Wie kalt muss ein Herz wie das Eure sein, wenn Ihr mit ansehen könnt, wie eine Eurer Töchter aus Furcht vor der Schmach, die sie über die Familie bringen könnte, in einem dunklen Turmgemach wie ein Gespenst hausen muss! Könnt Ihr von Euch sagen, dass Ihr Eure Töchter kennt?“

Er wollte diese Worte nicht hören, nicht jetzt, da Mary kurz davor stand, für ein Vergehen zum Tode verurteilt zu werden, das sie nicht begangen hatte. Wie konnte Camillia ihm in einem solchen Augenblick Vorwürfe entgegenschleudern, als wäre all dies sein Verschulden?

„Bei Gott, tritt mir endlich aus den Augen!“

Er zwang sich, die Beherrschung nicht zu verlieren. Für einen Moment lag eine Stille zwischen ihnen und sie schenkten sich einen Blick, als gäbe es dort die Antwort auf all die Fragen, die sie sich nie gestellt hatten. Camillias Augen ähnelten denen ihrer Schwester. Wie hätten wohl Isabelles nach siebzehn weiteren Jahren ausgesehen? Hätten sie feine Fältchen gezeigt, die sich bei jedem Lächeln ein wenig tiefer in die helle Haut eingegraben hätten? Wären sie noch immer von einem klaren Blau oder getrübt von den Sorgen, die das Leben mit sich zu bringen wusste?

„Mary hinterließ mir einen Brief“, sprach Camillia und unterbrach seine Gedanken. Ihre Stimme war tiefer als die Isabelles, die ihn immer an Musik erinnert hatte. „Einen Brief, in dem Mary schrieb, dass sie Isabelle von Herzen gern selbst einmal kennengelernt hätte und dass sie mir dankbar ist für alles, was ich für sie getan habe. Und sie bat mich, dass ich ihr verzeihen möge, dass sie ging, ohne ein letztes Wort mit mir zu wechseln." Camillias Stimme begann zu zittern. „Sie schrieb, dass sie nicht zurückkehren würde."

Mit einem Schlag fühlte er sich um fünfzig Jahre gealtert. Wann hatte seine Tochter diese Entscheidung getroffen?

„Sie wusste, worauf sie sich einlässt, wenn sie geht", sprach Camillia aus, was er nicht wahrhaben wollte. „Wie also könnt Ihr noch immer behaupten, dass ich keinen Anteil an ihrem Leben hätte?"

Ihre Stimme klang belegt, als hielte sie die Tränen zurück. Er wandte sich ab und schritt an die Fenster heran. Wie hatte Mary wissen können, dass sie nicht zurückkehren würde? Mit welchen Ideen hatte sie sich getragen, als sie Eaton Hall verließ?

Sie hatte nicht vorgehabt, sich von ihm zu verabschieden oder ihm eine Nachricht zu hinterlassen.

„Mary wird nichts geschehen", sagte er mit einer Stimme, die nicht wie die seine klang. „Das werde ich nicht zulassen."

Er blickte zum Horizont, als ständen dort die Antworten auf seine Fragen geschrieben. Hatte er ihr nicht alles gegeben, wonach es sie verlangte? Sie hatte selbst die Möglichkeit genossen, in den höheren Adel einheiraten zu können. Aus welchem Grund konnte sie alles aufgeben, wovon sie stets geträumt hatte?

„Habt Ihr ein Schreiben von Eurem Sohn erhalten?"

Erneut war es Camillias Stimme, die seine Gedanken durchbrach und die ihn schmerzlich daran erinnerte, dass seine Tochter in Chester dem Todesurteil entgegenblickte.

„Camillia, bitte … geh."

Er schaffte es auch jetzt nicht, sich zu ihr umzuwenden. Seine Augen brannten. Er vernahm ihren Seufzer.

„Manchmal, wenn ich glaubte, einen Funken Menschlichkeit in Eurer Seele zu erblicken, so ist er alsbald wieder erloschen." War es Bedauern, das in ihrer Stimme mitschwang? „Es geht hier nicht um mich, Sir. Es geht einzig und allein um Eure Tochter."

Er vernahm ihre Schritte. Sie besaß den gleichen leichten Gang, der ihrer Schwester eigen gewesen war und mit dem auch Mary die Hallen durchquerte. Die Tür schloss sich sanft und zurück blieb nur die Traurigkeit, die Camillia bei ihm gelassen hatte. Wie hätte er ihr ins Gesicht blicken können mit Augen, in denen Tränen standen? Glaubte sie wirklich, dass er nicht mehr um Isabelle weinte? Er tat es viel zu oft, im Stillen, obwohl er sich nicht einmal das erlauben dürfte.

Sein Blick fiel auf den Brief, der auf seinem Bureau lag. Er wusste nicht, was er glauben sollte. Er wusste nur, dass er nicht zulassen würde, dass Mary etwas zustieße. Um keinen Preis der Welt. Und er griff nach dem Schreiben, von dem ihm die Handschrift Lord Henry Leys, des Earls of Marlborough, entgegenblitzte.

„Wir brechen im Morgengrauen auf."

Richard würdigte Sherrington kaum eines Blickes, als er an ihm vorüberschritt, den Korridor entlang bis zu einem der hinteren Zimmer, in das er sich in den letzten Tagen oft zurückgezogen hatte. Einen Moment lang sah Sherrington ihm nach, das Whiskeyglas in der Hand. Obwohl sie beide das gleiche Ziel verfolgten, schienen sie dennoch nicht am selben Strang zu ziehen.

Sherrington seufzte leicht und wollte sich schon abwenden, als er Schritte vernahm. Mit einem Blick zur Treppe hielt er inne. Es war Fyona, die die Stufen heruntereilte, gekleidet in leinenen Hosen und einem weiten Hemd, sodass man sie beinahe wieder für einen Mann hätte halten können, hätte sie ihr Haar nicht offen getragen.

„Sagte er, dass wir morgen aufbrechen?"

Sherrington musste schmunzeln. Natürlich hatte sie gelauscht.

„Du solltest dich nicht so kleiden", erwiderte er ungeachtet ihrer Frage. „Bedenke, dass du jetzt vom Einfluss der Hexe befreit sein musst, du darfst dementsprechend wieder dein weibliches Ich spielen."

Sie funkelte ihn aus ihren grünen Augen an.

„Euch würde es wohl gefallen, mich in Kleidern zu sehen, aber ich kann Euch versichern, dass ich Euch dieses Vergnügen nicht noch einmal bescheren werde." Wütend wandte sie sich ab und wollte die Treppe wieder hinaufschreiten, als Sherrington erneut das Wort ergriff.

„Fyona."

Sie hielt inne.

„So würdest du nicht ganz so viel Aufmerksamkeit auf dich lenken, wenn du die Stadt verlässt." Sherrington war auf die Treppe zugeschritten, als sie ihn anblitzte, als hätte er sie soeben beleidigt.

„Da ich die Stadt mit Euch und Grosvenor verlassen werde, wäre es wohl ratsamer, wenn ich als Mann mit Euch reite."

Sherrington schüttelte nur belustigt den Kopf und schwenkte sein Whiskeyglas.

„Warum tust du nicht einfach das, was du am besten kannst?", sprach er und schaute sie belustigt an. Eine ihrer Augenbrauen zog sich leicht in die Höhe und sie verschränkte die Arme vor der Brust. „Mein Pferd dürfte noch gesattelt sein und ich bin der festen Überzeugung, dass du genau weißt, wo du meine Wertsachen finden kannst. Beim letzten Mal wusstest du es doch auch."

„Wie könnt Ihr in einem solchen Augenblick Eure Scherze mit mir treiben, Sherrington?", giftete sie ihn an und stieg die Treppe wieder herunter.

„Ich mache keine Scherze, Fyona." Mit einem Mal war seine Stimme ernst und blank jeglichen Spottes. „Hör zu, du solltest nicht nach Eaton Hall zurückkehren."

„Zum Glück habt nicht Ihr das zu entscheiden", entgegnete sie scharf. Er wusste nicht, weshalb ihm ihre bissigen Erwiderungen jedes Mal ein Lächeln auf die Lippen trieben. Wahrscheinlich, weil er eine Vergangenheit mit ihr teilte, die ihm bereits ein wenig ihres Wesens offenbart hatte, und ganz gleich, was sie tat, um es zu verbergen, sie konnte es nicht leugnen.

„Ich werde sicher nicht jetzt damit beginnen, dich bevormunden zu wollen." Er leerte sein Glas.

„Gut."

Sie war noch immer ein Sturkopf.

„Mary bat mich, dich von hier fortzubringen. Eaton Hall hat sie dabei aber nicht erwähnt."

Er würde sie nicht zwingen, von dannen zu ziehen; das stand nicht in seiner Macht. Wenn sie sich etwas in den Kopf setzte, hielt sie daran fest. Das wusste er nur zu genau. Sie musste ihre eigenen Entscheidungen treffen. Dennoch würde er sie nicht ohne Vorwarnung ins Verderben laufen lassen.

„Glaubt Ihr wirklich, dass ich sie jetzt einfach im Stich lassen werde?" Ihre Stimme war weicher, als sie diese Worte sprach. Was Sherrington dort in ihren Augen las, war eine Leidenschaft, die von Verzweiflung getrieben war. Doch aus ihren Worten sprachen auch ihre Jugend und Einfalt.

„Was kannst du ausrichten?", fragte er, ohne sie dabei verurteilen zu wollen. Fyona jedoch brauste auf, als hätte er sie als unnütz bezeichnet.

„Für wen haltet Ihr mich?"

„Du kannst dich nicht vor die Menge stellen und das Urteil annullieren."

Sie starrte ihn an, als würde sie ihn am liebsten in Stücke reißen, und er musste sich zwingen, ein Schmunzeln zu unterdrücken. Er kannte Fyona. Es war etwas, das er sehr an ihr zu schätzen gewusst hatte: ihre Kraft und ihre Zielstrebigkeit. Sie hatte sich so lange allein durchs Leben gekämpft, aber dies war kein Kampf mit aufrechten Mitteln.

Sie wandte sich ab und schritt die Stufen hinauf. Als sie das Ende der Treppe erreichte, hielt sie kurz inne, um ihm einen letzten Blick zuzuwerfen.

„Aber ich werde nicht zulassen, dass sie sie meinetwegen hängen. Ich finde einen Weg, Sherrington, verlasst Euch darauf. Ich lasse Mary nicht im Stich."

36 la fin de l'histoire

Behutsam strich Roger durch das weiche Fell des Kätzchens, das wohlig zu schnurren begann und seinen winzigen Kopf an Rogers Handfläche schmiegte. Er hatte beinahe den ganzen Morgen mit dem kleinen Tier verbracht und sogar einige Stückchen Huhn aus der Küche stibitzt, bevor er die Kleine aus Marys Zimmer geholt hatte.

Die junge Katze hatte einen Knopf auf dem Boden entdeckt und begonnen, ihn durch das Zimmer zu jagen. Roger lachte vergnügt, als sie an ihm vorbeifegte, zwischen den weißen Pfoten den silbernen Knopf von einer alten Weste seines Vaters. Mit einem Mal hielt sie inne, den Kopf noch immer zwischen den Pfoten, doch die schwarz-roten Ohren gespitzt. Auch Roger hörte den Lärm, die vielen Stimmen, die vom Hof zu kommen schienen. Der Tumult schwoll an, die Stimmen wurden immer lauter und wütender, doch er konnte nicht verstehen, was sie riefen. Das Kätzchen stand in der Mitte des Gemaches und rührte sich nicht, nur ihre Ohren zuckten. Angst machte sich in dem kleinen Jungen breit. Wo war seine Mutter? Er schaute sich um, doch er war allein im Zimmer.

„Sydney", rief Roger ängstlich, der Name seiner Mutter, den er der kleinen Katze zugedacht hatte. Sie schaute ihn einen Augenblick aus ihren großen grünen Augen an, dann tapste sie auf ihn zu und schmiegte sich an ihn, als könnten sie sich gegenseitig beschützen. Er zitterte. Wo nur war seine Mutter? Wo waren sein Vater und Großvater und Tante Mary? Sie war nicht in ihren Gemächern gewesen, als er des Morgens gekommen war, um Sydney zu sich zu holen. Vielleicht waren sie jetzt dort?

Er nahm die kleine Katze auf den Arm, die kurz fiepte, als wollte sie ihn vor etwas warnen. Er hielt sie unbeholfen, doch das Kätzchen beschwerte sich nicht. Er lief zur Tür, nicht ohne sich umzusehen, ob seine Mutter nicht doch im Zimmer erschienen sei. Die lauten Stimmen drangen noch immer bedrohlich durch die Fenster. Er hörte das Knallen von Türen und das Geschrei von Bediensteten. Vorsichtig lugte er auf den Korridor, der wie ausgestorben vor ihm lag. Er konnte nicht sagen, aus welcher Richtung das Geschrei und der Lärm kamen, und am liebsten hätte er sich im Zimmer versteckt. Doch er musste seine Mutter finden.

„Keine Angst", sprach er zu der kleinen Katze, obwohl er selbst wie Espenlaub zitterte. Er schloss die Tür nicht hinter sich, als er auf den Flur huschte. Das Tier in seinen Armen war still, als witterte es die Gefahr.

„Keine Angst", wiederholte er flüsternd, doch er sprach mehr zu sich selbst. Das Stimmengewirr schien sich von ihm zu entfernen. Kam es vom Hof? Niemand begegnete ihm, während er den Korridor entlanglief, und mehr und mehr ergriff die Furcht von ihm Besitz. Er beschleunigte seine Schritte, sodass er bald fast rannte. Wenn er doch nur wüsste, wo seine Mutter war!

Als er die Tür von Marys Gemächern erblickte, schlug sein Herz noch schneller. Eine gespenstische Stille hing über dem Korridor und mit einem Mal schienen selbst der Lärm und die Schreie zu verebben. Zitternd lauschte er vor der Tür, doch kein Laut war zu vernehmen.

„Ich finde deine Mama. Dann meine", flüsterte er und drückte die Tür auf.

Es war seltsam still. Das Kätzchen in seinem Arm begann leise zu wimmern, als spürte es, dass etwas nicht in Ordnung war.

Roger erstarrte.

Die beiden Katzen lagen auf dem Boden.

Erschlagen.

Rogers Fingerspitzen bohrten sich in das kalte Holz. Er verspürte den Drang, sich zu übergeben, doch er konnte den Blick nicht abwenden. Das zuvor so seidige Fell war blutverkrustet, der Körper des kleinen Katers seltsam verdreht. Die Tränen stiegen heiß in seine Augen, er drückte den warmen, schwarzroten Körper noch enger an sich, dass Sydney zu fiepen begann. Doch sie wand sich nicht in seinem Arm. Sie schien zu spüren, dass der Tod hinter den Türen auf sie lauerte.

Tränen rannen seine Wangen hinunter. Er stand noch immer wie versteinert, den Blick auf den leblosen Tieren, und sosehr er es auch wollte, er schaffte es nicht, sich abzuwenden.

„Memory", schluchzte er beim Anblick der schwarzen Katze, die er noch vor Kurzem heimlich mit Leckereien aus der Küche versorgt hatte, und sein ganzer Körper begann heftig zu beben.

„Nein, nein ..." Seine Stimme zitterte. Er wollte davonrennen, doch er konnte sich nicht rühren. Da waren dunkle Flecken auf dem Teppich. Wo war seine Mutter?

„Memory ... Mutter ... Vater ..." Er konnte nicht mehr aufhören zu weinen; er hielt Sydney so fest im Arm, als wollte jemand sie ihm entreißen.

Da erst vernahm er die Schritte. Jemand kam. Als hätten sie seine Trance durchbrochen, machte er auf dem Absatz kehrt und hastete den Korridor entlang. Er rannte, so schnell er konnte, Sydney fest im Arm. Die Tränen trübten seine Sicht, doch er hielt nicht inne. Auch die Schritte waren schneller geworden, noch immer dicht hinter ihm, und er wagte nicht, auch nur einen Blick über die Schulter zu werfen. Er erreichte eine Treppe, die er mehr hinunterstolperte als -lief, und eilte in Richtung der Gärten. Er glaubte, Stimmen zu hören, die nach ihm riefen, doch er rannte unbeirrt weiter. Ihn und Sydney würden sie nicht kriegen!

Er stürmte über die Terrasse und blieb einen Augenblick stehen. Er wusste nicht, wohin er sich wenden sollte. Wo war nur seine Mutter? Er begann zu zittern und konnte die Schluchzer nicht unterdrücken, die unaufhörlich aus seiner Kehle drangen. Seine braunen Locken klebten ihm in der Stirn. Roger blickte auf die junge Katze herab, die ihn aus ihren grünen Augen ansah, als wollte sie ihn trösten. Sie hatte keine Mutter mehr.

Bei diesem Gedanken flossen die Tränen noch stärker. Er setzte Sydney ab und strich noch einmal über das weiche Fell. Sie stand vor ihm auf ihren weißen Pfoten und blickte ihn erwartungsvoll an.

„Lauf", sagte er mit erstickter Stimme und das Wort wollte in seinen Tränen ertrinken.

„Lauf weg!“, schluchzte er und schubste die kleine Katze von sich. Für einen Augenblick stand sie dort und ihre Augen leuchteten wie zwei Smaragde. Zögerlich nur tat sie einen Schritt zurück, trat abwechselnd auf ihren Vorderpfoten hin und her, als überlegte sie, was zu tun sei.

„Roger!“

Kaum, dass sein Name erklungen war, wandte sich das Kätzchen ab und verschwand in den Hecken. Er begann noch heftiger zu weinen und sackte in sich zusammen.

„Roger, Liebling!“

Zuerst wurde er der Stimme gar nicht gewahr, die seinen Namen rief, so sehr verzerrte die eigene Verzweiflung die Welt um ihn. Doch als sich ihre Arme um ihn schlossen und zärtlich seinen Namen flüsterten, weinte er noch stärker vor Erleichterung.

„Mutter, alle sind tot!“, weinte er und seine Tränen benetzten ihren Nacken.

„Ich weiß, mein Schatz“, flüsterte Sydney behutsam und strich ihm über das Haar. „Ganz ruhig, Liebling, es wird alles wieder gut.“

Das Dämmerlicht verwandelte die Landschaft in eine geisterhafte Einöde, in der die Schatten länger waren, als sie hätten sein dürfen, und noch umschmiegte der Morgennebel die Wälder in eisiger Liebkosung. Drei Reiter preschten die verlassene Straße entlang. Der Staub wirbelte wild unter den Hufen ihrer Pferde und sie durchbrachen die Stille der erwachenden Natur wie ein plötzlich heraufziehendes Sommergewitter.

Stumm ritten sie gen Süden wie Gespenster, die den Schemen der Nacht entkommen wollten. Langsam fielen die ersten Sonnenstrahlen über die Wälder; bereit, den Nebelmantel zu lichten, der sie umschlang. Fynn fröstelte. Es war ein ungewöhnlich kühler Morgen.

Sie hatten seit ihrer Abreise kaum Halt gemacht. Die Pferde waren erschöpft, das konnte sie deutlich spüren, doch Grosvenor kümmerte sich nicht darum. Beinahe mochte sie glauben, dass er hoffte, Eaton Hall so schnell wie möglich zu erreichen, um sie nicht mehr um sich haben zu müssen. Sie spürte die Besorgnis, die von ihm ausging, aber sie konnte nicht sagen, ob es sich dabei einzig und allein um Marys Schicksal handelte. Noch nie in ihrem Leben war sie einem Mann begegnet, der so schwer zu lesen war wie Marys Bruder.

Sherrington hatte zu Grosvenors braunem Wallach aufgeschlossen. Worte, die sie nicht verstand, mischten sich unter das Donnern der Hufe. Eine heiße Wut kochte in ihr; weshalb glaubten die beiden Männer stets, ihre Anwesenheit verleugnen zu können?

Auch sie trieb ihre Stute an, jedoch nur so viel, dass sie die Worte vernehmen konnte, die die Männer wechselten.

„Ich ließ meiner Frau und meinem Vater Briefe zukommen, sorgt Euch nicht", sprach Grosvenor mit einer Stimme, der sie keine Regung entnehmen konnte. „Ich berichtete meinem Vater, was sich vor Gericht zugetragen hat, und bat meine Frau, mit unserem Sohn für einige Zeit ein wenig Ruhe bei ihren Eltern zu suchen."

„Glaubt Ihr wirklich, dass dies notwendig sein wird?"

Sherrington klang leicht verwirrt, doch Grosvenor ließ sich nicht beirren.

„Sobald die Nachricht von Marys Gefangennahme sich verbreitet – und das wird sie schneller, als es mir lieb ist –, wird es Unruhen geben. Ich weiß nicht, wie viel sich der Pöbel herausnehmen wird, aber es ist mir lieber, sie nicht auf dem Anwesen zu wissen, sollten sich Unannehmlichkeiten ereignen."

Auch Fynn war verwirrt. An welche Art von Unannehmlichkeiten dachte er? Er musste davon überzeugt sein, dass das Urteil weite Kreise ziehen würde, wenn er verhindern wollte, dass seine Frau und sein Sohn sich zu dieser Zeit auf dem Anwesen befanden.

Sherrington schien den gleichen Gedanken nachzuhängen. „Unannehmlichkeiten? Bei Eurem Ton möchte ich meinen, dass Euch bereits etwas vor Augen schwebt."

„Die Wut des Pöbels", erwiderte Grosvenor knapp und erinnerte Fynn wieder daran, weshalb sie von Stand Geborene nie hatte ausstehen können.

„Auch einfache Menschen sind mit Verstand gesegnet“, rief sie aufgebracht und suchte den Zorn, der in ihr brodelte, zu unterdrücken. Weshalb glaubten sie stets, anderen überlegen zu sein? Welchen Grund hätten die Menschen der Dörfer und Weiler, sich nun gegen ihren Grundherrn zu wenden, wenn dessen Tochter ein Todesurteil erwartete? Sie bezweifelte gar, dass diese Umstände auf einen allzu großen Widerhall in der Landbevölkerung treffen würden. Schließlich handelte es sich nicht um ein Mitglied der königlichen Familie, sondern lediglich um die Tochter eines Baronets.

Diese Gedanken schnürten ihr die Kehle zu. Sie wollte nicht an das denken, was Mary erwarten würde, sollte das Urteil nicht zu ihren Gunsten ausfallen.

Grosvenors Wallach verlangsamte seinen Schritt. Er wandte sich zu ihr um und Spott funkelte in seinen Augen, sodass sie sich zurückhalten musste, ihm eine weitere bissige Bemerkung ins Gesicht zu schleudern.

„Das wage ich nicht zu bezweifeln“, gab er mit einem leicht verächtlichen Unterton zurück, „doch auch sie suchen nur zu gern nach einem Schuldigen für das Leid, das sich in ihrem Leben ereignet – und in eines jeden Menschen Leben geschieht früher oder später ein Unglück.“

Seine dunklen Augen waren unablässig auf sie gerichtet und Fynn fragte sich, worauf er mit diesen Worten anspielte. „Eine adelige Hexe ist eine wunderbare Art, um sich all das zu erklären. Und wer kann ihnen versichern, dass nicht auch der Rest unserer Familie, vor allem die Frauen, mit dem Teufel im Bunde stehen?“

Sie wandte den Blick ab. Grosvenor tat es ihr gleich und gab seinem Wallach wieder die Sporen, sodass Fynns Stute Mühe hatte, mit ihm und Sherrington mitzuhalten. Ein kalter Wind fuhr ihr durchs Haar. Obgleich sie ihren Umhang fest um die Schultern geschlungen hatte, durchdrang die regenschwere Luft ihre Kleider und ließ sie frösteln. Sherrington und Grosvenor schien die Kälte nichts anhaben zu können, doch ihre Gesichtszüge waren grimmig und hart. Grosvenor hatte sie seit der Verhandlung kaum eines Blickes gewürdigt und Sherrington war ihren Fragen stets ausgewichen oder spöttisch begegnet.

Allmählich nahmen die Wälder vertraute Formen an. Erinnerungen strömten auf Fynn ein, Erinnerungen an Sommerabende und Ausritte, die ihr gezeigt hatten, was es bedeutete, geliebt zu werden.

Die drei Reiter folgten der Straße, die schließlich in die große Allee zum Anwesen mündete. Fynn glaubte, die Tore schon ausmachen zu können, und am liebsten hätte sie ihr Pferd noch angetrieben, auch wenn sie dessen Erschöpfung nur allzu deutlich spüren konnte. Sie musste Kenneth, Jacob und Cathy finden. Jacob kannte die geheimen Gänge und Cathy war ihr Augen und Ohren innerhalb des Anwesens. Mit ihrer Hilfe sollte sie es schaffen können, ein weiteres Mal zu fliehen – dieses Mal mit Mary, ganz gleich, wie das Urteil ausfallen würde. Grosvenor hatte den Richter reich entlohnt, um sicherzustellen, dass sie zurückgebracht werden würde, ganz gleich, was geschehen mochte. Dennoch weigerte sie sich zu glauben, dass er das härteste Urteil über sie zu sprechen gedachte. Hatte Grosvenor nicht davon gesprochen, ihm eindringlich ins Gewissen geredet zu haben?

Der Sohn des Baronets preschte voraus, Sherrington und Fynn folgten ihm über den Hof, in Richtung des Herrenhauses. Es galt, keine Zeit zu verlieren. Grosvenor war der Erste, der sich vom Pferd schwang. Barsch bellte er Befehle in Richtung einiger Knechte, die sich versammelt hatten, und übergab ihnen die Zügel seines Pferdes. Auch Fynn saß eilig ab. Sie musste Kenneth finden. Sie musste mit Jacob über die geheimen Gänge reden und Cathy fragen, was sie herausgefunden hatte. Sicher wusste man auf dem Anwesen bereits, was sich in Chester ereignet hatte; kein noch so gut gehütetes Geheimnis war vor dem Tratsch der Bediensteten sicher. Sie wollte in Richtung der Stallungen eilen, doch einige Männer versperrten ihr den Weg. Verwirrt wandte sie sich um. Was führte Grosvenor jetzt schon wieder im Schilde?

Da erst bemerkte sie, dass Sherrington sich noch im Sattel befand. Ihm war nicht entgangen, was Fynn in ihrer inneren

Unruhe übersehen hatte: Es waren zu viele Männer auf dem Hof. Ihr Atem stockte. Sie war zu weit von ihrem Pferd entfernt.

„Ergreift sie!“, rief ein stämmiger Hüne mit dunklem Haar.

Fynn versuchte, zu ihrem Pferd zu gelangen. Ein Mann ergriff ihren Arm.

So leicht bekommt ihr mich nicht.

Eine unsagbare Wut überkam sie. Das war also Grosvenors Art, das Leben seiner Schwester retten zu wollen. Indem er sie erneut opferte!

Sie schlug dem Knecht ins Gesicht, der erschrocken ihren Arm freigab. Sie sah einige Männer, die Sherrington vom Pferd zerren wollten, doch der Hengst geriet in Panik und scheute, sodass einige zu Boden fielen. Die anderen wichen zurück, doch Sherrington hielt sich im Sattel.

„Aufhören!“, schrie Grosvenor wutentbrannt, als könnte er nicht verstehen, was sich dort vor seinen Augen ereignete. „Ist denn der Teufel in euch gefahren?“

Fynn versuchte, ihre Stute zu erreichen, doch eine Hand ergriff ihre Schulter und stieß sie zu Boden. Gerade noch rechtzeitig schaffte sie es, sich abzustützen und zur Seite zu rollen, ehe der Knecht sich auf sie stürzen konnte.

„Anweisung Eures Vaters, Sir.“

Jemand packte ihren Arm und drehte ihn so abrupt auf ihren Rücken, dass ein stechender Schmerz ihre verletzte Schulter durchfuhr und sie erneut zu Boden sank. Zwei weitere Knechte hatten bereits die Zügel ihrer Stute ergriffen, die nervös mit den Ohren zuckte.

Sherrington hatte sein Schwert gezogen. Er warf ihr einen kurzen Blick zu und es schien ihr, als wollte er sich entschuldigen.

Hat er von dem Komplott gewusst?

Für einen Augenblick wandte er sich Grosvenor zu, dann gab er seinem Pferd die Sporen und preschte vom Hof, in Richtung der Tore. Einige der Männer wollten ihm folgen, hielten jedoch schon nach wenigen Schritten inne.

„Dann erteile ich hiermit die Anweisung, sie freizugeben.“

Grosvenor kam auf sie zugeschritten, doch der Griff um Fynns Handgelenkte verstärkte sich nur.

„Unmöglich, Sir", hörte sie die Stimme des Knechtes, der hinter ihr stand und sie schmerzhaft auf die Beine zerrte. Sie stöhnte auf, als ein erneuter Schmerz ihre Schulter durchzuckte, und vor ihren Augen verschwamm die Sicht. Sie hörte noch, wie Marys Bruder wütend schrie und der Mann, der sie gefangen hielt, ihm in einem ruhigen Ton etwas entgegensetzte, doch die Worte entzogen sich bereits ihrem Verständnis und als der Schmerz in ihrer Schulter wieder aufflammte, verlor sie endgültig das Bewusstsein.

„Was ist nur in dich gefahren?"

Wutentbrannt stürmte Richard in die Gemächer seines Vaters und stieß die Türen mit einer solchen Wucht auf, dass ihr Aufprall im Zimmer widerhallte. Sein Vater jedoch, über ein Schreiben gebeugt, blickte nicht einmal auf.

„Willkommen zurück, Richard."

Seine Stimme war ruhig und gefasst, sein Blick auf das Schreiben gerichtet, sodass eine erneute Welle des Zornes Richard ergriff. Mit großen Schritten trat er an den Baronet heran und musste den Drang unterdrücken, mit der Hand auf den Tisch des Vaters zu schlagen, um dessen Aufmerksamkeit auf sich zu lenken.

„Weshalb hast du sie gefangen nehmen lassen?", presste er hervor, in dem vergeblichen Bemühen, den Baronet seine Wut nicht spüren zu lassen. Doch dieser ließ sich nicht beirren.

„Lord Henry hat mich bereits von den Geschehnissen in Kenntnis gesetzt und es gibt wohl nichts, was ich dem hinzuzufügen hätte."

„Hast du mein Schreiben nicht erhalten?"

Der Baronet musterte ihn aus seinen dunklen Augen, dass man hätte meinen mögen, Richard sei ein Kind, das eine Dummheit begangen hatte und sich nun vor seinem Vater dafür rechtfertigen musste. Richard verschränkte die Arme vor der Brust.

„Es traf am gestrigen Morgen hier ein, gemeinsam mit dem Schreiben an deine Frau, die kurz daraufhin mit eurem Sohn für eine Weile verreist ist."

Eine seiner Augenbrauen zog sich in die Höhe, als erwartete er wahrhaftig eine Rechtfertigung Richards, was seinen Sohn nur noch mehr aufbrausen ließ. Der Earl hatte also auch ein Schreiben an den Baronet gerichtet – und unglücklicherweise war dieses Schreiben vor Richards eingetroffen. Das Schicksal meinte es nicht gut mit ihm.

„Ich nehme an, du hast dich mit seiner Schilderung der Ereignisse begnügt, ohne die meinige auch nur eines Blickes zu würdigen?", entgegnete er ärgerlich und funkelte den Vater aus seinen stahlgrauen Augen an.

„Ich kannte die Abläufe bereits. Kein Grund, wertvolle Zeit zu vergeuden."

„Dann erklär mir, weshalb du das Mädchen ergreifen ließest!"

Der Baronet erhob sich und mit einem Mal schien es im Raum kälter zu werden, als sie sich so nah gegenüberstanden, nur von dem Bureau plat voneinander getrennt.

„Wie kannst du das noch infrage stellen", sprach sein Vater mit einem bedrohlichen Unterton, der jedem anderen wohl das Blut in den Adern hätte gefrieren lassen, „nachdem sie und dieser Hund eines Esquire deine Schwester an den Galgen geliefert haben?"

Plötzlich fragte sich Richard, welche Schilderungen Lord Henry wirklich zu Papier gebracht hatte. Seine Wut legte sich und seine Stimme war um einiges ruhiger, als wollte er jedem Wort eine Bedeutung verleihen.

„Nicht Sherrington hat das Urteil gefällt."

„Aber Mary angeklagt", donnerte der Baronet und nun war er es, der mit der Faust auf den Tisch schlug. „Was glaubst du, welchen Zweck er dabei verfolgte?"

„Vater, Mary hat sich selbst angeklagt!", warf Richard händeringend ein. „Sie war es, die auf die Tribüne stieg und ihren Rücken entblößte, um ihre angeblichen Hexenmale zu präsentieren."

„Was redest du für einen Unsinn? Welchen Grund hätte sie gehabt, dies zu tun?", fuhr der Baronet auf und innerlich verfluchte Richard den Earl für dessen falsches Spiel. Wie sollte er seinen Vater von einer Wahrheit überzeugen, die dieser nicht hören wollte, wenn sich für ihn in den Schilderungen Lord Henrys eine weitaus bessere Alternative bot?

„Sie wollte das Mädchen retten, das du soeben wieder in Ketten legen ließest!", stieß er verzweifelt hervor, in der Hoffnung, den Vater zu erreichen, doch dieser wandte sich kopfschüttelnd ab.

„Du redest wirr!"

Richard seufzte. Sein Vater kehrte ihm den Rücken zu. Für ihn war die Unterredung beendet, doch so leicht würde Richard sich nicht geschlagen geben.

„Was schrieb dir der Earl?", fragte er in die sich schwer über sie legende Stille. Zunächst rührte sein Vater sich nicht. Richard wollte bereits ansetzen, seine Worte zu wiederholen, als dieser sich ihm erneut zuwandte.

„Den Hergang der Verhandlung – dass dieser Teufel in Gestalt eines Mannes zu Gunsten des Mädchens aussagte, um Mary anzuklagen." In seiner Stimme schwang all die Verachtung mit, die er dem jungen Esquire bereits seit ihrem ersten Treffen auf dem Ball im Hause der Leys of Marlborough entgegengebracht hatte. „Was hätte sie dem Pöbel bei solch erhitzten Gefühlen noch entgegensetzen können? Eine Adelige, die sich dem Höllenfürsten hingibt!" Er lachte verbittert und seine Stimme schien hohl und leer von den Wänden widerzuhallen. „Natürlich vergessen sie darüber die eigentliche Schuldige, die nur ein weiteres Mal von ihren finsteren Machenschaften Gebrauch machte."

„Wie kannst du dem Glauben schenken?", fragte Richard gekränkt. „Es hätte keinen Anlass für Mary gegeben, Eaton Hall zu verlassen, wenn nicht, um dem Mädchen zur Seite zu stehen. Sie war es, die Sherrington um Beistand beschwor, ich sah das unglückselige Schriftstück mit meinen eigenen Augen."

Und es hatte ihm so manche schwere Stunde beschert. Auch er hatte nicht annehmen wollen, dass es Mary war, die diese

Entscheidung getroffen hatte. Doch da war der Beweis, Sherrington hatte ihm das Schreiben ausgehändigt, in dem Mary ihn um Hilfe bat. Wie hätte er es noch weiterhin bestreiten können?

Sein Vater jedoch hatte dieses Schreiben nie gesehen.

„Du richtest deine eigene Schwester als Teufelsbuhle?", erwiderte der Baronet entgeistert, als hätte selbst Richard Mary der Hexerei bezichtigt.

„Ich urteile nicht über sie, ich berichte dir lediglich, was sich in Chester zugetragen hat. Ob mit oder ohne Sherringtons Aussage, Mary schien von Beginn an zu planen, sich selbst zu denunzieren."

Für einen Moment sahen sie sich in die Augen, ohne dass ein Wort gesprochen wurde. Es war schwer zu sagen, was er in seinem Vater heraufbeschworen hatte, denn dessen Züge zeigten keine Regung. Dennoch glaubte Richard zu vernehmen, wie sein Atem schwerer ging, als benötigten die Worte Zeit, bis sie gänzlich zu ihm vorgedrungen waren.

„Und du hast sie gewähren lassen?" Er klang ungläubig, verwirrt und vor allem enttäuscht.

„Ich hatte keine andere Wahl."

„Es gibt immer eine andere Wahl."

„Dass ich die Entscheidung traf, ihr zu vertrauen, bedeutet nicht, dass ich ihr jetzt nicht beistehen werde", wandte Richard ein, den Blick nicht von seinem Vater wendend, der regungslos vor ihm stand. „Vater, lass das Mädchen frei."

„Nein." Er schien wie aus einer Trance erwacht, als er seinem Sohn das Wort mit einer beinahe unmenschlichen Kraft in der Stimme entgegenschleuderte, sodass Richard unwillkürlich zusammenschrak.

„Ich werde meine eigene Tochter nicht an den Galgen liefern", zischte der Baronet. Doch in Richards Ohren klang es eher wie ein Vorwurf als eine Rechtfertigung.

Nicht wie du, der tatenlos zusehen kann, wenn sich deine Schwester dem Tod auszuliefern gedenkt.

Richard zwang sich, den Zorn herunterzuschlucken, der in ihm brodelte. Damit wäre niemandem geholfen. „Wen wirst du dann für ein nie begangenes Vergehen büßen lassen?"

Der Blick seines Vaters sagte ihm mehr, als es Worte je vermocht hätten.

Der Schmerz war das Erste, was sie spürte. Ihr Kopf dröhnte und ihre rechte Schulter pochte, als hielte sie jemand dort gepackt. Fynn blinzelte. Um sie herum herrschte völlige Finsternis. Ihre Lider waren schwer und das Stechen ihrer Schulter drängte sich immer schmerzhafter in ihr Bewusstsein, je klarer ihre Gedanken wurden. Der Boden war kalt. Stein. Sie stöhnte. Langsam öffnete sie die Augen. Ihr Blick verlor sich in der Dunkelheit. Sie blinzelte erneut und versuchte, sich aufzustützen. Beinahe wäre sie wieder in sich zusammengesunken, so heftig brandete der Schmerz in ihrer Schulter auf. Als sie endlich aufrecht saß, atmete sie schwer, als wäre sie soeben hundert Meilen gelaufen. Um sie herum, in der Dunkelheit, konnte sie nur grauen Stein erkennen.

37 les rêves des sots

Der Himmel war von einem dichten, grauen Wolkenteppich bedeckt, untypisch für einen Spätjulitag. Der Wind rüttelte an den Fenstern und fegte Blätter vor sich her, die einen wilden Reigen in den luftigen Wirbeln tanzten. So ungezwungen und frei.

Es war seltsam, wieder in eines ihrer edlen Gewänder gehüllt in dem großen Salon zu sitzen. Die gesteiften Unterröcke bauschten sich um ihre Beine und ließen den fließenden Stoff ihres Rockes in unzähligen Falten fallen. Im Licht glänzte das tiefe Ultramarinblau beinahe azurfarben. Das Mieder jedoch hatte sie nicht eng geschnürt. Bereits jetzt fühlte sie sich darin gefangen, wie ein Vogel im goldenen Käfig, der die Wälder nur durch seine Gitterstäbe bewundern durfte. Genau das tat sie. Die Wälder hinter den Mauern des Anwesens durch die Fenster bewundern. Diese Mauern waren ihr goldener Käfig.

Ein Klopfen ertönte. Es drang wie aus einer anderen Welt zu ihr herüber. Sie wandte sich auch dann nicht um, als die Tür geöffnet wurde und sie kräftige Schritte hörte, die sich ihren Weg zu ihr bahnten. Ein zartes Lächeln huschte über ihre Lippen. Sie hatte ihn bereits an seinem Klopfen erkannt.

„Wie geht es dir?"

Richards Stimme erreichte sie, bevor sie die Anwesenheit ihres Bruders neben sich spüren konnte. Wenige Momente noch verharrte ihr Blick auf den rauen Wolken und dem Tanz der Blätter, als wollte sie dieses Bild für die Ewigkeit behalten. Dann erst wandte sie sich zu ihm um.

„Du hattest deine Hände im Spiel, nicht wahr?", fragte Mary und eine stille Dankbarkeit mischte sich unter ihre Worte, als sie in seine grauen Augen schaute. Er wirkte müde und erschöpft.

„Unnützerweise." Er ballte die Hände zu Fäusten. „Selbst Mahorney konnte nichts ausrichten, nachdem die Geschworenen auf schuldig plädierten."

„Das habe ich mir bereits denken können." Dennoch hatte auch sie dieses einstimmige Urteil der Geschworenen erstaunt und sie war nicht sicher, ob nicht noch jemand anderes seine Verbindungen und vor allem sein Vermögen hatte spielen lassen. Sie musste sich eingestehen, dass sie es ihnen mit ihren bunten und trügerischen Schilderungen einer Satansbuhlschaft nicht schwergemacht hatte, an den Bestand ihrer Schuld zu glauben. Niemals wäre ihr in den Sinn gekommen, wie dienlich die Lektüre *Daemonologies* ihr zu sein vermochte, und insgeheim dankte sie Sherrington im Stillen mehr als einmal dafür, dass er sie ungewollt dazu bewogen hatte, jenes Buch in die Hände zu nehmen.

Dessen ungeachtet war sie froh, dass man sie zurück nach Eaton Hall gebracht hatte. Es war fast unwirklich gewesen, nach jenem Urteil zu vernehmen, dass ihre Hinrichtung in Eccleston stattfinden sollte, und es hatte ihr eine Erleichterung verschafft, wie sie es nach diesen todbringenden Worten nicht für möglich gehalten hätte. Zumindest das hatte ihr Bruder erreicht, sie noch ein letztes Mal nach Hause zu holen.

Sie erhob sich, um mit Richard auf Augenhöhe sprechen zu können. Wenn sie eines gelernt hatte, dann dass selbst die

Wände Eaton Halls ihre Ohren für ungebetene Besucher offen hielten. Doch bevor sie etwas sagen konnte, brauste Richard auf.

„Hätte ich zu ahnen vermocht, dass die Geschworenen sich in deinem Fall so einig sind, wäre …"

Sie ergriff seine Hand und schüttelte sanft den Kopf. Er erstarrte unter der Berührung.

„Das hätte nichts genützt", flüsterte sie und biss sich auf die Lippen. Richard betrachtete sie, als erblickte er sie zum ersten Mal in seinem Leben. Doch da lag ein Schmerz in seinen Augen, wie sie ihn zuvor noch nie bemerkt hatte. Eine tiefe Falte zog sich über seine Stirn. Behutsam, beinahe vorsichtig, strich er ihr eine Locke aus der Stirn.

„Das werden wir nie erfahren." Er war blass geworden in den letzten Tagen und die dunklen Schatten unter seinen Augen verrieten, dass er sich kaum Schlaf gegönnt hatte. Die Stille zwischen ihnen war bedeutungsschwer.

„Hast du herausfinden können, wo Fynn sich befindet?"

Ihr Flüstern war kaum lauter als der Wind, der um die alten Mauern heulte. Aus Richards Augen sprühte ein Funken der Belustigung und für einen Augenblick glaubte sie verwirrt, dass er jeden Moment in schallendes Gelächter ausbrechen könnte.

„Das Mädchen ist nun wahrlich das Letzte, um das du dir Gedanken machen solltest!"

„Richard", wies sie ihn schärfer zurecht, als sie es beabsichtigt hatte.

„Keine Sorge", seufzte er und schlug kurz die Lider nieder, als hätte er ihr etwas zu verbergen. Sie wusste, dass es ihm nicht leicht gewesen war, ihre Bitte zu erfüllen. Fynn hatte ihm nie nah gestanden. „Ich habe bereits Nachricht an Sherrington gesandt; er wird sie mit den Pferden erwarten, sobald ich an sie herankomme. Seit der Ankunft Lord Henrys fühle ich mich in meinem eigenen Haus wie ein Spion." Die Worte klangen bitter aus Richards Mund, als er den Earl erwähnte, und auch Mary ließ dessen Name einen kalten Schauer den Rücken hinunterlaufen. Weshalb war er ihr nach Eaton Hall gefolgt? Auch er konnte ein Todesurteil nicht mehr ungeschehen machen, wenn es erst einmal verhängt worden war. Doch er wusste wohl darum, anderen das Leben zur Hölle auf Erden werden zu lassen.

„Sie hat ein Leben in Freiheit verdient."

Sie würde nicht zulassen, dass Lord Henry Fynn das Gleiche antun würde.

„Ich wünschte, ich könnte ihr das gleiche Vertrauen entgegenbringen, das du ihr schenkst."

Bei den Worten ihres Bruders musste sie lächeln.

„Manchmal kostet es Mut, in etwas zu vertrauen, dessen tieferer Sinn sich uns nicht offenbart, Richard." Sie wandte sich ab, um nach dem kleinen Stoffbeutel zu greifen, der an ihrem goldbestickten Gürtel befestigt war. Als sie die Schnüre löste, fiel ein kleiner Anhänger in ihre offene Hand. „Bitte gib ihr dies." In ihrer Handfläche lag ein kleines funkelndes Boot, die Segel gehisst. Daneben fand sich ein gefaltetes Stück Papier. „Sie weiß, was es bedeutet."

Zögerlich nahm er den kleinen Anhänger und das Papier entgegen, als könnte er sich daran verbrennen. Als er die Faust um sie schloss, musste er leicht lachen.

„Kaum zu glauben, wie blind ich gewesen bin. Dabei hätte ich es schon wissen müssen, als du in jener Nacht mit den beiden Stallburschen auf das Dorffest geschlichen bist."

Mary erstarrte.

„Du bist uns gefolgt?"

„Glaubst du, ich hätte dich alleine gehen lassen?", fragte er belustigt und seine grauen Augen funkelten. „Nachdem du mir so ausweichend auf dem Korridor geantwortet hast und gewissermaßen vor mir geflohen bist, wusste ich, dass etwas nicht stimmt."

„Vertraust du mir nicht?", erwiderte sie gekränkt.

„Ich hatte Angst um dich!"

Sie zog eine Augenbraue in die Höhe und betrachtete ihn fragend. Wieso fiel es ihr so schwer, sich vorzustellen, dass er um sie besorgt gewesen war? Richard jedoch seufzte nur kurz. „Hat Vater dir je die ganze Geschichte erzählt?" Sie schüttelte den Kopf. „Man möchte meinen, du hast in jener Nacht ein Stück deiner Herkunft wiedergefunden …"

„Weil meine Mutter aus Morris Oak stammte?"

Richard schaute sie erschrocken an.

„Camillia hat es mir erzählt. Wer hätte gedacht, dass Vater meine eigene Tante dazu bringen konnte, mich öffentlich zu verleugnen", entgegnete sie ärgerlich. Sie alle hatten gewusst, wer Mary wirklich war – doch stand es nicht Mary selbst an erster Stelle zu, ihre wahre Herkunft zu kennen?

„Er tat es dir zuliebe. Du hättest dich stets zwischen zwei Welten zerrissen gefühlt."

„Tat ich das nicht gerade um seines Schweigens willen?", fuhr sie auf und ihre Stimme war mit einem Schlag kräftig und stark. „Er hat mir nie die Wahl gelassen, mich für eine Welt zu entscheiden."

„Dennoch hast du es getan", versuchte Richard sie zu besänftigen und die Gewissheit traf Mary so plötzlich, dass es schmerzte.

„Aber er glaubt, dass es die falsche ist." Ihr Blick wurde hart. „Und ich denke, du glaubst es ebenfalls."

Richard schwieg. Jetzt verrieten seine dunklen Augen nichts über die Gefühle, die ihnen innewohnten, und dieses Mal war sie sich sicher, dass sie die Antwort gar nicht kennen wollte.

„Frag nach Cathy und Jacob. Ich bin sicher, dass sie helfen können", fügte sie hinzu, ohne Fynns Namen zu erwähnen. Er wusste ohnehin, dass sie von Fynn sprach. Ein Lächeln schlich sich auf sein Gesicht. In der Hand hielt er den Anhänger und ihre Nachricht. Es klang schon wie ein Abschied.

„Danke", flüsterte sie kaum hörbar.

„Mary …" Richard beugte sich vor, als wollte er ihre Hand ergreifen, besann sich dann jedoch eines Besseren. Seine Stimme verhallte im Raum.

Er wandte sich zum Gehen. Nach einigen Schritten hielt er plötzlich inne, sah sich um.

„Ich will dich nicht verlieren."

„Es gibt keinen anderen Weg", wisperte sie traurig. Er nickte stumm. Sein Blick fiel auf das Segelboot und die kleine Nachricht in zierlicher Schrift in seiner Hand. Seine Finger zitterten. Er ballte sie wieder zur Faust und schritt auf die Tür zu. Als er davor stand, erreichte ihn Marys Stimme noch ein weiteres Mal.

„Richard."

Er blickte zu ihr zurück.

„Was ist mit Memory …" Mary schluckte. „… und den Kleinen?"

Er schüttelte nur lautlos den Kopf. Mary senkte die Lider und wandte sich ab. Dennoch sah er die Träne, die ihre Wange hinunterrann.

In den Gängen war es stickig. Jacob glaubte beinahe, dass sie zuweilen enger zu werden schienen, als wollten sie ihn erdrücken. Er war noch nie so weit in die geheimen Gänge vorgedrungen. Die Wände waren feucht und klamm, als er sich entlangtastete, und seine Schritte hallten seltsam verzerrt wider. Aus der Ferne glaubte er dumpfe Stimmen zu vernehmen.

Vielleicht ist das auch alles für die Katz und sie halten Fynn in den Kellergewölben fest.

Trotzdem musste er verrückt gewesen sein, sich in dieses finstere Labyrinth zu stürzen. Warum hatte er bloß nicht auf Cathy gehört? Er stöhnte unwillkürlich auf. In den Wäldern bereitete es ihm nie Schwierigkeiten, den richtigen Weg zu finden, doch hier, von engen Mauern umgeben, gab es nichts, woran er sich orientieren konnte. Obgleich sich seine Augen an das Dunkel gewöhnt hatten, hatte er bereits so viele Gabelungen passiert, dass sich ihm der Kopf drehte. Vereinzelt war er auf versteckte Türen gestoßen, die ihn in verlassene Gemächer und eine riesige Bibliothek geführt hatten. Doch weit und breit war keine Menschenseele zu finden, die er hätte belauschen können, um herauszufinden, wo sie Fynn gefangen hielten. Weshalb hatte er auch zurückkommen müssen? Er war frei gewesen! Anstelle des Rittes nach Eaton Hall hätte Fynn sich auch vor den Galgen in Chester stellen können.

Jacob schüttelte den Kopf über seinen Freund. Er hatte geglaubt, er würde ihn nie wiedersehen, und nun schlich er durch ein dunkles Labyrinth, in der Hoffnung, irgendeinen

Hinweis auf Fynns Aufenthaltsort zu erbeuten. Fynn schuldete ihm etwas, wenn das hier erst einmal durchgestanden war!

Das dumpfe Gemurmel der Stimmen schien lauter zu werden, als Jacob vor einer weiteren Weggabelung stand. Einer der beiden Gänge wurde immer schmaler und schien sich im Nichts zu verlieren. Die Stimmen drangen aus der anderen Richtung. Er fröstelte und fragte sich, wie viel Zeit er wohl schon in dieser Finsternis verbracht hatte.

Er folgte den Stimmen, die mit jedem Schritt wütender zu werden schienen. Je weiter er ging, desto kraftvoller wurden sie und desto klarer vermochte er, einzelne Worte ausfindig zu machen. Zwei Männer stritten sich heftig miteinander. Er stockte, als er eine der beiden Stimmen wiedererkannte.

„Das ist doch der Baronet!"

Für einen Augenblick stand er wie versteinert. Die Stimmen drangen von der anderen Seite der Mauern zu ihm herüber, doch obgleich an der Heftigkeit der Unterredung nicht zu zweifeln war, konnte er ihre Worte nicht klar verstehen. Er drückte sein Ohr gegen den kalten Stein, um sie besser hören zu können, und tatsächlich schaffte er es, einen Teil ihres Wortwechsels zu erhaschen.

„Glaubt Ihr allen Ernstes, es würde mir Freude bereiten, meine eigene Tochter an den Galgen zu liefern?", donnerte die Stimme des Baronets, sodass auch Jacob zusammenzuckte.

„So unternehmt doch etwas, in Gottes Namen! Diese Leute sind Euch unterstellt."

Er kannte diese zweite Stimme. Aber er vermochte nicht, sie einem Gesicht zuzuordnen.

„Die Vollstreckung des Urteils wird in Anwesenheit eines Abgesandten aus Chester durchgeführt. Glaubt nicht, dass ich nicht bereits versucht hätte, ihr Leben zu retten."

Jacobs Herzschlag setzte einen Moment lang aus.

Die Vollstreckung des Urteils? Seine eigene Tochter an den Galgen liefern?

Nein, er musste sich verhört haben! Der Baronet würde niemals zulassen, dass die Lady hingerichtet würde. Das konnte nicht wahr sein; das *durfte* einfach nicht wahr sein!

Er drückte sich noch enger gegen die Mauern, als wollte er mit ihnen verschmelzen.

„… erste Hinrichtung seit Langem in Eccleston. Solche Spektakel ereignen sich nicht in diesen kleinen Dörfern."

„Es war schwer genug, die Gnade zu erwirken, das Urteil so lange aufschieben zu können."

Nein, nein, nein, wie konnten sie von einer Hinrichtung sprechen? Wenn die Lady sterben sollte, was würde dann mit Fynn geschehen? Wie war es überhaupt möglich, die Lady dem Galgen auszuliefern? Was hatte sich in Chester ereignet? Und wo befand sich Fynn?

Seine Gedanken rasten und er schaffte es kaum, sich auf die Unterhaltung der beiden Männer zu konzentrieren, deren Stimmen nach und nach verebbten. Jacob jedoch verharrte, noch immer eng an den kalten Stein gepresst, sodass seine Glieder bereits starr zu werden schienen. In seinem Kopf drehte sich alles, während all die unbeantworteten Fragen seine Seele aufwühlten.

Lady Mary sollte in Eccleston hingerichtet werden? Wie konnte ihr Vater dies zulassen?

Schwarze Schatten tanzten an den grauen Wänden, wenn sie die Lider aufschlug. Fynns Augen begannen langsam, sich an die Dunkelheit zu gewöhnen. Doch eine fremdartige Müdigkeit hatte sie befallen und sie wusste zuweilen nicht, ob sie wachte oder schlief. Wütende Stimmen und schmerzvolle Schreie durchzogen ihre Träume und die ewig währende Finsternis hatte ihr jegliches Zeitgefühl entrissen. Ihre Schulter pochte und trieb ihr abwechselnd kalte Schauer über den Rücken und den Schweiß auf die Stirn. In regelmäßigen Abständen fand sie etwas Brot und Wasser in ihrer Zelle, doch nie hatte sie denjenigen bemerkt, der die karge Mahlzeit für sie zurückgelassen hatte. Zäh umfloss sie die Zeit und manchmal erwachte sie, ohne zu wissen, wo sie sich befand.

Ihre Glieder waren steif, ihr Rücken schmerzte. Sie stöhnte, als sie sich aufsetzen wollte, da sich ihr ganzer Körper dagegen wehrte. Da erst bemerkte sie die Frau in ihrer Zelle.

Erschrocken kauerte sie sich an die Wand. Kalter Stein schlug gegen ihre Schulterblätter, während sie den Eindringling nicht aus den Augen ließ.

„Hab keine Angst."

Sie kannte diese Stimme. Ungläubig beobachtete sie die Frau, die sich ebenfalls auf dem Steinboden niederließ und zu ihr herüberblickte, als wäre sie ein verschrecktes, junges Tier.

„Was willst du?", fauchte sie giftig. Was hatte Marys Zofe hier verloren?

„Dir helfen."

Fynn kniff die Augen misstrauisch zusammen.

„Ist Mary bereits wieder auf Eaton Hall?"

Sie konnte die Traurigkeit nicht verstehen, die sich in den Zügen der Zofe spiegelte, als sie behutsam nickte. Hatte sie Gelegenheit gehabt, Mary zu sehen? Hatte Mary ihr aufgetragen, Fynn zu helfen, oder wollte der Baronet ihr so nur noch mehr Geheimnisse entlocken, um sie an Marys statt an den Galgen zu bringen?

Und wenn schon – was macht es jetzt noch für einen Unterschied?

Sie musterten sich, als versuchten sie die Gründe der anderen zu lesen. Fynns Schulter pochte noch immer, als die Frau sich erhob, um näher an sie heranzutreten. Sie hielt neben ihr inne, um ihre Stirn zu berühren, sodass Fynn unter ihrer kalten Hand unwillkürlich zusammenzuckte. Sie rückte von ihr ab, ohne sie dabei aus den Augen zu lassen.

„Du fieberst", flüsterte Marys Zofe mit einer sanften Stimme, als wollte sie ein krankes Kind beruhigen. Fynn spürte wieder den stechenden Schmerz in ihrer Schulter.

„Wie lange bin ich schon hier?", fragte sie unbeeindruckt.

„Etwas mehr als vier Tage." Vier Tage bereits! Wie viel konnte sich in vier Tagen ereignen! „Komm, wir haben nicht viel Zeit."

Die hochgewachsene, schlanke Frau mit den traurigen Augen streckte ihr eine Hand entgegen. Für wenige Momente zögerte Fynn, doch dann ergriff sie die kalten Finger und ließ sich auf die Beine helfen. Da erst bemerkte sie, dass die schwere, eisenbeschlagene Holztür zu ihrer Zelle geöffnet war.

Kaum Licht drang durch den Spalt, als sie darauf zuschritten, und mit schmerzlicher Heftigkeit wurde Fynn sich ihrer steifen Glieder bewusst.

Sie traten auf den länglichen Korridor, der in ein dumpfes Licht gehüllt war. Fynn hatte erwartet, dass Marys Zofe sie zu einer Treppe führen würde, um dem Verlies zu entkommen, doch die Frau folgte dem Korridor bis zu einer Nische in einer Wand, die Fynn im gedämpften Licht der Kerzen übersehen hätte. Sie lehnte sich gegen die Mauer und Fynn glaubte schon, dass die Zofe den Verstand verloren hatte, als der Stein nachgab und sie in einen Gang blickte, der in vollkommene Dunkelheit zu führen schien.

Die Zofe griff nach einer der Kerzen, die Schatten über ihre goldblonden Haare tanzen ließ. Fynn zögerte. Hatte Mary mit ihrer Zofe über die geheimen Gänge gesprochen? Doch selbst wenn – Mary hatte unmöglich wissen können, wie viele dieser Gänge existierten und wohin sie führten.

Die Zofe warf ihr einen drängenden Blick zu. Mit einem leicht flauen Gefühl im Magen folgte Fynn ihr in die Dunkelheit, die sich wie ein Mantel um die beiden zu schmiegen schien, als sich die versteckte Tür hinter ihnen wieder schloss.

Die Kerze flackerte. Ihr Licht warf lange Schatten an die steinernen Wände, während die Zofe vorauseilte. Fynn folgte ihr, in Gedanken noch immer rastlos. Ihre Glieder schmerzten bei jedem Schritt und sie glaubte, in der Ferne ein dumpfes Weinen wahrzunehmen, das Schluchzen einer Frau. Konnte die Zofe es nicht auch hören?

„Woher kennst du die Gänge?“, fragte sie unter angestrengtem Atem, während sie der älteren Frau folgte, die zielstrebig auf etwas zuzuhasten schien.

„Meine Schwester nutzte sie einst …“ Die Worte waren schwer zu vernehmen, da sie sich nicht zu Fynn umwandte, doch trotzdem vernahm diese das Stocken in der Stimme der anderen. „Vor sehr langer Zeit.“

Ihre Schwester? Vor sehr langer Zeit?

Doch dies war nicht der Augenblick, um Fragen zur Vergangenheit einer Zofe zu stellen. Das Stechen in ihrer Schulter hatte wieder eingesetzt und das Wehklagen in ihrem Kopf wurde immer lauter. War das nicht Mary, die da nach ihr rief? Wenn die Zofe die geheimen Gänge kannte, musste sie nicht auch wissen, wie sie zu Mary gelangen könnten?

„Wir dürfen Mary hier nicht zurücklassen“, rief sie in die Stille und glaubte, die Frau vor sich erstarren zu sehen. Die Stimme, die ihr antwortete, war seltsam belegt und von einer tiefen Traurigkeit erfüllt.

„Aber jetzt ist nicht die Zeit, sie zu holen.“

„Wann schlägt denn die richtige Stunde? Wenn sie vor dem Galgen steht?“, fuhr Fynn sie wütend an. Auch sie hatte innegehalten und stützte sich an den Mauern ab, als sie einer kleinen Nische zu ihrer Linken gewahr wurde. Eine weitere geheime Tür. Ihr Herz schlug schneller. Sie blickte wieder zu der Zofe, die noch immer vor ihr stand, ohne sich umzuwenden, und deren Stimme nicht mehr so kräftig war wie zu Beginn ihrer Unterredung.

„Vertrau mir.“

„Wie kann ich das?“, erwiderte Fynn wütend, als die Zofe herumfuhr und sie zornig anfunkelte. Mit einem Mal lief Fynn ein kalter Schauer über den Rücken, während sie in diese Augen schaute, so sehr erinnerte dieser Blick sie an Mary. Hörte sie denn nicht das leise Schluchzen dieser anderen Frau, die nur Mary sein konnte?

„Du hast keine andere Wahl.“ Obgleich die Stimme der Zofe nicht bedrohlich klang, so war sie dennoch bestimmt und duldete keinen Widerspruch, eine Kunst, die Fynn sich noch nicht zu eigen gemacht hatte und auch nicht beabsichtigte, dies jemals zu tun.

„Doch, die habe ich.“

Bevor die Zofe wusste, wie ihr geschah, hatte Fynn in die Nische gegriffen, um die geheime Tür aufzuschieben. Grelles Tageslicht flutete in den dunklen Gang und blendete sie, während sie hinausstolperte.

„Um Gottes willen, Fynn!“ Sie hörte noch die Stimme der Zofe, doch schenkte sie ihr keine Beachtung. Sie kniff die Augen zusammen, so sehr schmerzte die plötzliche Helligkeit, als sie über den Korridor schwankte. Sie tastete nach einem Halt, einer Wand, etwas, um sich zu orientieren, und hätte beinahe das Gleichgewicht verloren, als ihre Finger ins Leere griffen.

„Fynn!"

Die Stimme der Zofe mischte sich in das Wehklagen, das noch in ihrem Kopf spukte.

Ich lasse Mary nicht noch einmal im Stich.

Sie rappelte sich auf und ohne zu überlegen oder sich umzublicken, taumelte sie den Korridor entlang, der Stimme folgend, die sie für Marys hielt. So schnell sie konnte beschleunigte sie ihre Schritte, ohne auf den ziehenden Schmerz ihrer Schulter zu achten. Der Gang kam ihr bekannt vor; sie war schon einmal hier gewesen. Ihr Herz machte einen Satz, als sie glaubte, sich nicht weit von Marys Gemächern zu befinden. Wo sonst würde der Baronet seine dem Tod geweihte Tochter unterbringen lassen? Nach und nach gewöhnten sich ihre Augen an das helle Licht und plötzlich rannte sie. Es war nicht mehr weit. Die Gemälde an den Wänden musterten sie mit starren Augen, während Fynn weiterhastete. Nur noch um eine Biegung und sie würde die große Tür bereits sehen können, die sie nur allzu oft selbst durchschritten hatte.

Hinter ihr erklangen Schritte. Nein, sie war zu weit gekommen, sie würde sich nicht in die dunklen Gänge zurückzerren lassen. Dieses Mal würde sie nur mit Mary fliehen.

Sie erreichte die Biegung des Korridors und wollte sich umwenden, um zu sehen, ob die Zofe ihr noch folgte, als sie mit jemandem zusammenprallte. Vor Schreck schaffte sie es nicht mehr, das Gleichgewicht zu halten und stürzte auf den Boden, sodass ein heißer Schmerz ihre Schulter durchzuckte und ihr einen erstickten Schrei entriss.

„Na, sieh mal einer an. Ich konnte mir schon denken, dass ich dich hier finden würde", zischte eine ihr nur allzu vertraute Stimme. Sie blickte auf in die hämisch grinsenden Augen Lord Henry Leys, des Earls of Marlborough.

38 souviens-toi du jour

Unruhig trat Cathy von einem Bein aufs andere. Ihre langen blonden Haare hatte sie eilig in einem Knoten zurückgebunden, der sich bereits wieder im Wind zu lösen begann. Je länger die Schatten wurden, desto mehr stieg ihre Unruhe. Salbei und Eisenkraut neigten sich im Wind, während die Sonne immer mehr dem Horizont zustrebte. Neben ihr lag eine kleine, lederne Tasche, bis zum Rand gefüllt mit einem Laib Brot, Äpfeln, Birnen und sogar einigen Stückchen Huhn, die sie aus der Küche stibitzt hatte.

Wo bleibt nur Camillia?

Sie biss sich auf die Lippe. Konnte es möglich sein, dass sie und Fynn abgefangen worden waren? Vielleicht sollte sie Jacob benachrichtigen. Sie hatte bereits zu lange gewartet.

Ein Knarren riss sie aus ihren Gedanken. In der Wand, an der sie soeben noch gestanden hatte, war ein dunkler Spalt sichtbar geworden, der sich mit einem erneuten, nun etwas lauteren Knarren weiter vertiefte und schließlich die Sicht auf Camillia freigab.

Cathy stöhnte erleichtert auf.

„Du hast mir einen unheimlichen Schrecken eingejagt!" Sie schüttelte den Kopf und schlug die Hände über dem Brustbein zusammen. „Wo ist Fynn?" Sie spähte über die Zofe in die Dunkelheit des Ganges, konnte jedoch keine Bewegung ausmachen. Sie blickte von Camillia in den Gang und wieder zu Camillia, doch diese schüttelte nur erschöpft den Kopf.

Cathy wollte etwas erwidern, doch ihr blieben die Worte in der Kehle stecken.

„Ich schaffte es, mit ihr in die geheimen Gänge zu gelangen, doch sie wollte nicht ohne Mary gehen. Sie war zu schnell auf dem Korridor, als dass ich sie zurückhalten konnte."

„Und nun sucht sie nach der Lady? Könntet Ihr sie nicht gegen ihren Willen mit Euch bringen? So wird es ihr nie gelingen, sie zu befreien!" Wie sollte Cathy Fynn in diesem Haus finden, wenn sie nicht gar schon entdeckt worden war? Fynn war klug, das wusste sie, aber selbst ihr würde es in ihrem fiebrigen Zustand nicht möglich sein, sich zu verstecken – nicht in dieser Höhle des Löwen, in der auch die Raubtiere bald bemerken müssten, dass sie sich wieder auf freiem Fuß befand.

Als hätte Camillia ihre Gedanken gelesen, holte ihre Stimme Cathy in die Wirklichkeit zurück.

„Glaubst du, ich hätte es nicht versucht? Sie ist Lord Henry genau in die Arme gelaufen." Cathy erstarrte bei den Worten der Zofe. „Ich bin ihnen gefolgt; er brachte sie in eine der ungenutzten Kammern im Nordflügel. Er besaß einen Schlüssel – Gott allein weiß, wie er in dessen Besitz gelangte – und anschließend postierte er einen Wächter davor."

„Bring mich hin", forderte Cathy, ohne lange zu zögern. „Wir sind so weit gekommen, wir können sie jetzt nicht im Stich lassen."

Die Zofe schenkte ihr ein leichtes Lächeln, als bewunderte sie ihren kindlichen Mut, doch schien ihr im Stillen zu verstehen geben zu wollen, dass manche Hoffnungen unerfüllbar blieben. Dennoch schritt sie zur Seite, um Cathy in den geheimen Gang eintreten zu lassen, nachdem die Küchenmagd sich den ledernen Beutel über die Schulter geworfen hatte.

Sie legten einen großen Teil des Weges in den geheimen Gängen zurück und ein weiteres Mal war Cathy über das Wissen der Zofe erstaunt. Sie schien diese Gänge besser zu kennen als irgendjemand sonst und bewegte sich mit einer Sicherheit, als schiene sie genau zu wissen, wohin jeder einzelne führte. Cathys Misstrauen hatte sich bereits ein erstes Mal geregt, als Camillia sie aufgesucht hatte, um sich ihre Hilfe zu erbitten – im Namen der Baronetstochter. Wie konnte Cathy sich sicher sein, dass dieser Ersuch keine Finte war, um auch sie und Jacob in die Gewalt des Baronets oder Earls zu bringen, nur weil sie Fynn hatten helfen wollen? Die Gedanken solcher Adeliger waren unergründlicher als die Wege des Herrn.

Sie verließen die Dunkelheit, um in einen Korridor zu stolpern, der Cathy verlassen anmutete. Sie konnte sich nicht daran erinnern, hier jemals gewesen zu sein.

„Der Nordflügel", flüsterte Camillia, als sie den Korridor wie zwei Schatten entlanghuschten. Eine gespenstische Stille hatte sich über sie gelegt, sodass Cathy glaubte, ein jeder Schritt würde in ihren Ohren widerhallen.

Sie erreichten eine Wendeltreppe, die in engen Windungen hinaufführte, und wieder musste Cathy sich fragen, ob die Zofe sie wirklich zu Fynn führen würde oder nur in die Arme des Wächters.

Camillia blieb abrupt stehen, sodass Cathy beinahe in sie hineingelaufen wäre. Sie wollte protestieren, doch die Zofe hatte sich bereits zu ihr umgewandt und einen Finger auf die Lippen gelegt. Cathy spähte an ihr vorbei und konnte sehen, dass sie am Ende der Treppe angelangt waren, die in einen schmalen Korridor führte, an dessen Wänden sich mehrere Türen aneinanderreihten. An einer dieser Türen lehnte ein grimmig dreinblickender Bursche. Sie und Camillia tauschten einen letzten Blick aus, bevor sie in den Korridor traten und auf ihn zuschritten. Er wandte sich ihnen zu, mit kalten dunklen Augen, dass Cathy unwillkürlich erschauderte.

„Wir bringen Speise und Trank für die Gefangene", sprach Camillia mit so fester Stimme, als ließe der Anblick des hochgewachsenen Mannes mit den breiten Schultern sie vollkommen kalt. Er musterte sie von Kopf bis Fuß, ohne ein Wort zu erwidern, und blieb dann mit seinem Blick an Cathy und dem ledernen Beutel hängen, der noch immer bis zum Rand gefüllt war. In seinen Zügen war keine Regung zu sehen und Cathy glaubte, nicht einmal beobachtet zu haben, dass seine Lippen sich bewegten, als er mit frostiger Stimme erwiderte: „Hier darf niemand passieren. Anordnung des Earls of Marlborough."

Camillia jedoch ließ nicht locker und ihre Stimme klang ebenso kalt wie die des Mannes.

„Dennoch sind wir vom Herrn des Hauses beauftragt worden …"

„Wie ich bereits sagte", zischte der Mann mit dem kantigen Gesicht und den harten Augen bedrohlich, „hat hier niemand das Recht zu passieren. Auch Ihr nicht."

Er baute sich vor den beiden auf und schenkte ihnen einen düsteren Blick aus seinen beinahe schwarzen Augen, der Cathy das Blut in den Adern gefrieren ließ.

„Aber ich werde doch wohl das Recht haben zu passieren?"

Cathy fuhr herum. Unmöglich! Auch Camillia hatte sich umgewandt und war erstarrt, als sie die ihr vertraute Gestalt erblickte, die da aus den Schatten hervortrat.

Der grimmige Wächter blickte finster drein, als er des Baronetssohnes gewahr wurde, doch seine Züge blieben gleich seinen Worten noch immer hart.

„Verzeihung, Sir, aber auf Anordnung Lord Henrys darf niemand diese Kammer betreten."

Richard war an ihn herangetreten, sodass sich die Männer auf Augenhöhe gegenüberstanden. Cathy glaubte deutlich zu spüren, wie die Luft zu knistern begann. Bildete sie es sich nur ein oder umspielte ein leichtes hämisches Grinsen die Lippen von Marys Bruder?

„Ich denke nicht, dass der von mir stets hochverehrte Lord das Recht besitzt, mich in meiner eigenen Behausung in die Schranken zu weisen", erwiderte Richard und der Unterton, der in seiner Stimme mitschwang, wusste nichts Gutes zu verheißen. Dies schien dem Burschen jedoch zu entgehen, denn der wiederholte nur stur seine Aussage.

Es ging zu schnell, als dass Cathy es hätte kommen sehen. Bevor sie sich rühren, bevor Camillias Lippen auch nur ein Wort entweichen konnte, traf Richards Faust die Schläfe des Mannes. Cathy glaubte, noch den Schrecken und die Überraschung in seinen dunklen Augen lesen zu können, bevor er zu Boden sackte und regungslos liegenblieb. Sie stieß einen spitzen Schrei aus und Camillia stellte sich schützend vor sie.

„Was zum Henker tut Ihr?", fauchte sie, als Richard sich über den bewusstlosen Körper beugte und dessen Taschen durchsuchte.

„Das Mädchen in dieser Kammer vor eben jenem bewahren."

Er hielt einen kleinen, messingfarbenen Schlüssel in den Händen. Camillia und Cathy wagten sich nicht zu rühren, als er das Vorhängeschloss öffnete, den Riegel beiseiteschob und die Tür aufstieß. Richard wandte sich ihnen zu und gab den Blick auf Fynn frei.

„In Gottes Namen!“, hauchte Camillia und rauschte in die Kammer, um sich neben dem Mädchen niederzulassen. Cathy jedoch stand noch immer wie versteinert. Fynn schien um Jahre gealtert zu sein. Ihre Wangen waren blass und eingefallen, ihr Blick seltsam leer. Cathy hatte schon länger geahnt, dass jene schlanken Hände und das weiche Timbre ihrer Stimme keinem Mann eigen waren, doch es war befremdlich, sie nun so vor sich zu sehen, mit einem Mal nur noch ein Schatten ihrer selbst.

„Geh und such ihr etwas zum Anziehen.“ Richards Stimme klang seltsam kalt in Cathys Ohren, als er sich an Camillia wandte. Auch deren Blick wurde mit einem Mal hart, als sie von Fynn abließ. Sie verharrte einen Augenblick, die Hand auf Fynns Stirn gelegt, als wollte sie sichergehen, dass Fynn sich der nahenden Rettung bewusst war, bevor sie sich erhob und zögerlich nur aus der Kammer trat.

„Ich bringe sie in meine Gemächer“, hörte Cathy den Baronetssohn noch sagen, bevor Camillia ihrem Blickfeld entschwand, um Kleidung für Fynn zu finden, und die junge Küchenmagd fühlte sich so verloren wie noch nie zuvor in ihrem Leben.

„Wie lange willst du dort noch wie eine Salzsäule verharren?“

Sie zuckte zusammen, als Richard das Wort an sie richtete. Sich gemeinsam mit Fynn und ihm in einer kleinen Kammer zu befinden, erschien ihr unwirklich. Zuvor hatte sie noch nie ein Wort mit dem Sohn des Baronets gewechselt. Er hatte ihr immer Furcht eingeflößt.

Sie schritt zögerlich auf die beiden zu. Dennoch vermied sie es, Richard ins Gesicht zu blicken, sondern ließ ihre Augen nur auf Fynn ruhen.

„Fynn, wie geht es dir?“, flüsterte sie besorgt, als sie ihren Arm ergriff, um ihr aufzuhelfen. Er war über und über mit Blutergüssen übersät, sodass sich Cathys Herz bei diesem Anblick zusammenzog. Sie wollte sich nicht vorstellen, was Fynn hatte durchleiden müssen.

„Sei vorsichtig." Fynns Stimme ähnelte einem Keuchen und ihr Atem ging schwer. Als Cathy ihren Griff um den Arm schloss, spürte sie, wie Fynn kaum merklich zusammenzuckte. Ihre Schulter schien sich ein weiteres Mal entzündet zu haben.

Gemeinsam mit dem Baronetssohn schaffte sie es, Fynn auf die Beine zu helfen, und behutsam schritten sie den Korridor entlang, durch den auch schon Camillia soeben geeilt war. Fynn war leichter, als sie es erwartet hätte, und – dem Himmel sei Dank – die Gemächer des Baronetssohnes befanden sich nicht weit von denen im Nordflügel entfernt. Cathy entsandte ein stilles Stoßgebet, dass sie niemandem begegneten.

Camillia erwartete sie bereits mit einigen Zofenkleidern. Fynn war noch immer wackelig auf den Beinen, doch sie hielt sich selbst aufrecht, als Richard von ihr ließ. Ihre Blicke trafen sich. Seine kühlen grauen Augen schienen sich leicht zu verengen und Funken zu sprühen. Cathy zuckte bei seinem Blick unwillkürlich zusammen. Fynn jedoch erwiderte ihn lediglich traurig, nicht im Geringsten eingeschüchtert, und beinahe glaubte Cathy, diese ihr so vertrauten grünen Augen zu Marys Bruder sprechen zu hören: „Es tut mir leid. Es ist alles mein Verschulden."

Weshalb hatte der Sohn des Baronets sich dazu entschlossen, Fynn zur Seite zu stehen? Aus den gleichen Gründen, die auch Camillia dazu getrieben hatten, sich für dieses Mädchen einzusetzen?

Es war sonderbar, Fynn so verletzlich in ihrer weiblichen Erscheinung zu sehen, obgleich Cathy es gewusst hatte. Da war etwas in Fynns Stimme gewesen, diese hauchzarte Nuance, die sich ebenso in ihrem Wesen niedergeschlagen hatte, dass es für sie bereits nach wenigen Wochen keinen Zweifel mehr daran gegeben hatte, dass Fynn in Wirklichkeit das Herz einer Frau in sich trug. Sie hatte nie gewusst, aus welchen Gründen Fynn sich dazu entschlossen hatte, ihr wahres Geschlecht sowie ihre Herkunft zu verleugnen, doch sie hatte sie auch nie zur Rede gestellt. In Momenten wie diesem aber fragte sie sich erneut, was Fynns Vergangenheit so düster hatte werden lassen, dass sie sich für ein Leben in den Schatten dieser Welt entschieden hatte.

„Ich kann nichts mehr für dich tun, wenn du das Anwesen verlassen hast. Dann bist du auf dich allein gestellt." Richard blickte Fynn fest in die Augen, als er diese Worte sprach, und ließ keinen Zweifel daran, dass er seine Aufgabe hier als beendet betrachtete. Cathys Blick huschte zwischen ihm und Fynn hin und her. „Sherrington wird dich in der Nähe der versteckten Tür in den Mauern um das Anwesen erwarten. Ich habe ihm bereits ein weiteres Pferd zukommen lassen."

Sherrington? Was war mit Jacob und Kenneth?

„Ich kann nicht gehen, ohne Mary noch einmal gesehen zu haben."

Trotz ihres geschundenen Körpers hatte Fynns Stimme nichts von ihrer Kraft und Bestimmtheit eingebüßt und Cathy spürte ein Ziehen in ihrem Herzen. Was, wenn es ihnen wirklich nicht vergönnt war, sie beide zu retten?

Sie blickte hinüber zu Richard, dessen Augen kalt funkelten. Seine Schwester hatte ihr Leben für Fynn gegeben. Doch seine Gefühle ließen sich nicht in seinen Augen lesen; er hatte seine Seele vor ihnen allen verschlossen und ganz gleich, welchen Schmerz er fühlen mochte, dieser drang nicht bis an die Oberfläche.

„Glaube mir, ich tue dies hier nicht um deinetwillen." Cathy erschienen diese Worte wie ein Schlag ins Gesicht, doch Fynn blieb ruhig und ausdruckslos, als hätte sie sie bereits erwartet. „Hätte meine Schwester mich nicht ausdrücklich darum gebeten, hätte ich mich zu hüten gewusst, die Pläne Lord Henrys zunichtezumachen. Ein Earl verfügt über weitaus mehr Macht als der Sohn eines Baronets."

In Fynns Augen schimmerten Tränen. „Es muss einen Weg geben, Eurer Schwester das Leben zu retten."

Richard ballte die Hände zu Fäusten, als müsste er sich beherrschen, seiner Stimme keinen wütenden Tonfall zu verleihen. Dennoch klang er verbittert, als er wieder zu sprechen begann.

„Es sind Entscheidungen getroffen worden, auf die ich keinen weiteren Einfluss mehr habe. Dennoch bat sie mich, dir das hier zu geben."

Er ließ etwas in Fynns Hand fallen. Zunächst konnte Cathy nicht erkennen, um was es sich dabei handelte. Fynns Augen schimmerten feucht, während sie den Gegenstand betrachtete, und mit einem Mal strömten ihr lautlose Tränen über die Wangen, als wäre Marys Todesurteil soeben ein weiteres Mal gefällt worden.

„Sie sagte, dass du wüsstest, was es bedeutet."

Jetzt erst erkannte Cathy den filigranen Gegenstand in Fynns Händen: einen kleinen Anhänger, ein Segelboot mit gehissten Segeln. Fynn brachte kein weiteres Wort über die Lippen, nicht einmal ein Schluchzer drang aus ihrer Kehle hervor und Cathy hätte wohl ihre Seele dafür gegeben, sie in diesem Moment umarmen zu können. Sie hätte nie geglaubt, Fynn einmal weinen zu sehen.

„Hier scheiden sich unsere Wege. Camillia, du kannst sie bei Nacht durch die Küche zu den Toren bringen. Ich werde dafür sorgen, dass euch niemand beobachten oder folgen wird."

Richards dunkle Augen musterten Fynn nachdenklich, bevor er sich abwandte und sich anschickte, seine Gemächer zu verlassen.

Als der Sohn des Baronets ein letztes Mal innehielt, bevor er den Knauf drehte, hielt Cathy unwillkürlich den Atem an. Er wandte sich um. Fynns Blick traf den seinen.

„Ich hoffe, dass das Opfer meiner Schwester nicht umsonst gewesen ist."

Auch in seinen Augen hatte sie Tränen schimmern sehen.

Mit einem Male schien ihm das Gemach größer als zuvor. Leer. Als hätten ihn auch die Geister und Erinnerungen derjenigen verlassen, der er einst seine ganze Liebe geschenkt hatte, nun, da er die gemeinsame Tochter dem Tod überlassen musste. Auf dem Tisch vor ihm lagen unzählige Schriftstücke, die um seine Aufmerksamkeit buhlten, doch keines vermochte ihn länger als wenige Minuten zu fesseln. Auch nicht jenes über die Zahlungsunfähigkeit seines Schwagers Peter Daniell, für den er sich einst verbürgt hatte, obgleich ihm bewusst war, was dies zu bedeuten hatte. Im Fleet-Gefängnis trug eine der Zellen schon Namen des Baronets. Es wäre nur eine Frage der Zeit, bis sie ihn holen kämen.

Der Blick Sir Richards streifte ins Leere und fieberhaft suchte er nach einem anderen Ausweg für das, was sich bereits in weniger als einem Tag ereignen sollte. Wie konnte er eines seiner Kinder in einer solchen Schande sterben lassen? Ganz gleich, welche Lösung er sich auch erdachte, stets waren ihm die Hände gebunden. Er spürte eine Müdigkeit in sich aufsteigen, und mit einem Mal schien die ganze Welt an Bedeutung zu verlieren.

„Die Hexe ist uns erneut entwischt!"

Die Tür zu seinen Gemächern wurde schwungvoll aufgerissen und kaum, dass Lord Henry die Schwelle übertreten hatte, erfüllten seine zornigen Worte bereits das ganze Gemach. Mit großen Schritten näherte er sich dem Baronet, sodass dieser glaubte, das erhitzte Gemüt seines Gegenübers regelrecht zu spüren. Allerdings schaffte er es nicht, den Blick des Earls mit der gleichen feurigen Leidenschaft zu erwidern. In seinen Augen mussten sich andere Gefühle spiegeln.

„Was macht es jetzt noch für einen Unterschied?", erwiderte er lediglich.

„Sie trägt die Schuld an alledem, was sich hier ereignet!", ereiferte sich Lord Henry. „Sie muss ihrer gerechten Strafe zugeführt werden."

Sir Richard erwiderte seinen hitzigen Blick, doch seine Stimme blieb ungewohnt ruhig und gefasst für einen Moment wie diesen. Bildete er es sich nur ein oder war wirklich alle Farbe aus diesem Raum gewichen, dem er einst so viel Bedeutung beigemessen hatte? Alles um ihn herum schien in Bedeutungslosigkeit zu verblassen.

„Eines meiner Kinder wird sterben", sagte er mit einer Stimme, die nicht ganz die seine war, „und daran wird auch ihre Gefangennahme nichts mehr ändern."

„Wollt Ihr so leicht aufgeben?" Lord Henry musterte ihn ungläubig, beinahe mit einer gewissen Herablassung, und zum ersten Mal wurde Sir Richard sich deutlich der Jahre bewusst, die zwischen ihnen lagen. Er hatte nicht mehr die Kraft, sich an einer solchen Belanglosigkeit zu erzürnen, wenn seine Tochter nur noch wenige Stunden zu leben hatte. Was brächte ihm die Verhaftung dieses Mädchens? Es war eine Kuriosität, einen solch harten Richtspruch zu erlangen, und dass er gegen Mary gefällt worden war, musste nicht bedeuten, dass das Mädchen das gleiche Schicksal ereilen würde.

„Mir bleibt keine Hoffnung mehr, My Lord."

Was nützte ihm die Rache? Sie konnte die Toten auch nicht zurückbringen.

„So verharret in Eurer Starre." Lord Henry richtete sich auf. „Ich werde die Hände nicht in den Schoß legen. Glaubt mir, die Hexe wird zur Hinrichtung Eurer Tochter erscheinen, um sich an den Früchten ihres Teufelswerkes zu weiden, und ich schwöre bei Gott, dann hat ihre letzte Stunde geschlagen."

Sir Richard bedachte ihn nur mit einem erschöpften Blick. Sollte er sich auf die reißerische Hexenjagd begeben! Auch dies würde die Verlobung seines Sohnes nicht retten können. Er musste selbst wissen, welchen Wert er dieser Zeitverschwendung beimaß.

Er sah eine Ader an der Schläfe des Earls pulsieren, als dieser sich abwandte und aus seinen Gemächern trat. Mit einem lauten Krachen fiel die Tür ins Schloss und unwillkürlich schreckte Sir Richard zusammen. Hatte er dort nicht eben Isabelles Stimme gehört, die den Tod ihrer Tochter beweinte?

Am Himmel funkelten bereits die ersten Sterne und die Nacht ließ ihre Schleier über die Wälder nieder, als Cathy und Fynn die Gemächer des Baronetssohnes verließen. Fynn war in ein langes Leinenkleid gehüllt, über das Camillia einen dunklen, wollenen Mantel geworfen hatte, bevor sie voneinander Abschied nahmen. Zu gerne hätte Fynn gewusst, aus welchem Grund auch sie sich dazu entschlossen hatte, ihr beizustehen, doch in den traurigen Augen der Zofe leuchtete bereits die Antwort. Wie Richard hatte auch sie sich Marys letztem Wunsch gebeugt. Fynns Herz zog sich zusammen, als ihr ein weiteres Mal bewusst wurde, dass diese Menschen ihr nicht um ihretwillen ihre Freiheit zurückgegeben hatten. Selbst jetzt noch schien Mary schützend ihre Hand über sie zu halten.

Gemeinsam mit Cathy schritt sie durch einen langen Flur, an dessen Wänden die Porträts ihr unbekannter Gesichter im Halbdunkel versanken. Konnte sie jetzt wirklich einfach gehen und Mary hier zurücklassen?

„Es ist nicht mehr weit."

Cathys Stimme riss sie aus ihren Gedanken, als sie eine Treppe erreichten und hinunterstiegen. Fynn schluckte schwer. Es war ein ungewohntes Gefühl, sich so offen zu zeigen, obgleich Cathy und Camillia sie so hergerichtet hatten, dass sie auf den ersten Blick nicht wiederzuerkennen war. Jedes Mal, wenn ein Bediensteter an den beiden vorbeihastete, beschleunigte sich Fynns Herzschlag und sie verspürte den Drang, schneller zu gehen. Cathy jedoch hielt sie sanft zurück.

„Sie werden nicht erraten, wer du wirklich bist." Mit einem leichten Lächeln fügte sie etwas leiser hinzu: „Obwohl dies die Fynn ist, die du immer hättest sein sollen und in deinem Herzen wohl auch immer warst."

Ihre Worte brachten Fynn zum Schmunzeln. „Hat es dich nicht erstaunt?"

Cathy schüttelte nur den Kopf, als sie Fynn durch eine kleine Halle führte und dann den Gang zu ihrer Linken wählte. „Nein, ich wusste es schon länger. Du magst vielleicht den Adel zum Narren halten, aber nicht ein Mädchen aus den Weilern."

Sie lachte, als sie die Küche erreichten. Vorsichtig spähte Cathy hinein und bedeutete Fynn, ihr durch das rege Treiben zu folgen. Flink huschte Cathy zu einer Nische, vorbei an frisch geschlachtetem Huhn, Erbsen und Bohnen, deren Gerüche sich in der Luft vermischten und Fynns Magen daran erinnerten, dass sie schon seit einiger Zeit nichts mehr gegessen hatte.

In der Nische angekommen, wandte Cathy sich kurz um, doch niemand achtete auf sie oder die brünette Magd, die mit einem Mal hinter der Wand verschwunden waren.

Dies ist also der Gang, durch den Jacob heimlich zu Cathy gelangt.

Cathy entzündete eine Kerze.

„Weshalb hast du dich versteckt?", nahm sie das Gespräch wieder auf, als sich die Tür zu dem geheimen Gang hinter den beiden wieder geschlossen hatte.

„Aus dem gleichen Grund, aus dem ich mich jetzt weiterhin verstecken muss."

Und vor einem von mir bestohlenen Esquire, der mir aus mir unerfindlichen Gründen dennoch zu helfen gedenkt.

Auf diese Antwort hin schwieg Cathy und Fynn folgte dem schwachen Schein der Kerze, der die Gänge erhellte. Etwas in ihr zog sie mit aller Kraft zurück in die Hölle, der sie soeben entkommen war.

Was kann für ein Himmel auf mich warten, wenn ich auf ewig die Schuld in mir tragen werde, Mary zurückgelassen zu haben?

Dieses Mal blendete die Sonne sie nicht, als Cathy die Tür öffnete. Gemeinsam traten sie in die kühle Nacht. Ein leichter Wind fuhr Fynn übers Gesicht und sie konnte sich nicht erinnern, wann sie sich das letzte Mal so lebendig gefühlt hatte.

„Ich glaub's nich'!"

Sie wandte sich um. Diese Stimme hätte sie unter Tausenden wiedererkannt.

Jacob.

„Ich würd dich wirklich für eine Frau halten, wenn ich dich jetzt so seh. Aber das ist sicher nur der Dunkelheit geschuldet."

Cathy kicherte, woraufhin Jacob ihr einen ärgerlichen Blick zukommen ließ.

„Gib gut auf sie Acht, Jacob", sprach Cathy, bevor sie ihm einen Kuss auf die Wange hauchte. Dann blickten ihre großen, grünen Augen ein letztes Mal zu Fynn und für einen kurzen Augenblick drückte sie ihre Hand.

Pass auf dich auf, wollte dieser Blick ihr sagen. *Ich hoffe, dass wir uns eines Tages wiedersehen werden.*

Damit wurde Cathy wieder von der Finsternis des geheimen Ganges verschluckt und die Tür schloss sich, als hätte sie den beiden nie zur Flucht verholfen.

„Auf *sie*?" Jacob schüttelte den Kopf und riss Fynn aus ihren trübsinnigen Gedanken. „Jetzt ist Cathy auch schon so weit, dich für eine Frau zu halten. Beeindruckende Verkleidung, das geb ich ja zu. Doch ein wahrer Mann bleibt ein Mann."

Er fuhr sich durch seine wild abstehenden Locken und grinste Fynn mit einem Strahlen in den Augen an, dass ihr warm ums Herz wurde. Sie würde ihn vermissen. Sie würde ihn schrecklich vermissen.

„Was sich vielleicht damit erklären ließe, dass ich wirklich eine Frau bin."

Jacob hatte sich bereits zum Gehen gewandt, als er innehielt und ihr einen beleidigten Blick zuwarf.

„Treib jetzt keine Scherze mit mir, hörst du? Ich hab mir Sorgen um dich gemacht – und das nich' zu knapp." Er schaute sich um, bevor er aus dem Kräutergarten huschte. Fynn blieb ihm dicht auf den Fersen.

„Jacob, ich scherze nicht."

Als sie den Irrgarten hinter sich ließen, spürte sie wieder das vertraute Ziehen in ihrem Herzen und unwillkürlich wurden ihre Schritte langsamer.

„Unmöglich." Auch Jacobs Schritte waren kürzer geworden und mit einem Mal hielt er inne, um ihr in die Augen zu sehen. „Warte, du weißt seit deiner Ankunft auf dem Anwesen, dass du eine Frau bist?"

Trotz ihrer trübseligen Gemütslage zauberten seine Worte ein Lächeln auf ihre Lippen. „Ich wusste es auch schon davor, Jacob."

Die Blätter der Ebereschen rauschten leise im Wind. Jacob stand wie angewurzelt und die Schatten tanzten auf seiner vom Mondlicht fahl leuchtenden Haut.

„Und du hast mir nie was gesagt?" Er sprach diese Worte nicht vorwurfsvoll oder beleidigt. Seine großen Augen musterten sie so treu wie die eines Hundes, der sein Herrchen zurückerwartete, und seine Stimme quietschte leicht vor Aufregung.

„Jacob, ich …"

„Aber Cathy wusste es natürlich schon." Er ließ Fynn keine Zeit für ihre Erwiderung. Allerdings schien er auch vergessen zu haben, dass sie das Anwesen und den Hof so schnell wie möglich hatten verlassen wollen.

„Ach, Fynn, da glaubt man, deine harte Schale endlich geknackt zu haben, und dann so was! Willst du mir noch was erzählen? Bist du vielleicht adelig und hast am Hof irgendeine Frau irgendeines Lords mit ihrem Mann betrogen?" Aufgeregt hüpfte er um Fynn herum, sich die wildesten Geschichten über ihre Vergangenheit ausmalend. Niemand hatte es bisher geschafft, sie so oft zum Lachen zu bringen wie Jacob. „Falls du noch Besitz hast, den du irgendwie vererben musst, du weißt ja, wo du mich findest."

„Ach, Jacob." Sie fuhr ihm durchs Haar, während sie leise lachte. „Ich wünschte, das Leben wäre wirklich so ein großes Abenteuer."

„Ist es das denn nich'?"

Er zwinkerte. Sie wollte etwas erwidern, doch da huschte er schon durch das Gestrüpp, sodass sie nicht anders konnte, als ihm zu folgen. Sie kannte diesen Weg. Sie hatten ihn bereits einmal zurückgelegt in einer Frühlingsnacht, als ihr die Sterne zu Füßen lagen. Die Erinnerungen drangen mit solcher Heftigkeit auf sie ein, dass sie wieder glaubte, Mary vor sich zu sehen; in schlichten Kleidern, die roten Haare im Feuerschein. Doch nun blieb nur die kalte Nacht von all diesen Erinnerungen und eine Tür, die ihnen damals eine andere Welt offenbarte. In dieser Nacht sollte sie Fynn endgültig fortbringen von diesem Leben, das als Traum begonnen hatte. Sie konnte das Wiehern der Pferde bereits hören, noch bevor sie die schmale, versteckte Tür zwischen den Sträuchern erblickte.

„Die Hinrichtung wird in Eccleston stattfinden."

Jacobs Stimme war nur ein Flüstern. Fynn erstarrte.

„Weshalb erzählst du mir das?" Ihre Worte stockten und schienen im Rauschen der Blätter unterzugehen. Jacob jedoch zuckte nur mit den Schultern.

„Ich kenn dich", erwiderte er, als wäre damit alles gesagt.

„Da seid ihr ja."

Ein dunkler Haarschopf erschien zwischen den Büschen, dann trat Sherrington aus der Tür hervor. Er hatte den Kopf einziehen müssen, um hindurchzugelangen, und einige Zweige hatten sich in seinem Umhang verfangen.

„Wir müssen aufbrechen."

Er sprach dringlich und mit Hast und bedeutete Fynn, ihm zu folgen. Alles in ihr sträubte sich dagegen, seinem Wink nachzukommen. Hatte sie dies nicht schon einmal getan? Ihr Leben drehte sich im Kreis und wollte ihr keine Möglichkeit zugestehen, endlich daraus auszubrechen.

Sie warf Jacob einen liebevollen Blick zu, ein *Lebewohl*, das ein *Auf ein baldiges Wiedersehen* hatte sein sollen, und sie sah die Ermutigung in seinen Augen. Er wusste, dass sie nicht so leicht aufgeben würde.

„Fyona!"

Sherringtons Stimme erklang erneut und Fynn wandte sich ab, huschte durch die Tür, um dieses Anwesen endgültig hinter sich zu lassen. Sie warf keinen Blick zurück, als sie sich auf den Rücken des Rappen schwang. Sherrington gab seinem Braunen die Sporen und ehe sie sich versah, preschten sie durch die Nacht, Eaton Hall so weit wie möglich hinter sich lassend.

Doch in Gedanken befand sie sich an einem ganz anderen Ort. Dieses Mal würde sie sich nicht vom Schicksal besiegen lassen.

39 je t'aurais aimé jusqu'à la fin de mes jours

Der Morgen dämmerte bereits. Die ersten Sonnenstrahlen tauchten das Anwesen in ein warmes, goldenes Licht und obgleich die Luft kühl war, versprach es, ein schöner Sommertag zu werden.

Jacob konnte nicht sagen, weshalb ihn die goldenen Strahlen der Sonne bedrückten. Er spürte nur zu deutlich, dass etwas fehlte.

„Alles'n Ordnung bei dir, Jungchen?"

Kenneth war zu ihm getreten und versuchte, dem Blick des Jungen zu folgen, doch er konnte nicht ausmachen, was dieser in der Ferne sah. Jacob seufzte schwach und schenkte dem alten Mann ein kleines Lächeln.

„Ich hab es nich' bemerkt", sprach er mit leicht zitternder Stimme, der ein fragender Unterton eigen war, als hoffte er, Kenneth vermochte ihm all die Dinge zu erklären, die sich in den letzten Tagen und Wochen ereignet hatten.

„Dafür hast'n Teil ihres Herzens geseh'n. Die Dinge sind nich' immer das, was sie scheinen." Er schmunzelte und um seine Augen kringelten sich Fältchen. Doch in diesem Lächeln lag auch eine alte Traurigkeit, die wohl nie ganz verfliegen würde.

„Hast du mit Camillia gesprochen?"

Kenneth schüttelte nur den Kopf.

„Immerhin hat sie es geschafft." Jacob war, als legte er nicht genügend Freude in diese Worte. Müsste er sich nicht freuen, dass Fynn dem Grauen entflohen war? Weshalb war ihm dennoch so elend zumute?

„Sie is' den Hetzern entkommen, aber sie hat'n hohen Preis dafür bezahlt." Kenneths Stimme holte ihn aus seinen Gedanken. Verwundert blickte Jacob zu ihm herüber.

„Was meinst du damit?"

„Ihr Herz wird wohl hier gestorben sein."

Damit ließ Kenneth seinen Blick schweifen in Richtung der Wälder und Jacob verspürte ein flaues Gefühl im Magen, als er bemerkte, dass sein Blick dort ruhte, wo sich in nicht allzu weiter Ferne Eccleston befand.

Er musste niesen, als die Sonnenstrahlen seine Nase kitzelten. Seine Glieder waren steif vom Ritt und dem harten Lager, das ihm der Wald bereitet hatte. Sherrington schlug die Augen auf, um zu sehen, dass die Sonne bereits hoch am Himmel stand. Er spürte die Erschöpfung von den Strapazen der Nacht, doch er wusste, dass sie so viel Weg wie möglich zwischen sich und die Späher Lord Henrys bringen mussten. Es war unwahrscheinlich, dass dieser die Verfolgung Fyonas auf lange Zeit unterhalten würde, doch er wollte kein unnötiges Wagnis eingehen.

„Fyona, sag bloß, dich hat ebenfalls die Müdigkeit geschlagen!"

Er lachte, als er sich aufrappelte und sich den Staub von den Gewändern klopfte. Er hatte nur eine kurze Rast einlegen wollen, um auf dem schnellsten Weg in Richtung Süden zu reiten, doch der Schlaf hatte ihn zu übermannen gewusst. Er streckte sich, um sich anschließend zu Fyona umzuwenden. Das Lachen gefror in seinem Gesicht.

„Fyona?"

Die Lichtung, auf der sie sich nach einem mehrstündigen Ritt zusammen niedergelassen hatten, war verlassen.

„Fyona!"

Nur sein Pferd stand noch an die alte Eiche gebunden, unter der er sich zur Ruhe gebettet hatte, und scharrte mit den Hufen. Das Gezwitscher der Vögel war angeschwollen und im Unterholz knisterte es. Von Fyona jedoch war weit und breit nichts zu entdecken. Nur die Hufabdrücke im Waldboden zeigten, dass sie bei ihm gewesen war. Ein kalter Schauer lief seinen Rücken hinunter. Wie lange mochte sie schon unterwegs sein? Eine Stunde, zwei? Bei einem zu großen Vorsprung wäre es ihm unmöglich, sie noch rechtzeitig einzuholen.

„In Gottes Namen", fluchte er, als er seine Sachen zusammenraffte und sich in aller Eile aufs Pferd schwang. Weshalb nur hatte sie es so eilig, vor ihren Schöpfer zu treten?

Die Sonne hatte ihren Zenit längst passiert. Fynns Herz schlug ihr bis zum Hals, als sie sich durch das Gestrüpp kämpfte, um sich so unauffällig wie möglich dem kleinen Dorf zu nähern, in dem das Schicksal ihr das Liebste nehmen wollte, was sie je besessen hatte. Schon aus der Ferne hörte sie das Stimmengewirr, das Geschrei und Gezeter und bei der Vorstellung, dass viele dieser Menschen aus umliegenden Dörfern und Städten gekommen waren, einzig und allein, um einer Hinrichtung beizuwohnen, wurde ihr flau im Magen. Ihr Pferd hatte sie im Wald angebunden, in der Hoffnung, dass es unentdeckt bleiben würde, bis sie mit Mary zurückkehren konnte. Wie sie allerdings mit Mary zurückkehren wollte, wusste sie noch nicht.

Der Galgen war auf einer weiten Lichtung aufgestellt worden, von der aus man bis auf die kargen Hütten blicken konnte. Fynn wollte nicht glauben, wie viele Menschen herbeigeströmt waren, um diesem Spektakel beizuwohnen. Obwohl sie sich in den Schatten hielt, streifte sie die Kapuze ihres Umhanges über. Sherrington mochte recht behalten, dass sich auch die Männer des Earls unter die Schaulustigen gemischt hatten, doch sie würde es ihnen keinesfalls leichtmachen.

Sie konnte den Galgen erblicken, der bedrohlich über die Lichtung ragte. Ihr lief es kalt den Rücken herunter, doch sie hielt nach Mary Ausschau. Wann sollte das Urteil vollstreckt werden? Wie sollte sie es schaffen, Mary rechtzeitig fortzubringen, ohne dass sich die versammelte Menschenmenge auf sie stürzen würde?

Sie mischte sich unter die Leute, die so fröhlich schwatzten, dass es Widerwillen und Ekel in ihr hervorrief. In kurzer Zeit sollte hier ein Mensch sein Leben lassen; doch niemanden schien dies zu berühren.

Met und Ale wurden ausgeschenkt, als jemand sie anrempelte.

„Paaaass doch uff, W-w-weibsstück!“, lallte der Mann, dessen Gesicht bereits rot angelaufen war, als er ihr seinen ranzigen Atem ins Gesicht stieß. Fynn wollte sich abwenden, doch er griff nach ihrem Handgelenk. „Ich hab doch wohl ’ne Entschul-ul-digun’ verdient.“

„Verschwinde“, zischte sie wütend, doch er packte nur noch fester zu und seine Augen schienen Funken zu sprühen.

„Verzeihung, mein Lieber, aber ich glaube, die Lady hier gehört zu mir.“

Ein Mann hatte sich aus der Menschenmenge gelöst und seine Hand ebenfalls um die des Betrunkenen geschlossen. Seine blaugrauen Augen waren stechend scharf und obgleich Fynn fürchtete, dass die beiden gleich aufeinander losgehen würden, gab der andere ihr Handgelenk frei, grummelte etwas und verschwand in der Menge. Erschrocken blickte sie ihm noch einen Augenblick nach, bevor sie sich ihrem Retter zuwandte.

„Ich weiß gar nicht, wie ich dir danken soll …", stammelte sie und rieb sich das Handgelenk.

Ihr Retter schenkte ihr lediglich ein kleines Lächeln aus seinen blauen Augen und sie bemerkte einige Sommersprossen auf seiner Nasenspitze.

„Komm, folge mir", bedeutete er ihr und drängte sich durch die Menge, weiter hinein ins Dorfinnere. Fynn war unschlüssig, doch dann zog sie ihren Umhang enger um ihren Körper und folgte dem seltsamen Fremden.

„Ich werde dir etwas für dein Handgelenk geben", sprach er, als sie aufgeschlossen hatte.

„Oh, das ist nicht nötig", wandte sie ein, doch er schüttelte nur lachend den Kopf.

„Komm, es ist nicht weit."

Fynn jedoch blieb stehen. Sie konnte nicht sagen, was es war, doch etwas an diesem Mann ließ ihre Nackenhaare zu Berge stehen.

„Das ist wirklich nicht nötig. Dennoch vielen Dank für die Hilfe."

Sie wandte sich von ihm ab und wollte sich unter die Menschen mischen, als er mit einem Mal neben ihr stand. Seine Lippen waren nah an ihrem Gesicht und sie sah das Messer aufblitzen, das er ihr gegen die Kehle drückte.

„Ich glaube, dass ich jemanden kenne, der von deiner Anwesenheit begeistert sein wird."

Die Klinge lag kalt auf ihrer Haut. Sein Atem streifte ihren Nacken. Sie wollte um Hilfe schreien, besann sich jedoch eines Besseren. Er würde selbst dann noch als Held gefeiert werden, wenn er ihrem Leben auf der Stelle ein Ende setzte; sie, die Verräterin, die des Baronets Tochter an den Galgen geliefert hatte. Nur der Earl wäre damit wohl um die Genugtuung seiner Rache gebracht worden.

„Wer bist du?", fragte sie stattdessen und stellte erschrocken fest, dass sie sich allein zwischen den Häusern befanden.

„Wir haben dich schon erwartet, Teufelsweib", zischte er bedrohlich und die Klinge leckte an ihrer Haut. Sie versuchte, sich von ihm zu wenden, doch sein Griff verstärkte sich nur. Sein Atem in ihrem Nacken ähnelte dem bedrohlichen Zischen einer Schlange.

„Lord Henry wird sich freuen, dich wieder in seiner Gesellschaft zu wissen." Auch wenn sie seine Augen nicht sehen konnte, vernahm sie das hämische Grinsen in seinen Worten nur zu gut. Doch so leicht würde sie sich nicht geschlagen geben.

Lieber sterbe ich heute mit dir, als ohne dich zu leben.

Sie wand sich in seinem Griff. Ihre Fingernägel gruben sich in die Haut, die sie zu fassen bekam, doch der Druck der Klinge verstärkte sich, seine Hände schlossen sich noch fester, als sie der Klinge zu entfliehen suchte. Sie stemmte sich mit all ihrem Gewicht gegen ihn, als er sie mit einem Mal plötzlich freigab. Das plötzliche Nachlassen seines festen Griffes traf sie überraschend, sodass sie taumelte und sich an einer Hauswand abfing. Panisch fuhr sie sofort herum, halb erwartend, dass er sich auf sie stürzen würde, doch stattdessen blickte sie nur in seine trüben blauen Augen, die sie so erschrocken musterten, als hätte sie soeben einen Zauber über ihn gesprochen. Der Dolch glitt ihm aus der Hand. Seine Knie gaben nach. Während das Leben aus seinen Augen wich, sackte er in sich zusammen, den Blick noch anklagend auf sie gerichtet, als wäre sie es gewesen, die sein Todesurteil vollstreckt hatte. Fynn stand wie erstarrt, selbst erschrocken über das, was sich soeben vor ihren Augen ereignet hatte, als sie Sherringtons gewahr wurde. Im Gegensatz zu der Klinge auf dem Boden war die seine rot gefärbt. Für den Bruchteil einer Sekunde konnte sie den Blick nicht von ihm wenden. Doch es dauerte nicht lange, bis sie ihre Sprache wiedergefunden hatte.

„Was treibt Ihr hier?", fauchte sie, von einer plötzlichen unbändigen Wut gepackt.

„Dir das Leben retten?", grollte er zornig. Fynn verbiss sich eine Antwort und wollte sich abwenden, als er sich ihr in den Weg stellte.

„Nicht so schnell. Was glaubst du, was du hier tust? Hier, von allen Orten dieser Welt! Wir müssen fort!", herrschte er sie an und für einen Moment wusste Fynn nicht, was sie ihm entgegensetzen sollte. Sie hatte ihn noch nie so wütend erlebt. Seine graugrünen Augen waren dunkel vor Zorn.

„Ich verlasse Cheshire nicht ohne Mary!"

„Dann wirst du gleich nach ihr gehängt werden! Du kannst nichts mehr für sie tun!"

In diesem Augenblick kreischte die Menge auf. Fynn nutzte die Ablenkung, um an Sherrington vorbeizuschlüpfen, der ihr jedoch sofort auf den Fersen war. Bevor sie in der Menschenmasse untertauchen konnte, hatte er sie bereits zurückgezogen und stieß sie zwischen die Häuser.

„Glaube mir, ich gäbe alles dafür, wenn es eine Möglichkeit gäbe, sie retten zu können – aber diese Möglichkeit gibt es nicht!"

„Woher wollt Ihr das wissen?", entgegnete Fynn verzweifelt. „Wir können nicht einfach zusehen, wie sie in den Tod getrieben wird!"

Das Geschrei der Menge schwoll an, als sie die Verurteilte erblickte. Fynns Herz drohte zu zerspringen. Sherrington hielt sie an der Schulter gepackt, deren dumpfes Pochen mit einem Mal ihren ganzen Körper taub werden ließ. Er hätte nicht so fest zufassen müssen, um zu verhindern, dass sie sich unüberlegt in die Menge stürzen würde. Sie hätte sich ohnehin nicht rühren können. Ihr Herz drohte zu bersten.

Sie ist unschuldig! Unschuldig!, wollte sie in die Menge schreien, doch kein Wort schaffte es über ihre Lippen. Ihre Gedanken überschlugen sich. Warum nur blieb die Zeit nicht stehen?

Noch nie hatte Mary einer Hexe so ähnlich gesehen. Das rote Haar glänzte stumpf im flimmernden Licht des Tages und rau wellten sich die Locken um das zarte Puppengesicht, dessen Augen nicht zu sehen schienen, was vor ihnen lag. Die Männer, die an ihrer Seite schritten und sie voranzerrten, verhinderten eine freie Sicht auf den schmächtigen Körper, der auf den Galgen zustolperte, ohne die Menschen um sich herum wahrzunehmen. Als hätte sie schon längst aufgegeben.

Die Menge hingegen war außer sich.

„Hexenweib!"

„Satansanbeterin!"

Einige spuckten, während andere wüste Beschimpfungen schrien.

„Nein, nein, nein", murmelte Fynn, doch ihre Worte verloren sich im Kreischen der wilden Menge. Sie spürte, wie Sheringtons Griff sich lockerte, und seine Worte drangen wie aus einer anderen Zeit zu ihr.

„Du solltest nicht hier sein." Sanft versuchte er sie mit sich zu ziehen, doch mit einem Mal löste sich Fynn aus ihrer Starre und entwand sich seiner Hand.

„Mary!"

Es war mehr ein Schluchzen als ein Aufschrei, als sie sich in die Menge stürzte. Wie aufbrausende Meereswogen warf der Sturm des menschlichen Hasses sie zwischen den Schaulustigen hin und her, als die Tränen über ihre Wangen strömten.

„Mary, ich bin hier!"

Die Menge drohte sie zu ertränken. Sie erhaschte einen Blick auf die wirren roten Locken, die sich über den zierlichen Schultern kräuselten.

„Fyona!"

Sherrington war hinter ihr aufgetaucht und ergriff ihren Arm, doch sie wandte sich nicht ab. Sie konnte nicht! Weshalb konnte er es nicht begreifen?

Mary, Liebes, ich bin hier, hier! Siehst du mich denn nicht?

Doch die Worte, die ihr Herz lauter schrie als je zuvor, blieben von der Welt ungehört. Die Prozession passierte sie. Für einen kurzen Moment trafen sich ihre Blicke. Mit einem Mal schien Fynns Seele zu gefrieren. In diesen dunklen Augen hatte sie nichts lesen können. Leer starrten sie vor sich in das grausige Treiben, als hätte sie diese Welt bereits verlassen.

„Mary", flüsterte Fynn ein letztes Mal, während Sherrington sie an sich zog. Dieses Mal wehrte sie sich nicht. Er bahnte sich einen Weg durch die Menge, doch Fynn hörte das Kreischen und Schreien, die wüsten Beschimpfungen und den Jähzorn bereits nicht mehr. Wieder und wieder sah sie Mary vor sich, diese trüben Augen, aus denen nichts mehr zu ihr gesprochen hatte. Keine Regung, kein Gefühl.

„Sie haben sie bereits getötet", wisperte Fynn ausdruckslos. Ein wenig unbeholfen hielt Sherrington sie in den Armen, während Mary das Podest erklomm. Fynn hatte ihr den Blick wieder zugewandt, die Sicht von Tränen verschwommen. Wackelig stand Mary dort und blickte über die Menge hinweg, als könnte sie bereits sehen, was sie auf der anderen Seite erwartete. Ein Schluchzer entwich Fynns Kehle. Unwillkürlich zog Sherrington sie näher an sich. Die Welt hatte aufgehört, sich zu drehen.

Der Segen des Priesters drang wie aus der Ferne zu ihr herüber und erinnerte sie an die Lügen ihrer Kindertage, in denen alle sie hatten glauben machen wollen, dass Gott gütig und liebend sei. Wie konnte er dann zulassen, dass solche Dinge geschahen?

Der Strick um Marys Hals ähnelte einem grotesken Collier. Der Schmuck einer Henkersbraut. Mit einem Mal war es in Fynn ganz still geworden. Sie konnte ihre Augen nicht von Mary abwenden, auch wenn jede Faser ihres Körpers danach schrie, das Gesicht vor diesem grausamen Schauspiel zu verbergen. Wie nur erträgt man diese letzten Sekunden, zu schnell verflogen und noch so lang wie ein Leben? Konnten Marys leere Augen sie sehen? Würde ihr Bild das Letzte sein, was diese Welt ihr schenken könnte? Die Sicht verschwamm vor ihren Augen, als die Tränen in immer größeren Strömen zu fließen begannen.

„Schau nicht hin", flüsterte Sherrington und dieses Mal protestierte sie nicht, als er sie in seine Arme schloss, sondern ließ ihren Tränen freien Lauf, während die Menge johlend aufschrie, als die Falltür geöffnet wurde.

„Wie konntest du das zulassen?“

Richard stürmte auf seinen Vater zu, das Gesicht von Zorn verzerrt. Seine Worte schienen im gesamten Anwesen widerzuhallen, sich zu spiegeln und von den Wänden zurückgeworfen zu werden, als würde ihn das Haus ebenfalls fragen, wie er sich dem Todesurteil seiner Tochter nur so wehrlos gegenüberstellen konnte.

„Glaubst du, es hätte mir Freude bereitet, meine eigene Tochter dem Galgen auszuliefern?“, herrschte der Baronet seinen Sohn an, doch das leichte Zittern in seiner Stimme nahm ihr die übliche Festigkeit und verriet ihn.

„Wir hätten sie retten können! Es hätte einen Ausweg gegeben.“

Die Wut in Richards Worten wurde gedämpft von den Tränen, die über seine Wangen rannen, und zum ersten Mal in seinem Leben wusste Sir Richard seinem Sohn nichts darauf zu erwidern.

Lord Henry schwenkte sein Glas siegesgewiss. Am Himmel waren erste Rauchschwaden zu sehen, die davon zeugten, dass Lady Marys sterbliche Überreste nun vom Feuer verschlungen wurden. Er schnaubte. Sie hatte sich selbst um das Himmelreich gebracht. Wie töricht, das eigene Leben hinfortzuwerfen, um dieser als Mann verkleideten Metze die Freiheit zu schenken! Doch er würde noch nach ihrem Tod über sie triumphieren. Seine Männer würden ihm das verhasste Weibsstück zu bringen wissen.

Die Schatten, die durch die Fenster der ihm zugewiesenen Gemächer auf Eaton Hall fielen, wurden länger. Er wusste, dass selbst der Baronet nur seinen Sohn entsandt hatte, der Hinrichtung beizuwohnen, und ihm war es ein zu aufwühlendes Spektakel. Dennoch verzehrte er sich nach dem Moment, in dem er in Fynns schreckensstarre Augen blicken könnte, um sie wissen zu lassen, dass es auch für sie keine Gnade mehr gäbe.

Das Klopfen an der Tür erfüllte den ganzen Raum.

Ein Lächeln stahl sich auf sein Gesicht, als er sich umwandte, in gehässiger Vorfreude, Lady Marys Buhle wieder in seiner Gewalt zu wissen.

„Tretet ein!“, rief er sich vom Fenster abwendend, das Glas noch in der Hand. Hochmütig blickte er hinüber zur Tür, durch die drei Männer das Gemach betraten.

„M'Lord“, sprach einer von ihnen. Alle drei wirkten seltsam betreten. Das Lächeln gefror in seinem Gesicht, als der erste Mann fortfuhr. „M'Lord, wir fanden Dunstan hinter den Hütten. Sie muss ihn erstochen haben.“

Ungläubig musterte er die Männer und benötigte einen Augenblick, um sich ihrer Worte bewusst zu werden. Das Mädchen sollte Dunstan erstochen haben? Unmöglich! Doch als er wieder zu ihnen hinüberschaute, konnte er nur drei seiner Schergen zählen, wo er zuvor vier entsandt hatte. Seine Finger schlossen sich fester um das Glas in seiner Hand, seine Kiefer mahlten aufeinander. Wo war die Teufelsmetze?

„Ihr unnützes Pack!“, tobte er, als er sich wieder gefangen hatte. „Wie ist es möglich, dass eine einzelne Frau euch zu entwischen vermag?“

Seine Stimme war angeschwollen und hallte donnernd von den Wänden wider, sodass die Männer zusammenzuckten.

„Cole glaubt gesehen zu haben, dass sie in Begleitung eines Mannes war“, rechtfertigte sich ein anderer. „Sie sind geflüchtet, bevor wir sie in der Menge zu fassen bekamen.“

Nein, das konnte er nicht glauben! Waren denn seine Männer ohne Sinn und Verstand? Wie hatten vier von ihnen das Weibsbild entkommen lassen können?

„Verflucht soll sie sein!“ In seiner unbändigen Wut schleuderte Lord Henry das Glas zu Boden, wo es in glänzende Scherben zerbarst. Der Wein tränkte den Boden wie Blut. „Ich will, dass ihr sie findet, und wenn ihr ganz England auf den Kopf stellen müsst! Ich bringe diese Hexe an den Galgen und wenn es das Letzte ist, was ich in diesem Leben tue!“

Der Wind fuhr ihr durch das Haar und wischte ihr die Tränen von den Wangen. Ihr Rappe schien Sherrington wie von

Zauberhand zu folgen, denn sie selbst hätte nicht die Kraft besessen, ihn zu lenken. Erst, als sie auf einen Weg stießen, der die Wälder durchquerte, hielt Sherrington inne und wartete, bis sie aufgeschlossen hatte. Ihre Augen waren verquollen und sie schaffte es nicht, die Schluchzer zu unterdrücken, die aus ihrer Kehle drangen.

„Fyona?", fragte er behutsam und streckte ihr eine Hand entgegen, doch sie rührte sich nicht. Sie warf einen Blick zum Himmel, der vorhin noch von so strahlendem Blau gewesen war. Sie sah die Rauchschwaden in der Luft, die sich wie dunkle Geister über den Himmel ergossen, um auch sein letztes frisches Blau zu ertränken. Sie trugen den Tod mit sich. Er spiegelte sich in ihnen und sie glaubte, sein hämisches Grinsen in den Wolken zu erkennen. Du kannst nicht gewinnen, schien er sie zu verspotten. Du bist verdammt bis in alle Ewigkeit.

Sherringtons Blick folgte ihrem. Dann wandte er sich ihr wieder zu, seine Stimme so sanft, als spräche er zu einem verschreckten Kind.

„Wir müssen weiter."

Es war nicht gerecht. Für welche Strafe musste sie büßen, dass ihr alles verwehrt blieb, wovon sie jemals geträumt hatte? Sie hatte nicht einmal die Zeit gehabt, sich zu verabschieden. Nur gähnende Leere in ihrem Inneren und das sichere Wissen darum, dass ihre Existenz ebenfalls auf dem Spiel stand. Die Flucht ermöglichte ihr das Leben und tötete sie dennoch zugleich.

Ihr Atem ging stoßweise. Sie wusste, dass sie nicht bleiben konnte. Die Stiche in ihrer Brust erinnerten sie an all den Schmerz, den sie am liebsten in die Welt hinausgeschrien hätte. Sie wollte zurück und die Welt für diese Ungerechtigkeit zur Rechenschaft ziehen.

Das entfernte Gebell der Hunde durchbrach ihre Gedanken. Dem Earl würde ihre Anwesenheit nicht verborgen geblieben sein und selbst wenn seine Häscher sie nicht hatten abführen können, so wusste er, dass sie dort gewesen war. Seine Leute würden kommen und sie jagen. Richard hatte ihr gesagt, dass er nichts mehr für sie tun könnte, sobald sie das Anwesen verließe. Sie sollte laufen, laufen, so weit ihre Füße sie tragen würden. Immer weiter fort, immer weiterlaufen, immer weiteratmen und nicht mehr an das denken, was geschehen war. Ganz gleich, wie sehr es schmerzte.

Sie spürte eine einzelne Träne ihre Wange herunterrinnen. Sie wollte den Blick nicht abwenden von dem, was noch vor Kurzem ihr Leben gewesen war. Dennoch wandte sie sich um, ließ all das hinter sich zurück. Das Stechen in ihrer Brust fraß sich durch ihre Seele.

Doch was vergangen war, konnte niemand zurückholen.

„Fyona."

Sherrington legte ihr eine Hand auf die Schulter. Sie schüttelte nur leicht den Kopf und biss sich auf die Lippen. Es war ihre Schuld gewesen. Weshalb hatte sie nicht gehen und diesen Traum hinter sich zurücklassen können, als noch die Zeit dazu bestanden hatte? Mary wäre glücklich geworden. Sie war zu Höherem geboren gewesen. Wie konnte ihr Leben Marys aufwiegen?

Ein leichtes Fiepen ertönte, das Fynn aus ihren Gedanken riss. Über ihre Wange lief noch eine verirrte Träne, als sie das kleine Geschöpf erblickte, das sich ihnen zwischen den Sträuchern näherte.

Ihr Herz zog sich zusammen.

Wie ist das möglich?

Ohne auf Sherringtons protestierende Worte zu achten, saß sie vom Pferd ab und näherte sich dem kleinen Lebewesen, das innegehalten hatte und nun behutsam von einer Pfote auf die andere trat. Sie kniete sich nieder, um dem kleinen Tier die Angst zu nehmen. Vorsichtig schnuppernd näherte sich das kleine Geschöpf, die Ohren gespitzt und den Schwanz über den Boden peitschend, musterte sie Fynn wie eine alte Vertraute, an die sie sich nur nicht mehr erinnern konnte.

Beim Anblick der kleinen dreifarbigen Katze krampfte sich Fynns Magen zusammen. Ihr stiegen brennende Tränen in die Augen, doch sie war unfähig, sie in die Freiheit zu entlassen.

Das Kätzchen schnupperte an ihren Fingern und ließ einen gurrenden Laut vernehmen, um sich dann an ihre Handfläche zu schmiegen. Für einen Sekundenbruchteil flammte eine Sehnsucht in Fynn auf, ehe sie sich wieder im Nichts verlor. Die kleine Katze schnurrte. Langsam erhob sie sich und blickte in Richtung des vor ihr liegenden Weges.

„Fyona", wiederholte Sherrington drängend, als sie eine Entscheidung traf. Die Ohren der kleinen Katze zuckten beinahe belustigt, als Fynn sie auf den Arm nahm. Behutsam hielt sie die Kleine im Arm, während sie aufsaß. Sherrington zog eine Augenbraue in die Höhe, doch Fynn warf ihm lediglich einen Blick zu, der ihm zu schweigen gebot. Er zuckte mit den Schultern und bedeutete Fynn, ihm zu folgen, als er sein Pferd wieder antrieb.

Fynn warf einen letzten Blick zurück.

„Du bist alles, was mir von ihr geblieben ist", flüsterte sie der kleinen Katze zu, als sie sich schweren Herzens abwandte. Etwas in ihr war mit Mary an diesem unglückseligen Ort gestorben. Doch sie wusste, dass es etwas gab, was sie sich nie würde verzeihen können, ganz gleich, wie sehr sie es versuchte.

Wieso nur hatte sie Mary nie sagen können, wie sehr sie sie geliebt hatte?

épilogue

Der Himmel war in ein helles Grau gekleidet, von einzelnen weißen Schleiern durchzogen, und die Luft war kühl und erfrischend. Der Herbst würde bald Einzug halten. Auf dem Hof herrschte ein reges Treiben, als Richard die Stufen vom Herrenhaus hinunterschritt, in sein bestes Wams gehüllt. Ein leichter Wind kam auf und ließ die letzten Blätter an den Bäumen rascheln. Er war sich sicher, dass bald die schweren Regenfälle einsetzen würden. Seine Schritte verlangsamten sich, als er auf die Kutsche zuhielt, die schwer beladen auf dem Hof stand. Wenn er könnte, würde er die Zeit zurückdrehen, dessen war er sich sicher. Er hatte so viele Entscheidungen getroffen, die er jetzt nicht mehr vertreten konnte, doch er hätte alles in seiner Macht Stehende getan, um zu verhindern, dass er diese Entscheidung überhaupt zu treffen gehabt hätte.

Die Frau, die vor der Kutsche stand, war in ihre besten Gewänder gehüllt. Die tannengrünen Röcke mit den silbrigen Stickereien umspielten ihre Hüfte und das Mieder ließ dem Betrachter die zierliche Taille ins Auge fallen. Es versetzte ihm einen Stich ins Herz, sie so zu sehen; sie schien äußerlich die Gleiche zu sein, doch wenn er in ihre Augen blickte, wusste er, dass etwas in ihr gestorben war. Vielleicht packte ihn aus diesem Grund eine entsetzliche Furcht vor dem Abschied.

Die roten Locken wallten voll über den samtenen Stoff ihres Umhanges, als die Frau sich umwandte und seinen Blick auffing.

„Schwester." Richard schritt auf sie zu, während sie ihn mit ihren trüben Augen musterte. „Wie ich sehe, bist du zur Abreise bereit."

„Ich hätte dich hier nicht erwartet", entgegnete sie, ohne auf seine Worte einzugehen. Ein leichtes Lächeln umspielte seine Lippen und er schüttelte belustigt den Kopf.

„Du wirst mir fehlen, Mary."

Sie biss sich auf die Unterlippe, als versuchte sie, ein Gefühl in sich zu halten, das sie ihm nicht zeigen wollte.

„Und Grace? Sie fehlt dir nicht?"

Ihre Stimme zitterte. Er wollte etwas erwidern, doch er wusste, dass ganz gleich, welche Worte er auch zu finden vermochte, keines das zu rechtfertigen wusste, was geschehen war. Nichts vermochte den Tod eines geliebten Menschen zu entschuldigen, auch dann nicht, wenn er gestorben war, um das Leben eines anderen zu retten.

„Sie hat nicht gewusst, wie ihr geschah. Sie war ihr ganzes Leben lang eingesperrt und das ist der Dank, den du und Vater ihr entgegenbringt?" Sie presste die Lippen zusammen und Richard konnte sehen, wie ihre Augen feucht schimmerten. „Ich bin dir dankbar, dass du dich Fynns angenommen hast. Dennoch werde ich dir und Vater nicht verzeihen können, dass ihr mir nicht die Wahl ließet, selbst über mein Leben zu entscheiden. Lieber wäre ich gestorben, als mich von euch aus dem Land schaffen zu lassen."

„Du hast immer von Frankreich geträumt", wandte Richard ein, doch Mary nestelte an ihrem Kleid und senkte die Lider. Ihre Stimme aber hatte einen spöttischen Unterton, während sie zu ihm sprach.

„Wahr gesprochen, doch nicht, um dort einen Mann zu heiraten, der mir nie zuvor in meinem Leben begegnet ist."

Es fiel ihm schwer, sich ein Lächeln abzuringen, obwohl er wusste, dass dies das Beste für seine Schwester sein würde. Sie hatte ein solches Leben verdient wie das, von dem sie früher stets geträumt hatte, eines, das ihrem Stande angemessen war. Wenn sie es nicht mehr in England leben konnte, weshalb dann nicht in einem Land, dessen Sprache sie ebenso gut beherrschte wie die englische?

„Pioche genießt ein hohes Ansehen und ich bin sicher, dass dir das Leben dort mehr zu versprechen weiß als hier." Er wollte nicht, dass sie ihr Leben damit verbringen würde, auf etwas zu warten, das ihr nur Leid und Kummer bescherte. Er wollte, dass sie die Vergangenheit hier in Cheshire zurückließ, um ein ganz neues Leben zu beginnen. Sie hatte es verdient. Er wollte, dass sie ihr lang ersehntes Glück endlich fand. Mary jedoch schwieg auf seine Äußerung und hatte den Blick zum

Himmel gewandt, als wäre sie nicht bereit, die Vergangenheit ziehen zu lassen.

Camillia schritt an ihnen vorbei und legte ihr eine Hand auf den Arm. Sie würdigte Richard keines Blickes.

„Es wird Zeit", sprach sie leise, dann verschwand sie in der Kutsche.

Mary wandte sich wieder ihrem Bruder zu.

„Zumindest hat Gott Vater zur Rechenschaft gezogen." Ihre Stimme war kalt und hart. „Ich hoffe, dass du die Geschicke Eaton Halls besser zu leiten weißt als er." Nachdem ihr Onkel Peter Daniell zahlungsunfähig geblieben war, hatte ihr Vater als sein Bürge die Folgen zu tragen. Nur wenige Tage nach Grace' Hinrichtung war er abgeführt worden.

„Urteile nicht zu hart über ihn. Er hat Isabelle geliebt und das weißt du." Richard zögerte kurz, bevor er fortfuhr: „Auch er leidet unter diesem Verlust. Grace war ebenso seine Tochter, wie du es bist und auf ewig sein wirst. Ich erlebte ihn nie zuvor in einem solchen Zustand."

„Ich wünschte, ich könnte dir glauben."

Er wollte etwas erwidern, doch die Worte blieben ihm in der Kehle stecken. Erneut verspürte er den Drang, sie um Verzeihung zu bitten, doch er brachte es nicht übers Herz. Es war nur zu ihrem Besten. Wie konnte sie ein neues Leben beginnen, wenn sie als Gefangene ihres verbotenen Aufbegehrens in der Vergangenheit festgehalten wurde? Stattdessen fragte er nur: „Was werden wir nun tun?"

Sie schenkte ihm ein leichtes Lächeln und zum ersten Mal seit den schrecklichen Ereignissen hatte er das Gefühl, dass es ein aufrichtiges Lächeln war.

„Wir können gar nichts tun", sagte sie. „Außer weiteratmen."

Ihre Blicke trafen sich ein letztes Mal, bevor sie in die Kutsche stieg. Er zögerte kurz, bevor er die Tür hinter ihr schloss, ein letzter Moment, in dem sein Herz ihm zurief, es ihr zu sagen und sich nicht für den Rest des Lebens mit dieser Schuld zu tragen, die er auf sich geladen hatte. Doch er schloss die Tür, trat einige Schritte zurück und versuchte sich das letzte Bild seiner Schwester ins Gedächtnis zu prägen, um es sich auf ewig bewahren zu können. Die Pferde schnaubten und das Klappern ihrer Hufe hallte über den Hof, als die Kutsche auf das große Tor zuhielt.

Tränen standen in Richards Augen, doch sie schafften es nicht, sich einen Weg bis an die Oberfläche zu bahnen. Sein Herz schrie noch immer nach der Wahrheit.

Wie könnte ich sie dazu verdammen, an der Vergangenheit festzuhalten?

Aus einer Tasche seines Wamses holte er ein kleines Stück Papier hervor. Es war knittrig und leicht eingerissen, so oft hatte er darüber nachgedacht, es zu zerstören, und sich in letzter Sekunde doch wieder darauf besonnen, es Mary zurückzugeben.

Doch er hatte es nicht getan.

Sie verdient es, ein neues Leben zu beginnen und all den Schmerz hinter sich zu lassen.

Er hatte das Richtige für sie getan.

Ein leichter Wind kam auf. Dieses Mal hielt er die Nachricht nicht fest in den Händen, sodass sie vom Wind ergriffen wurde, der sie davontrug und sie in den Lüften tanzen ließ, bevor sie sich wieder zu Boden senkte. Richard wandte sich erst ab, als er die Kutsche nicht mehr erblicken konnte, während der Wind Marys letzte Worte an Fynn von dannen trug.

Ich schenke dir meine Freiheit.
Eines Tages werden wir wieder zueinanderfinden.
Bis zu jenem Augenblick wird mein Herz auf dich warten.

commentaire historique

Sir Richard Grosvenor, der erste Baronet of Eaton, lebte von 1585 bis 1645 und war dreimal verheiratet: 1600 mit Lettice Cholmondeley, welche 1612 verstarb, 1614 mit Elizabeth Wilbraham und 1621 mit Elizabeth Warburton. Mit Lettice Cholmondeley hatte er vier Kinder: einen Sohn namens Richard, welcher nach ihm zum zweiten Baronet of Eaton wurde, sowie drei Töchter namens Christian, Mary und Grace. Mary war die zweitälteste Tochter und starb 1642 unverheiratet; Grace die jüngste. Auch sie starb unverheiratet, im Jahre 1638.

Sir Richard, Richard, Mary und Grace finden sich in meiner Geschichte wieder, doch sind alle Beziehungen und Handlungen der einzelnen Charaktere frei erfunden. Auch den wahren Sir Richard plagte die Gewissheit, dass er sich für seinen Schwager Peter Daniell, den Ehemann seiner Schwester Christian, verbürgt hatte. Dieser konnte seine Schuld nicht zahlen, sodass Sir Richard ab 1629 fast zehn Jahre im Fleet-Gefängnis zubrachte und dementsprechend gar nicht auf seinem Anwesen in Cheshire verweilte.

Richard heiratete 1628 Sydney Mostyn und noch im gleichen Jahr gebar Sydney den gemeinsamen Sohn namens Roger, welcher 1661 in einem Duell verstarb. Seine Tochter Sidney kam erst 1642 zur Welt.

Lord Henry Ley war der zweite Earl of Marlborough und lebte von 1595 bis 1638. Der Titel ging nach dem Tod seines Vaters James Ley am 14. März 1629 auf ihn über. Verheiratet war er mit Mary Capell, die ihm zwei Kinder gebar: Elizabeth, die unverheiratet starb, und seinen 1618 geborenen Sohn James, der seinem Vater als dritter Earl of Marlborough folgte. Nach dessen Tod sowie des Todes von Henrys Bruder erlosch der Titel, da es keine weiteren männlichen Nachfahren gab, die ihn hätten tragen können.

Der *Frieden von Susa* war ein im April 1629 geschlossener Friedensvertrag zwischen Frankreich und England. Er bestätigte die Konditionen des Heiratsvertrages zwischen Charles I. von England und der Schwester von Louis XIII. von Frankreich, Henrietta Maria, und beendete den 1627 zwischen Frankreich und England ausgebrochenen Konflikt.

Voyage to Cadiz ist ein Manuskript über die Ereignisse der Cádiz-Expedition unter Sir Edward Cecil 1625 im Englisch-Spanischen Krieg von 1625-1630, verfasst von Sir John Glanville. Die Auseinandersetzungen zwischen England und Spanien endeten im November 1630 mit einem Friedensvertrag, bei dem es sich um eine modifizierte Version des Friedens von London aus dem Jahre 1604 handelte.

Hexenverfolgungen fanden vermehrt zwischen dem 13. und 19. Jahrhundert statt. Am stärksten waren Mittel- und Westeuropa zwischen dem 15. und 18. Jahrhundert betroffen. Geständnisse wurden meist unter der „peinlichen Befragung“ mittels Folterinstrumenten erzwungen. Zum Einsatz kommende Hexenproben waren Wasser-, Feuer-, Tränen- und die Nadelprobe. Für die Nadelprobe wurde zunächst nach einem Hexenmal gesucht, welches in damaliger Vorstellung eine auffällige Körperstelle war, an welcher der Satan seine vermeintlichen Hexen brandmarkte. An jener Stelle sollte die Hexe schmerzunempfindlich sein. Als solche Hexenmale wurden vor allem auffällige Muttermale verkannt, in welche anschließend mit einer Nadel gestochen wurde, um die Schmerzempfindlichkeit der Verurteilten zu prüfen.

1589 war die zukünftige Braut König James I. von England, Anne von Dänemark, aufgrund heftiger Stürme auf See gezwungen, mit ihren Schiffen in Norwegen anzulegen, sodass James seiner Braut entgegenreisen musste. Er sah in diesen Stürmen das Werk von Hexen, die seine Ehe mit der Prinzessin von Dänemark verhindern wollten. Er nahm an den North Berwick Hexenprozessen 1590 in Schottland teil und verfasste 1597 *Daemonologie*, ein Werk in drei Bänden über die verbotenen Künste und Hexerei, das helfen sollte, eine Hexe zu erkennen und zu verurteilen. Er überwachte sogar persönlich die Folter einiger angeklagter Frauen in Schottland.

Die größte Welle der Hexenverfolgungen begann in Großbritannien zwischen 1644 und 1645 unter dem selbsternannten Hexenjäger Matthew Hopkins, welcher sich auf *Daemonologie* berief. Davor gab es vereinzelte Verurteilungen. Verurteilte wurden zumeist gehängt, dann verbrannt und ihre Asche in alle Winde verstreut; ihnen wurde also ein christliches Begräbnis versagt, um ihnen den Eintritt ins Paradies zu verwehren.

Eine Johane Harrison aus Royston und ihre Tochter waren 1606 der Hexerei angeklagt und wurden als vermeintliche Hexen in Hartford gehängt.

remerciements

Vielen Dank sowohl an Jim & Ilona vom Querverlag als auch Lara, dass ihr Fynn und Mary eine Chance gegeben habt! Danke, Jim, für all deine Mühe und dass du mit deinen Fragen und Anregungen ganz neue Facetten hervorbringen konntest, die ich sonst wohl nicht in Worte gefasst hätte.

Merci beaucoup, Faustin, für das Korrekturlesen meiner französischen Adelssprache.

Und meine ganze Liebe an Tobi und Miri, die ihr euch über Jahre meine unzähligen Korrekturen und überarbeiteten Fassungen (ohne Murren und mit Enthusiasmus!) zu Gemüte geführt habt und mir mit inspirierenden Worten zur Seite standet. Ohne euch wäre *Hinter den Augen der Welt* nie über die anfänglichen achtzehn Seiten hinausgewachsen.

glossaire

Mademoiselle est-elle satisfaite?	Ihr seid zufrieden, My Lady?
Oui, merci bien. Vous pouvez disposer.	Ja, vielen Dank. Ihr könnt Euch entfernen.
Entrez.	Tretet ein.
Ma chère, bonjour!	Meine Liebe, guten Tag!
Tu m'as manqué!	Du hast mir gefehlt!
Mais ma chère!	Aber meine Liebe!
Pourquoi avez-vous mis si longtemps à aller chercher les chevaux?	Warum habt Ihr so viel Zeit benötigt, um die Pferde zu bringen?
Nos invités attendent la promenade à cheval.	Unsere Gäste erwarten den Ausritt.
Votre comportement est inacceptable.	Euer Verhalten ist unannehmbar.
Nous demandons votre pardon.	Wir bitten um Eure Vergebung.
Regardez-moi.	Seht mich an.
Il ne parle pas français.	Er spricht kein Französisch.
Pardon?	Wie bitte?
Pourquoi le lui traduis-tu?	Weshalb übersetzt du ihm?
Le connais-tu?	Seid ihr einander bekannt?
Non, quelle pensée!	Nein, welch ein Gedanke!
Ma fille, pas dans ce langage vulgaire!	Meine Tochter, nicht in dieser anstößigen Sprache!
Absolument hideux.	Sehr unansehnlich.
Faites le travail de Fynn, je voudrais me promener à cheval avec lui.	Verrichtet Ihr die Arbeit von Fynn, ich gedenke mit ihm auszureiten.
Magnifique.	Wundervoll.
Très jolie.	Bezaubernd.
Attendez!	Wartet!
Où puis-je trouver le jeune homme qui nous a accompagnés?	Wo finde ich den Jungen, der uns begleitete?
Il travaille sur le pont en ce moment.	Er arbeitet gerade an der Brücke.
Bonsoir.	Guten Abend.
Parles-tu français?	Sprichst du Französisch?
Non, je ne crois pas.	Nein, ich glaube nicht.
Quelle joie de vous voir ici!	Welch eine Freude, Euch hier zu sehen!
Assez de ces affaires oppressantes!	Aber genug von diesen bedrückenden Angelegenheiten!
N'est-ce pas?	Nicht wahr?
Savez-vous où je pourrais trouver le palefrenier Fynn?	Wisst Ihr, wo ich den Stallknecht Fynn anzutreffen vermag?

Je crois qu'il travaille dans le jardin, Mademoiselle.	Ich glaube, dass er im Garten tätig ist, My Lady.
Je l'y ai vu il y a quelques minutes.	Ich sah ihn dort vor einigen Minuten.
Mon Dieu! Mademoiselle, je ne peux pas le croire! Que vous a-t-il fait? Allez-vous bien?	Lieber Gott! My Lady, ich vermag es nicht zu glauben! Was tat er mit Euch? Fühlt Ihr Euch wohl?
Il ne vous touchera plus, je me l'assurerai! Une impertinence, comment peut-il s'arroger ce comportement?	Er wird Euch nicht noch einmal anrühren, dafür werde ich Sorge tragen. Eine Unverschämtheit, wie kann er sich dieses Verhalten anmaßen?
Tout est pour le mieux ici. Je vais bien, croyez-moi. Ne le condamnez pas trop vite.	Hier ist alles in bester Ordnung. Es geht mir gut, glaubt mir. Verurteilt ihn nicht zu schnell.
Mais voyez ce que ce voyou a fait avec votre robe! Elle est souillée comme si vous cherchiez à lui échapper!	Aber seht, was dieser Taugenichts mit Eurem Gewand angestellt hat! Es ist beschmutzt, als versuchtet Ihr, ihm zu entfliehen!
Je suis tombée en me promenant dans le labyrinthe. Il travaillait non loin de là et il m'a aidé à me lever car ma main était terriblement endolorie. Il m'a proposé de m'accompagner à la maison et dans ma détresse j'ai accepté.	Ich stürzte, als ich durch den Irrgarten spazierte. Er arbeitete in der Nähe und half mir, mich zu erheben, da meine Hand schrecklich schmerzte. Er bot mir an, mich zum Haus zu geleiten und in meiner Not stimmte ich zu.
Je vous prie, ne faites pas d'émoi inutile. Cet événement est profondément fâcheux pour moi.	Ich bitte Euch, sorgt nicht für unnötige Erregung. Diese Begebenheit ist äußerst unangenehm für mich.
Nous vous accompagnerons pour qu'il puisse suivre son travail sans embarras.	Wir werden Euch begleiten, sodass er seine Arbeit ungestört fortsetzen kann.
Partez.	Geht.
Ça ne vaut pas la peine.	Das ist nicht der Mühe wert.
ce garçon laid sans convenance	dieser hässliche Junge ohne Anstand
J'en doute.	Ich bezweifle es.
C'est une très belle langue, je pense.	Ich denke, dass es eine sehr schöne Sprache ist.
La porte est ouverte.	Die Tür ist geöffnet.
Quelle surprise!	Welch Überraschung!
Ne me parlez pas sur ce ton.	Sprecht nicht in diesem Ton zu mir.
Je ne tolérerai pas cette ingérence.	Ich verbitte mir die Störung.